한시로 살펴본 두보(杜甫)의 생애

이 책은 인하대학교의 지원에 의해서 연구되었음

한시로 살펴본 두보(杜甫)의 생애

윤인현 지음

경진
출판

『한시로 살펴본 두보(杜甫)의 생애』는 두보의 시 1400여 수 중 두보
의 삶을 알 수 있는 시 173제 221수를 통해, 그의 생애를 살핀 책이다.
부분적으로 인용한 시까지 아우르면 더 많은 편수가 되겠지만, 전체
적으로 인용하여 소개한 시는 173제 221수이다. 그 인용된 시 중에서
도 출처(出處) 시기의 시가 51제 70수로 선정되어, 생애 중 가장 많이
소개된 시이다. 출처 시기 두보의 가치관과 혼란기 벼슬살이할 때의
심정을 알 수 있기 때문에 작품 수도 많이 선택되었다. 전란이라는
혼란기에 두보의 심정과 애국관, 그리고 애민관 등을 살필 수 있는
주옥같은 시가 많이 창작된 것도 사실이다. 그래서 한시 작품 선택
기준은 두보의 가치관이나 생애의 여정, 그리고 주변 환경을 알 수
있는 시를 우선적으로 고려하여 선택한 것이다. 이 밖에도 성도 완화
계 초당 시절과 인생 말년 강남 시절의 시가 각각 25제씩 선택되었다.
이도 두보의 인생에서 빼놓을 수 없는 시기이다. 살기 위해 찾아 든
성도에 옛날 조정에서 알고 지냈던 엄무가 그 지역 지방관으로 부임
해온 성도 완화계 시절은 마음을 다스릴 정도의 생활은 유지되었다.
그리고 혈육의 정과 향수로 목메던 두보가 혈육과 고향을 찾아 나섰
다가 떠돌이 신세가 되어 동정호와 상강 가를 떠돌다 운명한 말년의
삶도 두보의 생애에서 빼놓을 수 없는 시기이다. 이런 것들이 시 선택

의 기준이었다. 아무튼 선택의 기준은 각자마다 다를 수 있기에 독자의 생각과 다를 수도 있을 것이다. 이 점은 혜량(惠諒)하시기 바란다.

두보의 한시는 이미 조선시대 때 『두시언해(杜詩諺解)』로 번역되어 전해졌으며, 근래에 들어서는 여러 사람들에 의해 번역 소개되었다. 그 번역서 중 특히 중문학 전공자로 구성되어 방대한 중국 역대 주석서를 참조하여 번역한 책 『두보전집』 1권부터 11권까지가 압권(壓卷)이라 할 번역서이다. 본서도 『두시언해(杜詩諺解)』를 비롯하여 『두보전집』 1권~11권 등을 참조한 책이다. 참조하면서 해석이나 창작 시기 등 다소 이견(異見)을 보이는 부분은 『두시언해(杜詩諺解)』를 기초로 하여, 두보의 행적을 더듬어 보면서 나의 생각을 아울러 담아 창작 시기 추정과 번역을 시도하였다. 그리고 번역에 있어서는 한자에 담긴 원 뜻에 충실하면서도 고사의 의미가 훼손되지 않도록 하였다. 고사가 인용된 어휘는 한자의 뜻이 아니라 고사의 의미를 드러내야 하기 때문이다. 두보의 시에는 고사(故事)의 인용이 많다. 곧 용사(用事)된 구절이 많다는 말이다. 한시에 인용된 고사의 내용을 제대로 이해하지 못하면 시 해석에 엉뚱한 의미를 이끌어 낼 수도 있다. 그래서 고사의 유래도 함께 살피면서 문맥적 의미를 이끌어 내었다. 또한 시 구절 인용보다 되도록이면 시 한 편 전체를 소개하려고 하였다.

일반적으로 두보는 성당(盛唐) 시절인 712년에 하남성 공의시 필가산 토굴집에서 태어난 것으로 되어 있다. 이곳은 두보의 선조 때부터 살아왔던 곳이다. 그러나 두보가 태어날 당시 조부가 장안에서 벼슬하였기 때문에, 하남성 공의시 필가산 토굴집보다 삶의 근거지였던 장안 근처인 두릉에서 태어났을 확률이 높다. 그래서 이 책에서는 두보의 출생 지역을 장안으로 하였다. 따라서 두보는 장안 근처 두릉에서 태어났고, 3살 때 어머니 최씨가 돌아가시자, 낙양의 고모에게 맡겨져 성장했기에, 유년 시절부터 장정(壯丁) 시절까지도 낙양에서 보냈다. 어릴 때부터 문재(文才)가 있어 7살에 글을 짓고 9살에 큰 글자를 쓸 정도였다. 한편으로는 자라면서 그 또래들이 하는 삶의 모습을 보였고, 20세 이후에는 오월 지역으로 유람을 떠나 지역 문사들과의 교류를 통해 견문을 넓히기도 하였다. 24세 고향으로 돌아와 과거시험을 보았고 25세에 진사시에 응했으나 합격하지 못하였다. 이후 다시 2차로 제조(齊趙)에 유람하였다. 2차 유람에서 돌아온 두보는 30살에 양씨와 결혼하였고, 낙양에 머물고 있던 33살의 두보는 당나라 궁중에서 쫓겨난 이백을 744년 봄 낙양에서 만났다. 두 사람의 유람에 고적(高適)까지 합류하였다. 두보의 유람은 다음 해인 745년 두보 나이 35세까지 지속되었다. 이후 두보는 산동성 연주시인 노군(盧郡)에서 가을 무렵 이백과 헤어진 후 두 사람은 다시 만나지 못했다. 두보의 유람과 출사의 노력은 안녹산의 난 때 현종이 물러나고 숙종이 등극하여 좌습유라는 벼슬을 할 때까지 지속되었다.

새로운 황제인 숙종 조정에서 바른 말하는 직책인 좌습유를 맡아 정치적 포부를 펼치고자 하였으나 그것도 뜻대로 되지 않아 화주의 사공참군으로 좌천된 후 곧 벼슬을 그만 두고 감숙성 진주(秦州)로 삶의 터전을 옮겼다. 살기 좋다던 진주도 막상 와 보니 식량 구하기가 쉽지 않아 동곡으로 이주했다가 사천성 성도로 옮아가게 되었다. 성도에서는 이전에 당나라 조정에 함께 근무했고 재상 방관파였던 엄무가 절도사로 부임해 오자, 어느 정도 삶의 안정을 찾게 되었다.

그러나 경제적으로나 정신적으로 도움이 되었던 엄무가 현종과 숙종의 장례식 관리자로 차출되자 그를 전송하기 위해 면주까지 왔다가 사천성 성도에서 서지도의 난이 일어나 돌아가지 못하고 면주·재주·낭주 지역을 떠돌며 머물게 되었다. 이후 다시 사천성 절도사로 부임한 엄무로 인해 사천성 성도 완화계로 복귀했던 두보는 엄무의 갑작스런 죽음으로 인해 성도 완화계를 떠날 수밖에 없었다.

고향 쪽인 장안과 낙양으로 가기 위해 남쪽 물길을 택해 떠난 두보의 일정은 기주에서 얼마간 머물게 되었고, 이후 호북성 강릉에 살고 있는 동생 두관이 강릉(형주荊州) 땅으로 오라는 편지를 받고 혈육의 정이 그리워 강릉으로 나아갔다. 그러나 그곳에 간 두보는 경제적으로 어려움을 겪고 말년을 동정호 근처인 악주(악양시)와 상강(湘江)가인 담주(장사시)·형주(衡州, 형양시)·뇌양과 또 다시 형주와 담주, 그리고 악주 등지를 떠돌다 59세의 삶을 배 위에서 마쳤다.

능력이 있어도 시대적 배경이 뒷받침되지 못하면 그 재능을 발휘할 수도 없이 초라하게 늙어갈 수밖에 없음을 두보의 일생을 통해 확인할 수 있었다. 그래서 시대적 운수라는 말도 있나 보다. 아무리 재능이 뛰어나도 시대적 운수가 따라 주지 못하면 평범하지 못해 힘겨운 삶을 살 수도 있다는 말이다. 이런 시대적 운수가 있기에 언제나 겸손해야 할 것이다. 시선(詩仙)으로 칭송되는 이백은 능력이 있었는데도 현실에 쓰이지 못해 「장진주(將進酒)」 곧 '술을 들게'로 노래했고, 그런 이백에게 두보는 「증이백(贈李白)」에서 '조정에 등용될 생각은 하지 않고 큰 소리만 치느냐?'고 반문하기도 하였다. 두 분의 대시인은 시대적 운수가 따라주지 못해 그의 정치적 재능을 그 시대 사회에 제대로 발휘하지 못했다. 한편으로는 그런 현실적 어려움이 그들의 문학을 꽃 피울 수 있는 배경이 된 것도 무시할 수 없는 사실이다. 생전의 경제적 풍요를 누리는 삶이 최고인지 아니면 물질적으로 어렵지만 정신적 풍요로 인해 훌륭한 문학 작품을 남기는 것도 의의가 있는 삶인지, 그 판단은 독자들에게 맡겨 볼까 한다. 어쨌든 두보는 경제적 어려움으로 어린 자식도 잃고 말년에는 자신의 배고픔도 감당해야

할 정도였다. 그러면서도 그는 주옥같은 시작품을 남겨 오늘날 최고
의 호칭인 시성(詩聖)의 경지에 올랐다.

어떻게 사는 삶이 참된 삶일까?

2025. 1. 30.
경강(鏡江) 윤인현(尹寅鉉)

차례

책머리에 ──── 4

유년기와 청년기의 두보(杜甫) ···································· 11
30대의 두보가 40대의 이백(李白)을 만나다 ·················· 37
출처(出處)의 두보 ··· 73
진주(秦州)·동곡(同谷) 시절의 두보 ·························· 227
성도(成都) 초당(草堂) 시절의 두보 ·························· 251
면주(綿州)와 재주(梓州)·낭주(閬州) 시절의 두보 ·············· 289
다시 성도(成都) 초당 완화계 시절 ··························· 309
기주(夔州) 시절의 시와 적극적 삶 ·························· 335
강남 시절의 시와 두보의 말년 ····························· 397
마무리하면서 ·· 439

두보(杜甫) 연보(年譜) ──── 465
참고문헌 ──── 471

유년기와 청년기의 두보(杜甫)

    두보(杜甫, 712~770)는, 자(字)가 자미(子美)고 호(號)는 소릉(少陵)이다. 지금은 시성(詩聖)으로 일컬어진다. 이백(李白, 701~762)이 생전(生前)에 시선(詩仙)으로 평가받던 것과는 달리, 두보는 사후(死後)에 시(詩)의 성인(聖人)으로 평가받았다. 그래도 이백과 11살 차이가 나는 두보는 생전에 이백의 시적 능력을 인정하고 헤어져 있을 때는 그를 그리워하는 시를 짓기도 하였다. 두보 자신을 '두릉(杜陵)의 포의(布衣)' 또는 '소릉(少陵)의 야로(野老)'라고 자칭한 것은 장안(長安)의 남쪽 근교에 있는 두릉 땅에 두보의 조부(祖父) 때부터 살았기 때문이다. 두보가 벼슬을 좌습유(左拾遺)와 공부원외랑(工部員外郞)을 지냈으므로, 두습유(杜拾遺)와 두공부(杜工部)라고도 칭하였다.

    두보는 당 현종(玄宗)이 즉위한 해인 선천(先天) 1년(712)에 '하남성(河南省) 공의시(鞏義市) 강점촌(康店村) 참가진(站街鎭) 필가산(筆加山) 토굴에서 태어났다'고 보는 것이 일반적인 견해이다.[1] 그러나 일부에서는 장안과 낙양을 주장하기도 한다. 공의시 필가산 토굴집은 두보의 본향이다. 본향이니까 당연히 두보가 그곳에서 태어났을 것이라는 말이다. 하지만 일부 주장 중, 장안을 제기하는 쪽과 낙양을 주장하는 쪽은 두보의 조부 두심언(杜審言)이 장안에서 6품 벼슬을 하였고, 아버지 두한(杜閑)은 낙양에서 관리를 했기 때문에 장안 아니면 낙양에서 태어났을 것이라는 주장이다. 또한 두보가 호를 두릉과 소릉을 사용하는 것도 장안을 주장하는 근거가 될 것이다. 필자는 두보가 장안에서 태어난 것으로 생각한다.

그러나 지금 대세는 하남성 공의시 필가산 토굴집에서 태어난 것으로 알려져 있다. 지금 중국 정부는 본향인 하남성 공의시 필가산에 토굴집을 지어 놓고 관광객을 불러 모으고 있다. 본향(本鄕)은 본향대로 의미가 있을 것이고, 두보가 정기를 받고 태어난 곳이 장안이든 낙양이든 그 장소를 정확히 밝히는 작업도 의미 있는 일일 것이다. 아무튼 두보가 태어난 곳이 어디인지 정확히 밝혀 놓는 작업이 선행되어야 할 것이다. 그래서 먼저 세밀한 조사가 이루어진 뒤, 두보가 태어난 곳에 시성(詩聖)의 성지화가 이루어지면 좋을 것이다.

두보는 어린 시절인 3살 무렵 어머니 최씨(崔氏)를 여의고 낙양(洛陽) 건춘문(建春門) 안에 사는 둘째 고모집에서 성장하였다. 두보의 동생들은 계모인 노씨(盧氏) 소생이다. 4명의 남동생과 한 명의 여동생이 있었다. 남동생은 두영(杜穎)·두관(杜觀)·두풍(杜豊)·두점(杜占) 등이고 여동생은 위씨(韋氏)에게 시집간 여동생이다. 두보 나이 46세 때인

---

1) 필자는 두보가 장안에서 태어난 것으로 본다. 조부 두심언께서 6품 벼슬을 하고 장안에 거주하였고, 두보가 3살 무렵 낙양에 살고 있는 고모집으로 옮겨 가서 성장하였다는 정보로 보아, 두보는 장안에서 태어났을 것이다. 호(號)는 자기가 태어난 고향을 근거로 짓기도 하는데, 두보의 호는 장안 근처의 '두릉'과 '소릉'을 사용하였다. 이런 것들이 장안을 두보 탄생지로 보는 근거들이다.

757년 설날 강서성 구강군 종리에서 변방을 지키는 남편 위씨가 불러, 그곳에 간 여동생의 안위가 걱정되어 쓴 시가 있다. 두보는 난을 피해

하남성(河南省) 공의시(鞏義市) 강점촌(康店村) 참가진(站街鎭) 필가산(筆加山)의 두보 본향(本鄕)이다.
붓을 놓는 붓걸이처럼 생겼다 해서 필가산이라 하였다. 두보 탄생지로 알려진 '두보탄생요'가 있는 곳이다.

본향인 공의시 강점촌 필가산에 위치한 두보탄생요(杜甫誕生窯)의 입구 모습이다.

탄생요 안의 모습이다. 어린 두보상(杜甫像)이 배치되어 있다.

다니면서도 언제나 동생들을 그리워하고 안부를 염려하였다.

두보의 조부(祖父) 두심언(杜審言)은 초당(初唐)시대에 시(詩)로 이름
이 세상에 알려진 인물이다. 조부(祖父)의 영향으로 두보는 7세 때부
터 시를 읊조리고 글씨도 썼다고 한다. 두보가 인생 말년인 55세(766
년)부터 57세(768년) 봄까지 기주 땅에서 보냈는데, 그때 자서전 격인
560자의 장편시 「장유(壯遊)」를 지었다. 그 시에 어린 시절을 회상한
부분이 있다. "나이 일곱에 생각이 씩씩해져, 입을 크게 하여 「봉황」
을 읊었다. 아홉 살에 굵은 글씨를 쓰니, 지은 글이 주머니에 가득하
였다."[2]라고 한 것처럼, 어릴 때부터 문재(文才)가 있었다. 일찍 어머
니가 돌아가시자, 아버지는 노(盧)씨를 후처로 들였다. 이후 두보는
낙양(洛陽)에 사는 둘째 고모(姑母)의 보살핌 속에서 자랐으며, 그의
시에 대한 재능은 일찍이 낙양의 명사들에게 인정받았다. 20세를 전

---

2) 杜甫, 「壯遊」. "七齡思卽壯, 開口詠鳳凰. 九齡書大字, 有作成一囊."

후하여 8~9년간 각 지방을 유람했는데, 처음에 강소성(江蘇省, 오나라 땅 지역)과 절강성(浙江省, 월나라 땅 지역)을 여행하고 난 후, 24세에 일단 낙양으로 돌아와서 향시에 응하고 25세에 진사(進士) 시험에 응시하였다. 그러나 뜻을 이루지 못하였다. 다시 만유(漫遊)의 길을 떠나, 하남성(河南省)과 산서성(山西省), 그리고 산동성(山東省)을 유람하였다. 이때 명산대천(名山大川)을 보고 많은 시를 지었다고는 하나, 이 시기의 시는 전해지는 것이 거의 없다. 50세에 성도(成都)에서 지은 10대 시절을 회고하는 장면이 나오는 시가 있는데, 그것이 「백우집행(百憂集行)」이다.

백우집행百憂集行: 온갖 근심을 모은 노래

그 옛날 열다섯인데도 그저 어린애여서,	憶昔十五心尙孩억석십오심상해,
거센 황송아지처럼 달음박질하기를 거듭했네.	健如黃犢走復來건여황독주부래.
팔월이라 앞마당의 대추와 배가 익으면,	庭前八月梨棗熟정전팔월리조숙,
하루에도 천 번씩이나 나무를 오르내렸다.	一日上樹能千回일일상수능천회.
지금은 갑자기 이미 오십이 넘고 보니,	卽今倏忽已五十즉금숙홀이오십,
앉거나 눕기에 바쁘고 서는 것은 질색이라.	坐臥只多少行立좌와지다소행립.
억지로 집주인과 우스갯소리나 주고받고,	强將笑語供主人강장소어공주인,
한평생 온갖 근심을 슬프게 본다.	悲見生涯百憂集비견생애백우집.
대문에 들면 여전히 네 면이 비어 허전하고,	入門依舊四壁空입문의구사벽공.
늙은 아내의 나를 보는 낯빛이 매일 같다.	老妻覩我顔色同노처도아안색동.
못난 아이놈은 부자간의 예절도 모른 채,	癡兒不知父子禮치아부지부자례,
성을 내며 밥을 달라 부엌에서 투정부리네.	叫怒索飯啼門東규노색반제문동.

중국 사천성(泗川省) 성도(成都) 완화계에서 초당(草堂)을 짓고 가족

하남성(河南省) 공의시(鞏義市) 강점촌(康店村) 두보고리(杜甫故里)이다. '고리(故里)'는 고향이라는 뜻이다. 대문 안쪽으로 두보의 거대한 동상이 보인다.

들과 모여 살 때 지은 시(詩)로, 옛일을 회상한 부분이다. 두보가 지학(志學, 15세) 무렵의 일을 회상한 것이다. 방둥이에 뿔난 송아지처럼 온 천지를 뛰어다녔으며, 과일이 익는 8월이 되면 앞마당의 과일인 배와 대추가 온통 자기 차지라 하루에도 몇 번씩 나무를 오르내렸다는 것이다. 시성(詩聖) 두보(杜甫)도 어린 시절은 우리네 어린 시절과 별반 다를 바가 없었다.

하지만 놀기만 한 것은 아니었다. "그 옛날 열네다섯 살에, 글 짓는 마당에 나가 놀았는데. 글을 하는 최상(崔尙)과 위계심(魏啓心)의 학도들이, 내 글을 보고 반고(班固)

두보의 본향(本鄕) 마당에 있는 조각상이다. 두보가 어릴 적 노는 모습을 형상화하였다. 시의 내용처럼 나무 위를 천 번씩 오르내리는 모습이다.

와 양웅(揚雄) 같다고 하였다."[3]라고 한 부분도 있다. 이미 글재주는 주변인들로부터 인정받고 있었다.

그런데 위의 시를 보면, 현재는 두보가 지천명(知天命, 50세)의 나이가 되고 아들이 15살쯤 된 것 같다. 그 아들은 두보 자신이 15살 때 행했던 것과는 달리 부자간의 예의도 모르고 밥 달라고 보채고 있다. 그래서 온갖 근심이 생겨난 것이다. 50세의 두보도 우리 이웃에 있는 자식들을 근심하는 인자한 아버지의 모습이다. 제목에 보이는 '행(行)'은 '노래'라는 뜻이다.

두보가 24세 되던 해(735)에 고향에서 치르는 과거 시험 초시에서 합격하여, 낙양에서 거행되는 진사시(進士試)를 보았다.

장유壯遊: 씩씩하게 놀다

배 타고 천모산 스쳐 돌아가,　　　　　　歸帆拂天姥귀범불천모,

중년에 고향(낙양)에서 공거에 뽑혔네.　　中歲貢舊鄕중세공구향.

기세는 굴원과 가생의 보루(문학적 성취)를 깎아 내리고,

　　　　　　　　　　　　　　　　　　氣劘屈賈壘기마굴가누,

눈은 조식과 유정의 담장(문학적 성취) 낮게 보았네.

　　　　　　　　　　　　　　　　　　目短曹劉牆목단조류장.

고공이 관장하는 시험 상관의 뜻 거슬러 떨어지고,

　　　　　　　　　　　　　　　　　　忤下考功第오하고공제,

홀로 경윤당(상서성)을 떠났네.　　　　　獨辭京尹堂독사경윤당.

당나라 시대 전국에서 초시에 합격한 3000명 정도의 수험생이 진사

---

3) 杜甫, 「壯遊」. "往者十四五, 出遊翰墨場. 斯文崔魏徒, 以我似班揚."

시를 치르는데, 그 중에 27명 정도가 대과에 이름을 올린다. 그런데 초시에서의 당당했던 두보는 진사시에 이름을 올리지 못했다. 6구의 '독(獨)'자는 과거시험에 될 사람은 다 방이 붙었는데, '왜 나만 유독 떨어졌는가?'로 항변의 의미가 담겼다. 낙방한 이유는 시험을 관장하는 고공랑의 뜻에 거슬러 떨어졌다고 분명히 밝혔다. 이 해(735년)에 현종(玄宗)은 18번째 아들 수왕의 비였던 양옥환을 비로 맞아들이는 해이기도 하다. 당나라 조정이 망조의 길로 접어들고 있었다. 한 때 며느리였던 양옥환을 황제의 비로 맞아들이니 세상의 도(道)가 무너지기 시작했기 때문이다.

과거에 낙방한 두보가 만유(漫遊)의 길에 오르게 되는데, 그때[개원 24(736)년, 25세쯤] 지은 시로 「유용문봉선사(遊龍門奉先寺)」가 있다. 현재 전하는 두보 시집 첫 편을 장식하는 시이다.

유용문봉선사遊龍門奉先寺: 용문의 봉선사에서 노닐다

이미 절에서 실컷 놀았는데,	已從招提遊이종초제유,
다시금 경내(절)에서 잠을 자네.	更宿招提境경숙초제경.
어두운 골짜기에는 영적인 바람이 일고,	陰壑生靈籟음학생영뢰,
달빛 비치는 숲에는 맑은 그림자 흩어지네.	月林散淸影월림산청영.
천궐(용문)산이 높아 별들이 가깝게 보이고,	天闕象緯逼천궐상위핍,
구름 속에 누우니 옷자락이 싸늘하네.	雲臥衣裳冷운와의상랭.
잠에서 깨려 할 때 들리는 새벽 종소리,	欲覺聞晨鍾욕교문신종,
사람으로 하여금 깊이 성찰의 마음 일어나게 하네.	令人發深省영인발심성.

개원(開元) 말에 고공랑(考功郎)이 주관하던 과거 시험에 낙방한 두

보는 동도인 하남성 낙양 서남쪽에 있는 용문산 봉선사에서 하룻밤을 묵었다. "초제(招提)"는 절을 뜻하는 산스크리트어로 '깨끗한 도량'이라는 뜻이다. 그 초제(절)에서 낮 동안 실컷 노닐었고, 다시금 하룻밤을 자게 되었다는 말이다. 쏟아지는 별빛과 바람 부는 달밤에 막 잠에서 깨어나려고 할 때, 새벽종이 울려 자기 자신을 성찰(省察)하게 되었다는 것이다. 이처럼 과거 시험에 낙방한 후 잠시 절에 들려 번잡한 심사를 달래 보는 두보이다. 우리도 입시(入試)시험이나 입사(入社)시험 등에 결과가 안 좋을 때, 마음을 달래 수 있는 곳을 찾거나 아니면, 기도원이나 산사(山寺)에 들어가 심신의 안정을 꾀하기도 한다. 두보도 우리 일상사에서 행할 수 있는 자세로 상심한 심사를 달래었다. 유자(儒者)이지만 절에 가면 절이 좋아 보이는 두보이다.

　"천궐(天闕)"은 용문산을 이르는 말이다. 용문산이 협곡으로 단절된 것이 마치 대궐문 같다 하여, 비유적으로 표현한 말이다. 그래서 용문산을 이궐산(伊闕山)이라고도 하는데, 이러한 명칭은 그 산의 형상에서 비롯된 것이다. "상위핍(象緯逼)"의 "상위"는 하늘의 별을 의미한다. 『좌전(左傳)』 양공(襄公) 28년 세재성기(歲在星紀) 공영달(孔穎達) 소(疏)

하남성 천궐산(용문산) 봉선사로, 지금의 모습이다.

봉선사에 있는 노자나불이다.

에 "하늘에서는 28수(宿)를 경(經)으로 삼고 오성(五星)을 위(緯)로 한다
는 내용이 있다. 그래서 성상경위(星象經緯)는 하늘의 별을 의미한 것
이다. 성상경위(星象經緯)의 준말인 "상위(象緯)"는 "별"의 뜻이고, "상
위핍(象緯逼)"은 '별들이 가까이 다가온다'는 의미이다. "핍(逼)"은 '가
까이 다가오다'는 뜻이 있기 때문이다. 그래서 위의 시 해석에서 "상위
핍(象緯逼)"을 '별이 가깝다'는 뜻으로 풀이한 것이다. 다시 말하자면,
용문산이 높아 하늘의 별들이 바로 앞에 있는 듯이 가까이 보인다는
말이다.4) "깨달을 각(覺)"은 이 시에서는 음이 '교(覺)'이고, 훈은 '잠을

---

4) 이영주 외 4인, 『두보: 초기시 역해』, 솔출판사, 1999, 20쪽 참조.

깨다'는 뜻이다.

20대의 두보는 은거하는 장씨를 찾아가기도 하였다.

제장씨은거 이수題張氏隱居 二首 : 장씨의 은거를 노래하다

1수

봄 산에 짝 없이 홀로 (그대를) 찾았는데,	春山無伴獨相求춘산무반독상구,
정정 나무 베는 소리에 산은 더욱 고요하네.	伐木丁丁山更幽벌목정정산갱유.
시냇가 길에는 추위 남아 눈과 얼음 밟고 지나,	澗道餘寒歷冰雪간도여한역빙설,
석문에 해 기울 때 숲 언덕에 도달했네.	石門斜日到林丘석문사일도임구.
욕심이 없어 밤에도 금과 은의 기운 알고,	不貪夜識金銀氣불탐야식금은기.
해칠 마음 없으니 아침에 노는 사슴 본다네.	遠害朝看麋鹿遊원해조간미녹유.
흥이 나서 그윽하니 나갈지 머물지 모르겠는데,	乘興杳然迷出處승흥묘연미출처,
그대 대하니 빈 배가 떠 있는 듯하네.	對君疑是泛虛舟대군의시범허주.

2수

그 사람(장씨) 때때로 보건만,	之子時相見지자시상견,
사람을 불러 늦도록 흥이 나서 머물게 하네.	邀人晚興留요인만흥류.
맑게 갠 못에는 잉어가 뛰놀고,	霽潭鱣發發제담전발발,
봄 풀 사이로 사슴이 유유 우네.	春草鹿呦呦춘초녹유유.
두강의 술 무척 애써 권하고,	杜酒偏勞勸두주편노권,
장씨의 배[梨] 밖에서 구하지 않는다네.	張梨不外求장리불외구.
앞 동네로 가는 산길은 험하지만,	前村山路險전촌산노험,
취하여 돌아가니 매번 근심할 것이 없다네.	歸醉每無愁귀취매무수.

위의 시 1수와 2수는 같은 날 지은 시는 아닌 것 같다. 2수의 첫구인

"시(時)"자인 '때때로'와 마지막구인 "매(每)"자인 '매번'이 이를 알게
해준다. 두 사람의 만남이 한 번이 아니라는 말이다. 1수는 두보가
처음으로 은거하는 장씨를 찾아가 하룻밤을 함께 보내는 장면이다.
시의 처음은 장씨를 찾아가는 장면부터이다. 봄 산에 친구도 없이
홀로 장씨를 찾아가는데, 산속에는 나무 베는 소리가 '정정' 울려 적막
감을 더해준다. 시내 길은 아직 잔설이 남아, 시내 길을 걸어가는 걸음
걸이도 더디고 해서, 석양 무렵에 속세와 멀리 떨어진 은거처에 도착
하게 되었다. 그리고 장씨가 욕심이 없어 속세의 물욕인 금은의 가치
를 식별할 수 있고, 망기(忘機)의 마음을 지니고 있기에 짐승들도 도망
가지 않는다. 흥이 나서 나갈지 머물지 속세의 물욕을 잊었고, 장씨를
대하고 있으니 빈 배처럼 마음이 비워진다고 한 것이다. 다시 말하자
면, 두보 자신이 장씨를 대하니 마음이 비워져 세상의 욕심을 잊고
즐거워할 수 있다는 것이다. 도사(道士)가 사는 도가(道家)에 들면 도사
가 부러운 두보이다. 아직은 세상의 모든 것이 좋아 보이는 20대이다.
장씨는 장숙경(張叔卿), 또는 장숙명(張叔明)으로 보는 설도 있지만, 일
반적으로 장개(張玠)를 이른다.

　1수의 '정정(丁丁)'은 도끼로 나무 찍는 소리의 의성어이다. 『시경(詩
經)』「소아(小雅)」'벌목(伐木)'에 나온다. 『시경(詩經)』과 마찬가지로 이
시에서도 나무 베는 소리로 인용되었다. "야식금은기(夜識金銀氣)"는
『사기(史記)』「천관서(天官書)」에 "소식이 '깊은 산과 큰 못은 천지간의
보물을 지니고 있는데, 오직 보물에 뜻이 없는 자만이 식별할 수 있다'
라고 말하였는데 바로 이 구절의 뜻이다."[5]라고 한 내용이 있다. 따라

---

5) 『사기(史記)』「천관서(天官書)」. "東坡謂深山大澤有天地之寶, 惟無意于寶者能識之. 卽此句
義也."

한시로 살펴본 **두보(杜甫)**의 생애

서 밤에 금은의 기운을 식별할 수 있다는 것은, 천지 자연에 보물이 묻혀 있는데, 오직 욕심 없는 사람만이 그 보물을 알아볼 수 있다는 것이다.

그리고 2수의 "지자(之子)"는 '시자(是子)'로 '그 사람'을 뜻하는데, 장씨를 가리킨다. "유유(呦呦)"는 『시경(詩經)』「소아(小雅)」 '녹명(鹿鳴)'에 나오는 시어로, 사슴이 유유 울면서 들판의 풀을 뜯고 있으면서 다른 동료를 부르는 모습을 노래한 것이다. 이는 여러 신하와 여러 손님들이 모여 잔치를 행하는 것을 비유적으로 표현한 것이다. 여기서는 장씨가 두보에게 잔치를 베풀어 준 것을 의미한다.

2수는 장씨가 두보를 초청하여 흥이 나게 하면서 머물러 술을 마시게 한다는 내용이다. 장씨의 은신처에 저녁이 되도록 머무니, 못에는 잉어가 뛰고 숲에는 사슴이 운다. 이도 장씨가 두보에게 잔치를 베풀어 줌을 의미한 것이다. 만(晚)과 흥(興)은 초청의 의미이면서 저물녘 경치이다. 그래서 물고기가 펄쩍 뛴다는 것이 만(晚)의 의미이고, 사슴이 유유 운다고 한 것은 흥(興)의 뜻이다. 밤이 되자 두강(杜康)이 최초로 술을 빚었다는 최고의 술인 두강주(杜康酒)를 권하고, 귀한 과일인 배를 깎아 두보 자신을 붙잡아 둔다. 돌아갈 길은 험하지만, 흥취가 올라 문제될 것이 없다고 하였다. 마음이 맞는 사람끼리 정을 나누는 모습이다.

이후 두보의 만유(漫遊)는 계속되었다. 만유는 사방지지(四方之志)라고 하여, 집을 떠나 사방을 돌아다니며 명승지뿐만 아니라 옛 명인들의 발자취를 따라 유람하면서 각 지역의 명 문장가들과 문장력을 겨루고 안면(顔面)도 익히면서 견문을 넓히는 당나라 당시의 입신출세의 한 방편의 여행이었다. 이렇게 하여 이름이 세상에 나면 유력 관리인들이 추천을 행할 수 있기 때문이다. 그 만유 도중 두보가 25세 때 태산에 올랐다. 그때 지은 「망악(望嶽)」이 있다.

망악望嶽: 태산을 바라보며

태산은 그 어째서,   岱宗夫何如대종부하여,

제와 노 땅에 푸른빛이 아직 끝나지 아니하였는가?

                                                   齊魯靑未了제노청미료.

조물주가 신령스럽게 **빼어남**을 모았고,   造化鍾神秀조화종신수,

산의 북쪽과 남쪽이 어두우며 밝음을 나누었도다.

                                                   陰陽割昏曉음양할혼효.

층층이 피어나는 구름에 가슴을 훤히 하고,   盪胸生曾雲탕흉생층운,

눈을 크게 뜨고 보니 돌아가는 새가 산으로 들어가네.

                                                 決眥入歸鳥결자입귀조.

마땅히 산의 꼭대기에 올라,   會當凌絶頂회당능절정,

뭇 산이 적음을 한 번 보리라.   一覽衆山小일람중산소.

두보의 웅장한 포부가 느껴지는 시이다. 두련(1연)과 함련(2연)은 태산의 장관을 원근(遠近)으로 노래하였으며, 경련(3연)은 태산을 자세히 바라보았을 때의 경치이고, 미련(4연)은 시선 머무는 곳까지 바라보았을 때의 감정으로, 두보의 호탕한 마음인 호연지기(浩然之氣)가 느껴지는 구절이다. 두보가 과거시험에 낙방한 후, 태산을 통해 큰 꿈을 꾸고자 하였다. 큰 이상을 품어 어려운 현실을 극복하고자 함이다. 그래서 태산 끝에 올라 뭇 산들이 작음을 한 번 보겠노라고 한 것이다. 또한 마지막 구절은 『맹자(孟子)』「진심(盡心)」장(章) "공자등동산이소노(孔子登東山而小魯), 등태산이소천하(登泰山而小天下)"를 용사(用事)6)한 것이다. 맹자의 말씀으로, '공자께서 동산에 올라 노나라

가 작음을 알았고, 태산에 올라서는 천하가 작음을 알았다.'는 것이다. 이는 자만심을 드러내는 것이 아니고, 큰 포부를 품었을 때 꿈을 이룰 수 있다는 것이다. 태산처럼 큰 꿈을 품었을 때, 이 세상을 품을 수 있게 된다는 논리이다. 그래서 꿈을 크게 지녀야 한다. 우리도 새해나 어떤 특별한 날에 높은 산을 오르거나 아니면 각자의 상징적인 장소에 나아가 자신의 포부를 다짐하거나 이루고자 하는 뜻을 스스로에게 맹세하기도 한다. 약 1300여 년 전 두보도 우리네의 마음과 동일했을 것이다. 언젠가는 태산에 올라 자신의 호연지기(浩然之氣)를 표현하고 싶다는 포부를 드러내었기 때문이다. 호연지기는 넓고 큰 기상 곧 하늘과 땅 사이에 가득 찬 넓고 큰 기운이다. 따라서 호연지기는 사람의 마음에 차 있는 넓고 올바른 기운으로 하늘과 땅 사이를 가득 채울 만큼 커서 어떠한 일에도 굴하지 않고 맞설 수 있는 당당한 기상을 이르는 말이다. 낙방한 두보는 앞으로 태산 정상에 오르겠다고 다짐하였다. 이는 입신출세와도 관련이 있을 것이다. 위의 시 원문에서 태산을 대종(岱宗)이라 하였는데, 이는 태산이 오악(五嶽, 태산·화산·형산·항산·숭산) 중의 으뜸이기에 존칭으로 부른 명칭인 것이다.

원문 중에 "曾(층)" 대신 '層(층)'으로 된 곳이 있는데, 층(曾)은 층(層)과 통하며, 層(층)의 의미는 '층층이'의 뜻이다. 여기서는 '일찍 증(曾)'으로 독음을 읽지 않아야 한다. 그리고 "會當(회당)"은 '반드시'라는 의미로, 회(會) 역시 당(當)의 의미가 있다. 회당(會當)은 당시의 산동성 지역의 방언이다.

다음 시는 두보가 25세 무렵 제와 조 땅 지역을 노닐 때 지었다는

---

6) 용사(用事)는 고사(故事)나 관직명, 고인명 등을 인용하거나 경서(經書)의 내용을 인용하여 신의(新意)를 나타내는 시작법을 이르는 작법평어류 용어이다.

설과 29세 때(740년) 당시 산동성 연주(兗州)에 관리로 있던 아버지 두한(杜閑)을 방문했을 때 지었다는 설이 있는 시이다. 그런데 "추정(趨庭)"으로 보아 아버지를 뵈러 가던 때의 시이다.

등연주성루登兗州城樓: 연주의 성루에 올라

동군(연주)에 계신 아버지를 뵈러 가는 날에,	東都趨庭日동도추정일,
처음으로 남루에 올라가 맘대로 경치를 보았네.	南樓縱目初남루종목초.
뜬구름은 동해와 태산에 이어 있고,	浮雲連海岱부운연해대,
넓은 뜰은 청주와 서주까지 펼쳐졌네.	平野入靑徐평야입청서.
외로운 산마루엔 진시황의 비석이 있고,	孤嶂秦碑在고장진비재.
황량한 성에는 노나라 영광전의 자취 아련하네.	荒城魯殿餘황성노전여.
전부터 옛날을 생각하는 마음 많았기에,	從來多古意종래다고의,
성에 올라 내려다보며 홀로 머뭇거리네.	臨眺獨躊躇임조독주저.

두보는 아버지가 근무하는 산동성 연주로 가는 길에, 연주 성루에 올라 인생무상의 시를 지었다. 첫 구절에 나오는 "추정(趨庭)"은 『논어(論語)』 「계씨(季氏)」편 '이문(異聞)'장에 나오는 말로, 공자의 아들 공리(孔鯉)가 아버지 공자(孔子) 앞을 종종걸음으로 지나가다가 『시경』 시를 읽어야 한다는 가르침을 받았다는 내용[7)]에서 온 말이다. 두보도 그 공자와 아들의 일을 인용하여 아버지 뵈러 가는 날로 용사(用事)하였다.

---

7) 『論語』 「季氏」篇 '異聞'章. "鯉가 趨而過庭일러니 曰, 學詩乎아 하실새, 對曰 未也이로이다 호니. 不學詩면 無以言이라 하여시늘 鯉가 退而學詩호라(리가 종종걸음 쳐서 뜰을 지나고 있었더니, (공자께서) 말씀하시기를 '시(시경시)를 배웠느냐?' 하시기에, 대답해서 말씀드리기를 '아직 배우지 못했습니다.' 하였더니, '시를 배우지 않으면 말을 할 수가 없느니라' 하시거늘 저 리가 물러가서 시를 배웠습니다.)."

아버지 뵈러 가는 도중에 연주성 남루에 올라 산동성의 경치를 바라보니, 저 멀리 태산이 보이고 넓은 평야는 산동성 청주와 하남성 서주까지 뻗어 있다. 그리고 산동성 역산(嶧山)의 정상에 이사(李斯)가 쓴 진시황(秦始皇)의 공덕을 새긴 송덕비도 있을 것이며, 노나라 땅이었던 이곳은 지금과는 달리 화려했던 영광전이 있었던 고장이다. 따라서 예전부터 고적과 유물이 많았던 곳을 바라보니 괜히 마음이 뒤숭숭해져 홀로 성루에 올라 역사의 무상감을 느낀다고 하였다.

가을 무렵 두보는 연주 임성에서 허 주부를 만나 유람을 다녔다.

여임성허주부유남지與任城許主簿遊南池: 임성 허 주부와 남지에서 노닐다

가을 물이 도랑으로 통하고,	秋水通溝洫추수통구혁,
성 모퉁이에서 작은 배 나아가네.	城隅進小船성우진소선.
저물녘 서늘할 때 말 씻는 것 보이고,	晚涼看洗馬만량간세마,
우거진 숲에선 매미 소리 어지럽네.	森林亂鳴蟬삼림란명선.
오랜 비로 마름이 익었고,	菱熟經時雨능숙경시우,
8월 하늘에 창포가 시들었다네.	蒲荒八月天포황팔월천.
내일 아침이면 흰 이슬이 내릴 것이니,	晨朝降白露신조강백로,
멀리 고향의 오래된 푸른 털 담요가 생각난다네.	遙憶舊青氈요억구청전.

위의 시에 나오는 "임성(任城)"은 연주에 속한 현이다. 문서를 관리하는 주부(主簿) 벼슬의 허 주부가 누군지는 분명하지 않지만, 두보와 함께 남지(南池)라는 연못에 유람을 갔던 것이다. 그것도 음력 8월 중추가절이다. 연일 내린 비로 가을날 도랑물이 흘러 작은 배를 띄울 정도고, 서늘한 바람이 부는 저물녘에 말을 목욕시키는데 숲에서 매미 울음소리가 들려온다. 먼저 가을날의 경관을 그렸다. 계속된 비로

마름은 익고, 창포는 시들어 버렸다. 내일 아침 흰 이슬 내리면 고향이 더욱 그리워질 것이다. 24절기인 백로를 맞이하여 날씨가 쌀쌀해지니 고향 생각이 일어난다. 어느 가을날에 일어나는 한정을 노래한 것이다.

대우서회주요허주부對雨書懷走邀許主簿
: 비를 대하고서 회포를 적어 사람을 급히 보내 허 주부를 초청하다

동악(태산)에 구름 봉우리 일어나,	東嶽雲峰起동악운봉기,
넓게 퍼져 허공에 가득 차더라.	溶溶滿太虛용용만태허.
뇌성벽력이 장막 위의 제비 뒤집어 날게 하고,	震雷翻幕燕진뢰번막연,
소나기는 물고기 강 속으로 잠겨들게 한다네.	驟雨落河魚취우낙하어.
자리에서 탁주를 마주하고 있노라니,	座對賢人酒좌대현인주
어른의 수레가 오는지 문간에 귀를 기울이네.	門聽長者車문청장자거.
초대하자니 진흙탕이라 부끄러우니,	相邀愧泥濘상요괴니녕,
말을 타신 채로 섬돌까지 오시지요.	騎馬到階除기마도계제.

연주에 머물던 두보가 허 주부를 초청하는 한 편의 편지 같은 시이다. 제목의 "주요(走邀)"가 인편을 급히 보냈음을 알게 한다. 태산 쪽을 바라보니 비구름이 몰려들고 허공에는 구름만 잔뜩 끼었다. 뇌성벽력이 치니 놀란 제비는 날아오르고, 갑자기 소낙비가 내리니 강물 속의 물고기는 깊이 잠긴다. 전반부는 천둥치고 소낙비 내리는 날의 급격한 변화를 그렸다. 그리고 후반부는 술상을 차려 놓고 허 주부가 오기를 학수고대하면서도 누추한 곳에 오게 하여 민망함을 표현하였다. 그래서 자리에 차려 놓은 술상의 탁주를 바라보며, 허 주부의 수레가 오는지 문간에 귀를 기울인다. 질퍽한 땅에서 영접한다면 부끄러운

일이기에, 말을 타고 그대로 섬돌까지 곧장 오실 것을 권하였다. 다른 사람을 배려하는 20대 중반 이후의 두보의 모습이다.

29세 무렵 두보가 스님을 방문하여 지은 시가 있다.

사상인모재巳上人茅齋: 사 상인(스님)의 띠집에서

스님의 띠집에 지내다보면	巳公茅屋下사공모옥하,
참신한 시와 부 지을 법하네.	可以賦新詩가이부신시.
목침과 대자리 들고 숲 깊은 곳으로 들어가,	枕簟入林僻침점입림벽,
차와 외를 내놓아 손님을 늦도록 머물게 하네.	茶瓜留客遲차과유객지.
강의 핀 흰 연꽃이 부채처럼 혼들리고,	江蓮搖白羽강연요백우,
천문동(덩굴식물)은 푸른 실처럼 늘어졌다네.	天棘蔓青絲천극만청사.
공연히 허순의 무리를 욕되게 할 뿐,	空忝許詢輩공첨허순배,
지둔의 말씀 대답하기 어렵기만 하네.	難酬支遁詞난수지둔사.

사 상인은 사(巳)씨 성을 지닌 스님이라는 말로, 사(巳) 스님을 방문하여 지은 시이다. 연주 방문 시 어느 여름날 스님이 사는 띠집을 방문하였는데, 그 의경이 새로워서 시 한 편을 남긴 것이다. 다시 말하자면 그 여름날 스님을 방문한 그날의 정경이 시를 짓게 하였다는 말이다. 두련에서 스님의 띠집에 지내다보니 자연히 참신한 시와 글을 지을 수 있게 되었다는 것이다. 함련은 더운 여름날 무더위를 식힐 수 있는 도구인 목침과 대자리를 들고 숲 깊은 곳으로 들어가 자리를 잡으니, 차도 내놓고 참외도 대접하여 늦도록 머물게 하였다는 말이다. 경련에서는 물속에 핀 연꽃이 바람에 혼들리니 마치 하얀 부채를 흔드는 것 같고, 초가집 주변의 천문동은 더부룩하게 뻗은 실뿌리처럼 늘어져 있다는 말이다. 또한 상인(上人)인 스님을 연꽃에

비유하여 존경의 뜻을 드러내었고, 두보 자신은 실처럼 뻗는 푸른 실에 비유하여 자신을 낮추었다. 미련에서는 상인인 스님은 진(晉)나라 고승인 지둔에 비유하였고, 두보 자신은 진(晉)나라 때 산수 유람을 좋아하던 허순에 비유하였다. 그러면서 스님은 고승의 반열에 충분히 오를 수 있지만 자신은 허순의 흉내만 낼 뿐 그의 경지에 이를 수 없다고도 하였다. 이는 지둔과 허순이 모두 뛰어난 인물로 수준 높은 문답을 주고받은 인물인데, 두보 자신은 그들처럼 특히 허순같이 뛰어나지 못하다고 하였다. 두보의 젊은 날의 겸손한 미덕을 엿보게 하는 시이다.

제목의 "상인(上人)"은 스님을 이르는 말이고, "허순(許詢)은 진(晉)나라 사람 원도(元度)이며, "지둔(支遁)"은 진(晉)나라 고승인 도림(道林)을 뜻한다. 허순과 지둔 두 사람은 모두 당대의 지식인으로 수준 있는 문답을 주고받았던 인물들이다.

또한 이 무렵 두보는 할아버지 두심언과 친분이 있었던 송지문의 별장에도 들렀다.

과송원외지문구장過宋員外之問舊莊: 원외랑 송지문의 옛 별장에 들르다

송공의 옛 연못가 별장,	宋公舊池館송공구지관,
수양산 중턱에 쇠락한 모습이네.	零落首陽阿영락수양아.
산길을 돌아 다만 따라 들어가게 되면,	枉道秖從入왕도지종입,
시를 읊조리다 보니 다시 들름이 허락되었네.	吟詩許更過음시허갱과.
오래 머물며 60~70대 노인에게 물으니,	淹留問耆老엄유문기노,
쓸쓸히 산하를 바라보네.	寂寞向山河적막향산하.
게다가 장군의 나무를 알아보고,	更識將軍樹갱식장군수,
쓸쓸한 바람이 저물녘에 많이 부네.	悲風日暮多비풍일모다.

옛날 송지문이 머물던 연못가 별장이 하남성 영사현 낙양 동북쪽에 위치한 수양산 중턱에 쇠락한 모습으로 서 있다. 그곳을 가기 위해 산길을 따라 들어가 보니, 그 별장이 너무 퇴락하여 다시 올 기약을 할 수 없을 정도로 낡았다. 그래도 오래 머물면서 송지문의 관한 일을 노인에게 물어보지만, 그저 세월만 탓하면서 쓸쓸하게 산천만 바라볼 뿐이다. 그리고 그곳은 송지문의 동생인 송지제가 숙위 관직에 있을 때 이 별장에 머물렀기에 장군수(將軍樹)로 칭해 그를 회상하면서, 지금은 자취만 남아 있고 그들 형제 모두 죽고 없는 쓸쓸한 마음을 바람과 석양에 비유하였다.

송지문의 동생 송지제는 이백과도 관련이 있다. 이백이 30대 무렵 강하 지금의 무한 지역을 떠돌 때 송지제는 베트남으로 귀양 가는 처지에 있었다. 그때 그 귀양길에서 두 사람은 강하에서 만났던 것이다. 그때 이백은 「강하별송지제(江夏別宋之悌)」를 지어 송지제를 전송하였다. 그런데 23년 후 757년 이백이 영왕 이린의 막부에 참여했다가 반군의 세력으로 간주되는 바람에 심양 감옥에 갇혔던 일이 있다. 그때 송지제의 아들 송약사가 선성의 태수가 되어 심양을 지나가다가 이 사실을 알게 되고, 이백의 구원에 도움을 주었다. 구원뿐 아니라 추천까지 했던 것이다. 이백은 심양 감옥에서는 임시로 풀려났지만, 당나라 황실의 최종 판결은 귀주성 정안현 야랑으로의 귀양이었다.[8]

두보는 송지문의 별장을 일부로 둘러본 것은 아마도 할아버지와의 인연 때문이었을 것이다. 조부(祖父)인 두심언과 송지문 그리고 진자앙, 심전기 네 사람은 당대 율시(律詩)의 조종(祖宗)이었다. 두보의 시법 또한 이로부터 시작되었기 때문이다. 송지문은 측천무후(則天武后)

---

8) 윤인현, 『이백 시에 나타난 자서전』, 경진출판, 2023, 346~349쪽 참조.

때 아첨한 인물로 알려져 있다. 그런 인물이기에 시에서도 노인에게 송지문의 대한 이야기를 물었더니 '쓸쓸히 산하만 바라본다'고 한 것이다. 두보는 선대와의 인연으로 인해 그를 풍자하지 않았다. 두보의 배려심은 끝이 없다.

740년(개원 29년) 29세 되던 해 늦여름 또는 초가을 홍수 때, 제주 임읍에 벼슬살이하고 있는 동생 두영(杜穎)이 황하가 범람하여 근심하자, 달래주는 시를 지어주었다.

「임읍사제서지 고우황하범일제방지환부령소우인 기차시용관기의臨邑舍弟書至苦雨黃河泛溢隄防之患簿領所憂因 寄此詩用寬其意: 임읍에 사는 동생의 글이 왔다. 오랜 비로 황하가 범람하여 제방이 무너지는 재난이 관리들의 걱정거리라고 하니, 이에 이 시를 부쳐 걱정하는 마음을 느긋하게 하고자 한다.

하늘과 땅에 바람과 비가 쌓여,	二儀積風雨이의적풍우,
온 골짜기마다 큰 물결 쏟아져 나오네.	百谷漏波濤백곡누파도.
듣자 하니 넓은 황하가 터져,	聞道洪何坼문도홍하탁,
멀리 창해까지 이어져 물결 높다 하네.	遙連滄海高요련창해고.
관리들 근심으로 초조하게 생각하고,	職思憂悄悄직사우초초,
수해 지역 호소하는 소리 웅성거리네.	郡國訴嗷嗷군국소오오.
동생이 거처하는 곳은 지대가 낮은데,	舍弟卑棲邑사제비서읍,
하천 범람을 막는 주부직을 맡고 있다네.	防川領簿曹방천령부조.
짧은 편지가 전날에 도착하였는데,	尺書前日至척서전일지,
'판축을 즉시 구축하지 못했습니다.	版築不時操판축불시조.
큰 자라와 악어의 힘 빌리기 어렵고,	難假黿鼉力난가원타력,
공연히 까막까치의 깃털만 쳐다봅니다.	空瞻烏鵲毛공첨오작모.
연남 지방의 전답이 휩쓸려서 갔고,	燕南吹畎畝연남취견무,

제주일 때 쑥대 같은 거친 풀도 잠겼습니다.　濟上沒蓬蒿제상몰봉호.

고둥과 조개 가까운 성곽에 가득하고,　螺蚌滿近郭라방만근곽,

교룡(홍수)이 높은 언덕을 넘습니다.　蛟螭乘九皐교리승구고.

서관 지방은 깊은 수부(용궁)처럼 잠기고,　徐關深水府서관심수부,

갈석산도 가는 가을 털일 뿐입니다.　碣石小秋毫갈석소추호.

허름한 띠집에는 외로운 나무만 남았고,　白屋留孤樹백옥유고수,

푸른 하늘에 만 척의 배가 길을 잃었습니다.'　清天失萬艘청천실만소.

나는 쇠약해 물에 뜬 장승같아,　吾衰同泛梗오쇠동범경,

물 건너기는 좋아 선도(仙桃)나무 생각해 보려네.　利涉想蟠桃이섭상반도.

오히려 하늘 끝에 기대어 낚시하면,　却倚天涯釣각의천애조

그래도 거대한 자라 낚을 수 있으리.　猶能掣巨鼇유능체거오.

산동성 임읍현에서 주부 벼슬을 하는 동생 두영이 황하가 넘쳐 살기가 어렵다는 짧은 편지를 받고 위로 차 지은 시이다. 앞의 4구는 황하가 범람하여 동해에까지 이르러 바다처럼 물결이 높아진 모습을 형상화하였다. 5구부터 9구까지는 홍수가 난 곳의 관리들의 근심 어린 모습과 수해를 입은 지방민의 걱정스러움이 담긴 웅성그림, 그리고 그 지방에 낮은 벼슬인 주부를 맡고 있는 동생에 대한 걱정 등으로 그려졌다.

10구부터 20구까지는 동생이 보내온 짧은 편지의 내용이다. 갑자기 홍수가 나는 바람에 제방을 쌓아 방비할 여유도 없었다는 것이다. 그래서 사람들이 건널 다리는 이미 무너지고 가을 농사는 남김없이 쓸어갔으며 서관 지방은 물에 잠겨 깊은 용궁이 되었고 높은 갈석산마저 작은 티끌만 하게 보이는 상황이다. 민초들의 삶의 터전인 초가집은 모든 물건이 쓸려나가 외로운 나무만 남아 있을 뿐이다. 황하

유역의 마을이 모두 물에 잠겨 만 척의 배는 갈 길을 잃고 급한 물살에 이리저리 떠돌고 있다는 내용이다.

　21구에서 마지막인 24구까지는 두보 자신의 이야기로, 아직 벼슬자리에 나아가지 못했기 때문에 마치 떠도는 장승처럼, 물 건너기는

산동성 제남 황하(黃河)의 종착지 모습이다. 물길이 힘을 잃고 강줄기에 몸을 맡긴 황하이다.

중국 현지인이 가족들과 황하 변에서 즐거운 한 때를 보내는 모습이다. 황하 물이 많지 않을 때는 황하 강변에서 모래놀이를 할 수 있다.

유리하다는 것이다. 그러면서 동해 바닷가에서 낚시질을 하여 강의 범람을 막을 수 있다는 큰 자라를 낚아, 강의 범람을 막아 보고 싶다고 하였다.

두보는 벼슬하는 동생 두영의 안타까운 사연을 듣고 그의 선정(善政)에 안타까움을 표하면서 위로하는 모습을 보였다. 두보와 두영은 아버지의 기(氣)를 받았지만 동복(同腹)은 아니다. 그래도 그의 근심에 위로하면서 그의 마음을 달래주고자 하는 형제애를 보였다.

다음해 산동성에서 돌아와 평생의 반려자였던 사농소경(司農少卿) 양이(楊怡)의 딸 양(楊)씨를 부인으로 맞아들였다. 그리고 30세에도 두보는 출사(出仕)하지 못했다.

30대의 두보가 40대의 이백(李白)을 만나다

　두보는 천보(天寶) 3년(744, 33세), 장안의 궁중에서 추방되어 산동성으로 향해가고 있던 44세의 이백(李白)과 낙양에서 봄에 처음 만났다. 세기적인 사건이라 할 두 사람의 만남이었다. 이백을 사모하던 두보는 이백과 함께 가을 무렵에 도가(道家)의 성지인 왕옥산을 찾았고, 양송(梁宋, 지금의 하남성과 산서성 일대) 지방으로 유람을 다녔다. 이 유람에는 이백 외에 시인 고적(高適)도 함께 하였다. 두보는 다음 해인 745년(34세) 다시 제조(霽趙, 산동성 하북 지역) 지역을 유람하고 여름에 제남(霽南, 산동성 성도 지역)을 거쳐 가을에 노군(盧郡, 산동성 연주시)에서 이백을 다시 만나 회포를 풀고, 가을 무렵에 두 사람은 헤어졌다. 이후 두 사람은 다시 만나지 못했다.

　두보가 낙양에서 이백을 만나 함께 지내는 동안 이백에게 준 시가 있다. 감상해 보자.

증이백贈李白: 이백에게 주는 시

2년 동안 동도(낙양)에서 나그네로 지내며,	二年客東都이년객동도,
겪은바 잔꾀와 교활함에 염증을 느낍니다.	所歷厭機巧소력염기교.
야인[두보]은 생선과 누린 고기 대하면서,	野人對腥羶야인대성전,
거친 음식도 늘상 배불리 먹지 못했습니다.	蔬食常不飽소사상불포.
어찌 도인이 먹는 청정반이 없어,	豈無靑精飯기무청정반,
나의 안색이 좋아지도록 하지 못하겠습니까마는.	
	使我顔色好사아안색호,
전혀 귀한 약(단약) 지을 재료가 없는 것은,	苦乏大藥資고핍대약자,
산림에 남긴 흔적이 없기 때문입니다.	山林跡如掃산림적여소.
이후[이백]께서는 금마문(한림원) 출입하던 선비였으나,	
	李侯金閨彦이후금규언,
몸을 빼내어 조용한 곳 찾는 것을 일삼고.	脫身事幽討탈신사유토.
또한 양(梁)과 송(宋) 지역을 유람하신다니,	亦有梁宋遊역유양송유,
바야흐로 요초(영지초) 줍는 것을 기약합니다.	方期拾搖草방기습요초.

위의 시는 두보가 이백과 함께 낙양에서부터 양송(하남성 개봉시와 상구시, 산서성) 지역까지 유람하면서 이백에게 드린 시이다. 1구부터 8구까지는 두보 자신에 대한 이야기이다. 이백을 낙양에서 만나 지내면서 속세인들에게 겪었던 바는 남을 속이는 잔꾀와 교활함에 싫증을 느낄 정도라는 것이다. 또한 생선과 육고기를 먹는 귀인들을 상대하기는 해도 늘 두보 자신은 거친 밥도 배불리 먹지 못한다고 하였다. 그러면서도 두보 자신의 안색을 좋게 할 '청정반(도인들이 양생하기 위해 먹던 음식)이 어찌 없겠는가?'로 반문하기도 한다. 단약처럼 진귀한 약을 지을 재료가 없는 것은 두보 자신이 산림 속에서 생활해보지

않았기 때문이라고 하였다. 지금 현실세계는 이익에 눈이 멀어 잔꾀 부리는 속세인이 많고, 귀인들이 먹는 비린내 나는 음식은 손대기도 싫고 그렇다고 양생을 위한 청정반이 있지만 대약인 단약보다는 못하기에 현실세계에서는 생명을 연장할 수가 없다는 것이다.

9구부터 12구까지는 이백에게 시를 드린 이유를 노래한 곳이다. 당나라 궁궐에서 한림학사의 벼슬을 하던 이백 당신이 환관 고력사의 모함으로 쫓겨난 후 조용하고 그윽한 곳을 찾기에 나 또한 세속을 멀리 하고 양생의 도를 추구하고자 요초를 찾으러 갈 생각이라고 한 것이다. 두보는 현실의 속인들의 잔꾀와 부자들의 사치스러운 생활 방식 등이 다 싫었기 때문이다.

다시 이백에게 준 시도 감상해 보자.

중이백 기이贈李白 其二: 이백에게 주는 시
가을이 와 서로 돌아보니 여전히 떠도는 쑥 신세인데,

秋來相顧尙飄蓬추래상고상표봉,

단사를 이루지 못해 갈홍에게 부끄럽습니다.　未就丹砂愧葛洪미취단사괴갈홍.
통음하고 미친 듯이 노래 부르며 헛되이 날을 보내시는데,

痛飮狂歌空度日통음광가공도일,

날아오르고 뛰어넘는 것은 누구를 위한 호기입니까?

飛揚跋扈爲誰雄비양발호위수웅.

위의 시는 두보가 서로의 신세를 돌아보면서 이백에게 준 시이다. 가을이 와도 여전히 속세를 떠나지 못하고 바람에 날리는 쑥 신세이다. 그래서 단사를 구하기 위해 속세를 버리고 떠났던 갈홍에게 부끄럽다는 것이다. 그래서 술을 마음껏 퍼마시고 미친 듯이 노래 부르며

헛되이 나날을 보내고 있다. "비양발호(飛揚跋扈)"는 새가 높이 날고 물고기가 뛰쳐 오르듯 마음껏 날뛰는 모습을 비유한 표현이다. 그러면서 '누구를 위해 행위인가?'라고 묻고 있다. 아마도 이백의 호기를 풍자한 듯하다. 이백이 자신이 지녔던 호방한 뜻을 이루지 못해 호기를 부리는 것 같기 때문이다. 그래서 두보는 세월만 보내는 이백에 대해서 탄식한 것이다.

갈홍은 진(晉)나라 때 인물로 천하가 어지러워지자 나부산에 은거하여 불사약 단사를 만든 사람이다. 이백과 두보는 갈홍처럼 도를 닦아 도사가 되어 단사를 이루어야 하는데, 아직 그렇지 못한 것이 안타깝다는 뜻이다.

당시 이백과 함께 했던 모습을 전하는 시도 있다.

여이십이백동심범십은거與李十二白同尋范十隱居: 이백과 함께 범씨의 은거지를 방문하다

이후(이백)에게 아름다운 시구 있으니,	李侯有佳句이후유가구,
왕왕 음갱의 시구와 흡사하네.	往往似陰鏗왕왕사음갱.
나 또한 동몽산의 나그네로서,	余亦東蒙客여역동몽객,
당신 사랑하기를 형제처럼 하였네.	憐君如弟兄연군여제형.
취하여 잠들면 가을날 함께 이불 덮고,	醉眠秋共被취면추공피,
손을 맞잡고 날마다 함께 다녔네.	攜手日同行휴수일동행.
다시금 그윽한 생활 기약한 곳 생각나,	更想幽期處갱상유기처,
다시 북곽 선생(범씨) 찾게 되었네.	還尋北郭生환심북곽생.
문을 들어서니 고상한 흥이 일고,	入門高興發입문고흥발,
모시고 서 있는 동자가 해맑네.	侍立小童淸시립소동청.
낙조 속에 처량한 방아소리 들리고,	落景聞寒杵낙경문한저,

두껍게 쌓인 구름 아래 고성을 대하네.　　　屯雲對古城준운대고성.

지금껏 굴원의 「귤송」을 읊었으니,　　　　　向來吟橘頌향내음귤송,

누구와 더불어 순채국을 찾을까?　　　　　誰與討蓴羹수여토순갱.

벼슬아치의 비녀와 홀을 논하고 싶지도 않나니,　不願論簪笏불원논잠홀,

아득하다, 푸른 바닷가에 살고 싶은 마음이로다.　悠悠滄海情유유창해정.

위의 시는 세 단락으로 나눌 수 있다. 1구에서 6구까지가 첫 단락으로써, 이백의 시를 칭송하면서 나 두보와 한 형제와 같은 존재라고 하였다. 두 번째 단락은 7구부터 12구까지로, 이백과 함께 범씨를 찾아간 것을 노래한 곳이다. 범씨는 언젠가 두보와 함께 은거를 약속한 일이 있었던 것 같다. 그래서 범씨가 머무는 은거지를 찾은 것이다. 오래 머물다 보니, 저녁밥을 짓기 위한 방아 찧는 소리도 들려오고 두껍게 쌓인 구름 아래에 옛 성이 보이기도 하였다. 셋째 연은 전국시대 초나라 충절가 굴원이 읊었던 「귤송」을 노래했던 것처럼, 범씨의 지조를 찬양하면서, 장한의 이야기를 용사(用事)하여 벼슬에 뜻을 두지 않고 나도 고향으로 돌아가 은거하고 싶은 심정을 드러내었다. 이는 범씨를 대하고 나서, 두보 자신도 속세를 떠나 자연에 은거하고 싶은 심정을 드러낸 것이다.

절에 가면 절에 머물고 싶고, 은둔자를 만나면 속세의 번잡함을 벗어나고 싶은 것이 두보의 마음이다. 마치 우리 이웃의 아저씨마냥 절에 가면 부처가 부럽고 도가(道家)에 들면 도인이 되고 싶다.

여기서 두보는 이백과의 친근함을 표현하였다. 친형제와 다름없을 뿐만 아니라 한 이불을 덮고 잠을 잘 정도라고 하였기 때문이다. 두 사람의 친분도가 이 정도면, 술을 마시고 호기를 부리는 이백에게 '그 당당함은 누구를 위한 씩씩함입니까?'라고 물을 수 있는 친분도라

할 것이다.

"「귤송」"은 전국시대 초나라 굴원이 지은 『초사(楚辭)』 중 한 작품이다. 위의 시에서는 귤나무가 한자리에서 꿋꿋하게 살아가듯이 자신의 지조를 바꾸지 않는 고상한 인물이 되겠다고 두보가 다짐한 것이다. 그리고 "순갱(蓴羹)" 곧 순채국은 벼슬에 뜻을 두지 않고 고향으로 돌아가 살겠다는 의미를 지니고 있다. 『진서(晉書)』「장한전(張翰傳)」에 나오는 이야기로, 오나라 땅 사람 장한이 제(齊)나라에 가서 벼슬할 때 가을바람이 불자 고향에서 먹던 순채국과 농어회가 생각나서 그만 벼슬을 버리고 고향으로 돌아갔다는 내용이다. '인생에서 자기 마음에 흡족한 것이 최고이지 어찌 타향에서 명예와 부를 찾는 것이 대수이겠는가?'라고 반문하고 고향으로 돌아간 것이다. 이후 장한 고사는 벼슬을 그만두고 고향으로 돌아가 은거하고 싶은 마음을 함축적으로 나타낼 때 인용되는 이야기로, 문학 작품에 많이 인용되고 있다.

"이십이백(李十二白)"이라고 한 것은, 이백이 자기 집안 8촌 이내의 형제 항렬(行列)로 12번째라는 뜻이고 "범십은거(范十隱居)"의 "범십(范十)"은 범씨 집안의 10번째 형제라는 뜻이다. "음갱(陰鏗)"은 진(陳)나라 때 사람으로 오언시를 잘 지었다고 한다. "북곽생(北郭生)"은 후한(後漢) 때 사람인 요부(廖扶)이다. 북곽 선생은 그의 별명으로 여기서는 범씨를 비유한 말이다. "屯雲"은 음을 '둔운'으로 읽을 것이 아니라, '준운'으로 읽어야 한다. 『두시상주』에서 음을 '순(諄)'으로 명시하였기 때문이다. 뜻은 '두껍게 쌓인 구름'이라는 뜻이다.

두 사람이 헤어진 후, 천보 4년(745, 34세) 겨울 장안에서 두보가 오(吳)·월(越)지역을 떠돌고 있을 이백을 그리워하며 쓴 시가 있다.

동일유회이백冬日有懷李白: 겨울날 이백을 그리워하다

적막한 서재 안에서,

아침 내내 유독 그대 생각뿐이라오.

다시금 가수의 전기를 더듬고,

「각궁」의 시를 잊지 못하오.

짧은 옷에 한기 스미고,

환단을 만드는 것 세월 더디오.

아직 흥이 나는 대로 가지 못하니,

헛되이 녹문산의 기약만 믿소.

寂寞書齋裏적막서재리,

終朝獨爾思종조독이사.

更尋嘉樹傳갱심가수전,

不忘角弓詩불망각궁시.

短褐風霜入단갈풍상입.

還丹日月遲환단일월지.

未因乘興去미인승흥거,

空有鹿門期공유녹문기.

두보가 겨울날 산동에서 이백을 그리워하며 쓴 시이다. 이때 이백은 오(吳)와 월(越) 지역을 유람하고 있던 때이다. 전반부는 이백에 대한 생각이다. 적막한 서재는 「여이십이백동심범십은거(與李十二白同尋范十隱居)」에서 함께 이불을 끌어다 덮고 잤던 방이다. 두보는 이백과 이런 형제의 정이 있어 '가수'와 '각궁'의 이야기를 가져온 것이다. 『좌전(左傳)』에 나오는 '가수(嘉樹)'와 '각궁(角弓)'을 용사하여 이백과 형제의 우의를 다진 것이다. 진(晉)나라 한선자(韓宣子)가 노(魯)나라 소공(昭公)에게 사신으로 와서 『시경(詩經)』의 「각궁」장을 읊었다. 「각궁」은 형제의 우애를 노래한 시이다. 진나라와 노나라가 형제처럼 잘 지내자는 의미이다. 그런데 노나라 계무자(季武子)가 한선자를 초대한 자리에서 가수(嘉樹) 곧 아름다운 나무를 탐냈다. 그래서 이 나무를 잘 키워 「각궁」 시를 읊은 뜻을 저버리지 말라고 했다는 고사이다. 「각궁」의 뜻을 잊지 말라는 말은 형제간의 우의를 잊지 말라는 뜻이다. 이처럼 두보도 형제같이 돈독한 정을 맺은 이백을 잊지 못하고 있다.

후반부는 두보 자신의 처지를 노래한 것으로, 아무것도 이루지 못함을 마음 아파한 부분이다. 초라한 차림으로 떠돌면서 신선이 된다는 환단을 만드는 것도 쉽지 않고, 고사 중 왕자유와 대안도의 이야기처럼, 흥이 나면 오월지역으로 이백을 찾아갈 것인데, 흥은 아직 나지 않는다고 하였다. 왕자유가 눈 오는 밤에 흥이 나서 대안도를 찾아갔다 흥이 다하여 문 앞에서 돌아왔다는 고사이다. 다만 두보는 후한때 방덕공이 은거했던 호북성 양양 녹문산에 은거하자고 했던 기약은 믿고 있다고 하였다.

그리고 두보가 35세(746)되던 해 봄날 장안에서 이백을 간절히 그리워하면서 시를 지었다.

춘일억이백春日憶李白: **봄날에 이백을 그리워하며**

이백의 시는 천하무적,	白也詩無敵백야시무적,
표연히 그 시상이 군속에 속하지 않네.	飄然思不群표연사불군.
맑고 새로움은 유개부와 같고,	淸新庾開府청신유개부,
준수하고 **빼어나기는** 포참군과 같도다.	俊逸鮑參軍준일포참군.
위수 북쪽(함양) 봄날 나무 밑에 서 있는 나,	渭北春天樹위북춘천수,
장강 동쪽 해 저무는 구름 밑에 있는 그대.	江東日暮雲강동일모운.
어느 때에 한 동이 술로써,	何時一樽酒하시일준주,
거듭 함께 글을 세밀히 논할까?	重與細論文중여세논문.

위의 시는 봄날 장안에 있는 두보가 강동(장강의 동남쪽으로 강소성과 절강성 일대)에 있을 이백을 생각하면서 지은 시이다. 이백의 시는 겨룰 자가 없고, 그대의 시상은 자유분방해서 속세의 범위를 벗어났다. 그대 시의 맑고 새로움은 양나라 유신[양나라 문인]과 같고, 빼어남은

송나라 포조[육조시대 송나라 문인]와 같다. 지금 나는 위수 북쪽 봄 하늘 나무 아래에 있으면서 그대를 생각하고 있는데, 당신이 있는 강동의 해 저물녘에는 구름이 자욱이 덮여 있겠지? 언제쯤 당신과 만나 한 동이 술을 마시며, 거듭 자세히 시를 논해볼까? 두보는 예전에 이백과 서로 함께 있으면서 시를 논했던 것처럼 거듭 논하고 싶은 것이다. 그래야 자신의 문장 실력이 나아갈 수 있기 때문이다. 이처럼 두보는 재회를 기약하지만, 이후 만남은 이루어지지 않았다.

　"백야(白也)"의 '야(也)'는 이름자 뒤에 일반적으로 사용하는 글자이다. "유개부(庾開府, 513~581)"는 육조(六朝)시대 양(梁)나라와 북주(北周)에서 벼슬했던 인물이다. 특히 북주에서 '개부의동삼사(開府儀同三司)'라는 벼슬을 했기에 유개부라고 일컫는 것이다. 유개부의 초기시의 특징이 청신(淸新)하였기에 이백의 시를 그에 비유한 것이다. 청신함은 맑고 새롭다는 의미로, 시풍에 세속적인 기운이 없고 산뜻하면서도 진부하지 않다는 의미가 담겨 있다. 그리고 "포참군(鮑參軍, 420~479)"은 중국 남조 송(宋)의 문학가인 포조(鮑照)로, 임해왕(臨海王) 유자욱(劉子頊)의 전군참군(前軍參軍)을 역임했기에 '포참군'이라고 부른다. 포참군은 악부시를 잘 지었는데, 이백에게 많은 영향을 미쳤다. 두보도 이백의 시가 포참군처럼 준수하고 빼어났다는 것이다. 다시 말해 '준일하다'는 것은 시의 기상이 빼어난 것으로, 부패한 사회에 대한 풍자도 아울러 담긴 시를 이르는 말이다. 따라서 두보는 이백의 시에는 세속적인 탐욕이나 아첨 따위는 없으면서 부패한 사회에 대한 풍자의 내용도 있다는 것이다.

　다음 시는 천보 연간에 지었다는 설과 지덕 2년(757)에 지었다는 설이 있는 시로, 두보가 이백의 안부를 묻고 있다.

송공소보사병귀유강동겸증이백送孔巢父謝病歸遊江東兼呈李白: 공소보孔巢父가 병으로 관직을 사양하고 돌아가 강동에서 노닐려고 하는 것을 전송하며 이백에게 드리다

소보께서는 머리를 흔들며 머무르려 하지 않고,　巢父掉頭不肯住소보도두불긍주,

동으로 장차 바다로 들어가 안개를 따라가려 합니다.

東將入海隨煙霧동장입해수연무.

시를 적은 두루마리를 세상에 길이 남겨두고,　詩卷長留天地間시권장유천지간,

낚싯대 가지고 산호초를 흔들려 하신다.　釣竿欲拂珊瑚樹조간욕불산호수.

깊은 산과 큰 못에는 용과 뱀이 먼 곳에 살고,　深山大澤龍蛇遠심산대택용사원,

봄날 추위에 들판은 어둑하고 풍경은 저물 때입니다.

春寒野陰風景暮춘한야음풍경모.

봉래산 선녀가 구름 수레 돌려 와,　蓬萊織女回雲車봉래직녀회운거,

허무의 세계를 가리키며 가는 길을 안내합니다. 指點虛無是征路지점허무시정로.

본래 그대의 몸에 신선의 골격 있으나,　自是君身有仙骨자시군신유선골,

세상 사람들 어찌 그 이유를 알겠습니까?　世人那得知其故세인나득지기고.

그대 아껴, 다만 몹시 머물게 하고 싶지만,　惜君只欲苦死留석군지욕고사유,

부귀가 어찌 풀잎의 이슬만 하겠습니까?　富貴何如草頭露부귀하여초두로.

채후는 조용한 사람으로 마음이 넉넉하여,　蔡侯靜者意有餘채후정자의유여,

맑은 밤에 술을 베풀고 앞 섬돌에 임하셨습니다. 清夜置酒臨前除청야치주임전제.

거문고 소리 그쳐 서글픈데, 달빛은 자리를 비추고,

罷琴惆悵月照席파금추창월조석,

어느 해에나 나에게 신선의 공중 글을 보내시렵니까?

幾歲寄我空中書기세기아공중서.

남쪽으로 우임금 무덤 찾다가 이백을 보거든,　南尋禹穴見李白남심우혈견이백,

두보가 지금은 어떠하신지 여쭤더라고 말씀해 주십시오.

道甫問信今何如도보문신금하여.

위의 시는 장안에서 벼슬하던 공소보가 벼슬을 그만두고 강동 지역 곧 절강성 동쪽 지역인 회계로 떠나려고 할 때 전송하면서, 혹시 강남 땅 회계에서 이백을 만나게 되거든 안부를 전해 줄 것을 당부한 시이다. 1구에서 4구까지는 공소보가 머리를 크게 저어 강하게 벼슬을 그만둠을 표현하면서 장차 동쪽 바다가 신선의 세계를 찾아감을 노래하였다. 그리고 시집(詩集)까지 남긴 공소보가 은거하는 사람의 정취를 맛보려 한다고 하였다. 따라서 공소보의 강동행은 신선의 경지를 맛보기 위한 행위라는 것이다. 5구에서 8구까지는 공소보가 장차 살 인적이 없는 심산과 큰 연못에는 용과 뱀이 살고 있을 것이라고 하면서 저물 무렵에 이별을 고하고 있다. 공소보가 떠나는 곳이 동해 바닷가 신선의 세계이기에 선녀들이 구름 수레를 몰고 와 떠날 길을 안내한다고 하였다. 따라서 공소보가 신선의 세계로 접어들고 있다. 9구에서 12구는 공소보가 원래 신선의 기질이 있어 그리워하고 찾아가려고 하는데, 세상 사람들은 공소보가 신선의 세계를 찾아가는 그 까닭을 모른다고 하였다. 그래도 두보 자신은 공소보를 아끼는 마음에 붙잡아 두고도 싶지만, 인간 세상의 부귀영화는 풀잎에 맺힌 이슬 같은 것이라 덧없을 뿐이기에, 붙잡지 않는다고 하였다. 신선 자질이 있는 공소보가 신선의 세계로 나아가는 것은 그의 자질을 찾아가는 것이기 때문이다. 13구에서 18구까지는 잔치를 베풀어 준 채후의 성품을 소개하면서 신선 세계로 떠나는 공소보에게, 나에게 편지할 것과 남쪽 지방인 회계에서 이백을 만나게 되거든 나의 안부를 꼭 전해줄 것을 당부하였다. 이렇게 두보는 늘 이백을 생각하고 있었던 것이다. 마치 타향에서 고향 사람 만나면 안부 전하듯이 전해 줄 것을 공소보에게 부탁하였다.

이 시에서 두보는 이백에게 "금하여(今何如)" 곧 "지금 어떠한가?"라고 그 동안의 안부를 여쭈고 있다. 이전 시 「증이백(贈李白)」에서 "습요초(拾瑤草)" 향초를 구해 신선의 경지에 들기를 바라고, 「중이백(贈李白)」 2에서는 "취단사(就丹沙)"라 해서, 장생불사의 영단(靈丹)을 구해 영원히 사는 신선이 되기를 바랐다. 그래서 두보는 이 시에서도 지금 어떻게 지내는냐?고 안부를 묻는 것이다. 아마도 신선 기질이 있는 공소보와 함께 신선의 세계에 들기를 원했기 때문이다.

"소보(巢父)"의 '보(父)'는 '노인 보'로 사물의 특징을 나타내는 접미사이다. 은둔자의 모습이기에 머리카락이 새집을 지은 모습으로, 머리카락이 정돈되지 않은 모습의 노인이라는 뜻이다. "공중서(空中書)"는 멀리 신선의 세계에서 날아온 편지라는 뜻으로, 장차 신선이 된 공소보가 두보에게 보낼 올 편지라는 의미이다. "우혈(禹穴)"은 절강성 소흥현 회계산에 있는 우임금의 무덤을 가리키는 말이다. 이 시의 마지막 구의 "도(道)"는 '말하다'는 뜻의 '말할 도'자이다.

다음 시는 천보 5년(746년, 35세) 세밑에 지은 시이다.

금석행今夕行: 오늘 저녁의 노래

오늘 저녁은 어떤 저녁인가? 한 해가 가는 날이네,

今夕何夕歲云徂금석하석세운조

밤이 깊도록 촛불을 밝히고 가히 저버릴 수 없다.

更長燭明不可孤갱장촉명불가고.

함양 객사에는 할 일도 하나 없고, 咸陽客舍一事無함양객사일사무,
서로 모여 박새하며 즐겁게 논다네. 相與博塞爲歡娛상여박새위환오.
신이 나서 크게 소리 질러 오백을 외치며, 憑陵大叫呼五白빙릉대규호오백,
웃통 벗고 맨발로 하지만 효로는 되지 않는다. 袒跣不肯成梟盧단선불긍성효로.
영웅도 때로 또한 이와 같으리니, 英雄有時亦如此영웅유시역여차,
우연히 만났으니 어찌 좋은 뜻이 아니겠는가? 邂逅豈卽非良圖해후기즉비량도.

그대 웃지 마라, 유의의 예전 포의시절 바람을,

君莫笑劉毅從來布衣願군막소유의종래포의원,

집에 아무것도 없는데 백만 전을 잃기도 하였다. 家無儋石輸百萬가무담석수백만.

두보의 장정 시절의 호방한 뜻을 보여주는 시이기도 하다. 한 해가 저무는 세모(歲暮)이다. 그런데 두보는 지금 타향인 경조부 함양현 어느 여관방에 있다. 섣달 그믐날 밤 사람들이 모두 밤 깊도록 촛불을 밝히고 놀면서 제야의 밤을 밝히고 있기에 두보 자신도 그런 분위기를 저버릴 수 없다. 제야의 밤을 그저 흘러 보낼 수 없어 사람들이 모여 박새(저포놀이, 육박)하며 즐거운 한 때를 보낸다. 박새 놀이를 하면서 남에게 이기 위해 '오백'을 소리치기도 하고 웃통을 벗고 맨발로 게임에 참여하지만, 박새(저포놀이)의 좋은 패인 '효로'는 나오지 않는다. 진(晉)나라 안재(安帝) 때의 형주 자사를 유임했던 유의(劉毅) 같은 영웅도 박새로 이런 즐거운 시간을 보냈을 것이며, 예전 벼슬하지 않고 지냈던 포의 시절에는 집안에 조금의 양식도 없으면서 백만 전을 걸어 잃기도 하였다는 말이다. 큰 뜻을 지닌 영웅도 젊은 시절에는 호방한 성격이었음을 드러낸 것이다. 두보도 지금 빈천하지만 큰 뜻을 품고 있다. 그런데 시대 운수가 따르지 않아 자신의 뜻대로 일이 풀리지 않는다. 그래서 두보도 우리 주변 이웃들이 행하는 박새 놀이 곧 윷놀이를 하면서 옛날 진(晋)나라 때 유의(劉毅)가 행했던 것처럼 호탕하게 놀고 싶은 것이다.

이백, 두보 등과 함께 양송(梁宋, 지금의 하남성) 지역을 유람했던 고적도 제야에 지은 시가 있다.

제야작除夜作: 섣달 그믐밤에 짓다

고적高適

여관 찬 등불에 홀로 잠 못 이루고,	旅館寒燈獨不眠여관한등독불면,
나그네 마음 무슨 일로 처량해지는가?	客心何事轉悽然객심하사전처연.
고향은 오늘 밤 생각하니 천리 길인데,	故鄕今夜思千里고향금야사천리,
하얀 귀밑머리 내일 또 한 살 더 하네.	霜鬢明朝又一年상빈명조우일년.

나그네가 묵는 여관방 찬 등불 아래 홀로 있으니 왜 이렇게도 처량 해지는가? 고향집에서는 그믐밤이라 친인척들 모두 모여 일 년 동안 지내온 이야기를 하며 밤을 지새우는데, 천리 밖에 있는 나는 홀로 타향을 떠돌고 있다. 오늘 밤이 지나면 내일은 새해라 나도 나이를 한 살 더 먹어 흰 머리카락만 늘어날 것이다. 두보의 호방한 시의 내용과는 다르게 고적은 타향의 어느 여관방에서 수구초심(首丘初心) 하면서, 허무하게 늙어감을 슬퍼하였다.

천보 6년(747) 36세에 현종이 내린 조령(詔令, 천하의 인재를 뽑기 위 해 과거시험 실시를 내린 명령)에 응했다가 낙방한 후 종고모 곧 사촌 고모의 아들인 소씨에게 준 시이다. 낙방 후의 심리를 읽을 수 있는 시이다.

증피부소낭중십형贈比部蕭郎中十兄: 피부낭중인 소씨 집안의 10번째 형께 드리다

아름다운 이(종고모) 있어 인걸을 낳았는데,	有美生人傑유미생인걸,
예로부터 덕을 쌓은 집안입니다.	由來積德門유래적덕문.
(소씨가) 한(漢)나라 승상(소하)의 혈통이요,	漢朝丞相系한조승상계,
양나라 제왕(무제 소연)의 후손입니다.	梁日帝王孫양일제왕손.
관대한 마음을 지니고 피부낭중이 된 지 오래되었고,	

蘊藉爲郞久온자위낭구,

장대한 기골에 명철함을 지니어 존귀합니다.　魁梧秉哲尊괴오병철존.

글 솜씨는 후배의 머리를 숙이게 하고,　詞華傾後輩사화경후배,

우아한 풍모 구름 가를 홀로 나는 새같이 독보적입니다.

風雅靄孤騫풍아애고헌.

인척으로서 친척들을 영광되게 하셨고,　宅相榮姻戚택상영인척,

아이(두보 자신)에게도 토론의 은혜 베푸셨습니다.

兒童惠討論아동혜토론.

저를 알아주신 것이 진실로 어려서부터이지만,　見知眞自幼견지진자유,

지혜가 모자라 여러 형들께 부끄럽습니다.　謀拙愧諸昆모졸괴제곤.

이리저리 떠돌 적에 천하는 광활하기만 하였고,　漂蕩雲天闊표탕운천활,

매몰되어 있는 사이 세월은 빨리 가버렸습니다.　沈埋日月奔침매일월분.

군왕을 높이 오르게 하기엔 때가 이미 늦었는데,

致君時已晚치군시이만,

옛날에 대한 그리움만 마음속에 부질없이 남아 있습니다

懷古意空存회고의공존.

혜강은 산양에서 풀무질했고,　中散山陽鍛중산산양단,

우공은 들판의 골짜기 마을에 살았습니다.　愚公野谷村우공야곡촌.

어찌 어르신(소씨) 수레를 돌려 오게 하겠습니까?

寧紆長者轍녕우장자철,

돌아가 여생 보내며 천지에 이 몸을 맡기고자 합니다.

歸老任乾坤귀로임건곤.

　낙방한 후의 두보의 심정이 잘 나타난 시이다. 제목에 보이는 피부 낭중인 소씨에게 하소연하는 내용이다. 1구에서부터 8구까지는 고모

집안인 소씨 집안의 대한 소개이다. 그 소씨들은 한나라 조정에서 승상 벼슬을 지낸 소하와 양나라 때 제왕의 자리에 있던 무제 소연을 조상으로 소개한 것이다. 그러면서 소씨 형님은 현명함의 소유자이며, 글 솜씨와 풍모 또한 뛰어난 존재로 평하였다. 9구부터 12구까지는 두보와 소씨와의 어린 시절 회상이다. 고종사촌인 소씨 형님은 나와 토론도 행했을 뿐만 아니라, 나의 재능까지도 알아주었던 것이다. 13구부터 20구까지는 두보가 이러저리 천하를 떠돌아다니다 보니, 흘러가는 세월 속에 매몰되어, 임금을 요순 임금처럼 성군이 되게 하기도 어렵게 되어, 옛날의 태평성대만 그리워하고 있다고 하였다. 그래서 진(晉)나라 때 혜강과 춘추시대 사람인 우공(愚公)의 이야기를 빌려 은거하고픈 심정을 드러낸 것이다. 이런 은거의 마음이 섰기 때문에 고종사촌 형인 소씨가 번거롭게 수레를 타고 두보 자신을 찾아오게 할 수 없다고 한 것이다. 그러면서 이제는 자연으로 돌아가 여생을 보낼 것이라고 하였다.

　제목에 보이는 "비부(比部)"는 『두시상주』에서 '比(비)'의 독음을 '皮(피)'로 명시해 놓았다. 그래서 "피부"로 읽었다. 당나라 당시 형부에 속하는 부서의 명칭이 '피부'였다. "한조승상(漢朝丞相)"은 한나라 왕조의 승상이라는 의미로 소하(蕭何)를 이르는 말이다. 소씨의 형이 소하의 후손이라는 뜻이고, "양일제왕(梁日帝王)"은 양나라 때의 제왕인 양 무제 소연(蕭衍)을 이르는 말로, 소씨 형님이 양나라 무제 소연의 후손이라는 의미이다. "풍아(風雅)"는 우아한 풍취로 풍류의 의미로 보기도 하지만, 『시경』「국풍」의 '풍아'로 보아 '시의 본보기'로 보기도 한다. "택상(宅相)"은 외손자의 의미가 있지만, 여기서는 인척지간을 가리키는 말로 쓰였다. "아동(兒童)"은 어린 시절 두보를 이르는 말이고, "중산(中散)"은 진(晉)나라 때 죽림칠현의 한 사람이면서 중산

대부를 지낸 혜강이고, "우공(愚公)"은 춘추시대 사람으로 은둔자이다. "우장자철(紆長者轍)"은 '장자의 수레를 돌리다'는 의미로, 장자는 소씨 형님을 가리킨다. 따라서 소씨 형님으로 하여금 번거롭게 수레를 타고 두보 자신을 찾아오게 할 수 없다는 뜻이다. "귀로(歸老)"는 돌아가 늙는다는 의미로, 곧 고향으로 돌아가 나머지 생을 마친다는 의미이다.

20대 때 낙방한 후에는 태산에 올라 큰 기상을 품은 두보가 「망악(望嶽)」을 지었는데, 30대 중반에 낙방한 후의 시는 은거를 생각하고 있다. 전술한 바와 같이 제목에 보이는 '비(比)'자는 '피(皮)'로 독음을 읽어야 한다. '피부낭중'이라는 벼슬의 명칭이기 때문이다. 형부에 속하는 피부낭중의 벼슬자리를 차지하고 있는 사촌 고모의 아들인 소씨에게 한탄조로, 두보 자신이 지식도 모자라고 때도 만나지 못해 이제는 은거했던 혜강과 우공의 본을 받아 고향으로 돌아가 여생을 보내려 한다는 것이다. 20대와는 달리 30대 중반의 두보는 자신감이 많이 떨어져 있다.

자존감이 많이 떨어진 두보에게 안부를 물어 오는 사람이 있었다. 천보 7년(748, 37세)의 작품이다.

봉기하남위윤장인奉寄河南韋尹丈人: 하남 태수 위제 어른께 부치다

객이 있어 전하기를 하남윤께서,　　　　　　　　　有客傳河尹유객전하윤,

사람 만나면 공융(두보 자신 비유)의 안부를 물었다군요.

　　　　　　　　　　　　　　　　　　　　　　逢人問孔融봉인문공융.

『청낭중서(도술책)』를 끼고 여전히 숨어 살며, 靑囊仍隱逸청낭잉은일,

장보관(유자의 관)을 쓰고 여전히 동서로 떠돕니다.

　　　　　　　　　　　　　　　　　　　　　　章甫尚西東장보상서동.

(위제께서) 부귀한 가문으로 집안이 여러 파로 나뉘었고,

鼎食分門戶정식분문호,

문단에서 국풍(시경시)을 계승하셨지요. 詞場繼國風사장계국풍.

존귀하고 영화로워서 지위가 절대적임을 바라볼 뿐인데,

尊榮瞻地絶존영첨지절,

서툴고 방자하게 행하다 길이 막혔음을 생각해주셨습니다.

疏放憶途窮소방억도궁.

탁주 마시는 도연명을 찾고, 濁酒尋陶令탁주심도령,

단사 만드는 갈홍을 방문하였습니다. 丹砂訪葛洪단사방갈홍.

강호에서 짧은 옷을 입고 떠돌며, 江湖漂短褐강호표단갈,

눈서리가 헝클어진 머리에 가득합니다. 霜雪滿飛蓬상설만비봉.

천지는 광대하고 영락하여 쓸쓸하고, 牢落乾坤大뇌낙건곤대,

두루 돌아다니는 동안 도술은 쓸모없게 되었습니다.

周流道術空주류도술공.

계자훈(도사)으로 잘못 알아주심에 부끄럽고, 謬慚知薊子류참지계자,

양웅을 비웃듯이 (두보 자신을) 비웃을까 정말 겁납니다.

眞怯笑揚雄진겁소양웅.

어려운 일을 잘 풀어 나가니 (위제를) 귀신도 두려워하고

盤錯神明懼반착신명구,

공덕을 칭송하는 노래 들리니 덕과 의가 풍성합니다.

謳歌德義豐구가덕의풍.

옛집에는 흙집이 남아 있지만, 尸鄕餘土室시향여토실,

누가 축계옹(신선으로 두보 자신)을 말하겠습니까?

誰話祝雞翁수화축계옹.

하남 태수 위제가 두보의 지인을 만나, 그의 안부를 물어왔던 것이다. 이에 두보는 그 물음에 화답하는 형식의 시를 지어 소식을 전하는 시이다. 두보 나이 37세 무렵의 근황을 알게 해주는 시이다.

어떤 객이 두보에게 말하기를 하남윤 위제가 두보 당신의 안부를 묻더라고 일러 주었다. 그 물음에 두보는 여전히 도사들이 지니고 다니는 도술책을 끼고 유자들의 관(冠)인 장보를 쓰고 세상을 떠돌고 있다고 답을 한다. 그러면서 하남윤 위제의 가문 위세가 성대하고 집안이 번성하여 여러 파로 나누어졌다고 칭송하였다. 그러면서 위제 또한 시에 능했다고 추켜세웠다. 그런 집안과 인물을 두보 자신은 그저 바라볼 뿐이다. 처세 또한 서툴러 출사의 길이 막혔다는 것이다. 이런 두보 자신을 하남윤 위제는 생각해 달라는 것이다. 한편으로는 두보는 몰락한 집안의 서생이라 기억해 주는 것만으로도 감격해 하고 있다.

지금 두보 자신은 도연명과 같이 자연 속에 은거하는 자를 찾아다니거나 단사를 만드는 갈홍 같은 이를 구하고 있다는 것이다. 그래서 지금껏 아무 벼슬자리에도 나아가지 못하고 이리저리 떠돌이 신세가 되었다는 것이다. 천지는 넓지만 나는 홀로 영락하였고, 비록 도술을 지녔지만 결국 떠도는 동안 쓸모없게 되었다는 것이다. 두보는 하남윤 위제가 자신을 후한 때 도를 지녔던 계자훈(도사) 같은 인물로 여겨 부끄럽다고도 하였다. 그래서 한나라 때 양웅이『태현경』을 짓자 비웃었던 것처럼, 지금 사람들이 두보 자신을 비웃을까 봐 염려가 된다고 하였다. 이 부분은 앞부분에서 위제가 두보의 안부를 물은 것에 대한 두보의 답변이기도 하다.

마지막으로 하남윤 위제가 어려운 일들도 잘 풀어나가니 귀신도 놀랄 정도라고 칭송하면서 두보 자신의 안부를 물어주는 사람은 위제한 분뿐이라고 하였다. 안부 묻는 말로 시작하여 감사의 인사로 끝을 맺어 수미(首尾)가 잘 호응된 시이다.

"공융(孔融)"은 후한(後漢) 때 인물로, 노(魯)나라 사람으로 공자의 후손이기도 하다. 여기서는 두보 자신에 비유하였다. "청낭(靑囊)"은 청낭중서(靑囊中書)로 신선이나 음양오행에 관련된 책을 이르는 말이다. "장보(章甫)"는 은나라 시대 때 사용하던 예관(禮冠)인데, 여기서는 유자(儒者)가 쓰던 관(冠)을 이르는 말이다. "사장(詞場)"은 문단(文壇, 문인들이 사회)을 이른다. "도령(陶令)"은 동진 때 팽택령을 지낸 도연명이다. "반착(盤錯)"은 반근착절(盤根錯節)의 준말로, 뒤틀린 뿌리와 얽힌 가지라는 말인데, 매우 어려운 일을 비유할 때 사용한다. "신명구(神明懼)"는 귀신이 그 예리함을 두려워한다는 뜻이다. 하남 태수 위제가 어려운 정사를 잘 풀어나가니, 귀신도 그 예리함에 놀랄 정도라고 칭송하고 있는 것이다. "구가(謳歌)"는 여러 사람이 공덕을 칭송하여 노래한다는 말이다. "시향(尸鄉)"은 고을 이름으로, 두보가 옛날에 살던 하남성 언사현 서북쪽 수양산 아래 있던 육혼(陸渾) 별업(別業)을 가리킨다. "축계옹(祝雞翁)"은 신선의 이름으로 여기서는 두보 자신을 비유한 말이다.

두보 자신의 안부를 물어주던 하남 태수 위제가 상서성(尙書省) 좌승으로 영전되었다. 그래서 두보는 위제에게 시를 바치면서 자신을 천거해 줄 것을 은근히 기대하였다.

증위좌승장제贈韋左丞丈濟 : 좌승상 위제 어른께 드리다

좌승의 직위 자주 비더니,	左轄頻虛位좌할빈허위,
금년에 학문이 오래된 선비 얻었습니다.	今年得舊儒금년득구유.
재상의 가문에 위씨가 있고,	相門韋氏在상문위씨재,

경술에 조예가 깊은 한나라 신하 필요합니다. 經術漢臣須경술한신수.
당시의 여론은 선대의 공적을 칭송하였는데,　時議歸前烈시의귀전열,
(위제의) 형제가 함께 하지 못함이 한스럽습니다.

　　　　　　　　　　　　　　　　天倫恨莫俱천륜한막구.
할미새 나는 들판엔 묵은 풀 무성한데,　鶺原荒宿草영원황숙초,
봉황지(중서성)에 형통한 길(재상) 이어졌습니다.

　　　　　　　　　　　　　　　　鳳沼接亨衢봉소접형구.
객(두보)이 있어 비록 천명을 편안히 여기지만, 有客雖安命유객수안명,
노쇠한 용모 어찌 장부이겠습니까?　　衰容豈壯夫쇠용기장부.
집안사람 안석과 지팡이 근심하는데,　家人憂几杖가인우궤장,
세월을 진흙에 섞여 보냈습니다.　　　甲子困泥塗갑자곤니도.
남은 힘(글재주)을 자랑하고자,　　　不謂矜餘力불위긍여력,
돌아와 큰무당(위제)을 뵙고자 왔습니다.　還來謁大巫환래알대무.
날씨가 추워져도 여전히 보살피고 대우해주시니,

　　　　　　　　　　　　　　　　歲寒仍顧遇세한잉고우,
해 저문 뒤(나이가 많아) 또 머뭇거리게 됩니다.

　　　　　　　　　　　　　　　　日暮且踟蹰일모차지주.
늙은 준마(두보)는 천 리를 생각하고,　老驥思千里노기사천리,
굶주린 매(두보)는 한 번 불러주기를 기다립니다.

　　　　　　　　　　　　　　　　饑鷹待一呼기응대일호.
어른께서 조금이나마 느껴 주실 수 있다면,　君能微感激군능미감격,
또한 족히 곤궁한 처지에 위로가 될 것입니다. 亦足慰榛蕪역족위진무.

　위의 시는 두보가 좌승상으로 영전한 위제에게 은근히 추천을 기대
하는 내용이다. 1구에서 8구까지는 상서성(尙書省) 좌우승 자리가 자

주 비었더니, 오래도록 학문을 닦은 선비 위제가 그 직위에 오르게 되었음을 소개하였다. 위씨 집안은 대대로 재상을 배출한 집안이었고 경학(經學)과 치술(治術)에 조예가 깊은 집안이기에 위제가 좌승 직책을 담당함에 적합한 인물이라고 소개한 것이다. 그리고 위제의 형 위항이 먼저 죽었음을 애도하면서 조부와 백부 그리고 부친께서 중서성의 벼슬자리(재상)에 있었음을 칭송하였다. 위제의 영전을 축하하고 그의 가문을 칭송한 것이다.

9구에서 20구까지는 두보 자신의 신세를 소개하는 장면과 자신의 재능을 생각하시어 추천해 줄 것을 당부하였다. 두보 자신은 타고난 운명에 세상을 편안히 여기기는 하지만, 어찌 늙음을 한탄하지 않을 수 있겠는가?라고 반문하면서, 집안사람들은 늙음을 염려하고 세월은 곤궁함에 흘러가고 있다는 것이다. 그러나 두보 자신의 남은 힘을 자랑하고자 좌승 위제를 뵙고자 하는 것은 아니지만, 어려운 처지에 놓여 있는 두보 자신을 여전히 보살피고 대우해주셔도 나이가 많아 주저하고 있다고 했다. 그리고 늙은 준마와 굶주린 매를 통해 두보 자신의 능력과 곤궁함을 드러내면서 좌승 위제 당신이 곤궁한 처지에 있는 두보 자신을 한 번 불러만 준다면 황량한 마음에 빠지지는 않을 것이라고 하였다. 완곡하게 추천해 줄 것을 바라고 있다.

상서성 좌승 자리가 비어 있었는데 그 자리에 적합한 위제가 좌승이 되었고, 조부와 백부, 그리고 부친께서 재상을 하였기에 위제도 그 좌승의 직책을 잘 수행할 수 있다는 것이다. 당시 여론은 위제 선조의 훌륭함을 칭송하여, 그 자리가 위제의 집안사람에 적합하다는 것이 중론이라는 것이다. 한편으로는 위제의 형 위항(韋恒)의 죽음까지도 애도하면서, 이 기쁜 자리에 함께 하지 못하는 안타까움을 드러내었다. 위제의 형 위항이 죽은 지는 오래되었지만, 위제가 선조들이 걸었던 재상을 길을 걸어갈 수 있게 되었다는 것이다.

후반부에서 두보는 자신의 늙고 초라한 면을 소개하였다. 두보 자신은 타고난 운명에 순응하지만 이미 늙어 버렸고 집안 사람들도 그 늙음을 염려하고 있다. 그러면서 두보 자신도 오랜 세월 가난한 생활에 고생하고 있다고 하였다. 그러면 강현 노인의 고사를 통해 자신을 관리로 발탁해 주기를 은근히 속마음을 드러내었다. 그래서 예전에 나그네를 통해 자신의 안부를 물은 것도 알고, 또 자신의 어려운 처지를 알고 있기에 위제의 주변을 서성거린다고 하였다. 그래서 노쇠한 천리마와 곤궁한 매이지만 위제 당신께서 끌어준다면 그 능력을 발휘할 수 있을 것이라 하였다. 좌승상 위제가 한 번쯤 끌어주기를 바라고 있다.

"한신(漢臣)"은 한나라의 신하이지만, 여기서는 위제의 조상을 이르는 말이다. "전열(前烈)"은 전대의 공적을 이른다. "영원(鴒原)"은 할미새 우는 들판을 이르는 말이고, "숙초(宿草)"는 1년 묵은 풀을 이르는 말이다. "봉소(鳳沼)"는 중서성(中書省)의 별칭으로, 위제의 조상이 중서성 벼슬을 지낸 것을 이른다. "니도(泥塗)"는 흙길로, 지위가 낮음을 의미하고, "대무(大巫)"는 위제를 비유한 말이다. "노기(老驥)"는 늙은 천리마로 두보의 노쇠함을 비유한 말이고, "기응(饑鷹)"은 굶주린 매로 두보의 가난함을 비유한 말이다. 진(晋)나라 강현 노인의 고사는 『춘추좌전(春秋左傳)』「양공(襄公) 30년」에 나오는 이야기이다. 아들이 없는 강현 노인은 성 쌓는 일에 동원되어 청춘을 다 보냈다. 그래서 그 나이가 많음을 알아 본 위정자 조맹이 사과의 뜻으로 진흙 속에서 욕을 보게 하여 미안하다고 하면서 그 노인에게 관직을 주면서 돕고자 하였다. 그러자 노인은 나이가 많아 사양했다는 이야기이다. 위의 시 "세월을 진흙에 섞어 보냈습니다."가 강현 노인의 고사가 반영된 구절이다.

여기서는 두보가 자신 발탁해 주기를 바라는 뜻으로 인용한 것이다. 이런 고사를 이용하여 새로운 의미를 드러내는 것이 용사(用事) 작법으로, 그 뒤집어 사용한 반용법(反用法) 또는 번안법(翻案法)인 것이다.

그러나 위의 시로는 두보의 정성이 위제에게 닿지 않아서, 다시 시 22운을 지어 올렸다.

봉증위좌승장이십이운奉贈韋左丞丈二十二韻: 위 좌승 어른께 받들어 올리는 22운

비단옷 입은 사람은 굶어 죽는 일 없으나,	紈袴不餓死환고불아사,
유자들은 자기 몸 그르치는 일 많다오.	儒冠多誤身유관다오신.
좌승 어른께서 가만히 제 말씀 들어주십시오,	丈人試靜聽장인시정청,
천한 몸이 자세히 말해 보겠습니다.	賤子請具陳천자청구진.
저 두보가 어린 시절에,	甫昔少年日보석소년일,
일찍이 낙양으로 과거 보려갔습니다.	早充觀國賓조충관국빈.
책은 만권을 읽고,	讀書破萬卷독서파만권,
붓을 들면 신들린 듯하였습니다.	下筆如有神하필여유신.
부는 양웅에 필적할 만하고,	賦料揚雄敵부료양웅적,
시는 자건(조식)에 가깝다고 보았습니다.	詩看子建親시간자건친.
이옹(당시 문인)도 알고 지내자 하셨고,	李邕求識面이옹구식면,
왕한(당시 문인)은 이웃으로 살기를 원했습니다.	王翰願爲隣왕한원위인.
스스로 생각하기를 자못 **빼어나니,**	自謂頗挺出자위파정출,
당장 조종의 요직에 뛰어오르려 했습니다.	立登要路津입등요로진.
임금을 요순 위에 이르게 하고,	致君堯舜上치군요순상,
다시 풍속을 순박하게 하려했습니다.	再使風俗淳재사풍속순.
이러한 뜻은 결국 시들고 말았으나,	此意竟蕭條차의경소조,
떠돌며 노래하나 숨어지내는 자는 아닙니다.	行歌非隱淪행가비은륜.

나귀 타고 다닌 지 30년,

장안의 봄날에 나그네 생활을 하고 있습니다.

아침이면 부잣집 문을 두드리고,

저녁이면 귀인의 행차 따라 다닙니다.

남은 술과 식은 고기를 먹으며,

이르는 곳마다 슬픔과 고통을 맛보았습니다.

주상(현종)께서 요즈음 인재를 구한다기에,

홀연 뜻을 펴고자 했습니다.

푸른 하늘 날려다가 날개 꺾이고,

기세 꺾인 비늘 없는 물고기처럼 되었습니다.

좌승 어른의 후의에 심히 부끄럽고,

좌승 어른의 진정을 알고 있습니다.

좌승 어른은 언제나 백관의 윗자리에 계시면서,

외람되게도 새로 지은 좋은 시구 낭송해주셨습니다.

몰래 공공(전한시절 공우)의 기쁨을 본받고자 하지만,

원헌(공자의 제자)의 가난을 감내하기 어렵습니다.

어찌 마음속으로 불평만 할 수 있겠습니까?

오직 떠나갈 수밖에 없습니다.

이제 동쪽 바다로 갈려고 하다가,

곧 다시 서쪽으로 진(장안)으로 떠나려 합니다.

아직도 종남산을 사랑하고,

머리 돌려 맑은 위수 가를 바라봅니다.

騎驢三十載기려삼십재,

旅食京華春여식경화춘.

朝扣富兒門조구부아문,

暮隨肥馬塵모수비마진.

殘杯與冷炙잔배여냉자,

到處潛悲辛도처잠비신.

主上頃見徵주상경견징,

欻然欲求伸홀연욕구신.

青冥却垂翅청명각수시,

蹭蹬無縱鱗층등무종린.

甚愧丈人厚심괴장인후,

甚知丈人眞심지장인진.

每於白僚上매어백료상,

猥誦佳句新외송가구신.

竊效貢公喜절효공공희,

難甘原憲貧난감원헌빈.

焉能心怏怏언능심앙앙,

祇是走踆踆지시주준준.

今欲東入海금욕동입해,

卽將西去秦즉장서거진.

尙憐終南山상련종남산,

回首清渭濱회수청위빈.

항상 한 그릇의 밥도 보답하고자 하였는데,　　常擬報一飯상의보일반,

하물며 좌승을 떠날 것을 생각함에 있어서리요?　況懷辭大臣황회사대신.

흰 갈매기처럼 아득한 바다로 날아가면,　　白鷗沒浩蕩백구몰호탕,

만 리 밖 갈매기를 누가 길들일 수 있겠습니까?　萬里誰能馴만리수능순.

　위의 시도 천보 7년(748, 37세)의 작으로, 상서성(尚書省) 좌승(左丞)인 위제(韋濟)에게 바친 시이다. 두보가 자신의 학문과 시문에 대한 대단한 자신감을 내비치면서 아울러 자신의 처지와 포부를 밝혔다. 두보 36세 되던 해인 천보 6년(747) 당나라 조정에서 실시한 조령(詔令, 천하의 인재를 뽑기 위해 과거시험 실시를 내린 명령, 또는 조명詔命이라고도 함)에 응했다가 낙방한 후, 자신의 재능을 알아주는 위제에게 자신의 심정을 호소한 것이다.

　1구부터 4구까지는 시 전체의 내용을 소개하는 장면으로 유자(儒者)는 몸을 그르치는 자가 많은데, 위 좌승께서는 두보 자신의 사정 이야기 좀 들어봐 달라고 하였다. 5구에서 16구까지는 자신의 젊은 시절의 일을 회상하는 장면이다. 23세 무렵에 고향에서 치르는 향거(鄉擧)에 1등을 하여, 낙양으로 과거시험 보러 왔던 일과 낙양의 명문장가들과 가까이 지냈던 일들로 20대의 자부심을 드러내었다. 17구에서부터 28구까지는 두보가 불우했던 시절을 언급한 부분이다. 20대 젊은 시절에 품었던 요순시절의 풍속을 만들고자 했던 포부도 이제는 시들고, 떠돌이 신세가 되었지만 그렇다고 세상을 등지는 은둔자는 아니라고도 하였다. 그러면 부잣집 문을 두드려 식은 밥과 찬 술을 얻어먹는 신세로 자존감이 많이 꺾인 상태의 두보 자신을 소개하였다. 29구부터 마지막인 44구까지는 위제의 후의에 감사드리면서 이별에 임하여 곡진한 정을 말하고 있다. 위제 어른은, 두보가 새로 지은 시를

여러 관료들 앞에서 읽어주면서 그의 재능을 자랑하였다. 그래서 두보도 위제처럼 함께 벼슬자리에 나아가고자 했지만, 이제는 더 이상의 가난을 참고 벼슬을 기다릴 수가 없게 되었다는 것이다. 그래서 이제는 장안을 떠나려고 한다고 하였다. 막상 장안을 떠나려고 하니, 장안 근처에 있는 종남산과 위수를 돌아보게 된다고 하였다. 밥 한 그릇의 은혜도 보답해야 하는데, 하물며 두보 자신을 알아주고 큰 은혜를 베푼 위제를 잊을 수가 없다. 마치 흰 갈매기가 한 번 넓고 넓은 바다로 떠나가면 붙잡아 둘 수 없듯이, 다시 머물 수 없음을 드러내었다. 위제 어른께 감사하면서 이별의 정을 드러내었다. 이와 같이 두보가 구관시를 지어 바치기도 하였다. 위제는 두보의 능력을 잘 알아 두보를 조정에 추천하였지만 끝내 뜻을 이루지 못하였다.

재능이 있어도 그 재능을 알아주지 못하는 현실에 안타까워하는 두보이다. 오히려 자신의 재능을 알아주지 않는 현실에 아랑곳하지 않고, 거듭 구관시를 지어 바치는 두보의 모습에서 자꾸 우리의 모습과 겹쳐 보인다.

"환고(紈袴)"는 흰 비단 바지로 부유한 사람을 뜻하고, "유관(儒冠)"은 유자(儒者)의 관을 쓴 사람으로 선비를 이른다. "관국빈(觀國賓)"은 국도를 관광하는 빈객으로, 과거 응시자를 이르는 말이다. "자건(子建)"은 조조의 아들 조식(曹植)이다. "이옹(李邕)"은 당나라 시대 문인으로 일찍이 두보의 재능을 알아주었다. 그런데 천보 5년 이임보의 모함으로 옥사한 인물이고, "왕한(王翰)"은 당나라 때 시인이다. "행가(行歌)"는 길을 가면서 노래하는 모습으로, 은거하는 모습을 이르는 말이고, "은륜(隱淪)"은 은거하는 사람을 이르는 말이다. "층등(蹭蹬)"은 힘을 잃고 맥이 빠져 휘청거리는 모습이고, "무종인(無縱鱗)"은 비늘을 마음대로 하지 못한다는 의미로, 마음껏 뜻을 펴고 활약하지 못하는 것을 비유한 표현이다. "원헌(原憲)"은 공자의 제자 중 가장 가난했던 제자이다.

다음 시는 천보 8년(749, 38세)에 지은 시로, 고구려인 고선지 장군의 명마를 애찬하면서 그 명마가 있을 곳에 있지 않고, 장안에 와서 치장하고 있는 모습에 안타까움을 노래한 시이다.

고도호총마행高都護聰馬行: 고선지 총마의 노래

안서도호부 고선지의 청총마가,	安西都護胡青驄안서도호호청총,
명성 띠고 갑자기 동쪽으로 왔네.	聲價欻然來向東성가홀연래향동.
이 말은 전쟁에 임해서는 당할 자 없고,	此馬臨陣久無敵차마임진구무적,
주인과 한 마음 되어 큰 공 세웠네.	與人一心成大功여인일심성대공.
공을 이루어 길러지는 은혜를 받아 이르는 곳을 따르고,	
	功成惠養隨所致공성혜양수소치,
나는 듯이 멀리 고비사막으로부터 왔네.	飄飄遠自流沙至표표원자류사지.
웅장한 자태는 아직 말구유에 엎드리는 은혜를 받지 않고,	
	雄姿未受伏櫪恩웅자미수복력은,
용맹한 기상은 오히려 전쟁터만 그리워하고 있네.	
	猛氣猶思戰場利맹기유사전장리.
발목 짧고 굽 높아 쇠를 밟고 있는 듯하니,	腕促蹄高如踏鐵완촉제고여답철,
교하강에서 몇 번이나 발길질하여 두꺼운 얼음 깨뜨렸던가.	
	交河幾蹴曾氷裂교하기축증빙렬.
오색 무늬 흩어져 구름이 온몸에 감도니,	五花散作雲滿身오화산작운만신,
만 리 밖 한혈마를 이제 보았네.	萬里方看汗流血만리방간한류혈.
장안의 장사들은 감히 탈 엄두도 못내고,	長安壯兒不敢騎장안장아불감기,
번개보다 빠르단 것 성의 모든 사람이 안다네.	走過掣電傾城知주과체전경성지.
청사로 갈기 맨 채 그대(고선지) 위해 늙어 가는데,	

青絲絡頭爲君老청사락두위군로,

어찌하면 도리어 광문 밖을 다릴 수 있을까? 何由卻出橫門道하유각출광문도.

　　서역의 오랑캐를 치고 돌아온 고선지 장군과 애마인 청총마를 칭송하면서 두보 자신의 염원을 의탁한 7언 고시이다. 모두 16구로 각각 4구씩 4단락으로 나눌 수 있다. 1단락 4구에서는 총마가 서역에서 세운 공을 서술하였고, 2단락에서는 총마의 성격을 묘사하였으며, 3단락에서는 총마의 형상과 기세를 그렸고, 마지막 4단락에서는 총마의 재능과 바람을 그렸다. 두보는 총마가 말구유에만 엎드려 있지 말고, 그의 재능을 살려 공을 세우기를 염원하였다. 그 이면에는 곤궁하게 장안에 머물러 있는 두보 자신으로, 재능과 포부를 펼치고자하는 염원을 담아 표현한 것이다.

　　고선지(高仙芝, ?~756)는 고구려가 나당 연합군에 의해 멸망할 때 끌려온 장수 고사계(高斯界)의 아들이다. 이후 아버지 고사계가 장수가 되어 당나라 번장이었다. 이로 인해 고선지도 음직으로 유격장군으로 등용되었던 것이다. 천보(天寶) 6년(747) 고선지 장군이 소발률(少勃律, 지금의 파키스탄 길기트)을 격파하여 공을 세웠는데, 이해에 대식국(大食國) 등 72개국이 모두 항복하였다. 그 공로로 고선지 장군은 천보 8년(749)에 당나라 조정에 입조(入朝)하였던 것이다. 말은 공로를 대접하는 형식이지만, 앞으로의 반란을 걱정하여 고선지 장군을 장안으로 소환한 것이다. 따라서 고선지가 휴가의 명목으로 장안에 머물러 있는 것을 총마에 비유한 것이다. 지금 장안에서 치장한 채로 지내도 마음은 전쟁터에 가 있을 것이라고 하여, 인재를 적재적소에 등용하지 못하는 위정자를 풍자하였다. 이는 마치 두보 자신도 총마처럼 능력은 있는데, 조정에 등용되지 못함을 비유한 것으로 보기도 한다.

총마에 대한 안타까움은 두보 자신에 대한 심정이기도 하다.

제목의 "고도호(高都護)"는 고선지 장군을 이른다. "교하(交河)"는 강 이름이고, "오화(五花)"는 갈기에 다섯 가지 털이 있는 말(馬)로 명마를 이르는 말이다. "표표(飄飄)"는 경쾌하게 나는 모양이고 "유사(流沙)"는 고비사막을 이르는 말이다. "광문(橫門)"은 장안 서쪽에 있는 성문 이름이다. '橫(횡)'의 음을 '광'으로 읽어야 한다.

2차 만유를 떠난 후 약 10년 동안 장안에서 과거시험에 급제하지도 못하고 추천으로 벼슬자리도 얻지 못한 채 곤궁한 생활을 계속하였다. 출사(出仕)를 하기 위해 다양한 방법으로 노력을 했지만, 허사였다. 『맹자(孟子)』「양혜왕(梁惠王)」장(章)에 보면, "사람이 어려서 배우는 것은 커서 행하고자 하는 것이다."[9]라고 한 것도, 유자(儒者)란 배운 것을 실천하는 사람이라는 뜻이다. 실천을 위해서는 출사하는 것이 최상의 방법일 수 있다. 그래서 두보도 일찍이 과거 공부를 하여 벼슬자리에 나아가고자 했던 것이다. 그러나 쉽사리 출사의 길은 열리지 않았다.

당시 당나라 궁궐에서 신봉하던 노자의 묘를 찾기도 하였고, 재상의 아들이면서 황제와 친밀하게 지내는 사위 한림원 학사 장기(張垍)에게도 시를 지어 올리기도 하였다. 「증한림장사학사기(贈翰林張四學士垍: 한림학사 장기께 드리다)」에 "높이 나는 봉황새(한림학사 장기) 다시 따를 길 없고, 모은 반딧불에 우는 일만 공연히 남아 있습니다. 이 삶(두보의 생애)은 봄풀에 맡긴 채, 늘그막에 홀로 떠도는 부평초랍니다. 만약 산양에서의 모임(이전 장기와 두보와의 교유)을 기억하신다면, 이 슬픈 노래는 다시 한 번 더 들어주십시오."[10]라고 하여, 관직을 바라는 두보

---

9) 『孟子』「梁惠王」章(下). "人, 幼而學之, 狀而欲行之."
10) 杜甫,「贈翰林張四學士垍」無復隨高鳳, 空餘泣聚螢. 此生任春草, 垂老獨漂萍. 儻憶山陽會, 悲歌在一聽.

의 간절함이 담긴 간알시(干謁詩, 구관시)를 지어 올렸던 것이다.

두보 나이 40세 천보 10년(751년) 두보의 마음을 읽을 수 있는 시를 감상해보자.

낙유원가樂遊園歌: **낙유원의 노래**

낙유 옛 동산은 높고도 탁 터여,　　　　　　　　樂遊古園崒森爽낙유고원줄삼상,

끝없이 펼쳐진 푸른 풀은 무성하게 자란다.　　　煙綿碧草萋萋長연면벽초처처장.

공자(양장사)의 화려한 잔치 자리 형세가 가장 높고,

　　　　　　　　　　　　　　　　　　　公子華筵勢最高공자화연세최고,

진천은 술을 대하고 보니 손바닥처럼 평평하게 보인다.

　　　　　　　　　　　　　　　　　　　秦川對酒平如掌진천대주평여장.

장생목으로 만든 표주박은 진솔함을 나타내고,　長生木瓢示眞率장생목표시진솔,

게다가 안장 없은 말 길들어 타고 마음껏 즐긴다.

　　　　　　　　　　　　　　　　　　　更調鞍馬狂歡賞갱조안마광환상.

푸른 봄의 물결이 이는 부용원이고,　　　　　　青春波浪芙蓉園청춘파랑부용원,

대낮의 천둥은 현종의 거마가 지나는 협성의 의장대다.

　　　　　　　　　　　　　　　　　　　白日雷霆夾城仗백일뇌정협성장.

궁문을 갠 날에 열어 질탕하게 놀고,　　　　　　閶闔晴開訣蕩蕩창합청개질탕탕,

곡강의 푸른 천막에 고관의 은빛 명패가 즐비하다.

　　　　　　　　　　　　　　　　　　　曲江翠幙排銀牓곡강취막배은방.

물을 스치듯 낮게 돌며 춤추는 소매 펄럭이고,　拂水低回舞袖翻불수저회무수번,

구름 따라 맑고 깨끗한 노랫소리 퍼진다.　　　　緣雲清切歌聲上연운청절가성상.

해마다 사람들이 취하던 때를 생각해보지만,　　卻憶年年人醉時각억년년인취시,

다만 지금은 아직 취하지도 않아도 이미 슬프다.只今未醉已先悲지금미취이선비.

몇 가닥 백발을 어찌 피할 수 있으랴?　　　　　數莖白髮那抛得수경백발나포득,

백 번 벌하는 큰 잔의 벌주도 사양하지 않겠다.　百罰深杯亦不辭백벌심배역부사.

성스런 조정에선 천한 선비 누추함을 알겠으나,　聖朝亦知賤士醜성조역지천사추,

하나의 미물도 절로 천자의 자비를 입는다.　一物自荷皇天慈일물자하황천자.

이 몸은 술자리 끝나도 돌아갈 곳도 없으니,　此身飲罷無歸處차신음파무귀처,

홀로 서서 창망히 스스로 시를 읊조린다.　獨立蒼茫自咏詩독립창망자영시.

두보의 쓸쓸한 심회가 드러난 시이다. 천보 6년(747) 당나라 조정에서 실시한 조령(詔令)에 응했다가 낙방한 후의 심리로 그 후유증이 지속됨을 드러내었다. 천보 10년(751)이면 과거시험에 낙방한 4년 뒤의 일이다. 하란(賀蘭)의 양장사(楊長史)가 정월 그믐에 베푸는 낙유원의 잔치에 참석하여, 주변의 풍경과 자신을 신세를 한탄한 시이다. 낙유원은 곡강 근처에 있던 명승지이다. 곡강 주변에는 자운루(紫雲樓)·부용원(芙蓉園)·낙유원(樂遊園)·자은사(慈恩寺) 등이 있었다.

1구에서 4구까지는 낙유원이 높은 곳에 위치해 있어, 진천 강물을 비롯하여 사방이 손바닥 보이듯이 내려다보인다고 하였다. 5구는 장수를 기원하는 장생목으로 만든 표주박이 진솔함을 드러내고, 6구에서는 말을 타고 주변 경치를 마음껏 즐긴다고 하였다. 7구와 8구에서는 부용원의 봄 물결과 현종 일행이 행차하는 의장대의 모습을 웅장하면서도 화려하게 그렸다. 9구에서 12구까지는 맑은 날 고관들이 곡강 궁성에 나와 질탕하게 노는 모습을 묘사하였다. 이때 현종은 양귀비에 빠져 정사를 재상 이임보에게 맡기고 환락에 빠져 있을 때이다. 13구부터 20구까지는 두보의 심정을 노래한 부분이다. 술을 마셔도 취하지도 않고 마음은 자꾸 슬퍼진다. 게다가 세월의 흐름에 따라 늙어가는 것을 어찌할 방도가 없다. 그래서 권하는 술마다 받아 마셨다. 조정에서 실시한 과거시험에 들지 못한 두보 자신을 천한

선비로 겸사하면서 이 세상 만물은 모두 천자의 은혜 속에 살아간다는 성은관을 드러내어 자신의 불우한 처지를 개탄하였다. 조령 시험에 실패한 후, 장안을 떠도는 두보의 고달픈 삶의 모습이 눈에 선하다. 마치 정리해고(整理解雇) 당한 40대의 우리 이웃 집 아저씨들의 방향성을 잃은 모습으로 겹쳐 보인다.

"공자(公子)"는 하란(賀蘭)의 양장사(楊長史)를 가리키는 말이다. 하란은 영하성(寧夏省)의 산 이름이다. "부용원(芙蓉園)"은 곡강 근처에 있는 궁궐 정원이다. "곡강(曲江)"은 연못 이름이다. 한나라 무제 때 의춘원(宜春苑)을 만든 것이 시작이다. 곡강(曲江)의 유래는 '물이 흘러가는 모습이 강과 같이 굽이친다.'고 하여 붙여진 이름이다. "천사(賤士)"는 곧 천한 선비는 두보 자신을 가리키는 겸사이다.

두보는 천보 10년(751)에도 계속 장안에 머물러 있었다.

투간함화양현제자投簡咸華兩縣諸子: 함양과 화원 두 현의 여러분께 편지를 보내다

적현(장안) 관청에 인재들이 모여 있는데,　　　赤縣官曹擁才傑적현관조옹재걸,
부드러운 갖옷과 날쌘 말로 빙설(겨울)을 맞는다.

　　　　　　　　　　　　　　　　軟裘快馬當氷雪연구쾌마당빙설.

장안의 심한 추위 누구 홀로 슬퍼하나?　　　長安苦寒誰獨悲장안고한수독비,
두릉의 촌 늙은이(두보) 뼈가 부러질 듯하다.　杜陵野老骨欲折두릉야로골욕절.
남산(종남산)의 콩 싹은 일찍부터 황폐해졌고, 南山豆苗早荒穢남산두묘조황예,
청문의 참외밭은 새로 얼어 터졌다.　　　　　靑門瓜地新凍裂청문과지신동렬.
향리의 아이들(세속의 무리)은 목을 뻣뻣하게 세우고,

　　　　　　　　　　　　　　　鄕里兒童項領成향리아동항령성,
조정의 신하(옛 벗)들도 예의로써 대해 주지 않는다.

　　　　　　　　　　　　　　　朝廷故舊禮數絶조정고구예수절.

자연 버려져 시의(시세)와는 어긋나는데,　　　自然棄擲與時異자연기척여시이,

하물며 세상일에 어둡고 어리석어 일 처리에 서툴다.

　　　　　　　　　　　　　　況乃疏頑臨事拙황내소완임사졸.

배고파 누운 것이 걸핏하면 열흘이 되어 가고 饑臥動卽向一旬기와동즉향일순,

해진 옷은 어찌 백 조각을 꿰매어 이은 것에 그치랴?

　　　　　　　　　　　　　敝衣何啻聯百結폐의하시연백결.

그대들은 보지 못하는가? 빈 집에 해가 저물 때에,

　　　　　　　　　　君不見空牆日色晩군불견공장일색만,

이 늙은이(두보)가 소리 없이 피눈물 흘리는 것을.

　　　　　　　　　　　　此老無聲淚垂血차노무성루수혈.

　여전히 장안에 머물면서 함양현과 화원현에 있는 여러 사람들에게 자신의 딱한 처지를 전하는 시이다. 1구에서 4구까지는 벼슬아치들의 편안한 삶과 대비하여 두보 자신의 신세를 한탄하는 장면이다. 장안 관청에는 많은 인재가 있다. 그들은 추운 겨울날에도 따뜻한 가죽옷을 입고 좋은 말을 타고서 고생하지 않고 추위를 난다. 그러나 두릉의 촌노인 두보 자신은 지독한 추위에 뼈가 부러질 정도이다. 5구~8구는 인심이 예전과 같지 않음을 서술한 것이다. 한나라 양운의 고사와 소평의 청문 고사를 인용하여, 벼슬하지 못한 삶의 고달픔을 노래하였다. 『한서(漢書)』「양운전((楊惲傳)」에 보면, "저 남산에 밭을 일구었지만, 황폐하여도 가꾸지 못하네. 한 이랑에 콩을 심었지만, 다 떨어져 콩대만 남았네."11)라고 하여, 양운이 벼슬자리에서 물러나 농사를 지었는데 수확하지 못함을 탄식했다는 내용이다. 청문 고사는 한나라

---

11) 『漢書』「楊惲傳」. "田彼南山, 蕪穢不治. 種一頃豆, 落而爲其."

동릉후(東陵侯) 소평이 청문 밖에 외를 심었다는 이야기이다. 청문은 원래 한나라 장안성 동남쪽에 있던 패성문인데, 문이 푸른색이라서 청문으로 불렀다고 한다. 그 청문 밖에 소평이 외를 심었는데 그 맛이 달아 사람들이 청문과(靑門瓜)라고 한데서 유래한 것이다. 그리고 7~8구는 향리의 소인배들의 거만함과 안면 있는 조정의 관리(옛 벗)들의 의리 없음을 지적한 것이다. 9구~14구는 달라진 인심과 추위와 굶주림에 고생하는 모습을 보여주었다. 이렇듯 직업을 구하지 못한 두보는 마음고생과 육체적 고달픔까지 맛보고 있다.

여전히 두보는 장안에서 눈칫밥을 먹고 다니면서 세모를 맞이하였다.

두위댁수세杜位宅守歲: 두위의 집에서 제야를 보내며

제야를 보내는 아우의 집,	守歲阿戎家수세아융가,
산초 술을 마시고 벌써 산초 꽃을 노래하였다.	椒盤已頌花초반이송화.
비녀 꽂은 관리들 모여 마구간 말들 시끄럽고,	盍簪喧櫪馬합잠훤력마,
늘어놓은 횃불(세도가의 시종)에 숲 까마귀들 흩어진다.	
	列炬散林鴉열거산림아.
사십 나이도 내일 아침이면 지나가고,	四十明朝過사십명조과,
날아오르던 기상도 저녁 햇빛에 기운다.	飛騰暮景斜비등모경사.
누가 능히 다시 나를 구속할 수 있겠는가?	誰能更拘束수능갱구속,
거나하게 취하라, 이 인생이여.	蘭醉是生涯난취시생애.

위의 시 제목에 보이는 두위는 두보의 사촌 동생으로 당시 실권자였던 재상 이임보(李林甫)의 사위이다. 두보 나이 40세였던 천보 10년(751) 세모의 모습이다. 1구에서 4구까지는 당시 귀족들이 섣달 그믐밤을 보내는 장면을 그린 것이다. 실권자의 사위집답게 조정의 벼슬

아치들이 대거 몰려들어, 술에 산초 열매를 띄운 술을 마시면서 산초 꽃 노래를 부르는 장면을 그렸다. 5구에서 8구까지는 두보의 비애를 노래한 부분이다. 이 밤이 지나고 새해가 돌아오면 불혹(不惑)도 지나 41살이 된다. 그러니 지금까지 벼슬자리도 잡지 못하고 친척 아우 집을 떠돌면서 눈칫밥을 먹고 있으니 자연히 기상도 사라진다는 것이다. 그래서 더욱 취하고 싶다. 권세가의 사위 두위의 집안 풍경과 두보의 처량한 삶이 대비를 이루어 두보의 처지를 더욱 처량하게 한다. 두보는 두위를 찾아와 굽실대는 아부의 무리와 같은 부류가 될 수 없어, 만취하자고 한 것이다.

두보가 40세에 「삼대예부(三大禮賦)」를 헌상하자, 현종이 집현원(集賢院)에서 기다리라고 하여 애타게 기다리고 있는데, 그 40세도 내일 아침이면 다 지나가는 것이다. 그래서 내일 아침이면 기상도 저문다고 한 것이다. 그러니 '거나하게 취하자'라고 한탄한 것이다. 권세가가 권력을 누리는 모습과 관직 후보자 명단에 올라 연락 오기만을 기다리려다가 이제는 지쳐 실망의 단계에 있는 두보의 모습이 겹치고 있다. '취업에 성공했다'는 소식만 기다리는 40대 가장(家長)의 모습이 클로즈업(close up)되어 보이는 것은 지나친 억측일까? 그래도 호방하게 어디에도 구속됨이 없이 살아가겠다고 다짐한다. 이렇듯 두보의 40세는 호방한 기세로 지나가고 있었다.

"수세(守歲)"는 섣달 그믐날 집안사람들이 모여 밤을 지새우면서 새해 아침을 맞이한다는 의미이다. "아융(阿戎)"은 아우를 이르는 말이다. "열거(列炬)"는 '횃불을 늘어놓다'의 뜻풀이지만, 문맥적 의미로는 '세도가를 모시는 시종들의 모습'이다.

출처(出處)의 두보

당(唐)나라 정세는 더욱 나빠지면서 두보도 사회의 부조리로 관심을 가지게 되었다. 당나라 군대는 남조(南詔)·대식(大食)·거란(契丹)에게 패하였고, 특히 고구려 유민의 후예 고선지 장군은 탈라스 전투에서 이슬람 압바스 왕조에 대배하자, 당나라 조정은 병사를 보충하기 위해 농민들을 징집해가면서 세금도 더욱 무겁게 부과하였다. 변방지역 외세와의 전쟁 과정에서 싸움터로 내몰린 병사와 그 가족들의 고통을 하소연한 시 「병거행(兵車行)」은, 751~752년 연간의 작품이다.

병거행兵車行: 병거의 노래

수레소리 덜거덕 말은 히이잉,　　　　　　　車轔轔馬蕭蕭거린린마소소,

출정하는 병사들 활과 화살을 허리에 찼다.　　行人弓箭各在腰행인궁전각재요.

아비와 어미 처자 총총걸음 뒤쫓으며 전송하느라,

　　　　　　　　　　　　　　　　　耶孃妻子走相送야양처자주상송,

먼지 날아 함양교가 보이지 않는다. 塵埃不見咸陽橋진애불견함양교.

옷 잡아당기고 발을 굴러 길을 막고 통곡하니, 牽衣頓足攔道哭견의돈족난도곡,

통곡 소리 하늘 구름 뚫을 듯하네. 哭聲直上干雲霄곡성직상간운소.

길을 가던 사람(두보) 출정하는 병사에게 물으니,

  道傍過者問行人도방과자문행인,

출정 병사는 '징발 잦다'며 말하기를, 行人但云點行頻행인단운점행빈.

"어떤 이는 열다섯에 북쪽 황하 수비에 나가, 或從十五北方河혹종십오북방하,

마흔 살 오늘까지 서쪽 둔전 병영에 있소. 便至四十西營田편지사십서영전.

떠날 때 촌장께서 두건 싸주셨거늘, 去時里正與裹頭거시리정여과두,

돌아와 백발에도 여전히 변방의 수자리 지키지요.

  歸來頭白還戍邊귀래두백환수변.

변경에 흘린 피 바다 같지만, 邊庭流血成海水변정유혈성해수,

무황(현종)의 정벌 의욕 가시지 않네요. 武皇開邊意未已무황개변의미이.

그대 듣지 못했나요, 한나라의 산동 2백 고을이,

  君不聞漢家山東二百州군불문한가산동이백

천촌만락이 가시덤불 잡초에 덮여 있다는 것을. 千村萬落生荊杞천촌만락생형기.

설혹 젊은 아낙 호미 쟁기 잡았어도, 終有健婦把鋤犁종유건부파서려,

벼가 자라는 이랑은 동서의 구분이 없답니다. 禾生隴畝無東西화생농무무동서.

더욱이 징집당하는 진병은 고전(苦戰) 이겨낸다 하여,

  況復秦兵耐苦戰황부진병내고전,

개나 닭에 다를 바 없이 내몰립니다. 被驅不異犬與鷄피구불이견여계.

어른께(두보 자신)서 비록 묻는다 해도, 長者雖有問장자수유문,

역부(출정하는 자)가 감히 한을 풀 수가 있겠습니까?

  役夫敢伸恨역부감신한.

또한 금년 겨울 같은 경우, 且如今年冬차여금년동,

관서 군역을 아직 마치지지도 않았는데.	未休關西卒미휴관서졸.
현의 관리가 급하게 조세를 요구하니,	縣官急索租현관급색조,
세금 낼 돈이 어디서 나오겠습니까?	租稅從何出조세종하출,
어이없게도 아들 낳으면 좋지 않고,	信知生男惡신지생남오,
오히려 딸을 낳으면 좋음을 알았습니다.	反是生女好반시생녀호.
딸을 낳으면 오히려 이웃에 시집도 가련만,	生女猶是嫁比隣생녀유시가비인,
아들을 낳으면 흙에 묻혀 풀에 엉키네요.	生男埋沒隨百草생남매몰수백초.
그대 못 보았소? 청해(토번) 벌판에,	君不見靑海頭군불견청해두,
예부터 백골 거두는 이 없어,	古來白骨無人收고래백골무인수
새 귀신 원통해 몸부림 치고 옛 귀신 곡하니,	新鬼煩寃舊鬼哭신귀번원구귀곡,
날 흐리고 비 축축하면 훌쩍이는 소리 들린다오."	

天陰雨濕聲啾啾천음우습성추추.

수레 소리와 말 울음 소리가 몹시 시끄러운데, 출정 가는 사람들 모두 활과 화살을 허리에 찼다. 부모와 처자가 달려가 서로 보내니 흙먼지가 자욱이 일어나서 장안 근처에 있는 함양의 다리(함양교)가 보이지 않을 정도이다. 옷을 잡아당기고 발을 구르며 길을 막고 서서 우니, 통곡하는 소리가 하늘을 찌른다. 길가는 이(두보 자신)가 출정하는 병사에게 물으니, 출정하는 병사가 대답하기를 "징발하는 일이 빈번합니다. 어떤 이는 열다섯부터 북쪽 강에 가서 지키고 있다가 나이 마흔에 이르면 서쪽으로 가서 둔전(屯田, 주둔병의 군량을 자급하기 위해 마련했던 밭)을 일군다고 합니다. 떠날 때는 마을의 이장(里長)이 머리 싸매주고 갑옷을 입혀줍니다. 그런데 돌아올 때는 백발인데, 또 다시 변방 수자리로 보냅니다. 변방에 흐르는 피가 바다를 이루는 데도 변방을 개척하려는 현종의 뜻은 꺾일 줄 모릅니다. 그대는 듣지

못했습니까? 한나라 산동의 200 고을 방방곡곡 온 마을에 가시덤불
다 생길 정도로 황폐화되었다는 것을, 비록 건장한 부녀가 호미와
쟁기 잡고 일을 한다지만 벼는 이랑에 아무렇게나 자랍니다. 하물며
진(秦) 땅의 병사들 힘든 전투 잘 견딘다 하여, 몰아댐이 개나 닭과
다를 바 없습니다. 어르신은 묻습니다마는, 출정 가는 군사가 감히
마음 속 한을 다 말할 수 있겠습니까? 또 올 겨울의 경우 관서 지방에
서 병졸로 복무하는 일도 끝내지 않았는데, 현의 관리들은 급하게도
세금을 재촉하니, 세금 낼 돈이 어디서 생기겠습니까? 진실로 알겠습
니다. 아들 낳은 일은 나쁘고 도리어 딸을 낳는 일이 좋다는 것을,
딸을 낳으면 그래도 이웃으로 시집보낼 수 있으나 아들을 낳으면 잡
초 따라 묻힐 뿐입니다. 그대는 보지 못했습니까? 청해 언저리에는
예부터 백골을 거두어주는 사람 아무도 없어 신(新) 귀신은 원통해서
울부짖고, 구(舊) 귀신은 통곡하는 지라, 흐리고 비라도 내리는 음산한
날이면 그 소리 더욱 처량합니다.

위의 시는 변방으로 끌려 나가 부역당하는 행렬을 보고 백성들의
처참한 생활상을 장자(長者, 어른, 두보 자신)와 행인(行人, 출정하는 병사)
과의 대화로 된 악부체 형식의 시이다. 짧고 긴 구를 섞어가며 다급하
고 느린 심리의 변화를 잘 드러내었다. 한 번 끌려 나가면 평생 변방의
오랑캐와 싸워야 하는 역부(출정하는 병사)와 그 역부를 떠나보내고
어려운 현실을 꾸려나가야 하는 젊은 아낙과 그 가족들의 모습을 그
리면서 권력자의 무한한 책임감을 되묻고 있다. 이 시는 40세 초반의
두보의 생각이 확장됨을 읽을 수 있는 시이다. 거듭된 전쟁과 그로
인해 징집되는 젊은이와 남겨진 가족, 그들의 고통에 귀를 기울이게
된 것이다. 두보 자신 곧 자기 주변의 삶에서 더욱 확장되어 민중의
삶 속을 들여다보기 시작한 것이다.

"린린(轔轔)"은 수레가 덜컹거리는 소리의 의성어이고, "소소(蕭蕭)"는 말이 우는 소리를 형상화한 어휘이다. "행인(行人)"은 행역을 떠나는 사람으로, 징발되어 가는 사람을 뜻한다. "도방과자(道傍過者)"는 길 옆을 지나가는 사람으로 두보 자신을 이르는 말이다. "무황(武皇)"은 한나라 무제이다. 그런데 여기서는 당나라 현종을 뜻한다. 당나라 현종을 직접 거론할 수 없어, 한나라 무제에 의탁하여 풍자한 것이다. "진병(秦兵)"은 관중의 병사로, 당시 징집되어 가는 사람들이다. "장자(長者)"는 어른의 뜻이나, 여기서는 두보 자신을 이르는 말이다. "역부(役夫)"는 출정 나가는 사람이다. "청해(青海)"는 토번 일대를 이르는 말이고, "추추(啾啾)"는 오열하는 소리이다.

붙들려 나간 한 병사의 종군 과정을 그린 시도 감상해 보자.

전출새 구수前出塞九首: 변방을 나서며 9수

제1수	기일其一
근심스레 고향을 떠나,	戚戚去故裏척척거고리,
아득하고 먼 교하(서역 변방)로 간다.	悠悠赴交河유유부교하.
조정에는 제한된 기간이 있으니,	公家有程期공가유정기,
명부에서 달아나면 법망에 걸려들 터.	亡命嬰禍羅망명영화라.
군주(현종)께서는 이미 영토 많으신데,	君已富土境군이부토경,
변경 개척 어찌 이리 많은가?	開邊一何多개변일하다.
부모의 은혜도 끊어버리고,	棄絕父母恩기절부모은,
울음소리를 삼키며 창을 메고 간다.	吞聲行負戈탄성행부과.

제2수	기이其二
문을 나선 후 날이 이미 오래되어,	出門日已遠출문일이원,

보행하는 무리들의 속임수에 걸리지 않게 되었다.

不受徒旅欺불수도려기.

골육의 은혜를 어찌 끊어 버리겠는가마는, 骨肉恩豈斷골육은기단,
남아의 죽음은 정한 때가 없는 법이다. 男兒死無時남아사무시.
말 달리며 고삐를 놓아버리고, 走馬脫轡頭주마탈비두,
손 안에 푸른 굴레를 취한다. 手中挑青絲수중조청사.
민첩하게 만 길의 언덕에서 달려 내려가, 捷下萬仞岡첩하만인강,
몸을 굽혀 기를 뽑아본다. 俯身試搴旗부신시건기.

제3수 기삼其三
흐느껴 우는 듯한 냇물에서 칼을 가는데, 磨刀嗚咽水마도오인수,
물이 붉어진 것은 칼날에 손을 다친 탓이다. 水赤刃傷手수적인상수.
애끊는 소리 가볍게 여기고자 했건만, 欲輕腸斷聲욕경장단성,
심사 어지러워진 지 이미 오래되었다. 心緒亂已久심서란이구.
대장부 나라에 몸 바칠 것을 맹세하였으니, 丈夫誓許國장부서허국,
분하고 원통한 것이 또 무엇이 있겠는가? 憤惋復何有분완부하유.
공명이 기린각에 그려지게 되면, 功名圖麒麟공명도기린,
전쟁에 죽은 백골 마땅히 속히 썩겠지. 戰骨當速朽전골당속후.

제4수 기사其四
무리들을 보내는 일에 본시 우두머리 있지만, 送徒既有長송도기유장,
멀리 가 수자리함에는 역시 내 몸은 내가 돌본다.

遠戍亦有身원수역유신.

죽으나 사나 앞을 향해 나아가고 있으니, 生死向前去생사향전거,
관리는 노여워하고 성낼 필요가 없다. 不勞吏怒瞋불로이노진.

길가는 도중에 아는 사람 만나,　　　　　　　　路逢相識人로봉상식인,

글을 맡겨 부모형제, 처자에게로 보냈다.　　　附書與六親부서여육친.

슬프다 부모형제와 서로 영원히 떨어져,　　　哀哉兩決絕애재양결절,

다시는 고생을 함께할 수 없다.　　　　　　　不復同苦辛불부동고신.

제5수　　　　　　　　　　　　　　　기오其五

멀리멀리 만 리 넘는 길,　　　　　　　　　　迢迢萬里餘초초만리여,

나를 이끌어 삼군(군대)으로 나아간다.　　　　領我赴三軍영아부삼군.

군대 안에서도 고락을 달리하건만,　　　　　軍中異苦樂군중이고락,

대장은 어찌 다 들어 알겠는가?　　　　　　主將寧盡聞주장녕진문.

교하를 격하고 오랑캐 기병이 보이는가 했더니,　隔河見胡騎격하견호기,

순식간에 수백 무리가 되었다.　　　　　　　倏忽數百群숙홀수백군.

나는 처음부터 노복이려니,　　　　　　　　我始爲奴僕아시위노복,

어느 때나 공훈을 세울 수 있을까?　　　　　幾時樹功勳기시수공훈.

제6수　　　　　　　　　　　　　　　기육其六

활을 당기려면 마땅히 강한 것을 당길 것이요,　挽弓當挽強만궁당만강,

화살을 쓰려거든 마땅히 긴 것을 쓸 것이다.　用箭當用長용전당용장.

사람을 맞히려 함에는 먼저 말을 맞힐 것이요,　射人先射馬석인선석마,

적을 잡으려 함에는 왕을 먼저 잡을 것이다.　擒賊先擒王금적선금왕

사람을 죽임에도 한도가 있고,　　　　　　　殺人亦有限살인역유한,

나라를 세움에는 자연 경계(국경선)가 있다.　立國自有疆입국자유강.

진실로 침략과 능멸을 제어할 수 있으면 되지,　苟能制侵陵구능제침릉,

어찌 많이 죽이고 상하게 하는 데 있겠는가?　豈在多殺傷기재다살상.

제7수

말을 모는데 하늘에서 눈이 내리고,
군인들은 행군하여 높은 산으로 들어간다.
길이 위험해 차가운 돌을 끌어안으니,
손가락은 여러 겹으로 얼어붙은 얼음 사이로 떨어져 나간다.

이미 한나라 달(고향의 달)을 떠나 멀리 왔으니,
어느 때(동절기 성 쌓기 사역)나 성을 쌓고 돌아갈 것인가?

뜬구름 저녁 무렵 남쪽으로 가는데,
바라볼 수 있어도 오를(갈) 수는 없다.

其七기칠

驅馬天雨雪구마천우설,
軍行入高山군행입고산.
徑危抱寒石경위포한석,

指落曾冰間지락층빙간.

已去漢月遠이거한월원,

何時築城還하시축성환.

浮雲暮南征부운모남정,
可望不可攀가망불가반.

제8수

선우(토번 수장)가 우리 보루에 침입하니,
백 리에 바람 먼지로 어둑하다.
웅검(명검)이 네댓 번 움직이니,
저쪽 적군(토번)들 우리에게 쫓겨 간다.
그 유명한 왕을 사로잡아 돌아와,
목을 매어서 진문(陣門)에 넘겨준다.
몸을 숨겨 군대의 대열을 채우고 있으니,
한 번 이긴 것 어찌 논할 가치가 있는가?

其八기팔

單于寇我壘선우구아루,
百里風塵昏백리풍진혼.
雄劍四五動웅검사오동,
彼軍爲我奔피군위아분.
虜其名王歸로기명왕귀,
繫頸授轅門계경수원문.
潛身備行列잠신비행열,
一勝何足論일승하족론.

제9수

종군한 지 십여 년,
조그마한 공이라도 없을 수 있을까?

其九기구

從軍十年餘종군십년여,
能無分寸功능무분촌공.

여러 사람들 구차하게 얻는 것을 귀히 여기니,	衆人貴苟得중인귀구득,
말해볼까 하다가도 부화뇌동하는 것 부끄럽다.	欲語羞雷同욕어수뢰동.
중원에서조차 다툼이 있으니,	中原有鬪爭중원유투쟁,
하물며 오랑캐인 적과 융에 있으서랴.	況在狄與戎황재적여융.
장부의 천하를 경영하려는 뜻이여,	丈夫四方志장부사방지,
어찌 고생하는 것을 사양하리오.	安可辭固窮안가사고궁.

「전출새 9수」는 한 병사의 종군 과정을 한나라 때 악부시 형태를 빌려 노래한 것으로, 당나라 현종 때 영토 확장 정책이 잘못되었음을 풍자한 시이다.

제1수는, 징집당한 병사가 고향집을 떠나 토번을 방비하는 교하로 떠남을 그리면서 현종 황제께서 이미 영토가 많은데 굳이 변방을 개척하여, 부모지간의 정을 끊어 버리는 것을 이해할 수 없다고 하여, 원망에서 시작되었다.

제2수는, 동료 병사들과 종군하면서 그들에게 당하던 속임수도 이제 여러 날이 되니까 당하지 않음을 이야기 하면서, 언제 죽을지 모르는 상황에서 차라리 싸우다 공을 세우는 것이 더 낫다고 한 연이다. 그래서 훈련에 전념하겠다는 뜻을 보였다. "조청사(挑青絲)"의 "挑"는 "도"가 아닌, "조"로 독음을 읽으면서 '잡다'의 의미로 보면 된다. 그래서 '조청사(挑青絲)'는 '푸른 실로 만든 굴레를 잡다'이다.

제3수는, 오열하는 듯한 물소리를 듣고 마음이 어지러워져 칼을 갈다가 자신도 모르게 손을 다쳤다고 한 연이다. 그러면서 마음이 동요되지 않으려고 했지만, 이미 어지러워진 지 오래되었다고도 하였다. 또 한편으로는 나라에 몸을 바치기로 하였으니, 새삼 분하고 원통할 것도 없다면서 스스로 위안삼고 있다. 그러면서 죽은 이후에는 공적이 있는 사람을 기리는 기린각에 자신의 화상(畵像)이 걸려 있을 것이라면 위로하였다.

　제4수는, 병사들을 인솔하는 책임자가 다그치니 불평함으로써 자신의 심리를 다스리면서, 죽으나 사나 변방으로 나아가기만 하면 된다고 한 연이다. 그런데 변방으로 가는 도중에 고향 사람을 만나 가족들에게 안부 편지도 전하게 되었으나, 이제 영원히 만날 수 없을 것을 생각하니, 마음이 몹시 아프다는 것이다.

　제5수는, 만 리 길을 걸어 변방의 군대에 편입되어지만, 군대 내에서도 계급 여하에 따라 지내는 형편이 다름을 느낀다고 한 연이다. 그런데 군대의 대장은 이런 형편에 대하여 전혀 아랑곳하지 않아 불만스럽다. 교하를 사이에 두고 오랑캐 기병이 보이는가 했더니, 순식간에 수백 명으로 무리를 이루고 있다. 나는 이 변방을 지키는 졸병에 불과하여 어느 때 공을 세울 수가 있을까? 희망이 없는 현실에 개탄하고 있다.

　제6수 중 전반부 4구는, 당시에 유행하는 노래인 듯 싸움에 임하는 자세와 방법에 대해서 서술한 부분이다. 후반부 4구는, 사람을 죽임에도 한도가 있으며 나라를 세우는 데에도 경계가 있는 것으로 함부로 영토 확장을 도모해서는 안 된다는 것이다. 그러면서 전쟁의 목적은 방어를 위한 최소한의 살상에 있는 것이지 영토 확장을 위해 많은 병사를 전쟁터로 내 몰면 안 된다고 하였다. 당시 당나라 6대 현종이 함부로 영토 확장을 위해 전쟁을 일으킨 것에 대한 풍자를 한 것이다. "석인(射人)"은 '사람을 쏘아 맞힌다.'는 뜻으로 '射(사)'를 '맞출 석'으로 훈과 독음을 읽어야 한다. '쏠 사'의 훈독도 있는 글자이다.

　제7수는, 변방 지역에 겨울이 와서 많은 눈이 내림을 소개한 연이다. 이런 중에 성을 쌓기 위해 행군을 행하는데 길은 미끄럽고 날씨는 추위 높은 산을 오르면서 미끄러지지 않기 위해 차가운 돌을 붙잡는다. 그런데 그 차가운 돌을 붙잡은 손은 동상에 걸려 손가락이 떨어져 나갈 정도이다. 고향 땅으로부터 먼 이 곳에서 언제나 성을 다 쌓고 돌아갈 수 있을까? 병사들의 수구초심(首丘初心)을 드러내었다. "천우설(天雨雪)"의 '우(雨)'는 '내리다'의 의미이다. "지락층빙간(指落曾冰間)"이 "증(曾)"은 '몇 겹으로 되었다'는 "층(層)"의 의미로, 독음을 '층'으로 읽어야 한다.

제8수에서 전반부 4구는, 적군인 선우가 침입하자, 명검을 사용하여 적군을 물리침을 나타내었고, 후반부 4구는 토번의 이름난 왕을 사로잡아 전공을 세우고 자신은 그 전공을 드러내지 않기 위해 일반 병사들의 대열로 몸을 숨긴다는 내용이다. 한편으로는 일반 병사인 자신이 전공을 세워도 어차피 상을 받지 못할 것을 불평하는 말로 해석하기도 한다. "單于(단우)"는 독음을 '선우'로 읽어야 한다. '선우'는 한(漢)나라 때 흉노족 왕의 이름인데, 여기서는 '토번의 수장'을 이르는 말이다.

제9수는, 어느 듯 종군한 지 10여 년의 세월이 흘렀음을 소개한 연이다. 10년에 보고 느낀 것은, 없는 공(功)도 만들기도 하고 남의 공(功)도 가로채기도 하여, 무고한 사람을 함부로 죽여 공으로 삼기도 한다고 하였다. 그래서 자기도 남들이 다하는 이런 못된 방법으로 공을 세워볼까 하는 마음으로 부화뇌동(附和雷同)하려고 하나, 차마 그 구차한 것까지는 못하겠다는 것이다. 장수나 병사들이 서로 이 구차한 방법으로 공을 다투니 중원이 편안하지 못한데 어떻게 멀리 토번을 정벌할 수 있겠느냐는 말이다. 대장부는 천하를 다스리는 뜻을 지니고 있기에 이 따위 고생은 얼마든지 참고 견디어 낼 수 있다는 것이다. 두보의 충절관이 보국충절(報國忠節)로 표현되었다.

두보는 751년 천보 10년에 「삼대예부(三大禮賦)」를 현종께 바치고 집현원의 명을 기다렸으며, 결국 부름을 받아 시험에 응시한 적이 있었다. 그때 최국보와 우휴열이 집현원에 근무하는 학사로 있었는데, 그 두 사람이 문장을 시험한 관원인지 아닌지는 지금은 알 수가 없다. 아무튼 1년 넘게 결과를 기다려도 아무런 소식이 없었다. 이에 두보는 해를 넘긴 천보 11년 752년 41세 되던 해에 자신이 지원했던 집현원에 근무하는 학사 최국보(崔國輔)와 우휴열(于休烈)에게 자신의 심정을 담아 시를 지어 올렸다.

「봉유증집현원최우이학사奉留贈集賢院崔于二學士: 받들어 집현원의 최·우 두 학사께 남겨 드리다

밝은 시대(당 황조)에 백발이 되도록,　　　　　昭代將垂白소대장수백,
앞길이 막혀 마침내 소리칩니다.　　　　　　　途窮乃叫閽도궁내규혼.
(문장의) 기세가 별의 밖에까지 치솟으니,　　　氣衝星象表기충성상표,
사(문장, 삼대예부)가 존귀하신 제왕을 감동시켰습니다.

　　　　　　　　　　　　　　　　　　詞感帝王尊사감제왕존.

천로(재상)께서 문제(두보가 응시한 시험 문제)를 내고,

　　　　　　　　　　　　　　　　　　天老書題目천노서제목,

춘관(예부의 시험관)이 답안의 내용을 살폈습니다.

　　　　　　　　　　　　　　　　　　春官驗討論춘관험토론.

순풍에 의지하여 역새(백로)가 어려운 길을 벗어나고,

　　　　　　　　　　　　　　　　　　倚風遺鷁路의풍유역로,

물을 따라 용문에 이르게 되었습니다.　　　　隨水到龍門수수도용문.
마침내 교룡과 뒤섞이고,　　　　　　　　　竟與蛟螭雜경여교리잡,
공연히 연작(소인배)의 비웃음을 들었습니다.　空聞燕雀喧공문연작훤.

하늘(황제)은 오히려 멀어졌으니,　　　　　青冥猶契闊청명유계활,

높이 날려 해도 날 수가 없습니다.　　　凌厲不飛翻능려불비번.

유가의 학술은 실로 관직에 오르기 어렵지만,　儒術誠難起유술성난기,

(시명으로) 가문의 명성은 거의 남기게 되었습니다.

家聲庶已存가성서이존.

옛 산(고향)에는 약으로 쓸 것이 많고,　　　故山多藥物고산다약물,

뛰어난 경치는 무릉도원(고향)을 생각하게 합니다.

勝槩憶桃源승개억도원.

고향으로 돌아가는 깃발(행장)을 정돈하려 하면서도,

欲整還鄉旆욕정환향패,

오랫동안 궁궐의 담장을 생각해 봅니다.　　長懷禁掖垣장회금액원.

잘못 알고 「삼대예부」가 있다고 칭찬해주셨으니,

謬稱三賦在류칭삼부재,

두 분(최국보·우휴열)의 은혜 무어라 말하기 어렵습니다.

難述二公恩난술이공은.

　위의 시는 두보가 천보 10년에 「삼대예부」의 글을 현종에게 바쳤는데, 현종이 문장이 뛰어났다 하여 집현원에서 명을 기다리게 하고, 학관을 불러 문장을 시험하게 했던 일을 회상한 시이다. 천보 11년(752)에 다시 은택이 내려졌는데, 결과는 만족스럽지 못했다. 그래서 장안을 떠나기에 앞서 집현원의 학사 최국보과 우휴열에게 이별을 고하면서 올린 시이다.

　1구에서 4구까지는 태평성대에 늦도록 벼슬하지 못하고 있다가 황제에게 인정을 받기 위해 글을 올렸다는 것이다. 그리고 문장을 지을 때의 기세는 별의 밖에까지 뻗칠 정도로 대단했으며, 두보 자신이

올린 「삼대예부」가 현종을 감동시키게 되었다고 하였다. 이는 두보 자신이 문장을 짓는데 무한한 기운이 있음을 드러낸 것이다.

5구와 6구는 현종이 내린, 특별 시험 보는 장면을 이야기한 부분이다. 시험관인 재상 이임보가 시험 제목을 제시하는 장면과 춘추의 관리가 답안의 내용을 보고 논의하는 장면 등이다. 7구와 8구는 두보가 「삼대예부」를 올려 황제인 현종의 인정을 받고 시험을 칠 수 있게 된 배경을 노래한 부분이다. 7구의 "역로(鶂路)"는 '역새(백로의 일종)가 날다가 바람을 만나 길을 잃었다'는 의미인데, 따라서 "유역로(遺鶂路)"는 '그 어려운 처지에서 벗어나다'는 의미로 풀이된다. 따라서 7구의 "의풍유역로(倚風遺鶂路)"는 순풍을 타고 불우한 처지를 벗어나게 되었다는 의미이다. 다시 말하자면, 두보가 「삼대예부」를 현종에게 올려 문장 짓는 능력을 인정받아 관직에 나아갈 수 있는 시험을 볼 수 있는 기회를 잡았다는 말이다. 8구의 '용문에 이르게 되었다'는 것은 두보가 「삼대예부」를 올린 뒤 현종의 부름을 받아 임시 시험에 응시하게 된 것을 비유한 것이다.

9구와 12구까지는 문장 시험을 본 결과 발탁되지 못하고 소인배(제비와 참새)들에게 비웃음을 사고, 이제는 황제와 멀어져 관직에 나아가고자 해도 나아갈 수 없게 되었다는 것이다.

13구와 14구는 유가(儒家)의 학술로 관직에 오를 수는 없지만, 그래도 시명(詩名)은 이미 어느 정도 세상에 나게 되었다면서 스스로 자위한 부분이다. 또한 고향 땅에 은거하면서 몸을 봉양하는 생활을 누릴 수 있을 것이라고 하였다. 그러면서 한편으로는 고향으로 가는 짐을 챙기면서도 황제의 궁궐인 담장을 바라보면서 못내 장안을 떠나는 아쉬움을 드러내었다. 그러면서 내가 현종에게 올린 「삼대예부」를 칭찬해준 최국보와 우휴열에게 은혜의 말을 전하였다.

40대 초반 두보의 장안 생활은 이렇듯 잘 풀리지 않았다. 자신이 지어 받친 「삼대예부」로 임시 시험을 보게 되는 행운을 얻게 되었지만, 당시 재상이었던 이임보의 방해로 벼슬자리까지는 나아가지 못했다. 이임보는 두보의 사촌 동생인 두위(杜位)의 장인이기도 하다.

따지고 보면 겹사돈인 데도 두보는 아무런 도움을 받지 못했다. 아마도 간신이면서 실권자였던 이임보에게, 두보는 아무런 도움도 받고 싶지도 않았을 것이다. 권세를 떨치던 재상 이임보도 천보 11년(752) 11월에 병사(病死)하였다.

당시 두보가 장안 생활이 얼마나 어려웠던가를 알게 해주는 시도 있다.

빈교행貧交行: 가난한 사귐의 노래

손바닥을 젖혀 구름을 짓고, 손바닥을 덮어 비를 내리니.

翻手作雲覆手雨번수작운복수우,

어지러이 경박한 무리 어찌 헤아릴 것이 있으랴?

紛紛輕薄何須數분분경박하수수.

그대는 보지 못했는가? 관중과 포숙의 가난한 시절의 사귐을,

君不見管鮑貧時交군부견관포빈시교,

이러한 도(우정)를 지금 사람들은 흙처럼 여기네.

此道今人棄如土차도금인기여토.

이 「빈교행」은 「삼대예부」를 올리고 난 후 장안에서 생활하던 천보 11년(752) 무렵에 지은 시로 추정된다. 일정한 직업 없이 여기저기 떠돌아다니며 숙식을 해결해야 하던 시기이기도 하다. 그런 두보가 느낀 당시의 세태인심을 솔직 담백하게 그렸다. 세상인심이 손바닥

뒤집듯이 하니, 가난할 때 사귐의 대명사인 관중과 포숙의 관포지교 (管鮑之交)가 그리워지기도 한 것이다. 「삼대예부」를 올린 후 궁궐로부터 회소식 오기만을 기다리는 두보의 희망 고문과 변해버린 주변인들의 인심을 온몸으로 느끼고 있는 상태이다. 이제는 숙식 제공도 쉽지 않은 시점에 도달했음을 두보도 세상인심으로 느끼고 있다. 한편으로 엄무나 고적의 경박함을 풍자한 시로 본 설도 있지만, 설득력은 없다.

역시 「삼대예부」를 올렸으나 좋은 결과를 얻지 못해 쓸쓸한 감정을 읊은 시를 감상해 보자.

곡강삼장장오구曲江三章 章五句: 곡강 3장 장5구

제1장	기일其一

곡강은 스산하고 가을 기운 높은데, 曲江蕭條秋氣高곡강소조추기고,

마름이며 연꽃은 시들어 꺾여 바람 따라 물결치고,

菱荷枯折隨風濤릉하고절수풍도,

나그네(두보) 반백의 머리에 공연히 한탄하네. 遊子空嗟垂二毛유자공차수이모.

흰 돌 흰 모래도 요동쳐대고, 白石素沙亦相蕩백석소사역상탕,

슬픈 기러기 홀로 울며 제 무리(친족)를 찾는다네.

哀鴻獨叫求其曹애홍독규구기조.

제2장	기이其二

이 즉흥시는 지금 것도 아니고 옛 것도 아닌데, 即事非今亦非古즉사비금역비고,

긴 노래가 세차고 드높게 나무와 풀을 울린다. 長歌激越捎林莽장가격월소림망,

줄지어 선 호화로운 저택들은 실로 세기도 어렵다.

比屋豪華固難數비옥호화고난수.

나는 기꺼이 마음을 재와 같게 하였는데(부귀에 뜻이 없고),

吾人甘作心似灰오인감작심사회,

아우와 조카는 어찌 슬퍼하여 눈물이 비 오듯 하는가?

弟姪何傷淚如雨제질하상루여우.

제3장   기삼其三

스스로 이 생애를 끝내려 하니 하늘에 묻는 짓 그만두련다.

自斷此生休問天자단차생휴문천,

두곡(지명)에 다행스레 뽕과 삼을 심은 밭(전원) 있어,

杜曲幸有桑麻田두곡행유상마전,

장차 종남산 부근으로 옮겨 살리니,   故將移住南山邊고장이주남산변.

짧은 옷과 필마로 이광(한나라 장수)을 따르며,   短衣匹馬隨李廣단의필마수이광,

맹호를 쏘는 것 보면서 여생을 마치리라.   看射猛虎終殘年간석맹호종잔년.

위의 시는 곡강(曲江) 연못가에서 자신의 우울한 감정을 떨쳐내려는
모습의 시이다. 제1장에는 쓸쓸한 가을날 자신의 초라한 모습을 제시
하면서 곡강지(曲江池)의 모래와 자갈이 서로 부딪칠 때 큰 기러기는
무리를 이루어 어디로 날아가고 있다. 제2장에는 근심을 떨치기 위해
즉흥적으로 부르는 노래가 근처 숲에까지 울리고, 곡강 가에 즐비하
게 늘어선 호화로운 집들을 보면서도 이미 부귀영화에 뜻을 두지 않
아서 별다른 감정이 없다. 그런데 동생과 조카는 이런 나를 보고 오히
려 슬퍼한다. 제3장에는 속세의 부귀영화를 떠나 종남산으로 들어가
살고 싶은 뜻을 펼쳤다. 남산(종남산)에 은거하면서, 한(漢)나라 이광
(李廣)처럼 맹호를 활로 잡으면서 살겠다는 비장한 각오를 다졌다. 이
광은 한나라 때 장수이다. 남산에 은거하며 살았는데, 어느 날 숲속에
서 호랑이를 본 것이다. 그래서 온 힘을 다해 화살을 쏘아 호랑이를

맞혔는데, 가까이 가서 보니 호랑이처럼 생긴 바위였다. 그래서 다시 화살을 쏘아보았지만 화살은 바위에 박히지 않았다고 한다. 궁궐로부터 오는 희소식은 없고 계절도 조락(凋落)의 가을이라서 모든 것들이 두보의 마음을 우울하게 한다. 곡강 가의 호화로운 저택들을 보면서 자신은 이미 부귀영화에 초월한 존재라고 다짐하면서 이제는 남산으로 들어가 밭이나 일구면서 맹호를 때려잡은 이광처럼 씩씩하게 살고 싶다는 호방한 기개를 드러내었다. 그러나 이런 호기로움이 더욱 두보를 쓸쓸하게 만든다.

'유자(遊子)'는 객지에 떠도는 사람이라는 뜻으로 여기서는 두보 자신을 가리키는 말이다. '이모(二毛)'는 머리카락이 희어져 두 가지 색이 있다는 것으로, 머리카락이 희끗희끗되었다는 말이다. '두곡(杜曲)'은 장안 근처의 지명이다. '석(射)'는 훈과 음이 '맞출 석'이다. '쏠 사'의 훈과 음도 있는 자이다.

천보 11년은 연말이 다가와도 출사의 길은 보이지 않았다. 한 해가 저물어갈 때 자신의 어려운 처지를 담아 당시 경조윤(京兆尹, 지금의 서울시장격)이었던 선우중통(鮮于仲通)에게 보낸 시가 있다.

봉증선우경조이십운奉贈鮮于京兆二十韻: 선우경조를 받들어 드리는 20운의 시

황제의 나라에 선비가 많다고 하지만,	王國稱多士왕국칭다사,
어진 인재는 많지 않습니다.	賢良復幾人현량부기인.
특이한 인재는 세대를 건너뛰어 나오니,	異才應間出이재응간출,
상쾌한 기상은 필히 무리를 달리할 것입니다.	爽氣必殊倫상기필수륜.
처음 장경조(한나라의 장창, 선우중통)를 뵈오니,	
	始見張京兆시견장경조,
한(당)나라 황제의 측근인 신하가 차지한 것이 마땅합니다.	

宜居漢近臣 의거한근신.

화류라는 준마가 길을 열고,

驊騮開道路 화류개도로,

큰 수리는 풍진 세상을 떠나 높이 납니다.

鵰鶚離風塵 조악이풍진.

절도사가 헤아릴 수 없을 정도로 많다는 것을 알지만,

侯伯知何算 후백지하산,

문장이 실로 자신을 높은 지위에 오르게 했습니다.

文章實致身 문장실치신.

힘차게 날아 (선우중통만이) 등급을 뛰어넘어,

奮飛超等級 분비초등급,

영락한 처지를 쉽게 벗어났습니다.

容易失沈淪 용이실침륜.

반계에서의 낚시질을 떨쳐버리고,

脫略磻溪釣 탈략반계조,

영의 땅 장인의 도끼를 잡았습니다.(업무 처리를 잘 했다)

操持郢匠斤 조지영장근.

하늘(높은 지위)에 이미 다가갔으니,

雲霄今已逼 운소금이핍,

태곤(양국충)의 지위는 또 누가 가까이할 수 있겠습니까?

台袞更誰親 태곤경수친.

봉황의 집에 새끼(선우중통의 자식)들 모두 훌륭하고,

鳳穴雛皆好 봉혈추개호,

용문(선우중통의 집)에 찾아온 손님 또한 참신합니다.

龍門客又新 용문객우신.

선우중통의 의로운 명성 많아 (두보 자신이) 감격하지만,

義聲紛感激 의성분감격,

실패한 처지(시험 실패)라 자연 머뭇거리고 있습니다.

敗績自逡巡 패적자준순.

길이 머니 어디로 향해 갈까요?

途遠欲何向 도원욕하향,

황제의 거처는 높아서 거듭 진언하기가 어렵습니다.

　　　　　　　　　　　　　　　　　　天高難重陳천고난중진.

시를 배운 것은 오히려 어린 시절,　　　學詩猶孺子학시유유자,

향시에서 좋은 빈객들을 욕되게 하였습니다.　鄕賦忝嘉賓향부첨가빈.

한나라 정치가인 조조(晁錯)와 같을 수가 없었고,

　　　　　　　　　　　　　　　　　　不得同晁錯부득동조조,

아아, 진(晉)의 극선(郤詵)에게도 뒤처졌습니다. 吁嗟後郤詵우차후극선.

꾀하는 일이 엉성하여 문장 솜씨를 의심하고(처세에 서툶),

　　　　　　　　　　　　　　　　　　計疏疑翰墨계소의한묵,

적당한 때가 지나니 소나무와 대나무를 생각해 봅니다.

　　　　　　　　　　　　　　　　　　時過憶松筠시과억송균.

「삼대예부」를 바쳐 황제의 돌보심(은총)을 받아서,

　　　　　　　　　　　　　　　　　　獻納紆皇眷헌납우황권,

그 사이에 자신궁에서 시험에 응했습니다.　中間謁紫宸중간알자신.

잠시 여러 인재(시험에 참관했던 학자)를 따라서 모이니,

　　　　　　　　　　　　　　　　　　且隨諸彦集차수제언집,

바야흐로 천박한 재능을 펼쳐볼까 하였습니다. 方覬薄才伸방기박재신.

놀랍게도 전의 정권을 잡았던 이(이임보)가,　破膽遭前政파담조전정,

음험한 꾀로 홀로 정권을 잡고 있는 상황이니, 陰謀獨秉鈞음모독병균.

미천한 인생(두보 자신)이 시기와 각박함을 당하니,

　　　　　　　　　　　　　　　　　　微生霑忌刻미생점기각,

만사가 더욱 괴로워졌습니다.(이임보에 대한 원망)

　　　　　　　　　　　　　　　　　　萬事益酸辛만사익산신.

사귐이 단청(공경 지위, 양국충)과 합치되는 지위이고,

　　　　　　　　　　　　　　　　　　交合丹靑地교합단청지,

(선우중통) 은혜가 우로를 기울이는 듯한(베풂) 때입니다.

恩傾雨露辰은경우로신.

굶어 죽을 것을 근심하는 유자(儒者) 있는데,　有儒愁餓死유유수아사,

언제나 평진후(한나라 공손홍)에게 아뢰어주시겠습니까?

早晚報平津조만보평진.

　위의 시는 두보가 천보 10년에 당 현종에게 「삼대예부」를 바쳐 시험을 보았지만, 부름을 받지 못하고 당시 천보 11년(752년) 12월에 경조윤(京兆尹)이었던 선우중통(鮮于仲通)에게 올린 시이다. 여전히 두보는 벼슬자리에 나아가지 못한 자신의 처지를 피력하면서 또한 당시의 실권자인 양국충에게 자신을 천거해 줄 것을 선우중통에게 부탁한다는 내용의 시이다. 양국충이 752년 11월에 재상이 되었으니, 한 달 정도 된 때이다. 간신이었던 이임보가 병사한 후 양국충이 새롭게 재상이 되었기에, 기대를 했던 것 같다.

　41살도 저물어 가는 두보의 고달픈 삶이 묻어난다. 선우중통은 촉 지방의 부자였다. 재물로 사람들을 도왔을 뿐만 아니라, 양국충에게도 물질적으로 도움을 준 적이 있었다. 이를 계기로 양국충은 천보 9년(750)에 선우중통에게 검남절도부대사(劍南節度副大使)를 임명하였고, 재상이 된 후 천보 11년(752)에는 장안 경조윤(京兆尹)에 임명하였다. 두보는 그 경조윤인 선우씨에게 부탁해서, 실권자 양국충에게 자기를 천거해 주기를 바란다는 내용이다. 마지막 평진후는 한나라 공손홍이지만, 문맥으로는 양국충을 가리킨다. 공손홍은 승상이 되어 평진후에 봉해진 후, 동각(東閣)을 개설하여 선비들을 받아드리고, 자기의 모든 녹봉을 빈객들에게 나누어준 사람이다. 양국충을 그런 공손홍에 비유하여, 두보 자신도 관직에 나아가기를 간절히 바랐던 것이다. 두보(杜甫)도 어려운 생활이 계속되자 여기저기에 자기의 사정

을 호소하고 있다. 궁하면 통하려고 애쓰는 것, 이 모두 인지상정(人之常情)인가 보다.

1구에서 8구까지는 선우중통의 인물됨과 그 능력이 뛰어남을 예찬한 것이다. 두보는 '천자의 나라에 선비가 많다고는 하지만 현명한 인재가 몇 사람이나 되겠습니까? 재주를 지닌 인물은 세대를 뛰어넘어 간간이 나오는 법인데, 지금 선우중통 당신이 그런 인물입니다. 당신을 처음 뵈었을 때 모습은 마치 한나라 명신인 장창을 보는 것 같았습니다. 한나라 장창이 했던 것처럼, 경조윤의 임무를 맡아 하시고 황제의 신임을 받아 황제 곁에서 정사를 돌보는 것은 마땅합니다. 지금 선우중통 당신은 좋은 때를 만나 앞길이 열려 있어 이 세상을 한 번 날아올라 천하를 호령할 것입니다.'라고 송축하였다.

9구에서 16구까지는 선우중통이 문장으로 높은 지위에 올랐음을 노래한 부분이다. 지금 절도사나 제후가 많지만 유독 선우중통만이 문장으로 자기 자신을 승진시켰다는 것이다. 마치 강태공이 노년에 주(周) 문왕을 만나 주나라 통일에 관여하여 주 무왕 때 제(齊)나라 제후가 되었던 것처럼, 만년에 벼슬자리에 나아가게 되었고 『장자』에 나오는 인물 영의 장인처럼 결단성도 있는 인물이라고 하였다. 따라서 지금의 선우중통은 황제와 가까이할 수 있으며, 당시 실권자인 양국충과도 사귈 수 있는 위치에 있다고 한 것이다.

17구에서 20구에서는 선우중통의 집안이 뛰어난 집안이고 그 자녀들 역시 봉황의 새끼들로 재능이 뛰어났음을 예찬한 것이다. 또한 선우중통이 의롭다는 소문을 듣고서 두보가 몹시 감격하고 있지만, 정작 두보 자신은 과거 시험에 실패하여 만나기가 조심스럽다고 하였다.

21구에서 28구에서는 이제는 다시 벼슬길에 나아갈 기회를 얻기도 어려울 것 같고, 어린 시절부터 배운 시짓기를 통해 향시에서 장원급제하여 낙양에서 대과를 보았지만, 향리의 추천인을 욕되게 낙방하고 말았다는 것이다. 한(漢)나라 때 정치가 조조와 진(晉)나라 극선처럼 인정받지도 못하고 과거에 낙방한 사실을 들어 두보 자신의 문장 실력까지 의심하였다. 그래서 이제는 소나무와 대나무가 있는 자연으로 돌아가 은거나 해볼까? 한다고 한 것이다.

29구에서 40구에서는 천보 10년에 「삼대예부」를 현종에게 받쳐 외람되게도 황제의 돌보심을 받았고 당시의 여러 학자들을 만나 조정에 들어가 두보 자신의 재주를 펼쳐볼까? 하였지만, 당시 실권자인 이임보가 훼방을 놓아 뜻을 이루지 못하였다는 것이다. 그런데 지금 선우중통 당신은 재상의 지위에 있는 귀족들과 친밀하게 사귀어 의기를 서로 부합하는 지위에 있고, 또 남에게 은혜를 이슬과 비처럼 베풀 수 있는 때라고 하였다. 그러니 당신 선우중통이 실권자인 양국충에게 굶어 죽어가는 나 두보를 꼭 천거해 달라고 매달리고 있는 것이다. 두보의 딱한 처지가 안녹산의 난을 일어나게 한 장본인의 한 사람인 양국충에게까지 천거를 부탁하게 만들었다. 목구멍이 포도청이라는 말이 맞다. 두보도 경제적 어려움을 견디기가 어려웠던 것이다. 이때는 양국충이 재상이 된 지 약 한 달가량 되었기에 양국충의 실체를 제대로 몰랐을 수도 있었을 것이다.

양귀비라는 권력의 실체를 등에 업은 양씨 집안의 자매들과 승상으로 등극한 육촌 오빠 양국충의 권세는 하늘을 찌르고 있었다. 특히 현종의 총애를 받던 양씨의 자매들의 행태를 보고 풍자한 두보의 시가 있다. 양귀비에게는 언니가 있었는데, 현종이 국부인(國夫人)의 칭호를 내렸다. 맏이는 대이(大姨)로 한국부인(韓國夫人), 셋째 언니는 삼이(三姨)로 괵국부인(虢國夫人), 여덟 번째 언니는 팔이(八姨)로 진국부인(秦國夫人)에 봉했다. 이들의 당시 한 때의 기세를 풍자한 「여인행(麗人行)」을 살펴보자.

여인행麗人行: 미인의 노래

삼월 삼짇날 날씨는 화창한데,　　　　　　三月三日天氣新삼월삼일천기신,
장안의 물가에 고운 사람도 많네.　　　　長安水邊多麗人장안수변다려인.
자태는 농염하고 뜻은 고원하여 온화하고도 참되며,

　　　　　　　　　　　　　　　　態濃意遠淑且眞태농의원숙차진,
살결은 섬세하면서도 매끄럽고 뼈와 살이 고르다네.

　　　　　　　　　　　　　　　　肌理細膩骨肉勻기리세니골육윤.

수놓인 비단옷이 늦봄에 잘 어울리고,　　繡羅衣裳照莫春수라의상조모춘,
금실로 수놓인 공작에 은실로 수놓인 기린이라.　蹙金孔雀銀麒麟축금공작은기린.
머리 위에는 무엇이 있는가?　　　　　　頭上何所有두상하소유,
비취로 된 머리장식 잎이 귀밑까지 드리웠네,　翠微匎葉垂鬢脣취미압엽수빈순.
등 뒤에는 무엇이 보이는가?　　　　　　背後何所見배후하소견,
진주 늘어뜨린 허리띠가 몸에 잘 어울린다.　珠壓腰衱穩稱身주압요겁은칭신.
그 가운데 구름 같은 휘장 안의 초방(양귀비)의 친척은,

　　　　　　　　　　　　　　　　就中雲幕椒房親취중운막초방친,
대국의 이름을 하사받은 괵국부인과 진국부인이다.

　　　　　　　　　　　　　　　　賜名大國虢與秦사명대곡괵여진.
자주빛 낙타의 등 요리가 부잣집의 푸른 솥에서 나오고,

　　　　　　　　　　　　　　　　紫駝之峰出翠釜자타지봉출취부,
수정 쟁반에는 은빛 생선이 놓여 있네.　　水精之盤行素鱗수정지반행소린.
상아 젓가락 배부른 탓에 한참을 젓가락질하지 않고,

　　　　　　　　　　　　　　　　犀筯鴹飫久未下서저염어구미하,

난도로 회를 가늘게 써느라 공연히 분주하기만 하네.

鸞刀縷切空紛綸_{난도누절공분륜}.

환관의 날듯이 달리는 말들 먼지조차 일지 않고,

黃門飛鞚不動塵_{황문비공부동진},

수라간에서는 팔진미를 끊임없이 보내온다.　御廚絡繹送八珍_{어주락역송팔진}.

퉁소와 피리의 구슬픈 소리 귀신까지 감동시키는데,

簫管哀吟感鬼神_{소관애음감귀신},

손님과 시종들 우글대는데 실로 요직에 있는 이들이다.

賓從雜遝實要津_{빈종잡답실요진}.

뒤에 온 말 탄 분(양국충)은 어찌 거드름을 피우는지,

後來鞍馬何逡巡_{후래안마하준순},

천막에 이르러 말에서 내려 비단 자리에 드네. 當軒下馬入錦茵_{당헌하마입금인}.

버들개지 눈처럼 날려 하얀 마름(부평초) 위를 덮고,

楊花雪落覆白蘋_{양화설락복백빈},

청조 날아가며 붉은 수건 물었다.　青鳥飛去銜紅巾_{청조비거함홍건}.

손데일 만큼 뜨거운 그 권세 비할 데 없으니,　炙手可熱勢絶倫_{자수가열세절륜},

삼가 가까이 가지 말게나, 승상(양국충)이 화내실라.

慎莫近前丞相嗔_{신막근전승상진}.

「여인행」은 양국충이 승상이 된 이후의 작품이다. 재상이었던 이임보가 752년인 천보 11년 죽자 그 해 11월 경신일에 양국충이 재상이되었다. 그러니 시의 내용이 3월 3일 삼짇날의 모습이니 적어도 천보12년(753, 42세) 늦은 봄날쯤은 될 것이다.

　1구에서 20구까지는 3월 3일 곡강가에서 수계의 풍속으로, 삼짇날의 연회를 베푸는 장면을 노래한 부분이다. 특히 화려한 옷차림과

진귀한 음식이 즐비하게 진열된 화려한 잔치 분위기를 그렸다. 3월 3일 맑고 화창한 날, 장안(長安) 곡강(曲江) 연못가에는 많은 궁녀들이 삼짇날의 봄놀이를 즐기고 있다. 그들의 자태는 농염하고 마음속에 간직한 생각은 고원(高遠)한 듯하며, 성품은 온화하고도 선량해 보인다. 게다가 피부는 곱고 매끄러우며 뼈와 살이 적절하게 균형 잡혀 있다. 그들의 화려한 의상은 저무는 봄빛에 빛을 발하는데, 금실과 은실로 공작과 기린을 함께 수놓은 옷이 아름다움을 드러낸다. 그들의 머리 위에 있는 것은 무엇인가? 틀어 올린 머리 위의 비취로 된 머리 장식이 귀밑머리 옆까지 드리워져 있다. 등 뒤에 보이는 것은 또 무엇인가? 진주가 알알이 박힌 허리띠가 밑으로 늘어져 있는 모양새가 몸매와 잘 어울린다. 구슬발 휘장 안(초방, 양귀비의 방)에 있는 귀비(貴妃)의 친척들은 괵국부인(虢國夫人), 진국부인(秦國夫人)에 책봉된 양귀비의 언니들이다. 그들이 먹는 음식은 낙타의 불룩한 봉(峰)을 잘라 삶은 고기로 부잣집의 비취빛 솥에 담겨 있고, 은빛으로 빛나는 생선이 수정 쟁반에 줄지어 놓여 있다. 실컷 먹고 배가 부른 탓에 상아 젓가락을 손에 든 채로 한참을 음식에 대지 않는데, 공연히 요리사는 먹지도 않을 음식들을 난새 방울 달린 칼로 실처럼 가늘게 써느라 분주하기만 하다. 궐내의 환관들이 말을 타도 먼지 한 점 날리지 않게 오고 가고, 황제의 주방에서는 끊임없이 각종 진귀한 음식들을 보내온다. 옆에서 음악을 연주하여 흥을 돋우는데, 퉁소와 피리 소리 끊임없이 흘러나오는 그 소리는 왕왕 귀신조차 감동시킬 듯하다. 자리를 함께 한 귀한 손님과 시종(侍從)들이 참으로 많은데 이들은 모두 조정의 높은 벼슬아치들이다.

21구에서 26구까지는 양국충의 거만함과 당대의 세도를 풍자한 곳이다. 양국충이 가장 나중에 안장 얹은 한 필의 말을 타고 다가오는데,

나아가는 그 모습이 참으로 느리고 거만하다. 수레 휘장 앞에 이르자 그는 말에서 내려 곧장 비단 깔개가 깔려 있는 수레 안으로 들어간다. 버들개지가 눈처럼 흩날려 부평초 위를 덮고, 서왕모(西王母)의 사자(使者)인 청조(靑鳥)가 사랑의 메시지를 전하려는 듯 붉은 수건을 머금고 머리 위를 난다. "버들개지가 부평초 위를 덮는다"고 한 것은 양국충이 괵국부인과 저지른 불륜을 풍자한 것이고, "청조 날아가며 붉은 수건 물었다."고 한 것은, 괵국부인이 양국충에게 정을 표시하는 것으로 풍자한 것이다. 그리고 시의 마지막에서 "가까이 다가가지 말라."고 한 것은, 양국충은 당대의 세력가로 그 누구와도 대비할 수 없을 만큼 막강한 권세를 갖고 있으니, 그녀들에게 가까이 가서 그가 분노를 유발하는 일이 없도록 조심해야 한다고 한 것이다.

『구당서(舊唐書)』「후비전(后妃傳)」에 의하면, 현종이 매년 10월 화청궁(華淸宮)에 행차할 때 양국충의 다섯 누이의 집안이 뒤를 따랐는데, 각 집마다 하나의 대오를 이루어 한 가지 색깔의 옷을 입었다고 한다. 다섯 집의 대열이 합류하면 그 모습은 마치 온갖 꽃들이 만발하여 빛나는 듯했고, 비녀를 빠뜨리고 신발을 떨구니 구슬과 비취들이 길에서 찬란한 모습으로 향기를 발했다고 한다. 그런데 양국충은 괵국부인과 정을 통하면서 수컷 여우라는 비난도 꺼리지 않았다. 매번 대궐에 들어갈 때면 나란히 수레를 몰면서 장막조차 치지 않았다고 한다. 『구당서(舊唐書)』「후비전(后妃傳)」 내용처럼, 두보의 시 후반부는 양국충과 괵국부인의 부적절한 관계와 옆에만 가도 손이 데일 정도의 양국충의 세도를 풍자하였다. 천보(天寶) 7년(748)에 양귀비 세 언니들이 봉호(封號)를 받았다. 맏이[大姨]는 한국부인(韓國夫人)·삼이(三姨)는 괵국부인(虢國夫人)·팔이(八姨)는 진국부인(秦國夫人)에 봉해졌던 것이다.

삼월 삼짇날은 수계(修禊)의 풍속으로 강가에서 목욕재계하여 불길함을 씻어내는 풍속을 이르는 말이다. 원래는 왕희지의 「난정기」에 보이는 내용처럼, 곡상유수로 흐르는 물에 술잔을 띄어 놓고 시문을 지으면서 부정함을 씻어내는 행사였다. 이후 일반인들의 행사로 확대되어 풍속일이 된 것이다.

"조모춘(照莫春)"의 '莫(막)'은 '暮(모)'와 같다. 그래서 독음을 '모'로 읽는다. "소린(素鱗)"은 '살결이 흰 생선 같다는 것'을 이른다. "서저염어구미하(犀筯饜飫久未下)"는 '실컷 먹고 배가 불러 음식을 먹을 생각이 나지 않아 상아(象牙)로 만든 젓가락을 오랫동안 음식에 대지 않음'을 뜻한다. "서저(犀筯)"는 '상아로 만든 젓가락'이다. '筯(어)'는 '箸(저)'와 같다. "염어(饜飫)"는 '배불리 실컷 먹었음'을 뜻한다. '饜(염)'이 싫어할 '厭(염)'으로 되어 있는 본(本)도 있다. "난도누절공분륜(鸞刀縷切空紛綸)"의 "난도(鸞刀)"는 '난새 방울 장식이 있는 칼이다. "누절(縷切)"은 '요리사가 재료를 썰 때 특히 실처럼 가늘게 썰고 아울러 꽃장식을 더한 것'을 가리킨다. "분륜(紛綸)"은 바쁜 것을 이른다. "황문(黃門)"은 '환관(宦官: 太監)의 통칭'하는 말이다. 동한 때 황문령(黃門令)과 중황문(中黃門) 등의 관직을 맡았기에 생겨난 호칭이다. 그래서 환관이나 내시를 '황문(黃門)'이라 부른다. "비공(飛鞚)"의 '鞚(공)'은 '말 재갈'을 뜻하는 말인데, 여기서는 '날듯이 빨리 달린다'는 의미이다. "팔진(八珍)"은 '여덟 가지의 진귀한 음식'을 말하는데, 팔진(八珍)이 무엇인지에 대해서는 설이 분분하다. 팔진은 순오(淳熬)·순모(淳母)·포돈(炮豚)·포장(炮牂)·도진(擣珍)·지(漬)·오(熬)·간료(肝膋)를 이르는 경우와 용간(龍肝)·봉수(鳳髓)·토태(兎胎)·이미(鯉尾)·악구(鴞炙)·웅장(熊掌)·성순(猩脣)·표태(豹胎)를 이르는 경우도 있다. 용간(龍肝)은 용의 간이고, 봉수(鳳髓)는 봉황의 골을 뜻한다. 그리고 토태(兎胎)는 토끼의 태이고 이미

(鯉尾)는 잉어꼬리를 뜻한다. 악자(鶚炙)는 독수리 고기구이를 뜻하고 웅장(熊掌)은 곰 발바닥 요리이다. 성순(猩脣)은 원숭이 혓바닥 요리이며 표태(豹胎)는 뱃속에 있는 표범 새끼 요리를 이른다.

"소고(簫鼓)"는 '피리와 북'을 뜻한다. "빈종잡답실요진(賓從雜遝實要津)"은 "빈객과 시종들 우글대니 실로 요직에 있는 인물이다."의 의미이다. 빈객(賓客)과 수종(隨從) 곧 귀한 손님과 시중드는 사람이 많다는 것은, 손님들이 지위가 있는 인물들임을 나타낸다. "잡답(雜遝)"은 사람이 많은 모양이고, "요진(要津)"은 요직(要職)으로, '높은 지위'를 말한다. "후래안마하준순(後來鞍馬何逡巡)"은 "뒤에 온 안장 얹은 말 얼마나 느긋한가?"의 "준순(逡巡)"은 느릿느릿하게 가는 모양이다. "입금인(入錦茵)"의 '茵(인)'은 수레 안에 까는 비단 깔개이고, '입금인(入錦茵)'은 양귀비의 언니들이 있는 수레 안으로 양국충이 들어가는 모습을 묘사한 것이다.

"양화설락복백빈(楊花雪落覆白蘋)"은 버들개지가 눈처럼 흩날려 마름 위를 덮는 것을 가리킨다. 이것은 그 당시의 풍경을 묘사한 것인데, 양국충(楊國忠)과 괵국부인의 통간(通姦)을 풍자하였다는 설(說)도 있다. '양화(楊花)'와 '양국충(楊國忠)'의 '양(楊)' 자(字)가 같은 데에서 착상한 설이다. 또 '양화(楊花)'와 관련된 다음과 같은 전고(典故)도 있다. 북위(北魏)의 호태후(胡太后)가 양화(楊華)와 사통(私通)하였는데, 양화가 자신에게 화(禍)가 미칠 것을 두려워하여 양(梁)나라에 투항하였다. 태후는 그를 그리워하며 「양백화가(楊白花歌)」를 지었는데, 그 내용은 다음과 같다. "양춘(陽春) 이삼월, 수양버들은 모두 꽃이 되었네. 춘풍은 하룻밤 사이 규방 문으로 들어오고, 버들개지는 남가(南家)에 흩날려 떨어지네. 정(情)을 머금고 문을 나서니 다리엔 힘이 없는데, 버들개지 주우니 눈물이 가슴을 적시네. 가을에 떠났다 봄에 돌아온 한 쌍의 제비, 버들개지 물고서 둥지 안으로 들어가네(陽春二三月 楊柳齊作花 春風一夜入閨闥 楊花飄蕩落南家 含情出戶脚無力 拾得楊花淚沾臆 秋去春還雙燕子 願銜楊花入窠裏)." 가을에 떠났던 제비처럼 봄에 다시 돌아와주기를 바라는 시이다. 버들가지는 다시 살아나는 의미가 있기 때문에 이별 시 버드나무 가지를 꺾여 보낸다. 다시 돌아오라는 의미인 것이다. '빈(蘋)'은 개구리밥(부평초) 중에 큰 것을 말한다.

"청조(靑鳥)"는 신화(神話)에 나오는 세 발 달린 새로 서왕모(西王母)의 사자(使者)이다. 여기서는 소식을 전달하는 사람을 가리킨다. "홍건(紅巾)"은 부녀자들이 쓰는 붉은 색 두건을 말하는데, 옛날 여자들이 이것으로 자신의 정(情)을 표시하는 신표(信標)로 삼았다. "자수가열(炙手可熱)"은 열기에 손을 델 정도이다. 炙(자)는 '적'으로 읽어도 된다. 양국충의 세력이 천하를 기울이고 그 기염이 사람을 핍박함을 말한다. "승상진(丞相嗔)"의 승상(丞相)은 양국충을 가리킨다. 천보 11년(752)에 양국충이 우승상(右丞相)을 맡았기에 그렇게 칭한다. '嗔(진)'은 성낸다는 뜻인데, '瞋(진)'으로 되어 있는 본(本)도 있다. 진(瞋)은 화가 나서 눈을 부릅뜨고 보는 것이다.

두보는 여전히 벼슬길에 나아가지 못하고 장안에서 세월을 보내고 있었다. 여름이 지나 가을로 접어들어도 변화는 없었던 모양이다. 두보 나이 42세인 천보 12년(753) 가을 중양절에 지은 시도 감상해 보자. (창작 시기가 천보 14년 설도 있음)

구일곡강九日曲江: (9월 9일) 중양절 곡강에서

술자리에 이어진 산수유 좋더니,	綴席茱萸好철석수유호,
배를 띄우니 연꽃은 시들어 있네.	浮舟菡萏衰부주함담쇠.
백 년의 가을 이미 반이 지나,	百年時欲半백년시욕반,

중양절이라 마음이 더욱 서글퍼지네.　　　九日意兼悲구일의겸비.

강물의 맑은 근원이 굽이진 곳(곡강),　　　江水淸源曲강수청원곡,

형문(荊門, 산이름)이 이 길인가 의심스럽네.　荊門此路疑형문차로의.

저녁 되니 높은 흥취 다하고,　　　　　　晚來高興盡만래고흥진,

국화 핀 때에도 마음이 흔들리네.　　　　搖蕩菊花期요탕국화기.

　시의 전반부는, 9월 9일 날의 가을날 모습을 그렸다. 9월 9일 중양절에 곡강(曲江)에서 술을 마시고 바라보던 산수유 열매도 아름다운데, 곡강에 배 띄워보니 연꽃은 이미 시들어 있었음을 알고 흥이 깨졌다. 그리고 백 년의 인생 가운데 계절의 가을처럼 반은 지나서 중양절에 마음이 더 슬프다. 곡강 주변에 있는 산수유는 아름답지만, 배를 타고 본 연꽃은 이미 시들어 두보 자신도 모르게 가을을 애상적으로 바라보면서 무정하게 흐르는 세월이 야속하기만 한 것이다. 그래서 중양절이라 기뻐할 만하면서도 슬프다고 한 것이다.

　시의 후반부는, 곡강을 통해 두보 자신의 심정을 내비친 부분이다. 강물의 맑은 원류인 곡강인 호수의 물이 굽이쳐 강물처럼 보이고, 옛날 환온이 잔치를 베풀던 형문 근처의 용산과 이 곡강의 경치가 비슷하여, 환온의 고사를 인용하여 곡강의 아름다움을 극대화하였다. 낮 동안 즐겁던 흥취도 저녁이 되자 다하고 마음마저 안정되지 못하고 흔들리고 있다. 그래서 '국화 피는 시기가 흔들린다.'고 한 것이다. 벼슬자리에 나아가지 못하고 세월만 보내는 두보의 서글픈 심정이 묻어난다.

　중양절(重陽節)은 음력 9월 9일로, 높은 산에 올라 산수유 열매를 지니고 국화주를 마시면서 악귀(惡鬼)를 쫓는 의식을 행하는 날이다. 9월 9일은 9가 겹치므로 '중구(重九)'라고 하는데, 구(九)가 양(陽)의

수(數)이므로 '중양(重陽)'이라고 한 것이다. 중양절의 유래는 남조시대(南朝時代) 양(梁)나라 오균(吳均)의 『속제해기(續齊諧記)』「구일등고조(九日登高條)」에 나온다. "진(晉)나라 환경(桓景)이 비장방(費長房)을 따라 유학(遊學)을 하였다. 하루는 장방이 '9월 9일에 집안에 재난이 있을 터이니 반드시 집을 떠나야 한다. 식구들로 하여금 붉은 주머니에 수유(茱萸, 산수유 열매)를 담아 팔에 묶고서 높은 곳에 올라 국화주를 마시게 하면 재난을 면할 것이다.'라고 하였다. 환경이 그 말을 따라 식구들과 함께 높은 곳에 올라갔다가 저녁에 돌아와 보니, 기르던 닭·개·양·소 등이 모두 죽어 있었다. 장방이 이를 듣고 동물들이 대신 죽어 액땜을 한 것이라고 하였다. 지금 세상 사람들이 9월에 등고음주(登高飮酒)하고 부인들이 수유(茱萸) 주머니를 차는 것은 이 일에서 시작되었다." 오균이 『속제해기(續齊諧記)』에서 소개한 내용처럼 액땜을 하기 위해 높은 곳에 올라 산수유 열매를 몸에 지니고 국화주를 마시는 행사가 중양절인 것이다.

　"형문(荊門)"은 호북성 형문현(강릉) 남쪽에 있는 산 이름이다. 두보가 여기서 "형문"을 용사(用事)한 것은 중양절 연회의 명소인 형문(강릉)으로 가고 싶은 마음을 표현한 것이다. 『진서(晉書)』권(卷)98에는 고사의 내용이 실려 있다. 강릉부(江陵府) 용산(龍山)에 맹가(孟嘉) 낙모대(落帽台)가 있는데 형문의 동쪽에 있다. 맹가는 진(晉)나라 사람으로 환온의 참군으로 있을 때 9월 9일 환온이 용산에 잔치를 열어 술을 마시고 노닐 때 바람이 불어 맹가의 모자가 날아갔는데도 알아차리지 못하였다. 그러자 환온이 손성(孫盛)을 시켜 글을 지어 그를 조롱하게 하였으나 맹가가 답으로 지은 글이 매우 훌륭하였다. 그 후로 맹가 낙모대는 중양절의 연회를 여는 장소로 비유되었다. 이백도 그의 시 「구일용산음(九日龍山飮)」에 "취간풍락모(醉看風落帽)" 곧 "술에 취하여 바라보니 바람에 모자가 떨어진다."라고 하여, 이 형문의 고사를 인용하였다.

어쨌든 42살의 두보가 장안에서 출사하지 못한 채 실의의 나날을 보내는 가을날의 모습이 슬프게 그려지고 있는 시이다. 중양절 곡강에서 잔치를 끝내면서 조락의 가을날과 자꾸 나이를 먹어감에 오는 조급함이 겹치면서 자신의 처지를 슬퍼하였다. 이렇듯 두보는 또 한 해가 저물어 감을 실감하고 있다.

754년(43세) 천보 13년 봄, 두보의 행적을 알 수 있는 시를 감상해 보자.

취시가醉時歌: 술에 취해 부르는 노래(증광문관박사정건贈廣文館博士鄭虔: 광문관 정건 박사에게 드린 글)

제공들 줄줄이 높은 자리 오르는데,	諸公袞袞登臺省제공곤곤등대성,
광문 선생(정건)은 관직에 홀로 쓸쓸히 거처한다.	
	廣文先生官獨冷광문선생관독냉.
권세가에서는 분분하게도 고량진미에 물려 싫어할 정도고,	
	甲第紛紛厭粱肉갑제분분염양육,
광문 선생은 끼니도 못 잇네.	廣文先生飯不足광문선생반부족.
선생의 도는 복희씨를 넘어서고,	先生有道出羲皇선생유도출희황,
선생의 재주는 굴원과 송옥을 능가한다.	先生有才過屈宋선생유재과굴송.
덕이 일생에 존귀하나 항상 이루지 못해 불행하니,	
	德尊一代常坎軻덕존일대상감가,
명성이 만고에 남긴들 무슨 쓸모가 있겠는가?	名垂萬古知何用명수만고지하용.
두릉에 사는 야인(두보 자신)은 사람들이 더욱 비웃는데,	
	杜陵野客人更嗤두릉야객인갱치
거친 베옷 초라하고 귀밑털이 실과 같네.	被褐短窄鬢如絲피갈단착빈여사.

하루하루 태창미 다섯 되를 사 먹는데,　　　　日糴太倉五升米일적태창오승미
때때로 정건 박사 찾아가 흉금을 털어놓네.　時赴鄭老同襟期시부정로동금기
돈이 생기면 곧 정건을 찾아가,　　　　　　得錢卽相覓득전즉상멱,
술을 사는 것에 주저하지 않았다.　　　　　沽酒不復疑고주불부의.
형식에 벗어나 허물없는 사이지만,　　　　　忘形到爾汝망형도이여,
마음껏 마시는 것 진실로 나의 스승이네.　　痛飲眞吾師통음진오사.
맑은 밤 고요한데 봄 술잔을 드니,　　　　　淸夜沈沈動春酌청야침침동춘작,
등불 앞 가랑비에 처마의 꽃이 떨어지네.　　燈前細雨簷花落등전세우첨화락.
다만 마음껏 부르는 노래가 귀신을 감동시키는 듯하니(홍),

　　　　　　　　　　　　　但覺高歌有鬼神단각고가유귀신,

굶어 죽어 도랑과 계곡을 메울 것을 어찌 알리오?

　　　　　　　　　　　　　焉知餓死塡溝壑언지아사전구학.

상마상여는 뛰어난 재주에도 친히 그릇을 닦았고,

　　　　　　　　　　　　　相如逸才親滌器상여일재친척기,

양웅은 글을 아는 식자지만 끝내 누각에 몸을 던졌다네.

　　　　　　　　　　　　　子雲識字終投閣자운식자종투각.

선생은 일찌감치 귀거래사를 지으시오.(전원으로 돌아가라.)

　　　　　　　　　　　　　先生早賦歸去來선생조부귀거래.

돌밭과 초가집 푸른 이끼 황량해졌으니,　石田茅屋荒蒼苔석전모옥황창태,
유가의 경술(經術)이 나에게 무슨 소용 있겠는가?

　　　　　　　　　　　　　儒術於我何有哉유술어아하유재.

공자와 도척도 모두 먼지가 되었으니,　孔丘盜跖俱塵埃공구도척구진애,
그렇다고 이 말에 마음이 울적하고 슬퍼하지 말고,

　　　　　　　　　　　　　不須聞此意慘愴불수문차의참창,

살아있을 때 서로 만나 잠시 술이나 마십시다. 生前相遇且銜盃생전상우차함배.

위의 시 「취시가」는 두보가 술에 취했을 때 자신의 심정을 노래하면서 광문관 정건 박사에게 올린 시이다. 광문관은 당나라 국자감의 부속 기관으로 예술 담당 기관이었다. 두보가 시(詩)·서(書)·화(畵) 등에 능했기에 광문전의 정건 박사와 친했던 것이다.

시의 내용을 보면, 정건이 능력이 있는데, 주변인들로부터 인정을 받지 못하고 불우하게 보내는 것을 애석해 하면서, 그와 비슷한 처지인 자신을 비유하여 서로 술로 현실의 울분을 달랠 것을 권하고 있다. 43세의 봄도 이렇게 울분 속에 지나가고 있다.

1구에서 4구까지는 정건 박사의 불운한 처지를 묘사한 부분이다. 재주가 있거나 없거나 간에 대인과 소인이 뒤섞여 모두 높은 벼슬에 오르게 하니, 정건 같은 고귀한 분이 그들과 더불어 나아가는 것을 부끄럽게 여겨, 차라리 쓸쓸하게 한직에 거처하는 것을 달갑게 여겼다는 것이다. 그리고 부잣집이나 권세가는 고량진미(膏粱珍味)도 물릴 정도로 호의호식(好衣好食)하는데, 정작 정건 박사는 호구지책(糊口之策)도 면하기 어렵다고 하였다.

5구에서 8구까지는 정건 박사의 덕(德)을 찬양한 곳이다. 선생이 지닌 도는 고대 전설상의 인물인 복희씨를 뛰어넘을 정도이고, 선생의 재주는 전국시대 초나라 충신인 굴원과 송옥을 능가할 정도라고 소개하였다. 그런데 그런 덕을 지니고도 늘 불우한 삶을 살고 있어 안타깝다는 것이다.

9구에서 12구까지는 두보 자신의 처지를 드러내었다. 행색은 초라하고 몰골은 늙어 귀밑머리까지 희끗희끗하고 흉년에 정부가 저가로 주는 구휼미인 태창미 다섯 되를 사 먹는 처지이다. 그래도 때때로 정건 노인을 만나 의기투합하여 뜻을 함께 하고 있다. 그래서 13구부터 16구까지는 두보가 조금의 돈이라도 생기면 마음이 맞는 정건 박사를 위해 술까지 샀다는 것이다. 그러면서 신분과 나이 따위는 잊고 호칭까지 터서 너라고 부르면서 술을 통쾌히 마시니, 정건이야말로 진정한 나의 스승이라고 하였다.

17구부터 22구까지는 술로써 시름을 풀고 있다. 밤비 내리는 봄밤에 술을 마시니 마치 비 내리는 모습이 처마에 꽃잎이 떨어지는 것 같고, 마음껏 부르는 노래 소리는 귀신을 감동시키는 것처럼 흥이 난다. 한(漢)나라 때의 사마상여와 양웅 같은 옛사람도 자신의 재주를 다 풀지 못했던 것처럼, 두보 자신도 자신이 지녔던 재주를 사회를 위해 헌신할 수 없음을 한탄하면서 위로하고 있다.

23구에서 28구는 정건 선생께 자연으로 돌아갈 것을 권유한 부분이다. 정건 선생은 비록 가난하기는 하지만 그래도 농사지을 만한 자갈밭이 있고 머무를 만한 초당도 있으니, 어찌 양웅처럼 어지러운 시대에 벼슬길에 나아가 누각에 몸을 던지는 화를 재촉하였던 것을 본받을 필요가 없다는 것이다. 그러니 하루빨리 전원으로 돌아가라고 한 것이다. 난세에는 유가의 경술도 소용이 없고 공자 같은 성현이나 도척 같은 흉악무도한 도둑도 결국 죽고 나면 먼지가 되는 것처럼, 명성이 있거나 없거나 간에 결국 쓸모가 없게 된다는 말이다. 그러면서 나의 이런 말을 듣고 슬퍼하지는 마시고 서로 살아있을 때 술로써 마음이나 달래보자고 권하였다.

두보는 「취시가」에서 자신의 불평을 읊조렸다. 덕이 있어도 불행한 삶을 살고, 능력이 있어도 제대로 쓰임이 없어 자기 능력을 발휘하지도 못한다. 그리고 명성을 세상에 드리우는 것도 소용이 없고, 유가의 경술도 필요 없으며, 성인인 공자와 큰 도둑인 도척도 같은 사람일 뿐이고, 그런 세상이니 술이나 마셔 보자고 한 것이다. 하지만 이런 두보의 심리 이면에는 이런 세상일수록 술로써 근심을 달래고 마음을 다잡아 보자는 느낌으로 다가온다. 불혹(不惑, 40세)이 지나도 벼슬길에 나아가지 못한 우리 주변에 있을 법한 이웃집 아저씨 두보의 심리가 읽혀진다. 아무튼 우울하고 불행한 심리를 술과 노래로 달래보고자 하는 심사이다.

"광문선생(廣文先生)"은 광문관 박사 정건을 이르는 말이다. 능력은 있으나 인정받지 못하고 불우하게 지낸 인물이다. "갑제(甲第)"는 크고 훌륭한 집을 나타내는 말로, 한나라 때에 고관 및 귀인의 집을 갑을차제(甲乙次第)라 했는데, 그 말을 줄여서 갑제(甲第)라고 칭했다. "두릉야객(杜陵野客)"은 두보를 자칭하는 말이다. 그의 조부가 두릉에서 살았고, 그 또한 장안에 있을 때 두릉에서 멀지 않은 소릉(少陵)에서 살았기 때문에 자기 스스로 두릉야객(杜陵野客) 또는 두릉야노(杜陵野老)라고 불렀다. "망형(忘形)"은 '외적인 형체를 잊는다.'는 뜻으로, 여기서는 신분이나 나이 등을 잊는다는 의미이다. 그리고 "도이여(到爾汝)"는 '너라고 부른다.'는 말이다. 여기서는 나이와 신분의 차이에도 서로 호칭을 터서 너라고 부르면서 친근감을 드러낸 것이다. "상여(相如)"는 한나라 때 부(賦)의 작가로 유명한 사마상여(司馬相如)이고, "자운(子雲)"은 한대(漢代)의 학식이 높았던 학자 양웅(揚雄)을 이른다.

천보 13년(754)에는 두보가 장안성에 머물면서 벼슬이 내려오기를 학수고대하던 참열선서(參列選序, 관직 후보 대기 명단) 때이다. 기다리던 벼슬길을 열리지 않은 채로 1년이 넘게 길어지고 있었던 때이기에 두보의 심정은 어떠했을까? 그 심정이 엿보이는 시를 감상해 보자.

미피서남대渼陂西南臺: 미피의 서남쪽 대臺에서

높은 누대는 푸른 연못을 향하고,　　　　高臺面蒼陂고대면창피,

유월인데도 바람과 햇빛이 서늘하다.　　六月風日冷육월풍일랭.

억새와 갈대는 어지러이 뻗어 있고,　　蒹葭離披去겸가이피거

하늘과 못물은 서로 이어져 멀기만 하다.　　天水相與永천수상여영.

마음에 품었던 새 경치가 눈에 와 부딪친 듯　懷新目似擊회신목사격,

중요한 곳을 만나니 마음은 이미 깨닫게 되었다.

接要心已領접요심이령.

어렴풋이 보이는 것은 교인[水人]인 듯 생각되고,

仿像識鮫人방상식교인,

희미하게 작은 고깃배들 보인다.　　空濛辨漁艇공몽변어정.

종남산이 푸르게 출렁이고,　　錯磨終南翠착마종남취,

백각봉의 그림자가 거꾸로 드리웠다.　　顚倒白閣影전도백각영.

높다란 산은 빛을 더하고,　　崷崒增光輝추줄증광휘,

언덕에 오르니 짧은 시간이 아쉬워라.　　乘陵惜俄頃승릉석아경.

애쓰면 사는 삶이 엄준과 정박(은사)에 부끄럽고,

勞生愧嚴鄭노생괴엄정,

세상일 떠나 삶은 장량과 병만용(은둔자)을 그리워한다.

外物慕張邴외물모장병.

세상은 다시 경박하게도 화류와 같은 명마를 경시하니,

世復輕騄駬세부경화류,

나는 개구리 맹꽁이(자연)와 섞여 지내기를 달게 여긴다.

吾甘雜鼃黽오감잡와민.

돌아갈 줄을 아는 것은 세상 사람들이 꺼리는 곳이나,

知歸俗所忌지귀속소기,

마음에 맞는 것을 취함은 어떤 일도 그만한 게 없다.

取適事莫竝취적사막병.

몸이 물러남이 어찌 벼슬한 뒤를 기다릴 것인가?

	身退豈待官신퇴개대관,

늙어가면서는 고요함을 편안히 여기게 되었다. 老來苦便靜노내고편정.

하물며 마름과 가시연 풍족함에 힘입을 수 있으니,

	況資菱茨足황자능검족,

바라기는 띳집을 먼 곳에 지었으면 한다.　庶結茅茨逈서결모자형.

지금부터는 작은 배 갖추어두고,　　　　從此具扁舟종차구편주,

일 년 내내 맑은 경치를 좇으리라.　　　彌年逐淸景미년축청경.

"미피"는 장안성 서쪽에 있는 저수지이다. 미피는 물맛이 좋아 아름다울 美(미)에 삼수 변(氵)이 붙여 이름을 지었다고 한다. 지난 번 잠삼 형제가 초청하여 미피 연못에서 배를 띄우고 놀았던 곳이다. 잠삼(岑參)은 천보 3년(744)에 진사가 되었으며, 나중에 안서절도사 고선지의 서기로 활동하였다. 천보 13년(754)에 장안에 머물면서 두보와 어울렸다. 지난 번에는 잠삼 형제와 어울려 "주인은 비단 돛을 날 위하여 펼치고, 뱃사람은 한없이 즐거워하니 먼지 하나 없어서라. 물오리와 갈매기 어지럽게 흩어짐은 뱃노래 소리가 나서이고, 음악 소리 일제히 울리니 푸른 하늘이 보인다."[12]라고 뱃놀이를 즐겼는데, 이번은 홀로 왔다.

　유월이면 늦여름이다. 그런데 이곳 미피 연못은 기온이 서늘하다고 하였다. 그러면서 못의 주변을 소개하기를 억새와 갈대가 어지럽게 자라 길게 뻗어 있는 모습을 그렸다. 평소에 새로운 경치를 보았으면 했는데 이제 와서 미피의 경치를 보게 되니, 미피의 경물이 나를 사로 잡았다. 물속을 바라보니 전설상의 인물인 교인이 보이는 듯하고, 멀

---

12) 杜甫, 「渼陂行」. "主人錦帆相爲開, 舟子喜甚無氛埃. 鳧鷖散亂棹謳發, 絲管啁啾空翠來."

출처(出處)의 두보　111

리 고깃배가 희미하게 보인다. 연못에는 종남산이 거꾸로 비치는데 물결이 치니 마치 산이 마찰을 일으키는 것 같다. 높은 대에 올라 산과 물이 빛나는 장면을 잠시 바라보고 내려가려고 하니 애석하기만 하다. 지금처럼 살려고 하니 한(漢)나라 때 은둔자인 엄준과 정박에 부끄럽고, 세상의 부귀영화를 도외시한 한나라 때 인물인 장량과 병만용의 삶을 부러울 뿐이다. 세상은 인재를 가볍게 여기니 나 두보는 벼슬을 기다릴 것이 아니라, 이제 자연으로 돌아가고 싶다.

두보는 여전히 벼슬 소식이 오기만을 기다리고 있다. 자신의 지금 처지를 돌아보면서 한편으로는 인재가 등용되지 못하는 현실을 개탄하고 있기 때문이다.

천보 13년 가을에 국화를 보고 느낀 감회를 읊은 시가 있다.

탄정전감국화嘆庭前甘菊花 : 뜰 앞의 감국화를 한탄하다

뜰 앞의 감국화 옮겨 심은 시기가 늦었기에,	庭前甘菊移時晚정전감국이시만,
푸른 꽃술이라 중양절에도 딸 수가 없네.	青蘂重陽不堪摘청예중양불감적.
내일 쓸쓸히 술기운이 다 깨면,	明日蕭條醉盡醒명일소조취진성.
남은 꽃 가득 피어난들 무슨 소용 있으랴?	殘花爛漫開何益잔화난만개하익.
울타리 주변과 들 밖에 뭇꽃들이 많아,	籬邊野外多衆芳이변야외다중방,
자잘한 것을 따서 중당에 오른다.	採擷細瑣升中堂채힐세쇄승중당.
이 감국화는 큰 가지에 잎만 무성하여,	念茲空長大枝葉염자공장대지엽,
뿌리 내릴 곳 없어 풍상에 매일 것이다.	結根失所纏風霜결근실소전풍상.

늦게 핀 국화에 아직도 등용되지 못한 두보 자신을 비유한 시이다. 뜰에 국화가 있는데, 일찍 옮겨 심지 않아 아직 꽃이 피지 않았고, 가지와 잎만 무성한 상태이다. 그래서 중양절이 다가와도 딸 수가

없는 처지이다. 오히려 잡다한 꽃들만 중당에 바쳐지고, 큰 가지와 잎만 무성한 감국화는 풍상에 시달리게 되었다는 말이다. 다시 말하자면, "중방(衆芳)"·"세쇄(細瑣)" 곧 소인들만 조정에 기용되고 정작 재능이 있는 감국화인 두보 자신은 등용되지 못하고 있다는 것이다.

천보 13년(754)은 유난히 벼슬아치들에게 올리는 시가 많다. 당시 실력자인 개부의동삼사 가서한께 올린 「투증가서개부한이십운(投贈哥舒開府翰二十韻: 개부 가서한께 올리는 20운의 시)」에 "몸을 지키는 한 자루 긴 칼로, 장차 공동산에 기대고자 합니다."[13]라고 하여, 가서한의 군대에 기대고 싶다는 것으로, 벼슬자리를 구하고 있다. 아울러 가서한의 막부에 서기가 된 고적에게도 「기고삼십오서기(寄高三十五書記)」시를 보내 벼슬자리에 나아간 것을 축하하였다. 황제의 기거를 돌보며 언행을 기록하는 기거사인 전징(田澄)에게도 "양웅에게 또 하동부가 있으니, 오직 불어서 하늘로 올려 보내 주길 기다리노라."[14]고 하여, 두보 자신을 황제에게 추천해 주기를 바라는 뜻을 전징에게 전하고 있다. 뿐만 아니라 경조연으로 있던 심동미(沈東美)가 선부원외랑으로 승진하였다는 소식을 듣고 「승심팔장동미제선부원외랑 조우미수치하봉기차시(承沈八丈東美除膳部員外郎 阻雨未遂馳賀奉寄此詩: 심동미 어르신께서 선부원외랑에 제수되셨다는 소식을 받았지만 비로 막히어 달려가 축하드리지 못하여 이 시를 받들어 부치다)」를 지어 올렸다. 심동미가 제수된 선부원외랑은 두보의 조부인 두심언이 벼슬했던 관직이기도 하다. 또한 조부 두심언과 심동미의 부친인 심전기는 교유했던 사이이다. 선대부터 친분이 있던 사이라 두보는 축하의 말을 전하면

---

13) 杜甫, 「投贈哥舒開府翰二十韻」. "防身一長劍, 將欲倚崆峒."
14) 杜甫, 「寄高三十五書記」. "揭雄更有河東賦, 唯待吹噓送上天."

서 자신의 불우한 뜻도 함께 전하고자 했던 것 같다. 그래서 "하늘길에서 천리마를 끌게 되셨고, 구름까지 닿는 누대에서 동량을 들이시게 되셨습니다."[15]라고 하여, 인재를 끌어주기를 은근히 기대하였다. 그 인재 그룹에는 두보 자신도 포함되어 있을 것이다.

또 「봉증태상장경기이십운(奉贈太常張卿垍二十韻: 태상경 장기께 올리는 20운)」에서 "어느 때에나 사냥 길을 모시고 나서실 것인가요? 황계(강태공이 낚시하던 반계의 별칭)에서 낚시하는 이를 응당 가리켜주실 터인데."[16]라고 하여, 종묘의 제사와 예악 등을 관장하는 태상경 장기(張垍)에게 자신을 추천해 주기를 바라고 있다. 지금 두보 자신의 처지를 "우리에 울부짖는 슬픈 원숭이가 묶여 있고, 나뭇가지에는 깃들이려는 밤 까치가 놀라네."[17]라고 하여, 아직 관직을 얻지 못한 처지를 우리에 갇힌 원숭이에 비유하였다. 재주 많은 원숭이가 우리에 갇혀 있다는 것은 자기가 지닌 재주를 마음껏 펼칠 수 없다는 말이기도 하다. 이는 두보 자신도 재능이 있는데, 그 재능을 펼칠 수 없는 현실임을 드러낸 것이다. 그래서 혹시 태상경 장기 당신이 황제를 모시고 사냥하게 되면, 옛날 주(周)나라 문왕(文王)이 사냥하러 나왔다가 황계(반계)에서 낚시하던 여상(呂尙) 곧 강태공(姜太公)을 만나 조정에 벼슬하였듯이, 장기 당신도 나 두보를 황제께 추천해 주기를 바란다는 뜻을 담았다.

755년 천보 14년 봄에도 여전히 44세의 두보는 관직에 나아가기를 소원하였다. 「상위좌상이십운(上韋左相二十韻: 위 좌상께 올리는 20운)」도 재상인 위견소(韋見素)에게 추천을 바라며 올리는 시이다. 10년 동

---

15) 杜甫, 「承沈八丈東美除膳部員外郎阻雨未遂馳賀奉寄此詩」. "天路牽騏驥, 雲臺引棟梁."
16) 杜甫, 「奉贈太常張卿垍二十韻」. "幾時陪羽獵, 應指釣璜溪."
17) 杜甫, 「奉贈太常張卿垍二十韻」. "檻束哀猿叫, 枝驚夜鵲棲."

안 당나라 수도 장안에 머물면서 벼슬길을 찾던 두보가 마지막으로 기대감을 걸고 올린 시로 느껴진다. 시의 앞부분은 현종의 43년 치적과 아울러 위견소가 재상이 된 것을 칭송하였고, 중간 부분은 재상으로서 어진 자를 포용해야 함을 역설하였다. 그리고 마지막 부분은 두보 자신의 처지를 서술하였다. "재주 있는 인재는 모두 등용되었지만, 어리석은 자(두보 자신)만 홀로 숨어 지냅니다. 사마상여처럼 병 많은 지 오래되었고, 자하(子夏)처럼 홀로 머무는 적이 많습니다. 돌이켜 보며 세속의 흐름을 좇아가니. 사는 게 뭇사람과 비슷해졌지만, 무함(무당 계함)에게 물을 수도 없거니와(하늘의 뜻을 알기도 어렵고), 공자·맹자는 어디서도 몸이 받아들여지지 않았습니다(인정받지 못했다). 때가 저물려 하니 감정은 격해지고, 아득히 신들린 듯 흥이 일어납니다. 공(위견소)을 위해 이 노래를 부르는데, 눈물이 옷과 두건을 적십니다."[18]라고 하여, 위 재상이 자신을 추천해 주기를 간절히 호소하였다.

천보 10년(751)에 「삼대예부」를 바치고, 천보 13년(754)에 「봉서악부」까지 바쳤는데도 아직 관직 후보 대기 명단에만 올라 있어, 4년째 기다리는 두보의 간절함이 그대로 노출되었다. 당뇨병으로 고생하던 사마상여가 「자허부(子虛賦)」로 한(漢) 무제(武帝)에게 발탁되었고, 문학에 뛰어났던 자하(子夏)는 외롭게 홀로 살았다. 자하(子夏)는 춘추시대 위(魏)나라 사람으로 공자의 제자이다. 자하는 문학에 뛰어났던 인물이다. 병으로 고생한 사마상여와, 무리와 떨어져 홀로 산 자하를 인용하여 두보 자신도 사마상여와 자하처럼 문학으로는 뛰어났지만,

---

18) 杜甫, 「上韋左相二十韻」. "才傑俱登用, 愚蒙但隱淪. 長卿多病久, 子夏索居頻. 回首驅流俗, 生涯似衆人. 巫咸不可問, 鄒魯莫容身. 感激時將晚, 蒼茫興有神. 爲公歌此曲, 涕淚在衣巾."

지금 병들고 외로운 삶을 살고 있다고 호소하였다. 또한 공자와 맹자를 인용하여 두 성인이 생존했던 당시 세상에 인정받지 못했던 것처럼, 두보 자신도 지금 인정받지 못하고 있다고 하소연하였다. 병들고 외로운 처지에 놓여 있는 44세 두보의 현실적 삶이 눈앞에 선하게 그려진다.

천보 14년(755, 44세) 가을에 지은 시도 보자.

구일양봉선회백수최명부九日楊奉先會白水崔明府: 구월 구일(중양절) 봉선의 양 현령이 백수현의 최 명부(현령)를 만나다

오늘 회현의 반 현령(양 현령)께서,	今日潘懷縣금일반회현,
준의의 육 현령(최 현령)과 때를 같이 하네.	同時陸浚儀동시육준의,
(양 현령이) 앉아서 상락주(좋은 술)를 여니,	坐開桑落酒좌개상락주,
(최 현령이) 와서 국화 가지를 잡네.	來把菊花枝래파국화지.
하늘엔 맑은 서리 깨끗하고,	天宇淸霜淨천우청상정,
관청(양 현령의 공당)엔 지난 밤의 안개가 걷혔네.	
	公堂宿霧披공당숙무피.
늦도록 취하고는 객(두보)을 머물게 하고 춤을 추는데,	
	晚酣留客舞만감유객무,
오리 모양 신발(지방관 이칭)도 함께 들쑥날쑥하네.	
	鳧舄共差池부석공치지.

회현의 반 현령과 준의의 육 현령은 진(晉)나라의 문학가인 반악(潘岳)과 육운(陸雲)으로, 당나라 두보의 친인척인 양 현령과 최 현령을 비유한 것이다. 진나라의 반악은 재주가 있고 명망이 세상에 알려졌는데, 오히려 소인배의 질시를 받아 관직에 등용되지 못하고 10년

동안 떠돌이 생활을 하다가 마침내 하양의 현령이 된 인물이다. 후에 회현의 현령으로 자리를 옮겼다. 재주와 능력은 있는데 뜻을 얻지 못한 인물이다. 『진서(晉書)』 「반악전(潘岳傳)」에 나오는 내용이다. 육운은 진(晉)나라 준의 현령을 지낸 인물이다. 준의 현령에 부임하여 법대로 엄하게 다스려 고을 사람들이 속일 수 없게 되고 시장에서는 이중장부도 사라지게 되었다. 『진서(晉書)』 「육운전(陸雲傳)」에 나오는 내용이다.

지금 두보가 중양절에 상낙주를 함께 마신 양 현령과 최 현령은 반악과 육운 같은 인물이라는 것이다. 봉선 현령 양씨가 술자리를 마련하여 두보와 백수 현령 최씨가 함께 와서 노닐게 되었다. 백수현은 섬서성에 있는 현으로 봉선현의 북쪽에 위치했다. 양씨와 최씨, 두 인물은 맑은 하늘에서 내린 서리 같고 안개 걷힌 아침 같은 인물로 엄숙하고 맑은 모습이면서 마음은 탁 트인 인물이라는 것이다. 위의 시에 "봉선"이라는 지명이 나온다. 이 무렵 두보는 가족과 함께 거처를 장안에서 봉선으로 옮긴 것이다. 그래서 755년 안녹산의 난이 일어났을 때 두보는 봉선에 있는 가족들의 안위를 걱정하였던 것이다. 봉선 현령 양씨는 두보 아내의 친척이고 백수 현령 최씨는 두보의 외숙 최욱(崔旭)이다. 봉선의 양 현령과 백수의 최 현령 그리고 두보가 중양절 봉선에 모여 흥겹게 놀았음을 표현한 시이다. 그러나 한 달 후에 안녹산의 난이 일어났던 것이다.

"상낙주(桑落酒)"는 뽕잎이 떨어지는 때에 익는 향기로운 술로 국화꽃이 필 무렵이다. "부석(鳧舃)"은 오리 모양의 신발로 왕교의 고사에 나오는 말이다. 『후한서(後漢書)』 「방술전(方術傳)」에 전한다. 후한 명제 때 왕교(王喬)가 섭현(葉縣)의 현령으로 있으면서 매월 초하루와 보름이 되면 수레도 없이 조회에 참석하였다. 그가 올 때마다 오리

두 마리가 동남쪽에서 날아오기에 누가 그물을 쳐서 잡아 보니 바로 왕교의 신발이었다. 여기서는 지방관인 현령의 이칭으로 사용되었다. "치지(差池)"는 들쭉날쭉 일정하지 않은 모양으로, 두 현령인 양씨와 최씨가 두보와 함께 술에 취해 춤을 추는 모습을 그린 것이다.

현종이 처음 치세(治世)할 때는 풍년이 연속이었으나, 점차 변방 오랑캐의 침략과 기근이 잇달아 백성들의 삶은 궁핍해졌다. 754년 천보 13년에는 장마가 두 달 동안 계속되어 기근은 점점 더 심해졌다. 두보도 이런 사회적 배경과 자연적 재해로 생활이 점점 어려워졌다. 그래서 부(賦)와 구관시(求官詩) 곧 간알시(干謁詩, 청탁시)를 지어 고관(高官)들에게 보내 황제와 재상들이 자신의 능력을 알아주기를 바랐던 것이다. 그러나 현실은 부패하고 타락하여, 두보의 능력과 재주가 빛을 볼 수 없게 되었다. 그래서 한때 처자를 봉선현(奉先縣)에 머무르게 하였던 것이다. 위의 시에서 확인했던 것처럼, 봉선현에는 아내 쪽 친척이 현령으로 재직하고 있었기 때문이다.

두보는 755년(천보 14년) 10월 처음으로 하서위(河西尉, 하서 지방의 현위)에 제수(除授)되었으나 나아가지 않았다. 그래서 다시 우위솔부주조(右衛率府胄曹), 곧 동궁의 무기고 관리자인 정팔품하(正八品下)라는 말단 관직을 부여받았다. 두보에게 처음으로 내린 하서위를 맡지 않은 이유를 밝힌 시가 있다.

관정후희증官定後戲贈: 관직이 정해진 뒤 장난삼아 주다(시면하서위時免河西尉, 위우위솔부병조爲右衛率府兵曹: 당시 하서위를 그만두고 우위솔부병조가 되었다)

하서위를 마다한 까닭은,	不作河西尉부작하서위,
처량하게 허리를 굽혀야 하기 때문이네.	凄凉爲折腰처량위절요.
늙은이 분주히 뛰어다닐까 두려웠는데,	老夫怕趨走노부파추주,

솔부 자리는 그런대로 한가로우리.　　　　　率府且逍遙솔부차소요.

술 즐기려면 적은 봉록이나마 필요한데,　　耽酒須微祿탐주수미록,

미친 듯 노래하며 성조(聖朝)에 기탁하네.　狂歌託聖朝광가탁성조.

고향 산천 돌아갈 흥취가 다하여,　　　　　故山歸興盡고산귀흥진,

머리 돌려 돌개바람 바라보네.　　　　　　回首向風飆회수향풍표.

　하서현의 현위(縣尉)인 하서위 벼슬을 사양하고 하서위보다 품계가 조금 위인 정8품하인 우위솔부병조를 택한 이유가 드러난 시이다. 정9품인 현위(縣尉)는 한 고을의 세무와 사법 등 온갖 자질구레한 업무를 맡아보던 직책이다. 그래서 늘 백성들의 민원을 처리해야 하는 번잡스러움이 있는 자리이다. 그리고 도연명의 "절요(折腰)" 곧 '내가 쌀 다섯 말 때문에 허리를 굽히고 굽실거리며 향리의 어린 것을 섬길 수 없다.'는 이야기를 통해, 소인배들에게 굽신거리는 일도 싫다는 것이다. 그래서 두보는 이런 자존심 상하고 번잡스러운 자리보다는 조금 한가하면서도 직책은 높고 봉록도 조금 많은 우위솔부주조참군(右衛率府冑曹參軍) 곧 동궁의 병장기를 관리하는 직책을 맡아 조금은 여유로운 삶을 살고 싶다고 한 것이다. 그러면서 우위솔부병조가 높은 벼슬이 아니라서 출세하여 금의환향(錦衣還鄕)으로 고향에 돌아갈 꿈은 사라졌다는 것이다. 그래서 고개 돌려 돌개바람에 탄식한다고 한 것이다. 그러나 제목의 내용처럼, 장난삼아 지어 본 것이다.

　10여 년을 장안에 떠돌던 두보는 우위솔부주조참군(右衛率府冑曹參軍)의 관직을 하사받아 기쁜 마음으로 서둘러 처자가 있는 봉선현으로 향했다. 봉선현은 장안으로부터 약 80km 정도 떨어져 있는 곳이다. 봉선현에는 처갓집 쪽 친척으로 봉선현 현령인 양씨가 있었기 때문이다. 755년 11월 초 가족들이 머물고 있는 봉선현으로 가는 도중 장안

근처에 있는 여산(驪山) 기슭에 다다르니, 현종과 양귀비의 사랑놀음으로 인한 풍악 소리가 여기저기서 들렸다. 그리고 집과 터전을 잃고 떠도는 유랑민(流浪民)들의 모습도 보였다. 이처럼 두보는 그 여정에서 현종의 향락적 생활과 민초들의 어려운 삶의 모습을 직접 목격하였다. 그리고 봉선현에 당도해보니 처자는 굶주림에 시달렸고 어린 자식 하나는 굶어 죽은 상태였다. 이때 두보는 울분과 서글픔으로 장편의 시 「자경부봉선현영회오백자(自京赴奉先縣詠懷五百字)」를 지었다.

자경부봉선현영회오백자自京赴奉先縣詠懷五百字: 장안에서 봉선현에 이르며 읊은 오백 자

두릉에 베옷 입은 이 있어	杜陵有布衣두릉유포의
늙어갈수록 생각은 더욱 치졸해지네.	老大意轉拙노대의전졸.
자부함이 얼마나 어리석었던가?	許身一何愚허신일하우,
순임금 때 직(稷)과 설(契)에 비하기도 하네.	竊比稷與契절비직여설.
결국 영락한 몸 되어,	居然成濩落거연성확락,
머리가 희어져도 애쓰기를 달갑게 여기네.	白首甘契闊백수감결활.
관 뚜껑이 닫힌 후에야 모든 일이 끝나지만,	蓋棺事則已개관사즉이,
이 뜻(두보의 큰 뜻) 한 번 펴기를 항상 바라왔다네.	
	此志常覬豁차지상기활.
해가 다하도록 백성들(여원)을 근심하여,	窮年憂黎元궁년우여원,
탄식하느라 속이 탔다네.	歎息腸内熱탄식장내열.
함께 공부한 동기들 비웃음 사도,	取笑同學翁취소동학옹,
호탕하게 노래하며 더욱 격렬해지네.	浩歌彌激烈호가미격렬.
초야에 묻혀 사는 삶을 살자는 뜻을 가지고,	非無江海志비무강해지,
속세에 얽매임 없이 세월 보내고도 싶었다네.	蕭灑送日月소쇄송일월.

생전 요(堯)나 순(舜) 같은 임금(당 현종) 만나, 生逢堯舜君생봉요순군,

차마 영원히 떠나지도 못한 것이라네. 不忍便永訣불인편영결.

지금 조정에서는 인재들 갖춰져 있어, 當今廊廟具당금낭묘구,

큰 집을 짓는데도 모자람이 없건만, 構廈豈云缺구하기운결,

아욱(해바라기)이 태양을 향하듯, 葵藿傾太陽규곽경태양,

만물의 본성을 빼앗을 수는 없다네. 物性固難奪물성고난탈.

돌아보면 땅강아지와 개미 같은 무리(소인배)는,

顧惟螻蟻輩고유누의배,

단지 거처할 구멍만 챙길 뿐이라네. 但自求其穴단자구기혈.

어쩌자고 큰 고래를 사모하여, 胡爲慕大鯨호위모대경,

번번이 넓은 바다에 눕고자 했던가? 輒擬偃溟渤첩의언명발.

이로써 사는 이치를 깨달았으나, 以玆悟生理이자오생리,

청탁하는 일을 스스로 부끄럽게 여긴다네. 獨恥事干謁독치사간알.

꼿꼿이 버티며 지금에까지 이르러, 兀兀遂至今올올수지금,

흙먼지 속에 묻혀 사는 것도 참아왔다네. 忍爲塵埃沒인위진애몰.

끝내 소보(巢父)와 허유(許由)에게 부끄럽지만, 終愧巢與由종괴소여유,

그 절조(선비정신)를 바꿀 수는 없어라. 未能易其節미능역기절.

거나하게 술이나 마시고 스스로 뜻을 펴, 沈飮聊自遣침음료자견,

큰소리로 노래 불러 시름을 깨트리네. 放歌破愁絕방가파수절.

한 해는 저물어 풀들은 시들었는데, 歲暮百草零세모백초령,

거센 바람에 높은 언덕마저 찢어지네. 疾風高岡裂질풍고강렬.

하늘의 거리는 어둠이 짙은데, 天衢陰崢嶸천구음쟁영,

나그네(두보)는 한밤중에 길을 떠나네. 客子中夜發객자중야발.

서리는 차서 옷의 띠가 끊어져도, 霜嚴衣帶斷상엄의대단,

손가락이 곱아서 맬 수도 없네. 指直不能結지직불능결.

새벽(능신)에 여산을 지나는데,　　　　　　　凌晨過驪山능신과여산,

황제(현종) 계신 곳은 저 높은 곳(여산)이지.　御榻在嵽嵲어탑재절얼.

황제 호위하는 깃발 차가운 하늘에 가득하고,　蚩尤塞寒空치우색한공,

병사들은 미끄러운 벼랑과 골짜기를 밟고 가네.　蹴踏崖谷滑축답애곡활.

요지(온천)에서는 더운 김이 모락모락 나고,　瑤池氣鬱律요지기울율,

우림군(친위대)은 병기가 서로 부딪혔네.(군사가 많다)

　　　　　　　　　　　　　　　　羽林相摩戛우림상마알.

황제와 신하는 머물러 즐기니,(나랏일은 등한시하고)

　　　　　　　　　　　　　　　　君臣留歡娛군신유환오,

음악소리 드넓은 곳에서 울려 퍼지네.　　　樂動殷膠葛악동은교갈.

목욕을 하사받은 이 모두 갓끈 긴 사람들(고관)이고,

　　　　　　　　　　　　　　　　賜浴皆長纓사욕개장영,

잔치에 참여한 이도 짧은 갈옷 입은 사람은 아니네.

　　　　　　　　　　　　　　　　與宴非短褐여연비단갈.

궁궐에서 나눠주는 비단은,　　　　　　　彤庭所分帛동정소분백,

본래 가난한 집 아낙에서 나왔을 테지.　　本自寒女出본자한녀출.

그 남편과 가족을 매질하여,　　　　　　鞭撻其夫家편달기부가,

모질게 거둔 것을 공물로 궁궐에 바친 것이네.　聚斂貢城闕취렴공성궐.

황제가 광주리 물품들을 하사한 뜻은,　　聖人筐篚恩성인광비은,

실은 나라를 살리려는 소망이라네.　　　　實願邦國活실원방국활.

신하가 지극한 이치를 소홀히 여긴다면,　　臣如忽至理신여홀지리,

어찌 황제가 이 물건을 내버리는 것이 아니겠는가?

　　　　　　　　　　　　　　　　君豈棄此物군기기차물.

많은 선비들 조정에 넘친다지만,　　　　多士盈朝廷다사영조정,

어진이라면 마땅히 두려워 떨어야 하리.　仁者宜戰慄인자의전율.

하물며 대궐 내 황금 쟁반은,　　　　　　　　況聞內金盤황문내금반,

위씨와 곽씨(양국충 무리) 집에 있다고 들었음에랴.

　　　　　　　　　　　　　　　　盡在衛霍室진재위곽실.

중당에는 신선 같은 여인들(양귀비와 자매들) 있어,

　　　　　　　　　　　　　　　　中堂有神仙중당유신선,

향불 연기가 옥 같은 살결 가렸네.　　煙霧蒙玉質연무몽옥질.

손님을 따뜻하게 하는 것은 담비 가죽옷이고, 煖客貂鼠裘난객초서구,

구슬픈 피리 소리는 맑은 거문고 소리를 따르네.

　　　　　　　　　　　　　　　　悲管逐淸瑟비관축청슬.

손님에게 낙타 굽(발)으로 만든 탕을 권하고, 勸客駝蹄羹권객타제갱,

서리 맞은 등자가 향기로운 귤을 누르고 있네. 霜橙壓香橘상등압향귤.

부귀한 집 문 안에는 술과 고기 냄새요,　朱門酒肉臭주문주육취,

길에는 얼어 죽은 사람들의 뼈가 구르네.　路有凍死骨노유동사골.

영화로움과 어려움이 지척 간에 다르니,　榮枯咫尺異영고지척이,

슬픈 마음 이루 다시 표현할 수 없네.　惆悵難再述추창난재술.

북으로 수레를 돌려 경수와 위수로 나아가, 北轅就涇渭북원취경위,

관도 나루터에서 다시 수레의 방향을 바꾸어야 하네.

　　　　　　　　　　　　　　　　官渡又改轍관도우개철.

여러 물줄기 서쪽으로부터 내려오는데,　群水從西下군수종서하,

시야 끝까지 바라보니 물결이 높기도 하네. 極目高崒兀극목고줄올.

아마도 공동산이 떠내려오는 듯하니,　　疑是崆峒來의시공동래,

하늘을 떠받치는 기둥에 부딪혀 부러질까 두려웠네.

　　　　　　　　　　　　　　　　恐觸天柱折공촉천주절.

강의 다리는 다행히 부러지지는 않았지만,　河梁幸未坼하양행미탁,

교각이 지탱하고는 있으나 삐걱거리는 소리 불안하네.

	枝撐聲窸窣지탱성실솔.
행인들이 서로 끌어 도와주는데,	行李相攀援행이상반원,
냇물이 넓어 건널 수 없을 것 같네.	川廣不可越천광불가월.
늙은 처는 딴 고을(봉선현)에 부쳐 사는데,	老妻寄異縣노처기이현,
열 식구가 눈바람 부는 추위 속에 떨어져 있네.	十口隔風雪십구격풍설.
뉘라서 오랫동안 돌보지 않으리오?	誰能久不顧수능구불고,
응당 굶주림도 목마름도 함께하기를 바랐네.	庶往共饑渴서왕공기갈.
문을 들어서니 통곡 소리 들리는데,	入門聞號咷입문문호도,
어린 자식이 굶주려 이미 죽었다 하네.	幼子餓已卒유자아이졸.
내 어찌 한바탕 슬퍼하지 않겠는가?	吾寧捨一哀오영사일애,
마을 골목의 사람들도 역시 흐느껴 우네.	里巷亦嗚咽이항역오열.
부끄러운 바는 사람의 아비가 되어서,	所愧爲人父소괴위인부,
먹을 것이 없어 요절하게 한 것이네.	無食致夭折무식치요절.
어찌 가을 곡식이 익어감을 몰랐던가?	豈知秋禾登기지추화등,
가난하여 이런 변고(아이의 죽음) 당하네.	貧窶有倉卒빈구유창졸.
살면서 늘 조세를 면하고,	生常免租稅생상면조세,
이름도 병적에는 오르지 않았네.	名不隸征伐명불예정벌.
살아온 자취를 더듬어 보니 오히려 맵고 쓰리니,	
	撫跡猶酸辛무적유산신,
평민들이야 진실로 처량하리라.	平人固騷屑평인고소설.
가만히 일자리 잃은 무리 생각하고,	默思失業徒묵사실업도,
멀리 수자리 서는 병졸(수졸)들 떠올려 보네.	因念遠戍卒인념원수졸.
걱정은 종남산(終南山)만큼 높아	憂端齊終南우단제종남,
끝없이 이어져 떨칠 수 없네.	澒洞不可掇홍동불가철.

해는 저물고 온갖 풀은 시드는데 모진 바람에 높은 언덕마저 찢어지는 것 같다. 하늘은 어둑하고 높기만 한데, 나그네 한 밤에 길을 떠난다. 서릿발 사나워 허리끈이 끊어져도 손이 곱아 옷의 매듭을 짓지도 못한다. 새벽 무렵에 섬서성 여산(驪山)을 지나는데, 황제 계신 곳은 저 높은 여산의 화청궁이었다. 장안에서 봉선으로 향하는 여정 중에 여산 화청궁을 지나게 된다. 장안에서 행궁인 화청궁이 있는 여산까지는 약 60리(약 24Km) 거리이니, 두보가 장안을 밤중에 출발하여 새벽녘에 여산 근처를 지나게 된 것이다.

호위하는 깃발 차가운 하늘 가리고 벼랑과 계곡을 군사들이 지키고 있다. 온천에는 더운 기운 서리어 있고 황제 모시는 많은 수의 친위대가 내는 창소리는 쨍그랑거린다. 황제와 신하가 같이 머물며 즐거운 가운데 풍악 소리 은은히 울려 퍼진다. 온천 목욕을 하사받은 이 모두가 고관들이고 잔치를 함께 한 사람 중에 일반 백성은 없다. 현종과 시종관들의 호화스런 온천욕을 풍자하였다.

대궐에서 내리는 비단들 본래는 가난한 집안 아낙에서 나왔을 테지, 그 남편과 가족을 채찍질하여 긁어모아 대궐에 바친 것이다. 황제가 고관들의 광주리에 넣어 준 하사품은 실은 나라를 살리려는 소망일 것이다. 신하가 지극한 이치를 소홀히 한다면, 황제가 하사하신 이 물건들의 뜻을 저버린 것이다. 많은 선비들이 조정에 가득하니, 어진 사람들이라면 마땅히 두려워해야 한다. 이는 황제를 직접적으로 비난할 수는 없고, 신하에게 의탁하여 비난한 것이다. 신하들은 황제가 바구니에 담아 내리는 하사품의 뜻인 나라를 살리는 데 있음을 잊지 말라는 것이다.

그런데 궁궐의 황금 소반은 모두가 인척들의 집(양국충의 무리)에 가 있다. 중당에는 노래하는 미녀들(양귀비와 그 자매들) 있어, 향불 연기가 옥 같은 살을 덮고 있다. 손님들은 따뜻하게 해주는 값진 털옷 입고, 구성진 관악기 소리는 맑은 거문고에 어울린다. 귀한 낙타 발굽 국으로 손님을 대접하고 서리 맞은 등자와 향기로운 귤들이 가득하다. 고관들의 대문에는 술과 고기 냄새가 나는데, 길가에는 얼어 죽은 백골들이 나뒹굴고 있다. 영화로움과 말라죽은 것이 지척 사이로 다르니, 너무나 서글퍼 다시 적기가 어렵다. 양국충 무리의 부귀함과 일반 백성들 삶의 고달픔이 대비되어 당시의 실상을 고발한 참여시이다.

수레를 북으로 돌려 경수와 위수로 나아가 관에서 운영하는 나루터에서 그 방향을 바꾸어야 한다. 몰려오는 물은 서쪽에서 쏟아져 내려와 끝 간 데 없이 바라보니 멀리도 흘러간다. 아마도 공동산이 떠내려오는 듯하니, 하늘 기둥을 들이받아 꺾을까 두렵다. 다행히도 다리는 꺾어지지 않은 채 지탱하고 있는 교각이 삐걱거린다. 행인들이 서로 붙잡고 건너는 것은 냇물이 넓어서 뛰어넘을 수 없기 때문이다. 다시 말하자면 다리가 불안정하여 부서지기 전에 넓은 냇물을 건너야 한다는 말이다.

아내는 타향에 있으면서 열 식구가 바람과 눈 속에 살아가고 있다. 누가 능히 오래도록 돌보지 않을까마는, 가족들이 있는 곳으로 가서 굶주림을 함께 하기를 원한다. 문에 들어서니 울부짖는 소리 들리는데, 어린아이가 굶어서 이미 죽었다 한다. 내 어찌 애달파함을 외면하리, 마을 사람들도 따라서 운다. 아버지가 되어 부끄러운 바는 먹이지 못해 아이를 요절하게 했다는 것이다. 어찌 가을 곡식이 익어감을 몰랐던가? 가난한 집에는 이런 변고를 당하는구나.

나는 항상 세금도 면제받고 병적에도 오르지 않아 징병도 나아가지 않았다. 이내 몸 어루만져도 오히려 쓰라리고 고생스러운데, 일반 백성들이야 진실로 더 처량하다. 삶의 터전을 잃은 많은 사람들 생각해 보고, 멀리 전쟁터에 나간 사람들 생각해 본다. 근심이 종남산처럼 쌓여 떨칠 수가 없다. 두보가 어지러운 세상을 걱정하였다.

　755년 10월에 동궁의 무기 출납을 관리하는 우위솔부주조참군(右衛率府冑曹參軍, 정8품하로 무기 창고 열쇠 관리인)을 제수받고, 가족들과 재회하기 위해 봉선현으로 가는 여정(旅程)에 보고 느낀 것들을 읊은 시이다. 자신이 이런 부패한 조정에 벼슬을 구하기 위해 동분서주(東奔西走)한 것이 부끄러울 따름이다. 그래도 자신이 품었던 정치적 이상 곧 당 현종을 요순 임금처럼 만들고 백성을 구제하기 위해 출사를 해야 함을 주장하였다. 그리고 이 시는 당시 황제와 고관들의 사치스러운 생활상과 민중들의 궁핍한 처지를 대비시켜 사회의 부패상을 사실적으로 그린 시사(詩史)이면서 사회시였던 것이다.

　두보가 755년 10월 벼슬을 하사받고 봉선현에 가족을 만나러 간 뒤 얼마 후, 755년 11월 9일 범양·평로·강동 3진의 절도사 안녹산이 군사를 일으켜 파죽지세로 중원을 정복하였다. 756년 2월에 봉선현에서 장안으로 돌아온 두보는 우위솔부주조참군에 취임하였다. 5월에는 다시 봉선현으로 가서 식솔들을 데리고 섬서성(陝西省) 백수현(白水縣)의 외숙부인 최욱을 찾아가 가족들을 의탁하였다. "인생에는 슬픔과 기쁨이 반반이요, 천지에는 순조로움과 거스름이 있기 마련이다. 개탄하노니 여러 지역에서 차출된 장부들이 태평한 시절에 오랑캐 정벌을 준비하여, 용맹한 장수들이 많이 모였고, 조정에는 훌륭한 책략이 쌓였다. 동쪽 들(가서한 지키는 동관)은 언제나 열릴 것인가? 입은 갑옷도 아직 벗지 못하네."[19]라고 하여, 옛날 태평성대 시절에 각 지

---

19) 杜甫,「白水崔少府十九翁高齋三十韻」. "人生半哀樂, 天地有順逆. 慨彼萬國夫, 休明備征狄. 猛將紛塡委, 廟謀蓄長策. 東郊何時開, 帶甲且未釋."

역의 장수들이 오랑캐 정벌을 대비했던 것처럼, 지금도 장수와 재상이 협력하여 난을 평정하기를 바라고 있다.

백수현 현령으로 있는 외숙부댁에 오래 머물지 못하고 늦여름(6월)과 초가을 사이에 두보는 식솔을 이끌고 다시 부주(鄜州, 지금의 섬서성 부현) 강촌으로 거처를 옮겼다. 백수현에서 부주로 가는 도중 강물이 불어나는 것을 보고 시를 남기기도 하였다. "온 천하에 다리가 없어져, 건너고자 하면 물이 줄어들기를 바랄 뿐이다. 이 때문에 숲속의 군사들이 뭇 물고기 뱃속을 벗어날 수 없음을 슬퍼한다."[20]라고 하여, 난리 중에 물을 건너고자 하나 방법이 없음을 한탄하였다. 게다가 난을 평정할 군사들도 숲속에 갇혀 물고기 밥이 되는 신세를 면치 못할 처지라는 것이다. 군사를 비롯한 백성들의 곤궁한 처지가 곧 나의 처지라는 애민 정신도 내포하고 있다. 그러면서 "고개 들어 푸른 하늘을 향하나니, 어떻게 하면 큰 기러기를 탈 수 있을까?"[21]라고 하여, 두보 자신이 뜻을 펼 수 없는 현실 상황을 개탄하였다.

안녹산의 군대가 낙양을 함락하였다. 그리고 안녹산은 자신을 웅무(雄武) 황제라 자칭하였다. 이 소식을 들은 현종은 6월에 급하게 촉땅으로 피난을 갔다. 현종의 셋째 아들이면서 황태자 이형(李亨)도 난을 피해 현종을 따라 촉(蜀)으로 몽진(蒙塵)에 올랐다. 황제의 일행이 마외(馬嵬) 언덕에 이르렀을 때, 황태자 이형은 황제의 호위군이 양국충(楊國忠)을 살해하는 것에 찬성했으며, 황제를 압박해 양귀비(楊貴妃)가 목매도록 하였다. 안녹산의 군대는 756년 6월 17일에 장안을 점령하였다. 이후 황태자 이형은 영무(靈武)로 돌아와 756년 7월 12일에

---

20) 杜甫, 「三川觀水漲二十韻」. "普天無川梁, 欲濟願水縮. 因悲中林士, 未脫衆魚腹."
21) 杜甫, 위의 시. "舉頭向蒼天, 安得騎鴻鵠."

숙종 황제에 즉위하였다. 부주 강촌에 있던 우위솔부주조참군 벼슬아
치 두보가 영무(靈武, 지금의 영하회족자치구 영무시)에서 숙종이 새로운
황제로 등극했다는 소식을 접하고 그곳으로 가던 도중 안녹산 군대에
붙잡혀 장안에 구금되었던 것이다.

반란군의 수중에 들어간 장안은 황폐해졌으며, 반란군은 거리에
넘쳐났다. 두보는 장안에서 겨우 아는 사람의 도움을 받아 나날을
보내면서 망국의 비애를 몸소 느끼면서 가족의 안부를 염려하였다.
장안 억류 시 「월야(月夜)」·「애왕손(哀王孫)」·「춘망(春望)」·「애강두(哀
江頭)」 등 주옥같은 시를 남겼다.

두보 45세 되던 해(756년) 가을, 안녹산 군대에 점령당한 장안에
볼모로 있을 때 지은 「월야(月夜)」와 지덕(至德, 숙종의 연호) 원년인
9월에 (아니면 7월 설) 지은 「애왕손(哀王孫)」 등을 먼저 감상해 보자.

월야月夜: 달밤

오늘 밤 부주의 달을,　　　　　　　　　　　　今夜鄜州月금야부주월,

규중에서 아내가 단지 혼자 쳐다보고 있겠지. 閨中只獨看규중지독간.

저 멀리 있는 어여쁜 자식들은,　　　　　　　遙憐小兒女요련소아녀,

장안을 생각하는 것을 이해하지 못할 것이다. 未解憶長安미해억장안.

향기로운 안개구름 같은 머릿결이 젖어 있겠지, 香霧雲鬟濕향무운환습,

맑은 달빛에 옥 같은 팔이 찰 것이다.　　　　清輝玉臂寒청휘옥비한.

어느 때나 얇고 투명한 휘장에 기대어선,　　何時倚虛幌하시의허황,

눈물 흔적 마른 두 사람의 얼굴을 비춰줄 것인가?

　　　　　　　　　　　　　　　　　　　　　雙照淚痕乾쌍조누흔간.

지금 장안 하늘 위에 떠 있는 저 달을 부주에 있는 아내가 보고

있겠지, 아마도 규중에서 아내는 홀로 저 달을 보고 있을 것이야. 그런데 어린 자식(7살 종문, 4살 종무)들은 아내가 저 달을 보면서 장안에 있을 남편(아이들의 아버지)을 생각하는 것을 아직 이해하지 못할 것이다. 아내는 밖에 오랫동안 서 있다 보니 머릿결이 촉촉이 젖어 있고, 맑은 달빛에 하얀 팔은 시리겠지. 달빛은 창가에 기대어 선 눈물 흔적이 마른 두 사람을 어느 때 비춰줄 것인가?

「월야(月夜)」는 두보가 안녹산의 군대에 붙잡혀 장안에 유폐되었을 때, 장안의 달을 보고 부주에 있는 아내의 안부가 염려되어 지은 것이다. 그런데 이 시는 내가 달을 보고 있으면서도 내가 장안의 달을 보고 있다고 하지 않고, 아내가 있는 부주의 달을 아내가 보고 있겠지라고 독특하게 표현하였다. 달은 이곳과 저곳을 비춰주는 것이므로 두보는 달을 보고 아내를 생각하였을 것이다. 그러면서 아내도 저 달을 보고 나를 그리워할 것이라고 상상한 것이다. 그리고 저 멀리 부주에 있는 내 어여쁜 자식들은 아직 어려서 장안에 있는 아버지를 생각하지 못할 것이다. 그러면서 아이들이 아직 철이 없어 어머니가 왜 달을 보고 넋을 잃고 마당에서 서성거리고 있는지도 모를 것이라고 하였다.

아내에 대한 그리움을 머릿결에서 향기가 나는 것으로 표현하여 늙은 아내를 미화시켰다. 부주에 있는 아내는 오랫동안 밖에서 장안에 떠 있을 달을 쳐다보고 서성거렸기에 이슬이나 안개에 머릿결은 다 젖었고, 옥 같은 팔은 차가울 것이라고 한 것이다. 상상으로 부주에 있는 아내를 그리면서 그 구절구절마다 절절히 아내에 대한 생각과 사랑이 배어 있다. 달은 지금 장안에 있는 나와 부주에 있는 아내 모두에게 빛을 비추고 있다. 그리고 지금 두 사람 모두 눈물을 흘리고 있다. 그러나 후일 다시 만나면 눈물 흘리지 않는 두 사람을 비춰줄 것이다. 그러나 지금은 두 사람 모두 울고 있다. 두보는 자기 자신의 이야기를 한 마디도 하지 않으면서 아내에 대한 그리움을 애절하게 표현하였다. 이렇게 하늘의 달은 두 사람을 이어주고 있었다. 정말 시성(詩聖)이라는 평을 받을 수 있는 시이다.

애왕손哀王孫: 왕손을 슬퍼하다

장안성 언저리의 흰 머리 까마귀(반란을 도모하는 무리),

長安城頭頭白鳥장안성두두백오,

밤에 날아와 연추문(延秋門) 위에서 우네.　　夜飛延秋門上呼야비연추문상호.
다시 인가를 향해 날아가 큰 집을 쪼아대니,　又向人家啄大屋우향인가탁대옥,
집 안의 대관들은 오랑캐(안녹산) 피해 달아나네.

屋底達官走避胡옥저달관주피호.

금 채찍 끊어지고 구마(九馬)는 죽었는데,　　金鞭折斷九馬死금편절단구마사,
피붙이들 함께 달아나지 못했네.　　　　　　　骨肉不得同馳驅골육부득동치구.
허리에 찬 패옥은 푸른 산호빛인데,　　　　　腰下寶玦青珊瑚요하보결청산호,
가련하다 왕손이여, 길 모퉁이에서 울고 섰네.　可憐王孫泣路隅가련왕손읍로우.
누구인지 물으니 이름은 말하려 하지 않고,　問之不肯道姓名문지불긍도성명,
다만 힘들고 괴로우니 종으로 삼아 달라고만 하네.

但道困苦乞爲奴단도곤고걸위노.

이미 백일이 넘도록 가시밭길로 도망 다녀,　已經百日竄荊棘이경백일찬형극,
몸에는 피부가 온전한 곳 없네.　　　　　　　身上無有完肌膚신상무유완기부.
고제(高帝, 한 고조)의 자손 콧마루(융절)가 높다더니,

高帝子孫盡隆準고제자손진융절,

왕손은 스스로 보통사람과 다르네.　　　　　龍種自與常人殊용종자여상인수.
이리떼(반군)는 도읍에 있고 용(현종)은 들판에 있으니,

豺狼在邑龍在野시랑재읍용재야,

왕손이여 천금 같은 옥체를 잘 보존하시라.

王孫善保千金軀왕손선보천금구.

네거리에서 감히 길게 말하지 못하고,

不敢長語臨交衢불감장어임교구,

왕손을 위하여 잠시 서 있기만 하였다네.

且爲王孫立斯須차위왕손립사수.

"어젯밤 동풍에 피비린내 실려 불어오더니,

昨夜東風吹血腥작야동풍취혈성,

동쪽에서 온 낙타 옛 도읍(장안)에 가득 찼습니다.

東來橐駝滿舊都동래탁타만구도.

북방의 건아들은 솜씨가 좋다 했는데,

朔方健兒好身手삭방건아호신수,

예전엔 용맹하더니 지금 어찌 그리 우둔한지.

昔何勇銳今何愚석하용예금하우.

듣자니 천자께서 이미 보위 물려주시어,

竊聞天子已傳位절문천자이전위,

거룩한 덕으로 북쪽의 남선우(南單于)를 복종시켰다 하고,

聖德北服南單于성덕북복남선우.

화문의 회흘(回紇,위구르)이 얼굴 그어 설욕하길 청했답니다,

花門剺面請雪恥화문리면청설치,

삼가 다른 사람 엿들을까 말조심 하소서."

愼勿出口他人狙신물출구타인저.

슬프다! 왕손이여 삼가 소홀히 하지 마시길,

哀哉王孫愼勿疏애재왕손신물소,

오릉의 상서로운 기운은 사라졌던 때가 없었으니.

五陵佳氣無時無오릉가기무시무.

장안성 언저리에 흰 머리의 까마귀가 밤에 연추문 위로 날아와 울자, 현종이 그 문을 통해 달아났다. 고관대작들은 모두 안녹산의 군대를 피해 달아나니, 빈집에 까마귀들이 모여들어 모이를 쪼아댄다. 황제의 수레가 속력을 내며 달리니 금 채찍이 끊어지고, 황제의 수레를 끌던 구마(九馬, 아홉 마리 말)는 모두 도주하던 중에 죽어버렸다. 이렇게 몰래, 그리고 황급히 피난 가느라 황제의 피붙이조차 함께 가지

못하는 상황이었다.

가련한 황제의 자손이면서 왕손이 길가에 서서 울고 있는데, 차림을 보니 허리에는 패옥을 찼는데 푸른 산호 빛이다. 그의 이름을 물었으나 말하려 하지 않고, 단지 매우 힘드니 다른 이의 종이라도 되게 해달라고 애원한다. 그는 매우 오랫동안 가시덤불 속에 몸을 숨기며 도망 다녀 피부가 온전한 곳 없이 모두 상처가 나 있었다. 한고조(漢高祖)의 자손은 콧마루가 높다고 하더니 황손이라 그런지 보통 사람과는 다른 모습이다. 지금 이리떼와 같은 반군들은 장안성에 있고, 황제께서는 들판에 떠돌고 있다. 어쨌든 황손께서 천금 같은 옥체를 잘 보존하시길 바랄 뿐이다.

나는 네거리에 서서 감히 왕손과 많은 이야기를 하지 못하지만 잠깐이나마 그를 모시며 함께 서 있었다. 나는 왕손에게 말한다. "어젯밤 동풍이 불어올 때 안녹산의 반군이 사람들을 무수히 죽여 생긴 피비린내가 실려 오더니, 수많은 낙타들이 황실의 보물을 싣고 동쪽에서부터 장안(長安)으로 와 있습니다. 가서한(哥舒翰)이 북방의 군사들을 통솔함에, 평소에는 솜씨가 좋고 용맹하여 싸움에 능하더니 이번에는 어찌된 연유로 동관(潼關)의 수비에 실패하여 이렇게 우둔함을 보이는지요. 듣건대, 현종께서는 이미 숙종에게 보위를 물려주셨다고 합니다. 천자의 성덕(聖德)으로 남선우(회흘, 위구르)를 복종시켰고, 회흘은 얼굴을 긋는 의식으로 당(唐)나라를 도와 설욕하기를 청하고 있다 합니다. 하지만 이러한 말을 왕손께서는 다른 이에게 함부로 해서는 안 되니, 그들이 왕손을 해칠 기회를 염탐하고 있기 때문입니다." 애닯구나 왕손이여. 부디 소홀히 하지 말기를 바랄 뿐이다. 오릉의 상서로운 기운은 결코 멈추지 않을 것이다.

「애왕손」 시는 왕손(王孫, 황손)이 안녹산(安祿山)의 난 때 곤액을 당한 모습을 보고 애달파 하는 내용의 기사시(紀事詩)이다. 이는 지덕(至德) 원년(756) 가을, 두보가 장안에 있을 때 지은 작품이다. 두보는 당시 장안에 억류되어 있으면서 겨울 내내 밖으로 다니지 못하다가, 봄이 오자 곡강(曲江) 등지를 몰래 다녔는데, 길가에서 우연히 왕손을 만난 것이다. 그는 왕손에게 매우 깊은 동정을 느끼고 위로해주며, 아울러 옥체를 잘 보존하라는 당부의 말을 전하고 있다.

「애왕손」은 의미상 세 단락으로 나누어진다. 첫째 단락은 『시경』 시 '興(흥)'의 작법을 사용하여 당시 혼란했던 세사(世事)를 암시하였다. 비극을 암시하는 흰머리 까마귀를 통해 자연물을 노래한 후, 인간사인 현종의 몽진을 서술하였기 때문이다. 둘째 단락은 왕손이 미처 피난가지 못하고 장안에 남겨져 어려운 상황에 처한 비굴한 모습을 묘사한 것이다. 셋째 단락은 전해들은 내용으로 시대를 걱정하는 작자 자신의 심회를 표현하면서도 왕손은 끊어질 리가 없을 것이라 위로하는 내용이다.

「애왕손」의 창작 시기를 천보 15년인 756년 7월로 보는 것은 시(詩) 중에 "듣자니 천자께서 이미 보위 물려주시어(竊聞天子已傳位절문천자이전위),"라고 한 부분 때문이다. 당 현종이 서촉으로 몽진한 시기가 756년 6월 12일이고 숙종이 즉위하여 연호를 현종의 천보(天寶)에서 지덕(至德)으로 바꾼 것이 7월이기 때문이다. 그리고 9월로 보는 이유는 시(詩) 중에 "이미 백일이 넘도록 가시밭길로 도망 다녀(已經百日竄荊棘이경백일찬형극),"라고 한 것으로 미루어 알 수 있다. 현종이 서촉으로 몽진한 것이 6월이니까 100여 일 후면 9월이 되기 때문이다. 아무튼 「애왕손」은 756년 가을쯤에 지은 시이다. 756년 천보 15년 6월 9일 가서한이 지키던 동관이 함락되자, 6월 12일 새벽에 당 현종은 연추문을 통해 궁궐을 빠져나갔다. 이는 양국충의 계책에 따라 진현례에게 천자의 군대인 육군(六軍)을 정돈하여, 양귀비 자매와 왕자, 비빈과 공주, 황손·양국충·진현례와 가까운 환관, 궁인만 거느리고 몽진을 하였던 것이다. 그래서 궁궐 밖에 있던 비빈과 공주, 왕손 등은 함께 피난가지 못했다. 투항한 일부 고관들이 황손과 비빈, 공주, 왕손을 고발하여 참혹한 살육을 당하게 하였다. 한편으로는 위의 시에 나오는 왕손(황손)처럼 겨우 목숨을 부지하는 예도 있었을 것이다. 그래서 두보는 천금 같은 귀한 몸을 잘 보존하라고 경계하였던 것이다.

지덕 원년인 756년 겨울에 쓴 시도 있다.

비진도悲陳陶: 진도를 슬퍼하다

초겨울에 뽑아 보낸 양민의 자제들,	孟冬十郡良家子맹동십군량가자,
흘린 피가 진도택의 물이 되었네.	血作陳陶澤中水혈작진도택중수.
들판은 넓고 하늘은 맑아 싸움 소리 없었는데,	野曠天淸無戰聲야광천청무전성,
4만 명의 의병이 같은 날 전사했네.	四萬義軍同日死사만의군동일사.
반군 무리는 돌아와 피묻은 화살 씻고,	群胡歸來雪洗箭군호귀래설세전,
여전히 오랑캐 노래 부르며 도성의 저자에서 술 마시네.	仍唱夷歌飮都市잉창이가음도시.
도성 사람들 얼굴 돌려 북쪽(숙종이 있는 곳) 향해 울면서,	都人廻面向北啼도인회면향북제,
밤낮으로 관군이 이르기를 다시금 바라네.	日夜更望官軍至일야갱망관군지.

진도(陳陶)는 진도사(陳陶斜) 또는 진도택(陳陶澤)이라고도 부르는데, 함양현(咸陽縣) 동쪽 위치한 곳이다. '사(斜)'는 '산택(山澤)'을 이르는 말이다. 두보는 지덕 원년(756) 10월 21일 재상 방관(房琯)이 이끄는 당나라 4만의 군대가 진도택에서 안녹산의 군대에 크게 패한 사실을

시로 남긴 것이다. 방관은 현종의 명을 받들어 영무(靈武)에 사신으로 가서 숙종을 옹립한 재상이기도 하다. 이후 숙종의 명으로 장안을 수복하기 위해 진도택에서 무리하게 싸움을 행하다 대패했던 것이다.

음력 10월 초겨울에 일반 백성들의 자제들로 편성된 관군들이 안녹산의 군대에 패하여 진도택의 물이 핏빛으로 물들었다는 것이다. 4만의 군사가 모두 몰살했기에 들이 훤하게 보이고 하늘도 맑아 보이면서 싸움의 소리는 어디서도 들을 수 없었다는 것이다. 안녹산의 군대는 피 묻은 화살을 핏물로 물든 진도택 물에 씻었고, 또한 승리에 도취하여 도심의 저자에서 술을 퍼마시고 오랑캐의 노래를 부르고 논다고 하였다. 장안성 사람들은 숙종이 있는 북쪽 영무 쪽을 바라보면서 모두가 관군이 오기를 바란다고 하였다. 이처럼 두보는 아직도 민심이 당나라 조정을 떠나지 않았음을 드러내었다.

해가 바뀌자, 혈육에 대한 그리움도 일어났다.

원일기위씨매元日寄韋氏妹: 설날 위씨에게 시집간 여동생에게 부치다

근자에 듣자 하니 위씨에게 시집간 여동생은,	近聞韋氏妹근문위씨매,
남편이 불러 종리에 가 있다고 하네.	迎在漢鍾離영재한종리.
남편은 타향(종리)에서 변방을 수비하고 있는데,	郎伯殊方鎭낭백수방진,
경사는 옛 국도(장안)의 모습 아니라네.	京華舊國移경화구국이.
진 땅(장안성) 성에 북두성 돌았으니(봄이 왔음),	秦城迴北斗진성회북두,
영 땅(종리현)의 나무는 남쪽 가지 움텄을 테지.	郢樹發南技영수발남지.
설날 알현하러 오는 조정사가 보이지 않으니,	不見朝正使불견조정사,
눈물 자국 얼굴 가득 드리우네.	啼痕滿面垂제흔만면수.

756년 한 해가 지나고 757년 새해가 되었다. 새해 아침이 돌아와도

장안에 억류되어 있기에 두보는 여전히 심사가 편치 않다. 그러면서 혈육에 대한 그리움도 일어났던 것이다. 위씨에게 시집간 누이동생이 생각났던 것이다. 강서성 구강군 종리에서 변방을 지키는 남편이 불러, 그곳에 간 여동생의 안위도 걱정이 되었던 것이다. 아울러 나라가 예전과 못함을 한탄하고 있다. 설날 아침이면 황제를 알현하러 오는 사신들이 있었는데 지금은 없기 때문이다.

지덕 2년(757) 봄날에 지은 시도 감상해 보자.

춘망春望: 봄날 바라보다

장안은 파괴되었지만 산천은 여전하고,	國破山河在국파산하재,
장안성에 봄이 오니 초목만 무성하다.	城春草木深성춘초목심.
시절을 느껴서 꽃이 눈물을 뿌리게 하고,	感時花濺淚감시화천루,
이별을 한탄해서 새가 마음을 놀라게 한다.	恨別鳥驚心한별조경심.
봉화는 세 달을 연이어서 일어나니,	烽火連三月봉화연삼월,
가족들에게서 온 편지는 만금에 달한다.	家書抵萬金가서저만금.
희어진 머리를 긁으니 다시금 빠져 적어지고,	白頭搔更短백두소갱단,
다 모아도 비녀를 이기지 못한다.	渾欲不勝簪혼욕불승잠.

안녹산의 난으로 인해 나라가 망하니 산과 내는 그대로 있고, 장안성에 봄이 와서 풀과 나무만 무성하다. 당시의 일에 느껴서 꽃만 보아도 눈물이 나고, 가족들과 이별을 해서 평상시 아름답던 꽃마저도 눈물을 뿌리게 한다. 전쟁이 석 달이나 이어졌으니, 집에서 오는 편지는 받아 보기가 매우 어렵다. 머리카락은 자꾸 빠지고 짤막해져서 남은 머리카락을 다 모아도 비녀를 감당하지 못할 것 같다. 전란의 아픔과 가족에 대한 그리움을 읊조렸다.

"국파산하재(國破山河在)"는 두 가지로 해석이 가능하다. '산과 내만 남아 있어, 모든 것이 다 파괴되었다.' 또는 '반란군이 장안성은 점령해도 산하는 파괴할 수 없다.' 그래서 앞으로 장안성을 회복할 수 있는 희망은 있다. 등으로 해석이 가능하다. "성춘초목심(城春草木深)"은 옛날 같으면, 장안성에 봄이 오면 봄나들이 인파로 넘쳐났을 것이다. 그런데 지금 사람은 보이지 않고 초목만 무성하다. "감시화천루(感時花濺淚)"는 주체가 사람일 때와 꽃일 때, 해석의 차이가 있다. '시국을 슬퍼해서 꽃도 눈물을 뿌리고', 아니면 '그 시절에 느껴서 꽃을 봐도 눈물이 나오고' 등으로 해석이 가능하다. "한별조경심(恨別鳥驚心)"도 '이별이 한스러워 새도 가슴을 놀래더라.' 아니면 '이별이 한스러워 새소리만 들어도 가슴이 두근거리더라.' 혹시 '나쁜 소식이 올까봐서 걱정이 된다.'는 뜻이다. 이 난리통에 가족들은 무사한지 애들은 굶지나 않는지 등 두보의 애간장이 타는 모습이 엿보인다. 그래서 수심을 달래려고 머리를 긁는데, 자꾸만 머리카락이 빠지는 것이다. 개인의 불행에 대한 생각과 나라에 대한 걱정을 동시에 행하고 있기 때문이다.

율시는 3구와 4구, 그리고 5구와 6구가 대구가 되어야 명시(名詩)이다. 이 시도 3구의 '화(花)'와 4구의 '조(鳥)' 그리고 '천루(濺淚)'와 '경심(驚心)' 등의 문법적 구조가 대구로 되어 있다. 5구와 6구에서는 '봉화(烽火)'와 '가서(家書)'의 명사구로 대구가 되고, '연(連)'과 '저(抵)'의 동사끼리 대구가 되며, '삼월(三月)'과 '만금(萬金)'에서는 숫자끼리 대구가 되었다. 율시를 평가할 때는 이처럼 대구의 구절을 보고 잘잘못의 평가를 하기도 한다.

두보는 장안에 억류되어 있으면서 동생 두영을 그리워하며 지은 시도 있다.

득사제소식이수得舍弟消息二首 : 아우(두영)의 소식을 듣다 2수

제1수	기일其一
얼마 전에 평음에서 온 소식이 있어,	近有平陰信근유평음신,
아우가 살아 있다고 하니 멀리서 가여워하노라.	遙憐舍弟存요련사제존.
천 리 길에 몸을 숨기고 다니고,	側身千里道측신천리도,
벽촌에서 기식하며 살았다고 하는구나.	寄食一家村기식일가촌.
새로 치열해진 싸움에 봉화가 오르고,	烽擧新酣戰봉거신감전,
옛 핏자국 흔적 위에 눈물이 떨어지네.	啼垂舊血痕제수구혈흔.
알지 못하게네. 늙어 가는 시절,	不知臨老日부지임노일.
어느 때에 혼을 부르게 될지.	招得幾人魂초득기인혼.

제2수	기이其二
너는 몸이 나약해 돌아올 방도가 없고,	汝懦歸無計여나귀무계,
나는 늙어 네게 갈 기약이 없네.	吾衰往未期오쇠왕미기.
까마귀와 까치는 기쁜 소식 헛되이 전하고,	浪傳烏鵲喜낭전오작희,
형제간의 우애를 노래한 『시경』 시를 깊이 저버렸다.	
	深負鶺鴒詩심부척령시.
생계를 생각하니 어찌 얼굴을 들랴,	生理何顔面생리하안면,
근심의 단서는 일 년 또 내내 있네.	憂端且歲時우단차세시.
장안과 낙양의 서른 식구는,	兩京三十口양경삼십구,
비록 살아 있지만 목숨은 실낱같네.	雖在命如絲수재명여사.

안녹산의 난으로 형제가 흩어졌다. 이에 아우 두영이 평음 땅에 살아있다는 소식을 전해 왔다. 살아 있어 반가우면서도 가슴 아프다. 이 난리통에 얼마나 고생을 할까? 그래서 안타까운 마음까지 표현한

것이다. 동생은 난을 피하느라 큰 길로는 다니지 못하고 숨어 다니면 외진 벽촌의 민가에서 밥을 빌붙어 얻어먹고 생활했을 것이다. 그런 처지를 생각하니 마음이 메어온다. 다시 안녹산의 군대와 치열한 싸움이 시작되어 난리는 지속되고 있고, 나는 이제 늙어 힘든 일을 겪고 살아난 동생을 위한 초혼 의식을 해주고 싶지만 만시 만날 수 있을지 의문스럽다.

너는 나약하고 나는 늙어 서로 만날 수 있는 기약을 할 수도 없는 처지이다. 그래서 기쁜 소식을 전해주는 까막까치의 울음소리는 헛될 뿐이다. 나는 갈 수 없고 아우도 돌아올 수가 없기 때문이다. 그리고 형제간의 우애를 노래한 『시경』 시의 뜻을 저버린 지 오래다. 『시경(詩經)』 「당체(棠棣)」에 "할미새가 언덕에 있으니, 형제는 어려움을 구해주네(鶺鴒在原, 兄弟急難)."라는 구절이 있다. 여기에 나오는 할미새는 형제간의 우애를 상징하고 있다. 두보는 『시경』 시의 구절을 인용하여, 형제간의 우애를 다하지 못함을 한탄하였다. 그러면서 가난하게 사는 것이 부끄럽고 근심의 실마리는 끝이 없다고도 하였다. 지금 장안 근처 부주에 있는 두보 식구와 낙양 육혼장에 사는 동생 식구 다 합치면 서른 명인데, 비록 살아 있다고는 하지만 목숨이 위태로운 상황이라고 하였다. 형제간의 우애가 느껴진다.

두보는 자식을 그리워하는 시도 지었다.

억유자憶幼子: 어린 아들을 생각하다

기자(둘째 아들)는 봄이 되었어도 여전히 떨어져 있는데,

驥子春猶隔기자춘유격,

꾀꼬리 노래 따뜻한 날에 한창이네.   鶯歌暖正繁앵가난정번.

헤어진 후론 계절의 변화에도 깜짝 놀라는데, 別離驚節換별리경절환,

그 아이의 총명함을 누구와 이야기할까?　　　聰慧與誰論총혜여수론.

흐르는 시냇물과 텅 빈 산속의 길,　　　澗水空山道간수공산도,

사립문과 늙은 나무 서 있는 마을.　　　柴門老樹村시문로수촌.

그 아이 생각하며 근심스레 잠이 들었네,　　　憶渠愁只睡억거수지수,

개인 날 난간에 엎드려 등에 햇볕 쬐다가.　　　炙背俯晴軒적배부청헌.

　　장안 억류 시, 757년 봄에 둘째 아들 종무를 그리며 지은 시이다. 어린 자식을 생각하며 지은 시이기에 그런지, 시어가 소박하고 감정이 진솔하다. 위의 시에 나오는 기자는 두보의 둘째 아들 종무의 어릴 때 이름이다.

　　꾀꼬리 노래 소리를 듣고 어린 아들 종무를 떠올리게 되었다는 것이다. 도치법을 사용하였다. 지금은 떨어져 있어 아들의 총명함을 누구와도 논할 수가 없다. 아이들이 있는 곳은 흐르는 시냇물과 텅 빈 산길, 사립문에 늙은 나무가 서 있는 마을이다. 개인 날 난간에 웅크리고 있다가 시름에 잠겨 잠이 들었다는 것이다. 계절의 변화와 함께 아들에 대한 그리움을 노해하였다. 둘째 아들 종무를 그리워하는 시가 한 편 더 있다.

견흥遣興: 시름을 풀다

아들 기자는 총명한 아이,　　　驥子好男兒기자호남아,

지난해 말을 배울 때.　　　前年學語時전년학어시.

손님의 성을 물어서 알아보고,　　　問知人客姓문지인객성,

노부(두보 자신)의 시를 줄줄 외웠지.　　　誦得老夫詩송득노부시.

난세에 그 어린 것(아들) 가엽게 생각되고,　　　世亂憐渠小세난련거소,

가난하여 어미만 의지하고 있을 것이네.　　　家貧仰母慈가빈앙모자.

양양 녹문산(은둔)에 함께 못 들어가고,	鹿門攜不遂녹문휴불수,
기러기발에 편지(소식 전하기)도 어렵네.	雁足繫難期안족계난기.
천지에 군대 깃발 가득하고,	天地軍麾滿천지군휘만,
산하에는 전장의 뿔피리 소리 비장하네.	山河戰角悲산하전각비.
만약 돌아가 헤어짐을 면할 수 있다면,	儻歸免相失당귀면상실,
만나는 날 늦다고 어찌 사양하리?	見日敢辭遲견일감사지.

한 마디로 둘째 아들 종무는 똑똑한 아이라는 말이다. 말을 배울 때 손님의 성도 물어서 알게 되고 두보 자신의 시도 줄줄 외울 정도로 영재였다. 그런데 난세를 만나 영재 교육은 고사하고 자애로운 어미에게 맡겨 놓아둔 상태이다. 안녹산의 난으로 아비 구실도 못하고 있다는 말이다. 게다가 가족을 데리고 옛날 은둔자 방덕공이 은거하였다는 호북성 양양 녹문산에 가족들을 데리고 들어가 은둔도 못하고 처자식과 떨어져 있으며, 지금은 서로 편지 연락도 할 수 없는 처지가 되었다. 난리가 한창이지만 언젠가는 가족들이 모두 모일 것이라는 희망을 내포하면서 마무리하였다.

억류되어 한식날 아내를 그리워하며 지은 시도 있다.

일백오일야대월–百五日夜對月: 105일 되는 날 밤(한식날)에 달을 대하다

집 없이 한식 맞으니,	無家對寒食무가대한식,
눈물이 마치 금물결 같네.	有淚如金波유루여금파.
달 가운데 계수나무 베어내면,	斫卻月中桂작각월중계,
맑은 달빛 응당 더욱 많아질 것이다.	淸光應更多청광응갱다.
헤어져 있어도 붉은 꽃 피었으니,	仳離放紅蕊비리방홍예,
상상하건대 푸른 눈썹(아내) 찌푸리리라.	想像顰靑蛾상상빈청아.

견우와 직녀 괜스레 시름하는 것,　　　　　牛女漫愁思우녀만수사,

가을 기약한 날엔 오히려 은하수 건너갈 텐데.　秋期猶渡河추기유도하.

　757년 한식날 밤에 달을 바라보며 헤어져 있는 아내를 생각하여 지은 작품이다. 동짓날로부터 105일째 되는 날이 한식날이다. 그 4월 초 한식날 아내를 그리워하면 지은 시이다. 굳이 한식날이라고 하지 않고 105일 되는 날이라고 제목을 단 것을 보면 가족과 헤어진 날이 오래 되었음을 강조하기 위한 수법이다. 두보 자신도 장안에 억류되어 집도 없는 떠돌이 신세이다. 그런 처지에 밝은 달빛에 홀리는 눈물은 금빛 같다. 달 속에 있는 계수나무를 베어 내어 달빛을 더욱 밝게 하듯, 두보 자신의 마음속에 있는 시름을 달래고 싶다. 지금 아내와 헤어져 있는 데도 계절은 바뀌어 한식날에 꽃이 피니 이를 대하고 있을 아내 또한 시름에 잠겨 있을 것이라고 상상하였다. 견우와 직녀는 그래도 일 년에 한번 칠월 칠석에 만나지만 우리 부부는 견우·직녀와는 달리 다시 만날 기약조차 없어 슬프다는 것이다.

　이렇듯 두보는 전란 중에도 형제와 가족 곧 처자식에 대한 염려와 그리움을 노래하였다. 시성(詩聖)인 두보도 우리네 사정과 별반 다르지 않았다. 형제애와 가족애로 그리움에 목말라 하고 언젠가는 만날 날을 기다리는 우리의 이웃집 아저씨 같은 정(情)이 많은 두보이다.

　두보는 장안이 안녹산의 군대에 점령당하여 억류되어 있었는데, 그때 봄날(757년) 곡강에서 당시의 심정을 노래한 시가 「애강두(哀江頭)」이다.

애강두哀江頭: 곡강 가에서 슬퍼하다

소릉(少陵)의 촌 늙은이 울음 삼켜 통곡하며,　少陵野老吞聲哭소능야노탄성곡,

어느 봄날 몰래 곡강 굽이진 곳으로 나아가네. 春日潛行曲江曲춘일잠행곡강곡.

강가 궁궐은 문마다 잠겨 있는데, 江頭宮殿鎖千門강두궁전쇄천문,

가는 버들과 새 부들(창포)은 누굴 위해 푸른가?

細柳新蒲爲誰綠세류신포위수록.

지난 일을 기억하노니, "무지개 깃발들 남원으로 내려가니,

憶昔霓旌下南苑억석예정하남원,

남원(부용원) 속의 경물들 다 생기를 띠었소. 苑中景物生顔色원중경물생안색.

소양전 안 한 사람(양귀비)이, 昭陽殿裏第一人소양전리제일인,

황제의 수레를 타고 황제를 따르며 곁에서 모시었다.

同輦隨君侍君側동연수군시군측.

황제 수레 앞 재인(才人, 여관)들은 활과 화살 차고,

輦前才人帶弓箭연전재인대궁전,

백마에겐 황금 재갈을 물리었다. 白馬嚼齧黃金勒백마작설황금륵.

재인이 획 몸을 돌려 하늘 향해 구름 속으로 쏘아 올리면,

翻身向天仰射雲번신향천앙석운,

한 화살에 쌍으로 날던 비익조(比翼鳥)가 정확히 떨어졌다."

一箭正墜雙飛翼일전정추쌍비익.

맑은 눈동자 하얀 이의 양귀비 지금은 어디에 있나?

明眸皓齒今何在명모호치금하재,

피 묻어 헤매는 넋 돌아오지 못하는구나. 血汚遊魂歸不得혈오유혼귀부득.

맑은 위수는 동쪽으로 흐르고 검각은 깊숙한데, 淸渭東流劍閣深청위동류검각심,

죽은 사람과 살아 있는 사람 서로 소식도 없다. 去住彼此無消息거주피차무소식.

인생은 유정하여 눈물은 가슴을 적시지만, 人生有情淚沾臆인생유정누첨억,

강물과 강가의 꽃이 어찌 다함이 있겠는가? 江水江花豈終極강수강화기종극.

황혼에 오랑캐 말들이 성안에 먼지 가득 일으키니,

黃昏胡騎塵滿城황혼호기진만성,

성 남쪽으로 가려다가 성 북쪽을 아득히 바라본다.

欲往城南望城北욕왕성남망성북.

곡강에서 쓸쓸한 감정을 표한 두보이다. 곡강(曲江)은 강이 아니고 큰 호수이다. 바람이 불며 마치 물결치는 모습이 강물 같다고 하여, 곡강이라 칭했다. 장안이 안녹산 군대에 함락된 후 두보는 장안에 억류되어 있었다. 이때 몰래 곡강 가로 나와 화려했던 옛날을 회상하였다.

이전에 당 현종이 양귀비와 함께 수레를 타고 부용원으로 내려오면 모든 만물이 생기가 돌았다. 현종 곁에는 언제나 양귀비가 따르고 황제를 모시는 시녀와 재인들, 그리고 백마의 황금 수레까지 화려하고 웅장한 행차였다. 황제의 수레 앞에서는 재인들이 재주를 부리면서 하늘을 향해 화살을 쏘면 한 화살에 쌍으로 날던 비익조(比翼鳥)가 반드시 떨어졌다. 화려했던 과거 회상이다.

그런데 지금은 다 어디에 있는가? 그저 눈물이 앞을 가리는데 강물과 강가의 꽃은 변함이 없다. 곧 인간은 유한한데, 자연은 영원하다는 말이다. 지금 장안의 상황은 오랑캐 말들이 먼지를 가득 일으키고 있어, 성남으로 가려고 하는데 성북을 바라보고 있다. 두보는 완전히 방향성을 상실한 상태이다.

지덕(至德) 2년(757) 반란군에 내분이 일어나서 아들 안경서에 의해 안녹산이 살해되었다. 현종의 아들 태자 이형(李亨)은 장안성이 756년 6월 17일에 점령당하자 북방으로 피신하여 근왕병을 모집하면서 섬서성 북쪽 국경에 가까운 영무(靈武, 지금의 영하 회족 자치구)에 이르러, 백성들의 추대로 7월 12일에 황제의 자리에 올랐다. 그가 숙종(肅宗)이다. 촉 땅으로 몽진한 현종은 8월 12일에 이 소식을 듣게 되고 8월

19일에 재상(宰相) 방관(房琯)을 시켜 황제 자리를 물러 주었다. 숙종은 지덕 2년(757) 2월에 팽원에서 장안 가까운 봉상(鳳翔)으로 행재소(行在所)를 옮겼다. 두보는 757년 4월 여름에 장안을 탈출해서 봉상(부풍현)으로 급히 달려갔다.

자경찬지봉상희달행재소삼수自京竄至鳳翔喜達行在所三首: 경사에서 몰래 봉상에 이르러서 행재소에 도달한 것을 기뻐하며 쓴 시 3수

제1수　　　　　　　　　　　　　　　　기일其一

서쪽으로 기산(봉상) 남쪽의 소식을 그리워했지만,

西憶岐陽信서억기양신,

끝내 봉상에서 장안으로 돌아오는 사람 없네. 無人遂卻回무인수각회.

눈이 뚫어져라 지는 해(봉상 쪽)를 바라보다가, 眼穿當落日안천당낙일,

마음이 죽어 찬 재를 붙인듯했다. 心死著寒灰심사착한회.

길가 무성한 나무가 길을 가는 나를 끌어 주었고,

茂樹行相引무수항상인,

연이은 산을 바라보니 홀연히 산이 열렸다. 連山望忽開연산망홀개.

친한 이들이 늙고 수척한 모습에 놀라며, 所親驚老瘦소친경노수,

"반군 속에서 오느라 고생했소."라고 한다. 辛苦賊中來신고적중래.

제2수　　　　　　　　　　　　　　　　기이其二

반란군의 호가 소리 들리는 저녁이면 시름에 빠지고,

愁思胡笳夕수사호가석,

한나라 궁원(당나라 장안의 궁원)의 봄은 처량하다.

凄涼漢苑春처량한원춘.

살아 돌아온 것은 분명한 오늘의 일, 生還今日事생환금일사,

사잇길로 잠시 목숨을 부지하였네.　　　　　間道暫時人간도잠시인.
사례(광무제 직책)의 전장(제도와 문물)을 처음 목도하니,

　　　　　　　　　　　　　　　　　　　　司隸章初睹사예장초도,

남양(광무제 출생지)의 기상이 이미 새롭네.　南陽氣已新남양기이신.
기쁜 마음이 바뀌어 극에 이르니,　　　　　喜心翻倒極희심번도극,
흐느껴 울어 눈물이 수건을 적시네.　　　　嗚咽淚沾巾오열누첨건.

　　　　　제3수　　　　　　　　　　　　　기삼其三
반군 속에서 죽었다면 누구를 통하여 알리나, 死去憑誰報사거빙수보,
돌아와서 비로소 스스로를 가련하게 여기네. 歸來始自憐귀래시자련.
그래도 태백(봉산 부근 산)의 눈을 보게 되고, 猶瞻太白雪유첨태백설,
기쁘게 무공(고을 지명)의 하늘을 만났네.　 喜遇武功天희우무공천.
뭇 관원들 속에서 그림자 고요하고(심신 안정), 影靜千官裏영정천관리,
칠교(호위 무관) 앞에서 죽었던 마음이 살아나, 心蘇七校前심소칠교전.
오늘 아침 한나라(당나라) 사직은,　　　　　今朝漢社稷금조한사직,
중흥의 해를 새로 헤아리게 되었네.　　　　新數中興年신삭중흥년.

　위의 시는 두보가 장안에 억류되었다가 그곳을 탈출하여 숙종이
있는 봉상 행재소에 도착한 후 그 기쁜 마음을 표현한 시이다. 제1수
에서는 봉상으로 가는 과정을 소개하였고, 제2수에서는 행재소에 이
르러 그때 심정을 노래하였으며, 제3수에서는 도착한 후 두보 자신의
바람을 드러내었다.

　두보가 장안에 억류되어 있을 때 봉상이 있는 기산 남쪽으로부터
소식이 오기를 기다렸는데, 숙종 황제가 있는 그곳으로부터는 좋은
소식을 전해줄 사람은 오지 않았다. 그래서 눈이 뚫어지게 바라보며

소식을 기다렸지만 희망이 보이지 않아 마음은 식어버린 재처럼 차디 찬 상태가 되었다는 것이다. 장안을 탈출하여 봉상으로 향할 때 길가의 나무들이 길 표시를 해주었고 연이은 산봉우리들이 길 안내를 해주었다. 탈출의 여정이 얼마나 힘겨웠으면 친한 이들이 수척해진 두보 자신의 모습을 보고 놀라며, 위로의 말로, "반군 속에서 오느라 고생이 많았다"고 위로까지 하였다는 것이다.

제2수는, 행재소 도착한 후의 내용이다. 먼저 장안에 억류되었을 때를 회상하였다. 반군들이 부는 호가 소리를 들으며 근심하였고, 장안성에 봄이 와도 처량하기만 하다고 하였다. 사잇길로 도망할 때는 언제 죽을지 몰라 불안했는데, 오늘에서야 비로소 살아 돌아오게 되었다는 것이다. 숙종의 행재소에 도착해 보니, 후한 때 광무제가 실시한 전장 제도가 갖추어져 있었다는 것이다. 후한의 경시제(更始帝)가 광무제에게 사례교위 직을 맡게 하여 먼저 궁전과 관부를 정리하게 하였다. 이로 인해 광무제는 제도와 문물 곧 전장(典章)을 갖추게 되었던 것이다. 두보는 당나라 숙종을 후한의 광무제에 비유하여, 당나라 중흥의 기상이 보인다고 한 것이다. 위기에 처한 당나라를 후한의 광무제가 한나라를 중흥시킨 것처럼, 당나라도 중흥시켜 주기를 바라는 두보의 마음이 담겼다. 남양은 광무제가 남양 땅에서 태어났기에 남양의 기상이 새롭다고 한 것이다. 이는 곧 숙종의 기상이 새롭다는 의미이다. 이어 행재소까지 살아 돌아온 기쁨을 노래한 것이다.

제3수는 행재소에 도달한 후 감회를 노래한 부분이다. 만약 두보 자신이 탈출하는 과정에서 죽었다면, 일련의 사건을 전해 줄 사람도 없었을 것이다. 탈출 과정에서는 내 신세가 처량하다는 것도 인식 못하다가 봉상에 이른 뒤에야 두보 자신의 신세가 가련하게 느껴졌다는 것이다. 탈출 과정에서는 마음의 여유가 없다가 행재소 도착 후 마음의 여유가 생겨 두보 자신의 신세를 되돌아보았다는 말이다. 다행스럽게도 봉상에 도착하여 태백산의 눈 쌓인 모습도 보고 봉상 근처의 무공현의 맑은 하늘을 바라보는 자유로움을 얻을 수 있게 되었다고 하였다. 행재소에 와서 뭇 관원들을 만나니 마음이 비로소 안정이 되고 황제를 호위하는 무관들 앞에서 재처럼 식어버린 마음이 되살아나게 되었다. 그래서 오늘 아침 당나라 사직이 다시 중흥할 것이라고 한 것이다.

이렇듯 「자경찬지봉상희달행재소삼수(自京竄至鳳翔喜達行在所三首)」는 생명의 위협을 무릅쓰고 탈출하여 봉상 행재소에 탈출한 두보의 기쁜 마음을 표현한 시였다.

숙종 황제는 757년 4월에 반군의 점령지인 장안을 어렵게 탈출한 두보의 공을 가상히 여겨 5월에 좌습유(左拾遺, 황제에게 바른 말을 간諫하면서 곁에서 문서를 기록하는 관리)에 임명했다. 좌습유에 임명된 후 지은 시가 있다.

술회述懷: 감회를 풀다

지난해(756년) 동관이 함락된 이래,	去年潼關破거년동관파,
처자와 떨어진 지 오래되었네.	妻子隔絶久처자격절구.
이번 여름 초목 우거진 틈에,	今夏草木長금하초목장,
탈출하여 서쪽으로 달려갈 수 있었네.	脫身得西走탈신득서주.
짚신을 신은 채로 천자를 알현할 때,	麻鞋見天子마혜견천자,
옷소매 떨어져 팔꿈치 다 보였네.	衣袖見兩肘의수견양주.
조정은 내 생환 불쌍히 여기고,	朝廷愍生還조정민생환,
친한 이들은 늙고 추한 모습 동정해 주었네.	親故傷老醜친고상노추.
눈물로 좌습유 벼슬 받으니,	涕淚受拾遺체루수습유,

떠돌던 몸에 황제의 은덕 두텁네.　　　　　　流離主恩厚유리주은후.

사립문으로 비록 떠날 수 있지만,　　　　　柴門雖得去시문수득거,

차마 입 벌여 가겠다할 수 없네.　　　　　未忍卽開口미인즉개구.

편지 보내 삼천(부주) 소식 묻지만,　　　　寄書問三川기서문삼천,

식구들 잘 있는지 모르겠네.　　　　　　不知家在否부지가재부.

근래에 듣자 하니 다 같이 화를 당하고,　　比聞同罹禍비문동리화,

닭과 개마저도 다 살육당했다고 하네.　　殺戮到雞狗살육도계구.

산속 비새는 초가집에,　　　　　　　　山中漏茅屋산중누모옥,

누가 다시 문에 기대고(기다림) 있을까?　誰復依戶牖수부의호유.

푸른 소나무 뿌리에 휘손되어 있어도,　　摧頹蒼松根최퇴창송근,

땅이 차니 뼈는 아직 썩지 않았으리.　　地冷骨未朽지냉골미후.

몇 사람이나 목숨을 보전하였겠으며,　　幾人全性命기인전성명,

온 가족이 어찌 서로 함께 있겠는가?　　盡室豈相偶진실개상우.

험한 산은 맹호의 터전이 되었기에,　　嶔岑猛處場금잠맹처장,

울적한 심정으로 고개를 돌려 바라본다.　鬱結廻我首울결회아수.

집으로 편지 한통 보낸 지,　　　　　自寄一封書자기일봉서,

지금 이미 열 달이 넘었네.　　　　　今已十月後금이십일후.

도리어 소식 올까 두려워,　　　　　反畏消息來반외소식래,

촌심(작은 심장)은 무엇이 남아 있으리오.　寸心亦何有촌심역하유.

한나라 국운이 막 중흥의 길로 들어섰는데,　漢運初中興한운초중흥,

평생 늘 술에 빠졌네.　　　　　　　生平老耽酒생평노탐주.

기쁘게 만날 자리를 곰곰이 생각하니,　　沈思歡會處침사환회처,

궁색하고 외로운 노인이 될까 두렵네.　　恐作窮獨叟공작궁독수.

안녹산의 군대 치하에서 장안을 탈출하여 숙종이 있는 봉상(鳳翔)으

로 가서 남루한 옷과 헤진 짚신을 신은 채로 황제를 알현하는 모습과 좌습유(左拾遺)의 벼슬을 받고 전란의 비참함과 부주에 있는 가족을 걱정하는 마음, 그리고 앞으로 가족을 기쁘게 만날 자리를 상상하고 있다. 그러면서도 한편으로는 가족을 잃은 외로운 노인이 될까도 두려워하였다. 난을 겪은 두보의 절절한 아픔이 전해지고 있는 시이다.

두보는 좌습유 벼슬을 하면서 패군의 재상 방관을 변호하다가 숙종의 노여움을 사고 말았다. 방관과 두보는 포의(布衣)시절부터 아는 사이였다. 그래서 옛친구 방관을 위해 변호를 했던 것이다. 그런데 상황은 엉뚱하게 흘러갔다. 아마도 상왕인 현종과 권력 투쟁의 혼란한 시기에 두보가 재상 방관을 두둔하는 상소를 올려 정쟁에 휘말린 것 같다. 상왕 현종이 권력 분산 정책을 시도했기 때문이다. 현종은 황태자 이형이 숙종으로 즉위했다는 소식을 듣고 756년 7월 15일에 태자 이형을 천하병마도원수로 삼고, 16번째 아들 영왕 이린을 사도절도도사 겸 강릉대도독에 임명하였던 것이다. 그러나 대세는 이미 기울려 756년 8월 19일 현종은 황제 자리를 아들 숙종에게 양위했던 것이다. 이후 현종의 명령을 전하던 방관은 싸움에 패하고 그를 두둔했던 두보는 잠시 감옥에 갇혔다가 새로운 재상 장호의 도움으로 풀려났던 것이다. 이후 숙종으로부터 부주 강촌에 있는 가족을 돌아보고 오라는 휴가령을 받게 되었던 것이다. 말이 휴가이지 거의 추방령이다. 757년 윤8월의 일이다.

유별가엄이각노양원보궐득운자留別賈嚴二閤老兩院補闕得雲字: 가지·엄무 두 분 각로와 두 관서의 보궐을 떠나가며 운자로 '운'자를 얻다

| 시골에 잠시 가야 해서, | 田園須暫往전원수잠왕, |
| 전쟁 중에 무리를 떠남이 안타깝습니다. | 戎馬惜離群융마석이군. |

가는 곳이 멀어 시를 남겨 헤어짐에,	去遠留詩別거원유시별,
시름 많아 술에 맡겨 취합니다.	愁多任酒醺수다임주훈.
온 가을 내내 비에 고생하다가,	一秋常苦雨일추상고우,
오늘에야 비로소 구름 걷혔는데,	今日始無雲금일시무운.
산길에서 이따금 호각 불 것이니,	山路時吹角산로시취각,
곳곳에서 들리는 걸 어찌 견딜 수 있겠습니까?	那堪處處聞나감처처문.

757년 지덕 2년 윤8월에 숙종으로부터 허락을 받아 처자식이 있는 부주로 떠나면서, 중서사인(中書舍人) 가지(賈至)와 급사중(給事中) 엄무(嚴武) 그리고 두 관서인 문하성과 중서성 보궐(補闕)과 헤어지면서 지은 시이다. '유별(留別)'은 떠나는 사람이 남아 있는 사람에게 전하는 시문(詩文)을 이를 때 사용하는 말이다. 두보가 작별을 하면서 남아 있는 가지와 엄무 등에게 전하는 시이다.

부주에 남겨진 가족을 만나러 잠시 가야 하는데, 난리 중에 떠나는 것이 안타깝기만 하다. 두보가 가는 길이 멀어 시를 남겨 두고 헤어짐을 노래하였다. 그리고 시름이 많아 술에 흠뻑 취했다고 하여 떠나는 아쉬움도 드러내었다. 비가 계속 내려 고생하다가 오늘에야 날이 개었고, 가는 곳곳마다 군대가 있을 것이라고 예견하였다. 처자식을 만나로 가는 길이 썩 반가운 기색은 아니다.

독작성시獨酌成詩: 홀로 술 마시며 시를 이루다

등불의 불똥에 어찌 그리 기뻐하는가?	燈花何太喜등화하태희,
푸른 술(익은 술) 마시려고 그랬나 보네.	酒綠正相親주록정상친.
취한 중에 나그네 신세 무던히 여기고,	醉裏從爲客취리종위객,
시를 이루니 신의 도움이 있음이 느껴지네.	詩成覺有神시성각유신.

전쟁이 아직도 눈앞에 있으니,	兵戈猶在眼병과유재안,
유술로 어찌 이 한 몸 돌볼 수 있으랴?	儒術豈謀身유술기모신.
괴롭게도 작은 벼슬에 묶여 있으니,	苦被微官縛고피미관박,
고개 숙여 야인에게 부끄러울 따름이네.	低頭愧野人저두괴야인.

아직 부주에 도착하지 못했다. 가족을 만나로 가는 길에 객사에서 홀로 술을 마시며 얻은 시이다. 여관방 등불의 심지가 타서 맺힌 꽃모양의 불똥은 좋은 일이 일어날 것을 예견한다고 하여, 두보도 기뻐한 것이다. 그리고 뜻밖에 좋은 일은 객사에 잘 익은 술이 생겼다는 것이다. 그만큼 난리 중에 술을 얻기가 어렵다는 의미도 될 것이다. 긴 여정에 좋은 일이 있을 리가 없는데 생각지도 않은 술이 생겨 긴장도 풀리고 신의 도움으로 시까지 얻게 되었다는 것이다. 난리가 계속되어도 유가의 방술로 해결할 수도 없고, 자신의 한 몸도 돌보기가 쉽지 않다는 것이다. 이제껏 이룬 업적도 없이 그저 작은 관직인 좌습유에 얽매여 오히려 가족끼리 모여 사는 일반 백성들에게 부끄럽다고 하였다. 벼슬길에서 제대로 행한 업적도 없고, 그렇다고 가족들도 제대로 돌보지 못했다는 두보의 심리를 읽을 수 있다.

두보는 가족이 있는 부주로 걸어가면서 힘이 들었다. 그래서 당시 빈주를 관할하는 이사업에게 말을 빌려 달라고도 하였다. "처자식이 산중(부주)에서 하늘 향해 울고 있으니, 공의 마구간에 있는 바람 좇는 추풍(준마)이 필요합니다."[22]라고 하였다. 가는 여정이 힘겨워 보인다. 그리고 수나라 때 지은 구성궁에 들려 "그 행차가 요지만큼 멀지는 않지만, 그 자취는 화려한 담장(나라를 망하게 하는 행위 상징)을 뒤이은

---

22) 杜甫, 「徒步歸行」. "妻子山中哭向天, 須公櫪上追風驃."

것이었다."23)라고 하여, 당나라가 이미 망한 수나라를 답습하고 있음을 비판하였다. 구성국과 장안과는 멀리 떨어져 있지만, 주나라 목왕의 요지에 비하면 멀지 않다. 그래서 그 황제의 행차가 요지만큼 멀지는 않다고 한 것이다. 그러나 높은 집과 담장은 나라를 망하게 하는 행위를 상징하는 것으로, 당나라 황제가 이 화려한 궁전에 행차한 것은 수나라의 퇴락한 형태를 답습한 것과 같다는 것이다. 두보는 당 태종이 방주 의군현에 피서의 목적으로 지은 옥화궁에도 들렀다. "흘러 흘러 가는 길에서, 누가 길이 살 사람이오."24)라고 하여, 늙음을 걱정하기도 하였다.

두보는 부주로 돌아가는 길에서, 많은 걸작시를 남겼다. 「구성궁(九成宮)」·「옥화궁(玉華宮)」·「행차소릉(行次昭陵)」·「강촌삼수(羌村三首)」 및 장편의 「북정(北征)」이 그것이다. 특히 「북정」은 「자경부봉선현영회오백자」와 더불어 두보 시 가운데서도 훌륭한 작품으로 꼽힌다. 나라와 군주에 대한 충성, 가족에 대한 애정을 노래한 것으로 비장미가 넘친다.

먼저 「강촌삼수(羌村三首)」를 감상해 보자. 두보가 부주 강촌(羌村)에 있는 가족들에게 돌아와 그때의 정경을 읊은 시가 「강촌 3수」이다.

강촌羌村 3수

제1수   기일其一

높고 험한 저녁 붉은 구름이 서쪽에 있고,   崢嶸赤雲西쟁영적운서,

햇발은 평지로 쏟아져 내리네.   日脚下平地일각하평지.

---

23) 杜甫, 「九成宮」. "巡非瑤水遠, 跡是雕牆後."

24) 杜甫, 「玉華宮」. "冉冉征途間, 誰是長年者."

사립문에 새들이 지저귈 때,　　　　　柴門鳥雀噪시문조작조,
돌아온 나그네 천리 길을 왔다네.　　　歸客千里至귀객천리지.
처자식 내 살아 있는 것 의아해하다가,　妻孥怪我在처노괴아재,
놀라움 진정시키고 눈물을 닦네.　　　驚定還拭漏경정환식루.
세상 난리에 이리저리 떠돌다가,　　　世亂遭飄蕩세란조표탕,
살아 돌아옴은 우연한 일이로다.　　　生還偶然遂생환우연수.
이웃 사람 담장에 **빼**곡한데,　　　　隣人滿墙頭인인만장두,
한탄하다가 흐느껴 울기도 하네.　　　感嘆亦歔欷감탄역허희.
밤이 다할 무렵 다시 촛불 잡고서,　　夜闌更秉燭야난갱병촉,
서로 마주함이 마치 꿈만 같구나.　　相對如夢寐상대여몽매.

　　　　　제2수　　　　　　　　　　　　기이其二

만년에 구차한 삶에 쫓기니,　　　　　晩歲迫偸生만세박투생,
집에 돌아와도 즐거움은 적도다.　　　還家少歡趣환가소환취.
귀여운 아이 무릎에서 떠나지 않다가,　嬌兒不離膝교아불이슬,
내가 무서운지 다시 물러나네.　　　　畏我復却去외아부각거.
옛날 생각하니 잘도 시원한 곳을 찾아,　憶昔好追凉억석호추량,
일부러 연못가 나무 밑을 맴돌았지.　故繞池邊樹고요지변수.
지금은 쌀쌀한 북풍이 거세진 속에,　蕭蕭北風勁소소북풍경,
세상사로 인해 온갖 근심 애를 태우네.　撫事煎百慮무사전백려.
다행히 벼와 기장을 거두어들인다 하니,　賴知禾黍收뢰지화서수,
벌써 주자틀에서 술방울 떨어질 것을 깨닫네.　已覺糟床注이각조상주.
이제 술 마시는 일이 충족되었으니,　如今足斟酌여금족짐작,
잠시 이것으로 노년을 위로하리라.　且用慰遲暮차용위지모.

제3수	기삼其三
뭇 닭이 마침 어지러이 울어대는데,	群雞正亂叫군계정란규,
손님들이 오니 닭이 다투는 것이다.	客至雞鬪爭객지계투쟁.
닭을 몰아 나무에 오르게 하니,	驅雞上樹木구계상수목,
비로소 사립문 두드리는 소리 들리네.	始聞叩柴荊시문고시형.
보로(동네 노인들) 네댓 사람이	父老四五人보로사오인,
오래도록 먼 길을 온 나를 위로하러 왔네.	問我久遠行문아구원행.
손안에는 각기 지닌 물건이 있었는데,	手中各有攜수중각유휴.
술통을 기울이니 탁주요 또 청주로다.	傾榼濁復淸경합탁부청.
"술맛이 싱겁다고 사양하지 마시오,	莫辭酒味薄막사주미박,
기장 밭을 맬 사람도 없다오.	黍地無人耕서지무인경.
싸움이 아직 끝나지 않아,	兵革旣未息병혁기미식,
애들은 모두 동쪽으로 출정했다오."	兒童盡東征아동진동정.
"청컨대 보로들을 위하여 노래 부르리다.	請爲父老歌청위보로가,
어려운 시절 깊은 정에 부끄럽습니다."	艱難愧深情간난괴심정.
노래 끝내고 하늘 우러러 탄식하니,	歌罷仰天歎가파앙천탄,
사방의 앉은 사람들 하염없이 눈물 흘리네.	四座淚縱橫사좌루종횡.

서쪽의 높고 험한 구름 속, 붉은 노을 사이로 햇살이 비치고 있다. 이때 사립문 쪽에는 새 떼가 지저귀고 천리 밖에서 나그네였던 주인 (두보)이 돌아왔다. 아내와 아이들은 내가 살아 있는 것을 의심하더니, 곧 놀라서 울어댄다. 난으로 인해 사방으로 흩어졌다가 다행히 살아 돌아오니 모두가 우연한 일이라고 한다. 이웃 사람들은 우리 집 담에 몰려와서 넘어다보고는 감탄하고 울기도 한다. 밤이 깊어질 때까지 불을 밝히고 서로 대하니 모든 것이 꿈만 같다.

늘도록 죽지 않고 욕되게 살기를 꾀하다가 가족이 있는 집으로 돌아오니 기쁜 일은 적다. 귀여운 아이 내 무릎 위를 떠나지 않더니, 어쩐 일로 나를 무서워한다. 예전에 부주에 처음 왔을 때 생각해보니, 더위를 피하기 위해 일부러 연못가 나무 밑을 걷고 하였다. 쓸쓸한 북풍이 거세지자 온갖 일에 대한 근심이 내 가슴을 태운다. 다행이 금년의 곡식을 거두어들이니 술틀인 주자틀에서 술이 쏟아지는 모습이 느껴진다. 그래서 지금은 술을 마실 수 있으니, 이런 술 마시는 일로 내 노년을 위로 받고 싶다. 이런 난리통에 식구들이 온전하게 모인 것만으로 다행하다는 뜻일 것이다.

한 무리의 닭들이 마구 울어 댄다. 그때 마을 노인인 손님들이 왔는데, 두 마리 닭이 마침 싸움을 벌이고 있었다. 내가 그 싸우는 닭을 쫓으니, 그 닭들이 나무 위로 날아 올라갔다. 그제서야 누가 우리 사립문을 두드리고 있다는 것을 알았다. 시골에 사는 촌로 네댓 명이 내가 돌아온 것을 위로하기 위해 왔다. 그들 손에는 각기 지니고 온 것이 들려 있었는데, 그것은 술통으로 탁주와 청주였다. 촌로가 말하기를, "술맛이 싱겁다고 사양하지 마오. 기장 밭을 맬 사람도 없다오. 아이들은 모두 동쪽 낙양 방면의 싸움터에 나가 있다오."라고 하였다. 내가 화답하기를, "내가 어르신들을 위하여 노래 부르리다. 이렇게 어려운 시국에 여러분의 후의에 감사드린다."라는 내용으로 노래를 마치고 하늘을 우러러 탄식하니, 그 자리에 있던 모든 사람들이 통곡한다. 두보와 동네 노인들이 세태에 마음 아파하고 있다.

이 시는 두보가 숙종에게 휴가 허락을 받고 가족들이 머무는 부주 강촌의 집으로 돌아와서 쓴 시이다. 돌아와서 자기를 맞아주는 가족들의 모습과 마을 사람들의 호기심 어린 시선 그리고 위로하기 위해 찾아온 촌로들의 대화를 통해 당시 민중들의 인정스러움과 어려운 생활상을 사실적으로 보여 주었다. 「강촌 3수」는 소박한 삶의 모습과 솔직한 심정을 잘 묘사한 시로, 한 마디 한 마디가 모두 진정에서 나온 명시로 평가받는다.

장편의 「북정(北征)」을 감상해 보자. 이 「북정」은 앞에서 살펴 본 「자경부봉선현영회오백자」와 더불어 두보 시 가운데서도 가족애와 국가에 대한 충정 등의 내용으로 인해 걸작으로 꼽힌다.

북정北征: 북쪽으로 향하다

숙종 황제 재위 2년(757) 가을,	皇帝二載秋황제이재추,
윤 팔월 초하룻날.	閏八月初吉윤팔월초길.
나 두보는 장차 북으로 길을 잡아,	杜子將北征두자장북정,
멀고 아득한 가족의 안부를 묻고자 한다.	蒼茫問家室창망문가실.
이때 고생과 근심을 만나,	維時遭艱虞유시조간우,
조정과 민간에 조용한 날이 드물다.	朝野少假日조야소가일.
돌아보건대 부끄럽게도 사사로이 은총을 입어,	顧慙恩私被고참은사피,
조서를 내려 집에 돌아가도록 허락하셨다.	詔許歸蓬篳조허귀봉필.
하직 인사드리러 대궐문에 이르렀으나,	拜辭詣闕下배사예궐하,
두려운 마음에 오래도록 문을 나서지 못했다.	怵惕久未出출척구미출.
비록 간언하는 자질이 부족하지만,	雖乏諫諍資수핍간쟁자,
군주께 빠트리는 것이 있을까 두렵다.	恐君有遺失공군유유실.
군주께서는 참으로 중흥의 영주(英主)이시니,	君誠中興主군성중흥주,
나라 다스리는 일에 진실로 애를 쓰신다.	經緯固密勿경위고밀물.
동쪽 오랑캐(안경서 무리) 반란이 그치지 않으니,	
	東胡反未已동호반미이,
신하 두보는 복받쳐 오는 분노에 치를 떤다.	臣甫憤所切신보분소절.

눈물 뿌리며 행재소를 그리워하니,	揮涕戀行在휘체연행재,
길을 가면서도 갈피를 못 잡는다.	道途猶恍惚도도유황홀.
하늘과 땅이 전쟁의 상처뿐이니,	乾坤合瘡痍건곤합창이,
근심걱정은 어느 때 그칠까?	憂虞何時畢우우하시필.

느릿느릿 논과 밭 넘어가니,	靡靡踰阡陌미미유천맥,
인가의 연기는 드물어 쓸쓸하도다.	人煙眇蕭瑟인연묘소슬.
만나는 사람은 대부분 부상당했고,	所遇多被傷소우다피상,
신음하면서 또한 피를 흘린다.	呻吟更流血신음갱유혈.
고개를 봉상현 쪽으로 돌리니,	回首鳳翔縣회수봉상현,
깃발들은 저녁 빛에 가물가물 보인다.	旌旗晚明滅정기만명멸.
앞으로 가을 산을 거듭 오르니,	前登寒山重전등한산중,
말에 물 먹일 동굴도 누차 만났다.	屢得飮馬窟누득음마굴.
빈주의 들판은 땅 밑으로 들어가는 듯 낮고,	邠郊入地底빈교입지저,
경수의 물줄기는 그 속에서 세차게 흐른다.	涇水中蕩潏경수중탕휼.
사나운 범이 내 앞에 서서,	猛虎立我前맹호립아전,
울부짖으니 절벽이 갈라지는 듯하다.	蒼崖吼時裂창애후시열.
국화는 올가을의 꽃을 드리웠고,	菊垂今秋花국수금추화,
돌에는 옛날 수레바퀴 자국 나 있다.	石帶古車轍석대고거철.
푸른 구름에 높은 흥취 일고,	靑雲動高興청운동고흥,
그윽한 경치가 또한 즐거워할 만하다.	幽事亦可悅유사역가열.
산 열매 잘고 작은 것이 많으니,	山果多瑣細산과다쇄세,
상수리 밤도 섞여 열렸다.	羅生雜橡栗나생잡상율.
혹은 붉기가 단사(丹砂)와 같고,	或紅如丹砂혹홍여단사,
혹은 검기가 칠을 점찍은 듯.	或黑如點漆혹흑여점칠.

비와 이슬이 축축이 적셔,	雨露之所濡우로지소유,
달고 쓴 것이 제각기 맺혀 있다.	甘苦齊結實감고제결실.
멀리 도화원을 생각하니,	緬思桃源內면사도원내,
내 신세의 졸렬함이 더욱 한탄스럽다.	益歎身世拙익탄신세졸.
산비탈에 있는 부주의 제터를 멀리 바라보니,	坡陀望鄜畤파타망부치,
바위와 골짜기는 나타났다 사라졌다 한다.	巖谷互出沒암곡호출몰.
내가 가는 길은 이미 물가인데,	我行已水濱아행이수빈,
내 종은 아직 나무 끝 산길에 있다.	我僕猶木末아복유목말.
올빼미는 누런 뽕나무에서 울고,	鴟鳥鳴黃桑치조명황상,
들쥐는 어지러운 구멍에서 앞발을 비벼댄다.	野鼠拱亂穴야서공난혈.
밤이 깊어 전쟁터를 지나는데,	夜深經戰場야심경전장,
찬 달이 백골을 비춘다.	寒月照白骨한월조백골.
동관 지키던 백만 대군들,	潼關百萬師동관백만사,
지난번에 어찌 그리 순식간에 흩어졌나?	往者散何卒왕자산하졸.
결국 태반의 진(秦)땅 백성을,	遂令半秦民수령반진민,
죽어 저승의 귀신이 되게 하였다.	殘害爲異物잔해위이물.

하물며 나는 오랑캐의 티끌에 떨어졌다가,	況我墜胡塵황아추호진,
탈출해 돌아와 보니 백발이 되었다.	及歸盡華髮급귀진화발.
해를 넘겨 내 초가집에 이르니,	經年至茅屋경년지모옥,
아내와 자식의 옷은 백결(누더기)이다.	妻子衣百結처자의백결.
통곡의 소리에 솔바람도 맴돌고,	慟哭松聲廻통곡송성회,
슬픈 샘물도 함께 나직이 흐느긴다.	悲泉共幽咽비천공유열.
평소에 귀여움 받던 예쁜 아이는,	平生所嬌兒평생소교아,
안색이 창백하여 눈보다 더 희다.	顔色白勝雪안색백승설.

아비를 보자 돌아서서 우는데, 見耶背面啼_{견야배면제},

때 묻은 발에는 버선도 신지 않았다. 垢膩脚不襪_{구니각불말}.

침상 앞의 두 어린 딸은, 牀前兩小女_{상전양소녀},

옷을 꿰매고 기워 겨우 무릎을 가린다. 補綴才過膝_{보철재과슬}.

옷무늬 바다 그림은 파도가 둘로 갈라지고, 海圖拆波濤_{해도탁파도},

오래된 수는 서로 어긋나 무늬가 뒤틀려졌다. 舊繡移曲折_{구수이곡절}.

바다의 신 천오와 자주빛 봉황이, 天吳及紫鳳_{천오급자봉},

거꾸로 뒤집힌 채 해진 베옷에 달려 있다. 顚倒在裋褐_{전도재수갈}.

늙은 아비는 속이 상해서, 老夫情懷惡_{노부정회오},

구토와 설사로 며칠이나 몸져누웠다. 嘔泄臥數日_{구설와수일}.

어찌 행낭 속에 비단이 없어, 那無囊中帛_{나무낭중백},

너희들 추위를 막아 주지 못하겠는가? 救汝寒凜慄_{구여한늠률}.

분과 눈썹먹도 보따리에서 나오고, 粉黛亦解苞_{분대역해포},

이불감도 적으나마 늘어놓는다. 衾裯稍羅列_{금주초나열}.

수척한 아내 얼굴에 다시 생기 돌고, 瘦妻面復光_{수처면부광},

철없는 딸아이도 스스로 빗질을 한다. 癡女頭自櫛_{치녀두자즐}.

어미를 본받아 못하는 것이 없어, 學母無不爲_{학모무불위},

아침 화장이라며 마구 찍어 바르는구나. 曉妝隨手抹_{효장수수말}.

한참 동안 분 바르고 곤지 찍더니, 移時施朱鉛_{이시시주연},

어지러이 눈썹을 널따랗게 그린다. 狼藉畫眉闊_{낭자화미활}.

살아와서 어린 것들을 대하니, 生還對童稚_{생환대동치},

배고픔이나 목마름도 잊은 듯하다. 似欲忘饑渴_{사욕망기갈}.

이것저것 물으며 다투어 수염을 당기지만, 問事競挽鬚_{문사경만수},

누가 대뜸 화내고 호통을 칠 수 있겠는가? 誰能卽瞋喝_{수능즉진갈}.

문득 적에게 잡혀서 있던 때를 생각하니, 翻思在賊愁_{번사재적수},

떠들썩함도 달게 받아 들인다.　　　　　　　甘受雜亂聒감수잡란괄.

갓 돌아와 잠시 마음을 달래노라니,　　　　　新歸且慰意신귀차위의,

살아갈 계책이야 무어 말할 것이 있겠는가?　生理焉能說생리언능설.

지존(숙종)께서는 아직도 몽진 중이시니,　　　至尊尙蒙塵지존상몽진,

어느 날에나 전쟁이 끝날 것인가?　　　　　幾日休練卒기일휴련졸.

우러러 바라보니, 하늘빛이 바뀌어,　　　　仰觀天色改앙관천색개,

요사한 기운 사라지는 것을 앉아서 느끼노라.　坐覺妖氛豁좌각요분활.

음산한 바람이 서북쪽에서 불어,　　　　　陰風西北來음풍서북래,

참담히 회흘군(回紇軍, 위구르군)을 따라 왔다.　慘澹隨回紇참담수회흘.

회흘족의 왕은 순종하여 우리 돕기 원하는데,　其王願助順기왕원조순,

그 풍속은 말을 치달려 돌파함에 뛰어났다.　其俗善馳突기속선치돌.

지원군 병사 오천 명을 보내왔고,　　　　送兵五千人송병오천인,

군마는 일만 필을 몰고 왔다.　　　　　　驅馬一萬匹구마일만필.

이들은 젊은이를 귀하게 여기니,　　　　此輩少爲貴차배소위귀,

사방을 용감함으로써 굴복시켰다.　　　　四方服勇決사방복용결.

회흘 병사는 모두 매처럼 날쌔고,　　　　所用皆鷹騰소용개응등,

적을 무찌름이 화살처럼 빠르도다.　　　破敵過箭疾파적과전질.

군주(숙종)께서는 마음을 비우고 기다리시니,　聖心頗虛佇성심파허저,

조정의 반대 의론은 기가 거의 꺾인 듯하다.　時議氣欲奪시의기욕탈.

이수와 낙수(낙양)는 쉽게 수복될 것이고,　伊洛指掌收이락지장수,

서경(장안)은 공략할 필요도 없을 것이다.　西京不足拔서경부족발.

관군은 깊이 들어가기를 바라노니,　　　官軍請深入관군청심입,

정예 부대를 모아 진군해야 할 것이다.　蓄銳可俱發축예가구발.

이 싸움으로 청주와 서주를 열고,　　　　　　　此擧開青徐차거개청서,

곧 돌아서 항산과 갈석산을 공략해야 한다.　旋瞻略恒碣선첨략항갈.

하늘에는 서리와 이슬 내리니,　　　　　　　　昊天積霜露호천적상로,

정의로운 기운이 불의를 없앨 것이다.　　　　正氣有肅殺정기유숙살.

재앙이 바뀌어 오랑캐가 패망할 해이고,　　　禍轉亡胡歲화전망호세,

세력을 이루어 오랑캐를 잡아야 할 달이 되리라.

　　　　　　　　　　　　　　　　　　　　　勢成擒胡月세성금호월.

어찌 오랑캐의 운명이 오래 갈 수 있으랴?　胡命其能久호명기능구,

황제의 강령은 아직 끊어질 때가 아니다.　　皇綱未宜絶황강미의절.

지난날 낭패 당했던 때 처음을 생각하면,　　憶昔狼狽初억석낭패초,

사정이 옛날과는 달랐다.　　　　　　　　　　事與古先別사여고선별.

간신은 마침내 소금에 절여졌고,　　　　　　姦臣竟菹醢간신경저해,

함께했던 악당도 따라서 소탕되고 제거되었다. 同惡隨蕩析동악수탕석.

들어보지 못했네, 하나라와 은나라가 쇠망할 때,

　　　　　　　　　　　　　　　　　　　　　不聞夏殷衰불문하은쇠,

스스로 말희와 달기를 처벌했다는 말을 (듣지 못했네.)

　　　　　　　　　　　　　　　　　　　　　中自誅妺妲중자주말달.

주나라와 한나라가 다시 일어나게 되었으니, 周漢獲再興주한획재흥,

선왕과 광무제가 명철했기 때문이라네.　　　宣光果明哲선광과명철.

훌륭하도다. 피난 시절 숙종의 호위했던 진장군이시여,

　　　　　　　　　　　　　　　　　　　　　桓桓陳將軍환환진장군,

큰 도끼에 의지해 충렬을 떨쳤네.　　　　　　仗鉞奮忠烈장월분충렬.

그대 아니면 사람들은 다 잘못되었고,　　　微爾人盡非미이인진비,

이제는 나라가 오히려 살아난 듯하다.　　　於今國猶活어금국유활.

처량한 것 대동전이며,	凄凉大同殿처량대동전,
적막한 것 백수문이다.	寂寞白獸闥적막백수달.
도성의 백성들이 비취 깃발 바라니,	都人望翠華도인망취화,
상서로운 기운은 황금 대궐 향한다.	佳氣向金闕가기향금궐.
원릉에는 조종의 신령이 지키고 계시고,	園陵固有神원릉고유신,
쓸고 닦아 제례도 거르지 않으셨다.	灑掃數不缺쇄소수불결.
빛나고 빛나는 태종의 업적은,	煌煌太宗業황황태종업,
이룩함이 심히 넓고 크도다.	樹立甚宏達수립심굉달.

황제(숙종) 재위 2년(757) 되는 가을 윤8월 초하룻날 좋은 날씨에 나 두보는 북쪽 부주로 나아가 멀리 가족을 찾아보련다. 아아, 어려운 시기를 당하여 조정과 민간에 한가한 날 드물다. 이는 안녹산의 난으로 인해 조정과 민간이 편안할 날이 적다는 뜻이다. 돌아보건대 부끄럽게도 나만 황제의 은총을 입어 집에 돌아가는 것 허락받았다. 대궐 아래 나아가 하직 여쭙고 떨리는 마음에 오래도록 대궐문을 나서지 못했다. 내 비록 좌습유로서 간언하는 신하의 자질은 모자라지만 황제께 잘못 있으실까 두렵기만 하다. 황제께서는 참으로 안녹산의 난으로 피난 중에 등극한 중흥의 군주로 나라 일에 진실로 애를 쓰신다. 동쪽 오랑캐 반란이 그치지 아니하니 나 두보는 이것이 심히 분노가 치민다. 눈물 뿌리며 행재소를 그리니 가는 길이 오히려 어질어질하다. 하늘과 땅이 모두 전쟁의 상처뿐이니, 근심 걱정은 언제 끝날 것인가? 두보가 조정을 떠나면서 황제를 그리워하는 마음을 표현하였다.

느릿느릿 논과 밭 넘어가니 연기 오르는 집은 드물어 쓸쓸하다. 만나는 사람은 부상당한 사람이 대부분이고 신음하면서 또한 피를 흘린다. 고개를 봉상현(숙종의 행재소가 있는 곳)으로 돌리니, 황제의 깃발들은 저녁 빛에 보였다 사라졌다 한다. 앞으로 가을 산(寒山한산)을 거푸 오르니 말에게 물을 먹일 동굴도 여러 곳 만났다. 빈주(섬서성 빈현)의 성 밖은 분지처럼 움푹 꺼져 있고 경수(위수의 지류)의 물줄기는 그 속에서 세차게 흐른다. 사나운 범이 내 앞에 서서 울부짖으니 그 소리에 절벽이 갈라지는 듯하다. 국화는 이제 가을꽃으로 피어 있고 돌에는 옛날 수레바퀴 자국이 나 있다. 푸른 하늘 구름에 높은 흥취 일고 그윽한 멋도 즐거워할 만하다. 산의 열매는 하찮은 것이 많지만 늘어선 온갖 도토리와 밤이 많기도 하다. 단사처럼 빨간 것도 있고 옻칠처럼 까만 것도 있다. 그것은 비와 이슬에 젖은 것, 달게도 익었고 쓰게도 익었다. 천기(天機)로 자연의 질서 속에 만물이 성장한다는 것이다. 마치 여름이 가면 가을이 오고 그 아버지에 그 아들이 태어나듯이 자연의 질서에 어긋나지 않고 자연스럽게 이어지는 것이 천기(天機)인 것이다. 두보는 산의 열매가 자연스럽게 익는 모습을 통해 천기(天機)의 자연스러움을 잘 표현하였다. 두보는 여기서 이런 산 열매와 같은 미물도 오히려 자기 살 곳을 얻음이 이와 같은데 어찌하여 사람이 되어 이보다도 못한 것인가로 탄식한 것이다. 멀리 도화원을 생각하니, 탄식할수록 내 신세가 초라해진다. 높고 낮은 부주의 산들 바위와 골짜기는 나타났다 사라졌다 한다. 나는 이미 강가를 걷고 있지만, 내 종은 아직 나무 가지 끝에 있는 것처럼, 멀리 보인다. 올빼미는 누런 뽕나무에서 울고 들쥐는 어지러이 있는 굴 앞에서 앞 발을 비벼댄다. 밤이 깊어 전쟁터를 지나가니 찬 달이 백골을 비춘다. 동관 지키던 백만 대군(가서한 군대)들 지난번에 흩어져 달아남이 어찌 그리 순식간에 사라졌는가? 마침내 징집된 진(秦)나라 땅 백성들이 거의 죽여서 저승의 귀신이 되었다.

하물며 나는 안녹산의 군대에 잡혀 억류당했다가 돌아와 보니 머리카락이 희끗희끗해졌다. 해를 넘겨 내 초가집에 이르니(756년(45세) 2월 봉선현에서 장안으로 돌아와 우위솔부주조참군에 취임하고 5월에 다시 봉선현으로 가서 식솔을 이끌고 백수현 현령인 외숙부 최욱에게 의탁하다가 6월 전란이 급박해지자, 다시 식솔을 이끌고 부조 강촌으로 피신하였다. 8월 숙종이 영무에서 즉위했다는 소식을 듣고 행재소로 가던 중 반란군의 포로가 되어 장안에 억류되었다. 757년 4월 장안을 탈출하여 봉상 행재소로 가서 5월 좌습유에 제수되고, 윤8월에 휴가령을 받아 다시 부주로 향했음), 아내 와 자식의 옷은 누더기를 연상하게 한다. 통곡의 소리는 솔바람에 맴돌고 곧 통곡하는 소리에 지나가던 솔바람도 멈추어 맴도니 마치 함께 슬퍼하는 듯하고, 슬픔은 샘물과 함께 흐느껴 운다. 평소에 사랑 스러워한 아들은 굶주려서 안색이 창백하고 얼굴빛 흰 것이 눈보다 더 희다. 아비를 보자 돌아서서 우는데, 때 묻은 발에는 버선도 신지 않았다. 침상 앞의 두 어린 딸의 기운 옷이 터져 겨우 무릎을 가린다. 화폭으로 만들어 입은 옷무늬 바다 그림에는 물결치는 파도가 동강 나 있고, 오래된 낡은 자수(刺繡)가 서로 어긋나 구부려져 있다. 바다의 신 천오와 자줏빛 봉황은 짧은 저고리 위에 거꾸로 매달려 있다. 초라 한 모습을 한 아이들의 모습을 본 늙은 아비는 속이 상해서 아무 것도 먹지 못하고 며칠씩 몸져누웠다. 어찌 이 행낭 속에 비단 옷감이 없어 너희들 추위를 막아 주지 못할까? 분과 눈썹먹도 보따리에서 나오고 이불감도 적으나마 펼쳐 놓는다. 수척한 아내 얼굴에 다시 생기 돌고 철없는 딸은 머리를 혼자 빗는다. 어미를 본받아 못하는 것이 없어 이른 아침부터 화장을 마구 찍어 바른다. 한참 동안 분 바르고 곤지 찍었으니 요란하게도 널따란 눈썹을 그렸다. 그래도 내가 살아와서 어린 것들을 대하니 배고픔이나 목마름도 거의 잊은 듯하다. 지난 일을 물으며 다투어 수염을 당기지만 누가 대뜸 화내고 호통 칠 수 있겠는가? 문득 적에게 잡혀서 있던 때를 생각하니 이렇게 복잡하고 시끄러움도 달게 받아 들여진다. 새로이 돌아와 마음이 편안해지니, 앞으로 살아갈 방도야 어찌 고민이 되겠는가?

황제(숙종)께서는 아직도 행재소에 계시는데, 어느 날에나 전쟁이 끝날 것인가? 우러러 하늘을 보니, 하늘빛이 변하여 요사한 기운(반군의 기세) 점차 사라지는 것을 앉아서 느낀다. 스산한 바람 서북쪽에서 불어오니 당나라를 돕겠다고 나선 위구르족의 회흘(위구르)의 군사들이 참담하게 우리 땅에 들어 왔다. 그 위구르족 왕이 우리를 돕고 싶어 하는데, 그 풍속이 저돌적인 족속이다. 지원군 병사를 오천 명을 보내왔고, 거기에다 군마는 일만 필을 몰고 왔다. 이들은 적은 숫자이지만 긴요하게 여기고 사방을 용감함으로써 굴복시켰다. 움직일 때는 모두 매처럼 날쌔고 적을 무찌름이 화살보다 빠르다. 군주께서는 마음을 비우고 회흘의 도움을 기대하고 계시고, 조정의 반대 여론은 그 기세가 거의 꺾였다.

이수와 낙수 곧 낙양은 쉽게 수복될 것이고 서경(장안)도 곧 되찾을 것이다. 우리 군사도 제발 깊이 들어가 정예부대를 모아서 진군해야 할 것이다. 이 싸움으로 산동지역 청주와 서주를 열고, 다시 항산과 갈석산(반군의 거점 지역)도 공략하는 것을 보게 될 것이다. 하늘에는 서리와 이슬 내리니 정의로운 기운이 불의를 없앨 것이다. 자연계의 규율에 근거하여 숙종이 반군을 모두 물리칠 것이라는 말이다. 재앙은 바뀌어 오랑캐가 패망할 해이고, 세력을 이루어 오랑캐를 사로잡을 달이다. 오랑캐의 운명이 어찌 오래 갈 수 있으랴? 황제의 강령은 아직 끊어질 때가 아니다.

지난날 낭패스럽던 때(현종의 장안 탈출)를 생각하면 일 처리가 그 옛날(하나라와 은나라 시절)과는 달랐다. 간신(양국충)은 끝내 소금에 절여 죽였고 그 악당(양국충 무리와 괴국 부인 무리)도 따라서 소탕되고 꺾어졌도다. 하나라와 은나라가 망함에 그 중에 말희와 달기를 스스로 베었다는 말을 듣지 못했다. 주나라와 한나라가 다시 일어선 것은 주나라의 선왕과 후한의 광무제가 명철했기 때문이다. 훌륭하도다. 피난 중에 숙종을 호위하던 진현례 장군이시여, 큰 도끼에 의지해 충렬을 떨쳤으니, 그대 아니면 사람들은 다 죽었고 그대 덕분에 지금까지 나라도 살았다.

처량한 것은 당의 대동전(전각 이름으로 현종이 노닐었던 곳)이며, 적막한 것은 백수문(궁문)이다. 오랑캐가 장안을 함락하니 옛 궁궐을 지키지 못하여 처량하고 적막하다는 말이다. 도성의 백성들이 비취 깃발 바라보니 상서로운 기운은 황금 대궐 향한다. 이는 숙종이 장안을 수복하기를 바란다는 말이다. 능에는 진실로 신령이 지키고 계시니 쓸고 닦아 제사도 거르지 않으셨다. 빛나고 빛나는 태종의 업적이여, 이 나라 심히 크게 우뚝 세우시리다. 앞으로 숙종이 세운 중흥의 업적이 크고 영원할 것이라는 말이다.

두보가 46세 때인 757년 5월에 좌습유 곧 황제 곁에서 바른 소리하는 간관(諫官)의 직책으로, 패군(敗軍)의 재상 방관(房琯)을 변호하다가 숙종의 노여움을 샀고, 자신은 옥에 갇히는 신세가 되었다. 그러나 신임 재상 장호(張鎬)가 "언론의 기능을 막으면 안 된다."는 직언으로 6월에 복직되었다. 복직은 되었으나 숙종의 노여움이 풀리지 않아 숙종으로부터 가족들을 찾아보라는 명을 받고 부주로 떠나게 된 것이다. 「북정」은 그때 봉상에서 가족이 있는 부주에 도착한 후 9월경에 지은 시로, 700자 40구로 된 5언 배율(五言排律)이다. 이 시의 처음은 두보가 봉상에서 그의 식솔들이 있는 북쪽의 부주 강촌(羌村)으로 떠나면서 시작된다. 두보의 말이 황제가 내린 은총이라고 했지만, 일종

의 근신에 가까운 것이다. 그래서 자꾸 황제가 계신 행궁을 바라보면
서 쉽게 떠나지 못한다. 두보의 애잔한 심정과 황제에 대한 연군지정
이 드러난다. 한편으로는 난을 종식시키기 위해 외세인 위구르족인
회흘군의 군대를 끌어 들리는 정치적 상황에 염려하는 마음을 드러내
기도 하였다. 이는 장차 외세의 간섭을 걱정하는 두보의 애국 충정의
시각을 볼 수 있는 부분이다.

봉상 행재소를 벗어난 두보는 주변 풍경을 묘사하여, 기행문적인
요소를 가미하기도 하였다. 그리고 치열했던 싸움터의 잔해를 보면서
처참했던 그때의 일을 회상하면서 무고한 일반 백성들이 전쟁터로
끌려와서 죽어간 사실을 기록하기도 하였다.

가족들이 있는 부주의 집에 오니, 난으로 인해 궁핍했던 생활상이
그대로 노출되었다. 옷감이 없어 화폭으로 해 입은 아이의 옷은 파도
치는 바다가 양쪽으로 갈라진 모습이었고, 또 바다의 신과 봉황을
수놓은 저고리는 거꾸로 매달려 있는 장면을 보고는 음식을 도저히
삼킬 수가 없었다는 가장으로서의 책임감을 느끼기도 하였다. 궁핍하
지만 그래도 가족과 일상적인 삶에서 오는 즐거움이 더 크다고 하면
서, 가족과의 부대기면 사는 것이 오히려 더 좋다는 인자한 아버지와
가장(家長)의 시각도 보여주었다.

이 「북정(北征)」의 서사적 구조를 모방한 작품이 조선시대 송강 정
철의 「관동별곡(關東別曲)」이다. 부임의 여정과 금강산 유람 및 관동
팔경의 유람을 그린 「관동별곡(關東別曲)」은 두보의 「북정(北征)」의 기
행적 요소라는 구조를 모방하여 새로운 의미를 드러낸 점화(點化) 곧
환골탈태(換骨奪胎)의 작품이다. 모방하여 새로운 의미를 드러내지 못
했다면 도습(蹈襲)이라고 비판받을 수 있다. 더 나아가서는 의도적으
로 남의 것을 훔쳐다 쓰는 표절(剽竊)로도 혹평받을 수 있다. 하지만

정철은 「북정(北征)」의 서사적 구성 과정을 모방하여 「관동별곡(關東別曲)」에서 신의(新意)를 부여했기에 점화(點化)가 된 작품으로 평가받을 수 있는 것이다.

두보가 부주에 있는 가족으로 찾아가면서, 1년 전에 가족들과 부주로 갈 때 백수(白水)를 지나면서 손재(孫宰)의 후의를 입은 적이 있었다. 그때의 험난함과 손재의 후의를 생각하면서 「팽아행(彭衙行: 팽아의 노래)」를 지었다. "어린 딸은 굶주려 나를 깨무는데(癡女饑咬我치녀기교아), 우는 소리 호랑이와 이리가 들을까 두렵네(啼畏虎狼聞제외호랑문). 품속에서 그의 입을 가리니(懷中掩其口회중엄기구), 바둥거리며 소리는 더욱 화가 나 있네(反側聲愈嗔반측성유진). (…중략…) 열흘에 반은 천둥과 함께 비가 내리니(一旬半雷雨일순반뢰우), 진창길에 서로 붙잡고 갔는데(泥濘相攀牽이녕상반견), 비 막을 장비도 없고(旣無禦雨備기무어우비), 길은 미끄럽고 옷도 차가웠다(徑滑衣又寒경활의우한)."라고 하여, 위험함과 험난함이 얼마나 심했는가를 알 수 있게 한다. 지금 그 길을 지나면서 쉴 곳과 음식을 베풀었던 손재의 집에 들러서 인사도 못하고 가는 아쉬움을 「팽아행(彭衙行)」시로 남겼던 것이다. 두보는 당시 얼마나 고마웠든지 "맹세하나니, 장차 그대와(誓將與夫子서장여부자), 길이 형제 맺기를(永結爲弟昆영결위제곤)."이라고 소리쳤던 것이다.

그 해도 저물어 장안은 관군에 의해 탈환되고 숙종은 757년 10월에 장안으로 돌아왔다. 두보는 아직 부주에 머물면서 숙종의 환궁 소식을 전해 들었다.

수경삼수收京三首: 경사를 수복하여 3수

제1수   기일其一

현종의 의장이 붉은 궁전을 떠난 것은,   仙仗離丹極선장이단극,
요망한 별(안녹산)이 궁전 계단을 비추었기 때문이다.

궁전을 내려와 피난을 해야만 하니,

누대에 거처하는 것을 좋아할 수 없게 되었다.

잠시 욕되게 분양으로 수레를 몰고 갔지만,

그저 연나라 장수에게 서신을 날려 투항을 권유하였다.

妖星照玉除요성조옥제.

須爲下殿走수위하전주,

不可好樓居불가호누거.

暫屈汾陽駕잠굴분양가,

聊飛燕將書요비연장서.

의연히 조정의(종묘의) 책략이,

다시 천하와 더불어 새롭게 시작하리라.

依然七廟略의연칠묘략,

更與萬方初갱여만방초.

제2수

생기가 노쇠하여 머리가 하얘지는 것을 달게 여기며,

하늘 끝(부주)에서 정말 쓸쓸하였네.

갑자기 듣건대 황제가 애통해하는 조서가,

또 성스럽고 밝은 조정에서 내려왔네(숙종의 조서).

기이其二

生意甘衰白생의감쇠백,

天涯正寂寥천애정적요.

忽聞哀痛詔홀문애통조,

又下聖明朝우하성명조.

보필로는 상산사호를 생각하고,

재지(才智)와 도덕으로는 요임금을 그리워한다네.

羽翼懷商老우익회상노,

文思憶帝堯문사억제요.

외람되이 황제(숙종)가 자기를 탓하는 날을 만나니,

눈물을 흘리면서 푸른 하늘을 바라본다.

叨逢罪己日도봉죄이일,

灑涕望靑霄쇄체망청소.

제3수

전장에서 고생한 말이 궁궐을 수복하니,

기삼其三

汗馬收宮闕한마수궁궐,

내년 봄 성(城)에서 반군의 해자를 평평하게 메우리라.

春城鏟賊壕춘성산적호.

상을 내릴 때 응당 『시경』 「체두」의 노래 부르는 법,

賞應歌杕杜상응가체두,

평정한 군대가 돌아오는 것은 앵두 바칠 때에 미치리라.

歸及薦櫻桃귀급천앵도.

잡된 오랑캐들(회흘 부족)은 창을 비껴 잡기를 자주 하고,

雜虜橫戈數잡노횡과삭,

공신들은 일등급의 저택이 높기도 할 것이다. 功臣甲第高공신갑제고.

만방에서 자주 기쁜 소식(승전보)을 보내는데, 萬方頻送喜만방빈송희,

바로 성스러운 몸(황제)을 수고롭게 하지 않겠는가?

無乃聖躬勞무내성궁노.

위의 시는 757년 지덕 2년 11월 두보가 부주 강촌(羌村)에 있을 때, 숙종이 10월에 장안으로 환궁했다는 소식을 듣고 쓴 시이다. 아마도 두보가 위의 시를 지은 후 장안으로 복귀한 듯하다. 제1수는 장안의 함락에서 장안의 수복까지의 이야기이다. 현종이 촉 땅으로 몽진하게 된 것은 안녹산이 난을 일으켰기 때문이라고 하였다. 황제가 피난을 하였기에 이제는 좋은 누대에 거처할 수도 없게 되었다. 요임금이 천하 백성들을 다스리고 정사를 고르게 한 후, 분수의 북쪽에 가서 신선을 만나 천하를 잊는다는 고사를 통해 현종이 촉 땅으로 몽진 간 것을 은근하게 드러내었다. 그리고 노중련의 고사처럼, 연나라(안녹산의 군대) 장수에게 서신을 보내 투항을 권유하여, 안녹산의 군대를 쉽게 물리칠 것이라고 하였다. 또한 나라를 안정시키는 조정의 책략이 백성들과 더불어 새롭게 시작할 것이라고 하였다.

제2수는 부주 강촌에서 장안이 수복한 것을 기뻐한 내용이다. 생명력이 시들어감을 달게 여기며 하늘가인 피난처 부주 강촌에서 쓸쓸하게 지내고 있는데, 어느 날 갑자기 황제가 자신을 탓하면서 슬퍼하는 조서가 또 내려와 지방에까지 알려졌다. 황제를 보필하는 사람으로서는 진(秦)나라 말기 세상의 어지러움을 피해 상산으로 숨었던 상산사호 같은 늙은이를 생각하고 천하를 경영할 수 있는 재지(才智)와 도덕으로는 요임금을 그리워한다. 상산사호 같은 늙은이나 요임금은 아들 숙종에게 양위한 현종을 생각한다는 의미이다. 이에 두보는, 숙종이 자기 자신을 탓하는 조서를 내렸다는 소식을 듣고 감격하여 눈물을 흘리면서 푸른 하늘을 바라본다고 하였다.

제3수는 장안을 수복하고 뒷일을 걱정한 내용이다. 땀 흘리는 말 곧 전장에서 고생한 말이 장안의 궁궐을 수복하니, 내년 봄쯤에는 반군이 파놓은 해자를 평평하게 메울 수 있을 것이라고 하였다. 상을 줄 때는 반드시 『시경』 「체두」에 나오는 내용처럼, 관군을 환영하여야 할 것이며 안녹산 반군을 평정하고 장안으로 돌아오는 시기는 황제가 선조의 침묘(寢廟)에 앵두를 바치는 5월일 것이다. 안녹산 반군을 평정하는 데 도움을 준 회흘의 여러 부족은 창을 잡고 싸움을 자주 할 것이고, 군인들은 공을 세워 부귀를 취할 것이다. 여러 곳에서 승전의 소식을 보냈지만, 공을 세운 오랑캐인 회흘의 횡행함과 무신들의 교만함이 앞으로 황제를 괴롭힐 것이라는 말이다. 앞날을 내다본 탁견(卓見)이다.

757년 12월 상황(上皇) 현종(玄宗)도 장안으로 복귀하였고, 두보도 장안으로 돌아왔다. 그때 지은 시도 감상해 보자.

납일臘日: 1년 동안의 농사를 신에게 고하고 제사지내는 날
보통의 해 납일에는 날이 풀리려면 아직 멀기만 했는데,

올해 납일에는 추위가 다 풀렸다.　　　　臘日常年暖尙遙납일상년난상요,

　　　　　　　　　　　　　　　　　今年臘日凍全消금년납일동전소.

잔설을 뚫고 원추리가 자라고,　　　　　侵陵雪色還萱草침능설색환훤초,

봄빛을 드러내어 버들가지가 돋았다.　　漏洩春光有柳條누설춘광유류조.

실컷 술 마시며 좋은 밤에 취해 보고자,　縱酒欲謀良夜醉종주욕모양야취,

자신전의 조회가 끝나자 집으로 돌아가는데,　還家初散紫宸朝환가초산자신조.

입술 기름과 얼굴에 바르는 약이 황제의 은택을 따라,

　　　　　　　　　　　　　　　　　口脂面藥隨恩澤구지면약수은택,

비취빛 대통과 은빛 항아리에 담겨 황제가 하사하였네.

　　　　　　　　　　　　　　　　　翠管銀罍下九霄취관은뢰하구소.

　이 시는 두보가 757년(지덕 2년) 12월에 부주 강촌에서 장안으로 돌아와서 쓴 시이다. 장안이 수복되어 그런지 납일이 예전에 비해 따뜻하다고 하였다. 아직 눈이 있는데 원추리가 싹을 틔우고, 버들가지도 봄과 함께 봄빛을 띠었다. 술도 마음껏 취해보고 조회가 끝나면 황제가 하사한 입술에 바르는 기름통과 얼굴에 바르는 은빛 항아리를 안고 집으로 향한다. 납일에 황제가 하사한 은혜를 기뻐한 시이다.

　두보도 겨울에 장안에 돌아온 후에도 여전히 당나라 궁정에서 좌습유의 관료생활을 계속하였다. 그러나 반란군은 아직도 중원의 각 지역을 황폐화시키고 있어, 시국은 여전히 불안하였다. 정치의 결함을 보완한다는 좌습유라는 간직(諫職)에 있던 두보는 그의 의견이 거의 중시되지 않았고, 모든 것이 그의 기대에 어긋났다. 숙종이 하사한 휴가를 보내고 돌아온 후, 지덕 2년(757) 12월부터 다음해인 건원(乾元) 1년(758) 5월까지 그는 장안의 조정에 있었다. 황제의 칙서를 관장하는 중서사인 가지(賈至)에게 화답한 시에 "오경 물시계 소리 새벽을 재촉

하는데, 구중궁궐의 봄빛에 복숭아꽃 취한 듯 붉네. 햇볕 따사로이 비쳐 깃발에는 용과 뱀이 꿈틀대고, 바람 살며시 불어 궁전에는 제비와 참새 높이 난다. 조회를 끝내고 소매 가득 향기로운 연기를 담아와, 시를 이루니 주옥이 휘두르는 붓 끝에 있어라."25)고 하여, 궁궐의 봄 경치와 중서사인 가지의 문재를 칭송하였다. 이는 가지(賈至)의 「조조 대명궁정양성료우(早朝大明宮呈兩省僚友: 대명궁에서 일찍 조회를 한 후 두 성(중서성과 문하성)의 동료들에게 바치다)」시에 화답한 것이다. 두 성의 동료는 두보와 더불어 왕유, 잠삼 등이다. 두보는 좌습유로서 문하성 소속이었다. 두보는 좌습유 직책으로 숙직을 서면서 "내일 아침 올릴 상주문 있어, 밤이 얼마나 되었는지 자주 물었네."26)라고 하여, 자신의 직책에 소홀히 할까봐 밤잠도 제대로 이루지 못하고 있다. 그리고 "사람들 피해 간(諫)하는 글 초고를 불태우고, 닭도 홰에 오를 무렵 말을 타고 나선다."라고 하여, 초저녁까지 근무했음을 보여 주었다. 그런데 이 무렵 자신의 직책을 충실히 수행하지 못한데 대한 자책이 배어 있는 시도 있다.

제성중벽題省中壁: 문하성의 벽에 쓰다
궁 옆 담장의 대울타리에는 오동이 열 길이나 되고,

披垣竹埤梧十尋액원죽비오십심,

동문이 낙숫물 대하고 있는 곳 늘 깊고 어둡다. 洞門對霤常陰陰동문대류상음음.
낙화와 거미줄 허공에 떠다니고(유사) 한낮은 고요하고,

落花遊絲白日靜낙화유사백일정,

---

25) 杜甫, 「奉和賈至舍人早朝大明宮」. "五夜漏聲催曉箭, 九重春色醉仙桃. 旌旗日暖龍蛇動, 宮殿風微燕雀高. 朝罷香煙攜滿袖, 詩成珠玉在揮毫."
26) 杜甫, 「春宿左省」. "明朝有封事, 數問夜如何."

지저귀는 비둘기와 어린 제비, 푸른 봄이 깊다. 鳴鳩乳燕靑春深명구유연청춘심.

부패한 유자가 노쇠한 몸으로 잘못 관직을 받았으니,

腐儒衰晚謬通籍부유쇠만류통적,

귀가할 때 머뭇거리는 것은 보국의 마음 어겨서라네.

退食遲廻違寸心퇴식지회위촌심

천자의 직무에 한 자(字)의 보탬도 된 적이 없는데,

袞職曾無一字補곤직증무일자보,

자신을 자랑하여 한 쌍의 남금에 견준 것 부끄럽네.

許身愧比雙南金허신괴비쌍남금.

제목에서 나타난 것처럼, 문하성 벽에 붙여 스스로 경책(警責) 곧 정신을 차리도록 꾸짖은 시이다. 이는 간관으로서 좌습유 직책을 제대로 수행하지 못한 자신을 나무란 것이다. 먼저 문하성 주위의 경물을 묘사하였고, 낙화와 거미줄을 통해 하는 일 없이 녹을 받는 것을 개탄하였으며, 비둘기와 제비새끼를 통해 시간이 흘러감을 안타까워하였다. 썩은 유자(儒者)가 늙은 몸으로 잘못 관직을 받았으니, 퇴청할 때 빨리 귀가하지 못하고 머뭇거리는 것은 황제에게 보답하려는 처음 먹은 마음을 실현하지 못했기 때문이다. 지금 황제에게 조금의 보탬도 없으니 자신을 자부하여 귀한 물건인 한 쌍의 남금(남방에서 나는 구리)에 견준 것이 부끄럽기만 하다. 한 마디로 자신의 직책을 제대로 수행 못해 부끄럽다는 말이다. 그러면서도 두보는 "황제를 가까이 모시고 있어 이제는 떠돌기 어렵고 이 몸 어찌 또 없을 수 있는가? 선생(장팔장)께서 재주와 힘이 아직 강건하신데, 무엇하러 청문 곁에서 외 심는 법(은거)을 배우려 하시는가?"[27]라고 하였다. 이는 좌습유 벼슬을 하고 있기에 예전처럼 자유롭게 떠돌 수도 없고 이제와서 자신을 돌아보니 기거할 집조차도 마련하지 못했다. 그래서 벼슬을 버리고자 해도 버릴 수도 없는 처지이다. 정팔장이 벼슬을 그만두고 자연 속에서 은거하려는 것을 진(秦)나라 동릉후 소평의 은둔고사를 용사하여 드러내었다. 두보도 정팔장의 은거하고자 하는 심정을 빌려서 자신의 답답한 마음을 드러낸 것이다.

시인들의 작품에는 자신이 살던 자연이 곧 시적 배경이 된다. 시인 자신이 살던 시대적·사회적 환경의 차이에 따라 그 자연에 대한 생각도 차이가 난다. 그러면 시인들은 자신들의 시대적 배경에 따라 자연의 아름다움은 어떻게 느꼈을까? 다음에 소개할 시는 두보가 장안을 탈출한 후 숙종에게로 달려가서 수복한 장안에서 습좌유라는 간관(諫官) 벼슬을 하면서 지은 시이다. 1년 전에는 안녹산 군대의 볼모로 있으면서 「애강두」를 지었고 지금(758년, 47세)은 수복한 장안에서 벼슬(좌습유)까지 하는 처지에서 지은 「곡강 2수」이다. 그런데 그 심정이 복잡하다.

곡강 이수曲江 二首
　　　　제1수　　　　　　　　　　　　　　　　　　기일其一
꽃잎 하나 떨어져도 봄빛이 줄어들고,　　　　　一片花飛減却春일편화비감각춘,
바람에 날리는 만점 꽃잎은 정녕 사람을 시름에 잠기게 하네.

　　　　　　　　　　　　　　　　　　　　風飄萬點正愁人풍표만점정수인.
지려고 하는 꽃잎 눈 앞 스치는 걸 잠시 보면서,

　　　　　　　　　　　　　　　　　　且看欲盡花經眼차간욕진화경안,

---

27) 杜甫, 「曲江陪鄭八丈南史飲」. "近侍即今難浪跡, 此身那得更無家. 丈人才力猶强健, 豈傍靑門學種瓜."

아주 많은 술이 입술 안으로 들어간다고 싫어하지 말라.

莫厭傷多酒入脣막염상다주입순.

강가 작은 집에 물총새가 둥지를 틀고,　　江上小堂巢翡翠강상소당소비취,

부용원 가의 높다란 무덤에는 기린 석상이 나뒹군다.

苑邊高塚臥麒麟원변고총와기린.

세상의 이치를 자세히 살피니 모름지기 즐거움을 행할 뿐,

細推物理須行樂세추물리수행락,

어찌 헛된 명리에 이 몸 묶여 살 일 있겠는가?　何用浮名絆此身하용부명반차신.

제2수　　　　　　　　　　　　　　　　기이其二

조정에서 돌아와 날마다 봄옷을 저당 잡혀,　朝回日日典春衣조회일일전춘의,

매일 곡강 가에서 만취하여 돌아오네.　　每日江頭盡醉歸매일강두진취귀.

술빚은 늘상 가는 곳마다 있고,　　　　酒債尋常行處有주채심상행처유,

인생 70세는 예부터 드무네.　　　　　人生七十古來稀인생칠십고래희.

꽃 사이를 누비는 나비들은 꽃 속 깊은 곳에도 꿀을 빨고,

穿花蛺蝶深深見천화협접심심견,

물 위에 점찍는 잠자리는 찰랑찰랑 나네.　點水蜻蜓款款飛점수청정관관비.

풍광(봄경치)에게 말을 전하기를 함께(꽃과 나비) 떠돌면서,

傳語風光共流轉전어풍광공류전,

잠시나마 서로서로 칭찬하면서 어울려 보세.　暫時相賞莫相違잠시상상막상위.

　꽃잎 한 잎만 떨어져도 봄이 줄어 든 것 같은데, 바람이 만점의 꽃잎을 날리니 사람들의 근심은 더해진다. 잠깐 떨어지는 꽃잎을 눈 앞에서 보고 서글퍼져 술로 달래려고 하니, 지나치게 많은 술을 마신다고 나무라지 말라. 황폐화된 곡강 가의 작은 누각에 물새가 와서

둥지를 틀고 부용원 곁에 있는 지체 높은 분들의 무덤에는 기린 석상들이 나자빠져 뒹굴고 있다. 세상사를 자세히 살펴보니 인생은 즐길 수 있을 때 맘껏 즐겨야 한다. 어찌 헛된 명예욕에 이내 몸을 얽어맬 필요가 있겠는가?

조회를 마치고 퇴청 후 날마다 봄옷을 맡기면서까지 술을 마시고 곡강 가에서 질탕하게 취해서 놀다가 귀가한다. 그래서 외상 술값은 가는 곳마다 늘려 있다. 그러나 인생은 예부터 70세가 드물다 한다. 인생 살면 얼마나 사는가? 꽃밭 속을 누비는 나비들은 깊은 곳에서도 꿀을 빨고, 물위에 점찍는 잠자리는 한가로이 날아다닌다. 봄 경치에게 말을 전하노니 우리 함께 떠돌더라도 잠시나마 서로서로 칭찬하면서 어울려 보자.

두보가 757년 4월에 안녹산의 군대의 감시를 피해 장안을 탈출하여 숙종 황제가 있는 봉상으로 달려갔다. 숙종은 그 공을 가상히 여겨 5월에 좌습유에 임명하였다. 숙종이 장안에 돌아온 후 두보도 장안에서 좌습유의 벼슬살이를 계속하게 되는데, 이 「곡강 이수」는 장안 시절(758년 늦은 봄, 47세) 벼슬할 때 지은 것이다. 지난 해 봄에는 장안이 안녹산 군대에 점령되어 있었고, 자신은 감금되어 있었다. 그러나 올 봄에는 수복이 되었을 뿐만 아니라 출사까지 하고 있으니 감회(感懷)가 남달랐을 것이다.

안녹산 군대의 감금과 조정에서의 출사 모든 것이 꿈만 같다. 그래서 인생은 무상하다. 두보는 왜 지금 당장 술에 취해 노닐자고 했을까? '노세노세 젊어서 놀아, 늙어지면 못 노나니'라고 한 노래 구절을 연상시킨다. 그러면서 두보는 사람도 자연의 일부이기 때문에 자연의 변화에 맞춰가면서 서로 어울리면 살아가자고 하였다. 모진 풍파를 겪은 두보의 심정을 알 수 있게 하는 시이다. 아마도 조정에서의 불안한 위치 때문일 것이다. 얼마 후(758년 6월) 화주(華州)의 사공참군(司功參軍)으로 좌천되었기 때문이다.

70세의 나이를 '고희(古稀)'라고 한다. 그 고희의 유래가 이 두보의 「곡강 이수」 "人生七十古來稀(인생칠십고래희)."에서 유래되었다. 『논어(論語)』에서는 '종심(從心)'이라고 하여, "七十而從心所欲不踰矩(칠십이종심소욕불유구)." 곧 '칠십은 마음의 하고자 하는 바를 따라 해도 법도를 넘어서지 않게 되었다'는 뜻이다. 70세의 연세가 되면 '마음먹은 대로 행동해도 법도를 어기지 않는다.'는 뜻으로, 성인(聖人)의 경지가 되는 나이라는 뜻에서 공자님이 한 말씀이다. 70세를 뜻하는 '종심(從心)'은 이 『논어(論語)』 구절에서 유래한 것이다.

757년 지덕 2년, 10월에 장안이 수복되어 숙종의 조정은 장안으로 들어왔으며, 두보는 11월 가족을 데리고 부주에서 장안으로 돌아왔다. 그리고 12월에 몽진했던 현종도 장안으로 복귀하였다. 다음해(758)인 건원(乾元) 1년 5월까지 두보는 장안의 조정에 있었으나 6월에 화주(華州)의 사공참군(司功參軍)이라는 지방관으로 좌천되었다.

장안이 수복되었고, 좌습유라는 벼슬까지 하고 있는데, 「곡강 이수」의 내용은 허무주의적 내용이다. 지난해 봄에는 안녹산의 군대에 의해 장안이 점령당해 곡강 머리에서 그 애달픔을 「애강두」로 노래하였고, 지난해보다 조건이 좋은 데도 심중에는 고민이 잔뜩 들어 있다. 그 고민을 담아 노래한 작품이 「곡강 이수」일 것이다. 마음속으로는 지방관으로의 좌천을 생각하고 있었던 것일까?

곡강대주曲江對酒: 곡강에서 술을 대하고
부용원 밖 곡강 머리에 앉아 돌아갈 줄 모르는데,

苑外江頭坐不歸원외강두좌불귀,

수정궁 모습은 시간이 흐를수록 점차 흐릿하네. 水精宮殿轉霏微수정궁전전비미.

복사꽃은 미세하게 배꽃 따라 떨어지고,　　　桃花細逐梨花落도화세축이화락,

노란 새가 때로 하얀 새와 함께 나네.　　　黃鳥時兼白鳥飛황조시겸백조비.

미친 듯이 마시는 건 사람들에게 버림받고자 해서이고,

　　　　　　　　縱飮久判人共棄종음구판인공기,

조정 일에 게으른 건 정말로 세상과 맞지 않아서네.

　　　　　　　懶朝眞與世相違나조진여세상위.

벼슬아치 심정이라 창주(은자 거처)가 더욱 멀리 느껴지고,

　　　　　　吏情更覺滄州遠이정갱각창주원,

늘그막에 슬퍼할 뿐 아직 옷깃 떨치고 떠나지 못하네.

　　　　　　　老大徒傷未拂衣노대비상미불의.

위의 시는 758년에 두보가 아직 장안에서 좌습유로 있을 때 어느 봄날에 지은 시이다. 두보는 당나라 황실의 유원지인 곡강 가 부용원에 와서 날이 저물도록 멍하니 앉아 있다. 점차 날이 저물어 화려했던 수정궁 같은 궁전도 흐릿하게 보일 정도이다. 곡강 가를 쭉 둘러 보니, 복숭아꽃 떨어질 때 배꽃도 한 잎 두 잎 지고, 꾀꼬리 날 때 갈매기도 덩달아 날고 있다. 곡강 가의 어느 봄날의 모습이다.

두보는 매일 폭음을 해서 남들로부터 버림받고자 했으며 조회에 참여하는 일을 게을리 하는 것은 정말로 세상과 맞지 않기 때문이라고 자탄하였다. 그리고 미관말직인 좌습유라는 벼슬에 묶여 높은 경지의 은거는 더욱 멀어지고 나이 들어 늙어감에 스스로 슬퍼져도 옷깃을 떨치고 떠날 수가 없다고 하였다. 벼슬길 실의가 담긴 시이다.

「곡강대주(曲江對酒)」와 같은 시기에 지은 시로 「곡강대우(曲江對雨: 곡강에서 비를 마주하고)」가 있는데, "새 용무군(궁중의 호위를 맡은 군대)

엔 깊숙이 황제의 수레가 멈춰 있고, 부용원 별전에선 속절없이 향을 사르네. 어느 때에 말씀이 내려 이 금전회(돈을 뿌리면서 노는 연회)에 서, 잠시 미인의 금슬(비단처럼 아름다운 무늬를 넣은 거문고) 곁에서 취할 수 있을 건가?"[28]라고 하여, 비 내리는 곡강에서 상황이 된 현종 당대의 화려했던 모습을 추억하고 있다. 숙종의 조정에서 벼슬하는 두보가 전 시대의 황제인 현종 대를 그리워하고 있다. 지금 현종은 상황으로 옹립되어 몽진 후 돌아와 남내(南內)에 감금된 상태이다. 그 현종을 그리워하고 있다. 어찌 시의 내용이 현실과 겉돌고 있다. 이것 이 이 무렵 두보의 심정이면서 처지였을 것이다.

또 안녹산 군대에 협조했다는 이유로 강등된 왕유에 관한 시도 있다.

봉증왕중윤유奉贈王中允維: 왕유 중윤에게 받들어 드리다

중윤(왕유)의 명성 오래되었으나,	中允聲名久중윤성명구,
지금 고생이 깊으십니다.	如今契闊深여금결활심.
모두들 유신을 거두어들인 것을 전하고 있는데,	共傳收庾信공전수유신,
조조가 진림을 얻은 것과는 비교가 안 되지요.	不比得陳琳불비득진림.
한 가지 병은 밝으신 군주로 인한 것,	一病緣明主일병연명주,
3년 동안 오로지 이 마음이셨지요.	三年獨此心삼년독차심.
곤궁하여 근심할 때 지은 것이 있었을 테니,	窮愁應有作궁수응유작,
시험 삼아 백두음을 읊어 보시지요.	試誦白頭吟시송백두음.

위의 시도 장안 좌습유 시절에 쓴 것이다. 안녹산의 군대에 붙잡혔 다가 풀려난 왕유가 반군에게 협조했다는 혐의를 받고 태자중윤(태자

---

28) 杜甫, 「曲江對雨」. "龍武新軍深駐輦, 芙蓉別殿漫焚香. 何時詔此金錢會, 暫醉佳人錦瑟傍."

스승)으로 강등된 사건을 애석해 하면 지은 시이다. 안녹산의 난 전에는 재능으로 명성을 떨쳤는데, 안녹산 군대에 협조했다는 혐의로 급사중(給事中, 정5품)에서 태자중윤으로 강등되어 마음 고생이 심하다는 것이다. 옛날 남조시대 양(梁)나라 유신은 서위(西魏)에 사신을 갔는데, 그 사이 양나라가 멸망하였다. 그래서 고향으로 돌아가지 못하자, 무리를 이끌고 강릉으로 도망하였던 인물이다. 그러나 결국은 30년간 서위(西魏)에 머물면서 삶을 살게 된 인물이다. 이는 그의 재능을 알아보고 원제(元帝)의 배려로 이루어진 일이었다. 이 유신처럼 왕유도 당 숙종이 그의 재능을 아껴 죄를 용서하고 태자중윤으로 받아들였다는 말이다. 그리고 삼국시대 위나라 조조 시대의 진림과는 다르다고 하였다. 진림처럼 투항한 것이 아니기 때문이다. 진림은 건안 칠자의 한 사람으로, 원래 원소의 군대에 있다가 원소가 패하자 조조의 군대로 투항했던 인물이다. 두 인물의 고사를 통해 왕유는 안녹산의 군대에 협조한 인물이 아니라는 것이다. 한 마디로 왕유는 절개가 있는 인물이라는 말이다.

왕유가 안녹산의 군대에 붙잡혀 있을 때, 한 가지 병을 핑계로 숙종을 따를 것을 생각했다는 것이다. 그 한 가지 병은, 약을 먹고 거짓으로 벙어리 노릇을 하면서 3년의 기간을 견디어 냈다는 말이다. 볼모로 붙잡혀 있을 때 비분함을 표현한 시가 많을 것이니 그것을 읊음으로써 자신의 결백을 증명하라고 한 것이다. 마침 탁문군이 「백두음」으로 사마상여의 변심을 바로잡은 것처럼 시로써 결백을 증명하라고 하였다.

사실 왕유가 안녹산의 군대에 억류되어 있을 때, 친구 배적이 와서 '지금 반군들은 술판을 벌이고 있다.'고 알려주었다. 반군들의 일탈에 분개한 왕유가 시를 지어 배적에게 주었다.

응벽시凝碧詩

왕유王維

만백성들 상심하고 곳곳에 들불과 연기 치솟는데,

萬戸傷心生野煙만호상심생야연,

백관들 어느 때 다시 모두 황제를 뵈올 수 있을까?

百官何日更朝天백관하일갱조천.

가을이라 홰나무 단풍잎 텅 빈 궁전에 떨어지는데,

秋槐葉落空宮裡추괴엽락공궁리,

응벽지에서 들리는 풍악 소리 요란하네.   凝碧池頭奏管弦응벽지두주관현.

난이 평정된 후 왕유는 이 시로 인해 목숨을 건질 수 있었다. "응벽지(凝碧池)"는 낙양 궁궐에 있는 연못 이름이다.

왕유는 재능이 뛰어나 명성이 당나라에 자자했다. 하지만 지금은 어려운 처지에 처하게 되어 마음이 아프다는 것이다. 반군에 억류는 되었지만 지조는 버리지 않았고 꾀를 써서 당나라 황실을 받들어 모시는 마음을 밝혀 놓았다. 그러면서 왕유 당신은 환난을 겪었으니 반드시 비분강개의 작품이 있을 것 아니요, 그러므로 다시 시를 찾아 당신의 그때 고통스럽던 심정을 세상에 내 보이라고 하였다. 마치 왕유를 통해 두보 자신의 억울함을 대신 전하고 있는 듯하다.

전난 중에 소식을 몰랐던 동생에게서 편지가 왔다.

득사제소식得舍弟消息 : 아우의 소식을 듣고

바람은 자색 가시나무에 불어오고,   風吹紫荊樹풍취자형수,

나무색은 봄 뜰과 함께 저물어간다.   色與春庭暮색여춘정모.

꽃은 떨어져 옛 가지를 떠나면,   花落辭故枝화락사고지,

바람에 불리어 돌아와도 머물 곳 없네.　　　風回反無處_{풍회반무처}.

형제의 은애(恩愛) 담긴 편지는 중하나,　　骨肉恩書重_{골육은서중},

이리저리 떠도니 만나기 어렵네.　　　　漂泊難相遇_{표박난상우}.

오히려 눈물이 강을 이루어,　　　　　　猶有淚成河_{유유루성하},

은하 지나 다시 동쪽으로 흐르네.　　　　經天復東注_{경천부동주}.

　두보에게는 남동생이 4명이 있었다. 안녹산의 난으로 뿔뿔이 흩어
졌다. 전반부는 나무를 형제에 비유한 고사를 인용한 부분이다. 자주
색 가시나무의 꽃이 바람에 불러 떨어진다고 하였다. 이는 형제간의
이별을 의미한다. 바람이 불어와도 돌아오지 못함은 이제는 흩어져
만나기 어려움을 나타낸 것이다. 그리고 두보는 이 꽃이 지는 시절에
동생으로부터 편지를 받았다. 그 편지의 내용은 은혜와 사랑의 내용
이었다. 그런 편지를 받은 두보는 형제간의 그리움으로 눈물이 강을
이룬다고 하였다.

　장안에서 좌습유로 있는 두보는 여전히 마음이 편안하지 못하다.
이 시기 송골매의 그림을 보고 시로 읊은 것이 있다. 두보는 어느
높다란 저택(邸宅)에 살아 있는 듯한 송골매 그림을 본 것이다. 그 송골
매는 먼 하늘을 힘껏 날아오를 수 있지만 주변을 두리번거리고 떨쳐
날아오르지 못한다. 이에 두보는 "아득히 멀리 구름과 모래 끝을 생각
하면, 자연 안개 속을 나는 새 있다네. 나(두보)는 지금 속으로 무엇을
슬퍼하여, 발걸음을 돌아보며(배회하며) 홀로 우울해하는가?"[29]라고
하여 뜻을 얻지 못한 두보 자신의 슬픔을 드러내었다. 송골매의 힘찬
그림 묘사는 송골매의 기상과는 정반대로 조정 내에서 뜻을 얻지 못

---

29) 杜甫,「畵鶻行」. "緬思雲沙際, 自有煙霧質. 吾今意何傷, 顧步獨紆鬱."

한 두보 자신의 실의에 빠진 내면을 읽을 수 있게 한다.

결국 두보는 758년 늦여름에 당나라 조정의 좌습유에서 화주(華州)의 사공참군(司功參軍)으로 좌천되었다.

지덕이재, 보자경금광문출, 간도귀봉상, 건원초, 종좌습유이화주연, 여친고별, 인출차문, 유비왕사至德二載, 甫自京金光門出, 間道歸鳳翔, 乾元初, 從左拾遺移華州掾, 與親故別, 因出此門, 有悲往事: 지덕 2년(757) 두보 나는 금광문을 나서서 사잇길로 봉상으로 갔는데, 건원 초 좌습유로부터 화주연으로 자리를 옮겨 친지들과 이별하느라 이 문을 나서면서 지난날을 슬퍼하다

이 길은 예전에 숙종에게로 가던 길,	此道昔歸順차도석귀순,
서쪽 교외엔 반군들이 들끓었네.	西郊胡正繁서교호정번.
지금까지도 여전히 간담이 서늘하여,	至今猶破膽지금유파담,
응당 아직 부르지 못한 혼이 있으리.	應有未招魂응유미초혼.
가까이 모시다가 경읍(화주)으로 돌아가는데,	近侍歸京邑근시귀경읍,
벼슬을 옮김이 어찌 황제의 뜻이겠는가?	移官豈至尊이관기지존.
재주 없는 이 몸 날로 노쇠해져서,	無才日衰老무재일쇠로.
말을 멈추고 궁궐의 문을 바라본다.	駐馬望千門주마망천문.

위의 시 전반부는 안녹산의 난이 일어나고 두보가 장안에 억류되었다가 탈출하여 봉상으로 숙종을 알현(謁見)하러 갈 때의 일을 추억한 것이고, 후반부는 화주의 사공참군으로 좌천되어 가면서 느낀 점을 그린 것이다. 지난 해 방관이 해직되었지만 그래도 조정에 남아 있었는데, 올해 5월에 빈주자사로 좌천되었던 것이다. 이에 6월에 방관을 두둔했던 두보도 화주의 사공참군이라는 지방의 서기로 전락하게 된 것이다. 지난해인 757년 4월에 서쪽 금광문을 탈출하여 봉상에 계시

는 숙종의 행재소로 달려갔던 두보이다. 5월에는 그 공이 가상타 하여, 좌습유라는 간언 벼슬을 내렸다. 그런데 지금 1년 2개월 만에 좌천되어 지방으로 쫓겨나고 있는 것이다. 그래서 떠나면서도 발길이 떨어지지 않아 자꾸만 말을 멈추고 대궐 문을 바라보고 있다. 졸지에 숙종의 최측근에서 한 지방의 문화 공보관 서기로 좌천된 꼴인 것이다. 장안을 떠나 화주로 가는 길에 지은 시에 "제비둥지 가의 들 참새는 무리지어 제비를 업신여기고, 꽃 사이 산벌들은 멀리서 사람을 좇는다."30)라고 하여 소인배인 참새가 군자인 제비를 업신여기고, 꽃 사이의 산벌 곧 뭇 소인배들이 권세를 좇고 있는 모습을 풍자하였다. 이처럼 두보는 좌천되어 가는 울적한 심사를 시에 담아내었다.

화주로 가는 길에 화산(華山)을 지나야 한다.

망악望岳: 화산을 바라보다

서악(화산)은 첩첩이 우뚝 자리잡아 높고,	西岳峻嶒竦處尊서악준송송처존,
여러 봉우리 자손들처럼 늘어서 있네.	諸峰羅立似兒孫제봉라립사아손.
어떻게 하면 신선의 구절장을 얻어,	安得仙人九節杖안득선인구절장,
짚고서 옥녀의 세두분(돌 대야)에 이를 수 있을까?	
	拄到玉女洗頭盆주도옥녀세두분.
수레가 골짜기로 들어서니 돌아갈 길이 없고,	車箱入谷無歸路거상입곡무귀로,
화살이 하늘로 통하듯 문이 하나 있네.	箭栝通天有一門전괄통천유일문.
조금 기다려 선선한 추풍이 불어오거든,	稍待秋風涼冷後초대추풍량랭후,
높이 백제를 찾아가 진리의 근원을 물어보리라.	高尋白帝問眞源고심백제문진원.

---

30) 杜甫, 「題鄭縣亭子」. "巢邊野雀群欺燕, 花底山蜂遠趁人."

장안에서 화주로 가는 길에 화산(華山)을 마주하게 된다. 20대 태산 (泰山)을 보고는 호연지기(浩然之氣)를 노래했다면, 지금 좌천되어 화 주의 사공참군으로 가는 길에 오악에 하나인 화산를 보고는 선선한 가을 바람이 불 때 서악을 다스린다는 소호(少昊) 곧 백제(白帝)를 찾아 가 신선 사는 곳을 물어 보고 싶다고 한 것이다. 상실감이 크다.

화주에 도착했을 때(758년)의 두보의 심정을 알 수 있는 시도 있다.

수마행瘦馬行: 여윈 말의 노래

동쪽 교외의 마른 말이 날 슬프게 하니,　　　　　東郊瘦馬使我傷동교수마사아상,

뼈만 남은 모습이 뚝 튀어나와 담장 같네.　　　　骨骼碑兀如堵牆골격비올여도장.

묶어 두려니 움직여 더욱 기울어지니,　　　　　　絆之欲動轉欹側반지욕동전의측,

이런 상황에 어찌 내달리려는 생각이 있겠는가?　此豈有意仍騰驤차기유의잉등양.

여섯 도장 자세히 살펴보니 〈관〉자가 있는데,　細看六印帶官字세간육인대관자,

삼군이 길가에 내버린 것이라고 사람들은 말한다.

　　　　　　　　　　　　　　　　　　衆道三軍遺路旁중도삼군유로방.

가죽은 말라 벗겨져 진흙이 섞여 있고,　　　　　皮乾剝落雜泥滓피건박락잡니재,

털의 어두운 빛 생기 없이 눈과 서리 엉켜 있다. 毛暗蕭條連雪霜모암소조연설상.

지난 해 세찬 파도처럼 도적의 잔당 逐을 적에, 去歲奔波逐餘寇거세분파축여구,

화류 같은 명마처럼 잘 조련되지 않아 부릴 수 없었다.

　　　　　　　　　　　　　　　　　　騮驪不慣不得將화유불관부득장.

병사들이 궁중 마구간의 말을 많이 탔으니,　　士卒多騎內廐馬사졸다기내구마,

슬프게도 이 말은 병든 승황(御馬어마)일 것이다. 惆悵恐是病乘黃추창공시병승황.

당시에 흙무더기 빠르게 지나다가 한 번 잘못 헛디뎌서,

　　　　　　　　　　　　　　　　　　當時歷塊誤一蹶당시력괴오일궐,

버려졌으니 네가 어찌할 수 있었던 것은 아니었다.

委棄非汝能周防위기비여능주방.

사람을 쳐다보는데 참담하여 슬피 호소하는 듯, 見人慘澹若哀訴견인참담약애소,

주인을 잃은지라 참담하니 눈에 밝은 빛이 없다. 失主錯莫無晶光실주착막무정광.

차가운 날 멀리 추방되니 기러기가 짝이 되고, 天寒遠放雁爲伴천한원방안위반,

날이 저물어도 거두지 않아 까마귀가 상처를 쪼는구나.

日暮不收烏啄瘡일모불수오탁창.

누구네 집에서 길러주어 끝까지 은혜 베풀어, 誰家且養願終惠수가차양원종혜,

내년 봄날 풀 자랄 때, 다시 시험(길러)해줄까? 更試明年春草長갱시명년춘초장.

원래는 관청(官廳)에 소속되어 있던 말이 지금은 쓸모없어 버려졌다는 것이다. 살이 없어 뼈와 가죽만 남아 있고 진흙까지 엉켜 붙어서 털 또한 윤기라고도 없는 말이다. 지난 해 관군이 반군의 잔당을 쫓을 적에 잘 조련되지 않아 제대로 부릴 수가 없었다. 군사들이 궁중 마구간에 있는 말을 많이 탈 것인데, 아마도 이 말은 병든 궁중의 말일 것이다. 당시 진흙탕 건너가다가 한 번 잘못 넘어져 버려진 것은 네가 막을 수 있는 상황은 아니었다. 그 버려진 말이 넘어진 채로 사람들을 쳐다보는데 그 눈빛이 참담하여 슬피 호소하는 듯 초점 잃은 눈빛을 하고 있다. 날은 추운데 멀리 쫓겨나 기러기가 짝이 되고, 날이 저물어도 거두지 않으니 까마귀가 상처를 쫀다. 누구 집에서 또 길러주고 끝까지 은혜 베풀어서 내년 봄 풀 자라날 때 다시 시험해 주기를 바란다.

두보가 화주의 사공참군으로 좌천된 후에 길가에 버려진 관군의 말을 보고 지은 작품이다. 두보는 이 시에서 재상 방관의 일을 버림받은 말에 비유해 놓았다. 말이 능력이 있는데 잘못 적용하여 그 능력을 십분 발휘하지도 못했다는 것이다. 방관이 그렇다는 것이다. 방관은

원래 유자로서 황제를 보필하는 재능은 뛰어났지만 전쟁을 수행하는 데는 그 쓰임이 알맞지 않았다는 것이다. 그래서 병든 말처럼 실패하여 조정에서의 새로운 은혜가 내려지기를 기다린다고 한 것이다.

아니면 버림받은 말을 좌천된 두보 자신으로 보아도 무방하다. 재상 방관을 두둔하다가 결국 좌천된 두보이기에 버림받은 처지는 비슷하다고 할 것이다. 그래서 다시 은혜를 베풀어 내년 봄, 풀 자라날 때 다시 시험해 주기를 바란다고 한 것이다.

두보는 758년 6월에 화주(華州)의 사공참군(司功參軍)이라는 지방관으로 좌천되었다. 화주는 섬서성 화산 기슭에 있는 촌마을로, 궁중으로부터 쫓겨났음을 단적으로 보여주는 예이다. 사공참군은 제사나 학교, 선거 등에 관한 일을 관리하는 직책이다. 전관 대우를 고려하지 않은 한직이었다.

화주에 부임한 사공참군의 업무는 어떠했는지를 알려주는 시가 있다.

조추고열퇴안상잉早秋苦熱堆案相仍: 초가을에 더위로 고생하는데 서류뭉치마저 연이어 닥치다

7월 6일 찌는 듯한 더위에 지쳐,　　　　　　七月六日苦炎蒸칠월육일고염증,
음식을 앞에 두고 잠시도 먹지 못하네.　　　對食暫餐還不能대식잠찬환불능.
밤중에는 전갈(참언하는 이) 투성이라 늘 근심하는데,
　　　　　　　　　　　　　　　常愁夜來皆是蝎상수야래개시갈,
가을이 온 뒤로는 파리(소인)가 더욱 기승을 부리네.
　　　　　　　　　　　　　　　況乃秋後轉多蠅황내추후전다승.
관대를 매고 있자니 발광이 나서 울화통이 터지고,
　　　　　　　　　　　　　　　束帶發狂欲大叫속대발광욕대규,
공문서는 어찌 이리도 급하게 연이어 오는가? 簿書何急來相仍부서하급래상잉,

남쪽을 바라보니 푸른 소나무가 골짜기에 걸려 있는데,

南望靑松架短壑남망청송가단학,

어찌하면 맨발로 두꺼운 얼음을 밟을 수 있을까?

安得赤脚踏層冰안득적각답층빙.

방관을 재상에서 파함이 부당하다고 고하다 황제 숙종의 노여움을 사서, 화주의 사공참군으로 좌천된 후의 두보의 일상이 그려졌다. 초가을 무더위로 인해 음식도 먹지 못하고 밤에는 전갈로 인해 밤잠조차 설치고 있는 모습이다. 게다가 파리 떼까지 기승을 부려 사람을 피곤하게 한다. 이런 현실에 미칠 것 같아 소리를 치르고 싶지만, 그런 기회도 없이 서류 뭉치들이 끝없이 들이닥치고 있다. 당나라 궁궐에서 황제 곁에서 직언하던 관리를 전관대우도 없이 평범한 하급관리로 대하니, 답답하기도 하고 분한 생각도 드는 것이다. 자기를 골탕 먹이는 지방관에 대해서 고함도 지르고 싶고 모든 것을 내팽겨 치고도 싶다. 그래서 남쪽 푸른 소나무가 있는 골짜기로 달려가서 맨발로 두꺼운 얼음을 밟고 싶다. 화기를 다스려야 하기 때문이다.

화주에 있을 때 두보 자신의 처지를 비유한 시가 있다.

독립獨立: 홀로 서서

허공 밖에 매 한 마리,

空外一鷙鳥공외일지조,

강 사이엔 흰 갈매기 한 쌍.

河間雙白鷗하간쌍백구.

표요히 날아 공격하기 편한데,

飄颻搏擊便표요박격편,

경솔히 오가며 노니네.

容易往來遊용이왕래유.

풀 이슬은 또한 촉촉하고,

草露亦多濕초로역다습,

거미줄 여전히 거두지 않았네.

蛛絲仍未收주사잉미수.

천기(天機)가 사람의 일에 가까우니,　　　　　天機近人事천기근인사,

홀로 서서 여러 가지 걱정 하네.　　　　　　獨立萬端憂독립만단우.

　두보가 화주에 있을 때 우연히 사냥감을 노리는 매와 아무것도 모르는 흰 갈매기 한 쌍, 아직도 풀잎에 맺혀 있는 이슬, 날 벌레를 잡기 위해 쳐 있는 거미줄 등을 보고, 아직도 조정에서 자신에 대한 참소가 끊이지 않음을 걱정하였다. 풀잎에 맺혀 있는 이슬과 거미줄에 걸린 것 같은 존재, 두보 스스로 위험성을 감지하고 있었음을 알 수 있게 한다. 천기란, 인위적이지 않고 자연스러운 일을 이르는 말이다. 그 아버지에 그 아들이 태어나듯이 풀잎에 맺혀 있는 이슬은 잠시 후면 사라지고, 벌레를 잡기 위해 쳐 놓은 거미줄에 벌레가 걸리듯이 사람의 일들도 자연스럽게 일어나고 결과도 만들어질 것이라는 말이다. 두보 스스로 불길한 예감을 하고 있다.

　755년 11월 난을 일으키고 12월 낙양을 점령하였으며, 756년 1월 1일에 연(燕)나라의 황제가 되었던 안녹산은 지덕 2년(757) 정월 아들 안경서에게 피살되었고, 부장 사사명(史思明)은 당나라 군대에 투항하면서 759년 3월에 안경서를 살해하였다. 이처럼 안녹산의 군대는 내부 분열로 인해 서서히 자멸의 길로 들어섰고, 그로 인해 당나라 군대는 장안과 낙양을 수복할 수 있는 시간과 자원을 얻을 수 있었다. 그래서 758년 건원 1년의 가을에서 겨울 무렵에는 낙양으로 가는 길도 뚫렸으므로 두보는 동도 낙양으로 돌아갈 수 있었다. 낙양으로 가는 도중 양소부를 만나게 되었고 원외랑 양관에게 시를 전하기도 하였다. "양원외에게 안부 전합니다. 산이 추워서인지 복령이 적게 나옵니다. 돌아와서 조금 따뜻해지면, 당연히 그대 위해 푸른 소나무 밑을 파야겠지요?"[31]라고 하여, 양소부에게 화주의 특산품인 복령을

보내기로 약속했던 것 같다. 그런데 날이 추워서 복령이 많이 나지 않았다는 것이다. 날씨가 따뜻해지면 복령을 찾아서 "아울러 오래된 등나무 지팡이도 보내드리지요."[32]라고 하여, 복령뿐만 아니라 등나무 지팡이까지 보내줄 것을 약속하고 있다. 양소부는 누구인지 정확히 알 수는 없다. 소부(少府)는 현위의 별칭으로 말단 관직이다. 어느 정도 좌천의 아픔에서 벗어나 심리적 안정을 찾고 있는 두보이다.

759년(48세) 봄, 두보가 화주에 있을 때 하루빨리 평화로운 세상이 오기를 바라면서 지은 시도 있다.

세병마행(洗兵馬行)[33]: 병기와 군마를 씻으며

중흥의 여러 장수들 산동을 수복하니, 中興諸將收山東중흥제장수산동,
승전보가 밤에도 보고되어 대낮에도 동일하다오.

捷書夜報淸晝同첩서야보청주동.

황하가 넓다지만 소문에 작은 배로 지날 수 있다 하니,

河廣傳聞一葦過하광전문일위과,

반군의 위태로운 운명도 파죽의 처지에 있다네. 胡危命在破竹中호위명재파죽중.
다만 업성이 남아 하루에 되찾을 수 없기에, 祗殘鄴城不日得지잔업성불일득,
홀로 삭방군(곽자의)의 공로에 맡길 뿐. 獨任朔方無限功독임삭방무한공.
장안 사람들 모두 한혈마(천리마) 타고, 京師皆騎汗血馬경사개기한혈마,
회흘[위구르족]은 포도궁에서 내린 고기를 먹었다오.

回紇餧肉葡萄宮회흘위육포도궁.

---

31) 杜甫,「路逢襄陽楊少府入城戲呈楊四員外綰」. "寄語楊員外, 山寒少茯苓. 歸來稍暄暖, 當爲斸青冥."
32) 위의 시. "兼將老藤杖."
33)「세병행(洗兵行)」(병기를 씻는다)으로 전하기도 한다.

황제(숙종)의 위엄으로 동해와 태산 깨끗이 소탕함 기쁘나,

已喜皇威淸海岱이희황위청해대,

항상 선왕(현종)이 공동산 지나 파천했던 일 생각하네.

常思仙仗過崆峒상사선장과공동.

삼년 동안 피리로 「관산월(악부시)」을 연주하였더니,

三年笛裏關山月삼년적리관산월,

만국(萬國)의 병사 앞에 초목이 바람에 스러지듯 하네.

萬國兵前草木風만국병전초목풍.

성왕(광평왕 이숙)께선 공을 세우고도 매사에 신중하시고,

成王功大心轉小성왕공대심전소,

곽 재상[곽자의]은 깊은 책략 예부터 드물었다오.

郭相謀深古來少곽상모심고래소.

사도[이광필]의 인재를 가려내는 눈 밝은 거울 매단 듯하고,

司徒淸鑑懸明鏡사도청감현명경,

상서 왕사례의 기개는 가을 하늘처럼 높아 아득하네.

尙書氣與秋天杳상서기여추천묘.

두 세 명의 호걸들이 때에 맞게 나오니,　　二三豪俊爲時出이삼호준위시출

천지를 바로잡고 세상을 구제하였네.　　整頓乾坤濟時了정돈건곤제시료.

동쪽으로 달려가며 농어회 생각하는 이 없고,　東走無復憶鱸魚동주무부억려어,

남쪽으로 날아가는 새들도 둥지에 깃들이게 되었다.

南飛各有安巢鳥남비각유안소조.

봄기운이 다시 황제 따라 장안에 돌아오니,　青春復隨冠冕入청춘부수관면입,

대궐[皇居]에 아름다운 안개와 꽃에 둘러싸이게 되었다.

紫禁正耐煙花繞자금정내연화요.

태자의 수레가 밤을 새고 황제의 수레 준비되어 있어,

鶴駕通宵鳳輦備학가통소봉연비,

첫닭 울면 문안을 여쭈면 용루문에 새벽이 온다.

鷄鳴問寢龍樓曉계명문침용루효.

용을 붙잡고 봉황에 붙은 자 그 기세 당할 수 없으니,

攀龍附鳳勢莫當반용부봉세막당,

천하 사람들 모두 제후와 왕이 된 듯하네.

天下盡化爲侯王천하진화위후왕.

그대들 어찌 황제의 은혜 입음을 알겠는가?

汝等豈知蒙帝力여등기지몽제력,

때가 왔다 하여 자신의 강함 자랑하지 마오.

時來不得誇身强시래부득과신강.

관중(장안) 땅에 이미 소승상[소하]이 머물고,

關中旣留蕭丞相관중기유소승상,

막하(군진)에는 다시 장자방 같은 장호를 등용하였네.

幕下復用張子房막하부용장자방.

장공[장호]은 일생 동안 강호의 나그네라,

張公一生江海客장공일생강해객,

신장이 구척이요, 수염과 눈썹 세었다오.

身長九尺鬚眉蒼신장구척수미창.

부름 받고 나오니 마침 풍운의 기회 만났고,

微起適遇風雲會미기적우풍운회,

넘어지는 나라 붙드니 비로소 계책 훌륭함 알게 되었다.

扶顚始知籌策良부전시지주책량.

푸른 옷에 백마 탄 자(안녹산의 잔당) 다시 어찌 생기랴?

靑袍白馬更何有청포백마갱하유,

후한 광무제나 지금 주나라 다시 창성함 기뻐하네.

後漢今周喜再昌후한금주희재창.

한 치의 땅과 한 자의 하늘도 모두 들어와 조공 바치고,

寸地尺天皆入貢촌지척천개입공,

기이하고 상서로운 공물이 다투어 들어오네. 奇祥異瑞爭來送기상이서쟁래송.

알지 못하겠노라. 어느 나라에서 흰 옥고리 바쳤는가?

不知何國致白環부지하국치백환,

다시 여러 산에서 은 항아리 얻었다고 말하네. 復道諸山得銀甕부도제산득은옹.

은사들은 자지곡[거문고 곡조의 은둔 노래] 노래하지 않고,

隱士休歌紫芝曲은사휴가자지곡,

문인들은 하청송[태평성대의 노래] 지을 줄 아네.

詞人解撰河淸頌사인해찬하청송.

농가에서는 간절한 심정으로 가뭄 안타까워하고,

田家望望惜雨乾전가망망석우건,

뻐꾸기는 곳곳에서 울어 파종을 재촉하네. 布穀處處催春種포곡처처최춘종.

기수 가에 건장한 병사들 돌아오기 게을리 하지 말고,

淇上健兒歸莫懶기상건아귀막나,

장안성 남쪽 아낙네들 근심 속에 꿈을 많이 꾼다네.

城南思婦愁多夢성남사부수다몽.

어찌하면 장사(壯士) 얻어 하늘의 은하수 끌어다가,

安得壯士挽天河안득장사만천하,

갑옷과 병기 깨끗이 씻어 영원히 쓰지 않을 수 있을까?

淨洗甲兵長不用정세갑병장불용.

전쟁이 끝나기를 바라는 시이다. 나라를 중흥시킨 여러 장수들 산동을 수복하니, 승전보가 밝은 낮은 물론 밤에도 전해졌다. 황하의 강 넓어도 갈대배처럼 건너가니, 오랑캐의 운명도 파죽의 처지에 있다. 곧 안녹산의 무리가 점령하고 있던 위주를 갈대잎처럼 작은 배로 손쉽게 건너가 그 잔당들을 대나무 쪼개듯 쉽게 물리칠 수 있다. 오직 잔당들이 점령하고 있는 업성(상주)도 하루 만에 되찾을 수 없기에, 삭방 절도사 곽자의(郭子儀)의 무한한 공로에 맡길 뿐이다. 장안의 병사들 모두 말을 타고 싸우고, 회흘(위구르족) 병사도 포도궁에서 내린

고기를 먹는다. 회흘(위구르) 군대가 곽자의를 도와 안사의 난을 평정하였기 때문에 황제가 음식을 하사하였다. 황제의 위력은 동해와 태산 부근(태산 지방과 산동 하북 지방을 평정한 것)을 청소하듯 소탕한 것은 기쁘나, 상황인 현종께서 공동산(계두산)을 지나 피난 간 일로, 몽진을 늘 생각한다. 삼년(755~757, 안녹산의 난이 일어난 후부터 동경과 서경의 수복까지) 동안이나 망향의 노래인 「관산월」(고악부의 이름, 진중의 병사들이 고향을 그리워하고 이별을 슬퍼하는 노래) 들려 왔고, 만국의 군진 앞에 초목이 바람에 스러지듯 전란으로 황폐화되었다. 성왕(광평왕 이숙)은 큰 공을 세우고도 매사에 신중하시고, 곽 재상(곽자의)의 깊은 책략 예부터 드물었다. 사도 이광필의 인재를 알아보는 안목은 거울처럼 분명하고, 상서 왕사례(고구려인)의 기개는 가을 하늘처럼 높아 아득하다. 이들 세 사람 곽자의·이광필·왕사례 등의 호걸은 세상을 위해 하늘이 낸 사람들로 천하를 바로잡고 세상을 구했다. 곧 안사의 난을 진압하였다. 그래서 서진(西晉)의 장한(張翰)처럼 농어회 생각하여 동쪽으로 달아나려는 사람 없어졌다. 이는 반란을 일으키려는 무리를 피하여 세상을 등지려는 사람들도 없어졌다는 말이다. 남쪽으로 날아가는 새들 곧 군웅들이 의지할 곳을 잃고 멀리 달아나는 일 없고, 둥지에 깃들이게 되었다. 군신뿐만 아니라 천하의 사람들도 안주하게 되었다. 봄기운 다시 황제 따라 장안에 돌아오니, 대궐은 아름다운 안개와 꽃에 둘러싸이게 되었다. 태자의 수레가 밤을 새고, 숙종 황제는 첫닭 울면 황제의 수레 준비하여 상황 현종을 맞이하려고 용루문(동궁의 대문) 나선다. 황제의 권세에 빌붙은 자들 그 기세를 당할 수 없고, 온 천하 사람들 모두 제후와 왕이 된 듯하다. 그대들 어찌 황제의 은혜를 입었음을 알겠는가? 운을 탔다고 자신의 강함을 뽐내서는 안 된다. 이는 스스로의 힘으로 이룬 것이라고 자랑하지 말라는 뜻이다. 모두 황제의 힘에서 나온 결과이기 때문이다. 장안에는 소하 같은 명재상 두홍점이 있고, 군진에는 장량 같은 재상 장호(張鎬)가 있다. 장공은 큰 뜻을 품고 평생토록 강호를 누빈 인물로 아홉 척 키에 눈썹이 검푸른 호걸이었다. 그가 황제의 부름 받아 쓰인 것은 범이 바람을 만나고 용이 구름을 본 것으로, 훌륭한 군주가 뛰어난 신하를 만남과 같다. 기울어져가던 나라 일어서니 비로소 그의 계책 훌륭함을 알게 되었다. 푸른 옷에 흰 말 탄 반란군(안녹산의 군대)이 다시 있을 수 있겠는가? 후한 광무제나 주나라 선왕 때 같은 나라의 중흥 이루게 되어 기쁘기만 하다. 천하의 모든 나라가 조공을 하게 되고, 기이하고 상서로운 공물이 다투어 보내온다. 어느 나라인지 알 수 없으나 흰 옥으로 만든 고리(귀한 선물)를 보내왔고, 여러 산에서 은 항아리가 나왔다 한다. 은둔하는 선비들은 '자지곡'(진秦나라 말기 세상을 피하여 섬서성 상산에 숨어 살던 상산사호商山四皓가 지었다는 노래) 부르지 않게 되고, 문인들은 '하청송'('청하송'이라고도 함. 포조가 지은 노래로, 황하와 제수가 모두 맑아짐을 노래한 것으로 태평성대가 되었음을 노래한 것임) 짓게 되었다. 농가에선 농사지을 빗물 마르는 것 애석히 여기고 뻐꾸기 곳곳에서 울어 씨뿌리기 재촉한다. 기수(안녹산 잔당이 있는 곳) 가의 병사들(업성을 포위하고 있는 군사)이 자기 집으로 돌아가기 게을리 말게, 남편 그리는 장안성 남쪽의 부인들 밤마다 수심어린 꿈을 꾼다. 어찌하면 장사(壯士)를 구하여 은하수 끌어다 갑옷과 무기 깨끗이 씻어 영원히 쓰지 않게 할 수 있을까?

위의 시는 336자 48구의 칠언배율로 된 시이다. 안사(안녹산과 사사명)의 난을 평정한 공신을 찬양하며 전쟁이 종식되어 이제는 태평스러운 세상이 되기를 바라는 간절함이 담겨 있다. 우리나라 경남 충무에 가면, 임진왜란 때 이순신 장군이 세운 삼군수군통제영 객사 이름이 '세병관(洗兵館)'이다. 아마도 이순신 장군도 임진왜란 같은 전쟁이 빨리 끝나고 태평스러운 날이 오기를 바라는 뜻에서 객사의 이름을 그렇게 지었을 것이다.

「세병마행」은 시의 마지막 구인 "정세갑병장불용(淨洗甲兵長不用)"의 '세병(洗兵)' 두 자를 따서 제목으로 삼았다. 이본에는 제목이 「세병행(洗兵行)」이라고도 되어 있다. 세상이 평화로워 다시는 전쟁할 필요가 없으므로 갑옷과 병기를 씻어 두고 군마(軍馬)를 풀어 사용하지 않음을 읊은 노래로, 당나라를 구한 곽자의·이광필·왕사례 등 여러 장수들의 높은 공을 고사(故事)로 인용하면서 찬양하였다.

『두소릉집(杜少陵集)』 6권에는 제목 아래에 "건원(乾元) 2년(759) 봄에 장안을 수복한 후 동도(낙양)에서 지은 것이다."라고 주를 달아 놓았다. 세상이 태평하여 하늘의 은하수에 무기를 씻어 두고 영원히 쓰지 않았으면 하는 바람을 담았다. 두보가 안녹산 난을 당한 후 국운(國運)에 대한 관심과 태평성대가 지속되기를 바라는 마음에서 이 시를 지은 듯하다. 조선시대 두보시를 한글로 번역한 이유를 알 수 있게 한다. 구구절절이 나라의 평화와 군주에 대한 충(忠)이 배어 있기 때문이다.

759년 두보는 낙양 옛집을 방문하고 아우를 그리워하였다.

득사제소식得舍弟消息: 아우의 소식을 듣고

난리 뒤이니 뉘라서 돌아오리오?	亂後誰歸得난후수귀득,
타향이 고향보다 나을 것이로다.	他鄕勝故鄕타향승고향.
줄곧 동생 안부로 마음 괴롭나니,	直爲心厄苦직위심액고,
오래도록 너와 생사를 함께할 일 생각하였다.	久念與存亡구념여존망.
너의 글은 아직 벽에 있건만,	汝書猶在壁여서유재벽,

너의 첩은 이미 집을 떠나버렸네.　　　　　　汝妾已辭房여첩이사방.

예부터 있던 개는 근심을 아는지,　　　　　　舊犬知愁恨구견지수한,

머리를 숙이고 내 침상 곁에 있네.　　　　　　垂頭傍我牀수두방아상.

　　이 시는 두보가 759년 봄 화주의 사공참군으로 있을 때 낙양 육혼현 옛집을 방문하여 쓴 시이다. 시에서 언급된 아우는 두영일 것이다. 이와 비슷한 시기에 「억제이수(憶弟二首: 아우를 생각하며)」에서 "난리 통에 아우가 허기와 추위 겪으며 하남의 제주에 있다는 말을 들었네. 사람이 없어 서신도 도착하지 않으니, 전란 중이니 어떻게 만날 수 있겠는가?"[34]라고 하여, 소식이 없음에 가슴 아파하였다. 그런데 뜻밖의 아우의 소식을 들은 것이다. 소식을 듣고도 처량한 마음이 든다. 이미 고향은 반군들에 의해 황폐화되었기에 타향보다도 못할 수 있다고 하였다. 그리고 줄곧 동생의 생사를 몰라 괴로웠다고도 하였다. 옛집은 빈집으로 너의 손때 묻은 글씨가 벽에 걸려 있고 동생 가족들은 뿔뿔이 흩어졌다는 것이다. 그래서 육기의 고사를 들어 동생에게 안부편지라도 전하고 싶다고 하였다.

　　진(晉)나라 육기(陸機)에게는 황이(黃耳)라는 개가 있었다. 육기가 낙양에 있을 때 오랫동안 고향집 소식이 없자, 웃으면서 황이에게. "네가 편지를 가지고 가서 고향집 소식을 가져올 수 있겠느냐?"고 하였다. 황이는 그 길로 고향집을 찾아가서 답신을 가지고 낙양으로 돌아왔다는 이야기이다. 두보가 지금 낙양에 있기에, 육기와 황이의 고사를 인용한 것이다. 한시비평 용어로 말하면 용사(用事)의 기법이다. 또한 전란 중에 죽은 사촌 아우를 애도한 시도 있다. "하북 하간은 아직도

---

34) 杜甫, 「憶弟二首」. "喪亂聞吾弟, 飢寒傍濟州. 人稀書不到, 兵在見何由."

전쟁 중, 너의 뼈는 빈 성에 있다네. 사람마다 종제(사촌아우)가 있으니, 평생 이 한이 진정되지 않을 것이다."35)라고 하여, 남들은 모두 사촌 아우가 있는데, 두보 자신만은 사촌 아우를 잃어 평생 한이 남게 되었다고 하였다. 어려울수록 피를 나눈 혈육들이 더 생각나는 것이 인지상정(人之常情)인가 보다. 시성(詩聖)이라 칭송받는 두보도 우리네와 똑 같은 심정이었다.

형제뿐만 아니라 친구도 생각이 났을 것이다. 건원 2년(759) 봄 두보(48세)가 화주에 있을 때 죽은 줄도 모르고 20년 만에 포주(蒲州)의 옛 친구를 찾아갔지만 만나지 못해 창자가 끊어지는 듯한 아픔을 느꼈다. 친구의 아들은 모르는 사이에 장가를 들어 아들딸을 줄줄이 거느리고서 반갑게 맞아주는 두터운 인정을 보였다. 친구의 아들로부터 환대를 받은 두보는 죽은 친구가 생각나서 슬퍼하는 등 만감이 교차되는 기분을 느꼈다. 그때 지은 시가 「증위팔처사(贈衛八處士)」이다. 위팔처사(衛八處士)는 두보의 친구가 아니라 친구의 아들이다.

증위팔처사贈衛八處士 : 위팔처사에게 주다

사람살이 서로 만나지 못함은,	人生不相見인생부상견,
아침저녁에 따로 떠오는 삼성과 상성 같구나.	動如參與商동여삼여상.
오늘 저녁은 다시 어떤 저녁인가?(반가움의 표현)	
	今夕復何夕금석부하석,
이 등잔 이 촛불을 함께 하였구나.(꿈인가 생시인가)	
	共此燈燭光공차등촉광.
젊고 건장한 때 얼마나 되는가?	少壯能幾時소장능기시,

---

35) 杜甫,「不歸」. "河間尚戰伐, 汝骨在空城. 從弟人皆有, 終身恨不平."

귀밑머리와 머리털 각기 이미 세었구려.　　鬢髮各已蒼빈발각이창.

옛 친구 찾아보면 반은 귀신이 되었으니,　　訪舊半爲鬼방구반위귀,

놀라 소리치매 창자 속이 답답하네.　　驚呼熱中腸경호열중장.

어찌 알았으랴, 이십 년 만에,　　焉知二十載언지이십재,

다시 그대의 집을 찾을 줄을.　　重上君子堂중상군자당.

옛날 헤어질 때에는 그대가 아직 장가들지 않았더니,

　　　　　　　　　　　　　　　昔別君未婚석별군미혼,

아들딸이 문득 줄을 이루었구나.　　兒女忽成行아녀홀성항.

기쁜 듯이 아버지의 친구를 공경하여,　　怡然敬父執이연경부집,

나에게 묻기를, '어디서 오시는 길입니까?' 하네.

　　　　　　　　　　　　　　　問我來何方문아래하방.

문답이 미처 끝나기도 전에,　　問答未及已문답미급이,

아들딸이 술과 술국을 늘어놓는구나.　　兒女羅酒漿아녀나주장.

밤비에 봄 부추 베어 오고,　　夜雨剪春韭야우전춘구,

새로 지은 밥엔 누런 찰기장이 간간이 섞여 있다네.

　　　　　　　　　　　　　　　新炊間黃粱신취간황량.

주인이 일컫기를 '만나 뵙기 어렵습니다' 하여,　主稱會面難주칭회면난,

대번에 열 잔의 술을 포개 마셨구나.　　一擧累十觴일거누십상.

열 잔을 마셔도 취하지 않으니,　　十觴亦不醉십상역불취.

아들의 옛정이 깊에 감동해서라네.　　感子故意長감자고의장.

내일이면 산 넘어 서로 멀리 떨어지리니,　　明日隔山岳명일격산악,

세상 일 양편 모두 어찌될지 아득해라.　　世事兩茫茫세사양망망.

　사람이 태어나서 서로 만나지 못하는 것이 초저녁 서쪽에 뜨는 별 삼성과 새벽 동쪽에 뜨는 별 상성 같아 만날 수가 없다. 오늘 저녁이

또 어떤 저녁인가? 오늘이 마치 어느 잔칫날 같다. 이 등잔 불빛을 함께 하다니, 살다보니 이런 날도 있네. 이게 꿈인지 생시인지 분간이 안 된다. 젊고 건장한 시절이 얼마나 되랴? 귀밑머리와 머리털이 각기 이미 하얗게 되었네. 옛 친구를 방문하니 난리 통에 반은 귀신이 되었으니 놀랄 울부짖으니 창자 속이 끓어 오른다. 어찌 알았으리오. 20년 만에 포주에 있는 그대의 집을 다시 찾을 줄을, 옛날 이별했을 때, 그대는 아직 장가가지 않았더니 아들딸이 줄을 이루었구나. 기쁜 듯이 아버지의 친구를 공경하여, 나에게 묻기를 '어디서 오시는 길입니까?' 하고 묻는다. 문답이 미처 끝나기도 전에 아이들을 내몰아 술과 안주를 벌려 놓는다. 밤비 속에 봄 부추(정구지)를 베어 오고, 새로 지은 밥에는 먹기 좋으라고 누런 기장이 섞여 있다. 위씨 집안의 같은 항렬의 8번째 되는 위 8처사(죽은 친구의 아들)가 일컫기를, '얼굴 뵈기가 어렵습니다.' 라고 하니, 단숨에 수십 잔을 들이 켰다. 내일 내가 산 넘어 가면 세상일이 다 아득할 것이다. 아마도 살아생전에는 만나기가 어려울 것이다. 두보는 이별의 아쉬움과 만남의 어려움을 노래하였다.

위의 시는 두보가 안녹산의 난으로 뿔뿔이 흩어져 그동안 만나지 못한 옛 친구가 사는 집을 찾아가서 쓴 시이다. 가 보니 친구는 이미 고인이 되었고, 그 친구의 아들 위팔처사가 반갑게 맞이해 주었다. 화주에 있는 두보가 약 140리(약 50Km) 떨어진 포주에 위치한 옛 친구 집을 찾은 것이다. 두보는 옛 친구가 죽은 줄도 모르고 20년 만에 찾아간 것이다. 친구도 없는 상황에서 그 친구의 아들과 자손들이 두보 자신을 환대해 주었다. 그래서 더욱 친구가 그립고, 죽은 친구를 생각하니 창자가 끊어지는 아픔까지 느낀다. 그리고 이미 머리가 허옇게 세어 오는 친구의 아들(위팔처사)은 왕래가 없는 사이에 장가를 들어 아들딸을 줄줄이 거느리고서 반갑게 맞이하였다. 죽은 친구의 손자 손녀들이 시키지 않아도 술과 술국을 날라다 놓고, 없는 살림에 정성을 다하느라 밤비가 부슬부슬 오는 데도 봄에 막 자란 부추를 베어 술안주로 가져오고, 손님을 위해 새로 지은 밥에는 입맛이 깔깔해 먹기 어려울까 봐 끈끈한 찰기장을 간간이 섞어 놓기도 하였다. 주인 곧 친구의 아들인 위팔처사가, "그동안 저희들이 찾아뵙지 못해서 죄송합니다마는, 어쩌면 그렇게도 만나 뵙기가 어렵습니까?"라고 말하는 사이에, 죽은 친구를 생각하고 슬퍼하는 등 만감이 교차하여 대번에 열 잔의 술을 연거푸 마신 것이다.

이때 지은 시가 「증위팔처사(贈衛八處士)」이다. 안녹산의 난으로 세상이 어수선한 틈에 옛 친구는 잘 있는지 찾아 나섰지만, 이미 반은 귀신이 되었고, 위팔처사의 아버지도 죽고 없다. 이 시는 두보가 48세 때 쓴 작품으로 쓸쓸한 삶의 모습에서 친구의 빈자리를 확인할 수 있다. 죽마고우(竹馬故友)·관포지교(管鮑之交) 등으로 친구와의 우정을 강조하는 고사성어도 있다. 친구와의 우정도 옛날 같이 않은 이 시대에 한 번쯤 옛 친구들을 떠올리며 그들의 안부도 물어 보고 주변을 살피는 삶을 살면 더욱 좋을 것이다. 아마도 「증위팔처사(贈衛八處士)」를 노래한 두보도 그렇게 하기를 바랄 것이다.

위의 시 제6구인 "빈발각이창(鬢髮各已蒼)."의 "창(蒼)"은 "푸르다"와 "세다"의 의미가 있다. 두보가 이 시를 창작한 때가 48세 때이니, '白(백)'으로 표현하기는 어려웠을 것이다. 그래서 '머리가 하얗게 세다'는 의미인 '蒼(창)'자로 표현했던 것이다.

몇 년 전 학술대회에 있었던 일이다. 위의 시를 잘못 번역하여, '위팔처사'가 두보의 친구인 줄 알고 중국 유학생 한 분이 질문을 하였다. 그래서 국내 번역서들을 들춰보니, 위팔처사가 20년 전에 죽은 두보의 친구로 번역되어 있거나 문맥적 의미가 그렇게 읽히고 있었다.

하지만 위팔처사는 죽은 두보의 친구가 아니라, 그 죽은 친구의 아들인 것이다. 살아 있는 줄만 알고 화주 사공참군으로 있으면서 잠시 짬을 내어 약 50Km 정도 떨어져 있는 이웃 고을 포주로 친구를 찾아 나섰던 두보이다. 그런데 그 친구는 이미 20년 전에 죽었고 '옛날 아직 장가들지 않았던 아들은, 이제 장가를 들어 아들 딸 들이 줄을 이루고 있었고, 그들이 술상을 차리는 데에도 한 몫 하였다.'는 것이 두보의 회상이다. 두보는 친구가 없는 상황인데도 융숭한 대접을 받아 더욱 친구가 그립다는 이야기이다. 그래서 중국인 유학생에게 위팔처사는 두보의 친구가 아니고, 20년 전에 죽은 친구의 아들이라고 설명해주었다. 시중의 번역서도 위팔처사가 두보의 친구가 아니라 죽은 친구의 아들로 수정되기를 바란다.

정성을 다해 아버지 친구인 두보 자신을 대접하는 이런 현실의 묘사가 인간사이면서 자연묘사이다. 인간의 삶도 자연의 일부이기 때문이다. 이 세상 모든 인간의 활동은 자연의 일부인 것이다. 그래서 두보의 이런 삶의 모습이 사실적으로 묘사된 것이 선비의 자연관이라 할 수 있다. 산천초목만 노래하는 것이 자연이 아니라, 자연의 일부인 우리의 삶을 노래한 이런 류(類)의 시도 자연이면서 유자(儒者)의 자연관이라 칭할 수 있는 것이다.

사사명은 다시 반군을 이끌고 낙양을 공격하였다. 그 바람에 758년 연말에 잠시 낙양 육혼장 집에 머물고 있던 두보는 759년 봄에 다시 화주로 돌아왔다. 화주로 돌아오는 길은 전란의 분위기가 팽배해져 민심도 어수선하였다. 그때 신안(新安, 하남성 신안현 소재) 부근에서 본 상황을 두보는 이른바 '삼리삼별(三吏三別)', 곧 「신안리(新安吏), 신안 지방의 관리」·「동관리(潼關吏), 동관 지방의 관리」·「석호리(石壕吏), 석호 지방의 관리」의 삼리(三吏)와 「신혼별(新婚別), 신혼의 이별」·「수로별(垂老別, 늙은이의 이별)·「무가별(無家別, 가족 없는 이별)」 등 삼별(三別)의 시로 표현하였다. 이때의 시는 역사적 사실이 반영된 시이기에 시사(詩史)라고도 평한다.

　759년 곽자의·이사업·이광필 등 9명의 절도사가, 아버지 안녹산을 죽이고 반란군 우두머리가 된 안경서를 치자, 안경서가 사사명에게 도움을 청해 오히려 반란세력이 업성(鄴城)에서 당(唐)나라 관군을 대파시켰다. 그때 두보가 낙양을 떠나 화주로 돌아가는 도중 신안에 이르렀을 때 군사를 모집하는 장면을 보고 지은 것이 「신안리(新安吏)」이다. 그리고 두보가 동관을 지나면서 안사 반군의 침입을 대비하기 위해 성(城)을 수리하는 군인들의 노고를 읊은 것이 「동관리(潼關吏)」이다. 그리고 아들 3명을 모두 싸움터로 보내고 두 아들을 잃은 후 또 군인을 징집하려온 관리에게 할아버지 대신 붙들려가는 어느 할머니와 며느리 이야기가 「석호리(石壕吏)」이다. 차례대로 감상해 보자. 모두 48세 때 지은 작품이다.

신안리新安吏: 신안 지방의 관리(아전)

나그네(두보 자신)가 신안 길을 지나다가,	客行新安道객행신안도,
시끄럽게 군대 점호하는 소리를 들었네.	喧呼聞點兵훤호문점병.
신안의 관리에게 내 묻기를,	借問新安吏차문신안리,
'고을이 작아 더 뽑을 장정이 없지 않소' 하니.	縣小更無丁현소갱무정,
'관청에서 소집영장이 어제 밤에 내려와서,	府帖昨夜下부첩작야하,
2차로 뽑아 중남이 가게 되었다.'고 한다.	次選中男行차선중남행.
중남은 너무나 체구가 작아,	中男絶短小중남절단소,
어떻게 왕성[낙양]을 지킬까?	何以守王城하이수왕성.
건장한 사내는 모친이 배웅 나왔는데,	肥男有母送비남유모송,

야윈 사내 홀로 비리비리 서 있다. 瘦男獨伶俜수남독영빙.
흰 물결(떠나는 사람)은 저물녘 동으로 흐르고, 白水暮東流백수모동류,
푸른 산(남은 사람)은 오히려 곡소리를 내네. 青山猶哭聲청산유곡성.
저절로 눈물이 말라버리게 하지 말고, 莫自使眼枯막자사안고,
이제 마구 쏟아지는 눈물을 거두라. 收汝淚縱橫수여누종횡.
눈물이 마르고 뼈가 드러나도 眼枯卽見骨안고즉견골,
천지(당나라 조정)는 끝내 무정한 것이라. 天地終無情천지종무정.
아군이 상주(업성)를 수복하여, 我軍取相州아군취상주,
밤낮으로 반군이 평정되기를 희망하였다네. 日夕望其平일석망기평.
뜻밖에도 반군의 상황 예측하기 어려워, 豈意賊難料기의적난료,
패전한 군사들 별처럼 흩어져 돌아올 줄이야. 歸軍星散營귀군성산영.
옛 보루 가까운 곳에서 양식을 보급 받고, 就糧近故壘취량근고루,
동도(낙양)에 의지해서 훈련을 받는다네. 練卒依舊京연졸의구경.
해자를 파도 물이 나오는 데까지 파지 않고, 掘壕不到水굴호부도수,
말을 기르되 그 일 또한 쉽다네. 牧馬役亦輕목마역역경.
더구나 왕사(관군)는 순리를 따르니, 況乃王師順황내왕사순,
잘 먹이고 보살핌이 매우 분명하다오. 撫養甚分明무양심분명.
장정 보내며 피눈물 흘리지 마오, 送行勿泣血송행물읍혈,
지휘관(곽자의)도 부형처럼 친절할 것이오. 僕射如父兄복야여부형.

내가 나그네가 되어 신안의 길을 가는데, 시끄럽게 군대를 점호하는 소리를 들었다. 그래서 신안의 관리에게 다가가서 그 이유를 묻기를, "이 고을은 작은 마을이라 징집될 장정이 더 없지 않소."라고 하니, 신안의 관리가 말하기를, "엊저녁에 관청에서 소집영장이 내려 왔습니다. 그래서 아직 군대에 갈 나이도 안 된 중남(18세 이상~23세 미만)

을 제2진으로 내 보내는 것입니다.”라고 한다. 이에 중남을 보니, 신체 조건이 너무 작고 약한 데가 있어, ‘이들이 어떻게 낙양을 지킬 수가 있을까?’하는 의문이 든다. 그나마 살찐 중남은 모친이 배웅까지 나와 주었는데, 비쩍 마른 중남은 혼자 나와 비리비리 서 있다. 황혼 무렵 허옇게 비치는 시냇물이 동쪽으로 흘러가는 것처럼, 징집된 사내들은 동쪽으로 가고, 푸른 산이 통곡하는 것처럼 남겨진 부모 형제들이 통곡한다. 여기 모인 여러분 눈물샘이 마를 때까지 울지 마시오. 줄줄 흘리는 눈물을 거두시오. 눈물이 마르고 광대뼈가 드러나도록 운다고 해도 천지(조정)는 끝내 무정할 것이오. 왜냐하면 형세가 아주 어려워 각 개인에게 너그럽게 봐주기가 어렵기 때문이오. 아군이 안경서 군대가 주둔하고 있는 상주(업성)를 공략한다고 해서 우리는 밤낮으로 난이 평정되기를 바랐는데, 어찌 반란군의 힘이 예측하기 어렵다오. 아군이 패하여 각 진영으로 흩어져 돌아올 줄을 생각이나 했겠소. 그래서 아군은 식량을 찾아 옛 보루로 와서 옛 수도 낙양에서 군사 훈련을 받고 있소. 군인들은 거기에서 참호를 파는데, 물도 안 나오는 곳까지 얕게 파고, 말을 길러도 그 노역은 심하지 않소. 더군다나 우리 관군은 모든 것이 순리를 따르고, 군사들을 훈련시켜도 모든 제도가 분명하오. 그러니 싸움터로 보내되 피눈물은 흘리지 마오. 군대의 총 책임자인 곽자의 장군은 부형과 같이 인자한 분이오.

마지막 부분은 한 마디로 전송하는 이들을 위로한 구절이다. 앞에 징발한 군대가 흩어져 버리고 뒤에 계속해서 무작위로 징발해가니 남은 사람들의 마음이 두려워하게 될 것을 염려한 것이다. 그래서 양식이 있는 곳으로 가서 보급도 받고 아직은 싸움터에 나아가는 것이 아니라 낙양에서 군사 훈련도 받는다고 한 것이다. 또한 해자를 파고 말을 돌본다고 하여, 하는 일이 위험한 일이 아님을 드러내고

있다. 게다가 관군은 정의의 군대로 반란군을 압도해서 반드시 승리
할 것이고 지휘관은 부형처럼 군사들을 보살펴 줄 것이라고 하여,
징집된 부모형제들을 안심시키고 있다.

위의 시는 두보가 48세 되던 해(759) 화주의 사공참군으로 있을 때,
낙양을 떠나 화주로 돌아오는 길에 하남성 신안현에서 군인들을 징집
하는 장면을 보고 쓴 시이다. 얼마나 다급했으며, 나이도 차지 않은
미성년자들까지 싸움터로 내보낸다. 그런 미성년자를 싸움터로 내보
낼 수밖에 없는 당시의 현실을 고발한 시이다. 그러면서 한편으로는
징집된 군인들은 잘 먹게 될 뿐만 아니라 군사 훈련도 순리에 맞게
받게 될 것이고 하는 일도 고되지 않을 뿐만 아니라 장군은 부형처럼
친절하게 군졸들을 돌보아 줄 것이라고 하면서, 부형들을 안심을 시
키고 있다. 애국 충절의 시로, 궁중의 좌습유 시절에 보지 못했던 참여
시이다.

「동관리(潼關吏)」도 살펴보자.

동관리潼關吏: 동관 지방의 관리(아전)

군사들 어찌 저렇게 고생스러운가?	士卒何草草사졸하초초,
동관 길목에 성을 쌓네.	築城潼關道축성동관도.
큰 성은 철옹성도 못 당하고,	大城鐵不如대성철불여,
작은 성은 만 장이 넘는다네.	小城萬丈餘소성만장여.
동관 벼슬아치에게 물어보니,	借問潼關吏차문동관리,
"관문 고쳐 오랑캐 다시 대비하는가?"	修關還備胡수관환비호.
나를 말에서 내려 걷게 하고,	要我下馬行요아하마행,
나를 위해 산모퉁이 가리키네.	爲我指山隅위아지산우.
"늘어선 방책 구름에 닿을 지경으로,	連雲列戰格연운열전격,

나는 새도 넘을 수 없을 정도고요.　　　　　飛鳥不能踰비조불능유.

반군이 습격해도 스스로 지키기만 한다면,　　胡來但自守호래단자수,

어찌 다시 서도(장안)를 걱정하리오.　　　　豈復憂西都기부우서도.

어르신 요새를 보십시요,　　　　　　　　丈人視要處장인시요처,

좁아서 겨우 수레 한 대 지나가요.　　　　窄狹容單車착협용단거.

어려운 시절에 긴 창 휘두르며,　　　　　艱難奮長戟간난분장극,

언제나 한 사람이면 되지요."　　　　　　萬古用一夫만고용일부.

"슬프도다 도림의 전투여,　　　　　　　哀哉桃林戰애재도림전,

백만 군사 물고기밥 되었다네.　　　　　百萬化爲魚백만화위어.

관문 지키는 장수에게 부탁하오니,　　　　請囑防關將청촉방관장,

부디 가서한을 본받지 마시오."　　　　　愼勿學哥舒신물학가서.

　병사들은 어찌 저렇게 고생스럽게 바삐 움직이는가? 동관 길목에 성을 쌓기 위함이로다. 큰 성은 철옹성도 못 당하고 작은 성은 높이가 만여 장이나 된다. 마치 큰 성은 철옹성보다 견고해 보이고 작은 성은 만여 장 높은 산에 솟아 있다. 동관의 벼슬아치 있어 물어보니, "관문 고쳐 다시 반란군의 군대를 대비한다."고 하네. 나를 말에서 내려 걷게 하면서 산모퉁이를 가리키면서 하는 말이 "늘어선 방책이 구름까지 닿아 있어 나는 새도 넘을 수 없다. 반란군의 군대가 다시 쳐들어와도 방책이 잘 되어 있어, 지키기만 하면 다시 장안을 걱정 안 해도 된다." 고 일러 주네. 그러면서 "나리 요새를 보세요, 길이 좁아 겨우 수레 한 대 다닐 정도에요. 어려울 때 한 사람이 긴 창을 휘두르고 막아서면 오랫동안 당할 자가 없지요."라고 한다. 이에 작중 화자 두보는 "하남성 영보현 도림에서 반란군 군대에 대패해서 고기밥이 된 백만 군사가 슬프도다. 관문 지키는 장수에게 부탁하노니, 부디 동관 전투에서

분전하다가 전사(戰死)한 투르크인 가서한의 전철을 밟지 마시오."라
고 하여, 패전에서 교훈을 찾기 바라면서 경계하였다.

두보가 「동관리」에서 도림천 패배와 천보 15년(756) 6월 동관 전투
에서 가서한이 20만의 대군으로도 대패한 사실을 환기하면서 부디
이길 수 있도록 수비를 단단히 할 것을 당부하였다.

장안이 수복되고 숙종이 환도하여 좌습유의 벼슬을 거쳐 화주의
사공참군으로 좌천될 때까지 두보는 현실참여적인 시를 그다지 남기
지 않았다. 아마도 개인적인 문제가 더 급선무였을 것이다. 그러나
화주의 사공참군으로 좌천된 후부터 그의 건강한 시선이 사회문제로
확대되어 시(詩)로 화(化)하였다.

삼리(三吏) 중에서도 「석호리(石壕吏)」가 가장 잘된 작품으로 평가를
받는다. 이 한편의 시로 당시의 민중들의 삶을 사실적으로 살펴볼
수 있다. 그래서 두보의 시를 시사(詩史)라고도 한다.

석호리石壕吏: 석호 지방의 관리(아전)

날 저물어 석호촌에 투숙하니,	暮投石壕村모투석호촌,
관리가 있어 밤에 사람을 잡으려 왔네.	有吏夜捉人유리야착인.
늙은 할아비는 담 넘어 달아나고,	老翁踰牆走노옹유장주,
늙은 할멈은 문 밖에 나가보네.	老婦出門看노부출문간.
관리의 호출이 어찌 그리도 노했으며,	吏呼一何怒이호일하노,
할멈의 울음은 어찌 그리도 괴로운가?	婦啼一何苦부제일하고.
할멈이 관리 앞에 나아가 하는 말 들으니,	聽婦前致詞청부전치사,
"세 아들이 업성(상주)에 수자리 나갔는데,	三男鄴城戍삼남업성수.
한 아들이 편지를 보내오기를,	一男附書至일남부서지,
두 아들이 최근에 전사했다 하오.	二男新戰死이남신전사.

살아있는 자는 억지로라도 살아가겠지만,	存者且偸生존자차투생,
죽은 자는 영영 그만이로다.	死者長已矣사자장이의.
집안에는 다시 사람이라곤 없고,	室中更無人실중갱무인,
오직 젖먹이 손자만 있다오.	惟有乳下孫유유유하손.
손자에게 떠나지 않은 어미가 있지만,	孫有母未去손유모미거,
출입할 변변한 치마도 없다오.	出入無完裙출입무완군.
이 늙은 할멈 기력은 비록 쇠하나,	老嫗力雖衰노구력수쇠,
청컨대 나리를 따라 이 밤중으로 가서,	請從吏夜歸청종리야귀,
급히 하양 부역에 응해서,	急應河陽役급응하양역,
오히려 새벽밥을 지을 수 있다오."	猶得備晨炊유득비신취.
밤이 깊어지자 말소리 끊어지고,	夜久語聲絶야구어성절,
마치 울며 목 메인 소리 들리는 것 같다.	如聞泣幽咽여문읍유열.
날이 밝아 길 떠날 때에,	天明登前途천명등전도,
홀로 늙은 할아비와 작별하였다.	獨與老翁別독여노옹별.

날이 저물어 하남성 석호촌에 잠자리를 마련했는데, 밤중에 관리가 와서 사람들을 마구 잡아간다. 이에 놀란 할아버지는 담을 넘어 도망치고, 할머니는 관리를 맞이하러 문 앞에 나아간다. 관리 계속해서 큰 소리로 호통하고, 할머니는 꼼짝 못하고 서서 울면서 괴로워한다. 그때 할머니가 관리 앞에 나아가 하는 말을 들으니, "우리 집 아들 세 명은 모두 안경서 반군을 포위하는 업성(상주)의 싸움터에 참가하고 있다오. 한 아들이 편지를 보내 왔는데, 두 아들이 최근에 전사했다고 하였소. 그러니 살아 있는 아들도 돌아오지 못해 구차하게 살기를 바라지만, 죽은 아들은 모든 게 끝장난 거지요. 그러니 집안에는 다시 사람이라곤 없소. 오직 젖먹이 손자 하나 있는데, 그 어미는 아직 남편

따라 죽지 못하고 있으나, 외출할 때 입을 변변한 치마 하나 없소. 그리고 이 늙은 할멈은 비록 기력이 쇠약하지만, 청컨대 나리를 따라 이 밤중으로 급히 가서 하양의 싸움터에 당도하면 새벽 밥 짓는 일에 참여할 수 있을 것입니다."라고 한다. 밤이 깊어지자 말소리 끊어지고, 할멈과 며느리가 이별하면서 울며불며 오열하는 소리만 들렸다. 날이 밝자 다시 여정에 오르는데 할머니와 며느리는 보이지 않고 할아버지와 이별을 고하였다.

위의 시는 759년 3월에 곽자의와 이사업 등 관군 연합군이 업성(상주)에서 안경서와 사사명의 반란군에게 패하자 새로운 침입에 대비하기 위해 무자비한 징병을 가하는데, 그 폐해를 할멈의 목소리를 통해 진술하게 표현한 사회시(참여시)이다. 아들 3명을 싸움터로 보내고 2명은 이미 전사자가 되었는데도 다시 징병하러 와서 늙은 할아버지를 끌고 가려고 한 것이다. 이에 할머니가 자청해서 내가 대신 가서 군사들의 밥 짓는 일을 하겠다고 한 것이다. 다음 날 아침에 보니, 할머니와 며느리는 끌려가고 보이지 않는 상황이다. 석호리 아전이 무자비하게 백성을 징집하여 하양을 지키도록 한 것이다. 전란으로 인한 백성들의 피해를 사실적이면서 담담한 어조로 잘 형상화한 참여시이다.

두보의 「신혼별(新婚別)」·「수로별(垂老別)」·「무가별(無家別)」은 삼별(三別)로, 전란으로 인한 이별을 사실적으로 형상화한 시이다. 작품을 감상해 보자.

신혼별新婚別: 신혼의 이별

토사(기생만초)가 쑥이나 삼에 붙어,   兔絲附蓬麻토사부봉마,

넝쿨을 뻗더라도 자라지 못하네.   引蔓故不長인만고부장.

출정 군인에게 딸을 시집보냄은,
嫁女與征夫가녀여정부,

길가에 버리는 것보다 못하네.
不如棄路傍불여기노방.

머리 올려 아내가 되었지만,
結髮爲妻子결발위처자,

잠자리는 임의 침상을 덥히지도 못한다네.
席不煖君牀석불난군상.

저녁에 혼인하고 새벽에 이별을 고하니,
暮婚晨告別모혼신고별,

곧 너무도 급한 것 아닌가요?
無乃太忽忙무내태홀망.

임이 가시는 곳 비록 멀지 않다지만,
君行誰不遠군행수불원,

변방을 지키러 하양 땅으로 가시지요.
守邊赴河陽수변부하양.

첩의 신분이 아직 분명하지 않으니,
妾身未分明첩신미분명,

어떻게 시부모님께 절을 올려야 하나요?
何以拜姑嫜하이배고장.

부모님 나를 기를 때,
父母養我時부모양아시,

밤낮으로 나로 하여금 규방에서 키웠지요.
日夜令我藏일야령아장.

딸을 낳으면 시집보내야 하고,
生女有所歸생녀유소귀,

닭이나 개도 가지고 가지요.
雞狗亦得將계구역득장.

임이 이제 사지로 가시니,
君今生死地군금생사지,

침통함이 창자 속까지 치민다오.
沈痛迫中腸침통박중장.

맹세코 임 가는 곳을 따르고 싶지만,
誓欲隨君去서욕수군거,

그러면 사정이 도리어 어렵게 되겠지요.
形勢反蒼黃형세반창황.

신혼이라는 생각은 하지 마시고,
勿爲新婚念물위신혼념,

노력하시어 군대 일에 힘쓰세요.
努力事戎行노력사융항.

아녀자가 군영 안에 있으면,
婦人在軍中부인재군중,

병사들의 사기 떨치지 못할까 두렵습니다.
兵氣恐不揚병기공불양.

가난한 집 딸이 스스로 한탄하되,
自嗟貧家女자차빈가녀,

오랜만에 비단치마 저고리를 장만했다오.
久致羅襦裳구치나유상.

비단 옷을 다시는 입지 않을 것이고,
羅襦不復施나유불부시,

임이 보는 앞에서 화장을 지웁니다.　　　對君洗紅粧대군세홍장.
고개 들어 새들 나는 것을 보니,　　　仰視百鳥飛앙시백조비,
큰 새도 작은 새도 반드시 쌍쌍으로 납니다.　大小必雙翔대소필쌍상.
인간사 어긋나는 일이 많아도,　　　人事多錯迕인사다착오,
임과 영원히 서로 바라보며 살아갈게요.　與君永相望여군영상망.

　일년생 실과 같은 줄기로 다른 식물에 붙여 사는 풀이 쑥과 삼에
기생하니 의지할 것이 작아 넝쿨을 제대로 뻗어 나가려 해도 길게
나아갈 수가 없다. 이는 좋은 사람에게 시집가지 못함을 비유한 것이
다. 따라서 딸을 싸움터로 나가는 병사에게 시집보내는 것은 차라리
길가에 내버리는 것만도 못하다고 한 것이다. 머리를 땋아 쪽을 찌고
당신의 아내가 되어 잠자리에서 당신의 침대를 따뜻하게 해 주지도
못하고, 저녁에 혼인하고 새벽에 이별을 고하니 매우 다급한 것이
아닌가요? 당신이 비록 집에서 멀리 떠나지 않고 하양 전쟁터에 나가
변방을 지킨다고 하지만, 저는 아직 신부로서의 완전한 의식으로 사
당에 정식으로 인사를 올리지 못한 불분명한 신분이니 어떻게 시부모
를 뵈어야 합니까? 우리 친정 부모님 저를 기를 제 밤낮으로 잘 되기
를 빌었지요, 딸을 낳으면 으레 시집을 보내야 하고 시집가서 잘 살라
고 닭이나 개를 함께 보내지요. 그런데 지금 당신은 사지로 가니 그
침통함이 저의 창자를 끊는 것 같습니다. 기어코 당신을 따라가고자
하나, 그러면 사정이 도리어 어렵게 되겠지요. 제발 신혼의 꿈을 버리
시고 군인의 임무에 최선을 다해 주세요. 한나라 때 이릉의 군대처럼
부인이 군영에 있으면 사기가 떨어질까 두려워 따라 가지 않겠습니
다. 저 스스로 한탄합니다. 제가 가난한 집안에 태어나 오랜만에 비단
옷을 만들어 왔는데, 앞으로 비단 옷을 다시는 입지 않을 것이고 그대

가 돌아올 때까지는 화장도 하지 않을 것입니다. 저 온갖 새가 날아감을 볼 때 큰 새든 작은 새든 모두 암수 쌍쌍이 날아가지만 사람의 일이란 어긋나는 일이 많지만, 당신과 영원히 멀리서 서로 바라보며 살아가겠습니다.

결혼한 지 하룻밤 만에 남편을 싸움터가 있는 하양으로 보내야 하는 신부의 하소연으로, 당시의 민중들의 괴로움을 잘 표현한 작품이다. 시집 와서 3일이 되어야 시가(媤家)의 조상 사당에 고(告)하고 정식으로 며느리 신분이 된다. 그런데 혼인한 이튿날에 남편을 싸움터로 보내니 신부의 신분이 애매하다. 위의 시 「신혼별」은 첫 2구는 『시경(詩經)』의 흥(興)과 같다. 흥은 먼저 객관적 사물을 노래하고 나중에 정서를 인간사에 비유하는 시작법 중의 하나이다. 『시경』 「관저」장에서 먼저 물가에 있는 저구새의 정이 두터운 점을 노래한 후, 문왕과 태사와의 군자호구(君子好逑)를 노래한 것을 말한다. "관관이 우는 저구새는(關關雎鳩관관저구), 하수의 모래섬에 있도다(在河之洲재하지주). 요조숙녀가(窈窕淑女요조숙녀), 군자의 좋은 짝이다(君子好逑군자호구)."라고 한 것은, 시집오는 태사가 덕이 있어 보여 저구새가 하수의 모래섬에서 화(和)하게 울고 있으니, 이 요조숙녀가 '어찌 군자의 좋은 짝이 아니겠는가?'라는 뜻이다. 여기서도 토사는 신부에 비유되고, 쑥이나 삼은 싸움터에 끌려가는 남편에 비유되었다. 소나무와 전나무처럼 큰 나무에 달라붙어 크면 토사의 넝쿨도 무한정으로 뻗어 나갈 수 있는데, 키가 작은 쑥이나 삼에 의지하면 길게 뻗을 수 없다. 이는 쑥이나 삼 같은 남편이 사지인 싸움터로 출정하기 때문에 전사할 남편과 해로하지 못할 것을 암시하였다. 첫날밤만 보내고 생이별하는 신부의 애련한 독백조가 심금을 울린다.

수로별垂老別: 늙은이의 이별

성 외곽 사방이 아직 안정되지 않아,	四郊未寧靜사교미녕정,
늘그막에 편안하지 못하네.	垂老不得安수로부득안.
자손은 군대에서 다 죽었으니,	子孫陣亡盡자손진망진,
어찌 이 몸 홀로 온전할까?	焉用身獨完언용신독완.
지팡이 내던지고 문을 나서니,	投杖出門去투장출문거,
동행하는 사람도 마음 아파한다.	同行爲辛酸동행위신산.
다행히 치아는 남아 있으나,	幸有牙齒存행유아치존,
슬픈 것은 골수가 마른 것이다.	所悲骨髓乾소비골수간.
남아가 이미 갑옷과 투구를 갖추었으니,	男兒旣介胄남아기개주,
길게 읍하고 상관과 작별하리라.	長揖別上官장읍별상관.
늙은 아내는 길에 누워 우는데,	老妻臥路啼노처와노제,
세모에 입은 옷은 홑옷(여름옷)이네.	歲暮衣裳單세모의상단.
누가 이것이 사별인 줄을 알랴만,	孰知是死別숙지시사별,
또한 아내가 추운 것이 가슴 아프다.	且復傷其寒차부상기한.
이번 떠나면 반드시 돌아오지 못할 것이니,	此去必不歸차거필불귀,
밥을 권하는 말 거듭거듭 들린다.	還聞勸加餐환문권가찬.
토문관 성벽은 매우 견고하며,	土門壁甚堅토문벽심견,
적군이 행원을 지나기는 또한 어렵다 한다.	杏園度亦難행원도역난.
지금의 형세는 업성(상주)의 일과 다르니,	勢異鄴城下세이업성하,
설사 죽더라도 때는 오히려 늦춰진다고 한다.	縱死時猶寬종사시유관.
인생에는 헤어지고 만남이 있으나,	人生有離合인생유이합,
어찌 노쇠한 때를 택하겠는가?	豈擇衰老端기택쇠로단.
옛날 젊은 시절을 회상하고,	憶昔少壯日억석소장일,
머뭇거리다가 결국 길게 탄식하네.	遲廻竟長嘆지회경장탄.

온 나라가 다 출정하여 수자리를 서니,	萬國盡征戍만국진정수,
봉화가 산과 언덕을 뒤덮었네.	烽火被岡巒봉화피강만.
쌓인 주검으로 초목은 비리고,	積屍草木腥적시초목성,
흐르는 피로 하천과 들판이 붉네.	流血川原丹유혈천원단.
어느 고을이 낙토가 되겠는가?	何鄕爲樂土하향위낙토,
어찌 감히 서성이고 머뭇거리겠는가?	安敢尙盤桓안감상반환.
쑥대 집 같은 오막살이 버리고 떠나려니,	棄絶蓬室去기절봉실거,
애통하여 가슴이 찢어지네.	塌然摧肺肝탑연최폐간.

사방이 평화롭지 못하니 늘그막에 나도 편안할 수가 없다. 아들과 손자는 싸움터에서 모두 죽었으니 어찌 내 몸만 홀로 안전할까? 지팡이 던지고 문을 나서니 동행자가 다 괴로워한다. 나는 다행이 치아는 성하지만 뼛속이 말라 버렸음이 슬프다. 그렇지만 나도 남아로서 전투복을 입었으니 상관에게 고별을 해야 한다. 싸움터로 끌려가는 나를 본 늙은 아내는 길바닥에 누워 뒹굴면서 우는데, 겨울 날씨라 추운데도 여름옷인 홑옷만 걸치고 있다. 누가 이것이 사별이 될 줄을 알랴? 또한 늙은 아내가 추위에 떠는 것이 안타깝다. 이번에 가면 다시는 돌아오지 못할 줄 알면서도 밥 많이 먹으라는 아내의 당부하는 소리가 귓가에 들린다. 하양 근처인 토문 땅의 성벽은 단단하고 하남성 급현의 행원진으로는 반란군들이 건너오기 어렵다고 한다. 지금 형세가 지난 번 업성 밑에서 곽자의, 이사업 등 9명의 절도사 연합군이 반란군에게 대패했던 때와는 달라 비록 죽는다 해도 그렇게 다급하지 않고 여유가 있을 것이다. 인생에서 헤어짐과 만남의 일을 어찌 노쇠하다고 해서 벗어나겠는가마는 다만 몸이 젊지 않으니 자기도 모르는 사이에 머뭇거리게 될 뿐이다. 늙은 아내를 위로하면서 자기 자신에

게도 위로하고 있다. 온 나라가 전쟁 중이라 봉화는 모든 산에 이어졌고 초목에는 시체가 쌓여 비린내가 코를 찌르며 개울과 언덕에는 피가 흘러 붉다. 전 국토가 피로 얼룩졌다. 이런 판국에 어디라고 낙토가 있겠는가? 왜 주저하고 머뭇거리는가? 저 다북쑥 같은 오막살이일망정 버리고 떠나자니 덜컥 가슴이 찢어지는 것 같다. 난리를 슬퍼하면서도 자신을 분발시키고 있다.

  안녹산의 난 막바지에 군사들이 모자라 아들과 손자까지 싸움터에서 잃은 늙은 노인을 징집하는 처참한 상황을 시로 표현하였다. 모든 것을 체념하고 싸움터로 떠나는 노인과 그 노인을 길바닥에서 뒹굴면서 붙잡으려는 늙은 아내, 그러면서 밥 많이 먹고 잘 견디어 내라는 당부까지 하는 노파의 모습에서 애처로움이 묻어난다. 늙은 부부의 한탄과 서러움으로 당시의 비참했던 사회상을 사실적으로 묘사하였다. 이 작품도 직접 전쟁터에 나아가는 늙은 노인의 말을 통해 부부간의 애정과 분개함으로 인해 집을 버리고 싸움터에 나가는 장면이 선명하게 그려졌다.

무가별無家別: 가족 없는 이별

적막하고 쓸쓸한 천보 이후에,	寂寞天寶後적막천보후,
밭과 오두막에 다만 쑥과 명아주뿐이다.	園廬但蒿藜원려단호려.
우리 마을은 백여 호가,	我里百餘家아리백여가,
세상이 어지러워 각자 사방 흩어졌네.	世亂各東西세란각동서.
산 사람은 소식 없고,	存者無消息존자무소식,
죽은 이는 흙과 티끌이 되었네.	死者爲塵泥사자위진니.
천한 이 몸 전쟁에 패하여,	賤子因陣敗천자인진패,
고향에 돌아와 옛 길을 찾아보네.	歸來尋舊蹊귀래심구혜.

한참을 가도 텅 빈 골목만 보이고,　久行見空巷구행견공항,

햇살도 침침하고 기상도 처량하네.　日瘦氣慘悽일수기참처.

다만 여우와 살쾡이 만나니,　但對狐與狸단대호여리,

털을 곤추세운 채 나에게 으르렁대네.　竪毛怒我啼수모노아제.

사방 이웃에는 무엇이 있는가?　四隣何所有사인하소유,

한 두 늙은 과부뿐이라네.　一二老寡妻일이노과처.

깃들려는 새도 옛 가지를 그리워하는데,　宿鳥戀本枝숙조연본지,

어찌 또한 궁핍한 처소라고 사양할까?　安辭且窮棲안사차궁서.

바야흐로 봄이 되어 홀로 호미 메고,　方春獨荷鋤방춘독하서,

저물녘에 다시 밭두렁에 물을 대네.　日暮還灌畦일모환관휴.

현의 관리 내가 돌아온 것 알고,　縣吏知我至현리지아지,

나를 불러 북 치는 연습 시키네.　召令習鼓鞞소령습고비.

비록 고을 안에서 일을 하게 되었지만,　雖從本州役수종본주역,

안을 둘러보아도 헤어질 가족은 없네.　內顧無所攜내고무소휴.

가까운 곳에 가도 오직 내 한 몸 신세,　近行止一身근행지일신,

멀리 간다면 결국 길을 잃을 것이다.　遠去終轉迷원거종전미.

집과 고향 이미 (가족들) 다 없어져,　家鄕旣盪盡가향기탕진,

멀거나 가깝거나 이치(쓸쓸함)는 매 한 가지네.　遠近理亦齊원근리역제.

영원히 애통하기는 오랜 병 끝에 돌아가신 어머니,

　永痛長病母영통장병모,

오년 동안이나 구렁에 버려 둔 일이네.　五年委溝溪오년위구계.

나를 낳아 누리시지도 못하고,　生我不得力생아부득력,

종신토록 우리 모자는 슬퍼서 울었을 뿐이네.　終身兩酸嘶종신양산시.

사람이 살아감에 헤어질 가족조차 없다면,　人生無家別인생무가별,

어찌 사람이라 할 수 있겠는가?　何以爲烝黎하이위증려.

천보 14년(755) 안녹산의 난이 일어난 후 세상은 온통 황폐화되어 다북쑥과 명아주 같은 잡초만 우거져 있다. 내가 살던 마을은 원래 백여 가구였는데, 난리가 나자 각자 사방으로 흩어져 버렸다. 그래서 산 사람은 소식도 없고 죽은 사람은 이미 흙이 된 상태이다. 보잘것 없는 나도 전쟁에서 패하고 고향으로 돌아와 동네의 옛 골목길을 찾아보았다. 오래 떠돌다 와 보니 골목은 텅 비어 있고 햇살도 야윈 듯 공기마저도 처량하다. 다만 들짐승인 여우와 살쾡이를 만나니 털을 곤두세우고 나를 위협한다. 사방을 둘러보아도 아는 사람들은 보이지 않고 한두 늙은 과부만 보인다. 나무에 깃들던 새도 본래의 나뭇가지를 찾는데 나도 고향에 왔으니 궁한 살림살이라고 어찌 내버릴 수가 있는가? 곧 가난하더라도 고향에서 사는 것이 좋다는 말이다. 바야흐로 봄철이라 나 홀로 호미 메고 밭에 나가 일을 하다가 저녁에는 또한 밭에 물을 주기도 한다. 그런데 고을의 관리가 내가 돌아온 것을 알고 전쟁 때 필요한, 북치는 연습인 부역을 시킨다. 비록 북치는 일이 고향에서 하는 일이지만, 집안을 둘러봐야 헤어질 가족도 없다. 가까이 가도 홀몸일 뿐이지만, 멀리 간다면 결국 길을 잃고 말 것이다. 고향이 황폐화 되었으니 가까운 곳을 가든 먼 곳을 떠나든 가족이 없기는 매한가지다. 그래서 원근을 불문하고 외톨이 신세는 마찬가지이다. 이는 고향에 식구들이 다 없으니 먼 곳이거나 가까운 곳이나 마찬가지가 되었기에, 결국 고향에 있는 것 자체가 가슴 아픈 일이라는 것이다. 그리고 항상 가슴 아픈 것은 오랫동안 병으로 앓다가 돌아가신 어머니를 정식으로 장사지내지 못하고 임시로 매장해 5년 동안(755~759년) 골짜기에 방치한 것이다. 어머니는 나를 낳았으나 나에게 아무런 도움을 받지 못했고, 우리 모자(母子)는 둘 다 고생만 하였다. 사람으로 태어나 가족도 없이 떠나니 어찌 내가 하나의 사람

(백성)이라고 할 수가 있겠는가?

　싸움터에 끌려갔다가 천신만고(千辛萬苦) 끝에 살아서 고향집으로
돌아왔더니, 고향집에는 아무도 없다. 단지 반기는 것은 들짐승들뿐
이다. 그리고 고을 관리가 찾아와서 다시 북치는 일을 시킨다.「무가
별」은 전쟁으로 인해 외톨이가 된 노병이 다시 싸움터로 끌려가야
하는 기막힌 운명을 거침없는 표현으로 민중들의 괴로운 삶을 고발한
작품이다. 재징집되는 외톨이 패잔병은 가족이 없어 의지할 때도 없
고, 어머니가 돌아가셔서 뵐 수 없음을 가슴 아파하고 있다. 전쟁이
나면 어느 계층이 가장 많은 피해를 입을 수 있는지를 적나라하게
보여준다.

　「신혼별(新婚別)」은 신혼부부의 이별을 신부의 입을 빌어 읊은 시인
데, 결혼한 이튿날 출정하는 남편을 보내는 아내의 애처로운 마음을
표현하였고,「수노별(垂老別)」은 늙은 몸으로 징집되어 싸움터로 가는
이의 설움을 적은 시이다. 자식과 손자는 싸움터에서 다 죽고, 늙은
처는 겨울인데도 여름옷인 홑옷 바람으로 떨면서 변방으로 가는 늙은
나에게 밥 많이 먹고 몸조심하라고 당부하고 있다. 늙은 남편은 이제
가면 영영 못 오는 길인데, 오히려 늙은 아내의 안전을 걱정한다.「무
가별(無家別)」은 패잔병이 되어 고향에 돌아왔으나 이별할 가족도 없
다. 그런데 또 재입대하라고 한다. 외톨이 노병의 고달픈 삶이 가슴을
울린다.

　두보의 삼별(三別) 시는 안녹산의 난 때의 사회의 모습을 적나라하
게 표현하면서도 감정에 치우치지 않고 담담한 어조로 당시의 민중들
의 아픔을 작가의 미적 기능과 정서적 기능에 의해 예술적으로 형상
화한 작품이다. 정확하게 그 혼란한 당대 최고로 고통받았을 신혼의
신부, 늙은 군인, 재징집되는 외톨이 패잔병 등의 처지를 작가의 예리

한 시각으로 잘 표착하였기 때문이다. 그래서 두보(杜甫)를 시성(詩聖)이라고 하는가 보다.

화주로 돌아온 두보는 심각한 여름 가뭄을 근심하였다. "음식을 대하여도 먹을 수 없고, 내 마음이 심히 평안치 못해서라네. 아득하여라, 태종의 정관의 처음 시절이여, 여러 훌륭한 이들과 함께 하기 어렵다네."[36]라고 하여, 가뭄으로 고통받는 백성들을 생각하면 음식을 삼킬 수도 없을 정도로 마음이 편안하지 못하다. 그러면서 태종 정관 때 어진 정책을 펼친 방현령·두여회·왕규·위징 같은 현신들을 그리워하면서 현시대에 그런 어진 재상이 없음을 탄식하였다. 또 다른 시에서 "생각하노니 저 창을 진 군사들은, 일 년 내내 변경을 지키고 있지."[37]라고 하여, 고생스럽게 수자리 서는 병사들을 위로하면서 "간절히 태평성대를 그리워한다네."[38]라고 하여, 하루바삐 태평스런 날이 오기를 바라고 있다.

여름을 힘겹게 지낸 두보는 가을로 접어들자 심경의 변화가 왔다. 그 변화되는 자신의 심정을 보인 시가 있다.

입추후제立秋後題: 입추 뒤에 쓰다

해와 달이 봐주지 않아,	日月不相饒일월불상요,
절기(입추)가 어제 밤에 바뀌었다.	節序昨夜隔절서작야격.
가을 매미는 쉬지 않고 울고,	玄蟬無停號현선무정호,
가을 제비는 이미 나그네(두보 자신) 같다.	秋燕已如客추연이여객.
평소 홀로 가고자 하는 바람,	平生獨往願평생독왕원,

---

36) 杜甫, 「夏日歎」. "對食不能餐, 我心殊未諧. 眇然貞觀初, 難與數子偕."
37) 杜甫, 「夏日歎」. "念彼荷戈士, 窮年守邊疆."
38) 위의 시. "激烈思時康."

나이 반백이라 마음이 슬프구나.　　　　　　惆悵年半百추창년반백.

벼슬 그만두는 것도 또한 남의 결정에 따르는 터,

　　　　　　　　　　　　　　　　　　　罷官亦由人파관역유인,

무슨 일로 육신의 부림에 구속되나?　　　　何事拘形役하사구형역.

「입추후제(立秋後題)」는 건원 2년(759) 입추 다음 날에 쓴 시이다. 벼슬을 떠나는 것이 '또한 남의 결정에 따라야 함'이라 하여, 내 마음 대로 할 수 없음을 드러내었다.

　세월이 무정하게 흘러 어느 듯 절기가 입추(立秋)가 지났다. 가을 매미는 가는 여름을 아쉬워하여 쉬지 않고 울고 가을 제비도 추운 날씨가 오기 전에 둥지를 떠나야 한다. 그런 가을 제비처럼 두보 자신 도 벼슬자리에서 물러나려고 한다. 그래서 나그네 같다고 한 것이다. 평소에 세속을 떠나 홀로 자유롭게 놀고자 하는 바람도 있었고, 나이 도 반백이라 마음마저 슬프다. 그러나 벼슬자리를 그만두는 것도 내 마음대로 하지 못하고 남의 결정에 달려 있다. 따라서 지금은 마음이 육신에 의해서 지배받고 있다. 그래서 더욱 슬프다. "형역(形役)"은 도연명의 「귀거래사」 내용을 점화(點化)한 것이다. "이미 스스로 마음 이 육신의 부림을 받게 되었으니, 어찌 마음이 아파하며 홀로 슬퍼만 하겠는가?"39)라고 하여, 정신이 물질의 지배를 받게 되었음을 마음 아파하고 슬퍼한 것이다. "형역(形役)"은 '정신(精神)이 물질(物質)의 지 배(支配)를 받음'을 이른다는 말이기 때문이다. 그런데 두보는 육신의 부림에 사육될 필요가 없다고 하였다. 새로운 의미를 부여했기에, 표 절(剽竊)도 아니고 도습(蹈襲)도 아니면서 점화(點化)라고 평할 수 있는

---

39) 陶淵明, 「歸去來辭」. "旣自以心爲形役, 奚惆悵而獨悲."

것이다. '도습(蹈襲)'은 작가가 남의 작품을 모방하여 새로운 의미를 드러내려고 했지만, 비평가나 독자들이 보았을 때, 새로운 의미를 부여하지 못하고 그저 남의 작품의 뜻을 따르는 데에 그치는 경우에 평하는 비평용어이다. 두보의 시에는 용사와 점화된 부분이 많다. 이 부분을 잘 이해해야만 두보의 시를 제대로 감상할 수 있다. 이렇듯 두보는 정신이 물질의 지배를 받지 않는다고 하면서 장안과 화주의 시절에 막을 내렸다. 시성(詩聖)다운 결단이다.

진주(秦州)·동곡(同谷) 시절의 두보

결국 두보는 화주 일대 대기근으로 화주의 사공참군을 그만두었다. 중앙 정부로부터 지원이 없자 어쩔 수 없는 선택이었다. 그래서 759년 두보 나이 48세(건원 2년) 가을에 관직을 버리고 국경 지역에 위치한 감숙성(甘肅省) 진주(秦州) 천수현(天水縣)로 옮겨갔다. 그곳으로 간 이유는 간단했다. 식량을 확보하기 위해서이다. 고단한 삶을 힘겹게 이어나가다가 여름도 끝날 무렵 진주 쪽에 농사가 풍년이라는 소문을 듣고 가족을 이끌고 간 것이다. 그러나 막상 진주에 와서 보니, "썩은 뼈는 땅강아지와 개미의 굴이 된 채, 덩굴진 풀에 얽혀 있"40)는 곳이었다. 그러면서 "오랑캐 먼지를 일으키며 태항산을 넘어, 잡종(안사의 군대)들이 황실에 이르렀다. 회흘 군대 머물게 했건만, 들판은 해를 입어 삭막하게 되었다."41)라고 하여, 숙종이 영국공주를 회흘의 가한

---

40) 杜甫, 「遣興三首」. "朽骨穴螻蟻, 又爲蔓草纏."

에게 시집보내고 회흘의 군사를 빌려와 안녹산과 사사명의 군대를 토벌하려고 했던 정책이 도움이 안 될 것이라고 비판하기도 하였다. 진주에 와서도 지난 날 함께 하다가 헤어진 이백이 생각이 났다. 아마도 영왕(永王) 이인(李璘)의 일에 연루되어 이백이 어디로 귀양 가게 될 것이라는 소문을 두보는 들었던 모양이다.

몽이백이수夢李白二首: **꿈에 본 이백 2수 중 제1수**

사별은 소리를 삼켜 한 번 울고 나면 그만이지만,

死別已吞聲사별이탄성,

생별은 언제나 슬프고 슬프네.　　　　　生別常惻惻생별상측측,

강남땅 장기가 올라오고 병이 생기는 그곳에, 江南瘴癘地강남장려지,

쫓겨난 나그네는 소식이 없네.　　　　　逐客無消息축객무소식.

옛 친구가 내 꿈에 나타나니,　　　　　故人入我夢고인입아몽,

서로 오래도록 그리워했음이 틀림없네.　　明我長相憶명아장상억.

그대는 지금 그물 속(귀양)에 있는데,　　君今在羅網군금재라망,

어찌 날개가 있는가?　　　　　　　　　何以有羽翼하이유우익.

아마도 평생의 혼(살아있는 사람)이 아닌 것 같으니,

恐非平生魂공비평생혼,

길이 멀어서 가히 측량할 수가 없네.　　路遠不可測노원불가측.

혼이 올 때는 단풍숲이 푸르렀는데,　　　魂來楓林青혼래풍림청,

혼이 돌아간 후에는 관새가 어둡네.　　　魂返關塞黑혼반관새흑.

낙월이 옥량(대들보)에 가득하니,　　　　落月滿屋梁낙월만옥량,

아직도 안색을 비추는 것 같네.　　　　　猶疑照顏色유의조안색.

---

41) 杜甫, 「留花門」. "胡塵踰太行, 雜種抵京室. 花門旣須留, 原野轉蕭瑟."

물이 깊어서 파도가 거세니,   水深波浪闊수심파랑활,

교룡에 잡히지 않도록 조심하시오.   無使蛟龍得무사교룡득.

　사별(死別)은 소리를 삼켜 한 번 울고 나면 그만이지만 살아서의 이별은 언제나 슬프고 슬퍼 고통스럽다. 그대가 있는 강남땅은 풍토병이 올라오고 질병이 생기는 곳인데 야랑으로 유배간 그대(이백)는 소식도 없다. 여기까지가 꿈꾸기 전의 이백에 대한 이야기이다.

　두 번째는 꿈속이야기가 펼쳐진다. 꿈속에서 내 친구 이백이 찾아왔는데, 내가 늘 그리워한다는 것을 이백이 알고 있었기 때문에, 내 꿈속으로 들어온 것이다. 그대는 지금 그물(유배) 속에 있는데, 어떻게 올 수 있는가? 날개가 있었단 말인가? 아마도 살아 있는 사람의 혼이 아닌 것 같다. 죽어서 왔는지 살아서 왔는지 가히 측량할 수가 없다.

　세 번째는 꿈을 깬 후의 이야기로 전개된다. 꿈속으로 들어올 때는 단풍숲이 푸른 것처럼 반가웠는데, 꿈을 깬 후에는 관문이 어두운 것처럼 암담하더라. 달빛이 대들보에 가득하니 오히려 그대의 안색을 비추는 것 같더라. 물이 깊어 파도가 거센 것처럼 세파도 거세니, 몸조심하시오.

　두보는 33세살 때 44살의 이백을 낙양에서 처음 만나고 약 1년 동안 우정을 함께 나누기도 하였다. 그런 만남 이후 오랫동안 이백을 사모해서 종종 그를 꿈꾸기도 하였다. 그런데 이때는 사흘 밤이나 계속해서 이백을 꿈속에서 만났던 것이다. 이때 두보는 화주에서 진주(秦州)로 와 있기에, 이백의 소식을 제대로 접할 수 없는 상황이었다. 소문으로는 이백이 야랑으로 귀양 가던 도중 강물에 뛰어들어 달을 건지러다가 물에 빠져 죽었다는 흉흉한 소문만 들려올 뿐이었다. 이런 상황에서 쓴 작품이 「몽이백이수(夢李白二首)」이다. 꿈을 꾸고 난 후 쓴 시

이다. 두보가 이백을 얼마나 생각하는지 짐작(斟酌)이 가는 시이기도
하다.

화주에서 관직을 버린 두보는 식솔(食率)을 이끌고 험하고 척박한
감숙성 진주(秦州)로 와서 「진주잡시이십수(秦州雜詩二十首)」를 남기기
도 하였다. 진주의 풍경이나 변방의 일, 그리고 객지에서의 고단한
삶과 우국(憂國) 등을 노래하였다. 낯선 고장으로 온 두보는 절망적인
환경에도 은거사상을 생각하기는 했지만, 우국충절을 잊지는 않았다.
20수 중 몇 수만 감상해 보자.

진주잡시이십수秦州雜詩二十首: 진주 잡시 20수

제1수	기일其一
눈에 가득한 살아가는 일의 슬픔이여,	滿目悲生事만목비생사,
남을 의지하여 먼 길을 떠났네.	因人作遠遊인인작원유.
머뭇머뭇 겁먹은 채 농지재를 지나고,	遲廻度隴怯지회도농겁,
끝없는 근심 속에 관문에 이르렀네.	浩蕩及關愁호탕급관수.
물이 빠진 어룡강의 밤이 깃들고,	水落魚龍夜수락어룡야,
공허한 조서산의 가을은 쓸쓸하다.	山空鳥鼠秋산공조서추.
서쪽으로 가다가 봉화의 소식을 묻고는,	西征問烽火서정문봉화,
좌절하여 이곳에서 오래 머무네.	心折此淹留심절차엄유.

두보가 늦여름 가족을 데리고 도착한 감숙성 진주에서 지은 시의
제1수이다. 눈에 보이는 모든 것이 살아가는 데에 어려움을 겪게 되었
다. 마치 장안 근처 경기 지역에 심한 가뭄이 들어 생계가 막막하여
이곳 진주까지 오게 되었다는 것이다. 진주로 가는 길에 있는 아주
높은 농지재를 겨우 넘으면서 수많은 근심 속에 논관을 넘었다. 진주

에 도착해서 본 어룡강은 물이 줄어들어 말라 있었고 낙엽이 진 가을 날 조서산은 처량하였다. 서쪽인 진주에 와서 토번의 난이 근심이 되어 소식을 묻기도 하지만, 마음마저 꺾여 이곳에도 오래 머물고 싶지 않다.

제3수 (투항한 오랑캐)	기삼其三
진주의 지도는 동곡도 포함되고,	州圖領同谷주도령동곡,
역참의 길은 사막으로 나아간다네.	驛道出流沙역도출류사.
항복한 오랑캐 장막은 천을 겸하건만,	降虜兼千帳항로겸천장,
당(唐)의 백성들 집은 만(萬)에 이를 뿐.	居人有萬家거인유만가.
말은 사나워 붉은 땀 떨어지고,	馬驕朱汗落마교주한낙,
오랑캐 춤사위에 털모자가 기운다.	胡舞白題斜호무백제사.
나이도 어린 임조(농서지방)의 소년,	年少臨洮子연소임조자,
서쪽에서 와서 또 제 자랑하네.	西來亦自誇서내역자과.

제3수는 투항한 오랑캐와 씩씩한 임조(농서) 지방의 소년을 노래한 연이다. 진주도독부는 천수·농서·동곡 삼군을 포함한다는 말이다. 그리고 역참으로 이어지는 길은 고비사막으로 나아간다고 하였다. 이는 진주 이곳이 토번이 왕래하는 요충지라는 뜻이다. 투항한 오랑캐가 거주하는 장막 수는 천(千)을 겸하게 되었는데 진주에 살고 있는 당나라 백성들의 집은 만(萬)에 그치니 형세가 위태롭다고 하였다. 투항한 오랑캐의 말은 씩씩하고 오랑캐의 춤사위를 추는 오랑캐도 강해 보인다. 이 중에도 임조(농서) 땅 소년은 스스로 용맹함을 보여주고 있다. 두보는 임조 지방의 소년의 용맹함을 통해 스스로 이 지역을 지킬 것을 암시하였다.

제4수 (고각-난리 걱정)	기사其四
북과 호각 울리는 변경 땅(연변군)에,	鼓角緣邊郡고각연변군.
하천과 들판에 밤이 되려는 때이네.	川原欲夜時천원욕야시.
가을에 대지를 울리는 북소리를 듣나니,	秋聽殷地發추청은지발,
호각소리 바람타고 구름에 엉켜 슬프기만 하네.	風散入雲悲풍산입운비.
나뭇잎에 묻힌 가을매미소리 고요하고,	抱葉寒蟬靜포엽한선정,
산으로 돌아가는 외로운 새 서둘러 돌아오네.	歸山獨鳥遲귀산독조지.
사방에 온통 싸움소리 뿐이니,	萬方聲一槪만방성일개,
내 갈 길은 마침내 어디로 가야 하는가?	吾道竟何之오도경하지.

제4수는 변방 지역의 고각 소리를 통해 변방의 어려움을 그린 연이다. 여기저기 군대에서 들려오는 전고와 호각 소리가 하늘과 들판으로 울러 퍼진다. 가을날 해질 무렵 이 호각소리를 들으니 슬픈 감정까지 든다. 이 쓸쓸한 가을에 전쟁을 알리는 호각 소리가 어디에서나 들린다. 당시 동쪽에서는 안사의 난이 벌어지고 있었고, 서쪽에서는 토번의 소요가 있었기 때문이다. 당시 두보는 난을 피해 식량도 구할 수 있고 비교적 안전한 곳을 찾아 왔는데, 이곳도 온통 전쟁을 알리는 호각 소리뿐이니 어디로 가야 할지를 모른다고 한 것이다.

제6수	기육其六
성 위에서 호가(胡笳)를 연주하니,	城上胡笳奏성상호가주,
산자락으로 한나라 사절(토번으로 가는 사신)이 돌아감이라.	
	山邊漢節歸산변한절귀.
(반군으로부터) 하북을 지키려 창해로 달려가나니,	
	防河赴滄海방하부창해,

황제의 명을 받들어 금미 지역의 병사를 징발하였다네.

奉詔發金微봉조발금미.

병사들 고생하여 몸이 까맣게 되었고,　　士苦形骸黑사고형해흑,
숲은 성글어 새와 짐승이 드무네.　　林疎鳥獸稀임소조수희.
오가며 수자리하는 일 어찌 견딜 수 있으리오,　那堪往來戍나감왕래수,
업성의 포위를 푼 일이 한스럽기만 하네.　恨解鄴城圍한해업성위.

　제6수는 하북을 지키는 수자리 병사를 읊은 연이다. 성 위에서 오랑캐 피리를 불고, 산자락에는 토번으로 가는 사신이 가고 있다. 당시 토번이 난을 일으키니 당나라 조정에서 다시 화친을 청하고자 사신을 보낸 것이다. 사사명과 안경서의 반군으로부터 하북 지역을 지키기 위해, 금미 지역의 병사를 징발하여 병력을 이동시켰다고 하였다. 병사들은 고생을 너무 하여 몸이 까맣고 계절은 조락의 가을이 되었다고 하였다. 병사들이 다시 업성(상주)에 수자리를 서게 된 것은 아홉 절도사의 군대가 업성에서 안경서의 군대를 포위하였다가 풀어줌으로써, 사사명과 안경서의 군대가 아직 평정되지 않았다. 그래서 군인들이 다시 수자리 서느라고 이리저리 오가는 고달픔을 한스럽게 노래한 것이다.

　　　　제13수　　　　　　　　　　　　기십삼其十三
전하는 말에 동가곡에는,　　　　　傳道東柯谷전도동가곡,
수십 가호가 깊이 숨겨 있다는데.　深藏數十家심장수십가.
문을 마주하여 등나무가 기와를 덮고,　對門藤蓋瓦대문등개와,
대나무 아롱지는 물길은 백사장을 가로지른다네.

映竹水穿沙영죽수천사.

메마른 땅도 오히려 조를 심기에 적당하고,	瘦地翻宜粟수지번의속,
양지바른 언덕엔 외를 심기에 좋다네.	陽坡可種瓜양파가종과.
뱃사람아 가까워지거든 말씀 좀 해주시게,	船人近相報선인근상보,
다만 도화원 잃을까 걱정뿐이라네.	但恐失桃花단공실도화.

제13수는 조카 두좌가 사는 동가곡에 대한 것이다. 동가곡은 진주 동남쪽에 있는 산골 마을이다. 이곳에 수십 채의 민가가 있다. 그 마을 모습은 등나무가 기와지붕을 덮었고 대나무가 비치는 맑은 물은 백사장을 가로질러 흐른다. 이곳 척박한 땅은 오히려 조를 심기에 적당하고 양지바른 언덕은 외 심기에 적당하다. 따라서 이곳 동가곡은 산수만이 빼어난 곳이 아니라 생계를 도모하고 늙은이를 기쁘게 하고 의지하기에 적당한 곳이라고도 하였다. 그러면서 배를 타고 가는 도중에 동가곡이 가까워지면 알려달라고 뱃사람들에게 부탁까지 하였다. 그곳은 곧 무릉도원이기 때문이다. 두보의 마음 한 구석에 무릉도원을 찾고 있는 듯하다.

제15수	기십오其十五
창해에 배 띄울 겨를도 없이,	未暇泛滄海미가범창해,
병마 사이에서 오래 머무노라.	悠悠兵馬間유유병마간.
변새 관문 바람은 잎 진 나무에 불고,	塞門風落木새문풍낙목,
객사 비는 첩첩한 산에 내린다.	客舍雨連山객사우련산.
완적은 떠돌아다님에 흥이 많았고,	阮籍行多興완적항다흥,
방공은 숨어 돌아오지 않았노라.	龐公隱不還방공은불환.
동가에서 거칠고 게으른 천성을 다하려니,	東柯遂疎懶동가수소나,
귀밑머리 희어진대도 이젠 뽑지 않으련다.	休鑷鬢毛斑휴섭빈모반.

제15수는, 두보가 진주에 있으면서 동가곡을 부러워하면서, 동가곡에서 살 계획을 정하고 지은 시이다. 세속을 떠나 살 계획도 세우지 못한 채 언제나 토번의 공격을 대비해서 병마(兵馬) 사이에 산다. 두보가 객사에서 바라본 모습은 산 위로 비가 내리는 광경이다. 중국 삼국시대 위(魏)나라 죽림7현 중 한 사람인 완적은 때때로 마음이 내키는 대로 홀로 수레를 몰아서 길이 아닌 곳으로 다니다가 수레가 막다른 곳에 이르면 통곡을 하고 돌아왔다는 인물이다. 그리고 후한의 방덕공은 호북성 양양 녹문산에 은거했던 인물이다. 이들 인물처럼 두보 자신도 동가곡에서 흰머리가 되어도 출사를 위해 애쓰지 않겠노라고 하였다. 한편으로는 세상일에서 벗어나고픈 뜻도 지녔다.

제16수

동가곡 절벽과 골짜기 아름다워,
뭇 봉우리들과 같은 부류가 아니라네.
지는 해는 쌍쌍히 새들을 부르고,
갠 하늘엔 조각구름이 말려 있네.
시골 사람들 험하다 자랑하니,
물과 대나무를 공평히 나누게 되리라.
내사 약초 캐며 장차 늙어 가리니,
어린 아이들에겐 아직 알리지 않았네.

기십육其十六

東柯好崖谷동가호애곡,
不與衆峯羣불여중봉군.
落日邀雙鳥낙일요쌍조,
晴天卷片雲청천권편운.
野人矜險絶야인긍험절,
水竹會平分수죽회평분.
採藥吾將老채약오장노,
兒童未遣聞아동미견문.

제16수에서는 동가곡에서 집을 정하려는 뜻을 보였다. 동가곡 주변의 풍경이 아주 좋아 다른 산과 대비가 불가할 정도이다. 해 저물 때는 새가 쌍쌍이 돌아오고 비가 갠 하늘엔 조각구름이 걷혀가고 있다. 동가곡에 사는 시골사람들 매우 험절함을 자랑하는데, 이는 세상과 통하지 않아도 된다는 의미이다. 곧 어지러운 세상을 피할 만한 곳이라는 뜻이기도 하다. 그리고 그동안 이곳 아름다운 풍경인 물과 대나무를 이제는 함께 나누어 가지자고 하여, 두보가 이곳에 살고 싶은 뜻을 드러내었다. 그래서 자기는 앞으로 약초나 캐며 장차 늙어 갈 것이라고 하면서도 아직 아이들에겐 알리지 않았다고 하여, 미련을 남겼다.

제18수   기십팔其十八

외진 땅 가을은 다 지나가는데,   地僻秋將盡지벽추장진,
산 높은 곳 나그네 아직 돌아가지 못하네.   山高客未歸산고객미귀.
찬 구름은 자주 끊어졌다 이어졌다 흘러,   塞雲多斷續새운다단속,
변방의 태양은 햇살이 시들하네.   邊日少光輝변일소광휘.
위급함을 경계하느라 봉화는 항시 오르고,   警急烽常報경급봉상보,
소식 전하느라 격문이 거듭 날고 있네.   傳聞檄屢飛전문격누비.
서쪽 오랑캐(토번)는 사위의 나라이거늘,   西戎外甥國서융외생국,
어떻게 하늘의 위엄을 거스른단 말인가?   何得迕天威하득오천위.

제18수는 진주에 머물면서 토번을 걱정한 시이다. 변방 진주에 가을도 다 지나가는데, 진주 동가곡에 있는 두보 자신은 아직 돌아가지 못하고 있다. 산이 높아 구름이 산봉우리에 가로막혀 끊어졌다 이어졌다 구름이 끼여, 햇볕마저 시들하다. 두보 자신이 머물고 있는 이곳 진주는 변방이기에 수시로 위급함을 알리는 봉화가 오르고 변방의 위급한 소식을 전하는 격문은 거듭 날아들고 있다. 토번은 황제 사위의 나라인데 난을 일으켰으니 이는 하늘의 위엄을 거역한 것과 같다. 따라서 오랑캐와의 화친은 무익하다는 풍자의 말이다.

제19수   기십구其十九

봉림의 전쟁이 쉬지 않아,   鳳林戈未息봉림과미식,

어해(지명)는 길이 늘 어렵구나.   魚海路常難어해노상난.

봉화는 구름 봉우리처럼 높기만 한데,   候火雲峯峻후화운봉준,

고립된 군대의 막사 우물은 말라 버렸네.   懸軍幕井乾현군막정건.

바람은 서쪽 끝(토번이 있는 쪽)까지 불어가고,   風連西極動풍련서극동,

달은 북정을 지나 차가워라.   月過北庭寒월과배정한.

늙은이는 비장군(이광 장군)을 사모하나니,   故老思飛將고노사비장,

어느 때나 단 쌓는 일 의논할는지.   何時議築壇하시의축단.

제19수는 난리를 걱정하여 훌륭한 장수를 사모하여 지은 시이다. 당시 토번의 침략을 받고 있던 지금의 감숙성 임하에 있던 봉림으로, 싸움이 쉬지 않는다고 하였다. 그리고 어해는 토번 지역의 지명으로 늘 왕래가 어렵다는 뜻이다. 봉화가 구름처럼 높게 타오른다는 것은 싸움이 멈추지 않다는 것일 것이고, 관군이 토번 쪽으로 깊이 쳐 들어 가 고립이 되었다는 것이다. 바람이 서쪽 끝까지 불어갔다는 것은 토번과의 싸움이 계속됨을 비유한 것이고, 차가운 달이 북정도호부가 있는 농우땅을 지나면 한기를 느끼게 된다는 것은 이곳을 지킬 장수 가 없음을 은근히 드러낸 것이다. 이사업 장군이 처음 북정절도사가 되어 건원 2년인 759년에 업성을 포위하였다가 정월에 군중에서 죽었 기 때문이다. 두보 자신은 한(漢)나라 때 흉노를 잘 막아냈던 이광(李 廣) 장군을 사모하니, 한(漢)나라 유방(劉邦)이 단을 쌓고 한신(韓信)을 대장군에 임명한 것처럼, 당나라 조정에서도 속히 훌륭한 장수를 기 용하기를 바라는 마음을 담았다. 이해에 곽자의 장군이 당나라 조정 으로 소환되었다.

<table>
<tr><td>제20수</td><td>기이십其二十</td></tr>
</table>

요임금 진실로 스스로 성스러우시니,	唐堯眞自聖당요진자성,
촌 늙은이가 또 무엇을 알리오.	野老復何知야노부하지.
약초를 말리는 데 마누라 없을 수 있으랴?	曬藥能無婦쇄약능무부,
문을 지키는 데 아이도 있다네.	應門亦有兒응문역유아.
책을 숨겨둔 우혈을 들었거니와,	藏書聞禹穴장서문우혈,
기록을 읽으며 구지를 생각한다네.	讀記憶仇池독기억구지.
조정의 옛 친구들에게 알리노니,	爲報鵷行舊위보원항구,
굴뚝새 한 가지 위에 깃들이고 있다네.	鷦鷯在一枝초료재일지.

 제20수는 세상에 쓰임을 받지 못하고 타향에 머물게 됨을 탄식한 연이다. 여기서의 요임금은 당나라 황제 숙종을 비유한 것이다. 두보 자신이 스스로 숙종을 성스러운 황제라고 하기는 하였지만, 이제 두보 자신은 당나라 조정에 쓸모가 없다는 말이다. 옛날 요임금 때 정사를 잘 다스려 백성들은 임금이 정치를 행하는지도 의식하지 못할 정도라고 하였다. 지금이 그런 태평스러운 시대라는 의미이다. 그래서 두보 자신은 약초 캐고 부인은 약초를 말리고, 아이들은 그 약초를 지키면 된다고 한 것이다. 그리고 예전에 우임금이 발견하였다는 굴혈에 대해서도 이야기를 들었다. 그 지역은 남쪽에 있어 이제껏 가볼 수가 없었는데 그곳으로 가서 은거를 해 볼까? 아니며 동곡군에 있는 구지(仇池)로 가볼까? 이런저런 생각이 든다고 하였다. 그리고 지금 당나라 조정에 근무하는 옛 친구들에게 알린다. 만약 내가 세상에 쓰임을 받지 못한다면 마치 굴뚝새가 나뭇가지 위에서 거처를 마련하듯이 두보 자신도 이곳에서 여생을 보낼 생각이 있다는 것이다.
 감숙성 진주에서 쓴 20수는 진주에 오게 된 이유부터 시작하여 진

주에 도착한 이후의 심리까지 묘사한 시이다. 그리고 진주의 옛날 절 풍경, 진주역의 모습, 비오는 풍경 등을 노래하였으며, 투항한 오랑 캐의 강한 모습과 임조 지방 소년의 용맹함을 그린 부분도 있었다. 또 고각 소리를 통해 변방 지역의 위험함을 보이기도 하였으며, 진주 지역의 말 기르는 모습을 통해 적을 섬멸하고자 하는 마음도 드러내 었다. 그뿐만 아니라 하북을 지키는 수자리 병사를 통해 그들의 고달 픔을 노래하였다. 시의 후반부에서는 동가곡을 도화원에 비유하여 장차 은거할 곳으로 생각하기도 하였다. 그러면서도 외세 세력인 토 번을 걱정하면서 이 난세를 구할 훌륭한 장수가 나오기를 소망하면 서, 두보 자신은 세상에 쓰임을 받지 못하고 타향에서 머무는 신세라 고 한탄하였다.

한편으로는 난리로 인해 서로 만나지 못한 아우를 그리워하는 시를 남겨 형제간의 우애를 드러내었다.

월야억사제月夜憶舍弟: 달밤에 아우를 생각하다

수루의 북소리에 사람 다니는 것 끊기고,	戍鼓斷人行수고단인행.
변방 가을엔 한 마리 기러기 울음소리.	邊秋一雁聲변추일안성.
이슬은 오늘밤부터 희어지고,	露從今夜白노종금야백,
달은 고향에서처럼 밝네.	月是故鄉明월시고향명.
아우들은 모두 흩어지고,	有弟皆分散유제개분산,
생사를 물어볼 집도 없네.	無家問死生무가문사생.
편지를 부쳐도 늘 도달하지 않는데,	寄書長不達기서장불달,
하물며 병란(兵亂)이 아직 그치지 않았음에랴.	況乃未休兵황내미휴병.

수루(戍樓) 위의 시간을 알리는 북소리가 울리자 사람의 자취가 끊

어지고, 적막한 가을 하늘엔 한 마리 외로운 기러기가 슬프게 울며 지나간다. 오늘은 이슬이 하얗게 내리기 시작하는 백로절(白露節)이고, 지금 보이는 저 달은 밝게 빛나던 고향의 그 달이다. 전반부의 네 구는 달밤의 경치를 그렸다. 그런데 그 경치는 아름답지 않다. 아우와 함께 하지 못하기 때문이다. 아우들은 다들 뿔뿔이 흩어져 집을 떠나 있으니 생사를 물을 곳도 없다. 평상시에도 편지를 부치면 잘 가지 않을 만큼 멀리 떨어져 있는데, 하물며 아직도 전란(戰亂)이 끝나지 않았으니 어떻게 소식을 전할 수 있겠는가? 후반부 네 구는 아우를 그리워하는 마음을 담았다. 국가적인 전란이 곧 개인의 비극으로 이어짐을 암묵적으로 표현하였다.

이 무렵 이백에 대한 그리움을 표현한 시도 있다.

천말회이백天末懷李白: 하늘 끝에서 이백을 그리다

서늘한 바람이 하늘 끝에서 일어날 때,	涼風起天末양풍기천말,
군자(이백)의 마음은 어떠하실까?	君子意如何군자의여하.
소식 전할 기러기는 언제 찾아오려나?	鴻雁幾時到홍안기시도,
강과 호수에 가을물 많네.	江湖秋水多강호추수다.
문장은 운세가 영달하는 것 싫어하고,	文章憎命達문장증명달,
도깨비는 사람이 지나가는 것을 좋아하는 법.	魑魅喜人過이매희인과.
응당 원혼(굴원)과 대화를 나누며,	應共寃魂語응공원혼어,
시를 던져 멱라강에 주시겠네.	投詩贈汨羅투시증멱라.

안녹산의 난이 755년 11월에 일어나자 현종은 756년 6월에 촉으로 피신하면서 관중에 태자를 남겨놓고 분조를 세웠다. 태자 이형은 삭방 번진으로 패잔병을 모아 북상하던 중 금군의 추대로 피난지 영무

에서 756년 7월 12일에 황제로 즉위했다. 그런데 몽진 중이던 현종은 재상 방관의 건의를 받아들려 권력의 분산을 시도하였다. 숙종으로 등극한 이형에게는 천하병마대원수를 임명하고, 12월에 16번째 아들인 영왕 이린에게는 산남대도와 강남서도의 절도사를 임명하였다. 이에 영왕 이린은 강릉대도독이 되어 군대를 이끌고 금릉(남경)으로 내려오다가 757년 정월에 심양을 지니게 되었다. 영왕은 이백이 강서성 여산(廬山)에 머물고 있다는 사실을 알고, 책사 위자춘을 이백에게 3번씩이나 보내, 자신의 막부에 들게 하였다.

그러나 영왕 이린의 군대는 반란 세력이 되었다. 숙종이 영왕에게 사천성 성도로 가서 상황제인 현종을 모시라고 하였는데, 영왕은 그 명령을 거역하고 군사를 이끌고 금릉(남경)으로 향했기 때문이다. 공을 세우고자 이린의 막부에 20일 정도 참여했던 이백은 지금의 강서성 팽택에 도착하였을 때 체포되어 지금의 강서성 구강인 심양의 감옥에 6개월 정도 갇혀 있었다. 친구 최환과 지인의 아들인 송약사 등의 도움으로 풀려났지만, 판결은 나지 않은 상태였다. 아마도 두보가 이백의 소식을 듣는 시기는 이 무렵일 것이다. 귀주성 장안현 야랑으로 유배 명령이 떨어진 것은 757년 12월이었다.

지금 두보가 있는 감숙성 진주는 외진 변방 지역으로 하늘 끝처럼 느껴진다. 서늘한 가을 바람이 부는 지금쯤 이백 당신은 어떻게 지내실까? 소식을 전하는 기러기는 언제쯤 올려나, 강호의 풍파가 염려되기도 한다. 문장이 뛰어난 이백은 운명이 불행하여 유배를 당한 것이고, 야랑으로 유배 간 것은 멱라수에 투신한 전국시대 초나라 충신인 굴원과 그 억울함이 거의 같은 것이다. 마치 한나라 가의가 유배가면서 굴원을 위로한 것처럼, 이백도 굴원을 위로하면서 동병상련(同病相憐)의 감정을 느꼈을 것이라고 위로하였다.

이 밖에도 두보는 감숙성 진주에서 스님과 이웃되어 살고 싶은 마음을 시로 읊은 것도 있고, 자연 경물에 대한 시도 여러 편 남겼다. 바위틈에서 솟아나는 샘물·비가 갠 뒤의 경치·산사·밤하늘의 은하수·초승달·다듬이질·돌아가는 제비·귀뚜라미·반딧불·갈대·고죽(대나무)·황폐한 밭의 채소·저녁 봉화·가을 피리·해질녘·들판에 서서·빈 주머니·병든 말 번검·진주성 동쪽에 있는 누각 등을 통해 변방에서의 쓸쓸함과 위험 등을 비유적으로 표현하기도 하였다.

진주에서 네 달을 머물렀던 두보는 더 좋은 환경을 찾아 동곡현(同谷縣)으로 떠나려 하였다.

발진주發秦州: 진주를 떠나다

내 늙으매 더욱 게으르고 아둔하여,	我衰更懶拙아쇠경라졸,
생계를 스스로 꾸리지 못한다네.	生事不自謀생사불자모.
먹을 것 없이 낙토를 물어보고,	無食問樂土무식문낙토,
입을 것 없어 남쪽 고을(동곡)을 그리워하네.	無衣思南州무의사남주.
한원(동곡군)은 시월 즈음에,	漢源十月交한원시월교,
날씨가 서늘하기 가을 같다네.	天氣涼如秋천기양여추.
초목은 아직까지 지지 않았고,	草木未黃落초목미황락,
하물며 산수가 깊고 고요함을 들었다네.	況聞山水幽황문산수유.
율정(고을 이름)은 이름이 더욱 아름다운데,	栗亭名更佳율정명갱가,
아래에 농사짓기 좋은 밭도 있네.	下有良田疇하유양전주.
주린 배 채울만한 참마가 많이 나고,	充腸多薯蕷충장다서여,
석청(꿀)도 손쉽게 구할 수 있다네.	崖蜜亦易求애밀역이구.
빽빽한 대숲은 겨울에 또 죽순이 나고,	密竹復冬筍밀죽부동순,
맑은 못은 배 나란히 띄울 수 있다네.	淸池可方舟청지가방주.

비록 나그네로 멀리 떠돎이 서러워도,   雖傷旅寓遠수상여우원,
평소 놀고픈 꿈을 거의 이루었네.   庶遂平生遊서수평생유.
이 곳(진주)은 요충지가 가까우니,   此那俯要衝차나부요충,
사람의 일이 많음을 실로 격정하였지.   實恐人事稠실공인사조.
관리 만나 응접하는 게 성미에 맞지 않아,   應接非本性응접비본성,
오르고 물가에 다다라도 시름은 안 풀리네.   登臨未銷憂등임미소우.
계곡에는 기묘하게 생긴 바위 없고,   谿谷無異石계곡무이석,
변방의 농토는 작황이 좋지 않네.   塞田始微收새전시미수.
어찌 다시 늙은이(두보)를 편안케 하리오?   豈復慰老夫기부위노부,
오래 머물기 어려워 망연자실하였네.   惘然難久留망연난구유.
햇빛은 외로운 수자리 터에 숨고,   日色隱孤戍일색은고수,
까마귀 울음소리 성에 가득하네.   烏啼滿城頭오제만성두.
한밤중에 수레 몰아 길을 나서서,   中宵驅車去중소구거거,
찬 못에 흐르는 물 말에게 먹이네.   飮馬寒塘流음마한당류.
밝고 분명한 달과 별 하늘 높이 떠있고,   磊落星月高뇌락성월고,
넓고 아득한 곳에 운무가 떠다니네.   蒼茫雲霧浮창망운무부.
크도다 하늘과 땅이여,   大哉乾坤内대재건곤내,
내가 가야 할 길이 언제나 아득하도다.   吾道長悠悠오도장유유.

진주(秦州)를 떠나 동곡현(同谷縣)으로 출발하면서 지은 시이다. 먼저 왜 남쪽 동곡현으로 가는지 그 목적이 제시되어 있다. 이곳 진주에서는 살아갈 방법이 없기 때문이라고 하였다. 밥과 입을 것이 있는 낙원을 물어 남쪽으로 나서게 된 것이다. 동곡현은 시월에도 가을 같은 서늘한 날씨이고 동곡현에 있는 율정은 굶주린 배를 채울 참마와 석청(꿀)도 있고 겨울에도 죽순이 나는 곳이다. 또한 맑은 연못에

배를 띄우고 놀 수도 있다. 이처럼 동곡은 경치도 좋고 물산도 풍부한 곳이기에 가서 살고 싶은 마음이 드는 곳이다.

진주는 요충지라 사람의 일들이 번잡한 곳이다. 두보 자신은 천성이 물러 사람들을 대접할 줄도 모르고 또 아름다운 경치가 있어 시름을 녹일만한 곳도 없다. 게다가 농토가 척박해서 수확도 많이 나지 않아 삶을 영위할 수가 없다. 그래서 동곡으로 떠나야 한다.

마지막으로 진주에서 동곡으로 출발할 때의 정경을 그렸다. 날이 저물 때 외로이 떠나니 별을 이고 안개에 젖어 여정의 쓸쓸함을 이기지 못하고 있다. 두보는 감숙성 진주 지방에서 실망을 하고 희망과 기대감을 안고 동곡으로 향하였다.

감숙성 진주에서 4개월 머물렀던 두보는 결국 동곡현으로 떠났다. 759년 11월에 살기가 좋다는 동곡현으로 왔지만, 동곡 지역에 기근이 들어 살기는 더욱 팍팍하였다. 그래서 12월초에 사천성(四川省) 성도(成都)로 떠나야 했다. 두보는 성도의 여정 중에 기행시 12수를 남겼다. 다음 시는 그 기행시 첫 수이다. 이 시에 자주를 달기를 "건원 2년(759) 12월 1일 농우에서 성도로 가며 행적을 기록한다."라고 적었다.

발동곡현發同谷縣: 동곡현을 떠나다

묵자 같은 현인은 굴뚝이 그을도록 있지 않았고,

賢有不黔突현유불검돌,

공자 같은 성인은 자리가 더워지도록 있지 못했네.

聖有不煖席성유불난석.

하물며 나같이 굶주리고 어리석은 사람이,　況我飢愚人황아기우인,

어찌 집에서 편안히 살 수 있겠는가?　焉能尙安宅언능상안택.

처음에 이 산중에 왔을 적에,　始來玆山中시래자산중,

수레 멈추고 외진 땅을 기뻐하였네.	休駕喜地僻휴가희지벽.
어찌하여 세상사에 내몰려,	奈何迫物累내하박물루.
한 해(759년)에 네 번이나 옮기게 되었네.	一歲四行役일세사행역.
근심하며 속세에서 떨어져 있는 곳을 떠나,	忡忡去絶境충충거절경,
아득하니 멀리 다시 가게 되었네.	杳杳更遠適묘묘갱원적.
용담(연못 이름)의 구름에 결말을 멈추고,	停驂龍潭雲정참용담운,
호애(동곡의 산이름)의 바위를 고개 돌려 바라보네.	

	回首虎崖石회수호애석.
갈림길에 임하여 몇 사람과 이별하는데,	臨岐別數子임기별수자,
악수하는 손에 눈물이 거듭 떨어지네.	握手淚再滴악수루재적.
사귄 정은 오래되고 깊은 것 없지만,	交情無舊深교정무구심,
곤궁하고 나이 들어 슬픔이 많네.	窮老多慘慽궁로다참척.
평생 게으르고 옹졸한 생각에,	平生懶拙意평생나졸의,
우연히 보금자리 만나 은거하려 했는데.	偶值棲遁跡우치서둔적.
가거나 머물거나 자신의 소원과는 어긋나,	去住與願違거주여원위,
숲속 사이 새들을 우러러보며 부끄럽게 여기네.	仰憨林間翮앙참임간핵.

묵자 같은 현인은 집에서 음식을 해먹을 겨를도 없이 분주하고, 공자 같은 성인도 잠시 앉아 있을 겨를도 없이 바쁘다. 하물며 두보 같이 굶주리고 어리석은 사람은 감히 집에서 편안하게 지낼 수 없다. 처음 감숙성 동곡현에 왔을 때 세상일에 지쳐 오히려 외진 곳이 필요했는데, 어쩌다 1년에 4번이나 옮겨 다니게 되었다. 759년 봄에 동도(낙양)에서 화주로 옮겼고, 가을에 화주에서 감숙성 진주로, 겨울에는 진주에서 동곡으로 갔다가 이제는 동곡에서 사천성 성도로 떠나게 된 것이다. 그때가 759년 12월 1일인 것이다. 이때의 여정은 정해짐이

없는 처량한 신세를 한탄한 것이다.

근심스런 마음으로 외딴 곳을 떠나 더 먼 곳으로 가는데, 동곡의 용담 연못과 호애 산은 떠나기 어려워 자꾸 눈길이 가고 동곡에서 새로 사귄 사람들과 헤어지기 어려워 눈물이 났다. 동곡의 경물(景物)에도 정이 들었고 동곡에서 새로 사귄 사람들이나 친구들과의 이별도 슬퍼 자꾸 눈물이 난다고 하여, 석별의 정은 마치 오래 사귄 친구처럼 깊다.

이렇게 분주히 다니는 것은 두보 자신의 뜻은 아니라고 하였다. 우연히 은거할 곳을 만나 그곳에 거처할 것을 소원했지만, 그것도 뜻대로 되지 않아 떠나야 한다는 것이다. 이처럼 가고 떠나는 것이 자신의 소원대로 되지 않아 숲 속의 새들처럼 여유 있게 즐길 수 없다고 한 것이다.

동곡을 떠나 성도에 이르기까지 기행시 12수를 남겼는데, 「발동곡현(發同谷縣)」이 첫수이다. 두 번째 수가 「목피령(木皮嶺)」이다. 「발진주(發秦州)」에서 나왔던 율정 서쪽으로 방향을 잡았다. 『두시상주』에서 율정은 진주에서 195리 떨어져 있는 지역이라고 하였다. 이미 계절은 늦겨울로 음력 12월이다. 목피령이 얼마나 험한 고개인지 추운 겨울 날씨에 땀이 날 정도로, 오히려 추위를 모를 지경이라고 하였다. 그러면서 목피령의 빼어난 경치와 고개를 넘는 어려움을 그렸다. 제3수가 「백사도(白沙渡)」이다. 백사도는 나루 이름인데 지금 그곳이 어디인지는 확실하지는 않다. 『두시상주』에서는 백사도가 검주(劍州)에 속한다고 하였다. 배를 타고 가면서 배안에서 경치를 적었다. 물과 돌, 모래와 여울을 보니 마음이 상쾌해져 시름마저 씻겨 병이 사라진다고 하였다. 이 후 배에서 내려 육로로 가게 됨을 노래하였다. 제4수도 검주 가릉강(嘉陵江)에 있는 수회 나루를 노래하였다. 「수회도(水會渡)」

는 배에서 내려 초승달 진 밤에 산길을 가고 강을 건너서 또 새벽녘까지 산을 오르는 모습으로 여정의 힘겨움을 그렸다.

제5수는 「비선각(飛仙閣)」이다. 비선각은 누각이고 그 비선각으로부터 맞닥뜨린 잔도이다. 이 잔도를 지나야 촉땅으로 들어갈 수 있다. 잔도 길은 높아 구름에 닿아 있고 돌을 쌓아 계단을 이룬다고도 하였다. 이 험한 잔도를 다 건넌 뒤에 지친 모습을 그렸다. 말이나 사람이나 모두 지쳐 있다고 하면서 두보가 처자식에게 탄식하기를 "내 어찌 너희를 따라 가리오?"라고 하여, 스스로를 위로하면서 어려움을 이겨내고 있다.

제6수는 「오반(五盤)」이다. 『두시상주』에 오반은 사천성 광원 북쪽 170리에 있는 고개라고 하였다. 오반의 풍경과 인정을 묘사하고 고향 근처를 유랑하고 있을 아우와 누이를 그리워하였다. 제7수는 용문산 잔도인 용문각을 지나면서 그 험난함을 그리기를 "구당협 지나는 일을 실컷 들었고(飽聞經瞿塘포문경구당), 대유령 넘는 일 충분히 보았네(足見度大庾족견도대유). 종신토록 험난한 곳 지나왔지만(終身歷艱險종신력간험), 두려운 것은 여기서부터 꼽아야겠네(恐懼從此數공구종차수)."라고 하였다. 구당협과 대유령도 험난하기는 하지만 지극히 험난한 곳은 이곳 용문각 잔도를 먼저 꼽아야 할 정도라고 한 것이다.

제8수는 용문각 잔도를 지나 나타나는 석궤각에 대한 시이다. 석궤각도 잔도이다. "석궤각은 출렁이는 파도 위에서(石櫃曾波上석궤증파상), 허공에 임하여 높은 벽이 흔들리네(臨虛蕩高壁임허탕고벽)."라고 하여, 잔도가 출렁이는 파도 위에 걸려 있고 옆에 있는 바위가 흡사 궤짝처럼 보인다고 하였다. 역시 여정의 험난함을 그렸다. 제9수는 「길백도(桔柏渡)」로 사천성 광원현에 있다. 가르강 가에 대나무를 엮어 만든 긴 다리가 있고 안개가 자욱하다. 강물은 동쪽으로 흐르고 수레는 서쪽 성도로 간다. 동쪽으로 흐르는 강물은 흘러 형문으로 통하고 바다와 만날 것이다. 그러나 두보 자신은 산길로 서쪽으로 가야만 한다. 그래서 슬프다. 아마도 젊은 시절 동쪽 오월 지역을 여행한 기억이 있었기 때문일 것이다. 옛날 기억 때문에 동쪽으로 여행을 하고 싶어 했을 것이다.

제10수는 「검문(劍門)」으로 검주에 있다. "하늘이 설치한 험한 곳 있으니(惟天有設險유천유설험), 검문이 천하의 장관이네(劍門天下壯검문천하장). 연이은 산은 서남쪽을 감싸고(連山抱西南연산포서남), 바위의 모서리는 모두 북쪽을 향해 있네(石角皆北向석각개북향). 두 벼랑은 높은 성벽이 서로 기댄 듯(兩崖崇墉倚양애숭용의), 모양과 형세는 성곽의 모습과 비슷하네(刻畫城郭狀각화성곽상). 한 장부가 노하여 관문에 임하며(一夫怒臨關일부노림관), 백만의 군사도 가까이 갈 수 없다네(百萬未可傍백만미가방)."라고 하여, 검문은 사천성을 지키는 요새 지역임을 잘 드러내었다.

제11수는 「녹두산(鹿頭山)」으로, 사천성 덕양현에 있는 산이다. 성도와는 150리 정도 떨어진 곳이다. 그래서 두보는 성도에 거의 다 왔음에 마음이 놓임을 그렸다. 또한 이 지역의 역사적 인물인 유비와 양웅, 그리고 사마상여를 들어 경의를 표하였다. 마지막 연(聯)인 제12수가 「성도부(成都府)」이다. 감상해 보자.

검문의 현재 모습이다. 두보가 시에서 소개한 것처럼 양쪽으로 산이 있어 마치 성벽 같다.

성도부成都府

뽕나무, 느릅나무 사이로 저녁 해는,	翳翳桑榆日예예상유일,
길 떠난 나그네(두보) 옷을 비추는구나.	照我征衣裳조아정의상.
내가 걷는 중 산천이 달라지더니,	我行山川異아항산천이,
문득 먼 하늘 한 구석(성도)에 와 있네.	忽在天一方홀재천일방.
다만 만나는 이는 낯설은 사람들,	但逢新人民단봉신인민,
고향(장안)을 보리라 점칠 수 없네.	未卜見故鄉미복견고향.
큰 강물(민강)은 동으로 흘러가고,	大江東流去대강동류거,
떠도는 나그네(두보) 해와 달이 기네.	遊子日月長유자일월장.
높은 성은 화려한 집으로 가득하고,	曾城塡華屋증성전화옥,
늦겨울인데도 수목은 푸르기만 하다.	季冬樹木蒼계동수목창.
시끌벅적 이름난 도회지 성도에	喧然名都會훤연명도회,
통소 소리가 생황 소리에 섞여 있네.	吹簫間笙簧취소간생황.
진실로 아름다워도 어울리지 못하여,	信美無與適신미무여적,
몸을 기울여 냇물의 다리를 바라보네.	側身望川梁측신망천양.
새들은 밤에 제각기 둥지로 돌아가는데,	鳥雀夜各歸조작야각귀,
중원은 아득하고 멀기만 하네.	中原杳茫茫중원묘망망.
막 떠오른 달이 아직 높이 뜨지 않아,	初月出不高초월출부고,
뭇별들이 오히려 밝은 빛을 다투네.	衆星尙爭光중성상쟁광.
예부터 나그네야 있겠지만,	自古有羈旅자고유기려,
나는 어찌 이리도 고통스럽게 애달파하는가?	我何苦哀傷아하고애상.

동곡을 12월 1일 출발하여 마침내 12월 초순 어느 날쯤 성도에 도착하였다. 날이 저물어 뽕나무와 느릅나무 사이로 저녁 해가 나그네인 두보 자신을 비추고 있다. 마치 은총을 받지 못하는 자신의 처지 같다.

아직도 안녹산의 난이 진행 중이기 때문이다. 지금 내가 가고 있는 길이 어느덧 산천이 달라져 있고 어느새 하늘 한 구석인 성도(成都)까지 와 있다. 다만 만나는 사람들은 낯선 사람들뿐이고 장안을 보리라 점칠 수도 없다. 큰 강물인 민강은 동쪽으로 흘러가고, 나그네인 두보 자신의 타향살이가 길어질 것 같다. 높은 성은 화려한 집으로 가득하고 늦겨울인데도 수목이 푸르다. 이름 난 도회(성도)는 소란하여, 생황 소리에 퉁소소리까지 들려온다. 진실로 아름답지만 내가 어울리지 못하고 고향으로 돌아가기를 바라는 마음에 몸을 기울여 냇물의 다리를 바라본다. 밤이 되면 새들도 둥지를 찾아가지만 두보 자신은 중원의 고향 땅을 돌아가지 못하는 신세이다. 새만도 못한 처지에 마음이 아프다.

막 떠오른 달이 아직 높이 뜨지 않아 별들이 오히려 빛을 다툰다. 예부터 고향을 떠나 떠도는 사람 있었으니, 내 어찌 심히 슬퍼하리오 두보는 타향살이에 마음이 아프면서도 스스로 위로하며 여유를 찾으려 하였다.

위의 시는 시간의 경과로 서술되었다. 해질 무렵으로 시작해서 황혼이 되자 새들이 둥지로 찾아들고 한참 뒤 별이 나오고 달도 떴다. 이런 시간 경과에서 나그네가 가질 수 있는 우울함과 쓸쓸함에 빠지지 않고, 두보는 오히려 여유를 찾고자 하였다. 두보의 성도(成都) 생활은 과연 여유 있는 삶이 펼쳐질까?

성도(成都) 초당(草堂) 시절의 두보

두보(杜甫)의 성도(成都) 시절은 건원 2년(759) 말부터 영태 1년(765)까지를 이르는 시기이다. 당나라 조정에서 화주의 사공참군으로 좌천된 후 그 벼슬을 버리고 감숙성 진주와 동곡을 떠돌다가 사천성 성도로 거처를 옮겨 온 것이다. 사천성 성도로 거처를 옮긴 이유는 전란으로 인한 고통을 잊고 생활하는데 어려움이 없는 비교적 안전한 삶을 살기 위해서였다. 그 안전한 곳을 찾아온 곳이 성도의 외곽지역인 완화계였다. 그 완화계에 초당을 짓고 가족과 편안한 삶을 살고자 했다. 그러나 뜻대로 되지 않았다. 성도 생활 2년 반이 지나갈 무렵, 가까이 지내던 성도의 관리 책임자인 엄무가 당나라 조정의 부름을 받고 장안으로 떠나게 되었다. 그때 두보도 엄무를 전송하기 위해 면주까지 동행하였다. 그런데 이때 성도에서 서지도의 반란이 일어나 다시 성도로 돌아갈 수가 없었다. 이후 두보는 식솔을 이끌고 가주·낭주·면주·한주 등지를 전전하였다. 결국 764년 봄 사천성을 떠나려

했는데, 엄무가 다시 사천성으로 부임하여 계획을 바꾸게 되었다. 다시 성도로 돌아온 두보는 엄무의 막부에서 절도사 참모 겸 검교공부원외랑 벼슬을 하였다. 그런데 무슨 이유 때문인지 6개월 정도 벼슬자리에 있다가 사직하고 초당으로 물러났다. 이후 얼마 지나지 않아서 엄무가 병이 들어 죽었다. 이제는 자기를 이해하고 아껴줄 사람도 없는 사천성에 머물 이유가 없었다. 두보는 5년 정도 머물던 사천성 성도를 떠나게 되었던 것이다.

먼저 성도 시절의 시부터 감상해 보자. 두보가 식솔을 이끌고 759년 12월에 성도에 도착하여 머물 곳을 얻지 못하자, 잠시 절간에 몸을 의탁하게 된다. 당시 팽주(사천성 팽현) 자사 고적(高適)은 두보가 완화계(浣花溪) 초당사(草堂寺, 남조 송나라 효무제 때 지은 절)에 머물고 있다는 소식을 듣고 시를 보내왔다. 고적은 천보 8년(749) 수양태수 장구고(張九皐)의 추천으로, 나이 50세에 과거에 응시하여 급제한 뒤 벼슬살이를 시작하였다. 안사의 난 이후 회남절도사(淮南節度使)를 시작으로 팽주자사·촉주자사·검남절도사·성도윤 대리 등을 지내다가 산상시(散常侍)를 끝으로 벼슬살이를 마쳤다.

증두이습유贈杜二拾遺: 습유 두보에게

고적高適

초제(절)의 객이 되었다는 말 전해 들었으니,　傳道招提客전도초제객,
시서(詩書)를 절로 토론하시겠네요.　詩書自討論시서자토론.
향불 내음이 때로 숙소까지 들어오고,　佛香時入院불향실입원
절밥이 자주 문을 넘어간다지오.　僧飯屢過門승반루과문.
법문을 듣고 응당 질문을 하실 것이고,　聽法還應難청법환응난,
경전을 찾아 자못 그 뜻을 풀어보고 싶을 테지요.

尋經膝欲翻심경승욕번.

『태현경』초고 작성은 지금 이미 마쳤을 것이니,

草玄今已畢초현금이필,

이후로는 다시 무슨 말씀을 하시려하오.　　　　此後更何言차후갱하언.

성도의 이웃 고을인 팽주 자사(지금의 군수)로 있던 고적(高適, 700~765)은 완화계(浣花溪) 근처 초당사(草堂寺)에 두보가 머물고 있다는 것을 알고, 절간에서 생활할 두보의 일상을 상상하였다. 절간에서 승려들과 시서(詩書)를 토론도 할 수 있게 되었고, 향불 내음은 두보가 묵고 있는 숙소까지 들어올 것이며 또한 절밥도 먹게 될 것이라고 하였다. 그리고 초당사 스님이 베푸는 법문도 듣게 될 것이고, 뿐만 아니라 경전을 찾아보고 질문도 할 것이라고 상상하였다. 지금쯤은 한나라 양웅(揚雄)이 지은『태현경』초고를 작성하는 일도 다 끝마치고 새로운 저작 활동으로 어떤 일을 할 것이냐?고 묻고 있다. "난(難)"은 질문하다는 의미이다. 이 시에서는 두보가 스님의 설법을 듣고 질문을 한다는 의미이다. "초현(草玄)"은 세상의 잇속에 담박하게 저술에만 힘쓰는 것을 가리키는 말로 쓰인다.

이에 두보가 화답한 시이다.

수고사군상증酬高使君相贈: 고사군(고적)의 시에 화답하다

오래된 절집에 스님이 드물어,　　　　古寺僧牢落고사승뇌락,
빈 방 얻어 머무는 객이 되었네요.　　空房客寓居공방객우거.
벗(배면 혹은 고적)은 녹봉 쌀을 보내오고,　故人供祿米고인공녹미,
이웃은 밭에서 난 채소를 나눠주네요.　鄰舍與園蔬인사여원소.
쌍수 아래에서 법문을 듣고,　　　　雙樹容聽法쌍수용청법,

세 수레로 책을 실어 나를 수 있게 되었어요. 三車肯載書삼거긍재서.
『태현경』을 제가 감히 넘볼 수는 없겠지만,   草玄吾豈敢초현오기감,
부(賦)라면 혹 사마상여와 비슷할 수는 있겠지요.

賦或似相如부혹사상여.

화주의 사공참군 벼슬을 사직하고 진주와 동곡 등지로 거처를 옮겨오던 두보가, 이제는 사천성 성도 완화계(浣花溪) 근처 절간으로까지 거처를 옮겨 왔다는 소식을 들은 고적이다. 두보의 그 처지가 안타까웠을 것이다. 그래서 안부 겸 시를 보내왔던 것이다. 고적이 시에서 "草玄今已畢초현금이필, 此後更何言차후갱하언."이라고 한 것은, 서한(西漢) 시절의 양웅(揚雄)은 왕망(王莽)의 권력 찬탈 등 정치적 변혁기에 벼슬을 내려놓고 낙향하여, 고향 성도(成都)에서 『태현경(太玄經)』을 지었다. 양웅이 행한 것처럼, 두보 당신도 성도에 머물게 되었으니 양웅의 『태현경(太玄經)』 초고는 이미 마쳤겠지만, 다른 걸작도 한 번 지어보라고 권했다. 이에 두보는 "草玄吾豈敢초현오기감, 賦或似相如부혹사상여."라고 하여, 양웅이 지은 『태현경(太玄經)』은 어렵겠지만, 사마상여 같은 부는 지을 수 있다고 답하였다. 시문학의 자신감을 드러낸 두보이다. 위의 시에는 성도 초창기 시절 정착할 때의 두보 생활도 엿볼 수가 있다. 친구인 배면 아니면 시를 보낸 고적 같은 이들은 녹봉으로 받은 쌀을 보내주기도 하고 이웃들은 자신이 가꾼 채소를 보내주기도 하였다. 또한 "쌍수 아래에서 법문을 듣고(雙樹容聽法쌍수용청법)"라고 하여, 두보가 초당사 스님의 설법도 직접 들었음을 알 수 있다.

고적은 천보 3년인 744년 이백이 당나라 궁중에서 쫓겨난 후 이백과 더불어 두보·잠삼 등과 함께 양(梁)·송(宋) 일대를 주유하며 친교를 맺었던 인물이다. 고적은 예전의 인연을 잊지 않고 안부를 전해 왔던

것이다. 고적이 시에서 물었던 내용을 두보는 시로 자세히 설명하였다. 스님들이 제공하는 절밥 먹지 않고 벗들이 보내온 쌀과 이웃들이 보내온 채소로 생활하며, 다만 법문을 듣는 것은 가능하지만 질문은 불가(不可)하며, 아직 책을 실어오려고 하지 않으니 어디서 양웅 같은 경전을 펼치며, 단지 사마상여처럼 부(賦)를 짓는 것으로 만족하겠노라고 답하였다.

초당사(草堂寺)에 한 동안 지내던 두보가 두제(杜濟)를 비롯하여 여러 사람의 도움으로 거처를 마련하게 되었다. 때는 760년 봄이다.

복거ト居: 살 곳을 정하다

완화계(浣花溪) 개울물 흐르는 서쪽 머리에.   浣花溪水水西頭완화계수수서두,
주인이 숲과 연못 그윽한 곳에 살 곳을 잡았네. 主人爲卜林塘幽주인위복임당유.
성곽 밖이라 속된 세상일 적은 것 이미 알겠고, 已知出郭少塵事이지출곽소진사,
더욱이 맑은 강이 나그네 시름 사라지게 하네. 更有澄江銷客愁갱유징강소객수.
무수한 잠자리들 가지런히 오르락내리락,   無數蜻蜓齊上下무수청정제상하,
한 쌍의 비오리는 마주 보며 잠겼다 떠오르네. 一雙鸂鶒對沈浮일쌍계칙대침부.
동쪽으로 만 리를 가면 왕자유처럼 흥을 탈테니, 東行萬里堪乘興동행만리감승흥,
내 반드시 산음(山陰) 가는 작은 배에 올라 보리라.

須向山陰上小舟수향산음상소주.

위의 시는 두보의 49세(760년) 때 지은 칠언율시로, 주변의 여러 사람들로부터 도움을 받고 완화계에 초당의 터를 다지며 지은 작품이다. 성도 서쪽 성곽 밖이라 세상일로부터 벗어나 조용한 생활을 할 수 있을 것이라고 하였다. 전반부는 완화계에 초당을 지은 뜻을 드러낸 것이다. 그리고 후반부는 시내 앞의 외부 묘사로, 강가를 따라 일어

나는 감정을 서술한 것이다. 잠자리떼가 오르락내리락하는 풍경과 비오리 한 쌍이 짝하여 자맥질하는 모습을 그리면서, 왕헌지(왕자유) 고사와 제갈량 고사를 인용하여 초당을 짓는데 도움을 준 친구들에게 고마움을 드러내었다.

『세설신어』「임탄(任誕)」에 왕헌지(왕자유) 이야기가 있다. '왕헌지가 산음에 살 때 어느 날 밤에 많은 눈이 내렸다. 그는 잠에서 깨어 방문을 열고 명(命)하여 술을 따르게 하였다. 사방을 바라보니 달빛이 밝았다. 일어나 배회하면서 좌사의 초은시를 읊조리다가 문득 대안도를 떠올렸다. 당시 대안도는 섬계(지금의 소흥시)에 살았다. 즉시 밤에 작은 배를 타고 나아갔다. 밤이 다 지나서 막 도착하여 문 앞에 와서 거의 닿을 때 더 나아가지 않고 돌아왔다. 어떤 사람이 그 까닭을 물으니, 왕헌지가 말하기를, '나는 본디 흥이 나서 갔다가 흥이 다하여 돌아온 것이니, 어찌 반드시 대안도를 보아야 하겠는가?'라고 하였다. 그리고 『화양국지(華陽國志)』에 '촉이 비위(費禕)를 오에 사신으로 보내는데, 제갈공명이 전송하니, 비위가 탄식하기를, 만릿길이 여기서 시작되는구나.라고 하였다.'는 기록이 있다. 만리교가 완화계 동쪽에 있기 때문이다. 두보도 만리교가 있는 완화계에서 창차 흥이 나면 왕헌지처럼 동쪽 장안에 있는 친구를 찾아 가겠다는 흥취를 드러내었다.

이후 두보는 「왕십오사마제출곽상방유영초당자(王十五司馬弟出郭相訪遺營草堂貲: 사마벼슬의 왕씨 성 아우가 외성을 나와 초당 지을 돈을 주러 방문하다)」에서 "내 초당 짓는 일을 염려하여(憂我營茅棟우아영모동), 돈을 갖고 들 다리를 넘어 오셨다(攜錢過野橋휴전과야교)."라고 하여, 집 지을 돈을 가지고 온 이는 왕씨 성을 가진 사촌 아우라고 하였다. 또 초당을 짓는데 각종 나무를 제공한 이들도 있다. 「소팔명부실처멱도재(蕭八明府實處覓桃栽: 현령 소실에게서 복숭아 묘목을 구하다)」에서는 "삼가 구하노니 복숭아 묘목 일백 그루를(奉乞桃栽一百根봉걸도재일백근), 봄이 오기 전에 완화촌으로 보내 주시오(春前爲送浣花村춘전위송완화촌)."라고 하여, 어느 현령에게 부탁의 시를 편지 형식으로 썼다. 또 「종위이명부속처멱면죽(從韋二明府續處覓綿竹: 명부(현령) 위속에게 면죽을 구하다)」에서는 면죽현의 현령인 위속에게 면죽(대나무의 일종)을 보내 줄 것을 요청하였다. 「빙하십일소부옹멱기목재(憑何十一少府邕覓榿木栽: 소부(현위) 하옹에게 부탁하여 오리나무 묘목을 구하다)」에서, 오리나무가 쉽게 숲을 이룬다는 것을 알고, 현위 하옹에게 오리나무 묘목을 보내달라고 하였다. 그리고 「빙위소부반멱송수자재(憑韋少府班覓松樹子栽: 소부(현위) 위반에게 부탁하여 소나무 묘목을 구하다)」에서는 "나이 든 천 년의 뜻을 보존하고자(欲存老蓋千年意욕존노개천년의), 서리 견디는 뿌리 몇 치 묘목을 구했다네(爲覓霜根數寸栽위멱상근수촌재)."라고 하여, 소나무 묘목을 구한 이유를 설명하고 있다. 「우어위처걸대읍자완(又於韋處乞大邑瓷碗: 또 위반에게 대읍의 자기 그릇을 구하다)」에서는 소나무 묘목을 부탁했던 부강현 현위로 있는 위반에게 대읍(사천성 고을 이름)에서 나는 자기 그릇을 부탁하였다. 그 자기 그릇은 두들기면 슬픈 옥소리가 난다고 하였다.

한편으로는 두보 자신이 과일 묘목을 직접 구하기도 하였다.

예서경멱과재詣徐卿覓果栽: 서경에게 가서 과일 묘목을 구하다

초당에 꽃이 적어 이제 심고자 하여,	草堂少花今欲栽초당소화금욕재,
푸른 오얏 누런 매실 상관하지 않네.	不問綠李與黃梅불문녹이여황매.
석순가(거리 이름)에서는 도리어 돌아갔다가,	石筍街中却歸去석순가중각귀거,
과원방(동네 이름)에서 구하러 왔다네.	果園坊裏爲求來과원방리위구래.

위의 시는 761년 두보 50세 지은 시이다. 초당에 꽃이 적어 꽃나무

를 심기 위해 성도 자성(子城) 안에 있는 석순가를 찾아갔는데, 묘목을 구하지 못하고 초당으로 돌아가다가 다시 서경이 있는 과원방(동네 이름)으로 가서 과실나무를 구한다는 내용이다.

친척에게 초당을 짓기 위해 돈을 부탁하기도 하고 초당 주변을 꾸밀 각종 나무와 그릇까지 아는 관리들에게 요구하기도 하였으며, 자신이 직접 과실나무를 구하기도 해서 초당이 이루어졌다.

초당堂成: 초당이 이루어지다

성곽을 등지고 초당 지어 흰 띠풀 얹으니,　　背郭堂成蔭白茅배곽당성음백모

강 따라 이어진 익숙한 길에서는 푸른 들이 내려다보인다.

緣江路熟俯靑郊연강노숙부청교.

오리나무 숲은 해를 가리고 잎사귀는 바람에 읊조리는데,

橙林礙日吟風葉기림애일음풍섭,

농죽(대죽) 숲에 안개 덮이면 이슬 떨어지는 나뭇가지.

籠竹和煙滴露梢농죽화연적노초.

잠시 날기를 멈춘 까마귀는 새끼 몇 마리 거느리고,

暫止飛烏將數子잠지비오장수자,

자주 찾아와 말 건네는 제비는 새로 둥지를 정하였네.

頻來語燕定新巢빈래어연정신소.

주변 사람은 양웅의 집 같다고 잘못 비유하지만,

旁人錯比揚雄宅방인착비양웅댁,

게으른 탓에 「해조」 지을 마음 전혀 없다네.　懶惰無心作解嘲나타무심작해조.

두보는 숙종 건원 2년인 759년 12월 말쯤에 성도에 도착하여 완화계 근처의 절간에 머물렀다. 이듬해 봄부터는 절 옆 백화담 북쪽, 만리

교 곁에 초당을 짓기 시작하여 드디어 초당이 이루어졌다. 위의 시는 초당의 낙성을 축하하는 시로, 집 주변의 경물을 묘사한 작품이다.

두련에서는 초당의 위치를 알려준다. 하얀 띠풀로 이은 초당은 성곽을 등지고 금강(錦江)과 이웃하고 있으며 여기에서 교외의 푸른 들판까지 볼 수 있는 곳이다. 함련과 경련은 초당 주변 환경을 묘사하였는데, 오리나무와 농죽 곧 사천성에서 나는 대나무가 주변에 둘러져 있고, 집 안쪽에는 새끼를 기르는 까마귀와 집을 짓고 있는 제비를 소개하였다. 미련에서는 한(漢)나라 애제(哀帝) 때 인물 양웅(揚雄)의 고사를 인용하였다. 애제 때 정부(丁傅)와 동현(董鉉)이 권력을 잡고 정사를 어지럽게 하자, 양웅은 두문불출하고 『주역』을 모방하여 『태현경(太玄經)』을 지었다. 그래서 성도에 있었던 양웅의 집을 초현당(草玄堂: 『태현경』을 기초한 집)이라 불렀다. 『태현경』을 짓자 그 현(玄)이 아직 희다는 말로 조롱받은 양웅은, 사람들의 조롱을 변호하는 글을 지었는데 그것이 「해조(解嘲)」이다. 이 시에서 두보는 초당을 지어 양웅처럼 뜻을 펴지 못한 울분과 불만을 표현하여 자만심이나 교만에 빠진 것은 아니고, 잠시 어려운 생활을 모면하기 위해서 이곳 성도에와 있는 것이라고 하였다.

760년 봄 두보가 성도성 서북에 있는 제갈무후사(諸葛武侯祠)를 찾아보고 제갈량(181~234)의 사당과 풍경을 보고 회고의 정을 읊은 시를 지었다.

촉상蜀相: 촉의 승상(제갈량)

승상의 사당을 어느 곳에 가 찾을까?   丞相祠堂何處尋승상사당하처심,
금관성 밖에 측백나무 무성하게 우거진 곳이라네.

               錦官城外栢森森금관성외백삼삼.

댓돌에 비친 푸른 풀은 저절로 봄빛인데,	映階碧草自春色영계벽초자춘색,
나뭇잎 사이 꾀꼬리의 소리 속절없이 좋네.	隔葉黃鸝空好音격엽황리공호음.
삼고초려로 자주 천하를 안정할 계획을 말했고,	三顧頻繁天下計삼고빈번천하계,
유비·유선 양조에서 노신의 마음을 다 바쳤다네.	兩朝改濟老臣心양조개제노신심.
출정하여 이기기 전에 몸이 먼저 죽으니,	出師未捷身先死출사미첩신선사,
길이 영웅들로 하여금 눈물이 옷깃에 가득 하네.	長使英雄淚滿衿장사영웅누만금.

촉한의 재상 제갈공명의 사당인 무후사(武侯祠)는 어디에 있는가?
성도의 서성(西城)인 금관성 밖의 측백나무 숲이 바로 그곳이다. 사당
의 섬돌에 비치고 있는 푸른 풀들은 그들 나름대로 봄빛을 띠고 있고,
나무 위의 나뭇잎 사이로 들려오는 꾀꼬리 소리는 들어주는 사람 없
어도 좋은 소리로 울고 있다. 전반부에서는 무후사 주변의 경물을
그렸다. 사당의 주변 묘사 곧 풀은 무성하고 새소리는 속절없이 고운
소리를 통해 사당의 황량함을 그렸다. 무후사는 서진(西晉) 말기 대성
(大成) 국(國)을 세운 이웅(李雄)이 처음으로 세웠다. 무후사는 유비의
소열묘(昭烈廟) 옆에 있어, 명(明)나라 초에 소열묘와 합병되어, 오늘날
까지 전하고 있다.

옛날 선주(先主) 유비는 제갈공명을 삼고초려(三顧草廬)해서 천하를
통일할 계획을 자주 물었고, 제갈공명은 유비와 유선 두 황제를 모시
면서 창업과 수성을 이루느라고 늙은 신하로서의 진심을 다했다. 그
러나 위(魏)나라를 치러 군사를 출동하여 전쟁터에 나섰으나, 싸움에
이기기도 전에 제갈공명 자신이 위나라 장수 사마의와 대치하던 중에
섬서성 미현 서남쪽에서 54세의 일기로 병사(病死)를 하니, 이 사실을
아는 후세의 영웅들이 길이 눈물을 흘린다고 하였다. 이는 제갈공명
이 뜻을 이루지 못하고 타계하였음을 후세인들이 슬퍼한다는 말이다.

그리고 이와 같은 것은 제갈공명에게만 국한된 것이 아니고, 후세의 인물들 중에 재능은 있으나 시대 운수가 없어 뜻을 얻지 못한 인물들에게 모두 비유될 수 있는 표현이기도 하다. 후반부는 제갈공명의 삶을 소개한 것이다.

이 「촉상」은 두보가 제갈공명을 존경하면서도 사모하는 마음이 잘 드러난 시이다. 황량한 사당 모습과 한결같은 충절, 그리고 뜻을 이루지 못한 영웅을 통해 그의 안타까운 마음을 드러냈기 때문이다. 유비(劉備)가 삼고초려(三顧草廬)하여 제갈공명과 천하를 평정할 계획을 논하였고, 유비와 유선 양대(兩代)를 섬기며 촉한을 세우고 백성을 제도한 노신(老臣)의 마음을 잘 녹여 내었다. 또한 출사하여 승리하기 전에 제갈공명이 먼저 죽으니, 후세의 충신들과 지사들을 감동시켜 눈물로 소매를 적시게 한다고 하여, 그의 충절을 아끼고 그리워하는 마음까지 담았다. 두보가 무후사 사당을 참배하고 제갈공명에 대한 감회를 시로 남긴 이유가 그만큼 그를 사모하고 존경했다는 증거일 것이다. 한편으로는 지금의 당나라 난세를 구할 인재가 나타나기를 바라는 마음도 있었을 것이다.

두보는 성도의 교외 완화계(浣花溪) 부근에 초당(草堂)을 마련하고 여기에서 비교적 평온한 나날을 보냈다. 그래서 그런지 성도의 생활에 만족감을 드러내는 시를 짓기도 하였다.

위농爲農: 농사를 짓다

금리(성도)는 연기와 티끌(전란)밖의 마을,	錦里煙塵外금리연진외,
강 마을은 8~9집이 있네.	江村八九家강촌팔구가.
둥근 연꽃은 주위에 작은 잎을 띄우고,	圓荷浮小葉원하부소엽,
어린 밀은 날리는 꽃가루 흩뿌리네.	細麥落經花세맥낙경화.

집터 잡아 이곳에서 늙어가며,　　　　　　卜宅從玆老복택종자노,

농사나 지으며 경사에서 멀리 떨어져 있으리.　爲農去國賒위농거국사.

멀리 구루의 현령(갈홍)에 부끄러운 것은,　　遠慚勾漏令원참구루령,

단사를 물어보지 못해서라네.　　　　　　　不得問丹砂부득문단사.

　안녹산의 난이 일어난 후 당나라는 여러 지역에서 일어나는 난으로 혼란한 시기가 계속되었다. 두보가 사천성 성도 완화계에 들어온 이후로도 도처에서 반란의 기세는 꺾이지 않았다. 그런데 이곳 금리인 성도의 강촌은 연기와 먼지 곧 전장에서 일어나는 먼지 밖에 있어 평온한 상태였다. 눈을 들어 풍경을 바라보니 연못에는 어린 연꽃이 떠 있고 어린 밀은 꽃가루를 날리고 있다. 모두 풍진 밖의 세상의 경물이다. 그래서 이곳에 집터를 잡아 농사를 지으며 늙도록 살고 싶다. 그래서 앞으로 여유가 생기면 신선의 꿈을 이루고자 한 진(晉)나라의 갈홍(葛洪)처럼 단사를 구해 신선이 되고 싶다고도 하였다. 760년 여름 두보는 성도 완화계에서 어느 정도 마음의 안정을 찾아가고 있었다. 지금은 중국 정부가 무후사 옆 거리에 금리(錦里) 거리를 재현해 놓고 관광객들에게 즐길 거리를 제공하고 있다.

　두보가 성도 완화계 초당을 짓고 머물게 되었음을 안 지우(知友)와 빈객(賓客)이 두보를 찾기 시작하였다.

유객有客: 손님

폐병을 앓은 지 오래 되어,　　　　　　　患氣經時久환기경시구,

강 가(완화계)에 새로 집터를 정하였네.　　臨江卜宅新임강복택신.

시끄럽고 저속한 세속을 비로소 피하였더니,　喧卑方避俗훤비방피속,

확 트여 쾌적한 곳이라 제법 사람 살만하네.　疏快頗宜人소쾌파의인.

한 손님이 내 초가를 들렀기에,	有客過茅宇유객과모우,
아이를 불러 갈건을 반듯이 하였네.	呼兒正葛巾호아정갈건.
손수 김을 매고 새순은 드물지만,	自鋤稀菜甲자서희채갑,
조금 따는 것은 우정이 두터워서라네.	小摘爲情親소적위정친.

전반부는 완화계에 초당을 마련한 만족감을 드러낸 곳이다. 몸도 아프지만 세속의 번잡함이 없는 이곳 완화계에 자리를 정하니 전망도 탁 터이고 사람 살기에 편안하여 마음이 편안하다. 후반부는 평소에 알고 지내던 친분이 있는 손님이 찾아와, 그를 마음 편안하게 대하는 두보의 자세와 마음을 표현하였다. 아이를 불러 몸가짐을 바르게 하고 자신이 가꾼 것이지만 아직은 덜 자란 채소를 따서라도 자신의 친한 정을 전하고 싶다. 이때 손님은 친한 사이의 친구이거나 친척일 것이다.

빈지賓至: 손님이 오다

조용한 거처에 궁벽한 곳이라 찾는 이 적었고,	幽棲地僻經過少유서지벽경과소,
늙고 병들어 남이 부축해도 두 번 절하기 어렵지요.	
	老病人扶再拜難노병인부재배난.
어찌 세상 사람 놀래줄 문장이 있다고,	豈有文章驚海內기유문장경해내,
괜히 수고스럽게 거마를 강가에 멈추셨구려.	漫勞車馬駐江干만로거마주강간.
종일토록 귀한 손님 머물러 계시는데,	竟日淹留佳客坐경일엄유가객좌,
평생 거친 밥 고지식한 선비가 먹는 것이라오.	百年粗糲腐儒餐백년조려부유찬.
야외(초당)라 드릴 게 없어 싫지 않으시다면,	不嫌野外無供給불혐야외무공급,
흥이 날 때 다시 작약 핀 난간을 보려 오시죠.	乘興還來看藥欄승흥환래간약난.

제목 "빈지(賓至)"의 '빈(賓)'은 귀한 손님일 것 같다. 시의 내용으로

보면, 두보가 외진 곳에 사는 것을 알고 일부러 찾아온 손님이고, 또 병든 몸을 부축 받으면서 두 번의 절로 맞이하는 것도 예사로운 손님은 아닌 것 같다. 이 손님이 찾아온 것은 두보의 문명을 듣고 거마를 타고 일부러 왔다. 이 손님은 평상시 먹는 음식도 지금 두보가 먹고 있는 거친 음식은 아닐 것이다. 그런 거친 음식을 대접하는 것이 송구스럽다. 이런 것을 미루어 보면 이때 찾아온 손님은 매우 가까운 사이는 아니면서 어느 정도 신분이 높은 인물일 것으로 추측된다. 이렇듯 성도 완화계에 눌러 살고 있는 두보의 삶이 여기저기 소문이 났던 것이다. 그래서 친분이 있는 사람과 두보의 문명을 일찍이 듣고 문장의 사귐을 위한 분들도 두보를 찾아왔던 것이다. 이처럼 두보의 성도 완화계 시절이 열리고 있다.

　벼슬자리 없이 산다는 것은 고행에 가까운 삶이다. 먹을 것이 나올 때가 마땅치 않기 때문이다.

광부狂夫: 미친 사내

만리교 서편으로 초당 하나,	萬里橋西一草堂만리교서일초당,
백화담(완화계) 물이 곧 창랑수네.	百花潭水卽滄浪백화담수즉창랑.
바람 머금은 푸른 대는 고운 빛이 깨끗하고,	風含翠篠娟娟淨풍함취소연연정,
비에 젖은 붉은 연꽃은 점점 향기로워져 가네.	雨裏紅蕖冉冉香우읍홍거염염향.
봉록 많이 받는 친구는 서신이 끊어져,	厚祿故人書斷絶후록고인서단절,
늘 굶주리는 어린 자식 낯빛이 처량하네.	恒飢稚子色凄涼항기치자색처량.
죽어 구덩이를 메울 때가 되어서 그저 멋대로 행동하며,	
	欲塡溝壑惟疏放욕전구학유소방,
미친 이가 늙어가면서 더 미쳐 감을 내 스스로 웃는다.	
	自笑狂夫老更狂자소광부노갱광.

성도 완화계 여름에 지은 시이다. 금강에 놓여 있는 다리 만리교 서쪽에 초당이 있고, 완화계의 물은 창랑수처럼 맑다. 게다가 대나무까지 곱고 깨끗하게 보이고 비에 젖은 붉은 연꽃은 향기까지 진동한다. 그런데 두보의 처지는 집 주변의 배경과 딴판이다. 높은 지위에 있으면서 많은 봉록(급여)을 받는 옛날에 알고 지내던 사람들은 소식마저 끊어지고, 집안의 자식들은 음식을 배불리 먹지 못해 얼굴빛이 밝지 못하다. 이렇게 넋두리를 하다 보니 자신이 넋두리 한 것이 광부(狂夫) 같다. 곧 미친 짓을 한 것 같아, 자소(自笑)로 마무리 짓고 있다.

같은 시기인 760년 여름 두보의 49세 때 작품인 「강촌(江村)」도 감상해 보자.

강촌江村: 강마을

맑은 강(완화계) 한 굽이 마을을 안아 흐르는데, 淸江一曲抱村流청강일곡포촌류,

긴 여름 강가 마을에는 일마다 한가롭다. 長夏江村事事幽장하강촌사사유.

절로 가며 절로 오는 것은 들보 위의 제비고, 自去自來梁上燕자거자래양상연,

서로 친하며 서로 가까운 것은 물 위의 갈매기로다.

相親相近水中鷗상친상근수중구.

늙은 아내는 종이 위에다 그려 바둑판을 만들고, 老妻畫紙爲棋局노처화지위기국,

어린 자식은 바늘 두드려 낚시 바늘을 만든다. 稚子敲針作釣鉤치자고침작조구.

많은 병에 필요한 것은 오직 약물이니, 多病所須唯藥物다병소수유약물,

보잘것없는 몸이 이 밖에 다시 무엇을 구하리오.

微軀此外更何求미구차외갱하구.

맑은 강이 한 번 굽이돌아 마을을 안고 흐르고, 긴긴 여름에 강가 마을은 한가하여 조용하기만 하다. 대들보 위에 집을 짓고 사는 제비

는 스스로 들락날락 하는 모습이 보이고, 아무 욕심이 없으니 서로 가까워진 것은 강물 위의 갈매기로다. 예쁠 것 없는 아내는 종이 위에다 바둑판을 그려 놓고, 귀여운 자식은 바늘을 두드려 낚시 바늘을 만들고 있다. 이렇게 한가한 생활 속에 여러 병이 겹친 나지만, 지금 필요한 것은 요양하는 것이다. 약한 이 몸 이 외에 다시 무엇을 바라겠는가?

정말 오랜만에 정신적으로 느껴보는 가정의 단란한 풍경이다. 여름날 강촌의 평화로운 풍경과 초당에서의 안분지족(安分知足)하는 삶의 모습이다. 어려운 시절 조용한 강마을에서 타고난 성정(性情)을 따르면서 절로 즐거움을 느끼고 있다. 물질적으로는 넉넉하지 못하지만 정신적으로 한가로움을 느끼고자 하는 두보의 모습이다. 이런 두보의 마음을 표현한 것이 강촌 마을의 한가로움을 노래한 「강촌(江村)」인 것이다. 여전히 물질적으로는 풍족하지 못한 생활을 영위하고 있는 두보의 가족이기 때문이다. 따라서 「강촌(江村)」은 정신적으로 풍요로움을 느껴 안분지족의 삶을 누리고자 하는 두보의 뜻이 담긴 시이다.

제4구는 망기고사(忘機故事)가 반영된 것이다. 고사(故事)는 『열자(列子)』「황제(黃帝)」편 '해상지인유호구조자(海上之人有好漚鳥者)'에 나오는 바다 갈매기 이야기로, 소개하면 다음과 같다. '바닷가 사람 중에 갈매기를 좋아하는 사람이 있었다. 매일 아침 바닷가로 가서 갈매기를 따라 노닐면 갈매기가 이르는 것이 백 마리도 더 되었다. 그 아버지가 말하기를, "내가 들으니 갈매기가 모두 너를 좇아 다닌다고 하니 네가 잡아오너라. 내가 그들을 가지고 놀리라." 다음날 바닷가로 가니 갈매기들이 춤만 추고 내려오질 않았다.' 이미 갈매기는 어부(漁夫)의 나쁜 마음을 알고 다가오지 않았다는 것이다. 이것을 '기심(機心)'이라고 한다. 곧 '남을 상하게 하고 사물을 해치려는 마음'이라는 뜻이다. 이와 반대의 뜻은 '망기(忘機)'로, '기심을 잊어버렸다'는 뜻이다. 어부가 '망기'의 마음을 가지고 있을 때는 갈매기들이 날아와 함께 놀다가 갔지만, 아버지 말씀대로 한 마리 잡으려는 마음, 곧 '기심'을 품고 있으니 갈매기가 한 마리도 날아들지 않았다는 것이다. 두보도 이제는 관직에 나가서 젊을 때 품은 정치적 이상을 펴고 싶다는 뜻을 접고 자연 속에서 유유자적하니, 절로 '망기'가 일어난 것이다. 그래서 지금의 어려운 자기 생활에도 만족을 느낄 수 있었던 것이다.

가을 두보의 모습을 보자.

야노野老: 시골 늙은이(두보 자신)

시골 늙은이 집 울타리 가에 강 언덕이 휘도는데,

野老籬邊江岸迴야노이변강안회,

사립문은 비스듬히 강줄기 따라 열려 있네. 柴門不正逐江開시문부정축강개.
어부들의 그물은 맑은 못에 쳐놓았고, 漁人網集澄潭下어인망집징담하,
장사꾼의 배는 지는 해를 따라 돌아오네. 估客船隨返照來고객선수반조래.
머나먼 길이 마음에 걸려 검각을 슬퍼하는데, 長路關心悲劍閣장로관심비검각,
조각구름은 무슨 일로 금대 옆에 기대어 있는가?

片雲何意傍琴臺편운하의방금대.

황제 군대가 동쪽 고을 수복했다는 소식 없는데, 王師未報收東郡왕사미보수동군,
가을날 성궐(성도)의 화각소리 슬프기만 하네. 城闕秋生畫角哀성궐추생화각애.

두보가 가을날 자신의 처지를 노래한 시이다. 먼저 자신이 거처하는 초당을 소개하면서 해질녘 풍경까지도 그렸다. 그런 후 사천성 검각현의 대검산과 소검산 사이에 있는 검각(劍閣)을 걱정하고 있다.

당시 검각은 반군의 수중에 있었기 때문이다. 그러면서 사천성 성도 완화계에 와 있는 두보 자신을 조각구름에 비유하여 무슨 일로 사마 상여가 거문고 타던 금대(琴臺)에까지 와 있느냐고 반문하고 있다. 지금 이곳 완화계에 와 머무는 것은 두보 자신의 뜻이 아님을 드러내었다. 또한 지난 해인 759년 가을 반군인 사사명의 군대가 동경 및 제주·여주·정주·활주 등 네 개 주를 함락 시켰는데, 그곳이 경사의 동군인 것이다. 그런데 해가 지나 1년이 되었는데도 아직도 그 동군이 회복되지 않아 이것이 슬픈 일인 것이다. 그래서 이 가을날 성도의 화각소리가 슬프다고 한 것이다. 두보의 우국충정을 읽을 수 있는 시이다.

뿐만 아니라 형제를 그리워하기도 하였다.

견흥遣興: 시를 지어 마음을 달래다

전쟁은 아직 끝나지 않았는데,	干戈猶未定간과유미정,
동생들은 모두 어디로 갔는가?	弟妹各何之제매각하지.
눈물을 닦으니 옷깃을 적시는 붉은 피,	拭淚沾襟血식루첨금혈,
머리를 빗으니 얼굴 가득 흰 머리카락.	梳頭滿面絲소두만면사.
땅은 낮아 거친 들은 드넓고,	地卑荒野大지비황야대,
하늘 멀어 저녁 강이 더디기만 하네.	天遠暮江遲천원모강지.
쇠하여 병들었으니 어찌 오래 살 수 있으랴?	衰疾那能久쇠질나능구,
응당 너희를 다시 볼 기약이 없겠구나.	應無見汝期응무견여기.

난리통으로 인해 뿔뿔이 흩어진 동생들을 그리워하는 시이다. 두보에게는 남동생 4명과 여동생 1명이 있었다. 이때 남동생 한 명만 곁에 있었고 나머지는 흩어져 서로 소식도 모를 때 지은 시이다. 소식을 모르니 생각하면 피눈물이 날 정도이고 머리카락을 빗으니 흰 머리카

락이 온통 빠져 얼굴을 다 덮을 정도이다. 그리움과 애통함을 표현하였다. 이곳 성도 완화계는 땅이 평평하고 낮아서 들이 더 넓게 보이고, 강물 위에 넓은 하늘이 펼쳐져 있어 강물은 느리게 흐르는 것처럼 보여, 내 처지가 더욱 쓸쓸하다. 게다가 이제 나는 병까지 들어오래 살 수가 없을 것이다. 그래서 죽기 전에 너희들을 한 번이라도 만나봤으면 좋겠다는 두보의 탄식이다. 동기애가 진하게 느껴진다. 죽기 전에 형제들을 만나 보기를 강하게 원하고 있지만, 현실은 이별을 슬퍼하고 늙음을 탄식하고 있다.

　성도 완화계의 삶은 팍팍했다. 그래서 친분이 있는 고적에게 도움을 청하였다.

인최오시어기고팽주일절因崔五侍御寄高彭州一絶: 최시어를 통해 고적에게 보내는 절구 한 수

백년 인생 이미 반이나 넘겼는데,　　　　　　百年己過半백년이과반,
가을 되어 도리어 배고픔과 추위에 시달리고 있네.

　　　　　　　　　　　　　　　　　　秋至轉飢寒추지전기한.

나를 위해 팽주목(고적)에게 물어주시게,　爲問彭州牧위문팽주목,
어느 때에야 위급함에서 구해줄는지?　　　何時救急難하시구급난.

　백년 이생에서 이제 반이나 지났다는 것이다. 이 시는 두보 나이 49세 되던 해 가을에 쓴 시이기 때문이다. 가을 하면 추수의 계절이기에 풍족함을 누려야 한다. 그런데 두보는 가을인데도 도리어 배고픔과 추위를 면할 수 없다고 하였다. 그러면서 팽주 자사 고적에게 도와달라고 간청하였다. 이후 고적은 촉주 자사로 근무지를 옮겼다.

봉간고삼십오사군奉簡高三十五使君: 자사(사군) 고적에게 서신을 올리다

당대에 재능 있는 사람 논하자면,	當代論才子당대론재자.
공과 같은 이 몇이나 더 있겠습니까?	如公復幾人여공부기인.
화류(준마, 고적을 이르는 말)가 길을 열며,	驊騮開道路화류개도로,
매(고적)가 풍진 속에 나갑니다.	鷹準出風塵응준출풍진.
나그네 차림에 가을 저물어 가고,	行色秋將晚행색추장만,
사귀는 정이야 늙을수록 더욱 친근하지요.	交情老更親교정로갱친.
하늘 끝(촉주)에서 반가이 만나,	天涯喜相見천애희상견,
가슴 활짝 열어 내 진심을 대하시기를.	披豁對吾眞피활대오진.

760년 가을에 쓴 작품으로 당시 성도 초당에 머물고 있던 두보가 성도에서 서쪽으로 백리 정도 떨어진 촉주에 자사로 부임한 고적에게 안부를 묻는 형식의 시이다. '고삼십오사군(高三十五使君)'은 고적이다. 사군(使君)은 자사에 대한 존칭이다. 고적이 팽주 자사에서 촉주 자사로 자리를 옮겼다. 성도에서 촉주까지의 거리는 100리(40Km)가량 되어, 두보가 촉주로 가서 고적을 만나고자 편지 형식의 시를 쓴 것이다. "하늘 끝에서 반가이 만나, 가슴 활짝 열어 내 진심을 대하시기를."에는 마음속의 답답함을 한 번 토로해 보고 싶은 두보이다. 전반부는 고적의 재능을 칭송하였고, 후반부는 두보와 고적과의 친분도를 서술하였다. 이후에 지은 「화배적등신진사기왕시랑(和裵迪登新津寺寄王侍郞: 배적이 신진사에 올라 왕시랑에게 부친 시에 화작하다)」와 「증촉승여구사형(贈蜀僧閭丘師兄: 촉승 여구 사형師兄, 승려에 대한 존칭에게 드리다)」라는 시를 보면 촉주 신진을 유람하고 성도 초당으로 돌아왔다는 내용이 있다. 이로 보아 두보는 이 해 가을에 고적이 자사로 근무하는 촉주를 방문하였던 것이다.

다음 해인 761년 봄에도 두보는 촉주 신진을 방문하였다. 지난 해 가을에 함께 지냈던 배적이 시만 보내오고 직접 찾아 주지 않아서 서운한 감정을 담아 표현한 시가 「모등사안사종루기배십적(暮登四安寺鐘樓寄裵十迪: 저물녘에 사안사의 종루에 올라 배적에게 부치다)」이다. 이 시 마지막 구에 "그대(배적) 고심하여 시 짓느라 여윈 것을 알지만(知君苦思緣詩瘦지군고사연시수), 친구에게 온갖 일 게을리 함이 지나치시네(太向交游萬事慵태향교유만사용)."라고 한 데서 그때의 사정을 알게 한다. 761년 상원2년 신진에서 유람할 때 지은 시 한 작품을 감상해 보자.

유수각사遊修覺寺: 수각사에서 노닐다

들판의 절은 강과 하늘이 훤하고,	野寺江天豁야사강천활,
절문엔 꽃과 대나무 그윽하네.	山扉花竹幽산비화죽유.
시는 응당 신령의 도움이 있어야 하는데,	詩應有神助시응유신조,
내가 봄놀이를 할 수 있게 되었네.	吾得及春遊오득급춘유.
길바닥의 돌과 자갈은 서로 얽혀 있고,	徑石相縈帶경석상영대,
냇물 위의 구름은 절로 가다 머무르네.	川雲自去留천운자거류.
선방의 나뭇가지에 뭇 새들이 깃드니,	禪枝宿衆鳥선지숙중조,
떠도는 이 몸 저물녘 돌아갈 시름에 젖네.	漂轉暮歸愁표전모귀수.

절이 들판에 있어 앞 시야가 탁 터여 강과 하늘이 훤하게 보이고 절문은 꽃과 대나무가 그윽한 곳에 자리잡고 있다. 원경에서 근경으로 묘사하였다. 그리고 시는 응당 신의 도움이 있어야 좋은 구절이 지을 수 있는데, 내가 봄 유람을 하게 되어 시를 지을 수 있게 되었다고 하였다. 이는 경치가 뛰어나면 시흥을 일으킬 수 있다는 말이다. '절을 향하는 길은 돌과 자갈길이요, 냇물 위 구름은 한가롭게 흘러간

다.'라고 하여, 경치가 안으로부터 밖으로 옮아갔다. 절의 나뭇가지에는 많은 새들이 깃들이는데, 낮에 이리저리 흩어져 날다가 저녁에 모여드는 걸 보니 오갈 때 없는 내 처지가 연상되어 시름겹다. 수각사는 신진현 치소 동남쪽에 위치한 수각산에 있는 절이다. 절 앞의 경물을 노래하면서 떠도는 자신의 신세를 슬퍼한 시이다.

성도 완화계 초당에 손님이 방문하기도 하였다.

객지客至: 손님이 오시다

집 남쪽과 집 북쪽은 온통 봄물인데,	舍南舍北皆春水사남사북개춘수,
다만 떼 지은 갈매기들 날마다 오는 것만 보이네.	但見群鷗日日來단견군구일일래.
꽃길은 일찍이 손님 없어 쓸어본 적 없는데,	花徑不曾緣客掃화경부증연객소,
사립문 이제 비로소 그대를 위해 열었다네.	蓬門今始爲君開봉문금시위군개.
소반 위 음식엔 시장이 멀어 반찬이 변변찮고,	盤飧市遠無兼味반손시원무겸미,
한 동이 술은 가난한 집이라 묵은 탁주뿐이라네.	樽酒家貧只舊醅준주가빈지구배.
이웃집 노인과 마주하여 마시기를 바라시면,	肯與鄰翁相對飮긍여인옹상대음,
울타리 너머로 불러서 남은 술잔 다 비우시라.	隔籬呼取盡餘杯격리호취진여배.

손님은 외숙인 최명부(崔明府)이다. '명부(明府)'는 '현령'을 달리 부르는 명칭이다. 초당이 이루어진 후에 손님이 찾아오고 봄 경치도 아름답다. 완화계에는 눈 녹은 물로 가득 차니 날마다 갈매기 떼가 날아들고 있다. 이는 아무 욕심 없이 사는 두보의 마음으로, 망기고사(忘機故事)를 떠올리게 한다. 어부는 평상시 망기(忘機) 곧 기심(機心)을 잊은 마음이었는데, 아버지 부탁으로 갈매기 한 마리를 잡고자 했던

날은 기심(機心)의 마음 곧 남을 해치고자 했던 마음이었다. 두보도 어부가 처음 가졌던 망기(忘機)의 마음 곧 남을 해치는 마음을 잊은 마음이었다. 초당이 이루어진 후 손님이 많이 찾아오지 않았는데, 최외숙이 누추한 사립문을 찾아주신 것이다. 그래서 변변치 않은 음식과 술로 대접하면서 외삼촌도 욕심 없는 분이기에 이웃 노인과 함께 마시기를 원한다면 불러서 함께 마실 수 있을 것이라고 하였다. 망기고사(忘機故事)를 통해 주인과 손님이 모두 기심(機心)을 잊음을 표현하였다.

역시 761년 두보 나이 50세인 봄에 지은 작품이다.

춘야희우春夜喜雨: 봄밤에 기쁘게 내리는 비

좋은 비는 시절을 알아,	好雨知時節호우지시절,
봄을 맞자 곧 비가 내리네.	當春乃發生당춘내발생.
봄바람 따라 밤에 몰래 스며들어,	隨風潛入夜수풍잠입야,
만물을 적시는데 가늘어 소리도 없네.	潤物細無聲윤물세무성.
들길 구름 낮게 깔려 어둡고,	野徑雲俱黑야경운구흑,
강가에 배만이 홀로 불 밝다.	江船火獨明강선화독명.
새벽녘 붉게 젖은 곳 바라보면,	曉看紅濕處효간홍습처,
금관성에 꽃이 비에 젖어 무겁겠지.	花重錦官城화중금관성.

좋은 비는 때를 알아, 봄이 되자마자 내려 만물을 싹트게 한다. 비를 의인화하여 봄비는 사람들을 기쁘게 한다는 말이다. 비는 바람 따라 밤에 몰래 스며들어 소리 없이 축축이 만물을 적신다. 들길 구름 낮게 깔려 어둡고, 강 위에 뜬 배의 불빛만이 밝다. 날이 밝아 새벽이 되어 붉게 물든 곳을 보니, 금관성(성도)의 꽃들이 비에 젖은 채 피어 묵직하

게 느껴진다. 만물을 싹틔우게 하는 봄비의 공을 찬양한 시이다.

봄밤에 비 내리는 풍경과 비가 갠 후의 이른 새벽의 풍경을 감각적으로 잘 표현한 시이다. 삶에 대한 고민과 생활고에 대한 표현은 없고 자연 만물에 대한 흥미를 읊고 있다. 안녹산의 난 때 보여준 부패한 사회에 대한 비판적 시각과 군주에 대한 충성스런 다짐은 사라지고 일상생활에서 오는 소소한 아름다움을 노래함으로써 이전보다는 생활의 안정감을 보여주고 있다. 이런 안정적인 생활상이 자연에 대한 감사의 마음으로 이어진 것이다.

761년 한식에 지은 시도 감상해 보자.

한식寒食

한식날 강마을 길에는,	寒食江村路한식강촌로,
바람에 꽃이 위로 아래로 흩날리네.	風花高下飛풍화고하비.
물가엔 안개 가볍게 피어오르고,	汀煙輕冉冉정연경염염,
대나무엔 햇살 맑고 밝게 비치네.	竹日靜暉暉죽일정휘휘
농사짓는 노인이 초대하면 언제나 가고,	田父要皆去전보요개거,
이웃집이 보낸 음식은 거절하지 않네.	隣家問不違인가문불위.
땅이 외진 곳이라 서로 알고 지내니,	地偏相識盡지편상식진,
닭과 개들도 돌아가는 걸 잊고 있다네.	雞犬亦忘歸계견역망귀.

먼저 전반부에는 한식날 경치를 묘사하고 후반부에는 한식날 풍경을 소개한 것이다. 강촌에 꽃이 바람에 휘날리고 날씨가 좋아 햇살도 밝게 비친다. 그런 화창한 날씨에 옆집 노인네를 초대하여 함께 음식을 나누기도 한다. 그러다 보니 미물인 닭과 개도 자기 집으로 돌아갈 생각을 안 한다고 하였다. 편안함을 느끼고 있는 두보다.

진정進艇: 거룻배를 타다

남경(성도)의 오랜 나그네는 남쪽 이랑을 갈다가,

南京久客耕南畝남경구객경남무,

북쪽(장안)을 바라보니 마음이 상해 북창에 앉네.

北望傷神坐北窓북망상신좌북창.

낮에는 늙은 아내를 이끌고 작은 배를 타고, 晝引老妻乘小艇주인노처승소정,

갠 날 맑은 강의 어린 자식 물놀이를 구경하네. 晴看稚子浴淸江청간치자욕청강.

짝지어 나는 나비들은 원래부터 서로를 뒤쫓고, 俱飛蛺蝶元相逐구비협접원상축,

꼭지 나란한 연꽃은 본래 절로 쌍을 이루네. 立蒂芙蓉本自雙병체부용본자쌍.

마실 차나 사탕수수 즙을 있는 대로 가져오니, 茗飲蔗漿攜所有명음자장휴소유,

투박한 사기그릇이지만 옥항아리에 뒤지지 않네.

瓷罌無謝玉爲缸자앵무사옥위항.

성도 완화계에 온 지도 1년이 지났다. 그래서 그런지 남경(성도)의 오랜 나그네로 표현하면서 장안을 그리워하는 마음까지 담았다. 한편으로는 세상이 어지러워 가족이 헤어진 사람이 많은데, 두보 자신은 그래도 처자식이 함께 모여 살고 있어 다행함을 내비쳤다. 낮에는 아내와 함께 뱃놀이도 하고 날씨가 갠 날은 아이들의 물놀이도 구경하는 즐거움을 누리고 있다. 함께 있는 가족들을 나비와 연꽃에 비유하면서 처자식과 함께 살고 있음에 감사함을 드러내었기 때문이다. 그래서 귀한 음식은 아니지만 차나 사탕수수도 옥항아리에 담긴 산해진미(山海珍味) 못지않다고 하였다. 두보가 나름 안분지족(安分知足)을 즐기는 모습이다.

겨울이 되자 두보는 겨울나기 식량이 걱정이 되었다. 그래서 평상시 안면이 있는 현령에게 도움을 청하는 시를 지어 보내기도 하였다.

가족들을 위한 가장(家長)의 무게감을 느끼게 한다.

중간왕명부重簡王明府: 왕명부에게 다시 편지를 쓰다

계절은 서남쪽(성도)이 달라서,	甲子西南異갑자서남이,
겨울 되어도 다만 약간 춥습니다.	冬來只薄寒동래지박한.
강의 구름은 어느 밤에 없어지고,	江雲何夜盡강운하야진,
촉의 비는 어느 때나 갤까요?	蜀雨幾時乾촉우기시간.
객지 생활이야 모름지기 물어줘야 하거니와,	行李須相問행리수상문,
곤궁의 시름이 어찌 풀 길이 있겠습니까?	窮愁豈有寬궁수기유관.
그대 기러기(두보) 울음소리 들으셨습니까?	君聽鴻雁響군청홍안향,
곡식 얻기 어려울까 두려워서랍니다.	恐致稻粱難공치도양난.

761년(50세) 겨울에 지은 작품으로, 왕명부는 당홍(지금의 사천성 봉계)의 현령인 왕잠이다. 현령이었던 왕잠에게 도움을 바라고 있다. 겨울이 되면 날아오는 철새인 기러기가 울음소리로 먹이를 구하는 것처럼, 두보도 기러기 울음소리에 자신의 심정을 의탁하였다. 오랜 비로 인해 식량 얻기가 어려웠던 두보는 기러기에 비유하여 식량 구하기가 어려웠음을 간접적으로 드러내었다. 이렇게 성도 완화계의 겨울은 두보 가족들에게도 다가오고 있었다.

삶이 고달프면 유년시절 행복했던 때를 떠올리기 마련이다. 두보도 유년기 삶을 회상한 부분이 있는 시를 이 무렵 지었던 것이다. 「백우집행(百憂集行: 온갖 근심을 모은 노래)」이 이때 지은 시이다. 먼저 유년기 시절의 건강하고 행복했던 시절을 추억하고 50살이 된 지금은 늙어 거동하기도 불편하고 가난하여 살기가 팍팍하다. 그래서 철부지 자식은 밥 달라고 소리만 지른다고 하였다. 늙고 병든 몸과 가난으로

인해 가족을 돌보지 못하는 두보의 처지를 노래한 시가 「백우집행(百憂集行)」이다.

이 시기 두보는 비유적으로 쓴 시가 제법 있다. 「병백(病柏: 병든 측백나무)」에서는 "어찌 알았으랴(豈知千年根기지천년근), 천 년 묵은 뿌리가 중도에 빛을 잃을 줄을(中路顏色壞중로안색괴)."이라고 하여, 당나라 조정의 곧은 절개가 손상 입음을 병든 측백나무에 비유하였다. 「병귤(病橘: 병든 귤나무)」에서 "네가 병든 것이야 하늘의 뜻일 터(汝病是天意여병시천의), 나는 관리가 죄 받을까 걱정이 되는구나(吾愁罪有司오수죄유사)."를 통해서는, 조정에 귤을 진상하는 관리의 고달픔을 풍자하였다. 귤이 병든 것은 관리의 잘못이 아니라 하늘의 뜻이 귤나무를 병들게 했다는 것이다. 그런데 그 벌로 관리들에게 죄를 돌릴까 걱정이 된다고 한 것이다. 「고종(枯椶: 마른 종려나무)」에서는 마른 종려나무를 통해 가렴주구(苛斂誅求) 당하는 백성들의 곤궁한 삶을 슬퍼하였다. "슬퍼하나니, 시절이 괴롭고 군량이 모자라(傷時苦軍乏상시고군핍), 한 가지 물건마저도 관청에서 다 가져갔다네(一物官盡取일물관진취). 아아, 너희 강한 사람이여(嗟爾江漢人차이강한인), 경작한 물건이 또 무엇이 있겠는가?(生成復何有생성부하유) 말라 죽은 종려나무와 같으니(有同枯椶木유동고종목), 나를 깊이 탄식케 함이 오래되었구나(使我沉嘆久사아침탄구). 죽은 사람은 이제 벌써 그만이겠지만(死者卽已休사자즉이휴), 살아 있는 이는 어찌 스스로를 지켜낼까?(生者何自守생자하자수)"라고 하여, 다시 전쟁으로 인하여 종려나무 껍질을 벗겨 새끼줄을 만들어 충당하였다는 말이다. 그런데 종려나무 껍질을 마구 벗겨 나무가 말라 죽게 된 것이다. 이처럼 백성들에게 무거운 세금을 부여하여 토색질함은 종려나무 껍질을 벗겨 마라 죽게 하는 것과 다르지 않다는 것이다. 「고남(枯柟: 마른 녹나무)」에서는 큰 인재가 대접받지 못하는 당시의 상황을 비유하였다. "여전히 동량의 재능을 갖추

고 있지만(猶含棟梁具유함동양구), 다시 하늘로 날아오르려는 뜻이 없으니
(無復霄漢志무부소한지). 뛰어난 장인 예부터 적었기 때문인가?(良工古昔少양공
고석소)"라고 하여, 큰 재목이 제대로 사용되지 못함을 아파하였다. 녹나
무는 말라도 사용이 가능하기 때문이다. 이렇듯 이 시기 두보는 나무
에 비유하여 자신의 뜻을 드러내기도 하였다.

이 무렵 두보는 이백의 소식도 듣지 못하고 있었다.

불견不見: 만나지 못하다

이백을 못 본 지 오래,	不見李生久불견이생구,
미친 체하는 그가 참으로 애처롭네.	佯狂眞可哀양광진가애.
세상 사람들 모두 그를 죽이려 하지만,	世人皆欲殺세인개욕살,
내 마음 홀로 재주를 아끼지.	吾意獨憐才오의독련재.
민첩하게 지은 시 일천 수나 되지만,	敏捷詩千首민첩시천수,
떠도는 신세 되어 술잔이나 기울이겠지.	飄零酒一杯표령주일배.
광산(사천성 창명현 대광산) 글 읽던 곳,	匡山讀書處광산독서처,
머리 희니 돌아오셔야지요.	頭白好歸來두백호귀래.

위의 시에 주를 달기를 "근자에 이백의 소식이 없다(近無李白消息근무이
백소식)."라고 되어 있다. 아마도 이백이 야랑(夜郞)으로 유배 길을 떠났을
때 지은 시일 것이다. 이백이 영왕 이린의 막부에 20일 정도 참여하였
다가 반란군으로 간주되어 감옥에 6개월가량 갇혀 있었다. 이후 757
년 12월에 숙종으로부터 귀주성 정안현 야랑으로 유배 선고를 받았
다. 그래서 이백은 심양(지금의 구강)에서 장강 상류인 삼협으로 유배
길에 올랐던 것이다. 유배길에 오른 이백은 야랑에 도착하기도 전에
759년 2월에 삼협 근처에서 해배령이 내려졌다. 유배령을 받은 지

1년 3개월 만이다. 이후 이백은 강하(무한)와 악주(악양) 등지에서 요양하고 심양(지금의 구강)으로 돌아왔다. 760년 무렵 60살의 이백은 동정호 근처를 유람하였으며, 호북성 무한에 있는 황학루를 오르기도 하였다. 그리고 인생 말년인 761년에는 남쪽인 강서성 남창(예장)에서 젊은이들이 군대에 징집되는 장면을 시 「예장행(豫章行)」으로 남기기도 하였다. 서쪽 사천성 완화계에 있는 두보가 남쪽 강서성 쪽을 유람하고 있는 이백의 소식을 듣기는 어려웠을 것이다. 이후에도 이백은 중국 남쪽 지방인 안휘성 선성과 강소성 금릉(남경) 일대를 오가며 말년을 보냈다. 두보의 「불견(不見)」은 아마도 이백의 말년 무렵에 나온 시일 것이다. 이때 두보가 남긴 이 「불견(不見)」은 두보가 남긴, 이백을 그리워하는 마지막 작품인 셈이다.

이 시에서는 두보가 이백을 못 본 지가 오래되었다고 하였다. 744년 이백이 당나라 궁중에서 쫓겨난 후 낙양에서 처음 만나 양송(梁宋)과 제노(齊魯) 지역을 유람하였기에, 약 17년 전쯤 된다. 지금 세상은 혼란하여 이백이 반란군에 참여했기에 그를 죽이려한다는 사실을 소개하였다. 그러나 나는 그의 재주를 아낀다고도 하였다. 시짓는 재주가 있어 민첩하게 일천 수의 시를 지을 정도의 능력이 있지만, 시대가 순탄하지 못하여 떠돌아다니며 술 한 잔으로 배고픔을 면할 것이라고 하였다. 젊은 날 이백이 사천성 창명현에 위치한 대광산에서 글을 읽었는데, 이제는 나이가 들어 흰머리도 많아졌다. 그러니 두보는 이백이 살아서 옛날 공부하던 고향 산천으로 돌아가 여생을 편안하게 보내기를 바란다고 한 것이다. 761년 11월 겨울에 쓴 시가 있다.

초당즉사草堂卽事: 초당에서 즉시 짓다

황량한 마을 동짓달(11월),　　　　　　　荒村建子月황촌건자월,

외로이 나무가 선 노부(두보)의 집이네.	獨樹老夫家독수노부가.
강 안개 속으로 나룻배가 지나고,	霧裏江船渡무리강선도,
바람 앞에 대나무 길 굽어 있네.	風前竹徑斜풍전죽경사.
찬 물속 고기들 우거진 수초에 의지하고,	寒魚依密藻한어의밀조,
잠잘 기러기 둥근 모래톱에 모이네.	宿雁聚圓沙숙안취원사.
촉주(蜀酒) 한잔으로 근심 잊어 보련만,	蜀酒禁愁得촉주금수득,
돈이 없으니 어디서 외상을 주려나.	無錢何處賒무전하처사.

겨울철 완화계 초당 근처의 모습을 묘사한 시이다. 황량한 마을에 외로이 선 두보의 집이다. 초당 주변의 강에는 안개 속에 나룻배가 지나가고 바람 앞 대나무 길은 굽어 있다. 추운 강물 속 물고기는 물풀 속에 몸을 감추고 잠잘 기러기는 모래사장으로 모여들고 있다. 이런 쓸쓸한 겨울날에 시름을 견디기 위해서는 술이 필요한데, 그 술 살 돈도 없다. 한겨울 떠도는 이의 쓸쓸함이 배어 있다.

쓸쓸한 성도 완화계의 초당을 찾아주는 이도 있었다. 「범이원외막오십시어욱특왕가궐전대료기차작(范二員外邈吳十侍御郁特枉駕闕展待聊寄此作: 원외랑 범막과 시어사 오욱이 특별히 왕림하였는데 접대를 하지 못해 애오라지 이 시를 부치다)」이라는 시에 "잠시 이웃집에 가는 바람에(暫往比鄰去잠왕비린거), 허탈하게도 두 분께서 되돌아가셨다 들었습니다(空聞二妙歸공문이묘귀)."라고 하여, 범막과 오욱이 두보를 방문했는데, 두보가 잠시 이웃집 외출한 사이라, 서로 만나지 못했다는 것이다. 원외랑 범막은 알려진 것이 없고, 시어사 오욱은 이전 안녹산 난이 일어났을 때 숙종이 봉상에서 행재소를 운영할 때 두보와 함께 벼슬했던 인물이다. 이들이 두보가 없는 사이 들 밖에 있는 두보의 초당을 방문하였던 것이다. 또 「왕십칠시어륜허휴주지초당봉기차시편청요고삼십오

사군동도(王十七侍御掄許攜酒至草堂奉寄此詩便請邀高三十五使君同到: 시어
사 왕윤이 술 들고 초당에 오기로 약속하였기로 이 시를 삼가 보내 고사군(고
적)도 함께 오시기를 청하다)」라는 시에, "비단옷 시어사(왕륜)께서 집술
가져 오신다 누차 허락하셨으니(繡衣屢許攜家醞수의누허휴온), 검은 수레 덮
개 사군(고적)께서 들매화 꺾자 한 일 잊을 수 있겠습니까?(皂蓋能忘折
野梅조개능망절야매). 장난삼아 서릿발 같은 위엄(왕륜의 위엄 비유)을 빌어
산간(晉나라 정남 장군, 여기서는 고적)을 재촉하오니(戲假霜威促山簡희가상위
촉산간), 모름지기 습지(연못, 두보가 있는 초당 비유)에서 한 번 취하고
돌아가셔야 할 것입니다(須成一醉習池迴수성일취습지회)."라고 하여, 시어사
왕윤이 술을 가지고 온다고 했기에 이 시를 지어 그 약속을 지킬 것을
요구한 것이다. 그리고 잠시 성도에 와 있는 촉주자사 고적도 함께
오기를 바란다고 하였다.

왕경휴주고역동과공용한자王竟攜酒高亦同過共用寒字: 왕윤이 마침내 술을 가지고
오고 고적도 역시 함께 들러 모두 '한(寒)'자 운을 쓰다

병으로 누워 있는 거친 교외 멀어,	臥病荒郊遠와병황교원,
통행하려니 길이 좁아 어렵도다.	通行小徑難통행소경난.
고인(왕륜)께서 능히 손님(고적)을 거느리고,	故人能領客고인능령객,
술 가져 다시 와 서로 뵙게 되었네.	携酒重相看휴주중상간.
해채(물고기 요리) 없음을 내 부끄러운데,	自媿無鮭菜자괴무해채,
공연히 말안장 푸는 일로 번거롭게 해드렸네.	空煩卸馬鞍공번사마안.
술동이 옮겨다 산간(고적)에게 권하노니,	移樽勸山簡이준권산간,
머리 하얗게 세서 바람 찰까 두렵겠지.	頭白恐風寒두백공풍한.

술을 가지고 방문한다는 왕륜이 고적과 함께 두보의 집을 방문하였

다. 왕륜은 두 번째 방문임을 알 수 있고 고적은 첫 번째 방문이었다. 초당에 방문해도 드릴 요리도 변변치 않아 부끄럽고 공연히 번거로운 발길만 하게 하였다는 미안함을 전한다. 그러면서 마지막은 고적에게 농(弄)을 하는 장면이다. 고적이 평상시 '나이가 나보다 몇 살 적지만 꼭 젊은 것은 아니다'라고 놀렸다고 한다. 그래서 두보가 이 시에서 늙으면 추위를 많이 타니까 술을 많이 마시는 것이 좋겠다고 농(弄)을 한 것이다. 세 사람의 친분도를 알 수 있게 하는 시이다.

해가 바뀌어 762년 봄에는 완화계 초당 주변을 거닐면서 영물시 5편인 「강두오영(江頭五詠)」을 짓기도 하였다. 그 첫 번째가 「정향(丁香)」으로, 상록교목을 두보 자신의 처지에 비유하여 노래하였다. 정향은 몸체가 약하고 가지는 밑으로 쳐져 그 꽃과 잎은 조그맣다. 그래서 "작은 서재 뒤에 깊이 심어져(深栽小齋後심재소재후), 유인(幽人)로 하여금 차기하기를 바란다(庶使幽人占서사유인점). 늘그막에 난과 사향(좋은 사향)에 떨어져도(晚墮蘭麝中만타난사중), 몸을 망칠 생각일랑 품지 말라(休懷粉身念휴회분신념)."고 하여, 나이 들어서도 욕심을 내어 부귀영화에 현혹되어 몸을 망칠 생각이랑 아예 하지 말라는 당부이다.

「여춘(麗春)」은 개양귀비 꽃을 이르는 말이다. 여춘이야말로 봄꽃 중의 으뜸이다. 꽃이 적으면 빛깔이 아름답지만 꽃이 많으면 가지가 남아돈다. "어지러운 복사꽃과 오얏꽃의 자태(紛紛桃李姿분분도리자), 곳곳에 다 옮겨 심을 수 있다네(處處總能移처처총능이). 어째서 이것이 귀중한가?(如何此貴重여하차귀중), 오히려 사람이 알아볼까 두려워해서라네(却怕有人知각파유인지)."라고 하여, 복숭아꽃과 오얏꽃은 옮겨 심을 수 있지만, 개양귀비꽃은 옮겨 심을 수 없다. 어째서인가? 옮겨 심으면 말라 죽기 때문이다. 이는 자기 공을 다투어 출세하고자 하는 복숭아꽃과 오얏꽃처럼 자기를 뽐내려고 하지 않고, 은거하는 사람처럼 남이 알아줄까 두려워한다는 말이다. 두보 자신의 현재 처지를 이야기하였다.

「치자(梔子)」는 세상에 많지 않은 나무이다. 그런데 그 쓰임은 참으로 많다. "바람과 서리 맞은 붉은 열매를 따고(紅取風霜實홍취풍상실), 비와 이슬에 젖은 푸른 가지를 보네(靑看雨露柯청간우로가). 너를 옮겨다 심을 마음이 없음은(無情移得汝무정이득여), 강 물결에 비친 모습을 귀하게 여김이라(貴在映江波귀재영강파)."라고 하여, 바람과 서리 같은 시련은 나를 성장시켜 주는 것들이고 비와 이슬은 나를 길러주는 생명수들이다. 그래서 다시 출세하기 위해 당나라 조정인 상원에 옮겨심기를 바라지 않고, 시련 속에 살아가는 지금의 모습이 오히려 더 귀하다고 한 것이다.

「계칙(鸂鶒: 자원앙)」은 깃털이 아름답기 때문에 새장을 널찍하게 짜야 한다. 그래야 깃털의 손상을 막을 수 있기 때문이다. 새장에 갇혀 있기에 하늘의 구름을 보면 슬프고 물을 잃어 울부짖고 있다. "여섯 날개 일찍이 가위질당하여(六翮曾經剪육핵증전), 외로이 날고자 해도 끝내 높이 오르지는 못하네(孤飛卒未高고비졸미고). 잠시 매 걱정은 없으리니(且無鷹準慮차무응준려), 머물러 있음에 힘든 것을 사양치 말라(留滯莫辭勞유체막사노)."고 하여, 벼슬자리에 물러 있어, 명예나 벼슬자리를 다투지 않으니 남으로부터 공격당할 일도 없고 근심도 없다는 말이다.

「화압(花鴨: 비오리)」은 늘 깨끗하여 무리 짓지 않고 흑백이 분명하여 문채가 밝게 드러난다. "뭇 마음의 질투를 깨닫지 못하고(不覺羣心妬불각군심투), 무리의 눈을 끌어다 놀라게 하지 마라(休牽衆眼驚휴견중안경). 벼와 수수가 너에게 베풀어졌으니(稻粱霑汝在도량점여재), 일부러 남보다 먼저 울지는 말라(作意莫先鳴작의막선명)."라고 하여, 무릇 오리가 우는 것은 대부분 먹이 때문인데, 이미 벼와 수수가 베풀어져 있으니 먼저 울 필요는 없다고 하여 스스로 경계하였다.

이처럼 영물시 5편인 「강두오영(江頭五詠)」은 두보 자신을 비유한 시이다. 「정향(丁香)」에서는 노년의 절개를 세워 스스로 지키고자 한 것이고, 「여춘(麗春)」은 굳은 절개를 지키고자 스스로 애석해 하였다. 「치자(梔子)」는 조용한 심성을 즐기는 것으로 스스로 후회한 것이며, 「계칙(鸂鶒: 자원앙)」은 머물러 있음을 달래 스스로 관대해지고 있다. 마지막으로 「화압(花鴨: 비오리)」은 말이 많음을 경계하여 스스로를 성찰하도록 하였다. 풍진을 겪은 두보가 사물을 빌려 자신의 삶을 노래한 것이다.

761년 12월에 엄무가 최광원을 대신하여 촉 지방을 다스리게 되었는데, 762년 봄에 엄무가 두보의 초당을 방문하였다. 두보보다는 14살 아래로, 당나라 궁중에 있을 때 당시 재상이었던 방관과 서로 가까운 사이였다. 그래서 두 사람 다 방관파였다. 엄무는 방관의 추천으로 급사중(給事中)에 나아갔고 두보는 방관이 포의 시절부터 서로 알고 지내던 사이였다. 그런 관계로 사천성에 와 있는 두보가 엄무에게 자기의 초당을 방문해 달라고 했던 것이다. 엄무는 호응하여 초당을 방문하였다.

엄중승왕가견과嚴中丞枉駕見過: 엄 중승께서 왕림하시다

원수께서 작은 부대 이끌고 교외로 나오셔서, 元戎小隊出郊坰원융소대출교경,
버들과 꽃 찾아 들판의 정자까지 이르셨네.　問柳尋花到野亭문류심화도야정.
동천과 서천이 합쳐져서 절도사를 우러러보는데,

川合東西瞻使節천합동서첨사절,
땅은 남북으로 나뉘어 부평초 같은 몸(두보)을 맡겼네.

地分南北任流萍지분남북임유평.
조각배는 장한(은거인)과 같을 뿐만 아니라,　扁舟不獨如張翰편주부독여장한,

검은 모자 쓴 모습도 관녕(은거인)과 흡사하네. 皂帽還應似管寧조모환응사관녕.

적막한 강 하늘의 구름과 안개 속에, 寂寞江天雲霧裏적막강천운무리,

어떤 사람이 소미성(처사성, 두보)이 있다 말하랴?

何人道有少微星하인도유소미성.

먼저 위의 시는 엄무가 초당을 방문하는 과정을 소개한 것이다. 보응 원년인 762년에 동천절도사에서 서천절도사까지 맡아 다스리게 된 것을 소개하면서 모두 우러러본다고 하였다. 그에 반해 두보 자신은 남북으로 떠도는 부평초 같은 신세라고 하였다. 두보 자신의 조각배는 진(晉)나라에서 벼슬하던 장한(張翰) 같다고 하였다. 장한은 원래 오땅 지역의 사람인데 진(晉)나라에 와서 벼슬하고 있던 사람이다. 그런데 가을바람이 불자 고향의 줄나물과 순챗국, 그리고 농어회가 생각나서 벼슬자리를 버리고 고향으로 돌아간 사람이다. 그리고 관녕은 삼국시대 때 위(魏)나라 사람으로, 은거하여 조정에서 불러도 응하지 않았던 인물이다. 그는 항상 검은 모자에 베로 만든 옷을 입고 다녔다고 한다. 따라서 관녕은 세상을 등진 인물이다. 두보는 벼슬을 버린 장한과 세상을 등진 관녕에 자신을 비유하여 자신의 뜻을 굳세게 지킨 절개를 지닌 인물이었음을 드러내었다. 그러면서 두보는 자기 자신을 소미성에도 비유하여, 엄무에 의해 천거되기를 바라고 있다. 소미성은 일명 처사성(處士星)으로, 밝고 노란 빛을 내면 처사(處士)가 천거된다고 여겼다. 두보는 이 구절을 통해 오로지 자신을 알아주는 이는 엄무뿐이라는 의미를 더하였다.

이후 작품에서도 엄무에 대한 칭송의 시가 연이어 있다. 「조전보니음미엄중승(遭田父泥飮美嚴中丞: 농부(농보)를 만나 붙들려 술을 마시는데 엄 중승을 칭찬하다)」의 시에서 "술기운 무르익자 새로 부임한 성도윤을

칭찬하기를(酒酣誇新尹주감과신윤), 자기 눈으로 일찍이 보지 못한 분이라 하네(畜眼未見有휵안미견유)."라고 하여, 늙은 농부의 입을 빌려 두보가 엄무를 격찬하였다. 「봉화엄중승서성만조십운(奉和嚴中丞西城晚眺十韻: 엄 중승의 「서성만조」에 삼가 화운하여 짓다)」에서는 "정사는 간명하여 풍속을 교화함이 빠르고(政簡移風速정간이풍속)"라고 하여, 엄무가 선정을 행하여 백성들의 풍속이 빠르게 좋아진다고 그의 능력을 칭송하였다.

엄무 또한 두보에게 시를 지어 보내기도 하였다. 이에 두보는 답시를 보내면서 엄무가 다시 자기의 초당을 방문해 주기를 은근히 바랐다. "강가에서 늙고 병들어 비록 힘은 없으나(江邊老病雖無力강변노병수무력), 억지라도 갠 날에 낚싯줄을 정리하려네(强擬晴天理釣絲강의청천리조사)."라고 하여, 강가 물고기를 낚아 두고 엄무께서 방문하시기를 기다리겠다고 한 것이다. 엄무는 시뿐만 아니라 술도 보내왔다. 「사엄중승송청성산도사유주일병(謝嚴中丞送靑城山道士乳酒一瓶: 엄 중승께서 청성산 도사의 유주 한 병을 보내주심에 감사하다)」라는 시에 "산 속 술병에 담긴 유주 한 병 푸른 구름에서 내려왔나(山瓶乳酒下靑雲산병유주하청운), 맛과 향 짙은 것을 고맙게도 나눠주셨네(氣味濃香幸見分기미농향행견분)."라고 하였다. 청성산은 촉 지방의 서쪽에 위치한 도교의 명산이다. 그 지역 도사가 만든 귀한 술을 보내준 것이다. 그리고 한여름에는 엄무가 술과 음식을 가지고 두보의 초당을 찾기도 하였다. 그리고 두보는 엄무의 관청을 방문하여 연회에 참석도 하였다.

762년 4월에 숙종이 세상을 떠나고 이어서 대종(代宗)이 즉위한 후 762년 6월 늦여름에 당나라 조정은 엄무를 궁궐로 불러드렸다. 두보는 「봉송엄공입조십운(奉送嚴公入朝十韻)」 시를 지어 엄무를 전송하였고, 엄무는 면주(綿州)로 가는 길에 「酬別杜二(수별두이: 두보에게 주어 이별하다)」라는 시를 지어 답하였다. 예전의 동지를 만나 즐거운 만남과 물리적 지원에 든든했는데, 엄무가 갑자기 장안으로부터 호출을 받았는지라, 두보의 송별도 뜻밖의 일이었을 것이다. 면주는 성도로부터 동북쪽 300리(120Km) 되는 곳이다.

두보는 엄무를 전송하기 위해 면주 교외에 있는 봉제역까지 따라와서 마지막 송별시를 지어 아쉬운 작별을 하였다. 봉제역은 면주로부터 30리 밖에 있다.

봉제역중송엄공사운奉濟驛重送嚴公四韻: 봉제역에서 다시 엄공(엄무)을 전송하다

멀리 전송 나와 여기서 이별 고하니,	遠送從此別원송종차별,
청산은 부질없이 다시 상심케 하네.	青山空復情청산공부정.
어느 때나 술잔을 다시 잡으리요,	幾時杯重把기시배중파,
어젯밤엔 달 아래서 함께 걸었는데.	昨夜月同行작야월동행.
여러 고을 노래하며 애석해하지만,	列郡謳歌惜열군구가석,
세 조정에 출입은 영광스러운 일이라네.	三朝出入榮삼조출입영.
강촌으로 홀로 돌아가서,	江村獨歸處강촌독귀처,
적막하게 남은 생을 보내리라.	寂寞養殘生적막양잔생.

상황제 현종이 762년 4월에 붕어(崩御)하고 12일 후 숙종이 붕어하자, 새로운 황제인 대종(代宗)이 즉위하면서 엄무를 조정으로 불렀다. 엄무는 현종 시절부터 벼슬하여, 숙종을 거치고 대종까지 이어졌기에, 위의 시에서 세 조정에 출입하는 영광을 누린다고 하였다. 현종이 안녹산의 난으로 서촉으로 몽진(蒙塵)할 때, 엄무는 간의대부(諫議大夫)로 발탁되었다. 현종이 서촉 행궁에 머물고 있을 때, 황태자가 숙종(肅宗)으로 즉위하자, 엄무는 당시 재상이었던 방관(房琯)의 천거로 급사중(給事中)이 되었다. 그 후 서촉에 몽진하고 있던 현종이 권력 분산

정책을 펼쳤는데, 그 정책에 찬성했던 방관은 패전을 당하고 결국 숙종으로부터 죄를 물어 관직에서 물러나게 되었다. 엄무도 연좌되어 파주자사(巴州刺史)로 폄적(貶謫, 관직을 낮추고 먼 지방으로 보내는 것)되었고, 결국 서측 지방의 검남절도사(劍南節度使)로 부임하게 되었던 것이다. 그래서 방관파였던 두보와도 사귀어 친해진 정이 두터웠던 것이다. 두보도 숙종에게 패장인 방관을 두둔하는 상소를 올렸다가 숙종으로부터 미움을 받게 되었던 것이다. 그 결과가 화주의 사공참군으로의 좌천된 것이다. 그 후 험난한 행로를 걷게 된 두보였다.

성도에서부터 면주까지 300리 거리고 또 면주에서 봉제역까지는 30리 거리이다. 이 먼 곳까지 와서 전송하자니 목이 메여 전송도 제대로 못하겠다는 것이다. 어젯밤만 해도 달빛 아래 함께 걸었는데, 이제 헤어지면 언제 만날지 기약할 수가 없다. 3구와 4구의 도치법을 통해 비통함을 극대화시켰다. 후반부는 엄무가 다스리던 지역인 검남과 서천 지역 주민들이 떠남을 아쉬워하겠지만, 그래도 현종과 숙종, 그리고 새로 즉위한 대종 대까지 벼슬하는 영광을 누림에 영광스러운 일이라고 축하하였다. 그러면서 두보 자신의 처지는 강촌인 완화계로 돌아가 쓸쓸한 말년을 보내게 될 것이라고 하였다. 헤어짐의 아쉬움이 크게 드러나고 있다. 위의 시 제목에 있는 사운(四韻)은 율시(律詩)라는 말과 같다. 율시(律詩)는 2구마다 압운을 하기 때문에 모두 사운(四韻)이 되기 때문이다.

엄무는 762년 7월 상황제 현종과 숙종의 장례식을 관장할 황문시랑(黃門侍郎)에 임명되었다. 그러나 엄무가 떠난 사천성 성도에서 서천병마사 서지도(徐知道)가 난을 일으켰다. 그래서 두보는 성도로 돌아가지 못하고 면주(綿州)에 머물게 되었다.

면주(綿州)와 재주(梓州)·낭주(閬州) 시절의 두보

두보의 면주 시절은 엄무를 면주 봉제역에서 전송하던 762년 여름부터 엄무가 다시 성도로 돌아왔다는 소식을 듣고 두보가 성도로 돌아오는 764년 2월까지 약 2년의 세월이다. 두보는 서지도(徐知道)의 난(亂)으로 본의 아니게 성도 완화계 초당으로 돌아가지 못하고 면주와 재주 땅에 떠돌아야 했다. 이때 두보의 일상사와 심정이 묘사된 시 위주로 살펴보고자 한다. 재주와 낭주 시절에 남긴 시는 약 150제 정도이다.

해종행海棕行: 해종의 노래

면주 공관 맑은 강 가(涪江부강)에,	左綿公館淸江濆좌면공관청강분,
해종 한 그루 높이 구름 속에 들었네.	海棕一株高入雲해종일주고입운.
용 비늘과 무소 껍데기가 서로 섞인 듯,	龍鱗犀甲相錯落용린서갑상착락,
푸른 옹이와 흰 껍질이 열 아름 무늬로다.	蒼稜白皮十抱文창릉백피십포문.

다만 뭇나무와 어지럽게 섞여 있으니,	自是衆木亂紛紛자시중목란분분,
해종이 어찌 자신의 출중함을 알겠는가?	海椶焉知身出羣해종언지신출군.
궁궐에 옮겨다 심을 수는 없는 일이지만,	移栽北辰不可得이재북신불가득,
때로 서역의 승려가 알아보리라.	時有西域胡僧識시유서역호승식.

두보가 면주에서 본 해종 곧 야자수 나무의 일종인 나무를 보고
지은 것이다. 면주 지사의 관저 옆에 부수 강변에 해종 한 그루가
높이 구름 속에 우뚝 서 있다. 껍데기가 용비늘 같고 그 크기는 열
아름 정도 된다. 그 큰 나무도 여러 잡목들과 함께 섞여 있어, 출중함
을 드러내지 못하고 있다. 그래서 그 출중한 나무 해종을 궁중으로
보내고 싶지만 그렇게 할 수도 없는 처지이다. 그러나 서역에서 온
승려는 그 나무의 웅장함을 알아 볼 수 있을 것이라고 하였다. 이는
두보 자신의 재능을 세상 사람들이 알주지 않는 것에 대한 항변일
수도 있다. 자신도 능력이 있어 당나라 조정에 들어가 그 능력을 발휘
하고 싶지만, 아무도 알아봐주지 못해 일반인들 사이에 파묻혀 지낼
수밖에 없는 현실을 해종 나무에 비유했기 때문이다. 마치 웅장한
해종 나무가 뭇잡목에 섞여 있어 '중이 제 머리 못 깎듯' 스스로 자기
존재를 드러내지 못하는 것처럼, 두보 자신도 '누구 나 좀 추천해주시
오.'라고 말하고 있는 듯하다.

면주(綿州)에 있던 두보가 재주(梓州)로 가면서 지은 시를 감상해 보자.

광록판행光祿坂行: 광록판 노래

산행 중에 해가 져서 절벽을 내려오다가,	山行落日下絶壁산행낙일하절벽,
남쪽을 바라보니 천산만산이 붉어 있네.	南望千山萬山赤남망천산만산적.
나무 가지에 있는 새가 어지러이 울 때,	樹枝有鳥亂鳴時수지유조난명시,

날 어두워 사람들 없는데 혼자 돌아가는 나그네. 暝色無人獨歸客명색무인독귀객.
말이 놀라도 깊은 계곡에 추락할까 근심하지 않지만,

馬驚不憂深谷墜마경부우심곡추,

풀이 움직이거든 긴 활로 쏠까봐 오직 두렵다네. 草動只怕長弓射초동지파장궁사.
어찌하면 다시 개원 시절 같을 수 있을까? 安得更似開元中안득갱사개원중,
길이 지금 막힌 곳이 많도다. 道路卽今多擁隔도로즉금다옹격.

두보가 해질 무렵 광록판을 내려오면서 남쪽 재주 쪽을 바라보니, 겹겹으로 중첩된 산이 황혼빛으로 물들어 있다. 나무 가지엔 새들이 보금자리를 찾아 와 어지러이 울 때 저녁나절 해 저물어 오가는 사람들도 없는데 홀로 돌아가는 나그네가 있다. 전반부는 광록판 비탈길의 황혼 무렵의 풍경을 묘사하였다. 말이 놀라도 골짜기로 떨어질 걱정은 않지만, 풀이 움직이면 도둑이 활을 쏠까 두려운 마음이 든다고 하였다. 말이 놀라고 풀이 움직인다는 말은 비탈길을 내려오는 도중의 두려운 심리를 표현한 것이다. 도적들이 풀 속에 숨어 있기에 말이 놀라고 풀도 움직일 수 있다는 것이다. 지금은 난리 속에 있으니 작은 조짐들도 다 두려움으로 다가오고 있다. 이런 어지러운 세태 속에서 현종이 다스리던 초년의 개원 시절 태평성대를 그리워하였다. 그러면서도 촉 지방의 난으로 인해 도로가 막혀 있는 현실을 고발하였다. 후반부의 광록판 비탈길을 넘을 때의 정황으로 현시대의 두려움과 옛날의 현종 시절 태평시절에 대한 그리움 등을 표현하였다.
　난리로 헤어져 있는 가족에 대한 그리움의 시도 있다.

비추悲秋: 슬픈 가을
서늘한 바람 만 리에 이는데, 涼風動萬里양풍동만리,

도적떼가 아직도 종횡으로 날뛰네.　　群盜尙縱橫군도상종횡.

집을 멀리 떠나와 편지를 전하는 날이여,　　家遠傳書日가원전서일,

가을 되어 나그네 된 마음이네.　　秋來爲客情추래위객정.

근심 속에 높이 날아가는 새 바라보고,　　愁窺高鳥過수규고조과,

늙은 몸으로 피난 행렬 따르네.　　老逐衆人行노축중인행.

이제야 삼협으로 가려 하는데,　　始欲投三峽시욕투삼협,

무슨 수로 두 경사를 볼 수 있을까?　　何由見兩京하유견양경.

　　서늘함이 느껴지는 가을이 와도 여전히 도적떼 사조의의 반군과 토번의 군대, 그리고 서지도의 반란 등이 평정되지 않았다. 이런 반란으로 인해 가족이 있는 성도 초당으로 돌아가지 못하고 편지를 쓰는 날은, 마치 가을날의 나그네 심정이다. 여기저기의 반란이 일어나고 촉지방은 서지도의 난으로 인해 가지 못하고, 재주에 발이 묶인 두보이다. 성도 초당으로 돌아갈 수 없기에 하늘 높이 날아 자유롭게 나는 새가 부러울 따름이다. 이제 두보 자신은 늙은 몸으로 사람들과 함께 피난길에 오를 수밖에 없다. 그래서 이제는 삼협으로 갈 요량인데 무슨 수로 두 경사인 낙양과 장안을 볼 수 있을지 의심스럽다. 아직도 장안에는 사조의의 반란이 제압되지 않았고 촉지방인 성도에서는 서지도의 난이 평정되지 않았기 때문이다. 서지도의 난은 762년 7월에 일어나 8월에 서지도가 그의 장수 이충후에게 살해되면서 평정되었다. 두보는 이런 사정을 몰랐던 것이다. 이런 상황 속에서 두보는 성도 완화계 초당에 두고 온 가족에 대한 그리움과 경사로 돌아가고픈 마음까지 드러내었다. 그러나 실행은 어려운 현실이다. 그래서 시의 제목도 '슬픈 가을'이다. 「객지(客地)」에서는 "생활의 계책이 서툴러 옷과 음식이 없고(計拙無衣食계졸무의식), 삶이 궁해져 친구에게 의지하네(途窮仗

友生도궁장우생). 늙은 아내에게 몇 장의 편지를 썼으니(老妻書數紙노처서수지), 돌아가지 못하는 사정 응당 이해하겠지(應悉未歸情응실미귀정)."라고 하여, 객지에서 지내는 자신의 처량한 신세를 사실적으로 그렸다.

그리고 9월 9일 중양절에는「구일등재주성(九日登梓州城: 중양절 재주성에 오르다)」에서 "아우와 누이는 슬픈 노래 속(弟妹悲歌裏제매비가리)"이라 하여, 중양절 높은 곳에 올라 슬픈 노래를 부르며 아우와 누이 동생을 그리워하였다. 뿐만 아니라 여름에 당나라 조정으로 승진해 간 엄무를 걱정하는 시「구일봉기엄대부(九日奉寄嚴大夫)」도 남겼다. 두보는 가을이 다 가도록 성도 초당으로 돌아가지 못하였다.

762년 겨울이 되어도 두보는 여전히 재주에 머물면서 옹왕 이괄이 병권을 잡았다는 소식을 듣고「어양(漁陽)」이라는 시를 지었다. 옹왕 이괄은 훗날 덕종으로 즉위한다.

어양漁陽: 어양 땅

어양땅 돌격 기병(안녹산 반군) 여전히 날래고 용맹스럽지만,

漁陽突騎猶精銳어양돌기유정예,

밝게 빛나는 옹왕(이괄)께서 모두 통솔하시게 되었다네.

赫赫雍王都節制혁혁옹왕도절제.

사나운 장수들도 급히 바꾸어 때를 놓칠까 두려워하니,

猛將翻然恐後時맹장번연공후시,

본조에 들어오지 않는 것은 훌륭한 계책이 아니라네.

本朝不入非高計본조불입비고계.

안녹산은 북쪽에서 옹무성(범양 북쪽)을 쌓아 놓고,

祿山北築雄武城녹산북축웅무성,

패주할 때 본영으로 돌아갈 것을 진작부터 대비했는데.

舊防敗走歸其營구방패주귀기영.

화살에 묶은 편지로 연나라 지방의 원로께 묻노니,

繋書請問燕耆舊계서청문연기구,

지금 10만 군사가 무슨 필요가 있습니까?　　　今日何須十萬兵금일하수십만병.

　위의 시는, 두보가 관군의 승전보를 듣고서 아직 귀순하지 않는
병사들에게 빨리 귀순할 것을 풍자하고 설득한 것이다. 어양은 안녹
산이 처음 군사를 일으킨 곳으로, 반군들의 거점이 있는 곳이다. 그
어양땅 반군들은 용맹스럽지만 지금은 옹왕(이괄, 훗날 덕종)께서 그들
을 모두 통솔하고 있다는 것이다. 그 사나운 반군의 장수들도 투항의
시기를 놓칠까 두려워하고 당나라 조정에 투항하지 않은 것은 좋은
계책이 아니라고 하였다. 안녹산이 연나라 지역 어양땅에서 반란을
일으킬 때도 오히려 보루를 쌓아 물러날 것에 대비했는데, 지금 옹왕
의 군대는 파죽지세이며 반군들은 숨기에 바쁠 것이니, '연나라 지방
의 원로들도 마땅히 이를 알고 있는가?'로 반문하였다. 두보는 이 시
를 통해 반군들이 하루바삐 옹왕의 군대에 투항하여 안녹산의 전철을
밟아서는 안 됨을 경고하였다.
　가족과 상봉한 두보는 763년 봄 관군이 사사명의 아들 사조의의
반군을 소탕했다는 소식을 듣고 시를 지어 기쁨을 나타내기도 하였다.

문관군수하남하북聞官軍收河南河北: 관군이 하남과 하북을 수복했다는 소식을 듣고
검문(劍門) 밖으로 문득 계북(薊北)의 수복 소식 전해오니,

劍外忽傳收薊北검외홀전수계북,

처음 듣고는 흐르는 눈물이 옷을 흠뻑 적시네. 初聞涕淚滿衣裳초문체루만의상.
고개 돌려 처자식 바라보는데 근심은 어디에 있는가?

卻看妻子愁何在^{각간처자수하재,}

대충 시경과 서경을 말아두니 기뻐 미칠 듯하네. 漫卷詩書喜欲狂^{만권시서희욕광.}

대낮에 목청껏 노래하고 마냥 술 마셔야 하리, 白日放歌須縱酒^{백일방가수종주,}

푸른 봄날 짝하여 기쁘게 고향으로 돌아가기도 좋아라.

青春作伴好還鄉^{청춘작반호환향.}

곧 파협(巴峽)에서 쏜살같이 무협(巫峽)을 뚫고 나아가,

即從巴峽穿巫峽^{즉종파협천무협,}

바로 양양(襄陽)으로 내려갔다가 낙양(洛陽)으로 향하리.

便下襄陽向洛陽^{변하양양향낙양.}

관군(官軍)은 반군이 점령하고 있던 하북(河北)을 수복했다는 소식이, 검문관(劍門關) 밖 재주에 있는 내게 갑자기 전해져 왔다. 처음 들었을 때는 너무 놀라고 기뻐서 뜨거운 눈물이 흘러 옷을 다 적실 정도이다. 고개 돌려 처자식을 돌아보니, 시름에 찬 얼굴은 그 어디서도 찾아볼 수 없다. 닥치는 대로『시경』과『서경』등의 책들을 대충대충 챙겨서 고향으로 돌아갈 준비를 하는데 정말 기뻐서 미칠 것만 같다. 이렇게 좋은 날엔 대낮이라도 목청껏 노래하고 마음껏 술을 마셔야 하리라. 아름다운 봄날에 좋은 경치를 벗 삼아 고향으로 돌아간다면 참으로 좋을 것이다. 그렇다면 이제 머뭇거리지 말고 바로 떠나야겠다. 파협(巴峽)에서 출발하여 무협(巫峽)을 지나 곧장 양양(襄陽)으로 내려가서 다시 고향인 낙양(洛陽)을 향해 떠날 것이다. 두보의 조상들이 살았던 곳은 하남성 공현(鞏縣)이지만, 두보가 유년기를 보냈던 곳은 낙양이다. 그래서 낙양으로 향한다고 한 것이다.

763년 봄 당(唐)나라의 관군이 하남·하북을 수복하고 반란군의 수장이었던 사조의가 자살함으로써 9년이나 계속되었던 안녹산(安祿

山)·사사명(史思明)의 반란은 마침내 평정되었다. 두보는 피난지 재주(梓州)에서 수복 소식을 들은 후 미칠 것처럼 기쁜 마음이라고 하였다. 762년 4월 을묘일(乙卯日)에 상황제 현종이 78세로 붕어(崩御)하고 12일 후 정묘일(丁卯日)에는 숙종이 52세로 붕어하였다. 이에 성도윤(成都尹)이면서 검남동서절도사(劍南東西節度使)인 엄무(嚴武)가 두 황제의 장례식을 관장할 황문시랑(黃門侍郎)에 임명되어 7월에 장안으로 향하였다. 후원자였던 엄무를 전송하기 위해 면주(綿州) 봉제역(奉濟驛)까지 따라 갔던 두보는 당시 성도 검남병마사(劍南兵馬使)였던 서지도가 성도에서 반란을 일으켜 돌아가지 못하고 재주에 머물렀던 것이다. 이런 상황에서 763년에 반란군의 주모자인 사사명(史思明)의 아들 사조의(史朝義)가 유주항장(幽州降將) 이회선(李懷仙)의 추격에 자살하였던 것이다.

한편으로는 반란이 평정은 되었지만 후원자 엄무가 없고 고향에 대한 그리움 등으로, 두보는 당장 성도(成都)로 돌아가지 않았다. 그러면서도 성도로 돌아가는 위랑(韋郎)에게 보내는 시에서 두보 자신이 가꾼 초당에 대한 그리움을 표현하기도 하였다.

송위랑사직귀성도送韋郎司直歸成都: 성도로 돌아가는 사직 위랑을 보내다

몸을 숨겨 촉 땅으로 와,	竄身來蜀地찬신래촉지,
동병상련을 앓는 위랑을 알게 되었네.	同病得韋郎동병득위랑.
천하에 전쟁 기운이 가득하여,	天下兵戈滿천하병과만,
강변에서 보낸 세월이 깁니다.	江邊歲月長강변세월장.
이별의 자리에는 꽃이 시들려 하고,	別筵花欲暮별연화욕모,
봄날 귀밑머리 모두 세었네.	春日鬢俱蒼춘일빈구창.
나를 위해 남쪽 시내의 대나무를 찾아주세요,	爲問南溪竹위문남계죽,

뻗은 가지가 반드시 담장을 넘었을 것입니다. 抽梢合過牆추초합과장.

　위의 시는 763년 봄에 두보가 재주에 머물고 있을 때 위랑이 성도로 돌아갈 때 지은 시이다. 위랑은 누구인지 알 수는 없고 벼슬명인 사직은 탄핵을 담당하는 동궁의 관속이다. 난리를 피하여 촉으로 온 것은 위랑과 두보 자신은 같은 처지로 동병상련의 병을 앓는다고 하였다. 또한 이별의 심회와 손수 가꾼 완화계 초당에 대한 그리움을 표현하였다.

　두보는 남동생 4명이 있었다.42) 영(潁)·관(觀)·풍(豐)·점(占) 등이다. 점만이 두보를 따라 촉으로 들어왔는데, 두보가 광덕 원년(763) 재주와 낭주 지역에 있을 때 완화계 초당을 돌보도록 아우 점(占)을 성도로 보내기도 하였다.

사제점귀초당검교료시차시舍弟占歸草堂檢校聊示此詩: 아우 점이 초당을 살피러 돌아가므로 이 시를 보이다

오랜 나그네 내 길이 마땅하니,	久客應吾道구객응오도,
서로 따름에 네(점) 홀로 왔네.	相隨獨爾來상수독이래.
강변의 길 가까움 잘 알아서,	孰知江路近숙지강로근,
자주 날 위해 초당으로 돌아가네.	頻爲草堂迴빈위초당회.
거위와 오리 마땅히 세어보고,	鵝鴨宜長數아압의장수,
사립문 함부로 열지 말거라.	柴荊莫浪開시형막낭개.
동녘 숲 대 그림자 옅거든,	東林竹影薄동림죽영박,
섣달에 다시 대를 심어야 할 게다.	臘月更須栽납월갱수재.

---

42) 두보의 동생은 남동생 4명과 여동생 1명이 있었다.

위의 시는 성도 완화계 초당으로 떠나는 아우 점에게 당부하는 말들이다. 아우는 평상시에도 초당 강변의 가까운 길을 잘 알아서 자주 찾아주었고, 이번에도 나를 위해 초당으로 갔다는 것이다. 초당에 가거든 거위와 오리 모두가 잘 있는지 잘 세어보고 또한 사립문도 함부로 열지 못하게 단속하고 있다. 그리고 대나무가 많지 않으며 12월에 심을 것을 당부하였다. 이렇듯 아우 점에게 초당 보살핌을 부탁하고 있다. 위의 시에서 대나무가 드문드문 하게 서 있는 것을 "죽영박(竹影薄)" 곧 "대 그림자가 엷다"고 표현하였다.

성도의 서지도의 난으로 인해 재주로 온 후 두 번째 맞는 763년 중양절이다.

구일九日: 중양절

작년 중양절엔 처현 북쪽 산에 올랐는데,　　去年登高郪縣北거년등고처현북,
오늘은 다시 부강 물가에 있네.　　今日重在涪江濱금일중재부강빈.
괴롭게도 백발이 나를 놓아주지 않고,　　苦遭白髮不相放고조백발불상방,
부끄럽게도 황국화 무수히 새롭네.　　羞見黃花無數新수견황화무수신.
세상 어지러운데 오래도록 나그네여서 울적하고,

世亂鬱鬱久爲客세란울울구위객,

멀고 험난한 길에 늘 남에게 기대어 시름이 깊네.

路難悠悠常傍人로난유유상방인.

술자리 끝나가자 도리어 십 년 전의 일 떠오르니,

酒闌却憶十年事주란각억십년사,

여산(驪山)에 천자(현종)가 납시어 애간장 끊어졌지.

腸斷驪山淸路塵장단여산청로진.

작년 중양절에는 재주 처현 고을 북쪽 산에 올라 중양절을 맞이했는데, 올해는 재주 부강 물가에서 맞이하고 있다. 괴롭게도 백발은 나를 내버려두지 않고 부끄럽게도 노란 국화는 새롭게 보인다. 세상이 어지러운데 오래도록 나그네 되었으니 더욱 우울함이 쌓이고, 길이 험난한데 늘 남에게 신세를 지기에 수심이 배로 느껴진다. 술자리가 끝날 갈 무렵 갑자기 10년 전 섬서성 여산(驪山)을 지나갔던 일이 떠올라 당나라 현종이 양귀비와 화청궁 온천에서 겨울 휴가를 보내다가 안녹산의 난을 막지 못한 역사적 사실을 비난하였다. 이를 통해 두보 자신이 나그네가 된 사실을 회고한 것이다.

두보는 763년 가을에 낭주로 갔다. 청성으로 부임하는 외삼촌을 전송하는 시를 짓기도 하였으며, 또한 열한 번째 외삼촌이 스물네 번째 외삼촌을 따라 청성으로 가는 길에 증별시를 짓기도 하였다. 뿐만 아니라 화친을 청하면서 문성공주와 금성공주를 출가하게 했던 토번이 태도를 바꾸어 침략해오자 서천절도사로 있던 고적에게 「경급(警急)」 곧 '경계가 급하다'는 시를 보내 침략을 막아줄 것과 화친책의 부당함을 지적하기도 하였다. 겨울에는 토번의 침략으로 대종(代宗)이 763년 10월에 섬현으로 몽진한 것을 염려하는 시 「파산(巴山)」을 짓기도 하였다. 대종은 12월에 장안으로 돌아왔다.

조화早花: 일찍 핀 꽃

서경(장안)은 편안한가?	西京安穩未서경안온미,
한 사람이 오는 것도 보지 못했네.	不見一人來불견일인래.
음력 섣달 파강(가릉강) 구비(낭주)에,	臘月巴江曲납월파강곡,
산꽃은 이미 절로 피었네.	山花已自開산화이자개.
용모가 예쁜 눈을 맞고 있는 살구며,	盈盈當雪杏영영당설행,

아름다운 모습으로 봄을 기다리는 매화.　　豔豔盉待春梅염염대춘매.

지금 풍진의 어둠을 괴로이 여기는데,　　直苦風塵暗직고풍진암,

누가 나그네의 귀밑머리 세는 것을 걱정하랴? 誰憂客鬢催수우객빈최.

　장안은 편안한가? 확실한 소식을 전해 줄 사람 하나도 오지 않는다. 섣달 낭주 가릉강 굽이져 흐르는 곳에, 어느덧 산꽃이 절로 피었다. 단정하고 예쁜 것은 눈을 맞은 살구꽃이요, 아리따운 것은 봄을 기다리는 매화이다. 병란(兵亂)의 암울함을 바로 겪고 있으니, 누가 나그네의 귀밑머리가 하얗게 서리 내림을 근심하겠는가?

　두보가 52세 때 낭주에서 섣달에 일찌감치 핀 꽃을 보며 읊은 시이다. 이번에는 토번의 침략으로 대종이 몽진을 갔다. 그래서 장안의 안부를 먼저 묻고 있다. 그런데 장안의 확실한 소식을 전해 줄 사람은 한 사람도 오지 않는다. 12월 섣달에 꽃은 이미 피어 눈 맞은 살구꽃도 어여쁘고 봄을 기다리는 매화도 아름다운데 난은 여전히 평정되지 않고 있다. 그러니 늙은 가는 것이야 걱정할 것도 못된다고 한 것이다. 따라서 이 시는 납일을 맞아 대종이 몽진한 일에 대한 탄식을 노래한 시이다.

　이후 늦겨울 딸아이가 병들어 있다는 편지를 받고 급하게 재주로 돌아갔다. 「발낭중(發閬中: 낭중을 출발하다)」는 시에 "딸아이 병들어 아내 근심 중에 있으니 돌아가는 마음 급한데(女病妻憂歸意急여병처우귀의급)."라고 하였다.[43]

　764년 2월 봄에 장안이 수복되자 감회를 쓴 시도 있다.

---

43) 두보는 2남 2녀를 두었다.

수경收京: 경사를 수복하다

경사를 수복했다고 또 말들 하더니,　　　　　復道收京邑복도수경읍,
오랑캐(토번)를 죽였다고 겸해서 들었다.　　兼聞殺犬戎겸문살견융.
벼슬아치들 도리어 호종하여,　　　　　　　衣冠卻扈從의관각호종,
천자(대종)께서 이미 환궁하였다.　　　　　車駕已還宮거마이환궁.
이겨서 수복한 것이 진실로 이와 같으니,　　尅復誠如此극복성여차,
안위는 몇몇 공(곽자의, 마린)들에게 달려 있다. 安危在數公안위재수공.
고개 돌려 바라보는 땅 장안에,　　　　　　莫令回首地막령회수지,
통곡소리로 슬픈 바람 일어나게 하지 말라.　慟哭起悲風통곡기비풍.

　장안이 두 번의 변고가 있었던 것이다. 현종 때와 대종 때의 몽진이다. 몽진 할 때는 신하들이 호종도 안 하다가 대궐로 복귀할 때는 도리어 호종을 하더라고 비꼼을 드러내었다.
　두보가 엄무를 전송하려 면주로 나온 사이 촉 땅 성도에서 서지도의 난이 일어났다. 그래서 성도로 돌아가지 못하고 면주에 머물다 재주와 낭주를 유랑하게 되었던 두보이다. 낭주에 있던 두보가 딸아이가 아프다는 소식을 전해 듣고 급하게 늦겨울 재주로 돌아갔다가, 다시 764년 봄에 낭주로 다시 왔다.

송이경엽送李卿曄: 이엽 경을 전송하다

왕자(이엽)께서 돌아갈 것을 생각하신 날,　　王子思歸日왕자사귀일,
장안은 이미 전란으로 어지러웠습니다.　　　長安已亂兵장안이난병.
눈물로 옷을 적시며 행재소를 묻고는,　　　霑衣問行在점의문행재,
말 달려 승명전(장안)을 향해 가네요.　　　走馬向承明주마향승명.
저녁 햇볕에 파촉은 외져 보이고,　　　　　暮景巴蜀僻모경파촉벽,

봄바람에 강한(가릉강)은 맑기만 합니다.	春風江漢淸춘풍강한청.
진산에 비록 내 자신 버렸지만,	晉山雖自棄진산수자기,
아직도 위궐(조정)에 마음을 두고 있습니다.	魏闕尙含情위궐상함정.

　　이엽은 당나라 종실이다. 그래서 왕자라고 호칭한 것이다. 763년 10월 토번의 침략으로 대종은 장안을 버리고 섬주로 몽진하였다가 12월에 다시 장안으로 돌아왔다. 촉 땅 낭주에 있던 두보는 대종이 장안으로 돌아왔다는 소식을 아직 듣지 못했던 것 같다. 그래서 파촉이 외져 보인다고 하였다. 또한 낭주에 머물고 있던 두보는 여전히 당나라 조정을 그리워하고 있다. 그래서 대종의 행재소를 묻고 장안의 안부를 묻는 것이다. 가릉강 가에 봄이 왔지만 시절이 어지러워 즐겁지는 않다. 파촉 외진 곳에 버려진 몸이지만 아직도 당나라 조정이 그립기만 하다. 낭주 시절 두보의 마음이다.

성상城上: 성 위에서

풀이 가득하니 파서(낭주)가 푸르고,	草滿巴西綠초만파서록,
성 비었는데(세 주 함락) 밝은 해 기네.	城空白日長성공백일장.
바람이 불어 꽃잎은 휘날리고,	風吹花片片풍취화편편,
봄기운 움직임에 물은 아득하네.	春動水茫茫춘동수망망.
여덟 준마가 천자(대종)를 따르고,	八駿隨天子팔준수천자,
여러 신하가 무황(한 무제)을 좇았다네.	羣臣從武皇군신종무황.
순수(대종의 몽진)하러 나가셨음을 멀리서 듣나니,	
	遙聞出巡狩요문출순수,
조만간 멀리 떨어진 곳까지 두루 다니실 것이네.	
	早晩徧遐荒조만편하황.

여전히 대종이 장안으로 돌아온 것을 모르고 있는 두보다. 낭주의 성위에 올라 풍경을 그리고 있다. 낭주에 봄이 와서 풀은 무성한데 성은 텅 비었다. 당시 송(松)·유(維)·보(保) 세 주가 함락되어 백성들이 모두 피난하였기 때문이다. 부는 바람에 꽃잎은 휘날리고 봄물은 불어 아득하기만 하다. 대종이 몽진할 때 여덟 필의 준마가 끌었고 옆에서는 신하들이 호종을 하였다. 대종이 장안을 버리고 섬주까지 피난한 소식을 들었고, 또 소문에 다른 곳으로 피신한다는 말을 들었기에 먼 땅까지 두루 다닐 것이라고 한 것이다. 이는 두보가 대종이 763년 12월에 장안으로 복귀한 사실을 모르고 여러 소문만 듣고 더 먼 곳으로 피신할 것이라고 한 것이다. 원래 순수(巡狩)는 황제가 출행하여 자기 땅 여러 곳을 시찰하는 것을 뜻하는 말이다. 그런데 여기서는 대종의 몽진을 그렇게 말한 것이다. 두보는 대종의 몽진을 완곡하게 순수하러 나갔다고 하였고 더 멀리 피신하는 것을 멀리 떨어진 곳이라고 완곡하게 표현하였다. 당나라 황실과 나라에 대한 충절이다. 몸은 낭주 외진 곳에 있어도 여전히 나라 일로 걱정이 많다. 유자(儒者) 곧 철저한 선비는 어디에 처해도 현실을 잊지 않는 정신인 선비정신이 있기 때문이다.

한편으로는 남쪽 오 땅으로 남하하려는 마음도 있었다. 「유자(遊子: 나그네)」에 "파촉에서의 시름을 누구에게 말하나? 오문의 흥취는 아득하기만 하다(巴蜀愁誰語파촉수수어, 吳門興杳然오문흥묘연)."라고 하여, 시름만 가득한 파촉에서 오문(吳門) 곧 오 땅으로 가고픈 마음을 드러내고 있기 때문이다.

764년 봄, 두보가 오 땅으로 가려던 계획은 엄무가 다시 촉으로 부임한다는 소식을 듣고 바꾸게 되었다.

봉대엄대부奉待嚴大夫 : 엄대부를 받들어 기다리다

옛 벗(엄무)이 오는 것을 타향에서 다시 기뻐하니,

殊方又喜故人來수방우희고인래,

중요한 지역은 또 세상 구할 인재가 필요하였으리라.

重鎭還須濟世才중진환수제세재.

부장들의 종일토록 기다림이 늘 이상하게 여겼는데,

常怪偏裨終日待상괴편비종일대,

절도사가 한 해 지나서 돌아올 줄은 몰랐네. 不知旌節隔年回부지정절격년회.

파촉 변방을 떠나려 할 때 꾀꼬리 모여 울고, 欲辭巴徼啼鶯合욕사파요제앵합,

멀리 형문으로 내려가자고 떠나는 익새(배)가 재촉했지.

遠下荊門去鷁催원하형문거익최.

몸 늙고 시절 위태로운 때 만남을 생각하니, 身老時危思會面신로시위사회면,

일생의 마음을 그 누구에게 열겠는가? 一生襟抱向誰開일생금포향수개.

　전반부는 엄무가 온다는 사실에 기뻐하는 모양새이다. 옛 벗 엄무
가 온 것은 세상을 구할 인재이기에 기쁨이라는 것이다. 후반부는
엄무에 대한 기다림의 정서이다. 꾀꼬리 우는 봄에 형문으로 떠나려
고 했는데 엄무가 온다는 소식을 접하고 배를 멈췄다는 것이다. 이제
는 몸도 늙고 옛 벗도 그리운 시절이라 자연히 세상 구할 인재를 바라
게 된다고 하면서 엄무를 기다리는 심정을 드러내었다.
　낭주에서 성도로 돌아가면서 지은 시가 있다.

자낭주영처자각부촉산행삼수自閬州領妻子却赴蜀山行三首 : 낭주로부터 처자식을 거
느리고 도리어 촉산으로 가면서 부른 노래 3수 중 제1수

허둥지둥 도적들을 피하며, 泪泪避群盜율율피군도,

아득히 십년을 보냈네.   悠悠經十年유유경십년.

남쪽 땅 가려던 뜻 이루지 못하고,   不成向南國불성향남국,

다시 서천(성도 일대)을 떠도는 몸 되었네.   復作遊西川부작유서천.

외물에 매여 있어 물에 비치는 것도 다 부질없고,

                                         物役水虛照물역수허조,

혼이 다쳐 산마저 적막하네.   魂傷山寂然혼상산적연.

내 인생 의지할 곳 없어,   我生無倚著아생무의저,

온 가족이 험한 길가에 있네.   盡室畏途邊진실외도변.

안사의 난을 피한 지 어느덧 10년의 세월이 흘렀다. 촉 땅 낭주에서 남쪽 초(楚) 땅으로 가려고 했는데, 다시 엄무가 촉 지방으로 부임한다는 소식을 듣고 그 뜻을 접었다는 것이다. 여정을 행하면서 산수 자연을 완상하면서 가야 하는데, 피난살이 10년 채인 두보는 몸이 외물에 얽매이고 정신도 공황 상태이기에 산수 자연이 물에 비치는 것도 부질없고 산도 적막할 뿐이다. 혼란스런 시대를 살아가는 두보의 심정이다.

별방태위묘別房太尉墓: 방태위(방관)의 묘소를 이별하다

타향(낭주)에서 다시금 길을 가다가,   他鄕復行役타향부행역,

말을 멈추고 외로운 무덤을 이별하네.   駐馬別孤墳주마별고분.

눈물 흘린 근처엔 마른 흙 없고,   近淚無乾土근루무건토,

낮은 하늘엔 조각구름만 떠 있네.   低空有斷雲저공유단운.

바둑 둘 때 태부 사안을 모신 듯하고,   對棋陪謝傅대기배사부,

칼을 가지고 서군 찾은 계찰과 같구나.   把劍覓徐君파검멱서군.

다만 보아하니 숲속엔 꽃이 지는데,   唯見林花落유견림화락,

꾀꼬리 울며 길손 배웅하는 소리 들리네.   鶯啼送客聞앵제송객문.

낭주에 있는 재상을 지냈던 방관의 묘소를 참배하고 지은 시이다. 두보가 낭주를 떠나면서 이별을 고하고 있다. 방관은 현종이 촉 지역으로 몽진할 때 재상에 임명되었던 인물이다. 이후 안녹산 군대에 패하여 758년 6월 빈주자사로 좌천되었다가 760년 4월 예부상서로 전임하였다. 또 얼마 후 진주자사로 나갔다가 763년 4월에 특진형부상서에 임명되어 부임하던 길에 병이 났고 8월에 낭주 절간에서 운명한 것이다. 방관은 서촉으로 몽진한 현종의 권력 분산 정책을 따랐던 인물이다. 두보 역시 그런 방관을 두둔하다가 결국 숙종의 눈 밖에 나게 되었고, 결국 화주의 사공참군으로 좌천되었던 것이다. 엄무도 사실상 방관의 정치적 노선이었다. 방관(房琯)이 현종으로부터 재상이 된 후, 엄무는 재상 방관의 천거로 급사중(給事中)이 되었던 인물이기 때문이다. 방관은 안녹산 반군과의 싸움에서도 패하고, 촉 지방에 몽진 중이던 상황(上皇) 현종(玄宗)이 권력 분산 정책을 펼쳤을 때 그 정책을 옹호하여 숙종으로부터 미움을 받았고, 패군이 됨으로써 재상에서 물러났던 인물이다. 방관이 물러날 때 엄무도 연좌되어 파주자사(巴州刺史)로 폄적(貶謫)되었고, 결국 서촉의 검남절도사(劍南節度使)로 부임하게 되었던 것이다. 그러니 엄무와 방관, 그리고 두보는 정치적 노선으로 동류였던 것이다.

낭주에서 엄무가 왔다는 소식을 듣고 두보는 성도로 돌아가는 길에 말을 멈추고 방관의 무덤에서 이별을 고하였다. 슬픈 눈물을 너무 흘러 마른 흙이 없을 정도고 구름도 나직이 내려 앉아 근심과 참담함을 띠었다. 생전에 두보는 방관과 바둑 둔 일을 회상하였으며, 계찰의 고사를 통해 방관을 추모하기도 하였다. 계찰의 고사는 『설원(說苑)』에 전한다. 오(吳)나라 계찰이 진(晉)나라를 방문하면서 서(徐)나라를 지날 때 서나라 왕이 그의 보검을 사랑한다는 것을 마음으로 알게 되었다. 돌아올 때에 서나라 왕은 이미 세상을 떠났다. 서나라 왕께서 검을 사랑한 것을 알았기에, 검을 풀어서 무덤가 나무에 매어두고 떠났다. 계찰이 추모의 정을 행한 것처럼 두보도 방관의 추모의 정을 계찰의 고사를 통해 표현하였다. 두보가 방관의 제문(祭文)도 지었는데, "묘소를 어루만지는데 해가 떨어지고, 검을 푸는데 가을 하늘 드높다(公祭房相文공제방상문, 撫墳日落무분일락, 脫劍秋高탈검추고)."라고 하였다. 제문에서도 계찰의 고사를 인용하여 추모한 것이다. 그리고 나그네를 송별하는 것은 숲속에 지는 꽃잎과 우는 새뿐이라고 하여 무덤가 적막감을 표현하였다. 이별의 슬픔과 그 슬픈 까닭을 표현한 시이다.

장부성도초당도중유작선기엄정공오수將赴成都草堂途中有作先寄嚴鄭公五首:
성도成都 초당草堂으로 돌아가는 길에 시를 지어 먼저 엄 정공께 부치다 5수 중 제1수

초당에 돌아갈 수 있어 성도로 가나니,　　　　　得歸茅屋赴成都득귀모옥부성도,
오직 문옹(엄무)께서 다시 부절을 받았음이라.直爲文翁再剖符직위문옹재부부.
다만 백성들로 또 겸양하게 하실 것이니,　　　但使閭閻還揖讓단사여염환읍양,
굳이 송죽이 오래도록 황무하다 따지겠는가.　敢論松竹久荒蕪감론송죽구황무.
병혈(丙穴, 촉 지방)에서는 예부터 맛좋은 물고기 나오고,

　　　　　　　　　　　　　　　魚知丙穴由來美어지병혈유래미,
비통주(대나무 술)는 구태여 살 필요가 없다네. 酒憶郫筒不用酤주억비통불용고.
오마(엄무)는 일찍이 초당 가는 작은 길 익숙하였거니,

　　　　　　　　　　　　　　　五馬舊曾諳小徑오마구증암소경,
편지 보내 숨어사는 나를 기다리심이 또 몇 번이시는가?

　　　　　　　　　　　　　　　幾回書札待潛夫기회서찰대잠부.

엄무가 다시 촉 지방을 다스리게 되어 백성들의 풍속도 순화하게 될 것이라고 하였다. 그래서 지금의 마음은 예전에 두보 자신이 심은 놓은 소나무와 대나무에 얽매일 것이 아니라 남을 사랑하는 데 있다고 한 것이다. 촉 지방은 맛좋은 물고기 가어(嘉魚)가 잡히고 비현에서 나는 맛좋은 대나무 술도 살 필요 없이 담가 먹으면 될 것이다. 태수 엄무는 예전에 완화계 초당을 몇 번 찾았기에 태수의 말도 초당 가는 옛길을 잘 찾아 갈 것이라고 한 것이다. 엄무가 이미 성도에 도착하여 낭주에 머물고 있는 두보에게 몇 차례 편지를 보내 성도로 돌아올 것을 청하였기에 마지막 구절에서 감사의 마음을 담아 표현하였다.

다시 성도(成都) 초당 완화계 시절

762년 엄무가 장안 조정의 부름을 받아 장안으로 떠날 때, 이백은 그를 배웅하러 면주까지 나왔다가 서지도의 난으로 인해 성도 초당으로 돌아가지 못하고 면주·재주·낭주 등지를 떠돌아다녔다. 그러던 중 764년 3월에 엄무가 다시 성도로 부임하게 된 것이다. 부임한 엄무(嚴武)가 몇 번의 편지를 보내 성도로 돌아올 것을 청했던 것이다. 엄무의 거듭된 요청으로 764년(53세) 봄 낭주에서 성도로 돌아온 두보이다. 성도에 돌아온 두보의 감회가 드러난 시를 감상해 보자.

춘귀春歸: 봄이 돌아오다

이끼 낀 길은 강물과 임한 대나무,　　　　苔徑臨江竹태경임강죽,
떳집 처마는 땅을 덮은 꽃이네.　　　　　茅簷覆地花모첨복지화.
이별한 이래로 세월 빨리도 지나고,　　　別來頻甲子별내빈갑자,
돌아와 보니 어느덧 봄빛이 화사하네.　　歸到忽春華귀도홀춘화.

지팡이에 의지하여 외로운 바위 바라보며,	倚杖看孤石의장간고석,
술병을 기울며(음주) 얕은 모래 벌로 나아가네.	傾壺就淺沙경호취천사.
멀리 갈매기는 물에 떠 고요하고,	遠鷗浮水靜원구부수정,
가벼운 제비는 바람을 맞아 빗겨 나네.	輕燕受風斜경연수풍사.
세상살이 비록 가시나무 많아도,	世路雖多梗세노수다경,
내 삶 또한 끝이 있겠지.	吾生亦有涯오생역유애.
이 몸 깨났다 다시 취하니,	此身醒復醉차신성부취,
흥이 오르면 곧 내 집이 되네.	乘興卽爲家승흥즉위가.

제목 「춘귀(春歸)」는 두보 자신에게 봄에 돌아왔다는 의미이다. 3년 만에 돌아와 보니, 대나무는 이끼 긴 길에 자라 강을 향하고, 떳집은 온통 꽃들로 덮여 있는 봄이다. 지팡이 짚고 바위를 바라보면서 술을 마시고 모래 벌로 나아가서 물 위에 고요히 떠 있는 갈매기를 보고 가볍게 나는 제비도 완상하고 있다. 예전과 달라진 것은 없다. 그런데 내 삶을 돌아보니 어려움이 많다. 또한 내 삶도 얼마 남지 않았다. 그러니 술이 깨면 다시 마셔 취하고, 또한 깨면 취하고 하여 취함과 깸을 반복하여 시름을 달래면 될 것이다. 그러니 내 있는 곳이 곧 집이면서 고향일 것이라는 말이다. 잠시 고향에 대한 그리움은 접어 두자는 말이다. 이것이 성도 초당으로 돌아온 두보의 심정이다. 초당에 도착해서 "문 여니 들쥐가 달아나고(開門野鼠走개문야서주), 책갑(책)을 여니 좀벌레 죽네(散帙壁魚乾산질벽어간). 구기(국자) 씻어 새 술 따르고(洗杓斟新醞세표짐신온), 머리 숙여 작은 쟁반 닦는다(低頭拭小盤저두식소반)."라고, 「귀래(歸來: 돌아오다)」에서 밝힌 것처럼, 문을 열고 책을 햇볕에 말렸다. 그리고 나서 국자를 씻어 술을 퍼고 소반까지 닦는 모습이다. 소박한 삶 그 자체이다.

초당에 돌아온 후 그동안의 일을 상세하게 묘사한 시가 있다.

초당草堂

예전에 내 초당을 버리고 갈 때는,	昔我去草堂석아거초당,
만이(강족, 오랑캐)가 성도에 가득하였지.	蠻夷塞成都만이색성도.
이제 내 초당에 돌아오니,	今我歸草堂금아귀초당,
성도에 때마침 시름이 없네.	成都適無虞성도적무우.
처음 어지러워졌을 때를 진술해 보자면,	請陳初亂時청진초란시,
세상이 뒤집히는 것 아주 순식간이었네.	反覆乃須臾반복내수유.
대장(검남절도사 엄무)이 조정으로 나가자.	大將赴朝廷대장부조정,
여러 소인배들이 모반을 일으켰네.	群小起異圖군소기이도.
한 밤중에 백마를 잡아 피 마셔,	中霄斬白馬중소참백마,
맹세하니 기운이 매우 대단했네.	盟歃氣已粗맹삽기이조.
서쪽으로 공주 남쪽의 군사를 빼앗고,	西取邛南兵서취공남병,
북쪽으로 검각의 모퉁이를 베었다네.	北斷劍閣隅북단검각우.
평민들 수십 인이,	布衣數十人포의수십인,
또 성(城)의 태수를 옹호하였다네.	亦擁專城居역옹전성거.
그 형세가 둘 다 클 수 없어,	其勢不兩大기세불량대,
비로소 번족(강족)과 한족이 다름을 들었지.	始聞蕃漢殊시문번한수.
서쪽의 병졸(강족)이 도리어 창을 돌려 공격하고,	
	西卒却倒戈서졸각도과,
반란의 신하들은 서로 죽이네.	賊臣互相誅적신호상주.
어찌 팔꿈치와 겨드랑이(가까이에서 일어나는)의 화가,	
	焉知肘腋禍언지주액화,
절로 효경(못된 짐승)에 미칠 것을 알았으리오	自及梟獍徒자급효경도.

의사(義士)들이 다 마음 아파하고 분개하는 것은,

義士皆痛憤의사개통분,

기강이 어지러워져 서로 법도를 어긴 것이네. 紀綱亂相踰기강란상유.

한 나라에 실로 공이 셋이니, 一國實三公일국실삼공,

만인은 물고기 신세가 될 참이었다네. 萬人欲爲魚만인욕위어.

부르거니 답하거니 하여 벌을 주거나 복을 내리니,

唱和作威福창화작위복,

누가 무고한 백성을 가려낼 것이랴? 孰肯辨無辜숙긍변무고.

눈앞에 족쇄와 수갑(형구)을 늘어놓고, 眼前列杻械안전열뉴계,

등 뒤에선 생황과 피리(잔치)를 불었다네. 背後吹笙竽배후취생우.

말하고 웃으면서 사람을 마구 죽이니, 談笑行殺戮담소행살육,

흩뿌려진 피가 큰 길에 가득하네. 濺血滿長衢천혈만장구.

지금도 도끼를 휘두른 땅에서는, 到今用鉞地도금용월지,

비바람에 통곡 소리 들린다네. 風雨聞號呼풍우문호호.

귀신의 첩과 귀신의 말, 鬼妾與鬼馬귀첩여귀마,

슬픈 빛으로 네 즐거움을 채우네. 色悲充爾娛색비충이오.

나라에 법령이 있으니, 國家法令在국가법령재,

이 또한 족히 놀라 탄식할 만하다. 此又足驚吁차우족경우.

천한 이 몸(두보)이 또 분주히 다니며, 賤子且奔走천자차분주,

3년 동안 오 지방을 가고자 했다네. 三年望東吳삼년망동오.

활과 화살(전란)이 강과 바다를 어둡게 하니, 弧矢暗江海호시암강해,

오호(오월 지역)에 노닐기가 어렵게 되었다네. 難爲遊五湖난위유오호.

마침내 이곳을 버리지 못하고, 不忍竟舍此불인경사차,

다시 와 덤불과 잡초를 깎는다네. 復來薙榛蕪부래치진무.

문에 들어서니 네 그루 소나무 있고,　　入門四松在입문사송재,

거닐어 보니 만 그루의 대나무가 성글어졌네.　步屧萬竹疏보섭만죽소.

옛날 키우던 개가 내 돌아옴을 기뻐하고,　舊犬喜我歸구견희아귀,

맴돌다 옷자락으로 파고드네.　　低徊入衣裾저회입의거.

이웃집은 내 돌아옴을 기뻐하고,　　隣舍喜我歸인사희아귀,

술을 사 바가지로 가져오네.　　沽酒携胡蘆고주휴호로.

높은 관리(엄무)는 내 온 것을 기뻐하고,　大官喜我來대관희아래,

기병을 보내어 필요한 것을 물어 보네.　遣騎問所須견기문소수.

성안(성도) 사람들도 내 온 것을 기뻐하니,　城郭喜我來성곽희아래,

손님들이 마을을 메우네.　　賓客隘村墟빈객애촌허.

천하가 아직 평온하지 못하니,　　天下尙未寧천하상미녕,

건장한 남아(병사)가 세상 물정 모르는 유생보다 낫네.

　　　　　　健兒勝腐儒건아승부유.

풍진의 시절에 표연히 다니노니,　　飄飄風塵際표요풍진제,

어느 땅에 늙은이를 둘 것인가?　　何地置老夫하지치로부.

이 시절에 사마귀(혹) 같음을 보이고,　於時見疣贅어시견우췌,

골수는 다행히 마르지 않았네.　　骨髓幸未枯골수행미고.

쇠잔한 인생에 마시고 쪼는 것이 부끄러워,　飮啄愧殘生음탁괴잔생,

고사리를 먹고 구태여 다른 일은 바라지 않는다네.

　　　　　　食薇不敢餘식미불감여.

　위의 시는 당시의 역사적 사실을 보여준다는 의미에서 시사시(詩史詩)라고 할 수 있다. 엄무가 당나라 조정의 부름을 받고 성도를 떠나자 762년 7월 서천병마사 서지도가 반란을 일으키고 8월에 죽임을 당한다. 두보는 당나라 조정으로 복귀하는 엄무를 전송하러 면주까지 갔

다가 서지도의 난으로 돌아가지 못하고 재주와 낭주 등지를 유랑하다가 3년 만에 돌아온 것이다. 그것도 764년 3월 엄무가 성도로 돌아온 후 몇 번의 편지를 보내 성도로 복귀하게 된 것이다. 성도에 복귀한 후 과거의 일을 회상하면서 지금의 심정까지 노래하였다.

위의 시는 3단락으로 나눌 수 있다. 첫 번째 단락은 엄무를 배웅하기 위해 초당을 떠날 때의 과거 회상이다. 엄무가 당나라 조정으로 떠날 때 여러 소인배들이 모반을 꾀했다. 한 밤중에 백마를 잡아 피를 나누어 마시며 결의를 다지기도 하였다. 서쪽으로는 강족이 살고 있는 공주를 취하고 북쪽으로는 검각의 모퉁이를 점령하여 요충지로 삼았다. 엄무가 떠나고 서지도가 태수가 되니 수십 명의 평민들이 그를 지지하였지만, 번족과 한족 곧 오랑캐인 강족의 군대와 서지도의 당나라 군대가 서로 클 수 없어 결국 두 세력이 대결하게 되었다는 것이다. 결국 서쪽의 군대인 강족이 창을 돌려 아군을 공격하니 반란군의 우두머리인 서지도도 부장 이충후에게 피살되었다는 것이다. 결국 반란 세력은 마치 제 어미를 잡아먹는 올빼와 제 아비를 잡아먹는 맹수처럼 배은망덕하기에 저절로 패망하게 되었다는 것이다.

두 번째 단락에서는 반란군의 무리가 난리를 틈타 살육을 행했음을 고발한 내용이다. 뜻있는 사람들이 마음 아파하는 것은 나라의 기강이 무너졌다는 것이다. 반란 세력이 정권을 주도하는데 잘못하다가는 만백성이 물고기 신세가 될 판이라는 것이다. 반란 세력은 권한을 남용하여 무고한 백성들을 죽이고 뒤에서는 잔치를 베풀었다는 것이다. 그리고 반란군에게 죽은 남편의 아내와 말을 취하여 안색이 슬퍼 보인다고도 하였다. 나라에 법도가 있는데도 무고한 사람을 죽이니 놀랄 뿐이라고 하여, 반란군의 잔당들에 의해 백성들이 고초를 겪고 있음을 고발하였다.

세 번째 단락에서는 엄무로 인해 초당으로 돌아온 기쁨과 자괴감을 드러내었다. 재주와 낭주에서 떠도는 3년 동안 두보 자신이 청년 시절 만유(漫遊)했던 오(吳) 땅으로 가고자 했지만, 여전히 전란으로 인해 가지를 못했다고 하였다. 그래서 차마 이곳 초당을 버리지 못하고 돌아와 잡초를 베어 내고 사람이 살 수 있도록 정비를 하였다. 집에 들어서니 소나무는 예전대로 네 그루가 여전하고 다만 대나무는 성글 게 서 있다. 예전에 키우던 개도 내가 돌아온 것을 기뻐하여 내 주위를 맴돌고 이웃들은 술을 가져와 돌아온 것을 축하해 주었다. 또한 태수 엄무는 말 탄 병사를 보내어 필요한 것을 물어보고 성안 사람들 모두 두보가 돌아온 것을 기뻐하였다. 난세에는 세상물정 모르는 선비보다 건장한 병사가 낫다. 그러니 이 세상에 쓸모없는 이 늙은이도 난세에 아무런 도움이 되지 못했으니 고사리 먹는 것도 부끄러울 뿐이다. 두보의 심한 자괴감이다. 그러면서도 네 그루 소나무를 보면서 「사송(四松: 네 그루 소나무)」에 "자랑 말아라, 천 년 후(勿矜千載後물긍천재후) 무성하게 하늘 위에 서린 모습을(慘澹蟠穹蒼참담반궁창)"이라고 하여, 천 년 후의 소나무 모습을 그렸다. 이 시를 지은 해가 764년이니 지금 천 년도 더 지난 세월이다. 두보의 바람대로 무성하게 하늘을 찌르고 있지 않고, 그 소나무는 없다. 하지만 태어난 모든 사물은 사라진다는 진리를 깨닫게 한다. 그러니 자괴감에 갇혀 살 필요도 없을 듯하다. 자기가 처한 상황에서 자기가 할 수 있는 일에 최선의 삶을 살면 그것이 안분지족(安分知足)의 삶이 될 것이기 때문이다.

　　초당에 돌아온 두보는 초당에 있는 사물들을 노래하였다. 네 그루 소나무를 비롯하여, 초당을 오르는 곳에 있는 다섯 그루의 복숭아나무에 대해 읊기도 하였다. 잡초와 함께 길을 막고 있는 다섯 그루 복숭아나무를 제거하자는 의견에 두보는 "가을엔 언제나 가난한 사람에게 열매 대접하고(高秋總饋貧人實고추총궤빈인실), 내년에 또 눈에 가득 꽃을 피우겠지(來歲還舒滿眼花내세환서만안화)."라고 하여, 가난한 사람에게는 구제함이 있고 두보 자신에게는 봄을 느끼게 한다는 이로움을 제시하여, 그 복숭아나무 다섯 그루를 그대로 두기로 했다는 것이다. 또 「수함(水檻: 물가 난간)」에서는 "높은 언덕도 오히려 골짜기가 되거늘(高岸尙爲谷고안상위곡), 물가 기둥 기운 것에 뭐 하러 마음 아파하랴(何傷浮柱欹하상부주의)?"라고 하여, 언덕과 골짜기도 세월이 흐르면 뒤바뀌는데 물가 정자가 기우는 것이 무엇이 이상하겠느냐?는 말이다. 말은 그렇게 해도 초당에 있는 정자가 쓰러짐에 대한 아쉬운 마음을 드러낸 것이다. 뿐만 아니라 「파선(破船: 파손된 배)」에서는 "뱃전을 다시 두드리지 못하나니(船舷不重扣선현부중구), 땅에 묻히어 가을을 지났네(埋沒已經秋매몰이경추)."라고 하여, 배가 강바닥에 파묻혀 이제는 뱃놀이도 할 수 없음을 탄식하였다. 그러면서 새 배를 마련할 수도 있지만 피난살이 하느라 일정한 거처가 없으니 배를 관리하기가 쉽지 않음을 토로하였다. 이처럼 두보가 피난살이 3년 동안 초당이 황폐화되었음을 파손된 배를 통해 보여주었다.

누대에 올라 세상이 편안해지기를 바라기도 하였다.

등루登樓: 누대에 오르다

높은 누각 꽃이 엉켜 나그네 상심하고,	花近高樓傷客心화근고루상객심,
불안한 세상을 여기 올라 내려다보네.	萬方多難此登臨만방다난차등임.
금강의 봄빛은 온 천지로부터 왔는데,	錦江春色來天地금강춘색래천지,
옥루봉 뜬구름은 변화 여전하네.	玉壘浮雲變古今옥루부운변고금.
장안의 천자 자리 바뀔 리 없으니,	北極朝廷終不改북극조정종불개,
서산(촉지역 산) 도적떼는 침범하지 마라.	西山寇盜莫相侵서산구도막상침.

가련한 후주(유선)도 오히려 제사 모시니,　　　可憐後主還祠廟가련후주환사묘,

날 저물 때 그저 양보음을 읊조린다네.　　　日暮聊爲梁父吟일모료위양보음.

　두보는 성도(成都)의 누대에 올라 아직 끝나지 않은 변란으로 인해 상심을 노래하면서도 결국 이 난국이 타계될 것이라고 확신하였다. 그리고 여전히 우국지정(憂國之情)의 뜻을 보이고 있다. 763년 10월에 토번의 침략으로 대종이 섬주로 몽진을 했다가 약 두 달 만인 12월에 장안으로 돌아온 사건이 있었다. 두보는 그 소식을 듣고 이 시를 지었던 것이다. 그래서 위의 시에서 '장안의 천자는 바뀔 리 없고 서산(촉지방의 산 이름으로 토번과의 경계에 있었던 산임)의 도적떼(토번)는 침범하지 말라'고 한 것이다. 그러면서 두보는 삼국시대 촉나라 이대 황제인 유선이 나라를 멸망에 빠뜨린 군주이지만 그래도 묘당에 모셔져 배향(配享)을 받고 있다고 풍자하였다. 마지막으로 제갈량이 즐겨 불렀다는 「양보음」 노래를 통해 제갈량과 같은 인재가 등용되지 못하는 현실까지 풍자하였다. 「양보음」은 전국시대 제나라 안영의 계책으로 세 장수를 죽인 내용이다. 그래서 제갈량은 「양보음」에서 안영이 제나라 재상된 것을 꾸짖었다. 그러니 위의 시에서 두보가 「양보음」을 언급한 것은 그 내용을 본받기보다 제갈량의 능력을 갈망한 것이다. 그래야 제갈량 같은 인재를 구해 혼란한 세상을 구할 수 있기 때문이다.

　두보가 성도의 누대에 올라 사방을 둘러보았다. 그러다가 눈이 간 곳이 황량한 묘당이다. 비록 나라를 패망하게 한 유선이지만 여전히 제사를 받들고 있다. 이런저런 생각에 해질 때까지 누대를 내려오지 못하고, 지금 제갈량 같은 인재가 없음을 아쉬워하고 있는 것이다.

　두보는 성도 초당에 와 있으면서도 고향에 대한 그리움을 감추지 않았다.

귀안歸雁: 돌아가는 기러기

봄에 와 있는 만 리 밖의 나그네는,   春來萬里客춘래만리객,
난이 그치거든 어느 해에 돌아갈까?   亂定幾年歸난정기년귀.
애가 끊어지네. 강성의 기러기   腸斷江城雁장단강성안,
높이 똑바로 북쪽으로 날아가네.   高高正北飛고고정북비.

북쪽으로 날아가는 기러기를 보고 고향을 그리워하는 두보이다. 봄이 돌아오자 기러기는 북쪽 고향을 찾아 날아가지만 시적화자는 아직도 평정되지 못한 난리로 인해 타향에 머물고 있다. 기러기에 의탁하여 읊은 망향시(望鄕詩)이다. 그리고 고향에 돌아가지 못하는 아픔을 "장단(腸斷)" 곧 "단장(斷腸)의 슬픔"으로 표현하였다. 단장(斷腸)의 고사는 『세설신어(世說新語)』에 전하고 있다. 옛날 환온(桓溫)이 촉(蜀)지방으로 가는 도중, 삼협(三峽)을 지날 때, 배를 타고 가는 그 무리 중 한 사람이 원숭이 새끼를 붙잡았다. 그러자 그 어미가 울부짖으며 백여 리나 쫓아왔다. 그러다가 그 어미가 갑자기 배로 뛰어 들었지만, 그대로 죽어버렸다. 그래서 그 어미의 배를 갈라보니 창자가 마디마디 끊어져 있었다. 여기서 나온 고사가 '단장(斷腸)'인 것이다. 두보도 고향에 대한 그리움으로 창자가 끊어지는 슬픔을 느끼고 있다는 것이다. 이 시기(764년, 54세)에 지은 「절구(絶句)」 작품도 감상해 보자.

절구絶句 2수

봄 햇살에 강과 산이 곱고,   遲日江山麗지일강산려,
봄바람에 꽃내음 진동하네.   春風花草香춘풍화초향.
언 진흙이 풀리고 제비 날아들제,   泥融飛燕子이융비연자,

모래밭 따뜻하니 원앙새 조네.　　　　　　沙暖睡鴛鴦사난수원앙.

강이 파래서 새 더욱 희고,　　　　　　　江碧鳥逾白강벽조유백,
산이 푸르니 꽃 빛이 불타는 듯하네.　　　山青花欲燃산청화욕연.
올 봄도 보기만 하면서 또 지나가는데,　今春看又過금춘간우과,
어느 날이 돌아갈 해인가?　　　　　　　何日是歸年하일시귀년.

긴 봄날에 강산이 아름답고, 봄바람에 꽃들과 풀도 향기롭다. 날씨
가 완전히 풀려 한겨울에 언 땅의 진흙이 녹자 제비가 그것을 물어다
집을 짓느라고 야단이고, 강가 모래사장에는 모래들이 따뜻하니 원앙
이 쌍쌍이 그 위에서 졸고 있다. 1연은 봄날의 자연 경관을 묘사한
연이다.

강물(금강)은 벽옥처럼 파래서 그 위에 떠 있는 새는 더욱 희게 보
이고, 산이 푸르니 그 산속에 피는 꽃은 마치 불이 타는 듯이 붉다.
이런 봄을 구경하며 또 헛되이 지나가니 어느 날이 고향으로 돌아갈
날인가? 2연은 「귀안(歸雁)」처럼 고향으로 돌아가고픈 마음을 노래한
연이다.

광덕 2년 764년 3월 검남절도사로 다시 촉에 부임한 엄무는 6월에
두보를 막부에 초청하여 깃발 시범도 보였다. 두보는 그때의 일을
「양기(揚旗: 깃발을 휘날리다)」에서 "빙글빙글 높다란 수레 덮개가 누운
듯하고(回回偃飛蓋회회언비개), 번쩍번쩍 유성이 쏜살같이 날아가는 듯하네
(熠熠迸流星습습병유성). 올 때는 폭풍에 부딪힌 듯 급하고(來衝風飆急내충풍표급),
갈 때는 큰 산을 쳐서 무너뜨리는 듯하네(去擘山嶽傾거벽산악경)."라고 하여,
깃발을 휘두르는 모습을 자세히 묘사하여, 엄무의 기상을 표현하였
다. 이후 두보는 엄무의 막부로 들어가 벼슬살이를 시작하였다. 엄무

(嚴武, 726~765)는 764년 6월에 두보를 천거해서 절도참모(節度參謀)·검교공부원외랑(檢校工部員外郎)으로 삼았다. 두보가 막부 생활을 하면서 지은 시를 감상해 보자.

태자장사인유직성욕단太子張舍人遺織成褥段: 태자사인 장씨가 모직물 깔개를 주다

서북쪽에서 오신 손님이,	客從西北來객종서북래
나에게 비취색 모직물을 주셨네.	遺我翠織成유아취직성.
봉한 것을 열어 보니 풍랑이 솟구치고,	開緘風濤湧개함풍도용,
가운데 꼬리 흔드는 고래가 있네.	中有掉尾鯨중유도미경.
물고기들 끝도 없이 줄을 서 있고,	逶迤羅水族위이라수족,
고기 종류 하도 많아 이름조차 알 수 없네.	瑣細不足名쇄세부족명.
손님께서 말씀하시기를 그대 갈개로 드리니,	客云充君褥객운충군욕,
그대 연회를 마치는 영광을 받들 수 있네.	承君終宴榮승군종연영.
빈 집에 도깨비들 달아나고,	空堂魑魅走공당이매주,
베개 높이 하고 몸과 정신 맑아질 것이라네.	高枕形神清고침형신청.

손님의 귀한 마음 소중히 받아야 하겠지만,	領客珍重意영객진중의,
돌아보면 나는 신분이 높은 것도 아니어서,	顧我非公卿고아비공경.
그냥 두자니 안 좋은 일 생길 것도 두렵고,	留之懼不祥유지구불상,
펼쳐 두자니 가난한 집 살림살이와 섞인다네.	施之混柴荊시지혼시형.
옷의 꾸밈새는 신분의 등급을 정하는 것이니,	服飾定尊卑복식정존비,
크도다 오래도록 지켜가야 할 법도여.	大哉萬古程대재만고정.
지금 나는 보잘 것 없는 한 늙은이일 뿐,	今我一賤老금아일천로,
짧은 갈옷 외에 더 바랄 것이 없는데.	短褐更無營수갈경무영.
밝게 빛나는 용궁의 물건,	煌煌珠宮物황황주궁물,

깔고 자다가는 화가 미칠 것이네.　　　　　　寢處禍所嬰침처화소영.

세도가들을 탄식하노니,　　　　　　　　　　嘆息當路子탄식당로자,
전쟁이 여전히 어지러운 가운데도.　　　　　　干戈尙縱橫간과상종횡,
높은 자리에 오르고 권력을 쥐게 되면,　　　　掌握有權柄장악유권병,
가벼운 옷과 살찐 말을 탄다네.　　　　　　　衣馬自肥輕의마자비경.
이정(우림대장군)이 기양(봉상)에서 죽은 것은,　李鼎死岐陽이정사기양,
실로 교만함이 가득해서이고.　　　　　　　　實以驕貴盈실이교귀영.
내진(산남동도절도사)에게 사약 내린 것도,　　來瑱賜自盡내진사자진,
기고만장해서 바로 자신의 군사를 믿었기 때문이라네.

　　　　　　　　　　　　　　　　　　　　氣豪直阻兵기호직조병.
두 사람 모두 황금이 많다고 들었는데,　　　　皆聞黃金多개문황금다,
앞일을 예견하여 재앙이 생김을 보았노라.　　坐見悔吝生좌견회린생.

어찌 촌 늙은이(두보)가,　　　　　　　　　奈何田舍翁내하전사옹,
이렇게 후한 선물을 받을 수 있으리오.　　　受此厚貺情수차후황정.
고래가 새겨진 깔개 말아 손님에게 돌려줬더니,　錦鯨卷還客금경권환객,
비로소 마음이 편안해짐을 느끼네.　　　　　始覺心和平시각심화평.
허름한 내 자리에 먼지들을 털어내고,　　　振我粗席塵진아조석진,
부끄럽지만 손님에게 명아주국을 대접하네.　愧客茹藜羹괴객여여갱.

　위의 시는 의미적으로 크게 4단락으로 구분된다. 첫 번째는 손님이 준 모직물 깔개에 대한 감동이고, 두 번째 단락은 자기 분수에 맞지 않은 물건이라 받기가 마땅치 않다고 한 것이다. 그리고 세 번째 단락은 당시 우림대장군 이정과 산남동도절도사 내진 등의 권력자들이

사치함으로 몰락함을 들어, 그 사치함을 마땅히 경계해야 함을 강조한 것이다. 마지막 네 번째 단락은 가난한 삶을 편안히 여기고 분수를 지키는 삶을 보여준 것이다.

먼저 모직물 융단을 찬미하였다. 서북쪽에서 온 어떤 손님이 두보에게 털실로 짠 비취색 깔개를 주었다는 것이다. 그리고 그 융단에 새겨진 그림을 소개하였다. 융단 가운데는 꼬리 치는 고래가 있고 그 주변으로 이름 모를 물고기들이 수놓아져 있다. 손님이 깔개를 주면서 이르기를, 연회 자리에 사용하면 그 자리가 더욱 빛이 날 것이고 일상적으로 사용하면 근심걱정도 없고 귀신까지 놀라 달아날 것이라고 하였다. 한 마디로 귀중한 깔개라는 것이다.

두 번째 단락은 선물 대신 마음만 고맙게 받겠다는 말이다. 가져온 깔개가 궁중에서나 쓸 수 있는 귀한 물건이라서 두보 자신이 받았다가는 자칫 해로운 일이 생길 수도 있다는 것이다. 이는 두보 자신의 분수에 어울리지 않는 물건이라고 하여 사양하는 마음을 보인 것이다.

세 번째 단락은 사치를 경계해야 함을 말한 부분이다. 당시 지방에 있던 절도사들이 도를 넘어 호사를 즐기다가 하늘의 뜻과 황실의 예의범절을 어겨 죽게 된 역사적 사실을 들어 설명한 것이다. 한편으로는 사치가 심한 엄무를 염두해 두고 쓴 시라는 설도 있다. 엄무가 촉에 여러 해 머물면서 방자해지고 욕심도 많아져 가혹한 정치를 자행하고 사치를 극도로 추구하고 상을 주는 데도 법도를 지키지 않았다고 한다. 『구당서(舊唐書)』「열전(列傳)」'엄무전(嚴武傳)'에 "촉 땅은 진기한 물품이 많이 나는 곳인데 엄무는 사치가 매우 심하여 상을 줄 때도 절제하는 법이 없어 어떨 때는 말 한 마디로 백만금을 상으로 주기도 했다(蜀土頗饒珍産촉토파요진산, 武窮極奢靡무궁극사미, 賞賜無度상사무도, 或有一言賞至百萬혹유일언상지백만)."라는 내용이 있다. 그래서 두보가 엄무의 막부에 있으면서 이정과 내진의 일을 예로 들면서 사치를 경계하고자 이 시를 지었다는 설이다. 만약 엄무의 사치한 생활을 충고하기 위해 지었다면, 이는 충간(忠諫)인 것이다. 다른 말로 하자면 책선(責善)인 것이다. 잘 되기를 바라면서 충고하는 것이기 때문이다.

마지막 단락은 자기 분수 밖의 일이라서 큰 선물인 깔개를 손님에게 돌려주자 마음이 편안해졌다고 한 부분이다. 그러면서 손님의 격에 맞지 않게 가난한 음식으로 접대해서 부끄러운 마음이 있다고 두보 자신의 마음을 전하고 있다.

위의 시 "의마자비경(衣馬自肥輕)"은 『논어(論語)』 「옹야(雍也)」편 '사여(辭與)'장에 "공자께서 말씀하시기를, 공서적이 제나라로 갈 때 살찐 말을 타고 가벼운 가죽옷을 입었으니, 나는 들으니, 군자는 급한 것을 구원해 주고, 부자를 더 부자 되게 계속 대어 주지는 않는다고 하더라고 하셨다(子曰자왈, 赤之適齊也적지적제야에, 乘肥馬승비마하며, 衣輕裘의경구하니. 吾오는 聞之也문지야하니, 君子군자는 周急주급이요, 不繼富불계부라 호라)."라는, 공자의 말씀을 용사한 것이다. 공서적이 공자를 위해 제나라에 심부름을 가게 되었다. 공서적이 심부름 갈 때 염자(冉子) 곧 염구(冉求)가 공서적의 어머니를 위해 곡식 주기를 청하자, 공자가 부(釜) 곧 여섯 말 네 되를 주라고 하였다. 염자가 더 주기를 청하자 공자는 유(庾) 곧 열여섯 말을 주라고 하였다. 이에 염자는 곡식 5병(秉) 곧 80가마를 주었다. 이에 공자는 인용의 말을 한 것이다. 살찐 말을 타고 가벼운 가죽옷을 입고 있다는 것은 공서적이 부자임을 드러낸 것이다. 그래서 그와 같이 말한 것이다. 두보도 위의 시에서 『논어』의 구절을 인용하여 권력자들의 사치함을 풍자한 것이다. 따라서 두보는 이 시를 통해 사치하면 반드시 망하고 자기 분수를 지키며 사는 삶이 올바른 삶인 것을 보여줄 수 있음을 드러내고자 한 것이다. 당대 지성인으로서의 역할을 한 두보의 일면이다.

가을에 엄무가 막부에 있는 두보에게 시를 보내오기도 하였다.

군성조추軍城早秋 : 군성(군대를 두어 적을 방비하던 성)의 초가을

엄무嚴武

어젯밤 추풍이 한(漢)나라 관(변방)에 불어와, 昨夜秋風入漢關작야추풍입한관,

북방 구름과 변방의 눈이 서산에 가득하네. 朔雲邊雪滿西山삭운변설만서산.

다시 비장군(이광)에게 교만한 오랑캐 추격을 재촉하나니,

更催飛將追驕虜갱최비장추교로,

전장에서 한 필의 말도 돌아가게 하지 말라. 莫遣沙場匹馬還막견사장필마환.

위의 시는 764년 7월에 엄무가 지은 시이다. 당나라 땅에 침입해온 토번을, 한나라 때 싸움을 잘한 이광(李廣) 장군처럼, 추격하여 한 명도 남기지 말고 몰살시키겠다는 결연한 의지를 드러낸 시이다. 이에 두보가 화답한 시가 있다.

봉화엄정공군성조추奉和嚴鄭公軍城早秋 : 엄정공(정국공 엄무)의 「군성조추軍城早秋」에 받들어 화답하다

가을바람 가볍게 불어 높은 깃발 움직이자, 秋風嫋嫋動高旌추풍뇨뇨동고정,

옥장(엄무의 장막)에선 활을 나누어 오랑캐 진영을 쏘았네.

玉帳分弓射虜營옥장분궁석노영.

구름 속의 적박령 수자리 이미 거두고, 已收滴博雲間戍이수적박운간수,

눈 너머에 있는 봉파성도 빼앗고자 하시네. 欲奪蓬婆雪外城욕탈봉파설외성.

가을바람이 살랑살랑 부니 높이 솟은 깃발이 나부기고, 엄무가 거

처하는 옥처럼 견고한 장막에서 군대를 나누어 토번을 정벌하네. 유주에 있는 높은 곳에 위치한 적박령 수자리 이미 거두고, 저 멀리 위치한 눈 너머에 있는 대설산(大雪山)인 봉파성도 빼앗고자 하신다.

두보는 이 시에서 엄무의 용맹과 지략을 칭찬하였다. 엄무가 전쟁터에 나아가 구름 속에 위치한 적군이 차지했던 적박령 수자리를 이미 빼앗고 또 적군 토번이 지형을 이용해 지키고자 했던 대설산 봉파성도 빼앗고자 한다는 전공을 칭송하고 있기 때문이다. 『엄무전(嚴武傳)』에 실린 내용에 보면, '엄무는 764년 9월에 토번의 7만 무리를 격파하고 당구성과 염천성을 함락시켰다.'는 기록이 있다.

두보는 엄무의 막부생활이 즐겁지만은 않았다.

원중만청회서곽모사院中晚晴懷西郭茅舍: 청사 뜨락에 저녁 무렵 날이 개니 서쪽 성곽 밖 초당이 그립다

막부에 부는 가을바람 밤낮으로 맑기만 하고, 幕府秋風日夜淸막부추풍일야청,
엷은 구름 성긴 비 높은 성을 지나네. 澹雲疏雨過高城담운소우과고성.
나뭇잎 속 붉은 열매 보니 수시로 떨어지는데, 葉心朱實看時落엽심주실간시락,
계단 앞 푸른 이끼는 시들었다가 다시 자라나네. 階面靑苔老更生계면청태노갱생.
다시 누대가 저물 무렵의 풍경 머금어, 復有樓臺銜暮景부유누대함모경,
종과 북으로 막 비 개었다고 알릴 것 없어라. 不勞鐘鼓報新晴불로종고보신청.
완화계 안에 있는 꽃은 많이 웃고 있을 터, 浣花溪裏花饒笑완화계리화요소,
내가 관리와 은자의 이름을 겸한 걸 믿으려 할까?

肯信吾兼吏隱名긍신오겸리은명.

엄무의 막부에서 생활하는 두보의 심정이 묻어 있는 시이다. 전반부에서는 막부의 풍경을 그렸다. 막 가을비가 개어 나뭇잎 사이로

붉은 열매는 떨어지고 섬돌 위의 이끼도 다시 자라고 있다. 후반부는 두보 자신의 심정을 읊었다. 가을비가 갠 황혼녘에 자신의 처지를 돌아보니 완화계의 꽃들이 지금 자신의 처지를 비웃는 것 같다고 하였다. 이는 막부의 삶이 즐겁지 않다는 뜻일 것이다.

막부 생활 중 잠시 완화계 초당으로 돌아와 지은 시 「도촌(到村: 마을에 도착하다)」에서는 "잠시 나를 알아주는 분의(정을 나눔)를 갚고 서(暫酬知己分잠수지기분), 다시 옛 수풀로 돌아와 살아야겠다(還入故林棲환입고림서)."라고 하였다. 이는 자신을 알아주는 엄무에 대해서 정을 다하고 다시 성도 완화계 초당으로 돌아오겠다는 말이다. 은혜 입은 것에 조금이라도 보답한 후에 벼슬을 그만두고 초당으로 돌아가겠다는 것이 당시 두보의 심리였다. 잠시 초당에 돌아와서도 여전히 세상일 때문에 근심걱정이 앞선다. 「촌우(村雨: 마을에 내리는 비)」에 "세상일이야 그저 잠을 자 더할 뿐이나(世情只益睡세정지익수), 도적이 있으니 감히 근심을 잊으리오(盜賊敢忘憂도적감망우)."라고 하였기 때문이다. 잠을 자면 온갖 세상일을 잊을 수 있지만, 도적이 세상 도처에서 일어나니 걱정하지 않을 수 없다는 것이다. 우국(憂國)의 심정은 여전하다.

잠시 완화계 초당에 다녀온 두보는 사직의 뜻을 보인 시(詩) 「견민봉정엄공이십운(遣悶奉呈嚴公二十韻: 번민을 달래며 엄공에게 받들어 드리는 20운)」을 엄무에게 올렸는데, 그 시에는 사직서를 올린 이유가 몇 가지 나온다. 그 중 "평지에서도 툭하면 기우뚱 넘어지고(平地專欹倒평지전기도), 부서에서는 동료와 의견이 다른 폐단이 있다네(分曹失異同분조실이동)."라고 한 것을 보면, 이미 두보 자신은 늙고 병이 든 것을 걱정한 데에다가 막부 동료들과도 의견이 맞지 않았던 것이다. 그리고 엄무가 죽자 30여 세의 곽영예가 성도윤이 되자, 두보는 「막상의행(莫相疑行: 의심치 말라는 노래)」를 지었는데, "늙어서 끝의 사귐을 가져 젊은 사람에게 정을 주니(晚將末契託年少만장말계탁년소), 대면하면 마음 주다가도 얼굴 돌리면 비웃네(當面輸心背面笑당면수심배면소)."라고 한 구절이 있다. 이도 두보가 막부를 떠난 이유 중의 하나가 될 것이다. 폐병과 당뇨 등으로 몸도 망가졌지만, 동료들과 마음이 맞지 않았다는 것을 은연중에 읽을 수 있기 때문이다. 그러나 두보의 뜻은 그때는 받아드려지지 않아, 다음해 초(765)에 사직의 뜻이 받아드려졌다.

정월삼일귀계상유작간원내제공正月三日歸溪上有作簡院內諸公: 정월 초삼일에 초당으로 돌아와 지은 것을 원내(막부)의 제공에게 편지 삼아 보내다

들 밖의 초당은 대숲에 의지하였고,	野外堂依竹야외당의죽,
울타리 너머 물은 성으로 흘러갑니다.	籬邊水向城이변수향성.
술개미 뜨는 술(동동주)은 섣달의 술맛이 있고,	蟻浮仍臘味의부잉납미,
강에 뜬 갈매기는 이미 봄 소리를 냅니다.	鷗泛已春聲구범이춘성.
약초는 이웃이 캐가도록 허락하였고,	藥許隣人斸약허인인촉,
책은 아이들이 뒤적거리는 대로 맡겨두었습니다.	
	書從稚子擎서종치자경.
허옇게 센 머리로 막부에 나아갔음에,	白頭趨幕府백두추막부,
평생의 뜻 저버렸음을 깊이 알고 있습니다.	深覺負平生심각부평생.

위의 시는 765년 정월 초사흘에 지었다. 이날 두보는 엄무의 막부에서 맡고 있었던 참모직을 정식으로 그만두고 완화계 초당으로 돌아와서 막부에 남아 있는 여러 공들께 편지삼아 보낸 시이다. 전반부에서는 초당 앞의 경물을 그렸고 설 무렵의 모습을 소개하였다. 후반부는 초당에 돌아온 후 한 일들로, 약초는 필요한 사람이 캐 가도록 하였고 책은 아이들이 볼 수 있도록 내버려 두었다. 약초는 사람을 구하기

위한 것이고 책은 아이들을 가르치기 위한 것이다. 그래서 그 사물의 본분에 맞게 그대로 행했다는 것이다. 그리고 평생 마음먹은 것이 벼슬자리에 얽매이지 않고 전원생활을 하는 것인데 머리가 세도록 엄무의 막부에서 벼슬살이를 하였으니, 이제는 바라는 바가 없다고 하였다. 이는 벼슬살이도 제대로 못하고 자신이 꿈꾸었던 전원생활도 제대로 하지 못했음을 드러낸 것이다.

막부에서 맡고 있던 참모직을 그만두고 완화계 초당으로 돌아온 두보는 765년 봄 엄무에게 시를 보내 초당을 방문해 줄 것을 요청하였다. 그 시(詩)인 「폐려견흥봉기엄공(敝廬遺興奉寄嚴公: 집에서 감회를 적어 엄공에게 받들어 부치다)」에는 "부중(절도사 엄무가 있는 곳)에서 한가한 날 있기를 바라는 것은(府中瞻暇日부중첨가일), 강가에서 대문호(엄무)를 그리워하기 때문입니다(江上憶詞源강상억사원)."라고 하여, 엄무께서 한가한 날이 있으면 이곳 초당에 한 번 방문해 달라는 간곡한 표현이었다. 엄무는 762년에 초당을 방문한 적이 있었다.

초당으로 돌아온 두보는 「영옥(營屋: 집을 짓다)」에서 '육 년 동안 자라난 대나무 천 그루를 베어내고 띠풀로 지붕을 얹은 건물을 지었다'고 하였다. 6년은 두보가 촉 땅으로 온 지 6년의 세월이 흘렀다는 말이다. 또 「제초(除草: 풀을 제거하다)」에서는 '해(害)가 되는 잡초를 아이들과 함께 날 저물도록 뽑기'도 하면서 한가로운 나날을 보냈다. 아마도 막부의 참모직을 그만둔 것은 신체가 건강하지 못한 탓도 있겠지만 천성적으로 구속을 싫어하는 면도 있었을 것이다. 「장음(長吟: 흥이 나서 길게 읊조리다)」에도 "이미 육체의 구속을 벗어났으니(已撥形骸累이발형해루), 진실로 자유로움을 만끽하네(眞爲爛漫深진위난만심)."라고 하였기 때문이다. 그러면서 봄이 지나감을 애석해하였다.

춘원春遠: 봄이 멀어지다

꽃과 버들솜이 떨어지는 저물녘,   蕭蕭花絮晚숙숙화서만,
붉고 흰 것이 가벼이 나부끼네.   菲菲紅素輕비비홍소경.
해 길건만 그저 새만 날고,   日長惟鳥雀일장유조작,
봄이 멀어져 가고 다만 사립문뿐.   春遠獨柴荊춘원독시형.
자주 관중(장안)이 어지러우니,   數有關中亂삭유관중란,
어찌 일찍이 검각 밖이 맑은 적이 있었던가?   何曾劍外淸하증검외청.
고향에 돌아가지도 못한대도,   故鄕歸不得고향귀부득,
땅이 주아부의 군영에 들었네.   地入亞夫營지입아부영.

　위의 시는 두보가 초당에 머물고 있을 때인 765년 두보 54세에 늦은
봄 완화계 초당에서 지은 것이다. 제목의 '춘원(春遠)'은 봄이 장차
멀리 간다는 뜻으로 흐르는 세월을 어찌 할 수 없는 안타까운 마음을
담았다. 아름다운 꽃과 가벼운 버들솜이 날리는 늦봄이다. 해가 길어
짐을 느끼니 여름이 다가오고 왕래하는 사람이 없으니 오직 사립문뿐
이다. 자주 장안이 어지럽고 검각 밖 촉 땅도 어지럽기는 마찬가지이
다. 장안도 안녹산의 난과 토번·회흘의 침략으로 혼란을 겪었으며
촉 땅 역시 토번의 노략질과 서지도의 난 등으로 어려움을 겪었다.
또한 고향 근처인 장안에 곽자의가 군사를 주둔시키고 있기 때문에
고향으로 돌아갈 수 없는 상황이다. 이런 처지에 봄은 그냥 지나가고
있다. 가는 봄을 붙잡을 수도 없기에 흐르는 세월을 바라만 보고 있다.
그런 심정을 담은 말이 "춘원(春遠)" 곧 '봄이 멀리 간다'고 한 것이다.
　원문의 "아부영(亞夫營)"은 주아부의 군영을 의미한다. 주아부는 한
(漢)나라 때 장수이다. 그때 한나라 장수 주아부는 장안 근처 세류(細
柳)라는 곳에 군사를 주둔시켰다. 여기서는 당나라 곽자의 군대를 이

르는 말이다. 765년 3월에 토번이 화해를 청했지만 완전히 믿을 수 없어 당나라 조정은 곽자의 군대를 장안 근처 봉천(奉天)에 주둔시켜 만약의 사태를 대비하게 하였다. 봉천도 세류와 가까운 곳이기에 두보는 한나라 때 주아부의 이야기를 인용하였다. 아무튼 고향 땅이 군사 주둔지로 변해서 지금 고향으로 가는 길이 막혀 있음에 한탄하였다. 진퇴양난(進退兩難)의 두보이다. 머무르지도 못하고 떠나지도 못하는 처지이기 때문이다.

고향을 그리워하면서도 고향으로 향하지 못하고 있다. 여름에 성도 완화계 초당에서 지은 시를 살펴보자.

천변행天遶行: 하늘가의 노래

하늘 가 노인(두보)은 아직 고향으로 돌아가지 못하고,

天邊老人歸未得천변노인귀미득.

날은 저문데 동쪽 큰 강(금강)에 임해서 소리 내어 우네.

日暮東臨大江哭일보동림대강곡.

농우와 하원 지역은 밭에 파종도 못하고, 隴右河源不種田농우하원불종전,

오랑캐 기병(토번)과 강족 군대가 파촉에 들어왔네.

胡騎羌兵入巴蜀호기강병입파촉.

큰 물결 하늘에 넘치고 바람에 나무까지도 뽑혔는데,

洪濤滔天風拔木홍도도천풍발목,

앞에는 두루미 날고 뒤에는 고니가 날아가네. 前飛禿鶖後鴻鵠전비독추후홍곡.

아홉 번이나 낙양(두보 고향)으로 편지를 부쳤는데,

九度附書向洛陽구도부서향락양,

십 년 동안 골육(동생)들 소식조차 없네. 十年骨肉無消息십년골육무소식.

고향에 대한 그리움은 여전하다. 고향을 떠나 성도 완화계 초당에 와 있는 생활은 마치 하늘가에 떨어져 있는 것 같다. 그래서 고향에 대한 그리움으로, 저물녘에 금강(錦江) 가에 나와서 곡(哭)을 한다. 토번이 강족의 군대와 연합해서 침략을 하니, 농우 지역과 감숙성 하원 지역의 사는 사람들은 밭에 곡식도 뿌리지 못했다. 게다가 홍수가 져서 큰 물결이 범람하고 태풍이 불어 나무까지 뿌리가 뽑혔다. 또한 눈앞에서 날고 있는 두루미와 고니를 타고 날아가고 싶지만 그것도 할 수 없다. 고향 낙양에 거주하는 동생들에게 10년 동안 9번이나 편지를 보내지만 소식이 없다. 안녹산의 난이 일어나고 꼭 10년이 되는 해이다. 두보의 오랜 나그네 생활로 모든 것이 지쳐가고 있다. 고향이 그립다. 그런데 돌아갈 수 없는 처지이다. 그래서 강가에서 통곡을 하고 있는 것이다.

막부를 사직하고 나온 후 두보의 심정을 알 수 있게 하는 시가 있다. 765년 작이다.

적소행赤霄行: 적소(높은 하늘)의 노래

공작이 소에게 뿔 있는 줄 모르고서,	孔雀未知牛有角공작미지우유각,
목이 말라 샘물 먹다 소뿔에 받혔다네.	渴飲寒泉逢觗觸갈음한천봉저촉.
높은 하늘 현포(신선의 거처)를 오가야 하니,	赤霄玄圃須往來적소현포수왕래,
푸른 꽁지 황금 깃털 욕보는 걸 사양치 않네.	翠尾金花不辭辱취미금화불사욕.
강 가운데 사다새 제비에게 성을 내니,	江中海河嚇飛燕강중도하혁비연,
입에 문 진흙을 떨어뜨려 빛난 집에 부끄럽네.	銜泥却落羞華屋함니각락수화옥.
황손도 외려 일찍이 연적에게 곤경에 처했고,	皇孫猶曾蓮勺困황손유증연작곤,
위장은 그 발을 상케 했다 비난을 받았느니라.	衛莊見貶傷其足위장견폄상기족.
늙은이(두보) 삼가 젊은이를 탓하지 말 것이니,	老翁愼莫怪少年노옹신막괴소년,

제갈량이 화합을 귀히 여겨 글(貴和)을 썼느니라.

葛亮貴和書有篇갈량귀화서유편.

장부는 이름을 드리워 만년을 감동시키는 것, 丈夫垂名動萬年장부수명동만년,
자잘한 일을 기억하는 것은 현명한 사람 아니러니.

記憶細故非高賢기억세고비고현.

공작은 고상하고 위대한 사람이고, 소는 그 위대한 사람을 알아보지 못하는 소인배쯤 된다. 달리 말하면 공작과 소는 다른 부류의 존재들이다. 공작이 소의 존재를 알지 못하고 샘물에서 물을 마시다 뿔에 받혔다는 말이다. 한 마디로 소인배에게 곤욕을 당했다는 말이다. 그래도 공작은 높은 하늘 신선이 거처하는 곳을 오가야 하니 그 같은 일은 개의치 않다고 하였다. 행하고자 하는 바가 크기 때문이다. 강에 사는 몸집이 큰 사다새는 진흙을 구하러 온 제비에게 화를 낸다. 자신의 먹잇감인 물고기를 구하러 온 줄로 알기 때문이다. 따라서 진흙을 떨어뜨린 제비는 화려한 집을 짓지 못해서 민망하게 되었다는 것이다. 공작과 제비는 두보 자신을 비유한 것이고 뿔이 있는 소와 사다새는 두보 자신을 욕보인 사람들을 상징한다고 할 것이다.

한나라 선제인 황손도 일찍이 황증손 시절에 연작이라는 곳의 염전에서 곤욕을 치렀고, 제(齊)나라 사람 포견 곧 위장은 스스로 자기 발꿈치를 상하게 하여 세상 사람들로부터 비난을 받았다. 제나라 영공(靈公)의 모친인 성맹자(聲孟子)와 대부 경극(慶克)은 간통을 행하다가 포견에게 발각되었던 것이다. 이를 국무자(國武子)에게 고하자, 국무자는 경극을 꾸짖었다. 이후 성맹자는 기회를 엿보다가 아들 영공에게 포견이 역모를 꾀할 것이라고 무고하였다. 이 일로 포견은 발꿈치를 잘리는 형벌을 받았던 것이다. 이와 같은 포견의 행동은 곧되

말은 겸손하지 못해서 그 발을 상하게 하였다는 것이다.

두보는 자기를 욕보인 젊은이를 탓하지 않을 것이며, 자신이 쓴 글 「귀화(貴和)」를 중히 여길 것이라고 하였다. 보복하게 되면 또 다른 화를 부르기 때문이다. 그래서 두보는 자신에게 욕을 보인 젊은이들을 탓하지 말아야 한다고 한 것이다. 작은 원망에 매몰되어 큰 덕을 버릴 수 없음을 말한 것이다.

기주(夔州) 시절의 시와 적극적 삶

765년 1월에 엄무의 막부를 떠나 완화계 초당으로 돌아왔다. 그런데 4월에 엄무가 죽자 5월에 초당을 떠났다.

막상의행莫相疑行: 의심하지 말아달라고 읊은 노래

남아로 태어나 이룬 일 없이 머리만 하얗게 세니,

男兒生無所成頭皓白남아생무소성두호백,

치아도 빠져가고 있으니 진실로 가히 슬픈 일이네.

牙齒欲落眞可惜아치욕락진가석.

옛날 봉래궁에 삼예부 바쳤던 일 생각하니,　憶獻三賦蓬萊宮억헌삼부봉래궁,

하루아침에 명성이 빛났음이 괴상하게 여겨지네.　自怪一日聲輝赫자괴일일성휘혁.

집현전 학사들이 담처럼 둘러서서,　集賢學士如堵牆집현학사여도장,

내가 중서당에서 붓 들어 글 쓰는 것 구경하였네.

觀我落筆中書堂관아락필중서당.

지난날에는 아름다운 문장이 군주를 감동시켰건만,

往時文彩動人主왕시문채동인주,

오늘날에는 굶주리고 헐벗으며 길가를 달리네. 此日飢寒趨路傍차일기한추로방.

늙어서 끝의 사귐을 가져 젊은 사람에게 정을 주니,

晚將末契托年少만장말계탁년소,

대면하면 마음 주다가도 얼굴 돌리면 비웃네. 當面輸心背面笑당면수심배면소.

여유 있는 세상의 아이들에게 부끄럽지만 충고하는 것은,

寄謝悠悠世上兒기사유유세상아,

좋아하고 싫어함 다투지 말고 서로 의심하지 말아다오.

不爭好惡莫相疑부쟁호오막상의.

위의 시는 엄무가 타계하자 재상 원재(元載)와 친분 있던 30여 세의
곽영예(郭英乂)가 성도윤과 검남절도사를 겸하자, 서로 뜻이 맞지 않
는다고 하면서, 성도 초당을 떠나면서 지은 시이다. 곽영예는 주색을
밝히고 사치를 부리면서 교만한 행동을 일삼았던 인물이다. 시의 제
목은 마지막 구절을 딴 것이다. 두보는 곽영예와 평상시 알고 지내던
사이였다. 시의 내용을 보면 먼저 두보 자신의 모습을 소개하였다.
54세의 두보는 머리카락도 세고 치아도 빠지려고 한다. 그러면서 자
신의 과거의 일을 회상하였다. 옛날 두보 자신이 41세 되던 해인 752
년에 당나라 궁궐에서 성대한 제전(祭典)이 베풀어졌을 때 두보는 현
종에게 「삼예부(三禮賦)」 곧 「조헌태청궁부(朝獻太淸宮賦)」·「조향태묘
부(朝享太廟賦)」·「유사어남교부(有事於南郊賦)」 등을 올려 현종으로부
터 실력을 인정받아 하루아침에 명성이 나던 것이다. 그래서 두보
자신이 글을 쓰면 집현전 학자들이 담처럼 둘러서서 구경하였다는
것이다. 그런데 지난 날에는 아름다운 문장으로 현종 황제도 감동하

는 시대였는데, 지금은 굶주린 백성들로 길가에 가득하다고 탄식하였다. 그러면서 말년에 젊은 성도윤 곽영예에게 말석에라도 앉아 자신의 신세를 의탁하려고 했는데, 앞에서는 친한 척하고 돌아서서는 비웃는다는 것이다. 젊은 성도윤 곽영예가 앞뒤가 맞지 않는 행동을 하기에 두보는 마땅치 않았던 것이다. 그래서 세상 젊은이에게 부끄럽지만 충고하기를, 좋은 것 나쁜 것 서로 다투지 말고 의심하지도 말라고 한 것이다. 두보는 일부 사람들이 겉과 속이 다름을 알고 일생 중에 가장 행복했던 성도 완화계 초당 생활을 접어야 했다. 그래서 54세의 두보는 염량세태(炎凉世態) 곧 감탄고토(甘呑苦吐)의 세상인심에 싫증을 내고 가족을 데리고 다시 살 곳을 찾아 떠나야 했다. 고향이 그리운 것도 한몫했다.

두보는 765년 5월 성도 완화계를 떠나 배를 타고 장강을 따라 건위현 청계역을 지나 가주(지금의 사천성 낙산시)와 융주(지금의 사천성 의빈시)·유주(지금의 중경시)를 거쳐 강릉(형주)으로 향했다. 그런데 이 여정은 이백이 24살 때 자신이 살고 있던 촉지방 강유 지역을 떠나 유주로 향하는 여정과 거의 동일하다. 이백이 그때 지은 「아미산월가(峨眉山月歌)」에 "아미산의 가을 반달(峨眉山月半輪秋아미산월반륜추), 달빛 평강강에 비춰 물 따라 흐르네(影入平羌江水流영입평강강수류). 밤에 청계를 떠나 삼협으로 향하는데(夜發淸溪向三峽야발청계향삼협), 그대 그리며 못 본 채 유주(중경)로 내려간다(思君不見下渝州사군불견하유주)."라고, 여정이 소개되어 있기 때문이다. 촉지방의 아미산을 이별하고 평강강(지금의 청의강)의 달빛 따라 청계까지 갔다. 청계에서 삼협으로 향할 때 달은 삼협의 협곡에 가려져 보지 못한 채 유주로 내려간다고 하였다. 이백은 여정을 한 편의 시로 남겼는데 비해, 두보는 청계역에서 「숙청계역봉회장원외십오형지서(宿靑溪驛奉懷張員外十五兄之緒: 청계역에서 자며 원외랑

장지서 형을 받들어 그리워하다)」와 융주에서 「연융주양사군동루(宴戎州楊使君東樓: 융주 양사군의 동루에서 잔치하다)」를 남겼으며, 유주(지금의 중경)에서는 「유주후엄육시어부도선하협(渝州候嚴六侍御不到先下峽: 유주에서 엄 시어사를 기다리다가 오지 않아 먼저 강협(강릉)으로 내려가다)」를 지었다. 이백은 한 편의 시에 지명을 연결하여 고향을 떠나는 서운함과 달을 보지 못하는 안타까움을 그렸다면, 두보는 강릉으로 향하면서 지나는 장소마다 시를 남겨 그때의 상황을 구체적으로 보여주었다. 두 시성(詩聖)의 시적 특징을 대비해 볼 수 있는 시들이다. 그러나 결국 두보는 강릉에 가지 못하고 운안현에 잠시 머물다 다시 백제성(白帝城)이 있는 기주(夔州)에 체류하게 되었다.

두보가 초가을(7월) 유주(渝州) 아래이면서 기주(夔州) 위쪽 부분에 위치한 충주(忠州)를 지날 때 765년 4월에 타계한 엄무의 영구 행렬을 보게 되었다. 그때 지은 시를 보자.

곡엄복야귀츤哭嚴僕射歸櫬: 돌아가는 엄복야의 관에 곡하다

흰 휘장은 흐르는 물을 따르고,	素幔隨流水소만수류수,
귀로의 배는 옛 도읍(엄무의 고향)으로 되돌아가네.	
	歸舟返舊京귀주반구경.
노모는 예전과 같은데,	老親如宿昔로친여숙석,
부하들은 평소와 달라졌네.	部曲異平生부곡이평생.
바람이 교룡갑(엄무의 영구)을 보내고,	風送蛟龍匣풍송교룡갑,
하늘이 길게 펼쳐져 있는 표기 장군의 병영이여.	天長驃騎營천장표기영.
한 번 곡을 하니 삼협이 저물고,	一哀三峽暮일애삼협모
사후에야 그대의 정을 떠올리네.	遺後見君情유후견군정.

위의 시 제목에 나오는 엄복야는 엄무이다. 엄무가 타계하자 조정에서는 상서좌복야(尙書左僕射)에 추증하였다. 그래서 엄복야라고 칭하게 된 것이다. 엄무의 영구가 그의 고향인 섬서성 화음현으로 돌아가는 장면이다. 엄무의 영구가 배에 실려 장강 물결을 따라 흘러가고 있다. 그런데 늙은 모친은 아들의 영구를 따르고 있는데 생전에 엄무를 모시던 부하들은 보이지 않는다. 세상인심에 염량세태(炎凉世態) 곧 감탄고토(甘呑苦吐)를 느낀다. 장강에 불어오는 바람이 엄무의 영구를 고향으로 떠나보내도 옛날 한나라 무제 때 표기 장군 곽거병 같았던 엄무의 검남절도사 병영 위로 하늘은 길게 펼쳐져 있을 것이다. 삼협에 저물 때까지 통곡하는 것은 엄무가 세상을 떠난 후에 새롭게 그의 정을 느꼈기 때문이라고 하였다. 곡(哭)은 직접 조문을 했다는 의미가 담긴다. 두보가 직접 조문은 못했지만 직접 조문한 것과 다름이 없다는 뜻에서 '곡(哭)'자를 붙여 애도의 마음을 전하였다.

두보는 장강을 따라 초가을 충주를 거쳐 운안으로 행했다. 운안(雲安)에서 중양절을 보냈던 것 같다. 「운안구일정십팔휴주배제공연(雲安九日鄭十八攜酒陪諸公宴: 운안현에서 중양절에 정분이 술을 들고 와 제공을 모시고 연회를 열다)」에서 확인할 수 있다. 그 연회에서도 두보는 여전히 우국지정(憂國之情)의 심정을 드러내었다. "온 세상이 모두 전쟁 중이니(萬國皆戎馬만국개융마), 취하여 노래하매 눈물이 흐르려고 하네(酣歌淚欲垂감가루욕수)."라고 노래하고 있기 때문이다.

두보는 막부의 젊은 관료들과의 생각의 차이로 관직 생활이 이제는 자신에게 맞지 않음을 알았다. 하지 마비와 두통이라는 잔병, 그리고 폐병과 당뇨 등으로 더 이상 벼슬자리에 있다는 것이 마땅하지 않다는 것을 알고 765년 1월 관직을 사퇴하였다. 사퇴 후 다시 초당의 생활로 돌아온 것이다. 그리고 두보의 후원자였던 엄무가 756년 4월에 갑자기 타계하자, 더 이상 사천성 성도에 머물러 있을 이유가 없었다. 그래서 고향으로 조금이라도 다가가기 위해 가족을 이끌고 장강(長江)을 떠도는 유랑 생활을 시작했던 것이다. 당시 시대적 배경은 북방의 토번(티베트족)과 회흘(위구르족)이 침입해와 시국은 혼란스럽기만 했다. 그래서 식솔을 이끌고 고향으로 돌아가려는 두보의 소망은 쉽게 이루어지지 않았다.

가족을 이끌고 장강을 따라 여러 지역을 전진하다가 가을쯤에 운안(雲安)에 이렀게 되었다. 이때 여정은 성도(成都)에서 출발하여 유주를 거쳐 충주, 그리고 운안까지 온 것이다. 그러나 두보가 운안에서 병이 깊어지자, 대력 2년(766) 봄까지 머물게 되었다.

765년 초겨울 두보의 병이 깊어지니, 상진군(常徵君)의 친구가 병문안을 왔다. 징군(徵君)은 징사(徵士)와 유사한 말이다. 동진 때 도연명이 조정에서 벼슬자리로 불러도 나아가지 않았기에 징사라고 했다. 그리고 조선시대 명종과 선조 때 인물인 남명 조식도 10번의 부름에 나아가지 않았다. 그래서 남명(南冥) 조식(曹植)이 조선시대 대표적인 징사이다. 「별상징군(別常徵君)」 시에 나오는 상징군(常徵君)은 두보 친구로서 관직이 없는 선비에 대한 경칭으로 사용되었다. 상징군 역시 벼슬자리 없이 떠도는 신세로 친구 두보가 아프다는 소식에 문안을 왔던 것이다.

별상징군別常徵君: 상징군을 이별하다

아이가 부축해도 오히려 지팡이를 짚어야 하고,	兒扶猶杖策아부유장책,
병으로 누운 지 가을 한철 더 되네.	臥病一秋强와병일추강.
백발이 적은 데도 새로 씻고(몸 단장하고),	白髮少新洗백발소신세,
겨울옷은 몸이 말라 헐렁하고 길기만 하네.	寒衣寬總長한의관총장.

친구가 걱정하여 보러왔으니,	故人憂見及고인우견급,
이 이별 눈물로 서로 바라보네.	此別淚相望차별루상망.
각기 부평초처럼 떠도는 신세이니,	各逐萍流轉각축평류전,
부쳐올 편지에는 자세하게 쓰도록 하시게.	來書細作行내서세작행.

친구 상징군과 거의 영결 수준의 이별이다. 두보 자신의 병이 깊다고 인근에 소문이 났다. 그래서 가까운 친구 상징군이 병문안을 온 것이다. 몰골이 말라, 보기도 흉측할 정도이다. 그래도 몸단장을 하고 친구를 맞이하는 두보이다. 머리숱이 적은 백발도 감고 겨울옷도 추스르고 있다. 애써 찾아온 친구가 늙고 병든 두보 자신을 걱정해 주니 서로 눈물이 난다. 그리고 두 사람 다 떠돌이 신세이니 다시 만나기도 어려울 것이다. 그래서 마지막 작별을 고하고 있다. 혹시라도 헤어진 후 편지할 일이 있다면 소식을 자세히 전해주기를 바란다고 하였다. 54세 두보의 모습이다. 운산에서 겨울에 지은 시「십이월일일 삼수(十二月一日 三首)」제1수에는 "폐병을 앓으니 언제나 황제께 조회할 수 있을까(肺病幾時朝日邊폐병기시조일변)?"라고 하였고, 두보 자신이 폐병에 시달리고 있음을 드러내었다. 또 다음 해인 766년 봄(55세) 지은 「별채십사저작(別蔡十四著作: 채 십사 저작랑과 이별하다)」시에 "나는 비록 소갈병이 심하지만(我雖消渴甚아수소갈심)."이라고 한 것을 보면, 심한 당뇨병으로 고생하고 있었다.

뜻밖에도 당나라 현종 때 궁궐에서 함께 근무하다가 두보 자신이 화주의 사공참군으로 나가면서 이별하게 된 잠삼이 사천성 가주(嘉州) 자사로 부임했다는 소식을 듣게 된 것이다. 그래서 기쁨 마음에 시를 지어 마음을 전하였다.

기잠가주寄岑嘉州: 가주 자사 잠삼에게

친구를 보지 못한 게 십 년이 지났지만,	不見故人十年餘불견고인십년여,
말하지 마오, 친구에게 편지가 없다고.	不道故人無素書부도고인무소서.
얼굴 보고 싶었지만 변새(운안)가 멀어,	願逢顏色關塞遠원봉안색관새원,
어찌 자사로 나와 강성(가주)에 살 것을 생각했겠는가?	
	豈意出守江城居기의출수강성거.
외강(민강)과 삼협이 그래도 서로 접했거늘,	外江三峽且相接외강삼협차상접,
말로 마시는 술과 새 시(詩)는 끝내 날로 소원해졌네.	
	斗酒新詩終日疏두주신시종일소.
사조의 시는 매편 읊조릴 만하고,	謝朓每篇堪諷誦사조매편감풍송,
풍당은 이미 늙어 불어 주는 대로 따를 뿐이네.	馮唐已老聽吹噓풍당이로청취허.
배를 가을밤에 정박했다가 봄풀 돋는 때도 지났지만,	
	泊船秋夜經春草박선추야경춘초,
푸른 단풍 숲에서 베개에 엎드렸으니 옥섬돌과 떨어졌네.	
	伏枕青楓限玉除복침청풍한옥제.
당장 부칠 것으로 어떤 물건을 고를까 하다가,	眼前所寄選何物안전소기선하물,
그대에게 운안의 잉어 한 쌍(편지)을 보낸다네.	贈子雲安雙鯉魚증자운안쌍리어.

잠삼이 사천성 가주 자시로 부임했다는 뜻밖의 소식에 두보는 반가운 뜻을 시로 전하였다. 10여 년 전 현종 재위 시 당나라 조정에서 보았던 잠삼 당신께서 지금 가주 자사로 오셨는데, 그 동안 왕래한 편지가 없다고 탓하지 마오. 얼굴도 보고 싶었지만 운안과 장안은 멀리 떨어져 있어 잠삼 그대의 얼굴을 그래서 볼 수가 없었다오. 그리고 그대가 자사로 나와 가주에서 살 것이라고 생각이나 했겠소? 그대가 있는 외강(민강)과 내가 있는 운안 가까이의 삼협은 서로 접해있음

에도 서로 만나 말 술도 마시고 새로 시 짓기도 해야 되는데, 그 일도 못하고 있소. 남조 때 제(齊)나라 시인 같은 당신 잠삼의 시들을 읊조릴 만한데, 한(漢)나라 때 늙은 풍당처럼 나 두보는 늙어 이끌어 주는 대로 따를 뿐이라오. 지난 해(765) 가을에 처음 운안에 왔는데 벌써 해를 지나 봄(766)이 지나가고 있다오. 이 초나라 땅에는 푸른 단풍으로 가득한데 나 두보는 폐병으로 인하여 궁궐로 돌아갈 수도 없다오. 눈앞에 보이는 물건 중 어느 것을 골라 부쳐야 하느냐? 고민하다가 그대 잠삼에게 편지를 부쳐 나의 마음의 정을 전하려 하오.

잠삼이 10여 년 동안 소식도 없다가 사천성 가주 자사로 왔다하니, 반갑지 않을 수가 없다. 또한 궁핍하게 생활하는 두보에게는 희소식일 수도 있다. 그 동안 후원자였던 엄무가 죽은 이후 새로운 후원자를 만날 수 있다는 기대감이 물씬 풍겨나는 시이다. 과연 두보는 운안에서의 기대감이 현실로 이루어질까?

운안에서 가주 자사 잠삼에게 기대했던 기대심리는 이루어지지 못했던 것 같다. 두보가 기주(夔州)로 삶의 터전을 옮겼기 때문이다. 초가을 충주(지금의 중경시 충현)에 이르러 용흥사에 잠시 머물다가 늦가을 9월에 운안현(지금의 중경시 운양현)으로 갔다. 병을 얻어 운안현에 다음 해인 766년(55세) 봄까지 머물다 기주(夔州, 지금의 중경시 봉절현)로 떠났다.

두보는 766년 봄부터 768년(57세) 3월 봄까지 대략 2년간 기주(夔州)에서 보낸다. 기주는 사천성 삼협의 하나인 구당협 부근에 위치해 있다. 그리고 이 기주에서 430여 편의 시를 남겼다.

이거기주작移居夔州作: 기주에 이주하여 짓다

운안현에서 베개에 엎드려 있다가,　　　　　伏枕雲安縣복침운안현,

백제성으로 옮겨와 살게 되었다네.　　遷居白帝城천거백제성.

봄은 버들 재촉하여 이별할 줄 알고,　　春知催柳別춘지최류별,

강은 배 띄우도록 맑네.　　江與放船淸강여방선청.

농사가 어떤지는 사람의 말을 듣고,　　農事聞人說농사문인설,

산의 경치는 새의 마음을 보여주네.　　山光見鳥情산광견조정.

우임금의 물길 낸 공으로 끊긴 돌이 많아,　　禹功饒斷石우공요단석,

잠시 땅이 조금 평평한 데로 나아왔네.　　且就土微平차취토미평.

두보가 운안현에서 병으로 누워 있다가 기주에 있는 백제성으로 옮겨와 살게 되었다는 것이다. 봄은 두보 자신이 운안을 떠나려는 마음을 알고 버드나무 싹을 재촉하여 싹을 틔우게 하여, 이별의 정표로 버들가지를 사용케 하였다. 중국 전통에는 이별할 때, 버드나무 가지를 꺾여 주는 풍습이 있었다. 버드나무 가지를 꺾어 아무 곳에 꽂아도 싹이 나기 때문이다. 이는 이별 후 재회를 의미하는 것이다. 그리고 강물마저 맑아 배를 띄울 수 있게 되었다고 하였다.

　기주에 도착하여 그곳 사람들이 농사에 대하여 말하는 것을 듣고, 산의 경치가 아름다워 새들이 깃들어 사는 의미를 알 수 있게 하였다. 이는 두보 자신이 기주에 거처를 정할 것을 암시해주는 표현이기도 하다. 옛날 하나라 우왕이 이곳을 뚫어 강을 소통시킨 곳이라, 오던 길가에 우임금의 공으로 잘라진 돌이 많이 있고, 또 여기 땅이 조금씩 평평해진 곳으로 나아가서 거처를 정하게 되었다는 것이다. 따라서 위의 시는 기주에서 살게 된 것을 기뻐하는 시이다.

　그리고 두보가 기주에 살면서 그 지역의 풍습을 보고 느낀 점을 시로 남기기도 하였다. 「인수(引水: 물을 끌어오다)」에서 "대통을 이어 물을 끌어와 목은 마르지 않네(接筒引水喉不乾접통인수후불건)."라고 하여, 기

주에는 샘물을 길어다 먹는 것이 아니라, 대통을 연결하여 산속 샘물의 물을 집으로 끌어오는 생활이었다. 이 기주 지역은 산이 높고 바위가 많아 우물을 팔 수 있는 지역이 못되었다. 우물이 없는 관계로 운주에서처럼 물 값을 치르고 사 먹는 것도 없고 또 노복들이 우물에 가서 물을 긷고 지고 나르는 수고로움을 덜 수 있어 "한 말 물이 어찌 백 가지 근심만 풀어주리오(斗水何直百憂寬두수하직백우관)."라고 하여, 뜻밖의 근심을 잊을 수 있게 되었다고도 하였다. 그러면서 두보 자신의 집안에서 부리는 요족 노복 아단이 있는데, 그가 슬기롭게 물을 집안으로 끌어옴에 고마움을 표하기도 하였다. 「시료노아단(示獠奴阿段: 요족 노복 아단에게 보이다)」에서 "고을 사람들 밤이 되면 남은 물방울 다투느니(郡人入夜爭餘瀝군인입야쟁여력), 더벅머리 아이는 수원 찾아가서 홀로 (다투는 소리) 듣지 않네(豎子尋源獨不聞수자심원독불문)."라고 하여, 당뇨병(소갈증)을 앓고 있는 두보를 위해 요족인 노복 아단이 수고를 아끼지 않는다고 하였다. 밤이 되면 죽관이 막혀 물이 잘 나오지 않게 되면 고을 사람들은 물을 서로 찾지 하기 위해 서로 다투는데, 아단은 범과 표범이 있는 어두운 산길을 홀로 올라가 물을 끌어온다고 하였다. 그래서 그 노복인 아단에게 고마움을 표하는 시를 지었던 것이다.

사천성 구당협의 백제성(白帝城)에 대한 시도 있다. 766년도 기주에서 쓴 작품이다. 지금은 삼협댐이 건설되어 장강의 섬처럼 봉우리 부분만 드러난 것이 백제성이다. 이 백제성에는 이릉전투에 패하고 머물던 유비가 죽으면서 두 아들 유영과 유리를 제갈공명에게 부탁하는 유비탁고(劉備託孤)가 전하는 곳이기도 하다. 소설 『삼국지연의』에는 유영과 유리는 목왕후 소생으로 설정되어 있다. 유비가 임종하면서 유영·유리 두 아들에게 제갈공명을 아버지처럼 모시라고 유언하였다. 그리고 제갈공명에게 절까지 하게 하였다. 그 이야기가 유비탁

고로 전해지고 있는 것이다. 유영·유리 두 아들은 2대 황제 유선의
이복 동생들이다. 「상백제성(上白帝城: 백제성에 오르다)」에서, "공손술
이 처음에 하늘이 내린 험지의 요새를 믿고(公孫初恃險공손초시험), 말로
뛰어오를 때의 의기가 얼마나 오래갔던가(躍馬意何長약마의하장)?"라고 하
여, 반란 세력에 대한 비판을 가하였다. 공손술은 후한(後漢) 때 인물로
촉지방을 다스리면서 12년 간 황제로 참칭(僭稱, 제 분수에 넘치게 스스
로 황제로 칭함)했던 인물이다. 공손술처럼 반란 세력이 지금 여기저기
서 일어나지만 얼마가지 못하고 모두 평정될 것이라는 말이다. 여전
히 두보의 우국지정이 느껴진다. 백제성에 대한 시는 「상백제성(上白
帝城)」 이외에도 「상백제성이수(上白帝城二首)」와 「백제성최고루(白帝
城最高樓)」·「효망백제성염산(曉望白帝城鹽山)」·「백제(白帝)」 등의 작품
을 남겼다. 두보가 백제성에서 주로 노래한 정서는 우국뿐만 아니라
애민정신과 세상에 대한 탄식, 그리고 고향에 대한 그리움 등이었다.
「백제성최고루(白帝城最高樓)」를 감상해 보자.

　백제성최고루白帝城最高樓: 백제성의 가장 높은 누각
　성은 뾰족하고 길은 꼬불꼬불하여 깃발도 근심스러워하는,

　　　　　　　　　　　　　　城尖徑昃旌旆愁성첨경측정패수,
　까마득히 높아 날아갈 듯한 성루에 홀로 섰다네.

　　　　　　　　　　　　　　獨立縹緲之飛樓독입표묘지비루.
　협곡 갈라져 구름이 흙비를 뿌리는 곳에 용호가 누웠고,

　　　　　　　　　　　　　　峽坼雲霾龍虎臥협탁운매용호와,
　강 맑아 해가 감싸는 곳에 자라와 악어가 노닌다네.

　　　　　　　　　　　　　　江清日抱黿鼉遊강청일포원타유.
　부상의 서쪽 가지 깎아지른 바위를 마주하고, 扶桑西枝對斷石부상서지대단석,

약수의 동쪽 그림자 긴 강물을 따르네. 弱水東影隨長流약수동영수장류.

명아주 지팡이 짚고 세상을 탄식하는 자 누구인가?

杖藜歎世者誰子장려탄세자수자,

피눈물 허공에 뿌리며 하얗게 센 머리를 돌린다네.

泣血迸空回白頭읍혈병공회백두.

두보가 기주 백제성에 위치한 누각에 올라 지은 시이다. 굽은 길은 힘겹게 올라 백제성 누각에 오른다. 백제성 높은 누각에 올라 보니, 협곡은 용과 호랑이가 누워있는 것 같고 햇빛이 맑은 강을 안고 여울의 바위에 물결이 솟구치는 것이 마치 자라와 악어가 노닐고 있는 듯한 모습이라고 표현하였다. 또한 구당협 협곡과 동쪽으로 흐르는 강물인 장강(長江)을 바라보면서 세상일을 탄식하였다.

두보는 기주에 머무르면서 백제성만 본 것이 아니라, 제갈량의 사당도 찾았다.

무후묘武侯廟: 무후(제갈량)의 사당

남아 있는 사당에 단청이 벗겨졌고, 遺廟丹靑落유묘단청락,

빈 산에는 초목이 무성하네. 空山草木長공산초목장.

오히려 후주에게 작별하는 소리 들리는 듯, 猶聞辭後主유문사후주,

다시는 고향 남양 땅에 돌아가지 않았지. 不復臥南陽불부와남양.

제갈량 사당 무후사가 퇴락한 것을 보고 읊은 시이다. 제갈량의 사당을 보니 아직도 그때의 일이 생생하게 떠오른다고 하였다. 마침 제갈량이 북벌을 하고자 「출사표(出師表)」를 올리고 후주(後主) 유선(劉禪)에게 고별을 고하는 소리가 들리는 듯하다고 하였다. 그러면서 제

갈량이 촉나라를 위해 일생을 바치느라 다시는 고향 땅 남양에 돌아
가지 않았음을 노래한 것이다. 그리고 제갈량이 만들었다는 진법인
팔진도도 노래하였다. 「기주가십절구(夔州歌十絶句)」중 제9수에 "무
후의 사당은 잊을 수 없고(武侯祠堂不可忘무후사당불가망), 송백(측백나무)이
하늘을 찌르며 길게 솟았네(中有松柏參天長중유송백삼천장)."라고 하여, 제갈
량의 사당 앞에 송백 나무가 하늘을 찌르고 있는 모습을 그렸다. 그리
고 무후 사당 앞에 있는 측백나무를 노래한 시도 있는데, 「고백행(古柏
行: 오래된 측백나무의 노래)」이 그것이다. "지사여 은자여 원망하지 마
시게(志士幽人莫怨嗟지사유인막원차), 예부터 재목이 크면 쓰이기 어려웠다네
(古來材大難爲用고래재대난위용)."라고 하여, 큰 재목감은 도리어 현실에 쓰이
기 어려운 것이라며 뜻을 이루지 못한 두보 자신을 위로하였다.
    기주에 있는 제갈량 사당을 다시 찾기도 하였다.

제갈묘諸葛廟: 제갈량의 사당
파자(옛날 제후국 이름) 땅에 오래 떠돌며,   久遊巴子國구유파자국,
무후사(기주의 제갈량 사당)에도 여러 번 들어오네.

                                        屢入武侯祠누입무후사.
죽림의 햇빛은 텅 빈 침전에 비스듬히 비치고, 竹日斜虛寢죽일사허침,
계곡의 바람은 얇은 휘장 가득 부풀게 하네.   溪風滿薄帷계풍만박유.
군왕(유비)과 신하(제갈량) 함께 일을 이룰 때 당하여,

                                        君臣當共濟군신당공제,
현인과 성인(제갈량)이 또한 시대를 같이 하였네.

                                        賢聖亦同時현성역동시.
선주(유비)에게 가서 보좌하여 옹립하고,   翊戴歸先主익대귀선주,
중원을 병합하려 다시 군사를 출정하였네.   幷呑更出師병탄갱출사.

벌레와 뱀이 그림 벽을 뚫고,	蟲蛇穿畫壁충사천화벽,
무당 몸에는 거미줄이 달라붙네.	巫覡綴蛛絲무격철주사.
홀연히 양보음 읊던 일 떠오르니,	欻憶吟梁父홀억음양보,
몸소 농사짓는 일 또한 늦지 않았네.	躬耕也未遲궁경야미지.

　두보가 기주에 있는 제갈량 사당을 찾아 제갈량에 대한 감회를 읊은 시이다. 먼저 기주에 있는 제갈량의 사당을 여러 번 찾았음을 소개하였다. 대나무가 있는 무후사에 햇빛이 가로로 비치고 골짜기 바람은 엷은 휘장을 휘날릴 정도로 불어온다. 그러면서 제갈량의 행적을 소개하였다. 유비와 제갈량은 군신의 관계로 함께 하여 현인 같은 유비와 성인 같은 제갈량이 시대를 열어 나갔다고 제갈량을 예찬하였다. 그러면서 제갈량의 구체적 활동을 소개하였는데, 유비를 보좌하여 황제로 옹립하였으며 중원을 병합하기 위해 군사를 출동시키면서 유선에게 「출사표(出師表)」를 올리기도 한 사실을 소개하였다. 그러면서 마지막 부분에서는 무후사가 황폐화 되어 그림이 그려져 있던 벽에는 벌레와 뱀이 나오고 무후사를 출입하는 무당의 몸에는 거미줄이 들러붙는 상황을 그렸다. 이에 두보는 갑자기 제갈량이 젊은 시절 「양보음(梁父吟)」을 읊던 일을 떠올리면서 두보 자신도 젊은 시절 농사지으며 때를 기다렸던 제갈량처럼, 몸소 농사지으며 생활해도 늦지 않다고 하였다. 『삼국지(三國志)』에 나오는 이야기로, 제갈량이 직접 밭을 갈면서 「양보음」을 읊조리기를 좋아하였다고 한다. 「양보음」은 흔히 제갈량이 지은 것으로 알려져 있지만, 사실 그 이전부터 전승되어 오던 악부시 같은 노래였다. 「양보음(梁父吟)」이라는 제목의 어원인 '양보(梁父, 또는 梁甫)'가 '사람의 죽음을 관장한다'는 의미를 지니고 있기에, 죽은 이를 장사지낼 때 부르는 만가(晩歌)였다. 그 전승되던

노래를 제갈량이 즐겨 불렀던 모양이다. 「출사표(出師表)」의 '師(사)'는 '큰 군사 사'이다. 큰 군대를 출동하면서 황제께 올린 글이 「출사표(出師表)」인 것이다.

제갈량이 불렀다는 「양보음(梁父吟)」을 소개하면 다음과 같다.

양보음梁父吟 : 양보산에서 읊은 노래

제갈량

걸음을 옮겨 제나라 성문을 나서서,	步出齊城門보출제성문,
멀리 탕음리(음양리)를 바라본다.	遙望蕩陰里요망탕음리.
마을 가운데 무덤 셋이 있는데,	里中有三墳이중유삼분,
올망졸망 서로가 같더라.	纍纍正相似유류정상사.
뉘 집 무덤인가 물었더니,	問是誰家墓문시수가묘,
전개강·고야자·공손접의 무덤이라네.	田疆古冶子전강고야자.
힘은 남산을 밀어낼 만하고,	力能排南山역능배남산,
문장은 지기를 끊을 만했거늘.	文能絶地紀문능절지기.
하루아침에 참소를 당하고 보니,	一朝被讒言일조피참언,
두 개의 복숭아로 세 사람을 죽였다네.	二桃殺三士이도살삼사.
누가 이런 모의를 하였던가?	誰能爲此謀수능위차모,
제나라 국상인 안자(안영)였다네.	國相齊晏子국상제안자.

위의 노래는 제갈량이 춘추시대 제(齊)나라 재상 안영(晏嬰)이 공손접(公孫接)·전개강(田開疆)·고야자(古冶子) 세 명의 용사(勇士)에게 복숭아 두 개를 가지고 서로 다투게 하여 끝내 모두 자살하게 만들었던 안타까운 일을 노래한 것이다. 『안자춘추(晏子春秋)』 권2에, 공손접·전개강·고야자 세 사람은 안영의 계략에 말려들어 그가 보낸 복숭아

2개를 놓고 서로 공을 다투다가 공손접과 전개강이 공이 고야자만 못하다고 여겨 먼저 자결하였다. 이를 본 고야자가 혼자 사는 것은 어질지 못하고 남에게 수치를 준 것은 의롭지 못하다 하여 역시 자결하였다는 이야기이다.[44] 이후 안영은 제나라를 개혁하여 춘추시대 강대국으로 거듭날 수 있도록 하였다.

이런 줄거리를 지닌 이 노래는, 듣기에 따라서 목숨을 잃은 세 장사를 기리며 안영을 비웃는 노래가 될 수도 있겠고, 또는 안영의 지략을 노래하는 것일 수도 있다. 만약 안영의 지략으로 본다면, 이 노래가 주는 의미 또한 새롭다. 아무리 용맹해도 국정 방향에 맞지 않으면 제거되어야 한다는 냉혹한 현실론을 반영하고 있기 때문이다. 『삼국지연의』의 소설에서 제갈량은 위연 등 여러 인재들이 비록 유능하기는 하지만 그의 구상에 맞지 않기 때문에 쓰지 않거나 의견을 무시하는 등 박대하는 모습을 보였다. 이런 태도가 제갈량이 젊은 시절 불렀다는 「양보음」의 내용과도 일맥상통하고 있다. 아무리 재능이 뛰어나더라도 큰 그림을 그리는 사람의 의도에 어울리지 않으면, 제거의 대상이 되어야 한다는 논리이다. 이런 논리는 군웅이 할거 하는 시대에는 한 번 생각해 볼 일이기는 하지만, 민주주의가 진행되는 현실에서는 다소 무리가 있는 정책일 수도 있다. 모든 사람의 능력과 의견은 존중되어야 하기 때문이다. 이견이라고 제거하기보다는 토론을 통해 보다 더 좋은 방안을 모색할 수 있도록 해야 할 것이다. 몇 사람의 의견을 쫓다보면 독단으로 흐르기 쉽기 때문이다.

---

44) 심덕잠 편저, 조동영 역주, 『고시원』一, 세창출판사, 2022, 319~320쪽 참조.

팔진도八陣圖: 여덟 가지 진법

공은 삼국(위·오·촉)을 덮었고,	功蓋三分國공개삼분국
명성은 팔진도로 이루었네.	名成八陣圖명성팔진도
강물은 흘러도 돌은 구르지 않아,	江流石不轉강류석부전
남긴 한은 오나라를 삼키지 못한 것이네.	遺恨失呑吳유한실탄오

「팔진도(八陣圖)」는 두보가 8진을 찾아가서 쓴 시이다. 「팔진도(八陣圖)」는 촉한의 제갈량이 창안한 것으로, 중군을 가운데에 두고 전후·좌우·사우에 여덟 개의 진을 배치한 진법의 그림이다. 공은 세으로 나누어진 나라에서 으뜸이고, 팔진도에서 군사 전략가로 명성이 이루어졌다. 강물 속에 돌이 세월이 흘러도 그대로 박혀 있듯이 제갈량의 공적도 여전하다. 제갈량의 남은 한은 천하통일의 대업을 이루지 못한 것이다. 위의 시 마지막 구절은 전통적으로 오나라를 정벌하지 못한 것에 대한 한(恨)으로 해석하였다. 하지만 송나라 때 소동파는 '오나라를 삼키려는 뜻을 막지 못했음을 한탄한다.'로 풀이하였다. 이는 제갈량의 생각을 반영하여 해석한 것이다. 제갈량의 본뜻은 오나라와 연합하여 위나라 조조에 항거하는 것이었다. 그러나 유비는 위나라를 정벌하려 군사를 일으키는 것에 찬성하지 않았고, 오히려 관우를 죽인 오나라를 정벌하고자 했던 것이다. 그러나 결과는 대패하였기에 일부의 후대인들은 실책으로 볼 수 있었던 것이다.

위의 시 "개(蓋)"는 '덮다'는 의미도 있지만, '으뜸이다'의 뜻도 있다. 여기서는 '으뜸이다'의 뜻이다. 3구에 나오는 "강류석부전(江流石不轉)"은 조선시대 아전들에 의해서 왜곡되기도 한 시 구절이다. 흘러가는 강물은 수령인 사또이고, 강물 속에 박혀 있는 돌은 아전들 자신이라는 말이다. 아전은 대대로 그 지방의 출신인데 자손 대대로 그 직을 수행한다. 하지만 고을 수령은 임기가 끝나면 다른 곳으로 옮겨가야 한다. 심하면 아전들이 수령을 모함하여 내쫓기도 하였다. 그래서 강물은 흘러가도 강물 속에 박혀 있는 돌은 여전하듯이, 아전 자신들은 영원히 붙박이로 가렴주구하면서 살아갈 수 있다는 의미로 사용하기도 하였다. 아전의 비리가 한 마디로 다가오는 표현이다. 이처럼 두보가 아전들에 의해서 왜곡되기도 하였다.

두보는 기주 지방의 풍속도 시에 담기도 하였다. 「염여퇴(灩滪堆)」에서는 "소를 빠뜨려 구름과 비에 보답하고(沉牛答雲雨침우답운우), 바위 크기가 말만해지면 배의 운항을 삼가네(如馬戒舟航여마계주항)."라고 하여, 소를 희생하여 수신에게 제사를 올리는 기우제 풍습을 소개하였고, 염여퇴의 바위가 강물이 줄어들어 물 밖의 보이는 부분이 말만 해지면 구당협에 배 운행을 삼가야 된다고 알려주고 있다. 「화(火: 불)」에서는 가뭄 해갈을 위해 산에 불을 지르는 행위를 비판하였다. "초 땅 산에 한 달이 넘도록 불을 놓았는데(楚山經月火초산경월화), 큰 가뭄이 들면 이렇게 한다네(大旱則斯擧대한즉사거). 옛 풍습에 교룡이 있는 곳에 불을 지르면(舊俗燒蛟龍구속소교룡), 놀라서 우레와 비를 내린다고 하네(驚惶致雨雷경황치우뢰)."라고 하여, 기주 지방 주민들이 미신에 현혹되어 산에 불을 지른 상황을 비난하였다.

「부신행(負薪行: 땔나무 지는 노래)」에서는 오랜 전쟁으로 인해 기주의 처녀들이 반백이 되도록 결혼도 못하고 땔나무를 팔아 생계를 이어가는 모습을 그렸다. 그러면서 "풍습은 남자는 앉고 여자는 서게하고(土風坐男使女立토풍좌남사여립), 남자는 집을 보고 여자는 드나드네(男當門戶女出入남당문호여출입)."라고 하여 남존여비 사상과 남자가 집안에 남아 살림을 하고 여자가 생계를 위해 땔감 나무를 하여 시장에 내다 팔아 생필품을 마련하고 있음을 알려주고 있다. 한편으로는 「최능행(最能

行: 최고로 능한 노래)」에서 기주의 남자들은 오직 뱃일에만 힘쓰고 이익을 추구하는 것을 안타까워하기도 하면서, 전국시대 초나라 충신 굴원을 예로 들어 이곳에도 인재가 있을 것이니 뱃일만 하지 말고 학문하기를 권장하였다. 한편으로는 기주의 기후와 풍토가 두보 자신에게 맞지 않아 고향으로 돌아가고픈 마음을 드러내기도 하였다. 「협중람물(峽中覽物: 삼협에서 경물을 바라보다)」에 "아름다운 풍광은 넘쳐 나도 풍토가 나쁘니(形勝有餘風土惡형승유여풍토악), 어느 때나 고개 돌려 한 번 소리 높여 노래 부를까(幾時回首一高歌기시회수일고가)?"가 그것이다.

기주에서 두보의 일상을 살필 수 있는 시도 있다. 「신행원수수통(信行遠修水筒: 신행이 멀리 가서 수관을 보수하다)」에서 산속으로부터 물을 집까지 이어주는 물 대롱관이 터져 물을 제대로 수급받지 못하자 40리 길을 오가며 그 수관을 보수한 하인 신행에게 감사의 마음을 전하기도 하였다. "날이 저물도록 밥 못 먹었다니 놀랍고(日曛驚未餐일훈경미찬), 몸이 햇볕에 타 대하기가 민망하네(貌赤愧相對모적괴상대). 외를 찬물에 띄워 늙고 병든 내게 주니(浮瓜供老病부과공노병), 떡을 갈라 아끼는 너에게 맛보게 한다(裂餠嘗所愛열병상소애). 이로써 공손함과 청렴함에 보답하고(於斯答恭謹어사답공근), 족히 노고(殿最전최)에 특별하게 대접할 수 있었네(足以殊殿最족이수전최)."라고 하여, 하인 신행의 노고에 감사해 하는 두보이다.

두보 집에는 하인이 신행(信行) 말고도 백이(伯夷)와 신수(辛秀) 등 3명의 하인이 있었다. 그 3명 중 신행이 성품이 고결하여 일처리에 막힘이 없는 인물이라고 하였다. 그가 수관이 돌에 막히자 40리 산길을 달려 보수하고 왔다는 것이다. 그리고 물이 잘 나오자 외를 찬물에 띄어 소갈병(당뇨병)으로 고생하는 나에게 시원한 외를 먹게 하였고, 나 또한 그에 대한 보답으로 아끼는 떡을 맛보게 했다는 것이다. 「최종문수계책(催宗文樹雞柵: 종문에게 닭 울타리를 세우라고 재촉하다)」에서는 중풍 치료에 좋다는 오골계를 약으로도 쓰고, 병아리에서 닭으로 성장하면 매일 계란을 먹을 수 있기에 생계에도 도움이 될 것 같아 봄부터 키워온 병아리가 50여 마리 된다고 하였다. 그런데 닭이 많아지자 닭들이 집안을 어지럽게 만들어 몹시 성가신 것이 아니다. 그래서 큰 아들 종문에게 하인을 시켜 담장 동쪽 공터에 대나무로 울타리를 만들어 닭장을 만들라고 재촉하기도 한 두보이다.

기주의 풍광에도 관심 많았던 두보는 구당협 입구의 강 가운데 솟아 있던 암초인 염예퇴(灩澦堆)를 노래하기도 하였다.

염예灩澦: 염예퇴

염예는 이미 잠겨 외로운 돌부리 깊은데,
灩澦旣沒孤根深염예기몰고근심,

서쪽에서 흘러온 물 많아 시름겹다.
西來水多愁太陰서래수다수태음.

강물도 하늘은 막막한데 새들은 쌍쌍이 날아가고,
江天漠漠鳥雙去강천막막조쌍거,

비바람이 때때로 있어 용이 한바탕 운다.
風雨時時龍一吟풍우시시룡일음.

뱃사람과 어부는 노래 부르며 머리 돌리는데,
舟人漁子歌回首주인어자가회수,

장사치와 외국 상인들은 눈물이 옷깃에 가득하다.
估客胡商淚滿襟고객호상루만금.

배 모는 무뢰한 젊은이들에게 말을 전하노니,
寄語舟航惡年少기어주항악년소,

염정의 소금을 다 털어 황금으로 도박하지 마라.
休翻鹽井擲黃金휴번염정척황금.

염예퇴는 장강 구당협 입구에 있던 암초이다. 지금은 댐이 생겨 수몰되어 볼 수가 없다. 예전에는 이 염예퇴가 강물이 불어나면 수몰되었다가 강물이 줄어들면 물 밖으로 나와 볼 수 있었던 암초였다.

지금 수해가 나서 염예퇴를 볼 수는 없지만 그 존재 자체는 물속에 뿌리를 박고 존재한다. 강물이 불어 하늘과 맞닿아 있고 때때로 비바람이 몰아치기도 해 사람은 건널 수 없다. 뱃사람들은 이와 같은 상황을 두려워하지 않기에 노래 부르며 머리를 돌리는데, 장사꾼과 외국 상인들은 위험한 상황에 눈물을 흐린다. 염정으로 배를 몰고 가는 무모한 젊은이들이 모든 소금을 팔아 황금으로 도박하지 말라고 경고하고 있다. 이는 염예퇴 주변의 위험한 형세를 그리면서 이익만 좇는 젊은 세대들을 경계한 것이다.

또한 두보는 기주 서각에 머물 때 상추를 심었는데, 이십일이 지나도 싹이 나지 않고 들비름만 푸릇푸릇하다고 넋두리한 시의 서문도 있다. 「종와거병서(種萵苣竝序)」가 그것이다. "사악한 것이 바른 것을 침해하면(因知邪干正인지사간정), 억누름이 평생에 이름을 이로써 알겠노라(掩抑至沒齒엄억지몰치)."라고 하여, 세상에 사악한 것이 바른 것을 억누르는 경우가 많다는 사실을 개탄하였다.

766년 여름 성도부(成都府) 속현인 화양(華陽) 현위(縣尉)를 지냈던 유 소부(柳少府)가 기주 들판에 있는 어느 절간에 머물고 있었다. 그때 유 소부에게 준 시가 「이화양유소부(貽華陽柳少府)」이다. 두보가 무더위로 인해 새벽에 유 소부를 찾아간 이유와 당시 시국에 관한 일과 두보 자손에 대한 부탁의 말, 그리고 두보 자신의 신세 한탄과 고향에 대한 그리움 등을 읊은 시이다. 또한 이 시에는 "문장은 하나의 작은 솜씨라서(文章一小技문장일소기), 도에 있어서 높은 것이 되지 못한다(於道未爲尊어도미위존)."라는 구절이 있다. '소기(小技)'는 "문장(文章) 소기야(小技也)"로 곧 "문장은 작은 솜씨이다"로 사용되는 용어이다. 문장이나 시가 세상을 다스려 나가는 경륜지도(經綸之道)에 견줄 때 작은 솜씨이고 작은 학문이라는 말이다. 그런데 일부 연구자들 중에 소기(小技)를 여기(餘技)로 인식하여 불필요한 의미로 인식하는 경우도 있다. 이는 경륜(經綸)의 도(道)에 견줄 때 문장은 작은 도라는 말이다. 문장은 문인들 스스로에게 전통적으로 소기(小技)로 여겨져 왔다. 소기를 불필요한 여기(餘技)로 이해하면 안 된다는 말이다. 선인들이 소기(小技)라고 한 것은 도덕을 문장보다 높은 것으로 여겨 그렇게 본 것일 따름이다. 비록 소기(小技)가 도덕에 비해 높은 것이 될 수 없다고는 하지만, 문장 중에 얼마든지 높은 도덕을 실을 수 있다. 그러므로 문장을 짓는 일을 한갓 여기(餘技)로만 생각해서는 안 될 일인 것이다. 두보가 「이화양유소부(貽華陽柳少府)」 시에서 문장을 소기(小技)라고 한 것은 대개 문장을 통해 육경(六經)의 글이나 위대한 경국(經國)의 문장들과 같이 도를 나타내고자 해도 그것이 결코 쉬운 일이 아니었으므로, 문장을 '소기(小技)'라고 하게 된 것이며, 문장이 도에 있어서 높은 것이 되지 못한다고 한 것이다. 따라서 두보 같은 대문인이 문학을 부정하기 위해서 '소기(小技)'라는 표현을 한 것은 결코 아닐 것이다. 소기(小技)는 큰 도에 있어서 문장은 작은 도라는 의미인 것이다. 따라서 문장은 부실한 내용을 실을 것이 아니라 반드시 도를 싣지 않으면 안 된다는 논리이기도 한 것이다. 그것이 역대 유자들이 강조해온 문이재도론(文以載道論)과도 통하는 것이다.

두보의 충절은 어디에 처해도 변함이 없다.

강상江上: 강가에서

강가에 날마다 쏟아지는 비,　　　　　　江上日多雨강상일다우,

옛 초나라 땅(기주)에 찾아든 소슬한 가을.　蕭蕭荊楚秋소소형초추.

거센 바람에 나뭇잎 떨어지는데,　　　　高風下木葉고풍하목엽,

밤늦도록 담비 갖옷을 붙들고 있네.　　　永夜攬貂裘영야람초구.

공훈 세울 생각에 자주 거울 들여다보고,	勳業頻看鏡훈업빈간경,
진퇴를 고심하며 홀로 누각에 몸 기대네.	行藏獨倚樓행장독의루.
위태로운 시국이라 임금께 보답하고픈 마음,	時危思報主시위사보주,
쇠약했어도 그만둘 수가 없네.	衰謝不能休쇠사불능휴.

전반부는 경물 묘사이고 후반부는 옛 신하가 나라를 걱정하는 심정을 노래한 것이다. 주룩주룩 가을비 쏟아지는 기주 지방 어느 강가이다. 추풍에 지는 낙엽을 바라보며 시인은 밤늦도록 담비가죽 외투를 끌어안고 있다. 언제든 조정의 부름에 응할 수 있다는 충일한 자신감일 테다. 그래서 자주 거울을 들여다보며 공훈을 세우겠다는 의지를 다진다. 하지만 거울에 비치는 건 젊은 날의 기개에 찬 모습이 아니라 쇠약해진 늙은이의 모습이다. 그래서 고민이 깊어진다. 늙어버린 자신의 모습과 아직도 남아 있는 우국충절(憂國忠節)의 자아가 서로 갈등하기 때문이다. 현실적 처지와 충정으로 빚어진 갈등으로 인한 허전함을 채울 수 없는 마음, 그래도 그 충절만은 멈추지 않는다. 두보의 시에 일관되게 나타나는 충절의식이다.

두보가 기주 서각에 머물 때 비와 관련된 시를 많이 지었다. 여름에는 가뭄이 들어, 비가 내리기를 바라는 시를 지었다면 가을에는 비가 자주 와서 그치기를 바라는 내용의 시이다. 하지만 대부분 결말에서는 우국(憂國)과 향수(鄕愁)를 담았다. 기후가 고향인 낙양의 기후와 맞지 않아서 그런지 수구초심(首丘初心)에 대한 정서가 많았다. 그 중 하나만 감상해 보자.

우청雨晴: 비가 개다

비 올 적엔 산 모습 변함이 없더니,	雨時山不改우시산불개,

활짝 갠 후에는 협곡의 모습 새로운 것 같네.　晴罷峽如新청파협여신.

하늘 끝(기주)에서 낯선 풍속을 보노라니,　天路看殊俗천로간수속,

가을 강은 사람을 그리움에 사무치게 하네.　秋江思殺人추강사살인.

눈물 죄다 뿌리게 할 원숭이는 있는데,　有猿揮淚盡유원휘루진,

집에 소식 전할 개는 없네.　無犬附書頻무견부서빈.

고향은 근심 어린 눈썹 밖 아득한 곳에 있어,　故國愁眉外고국수미외,

길게 노래하노라니 정신을 잃을 것 같네.　長歌欲損神장가욕손신.

비가 갠 후 기주의 산들이 달리 보인다. 고향에서 멀리 떨어진 기주에서 기이한 풍속을 보고 가을 강을 보니 더욱 사람들이 그리워진다. 삼협 장강 가에 사는 단장(斷腸)의 고사 주인공인 원숭이는 있는데, 소식 전할 개는 없다. 서진(西晉) 때 인물인 육기에 대한 고사를 통해 고향에 소식을 전할 길이 없음을 한탄하였다. 서진의 육기는 낙양에 살았는데, 고향집의 소식이 없자 황이라는 개에게 편지를 쓴 죽통을 매달아 고향집으로 보냈다고 한다. 그랬더니 그 황이가 소식을 전하고 답장까지 받아왔다는 이야기이다. 육기처럼 고향 소식을 전할 길이 없는 현실을 안타까워한 것이다. 그래서 눈 밖의 모든 풍경은 근심일 뿐이고 상심이 너무 커서 정신을 잃을 정도라고 한 것이다.

두보는 가을에 유비의 사당을 배알하기도 하였다. 「알선주묘(謁先主廟: 선주 사당을 배알하다)」에 "힘이 대등해 사직을 나누었는데(力伴分社稷역반분사직), 뜻이 꺾이어(오나라 정벌의 뜻이 꺾이는 것) 경륜하던 일이 멈추어졌다네(志屈偃經綸지굴언경륜)."라고 하여, 오나라 정벌의 뜻이 꺾이어 천하통일의 뜻을 이루지 못했음을 말하여, 유비의 평생 사적을 논평하였다.

그리고 「제장오수(諸將五首: 여러 장수들 5수)」에서 당시 무장들의 실

책과 무능함을 비난함과 동시에 시국에 대한 걱정과 두보 자신의 정
치적 견해를 곁들이고 있다. 제1구에서는 여러 장수들이 토번의 침략
을 막지 못함을 나무랐고, 제2수에서는 회흘의 군대를 당나라로 끌어
들여 황제의 근심을 샀는데 여러 장수들은 그 괴로움의 고통을 분담
하지 않음을 꾸짖었다. 제3수는 난리 뒤에 백성들이 곤궁한데도 여러
장수들이 둔전(屯田)을 행하지 않는 것을 책망한 연이다. 제4수에서는
남쪽이 평정되지 않아 근심스러워하면서도 장수들은 나라의 안위에
대한 걱정을 버리지 말라고 하였다. 제5수에서는 촉지방에 진주한
장수를 풍자하면서 아울러 죽은 엄무를 그리워하였다.

또한 「팔애시(八哀詩: 여덟 명을 애도하는 시)」를 지어, 왕사례(王思
禮)·이광필(李光弼)·엄무(嚴武)·이진(李璡)·이옹(李邕)·소원명(蘇源明)·
정건(鄭虔)·장구령(張九齡) 등 8명을 애도하는 시를 짓기도 하였다. 왕
사례는 고구려 유민으로 당나라에서 무공을 많이 세운 장수이다. 761
년 병사하기 전까지 안사의 난을 평정하는 데 큰 공을 세워 병부상서
가 되고 곽국공에 봉해졌던 인물이다. 이광필은 안녹산의 난이 일어
났을 때 곽자의와 함께 반란군 토벌에 나서 10여 개의 군을 수복한
장수이다. 엄무는 안녹산의 난 때 현종을 모시고 서촉으로 들어갔으
며, 조서(詔書)를 받들어 숙종의 조정에 들어가서 보좌하였다. 이후
사천성 성도에 검남절도사로 부임했을 때는 두보를 물심양면으로 도
와줬던 인물이다. 이진은 양황제(讓皇帝) 이헌(李憲)의 아들이다. 양황
제 이진이 아우인 당 현종에게 황제 자리를 양보했기에, 현종은 양황
제의 아들 이진을 매우 총애하였다. 이진은 하지장과도 잘 어울렸으
며 두보가 지은 「음중팔선가(飮中八仙歌)」에 나오는 한 명이기도 하다.
이옹은 문장과 서예가 뛰어난 인물로, 현종 때 이임보의 음모로 살해
당한 인물이다. 소원명은 안녹산의 난이 일어났을 때 장안에 머물면

서 안녹산 군대에서 내리는 벼슬을 받지 않고 당나라 황실에 대한 지조를 지킨 인물이다. 두보와는 오랫동안 교유한 인물이기도 하다. 정건은 안녹산의 난 때 안녹산 군대에 붙잡혀 장안에 머물던 인물이다. 장안에 머물면서 수부낭중(水部郎中)이라는 관직을 받았지만, 병을 핑계로 시령(市令)의 직책을 맡겠다고 하면서 몰래 영무의 숙종 조정에 소식을 전했던 인물이다. 안녹산 군대가 물러나고 장안이 수복되었을 때 안녹산 군대의 벼슬을 받았다는 죄명으로 태주사호(台州司戶)로 쫓겨나 그곳에서 생을 마감한 인물이다. 장구령은 734년 중서령이되었으며 능력 있는 어진 인재를 등용할 것을 권유하면서 붕당에 반대하다가 이임보의 시기를 받아서 736년 재상에서 파면되고 형주자사로 좌천되었다. 또 소주의 시흥현백으로 봉해졌다가 병으로 68세로 죽은 인물이다. 이처럼 두보는 이 8명을 애도하기 위해 「팔애시(八哀詩)」를 지은 것이다. 「팔애시(八哀詩)」 서문에 "당시 도적이 그치지 않은 것을 애달파하면서 왕공(왕사례)과 이공(이광필)으로부터 감흥을 일으켰고, 옛 사귐을 탄식하고 어진 이를 그리워하다 장상국(장구령)으로 마쳤다(傷時盜賊未息상시도적미식, 興起王公李公흥기왕공이공, 嘆舊懷賢탄구회현, 終於張相國종어장상국)."라고 하여, 「팔애시(八哀詩)」를 지은 이유를 밝혔다.

두보는 766년 가을 기주에서 지금의 정치적 상황에 대해서 자기 의견을 피력하였다. 「기부서회사십운(夔府書懷四十韻: 기부에서 감회를 쓴 40운의 시)」에서 "부평초처럼 떠다니다가 또 이끎을 받았고(萍流仍汲引평류잉급인), 가죽나무처럼 쓸모없지만 그래도 은혜를 받았네(樗散尚恩慈저산상은자)."라고 하여, 두보 자신은 재주가 없지만 그래도 황제의 은혜를 받았다고 하였으며, 「왕재(往在: 지난 날)」에서는 "(고향으로) 돌아가 옛 소나무와 측백나무(조상의 무덤)에 소리 내어 울고 싶으나(歸號故松柏귀호고송백), 늙어 감에 쑥대(떠돌아다니는 두보 자신 상징) 신세 괴롭네(老

去苦飄蓬노거고표봉)."라고 하여 고향에 대한 그리움으로 가득 찼다. 이처럼 기주 시절에도 두보는 여전히 연군지정(戀君之情)과 수구초심(首丘初心)에 젖어 있다. 한편으로는 젊은 시절 함께 노닐었던 이들에 대한 그리움도 드러낸 시도 있었다. 「석유(昔遊: 젊은 날의 유람)」에서 "옛날 고적 이백과 함께(昔者與高李석자여고이), 저물녘 선보대(산동성 선현에 있던 누대)에 올랐네(晩登單父臺만등선보대)."라고 하여, 옛날 천보 4년 745년 두보는 이백과 고적 등과 더불어 조(趙)와 제(齊) 지역을 여행했던 일을 회상하면서, 지금의 난세에 필요한 인물로 이백과 고적 같은 인재가 필요함을 은근히 드러내었다. "선보대(單父臺)"의 '선보(單父)'는 중국 춘추시대 노나라에 속한 한 읍의 지명이다. 공자의 제자 중 한 명이었던 복자천(宓子賤)이 선보의 읍장이 되어 정사(政事)를 잘 돌보아서 백성들로부터 칭찬이 자자하였다. 이에 공자가 기뻐서 누대에서 거문고를 탔다고 하여, 선보대(單父臺)가 된 것이다.

766년(55세) 무렵 기주에서 지은 시 중에서 자신의 일생을 회고하는 시가 있다.

장유(壯遊): 장년의 유람

지난 날 내 나이 열너댓에,	往者十四五왕자십사오,
문인들의 세계에 나가 노닐었네.	出遊翰墨場출유한묵장.
문인 가운데 최상과 위계심 무리가,	斯文崔魏徒사문최위도,
내 글을 반고와 양웅 같다고 하였네.	以我似班揚이아사반양.
나이 일곱에 생각이 씩씩해져,	七齡思卽壯칠령사즉장,
입을 크게 하여 「봉황」을 읊었네.	開口詠鳳皇개구영봉황.
아홉 살에 굵은 글씨 쓰니,	九齡書大字구령서대자,
지은 글이 주머니에 가득하였네.	有作成一囊유작성일낭.

성품이 호탕하여 술 즐기기 일로 삼고,　　　　性豪業嗜酒성호업기주,
악을 미워하여 굳센 마음 품었다네.　　　　　嫉惡懷剛腸질악회강장.
젊은 시절 어울리던 무리 무시하고,　　　　　脫落小時輩탈낙소시배,
사귀는 이는 모두 머리가 센 노인이네.　　　結交皆老蒼결교개노창.
술에 거나하여 팔방의 끝을 보니,　　　　　　飮酣視八極음감시팔극,
속물들 모두 하잘 것 없네.　　　　　　　　　俗物多茫茫속물다망망.
동쪽으로 고소대(오왕 합려가 세운 누대)에 내려가.

　　　　　　　　　　　　　　　　　　　　　東下姑蘇臺동하고소대,
이미 바다에 띄울 배 마련하였다네.　　　　已具浮海航이구부해항.
지금도 남은 한은,　　　　　　　　　　　　到今有遺恨도금유유한,
부상까지 가 보지 못한 것.　　　　　　　　　不得窮扶桑부득궁부상.
동진의 왕씨(왕융)와 사씨(사안)의 풍류 아득하고,

　　　　　　　　　　　　　　　　　　　　　王謝風流遠왕사풍류원,
오나라의 왕 합려의 무덤 황량하여라.　　　闔閭丘墓荒합려구묘황.
호구의 연못 검지에 석벽이 비스듬하였고,　劍池石壁仄검지석벽측,
장주(강소성 소주 일대)에는 마름과 연잎이 향기로웠지.

　　　　　　　　　　　　　　　　　　　　　長洲芰荷香장주기하향.
우뚝 솟은 창문(소주의 서쪽 성문)의 북쪽이여,　嵯峨閶門北차아창문배,
청묘(제왕의 종묘)는 구불구불 연못에 비쳤네.　淸廟映廻塘청묘영회당.
매번 오 태백에게 갈 때마다,　　　　　　　每趨吳太伯매추오태백,
옛일 어루만지며 눈물 흘렸다네.　　　　　　撫事淚浪浪무사누낭낭.
구운 물고기에 비수 이야기 듣고,　　　　　蒸魚聞匕首증어문비수,
길 쓸던 일 생각하니 태수가 우습네.　　　　除道哂要章제도신요장.
창을 베고 잔 구천(월나라 왕)이 생각나고,　枕戈憶勾踐침과억구천,
절강(전단강)을 건넌 진시황이 떠오르네.　　渡浙想秦皇도절상진황.

월나라 여자(서시)는 천하에 희고(예쁘고),　　越女天下白월녀천하백,

감호(중국 소흥, 경호)는 5월에도 서늘하였네. 鑑湖五月凉감호오월량.

섬계(절강성 소흥에 있는 강)에는 빼어난 경치 숨어 있어,

　　　　　　　　　　　　　　　　　剡溪蘊秀異섬계온수리,

잊을래야 잊을 수 없네.　　　　　　　欲罷不能忘욕파불능망.

배 타고 천모산 스쳐 돌아가,　　　　歸帆拂天姥귀범불천모,

중년에 고향(낙양)에서 공거에 뽑혔네.　中歲貢舊鄕중세공구향.

기세는 굴원과 가생의 보루(문학적 성취)를 깎아 내리고,

　　　　　　　　　　　　　　　　　氣劘屈賈壘기마굴가누,

눈은 조식과 유정의 담장(문학적 성취) 낮게 보았네.

　　　　　　　　　　　　　　　　　目短曹劉牆목단조류장.

고공이 관장하는 시험 상관의 뜻 거슬러 떨어지고,

　　　　　　　　　　　　　　　　　忤下考功第오하고공제,

홀로 경윤당(상서성)을 떠났네.　　　獨辭京尹堂독사경윤당.

제와 조나라 지역(산동성 하북 지역) 멋대로 노닐 때,

　　　　　　　　　　　　　　　　　放蕩齊趙間방탕제조간,

가죽옷과 살찐 말에 아무런 거리낌 없었네.　裘馬頗淸狂구마파청광.

봄에는 총대(조나라 한단에 있는 누대)에서 노래 불렀고,

　　　　　　　　　　　　　　　　　春歌叢臺上춘가총대상,

겨울에는 청구(산동성 광요현)에서 사냥했다네. 冬獵靑丘旁동렵청구방.

조력림(제나라 지역)에서 매사냥을 하고,　呼鷹皁櫪林호응조력림,

운설강(제나라 지역)에서 짐승을 쫓았지.　逐獸雲雪岡축수운설강.

나는 새 활로 맞히고 일찍이 고삐를 풀어 빨리 달리고,

　　　　　　　　　　　　　　　　　射飛曾縱鞚석비증종안,

팔을 들어 무수리와 왜가리 떨어뜨렸네.　引臂落鶖鶬인비낙추창.

소후(소원명)가 안장에 기대 기뻐하며,　　　蘇侯據鞍喜소후거안희,

문득 갈강(산간이 아끼던 장수, 두보)을 거느린 듯하였다네.

　　　　　　　　　　　　　　　忽如攜葛彊홀여휴갈강.

통쾌하게 8~9년 지내다가,　　　　　　　快意八九年쾌의팔구년,

서쪽 함양(장안)으로 돌아갔다네.　　　　西歸到咸陽서귀도함양.

사귀는 이들 반드시 문호(잠삼·고적·정건)들이었고,

　　　　　　　　　　　　　　　許與必詞伯허여필사백,

노니는 자들은 실로 어진 왕(여양왕 이진)들었다.

　　　　　　　　　　　　　　　賞遊實賢王상유실현왕.

단술 차린 곳(현자 존경)에서 옷자락을 끌다가(식객 노릇),

　　　　　　　　　　　　　　　曳裾置醴地예거치례지,

「삼대예부」올려서 명광전에 들었지.　　奏賦入明光주부입명광.

천자(현종)께서는 식사도 거른 채 나를 부르셨고,

　　　　　　　　　　　　　　　天子廢食召천자폐식소,

여러 공경들 수레와 의상 갖춰 모였다네.　羣公會軒裳군공회헌상.

벼슬을 내렸으나 받지 않아도 아까울 것 없었고,

　　　　　　　　　　　　　　　脫身無所愛탈신무소애,

술을 마음껏 마시며 출처(出處)를 초월하였지. 痛飮信行藏통음신항장.

검은 담비 가죽옷 어찌 해지지 않았으랴만,　黑貂寧免敝흑초녕면폐,

희끗희끗한 머리칼로 우두커니 앉아 잔을 들었네.

　　　　　　　　　　　　　　　斑鬢兀稱觴반빈올칭상.

두릉(두보가 사는 동네)의 노인들 시들어 가니, 杜曲晚耆舊두곡만기구,

사방의 교외에 백양나무 많아졌네.(죽은 사람이 많아졌다)

　　　　　　　　　　　　　　　四郊多白楊사교다백양.

(노인들이 죽어 두보가) 마을에서 자리 깊이 존경받으며,

坐深鄕薰敬좌심향당경,

날이 갈수록 죽을 날이 빨리 다가옴을 느꼈지. 日覺死生忙일각사생망.

권세가들 마음대로 쟁탈만 일삼다가, 朱門任傾奪주문임경탈,

멸족과 재앙이 서로 번갈아 나타났지. 赤族迭罹殃적족질리앙.

현종이 기르는 춤추는 말이 곡식을 거덜 내고, 國馬竭粟豆국마갈속두,

관에서 기르는 투계에 곡물을 주었다네. 官雞輸稻梁관계수도량.

한 가지 예를 들어도 대량의 소비를 알 수 있는 법,

舉隅見煩費거우견번비,

옛일을 끌어 지금을 증험하니 흥망(쇠망)이 애통하여라.

引古惜興亡인고석흥망.

하삭(하북인 황하의 북쪽)에서 풍진(안녹산의 난)이 일어나,

河朔風塵起하삭풍진기,

민산(사천 지역)으로 멀리 행차(현종의 사천 피난)하였네.

岷山行幸長민산항행장.

두 황제(현종과 숙종) 각각 엄숙하게 통제하면서,

兩宮各警蹕양궁각경필,

만 리 떨어져 서로 바라보았네. 萬里遙相望만리요상망.

공동산(숙종이 머물던 영무)에 살기가 시커멓게 가득하고,

崆峒殺氣黑공동살기흑,

소해(태자, 숙종)에는 깃발이 황색(천자의 깃발)이었다네.

少海旌旗黃소해정기황.

우 임금이 공업을 또한 아들(계)에게 명하였고,(세습)

禹功亦命子우공역명자,

탁록(하북성 탁록현)에서 친히 군사를 거느렸지. 涿鹿親戎行탁록친융항.

푸른 수레 덮개(제왕의 수레) 오악을 에워쌌고, 翠華擁吳兵취화옹오병,

추호(관군)가 승냥이와 이리(안녹산 군대) 섞을 듯하였으나,

貙虎噉豺狼추호담시낭.

발톱과 이빨(가서한과 방관 비유)이 하나도 듣지 않아서,

爪牙一不中조아일불중,

오랑캐 병사(안녹산 군대)는 거침없이 날뛰었지.

胡兵更陸梁호병경육량.

대군(관군)이 다시 허둥대니,(곽자의의 패배)

大軍載草草대군재초초,

병고가 고황에 가득 찼네.(상황이 매우 위태롭다)

凋瘵滿膏肓조채만고황.

외람되어 좌습유에 충원되어,　　　　　　　　備員竊補袞비원절보곤,
시름과 노여움으로 가슴이 들끓었다네.　　　　憂憤心飛揚우분심비양.
위로는 구묘(제왕의 종묘)의 재앙을 슬퍼하고,　上感九廟楚상감구묘초,
아래로는 만미의 고통을 불쌍히 여겼지.　　　　下憫萬民瘡하민만민창.
그때 청포 자리(간언하는 신하가 엎드린 곳)에 엎드려,

斯時伏青蒲사시복청포,

조정에서 극력 간언하여 황제의 주위를 지켰다네.

廷諍守御牀정쟁수어상.

군주가 욕을 보니 신하가 감히 죽음을 아끼랴.　君辱敢愛死군욕감애사,
격노를 만나지만(방관의 상소) 다행히 다치지 않았네.

赫怒幸無傷혁노행무상.

성철하신 분(숙종) 어진 마음 몸소 행하시어,　聖哲體仁恕성철체인서,
온 세상 다시 소강(편안한 생활)을 이루었네.　宇縣復小康우현부소강.
잿더미 속에서 구묘(제왕의 종묘)에 곡하고,　哭廟灰燼中곡묘회신중,
미앙궁(궁궐명)에서 조회할 제 코가 시렸네.(울었다)

鼻酸朝未央비산조미앙.

하찮은 신하(두보)는 의론할 길이 끊기고,(좌습유 면직)

小臣議論絶소신의논절,

늙고 병든 몸으로 타향(기주)을 떠도네.　　老病客殊方노병객수방.

울울함을 참으로 펼 수 없고,(뜻을 얻을 수 없고)

鬱鬱苦不展울울고불전,

날개는 오르내리기에 힘이 부치네.(다시 오르기가 어렵다)

羽翮困低昂우핵곤저앙.

가을바람(살기) 처량한 골짜기에 부니,　　秋風動哀壑추풍동애학,

푸른 혜초(군자) 은은한 향기(두보의 미덕)를 잃었다네.

碧蕙捐微芳벽혜연미방.

개자추(두보)는 종자(從者)들에게 주는 상을 마다하였고,

之推避賞從지추피상종,

어보(두보)는 창랑에서 씻었다네.(깨끗이 물러났다)

漁父濯滄浪어보탁창낭.

부귀영화는 공훈(功勳)에 대등해야 하는 법,　　榮華敵勳業영화적훈업,

세모에 찬 서리(재앙) 내리리라.　　歲暮有嚴霜세모유엄상.

내 치이자 범려(월나라 책사)를 보니,　　吾觀鴟夷子오관치이자,

(범려의) 재능과 품격이 보통을 넘었네.　　才格出尋常재격출심상.

각지에 할거하는 반역 아직 가라앉지 않았으니, 羣凶逆未定군흉역미정,

재능과 지혜 있는 이들 날아오르길 몸 기울이고 기다린다.

側佇英俊翔측저영준상.

위의 시는 기주에 머물던 55세의 두보가 자서전 같은 내용으로 지은 시이다. 청(淸)나라 구조오(仇兆鰲)는 「장유(壯遊)」 시를 6단락으로

나누었다. 첫 번째 단락은 소년 시절의 모습을 담은 내용이다. 어린 시절 기억이 나는 7살부터의 내용이다. 입으로는 씩씩하게 봉황을 읊었고 9살에는 손으로 쓴 붓글씨가 한 자루나 될 정도라고도 하였다. 14살 내지 15살 무렵에는 문인들 사이에서 놀았는데 당대에 뛰어난 문인 최상과 위계심이 두보의 문장을 보고 반고(班固)와 양웅(揚雄)의 문장과 비슷하다 했다고 소개하였다. 또한 성품이 호탕하여 술을 즐겼으며 속물들과는 어울리지도 않았다고 하였다.

　두 번째 단락은 오월 지역을 유람한 내용이다. 옛날 오나라 왕 합려가 세운 고소대까지 내려가 바다에 띄울 배까지 마련하였지만 해가 돋는 부상까지 가보지 못한 한(恨)은 그대로 남아 있다고 하여, 호방한 성격임을 그대로 드러내었다. 옛날 진(晉)나라 때 명문 거족인 왕융과 사안의 풍류 아득하고 춘추시대 오(吳)나라 왕 합려의 무덤도 쓸쓸하다고 하였다. 동쪽으로 내려와 오나라 지역을 방문하여 지금의 남경인 오의항과 오나라 왕 합려의 무덤까지 보았다는 말이다. 당나라 유우석의 시 「오의항(烏衣巷: 검은 옷을 입고 다니는 동네)」에는 "옛날 왕도와 사안의 집 앞으로 드나들던 제비가(舊時王謝堂前燕구시왕사당전연), 평범한 백성들의 집으로 날아 들어가더라(飛入尋常百姓家비입심상백성가)."라는 시 구절이 있다. 옛날에는 명문 거족의 집안인 왕도와 사안의 집안을 드나들던 제비가 이제는 일반 백성들의 집을 넘나들고 있더라는 것이다. 역사의 무상감을 느끼게 하는 시 구절이다. 마지막 구를 "王謝堂爲百姓家왕사당위백성가" 곧 "왕사의 집이 일반 백성의 집이 되었다."로 하지 않고, "飛入尋常百姓家비입심상백성가"로 표현함으로써 절창(絶唱, 아주 뛰어난 시 구절)이 된 것이다. 왕도와 사안뿐만 아니라 오나라 왕 합려의 무덤도 황량하다고 하였다. 인간사와 역사는 이렇게 변해가는 것이다. 그리고 오월 지역에 살았던 합려에 관한 이야기와 와신상담(臥薪嘗

膽)에 나오는 상담(嘗膽)의 주인공인 구천(勾踐)과 서시(西施) 등도 소개하였다.

　세 번째 단락은 제나라와 조나라 지역을 유람한 내용이다. 젊은 시절 고향 지역에서 과거 시험을 보고 급제자로 뽑힌 것을 소개하면서 당시 두보 자신의 문장을 짓는 기세가 전국시대 초나라 굴원과 한나라 가의의 문학적 성취도 만만하게 보고, 옛날 시 잘 짓는 조식과 유정도 대수롭게 여기지 않았다고 하였다. 낙양에 와서 본 과거시험은 시험을 관장하는 관리 고공랑(考功郞)의 뜻에 거슬러 떨어지게 되었다고 하였다. 그래서 낙양을 떠나 제나라와 조나라 지역인 산동성 하북 일대를 유람하게 되었다고도 하였다. 이때의 생활은 갓옷에 살찐 말을 타고 자유로운 생활을 누렸다고 하였다. 봄에는 조나라 한단에 있는 누대인 총대에서 노래하였고, 겨울에는 산동성 광요현 북쪽에 있는 청구에서 사냥을 하였다. 이렇게 8~9년을 지내다가 서쪽 장안으로 들어갔다.

　네 번째 단락은 장안에서의 유람이다. 장안에서 사귀는 이들은 문인들로 잠삼·고적·정건 등이었고 함께 노니는 사람은 어진 군왕인 여양왕(汝陽王) 이진(李璡)이었다. 현자를 존경하는 자리에 나아가 권세가의 식객 노릇도 하고 천보 10년 751년 두보는 연은궤에 자신의 글 『삼대예부(三大禮賦)』를 올려 명광전에 입궐하기도 하였다. 두보가 입궐 시 현종은 식사도 거른 채 기다리며, 고관들도 두보 자신을 만나기 위해 모여 있었다고 하였다. 그런데 하서위(하서 지방의 현위, 온갖 잡일을 다 맡아보던 관리) 벼슬을 내렸지만 맡지 않고 물러나 술로 시름을 달래기도 하였다. 살림살이는 빈곤해지고 몸은 늙어만 가 우두커니 술을 마시기도 하였다. 두보가 사는 마을의 노인들은 늙어 하나둘씩 죽어가니 두보가 마을에 노인으로 존경받으며 한편으로는 죽을

날이 가까워지는 것을 느낄 수 있었다. 권세가들이 사치한 생활을 하니 예 일을 예로 들면 근검절약한 생활을 바라기도 하였다.

다섯 번째는 안녹산의 난으로 장안이 점령당한 일과 두보가 숙종 황제가 있던 봉상으로 달려간 일을 회상하는 장면이다. 755년 11월 9일 황하의 북쪽인 범양(북경 근처)에서 안녹산의 난이 일어나자 756년 6월 현종 황제는 사천성 촉땅으로 몽진하였다. 그래서 두 황제 곧 서촉 성도의 현종과 영무의 숙종은 서로 만 리 떨어져 있어도 서로의 안위를 걱정하였다. 공동산에는 살기(殺氣)가 돌고 태자(숙종)가 있는 곳에는 천자의 깃발이 펄럭이고 있다. 우 임금이 왕위를 아들 계(啓)에게 양위했던 것처럼, 현종이 아들 숙종에게 자리를 물려주었고, 숙종은 곧바로 탁록 곧 하북성 탁록현에서 군사를 지휘하였다. 천자의 군대가 봉상에 이르자 각 지역에서 병사들이 모여들어 안녹산의 반란군을 제압하였다. 그러나 안녹산 군대도 무너지지 않고 오히려 관군이 패하니 반군은 더욱 날뛰어 상황이 매우 위태롭게 되었다. 외람되게도 두보 자신은 직언을 올리는 좌습유 벼슬아치가 되어 나라를 위한 애국 충정으로 시름과 울분으로 끓어올라 마음이 안정되지 못하였다. 장안을 수복한 후 숙종은 제왕의 종묘를 찾아 제사를 지내고 아래로는 백성들의 고통을 어루만져주었다. 이때 두보는 간언하는 자리인 청포에 엎드려 직언을 행하면서 황제의 주변을 지켰다. 두보는 전쟁에서 패한 재상 방관을 구하려고 상소하였다가 숙종의 노여움을 사 감옥에 갇히고 새롭게 임명된 재상 장호의 도움으로 풀려나기도 한 일을 회상하였다. 이처럼 두보는 군주의 시름을 걱정하고 충성을 다하여 간언도 하면서 자신의 목숨을 아까워하지 않아야 한다고 한 것이다. 그러나 끝내 숙종의 미움을 사 화주의 사공참군으로 좌천되고 결국 벼슬자리를 버리게 되기까지 하였다. 이때 방관은 빈주자사로 강등되었다.

　마지막 여섯 번째 단락은 벼슬자리에서 물러 난 후 오랜 나그네 행적을 서술한 부분이다. 두보는 이제 좌습유에 면직되어 더 이상 충언을 올릴 수도 없게 되었다. 그래서 몸은 병든 채 타향 기주를 떠돌고 있다. 뜻을 얻지 못해 시름과 분노에 빠져 있고 힘도 없어 이제는 다시 날아오를 수도 없는 처지이다. 살기(殺氣)가 처량한 골짜기에 부니, 군자가 지녔던 은은한 향기인 미덕을 잃어버리게 되었다. 춘추시절 진(晉)나라 개자추는 망명시절, 문공(文公)이 자신을 따르던 사람들에게 주던 상도 거절하였고, 전국시대 초나라 충신이었던 굴원이 자신의 충절이 받아드려지지 않자 상강 가인 멱라수에 몸을 던져 충절을 보인 것처럼, 두보 자신도 굴원처럼 깨끗이 처신하겠다는 말이다. 개자추가, 망명 중인 진(晉)나라 공자 중이(重耳)를 19년 동안 모셔도 진작 중이가 진나라 문공(文公)이 된 후에 벼슬을 받지 못했던 것처럼, 두보도 숙종을 따라 당나라 중흥을 이루어 장안 수복에 이바지 하였지만 숙종이 두보 자신에게는 상을 주지 않음을 에둘러 말한 것이다. 그리고 초나라 굴원처럼 자신의 뜻이 받아드려지지 않으며 깨끗이 물러나 처신하겠다는 자신의 뜻을 드러낸 것이다. 개자추나 굴원 모두 군주에 대한 충절은 변함이 없다. 두보도 벼슬자리와 상관없이 충절은 변함이 없음을 개자추와 굴원의 이야기를 통해 드러내었다. 부귀영화와 공훈은 대등해야 되는데 공훈보다 부귀영화를 더 누리게 되면 인생 말년에 시련이 올 것이다. 춘추시절 월나라 범려는 월나라 왕 구천을 도와 패자(霸者)를 만들었지만, 자기 공을 내세우지 않고 미인계에 동원되었던 서시를 데리고 월나라를 떠나 것은 재능과 품격을 보인 멋진 처세임을 드러내었다. 영화가 업적을 능가하면 오랫동안 편안할 수 있는 이가 드물기에 자신의 공을 내세우지 않고 멀리 산동성으로 떠난 범려의 처신을 배울 필요가 있다고도 하였다. 그러면서 두보는 마지막으로 어진 인재를 제대로 등용하지 못하는 당나라 조정을 풍자하였다. 지금 나라가 안정되지 못하고 반란군들이 설치고 있는데, 당나라 조정은 어질고 유능한 인재를 등용시키지 못하고 있기 때문이다. 어린 시절 기억나는 7세부터 떠도는 기주의 55세까지 두보 자신의 이야기이다.

766년 가을 기주 서각에 있으면서 지은 「추흥팔수(秋興八首)」를 감상해 보자.

추흥팔수秋興八首: 가을의 감흥 8수

제1수

옥 같은 이슬에 단풍나무 숲 시들고,　玉露凋傷楓樹林옥로조상풍수림,

무산과 무협에 가을 기운 소슬하고 스산하네.　巫山巫峽氣蕭森무산무협기소삼.

장강에서 이는 파도 하늘 향해 치솟고,　江間波浪兼天湧강간파랑겸천용,

변방을 덮은 풍운은 땅에 닿아 음침하네.　塞上風雲接地陰새상풍운접지음.

무더기 국화 두 번 핀 것은 지난날의 눈물이요,　叢菊兩開他日淚총국양개타일루,

매어 둔 외로운 배 한 척 고향 생각나게 하네.　孤舟一繫故園心고주일계고원심.

겨울 옷 마련하느라 곳곳에서 바느질 재촉하니,　寒衣處處催刀尺한의처처최도척,

백제성 높은 곳에 저녁 다듬이질 소리 급하네.　白帝城高急暮砧백제성고급모침.

제2수

기부(기주)의 외로운 성에 지는 해가 비끼니,　夔府孤城落日斜기부고성락일사,

언제나 북두성에 의지하여 장안 쪽을 바라보네.　每依北斗望京華매의북두망경화.

원숭이 소리 서너 번만 들으며 실로 눈물이 나고,

聽猿實下三聲淚청원실하삼성루,

사신의 임무 받들고 8월의 뗏목을 헛되이 따르네.

奉使虛隨八月槎봉사허수팔월사.

화성(상서성)의 향로(숙직)는 베개의 엎드림으로 어긋나고,

畵省香爐違伏枕화성향로위복침,

산루(백제성)의 칠한 담장에서는 슬픈 피리 소리 은은하네.

山樓粉堞隱悲笳산루분첩은비가.

돌 위 등나무 덩굴에 걸린 달빛 보시게,   請看石上籐蘿月청간석상등라월,

이미 모래 톱 앞 갈대꽃을 비추고 있네.   已映洲前蘆荻花이영주전로적화.

제3수

천여 호 성곽은 아침 햇살에 고요한데,   千家山郭靜朝暉천가산곽정조휘,

날마다 강가 누각은 푸른 산색 마주하네.   日日江樓坐翠微일일강루좌취미.

밤새 작업을 한 어부는 아직도 물 위에 떠다니고,

信宿漁人還汎汎신숙어인환범범,

맑은 가을날의 제비는 여전히 날고 있네.   淸秋燕子故飛飛청추연자고비비.

광형처럼 상소를 올렸으나 나는 공명이 박해졌고,

匡衡抗疏功名薄광형항소공명박,

유향처럼 경전을 전하러했건만 심사가 어긋나 버렸네.

劉向傳經心事違유향전경심사위.

함께 배우던 소년들 대체로 귀한 직위에 올라, 同學少年多不賤동학소년다불천,

오릉(장안)에서 가벼운 옷 입고, 살찐 말 타고 다니네.

五陵衣馬自輕肥오릉의마자경비.

제4수

들리는 말이 장안 정세가 바둑판과 같다는데, 聞道長安似弈棋문도장안사혁기,

평생 동안 겪은 세상사가 슬픈 일 뿐이로세.　百年世事不勝悲백년세사불승비.

왕후장상 귀한 저택은 모두 새 주인이고,　王侯第宅皆新主왕후제택개신주,

문무 관리도 옛날과 달라졌네.　文武衣冠異昔時문무의관이석시.

곧바로 북쪽 관산에는 징과 북소리 진동하고,　直北關山金鼓震직북관산금고진,

서쪽으로 출정하는 우마, 깃 꽂은 격문이 내달리네.

征西車馬羽書馳정서거마우서치.

어룡이 적막하고 가을 강이 찬데,　魚龍寂寞秋江冷어룡적막추강냉,

고국(고향 또는 장안)에 대하여는 평소 일들이 생각나네.

故國平居有所思고국평거유소사.

제5수

봉래궁(대명궁)은 종남산을 마주하고 있고,　蓬萊宮闕對南山봉래궁궐대남산,

이슬 받는 쟁반의 구리기둥은 하늘 높이 솟아 있네.

承露金莖霄漢間승로금경소한간.

서쪽으로 요지(곤륜산 연못)를 바라보니 서왕모가 내려오고,

西望瑤池降王母서망요지강왕모,

동쪽으로 자주색 기운이 다가와 함곡관에 가득차네.

東來紫氣滿函關동래자기만함관.

치미선의 구름 같은 부채가 옮겨가니 궁선(부채)이 열리고,

雲移雉尾開宮扇운이치미개궁선,

해가 용의 비늘에 어리니 성상의 성안(용안)인 줄 알겠네.

日繞龍鱗識聖顔일요용린식성안.

한 번 푸른 강에 누워 세월 저무는 것에 놀라니, 一臥滄江驚歲晚일와창강경세만,

몇 번이나 청쇄문(궁궐문)으로 조회 반열에 참석했는가?

幾回靑瑣點朝班기회청쇄점조반.

제6수

구당협 입구와 곡강의 머리(장안)가,   瞿塘峽口曲江頭구당협구곡강두,

만 리의 바람과 안개가 가을에 이어져 있네. 萬里風煙接素秋만리풍연접소추.

화악(화악루) 협성(담을 쌓은 통로)으로 왕기가 통하더니,

　　　　　　　　　　　　　　　　　花蕚夾城通御氣화악협성통어기,

부용원 작은 정원으로 변경의 시름(안녹산의 난) 들어오네.

　　　　　　　　　　　　　　　　　芙蓉小苑入邊愁부용소원입변수.

구슬발과 수놓은 기둥을 황색의 고니를 둘러싸고,

　　　　　　　　　　　　　　　　　珠簾繡柱圍黃鵠주렴수주위황곡,

비단 닻줄과 상아 돛대에 흰 갈매기 날아올랐네.

　　　　　　　　　　　　　　　　　錦纜牙檣起白鷗금람아장기백구.

고개 돌려 보니 가련하구나. 노래하고 춤추던 곳(곡강),

　　　　　　　　　　　　　　　　　回首可憐歌舞地회수가련가무지,

진(秦)나라 지방(관중)은 예부터 제왕의 고을이라.

　　　　　　　　　　　　　　　　　秦中自古帝王州진중자고제왕주.

제7수

곤명지의 물은 한나라 때 파서 만든 공적인데, 昆明池水漢時功곤명지수한시공,

무제의 깃발을 눈앞에서 보는 듯하네.   武帝旌旗在眼中무제정기재안중.

직녀 베틀의 실엔 밤의 달빛만 공허하고,   織女機絲虛夜月직녀기사허야월,

돌고래의 비늘과 껍데기는 가을바람 속에 움직이네.

　　　　　　　　　　　　　　　　　石鯨鱗甲動秋風석경린갑동추풍.

수면에 뜬 줄풀의 열매는 검은 구름처럼 잠기고, 波漂菰米沈雲黑파표고미침운흑,

이슬에 차가워진 연방에선 붉은 꽃잎 떨어지네. 露冷蓮房墮粉紅노냉연방타분홍.

하늘 닿은 변방에 새들만 넘나드는데,   關塞極天惟鳥道관새극천유조도,

강호(江湖) 모든 땅에 한 사람의 어옹이네.　　　江湖滿地一漁翁강호만지일어옹.

제8수

곤오에서 어숙까지 구불구불 이어지고,　　　昆吾御宿自逶迤곤오어숙자위이,

자각봉 산그늘이 미피호에 드네.　　　紫閣峯陰入渼陂자각봉음입미피.

향도(쌀)는 앵무새가 쪼다 남은 낟알,　　　香稻啄殘鸚鵡粒향도탁여앵무립,

벽오동 굵은 가지에는 봉황새가 깃들었네.　　　碧梧棲老鳳凰枝벽오서노봉황지.

가인(佳人)들은 비취새 깃을 주워 봄 선물 주고,　　　佳人捨翠春相問가인사취춘상문,

신선 같은 벗과 함께 배 타고 저녁에 다시 옮겨 갔지.

仙侶同舟晚更移선려동주만갱이.

채색 붓으로 옛날엔 그 기상을 그려 냈는데,　　　綵筆昔曾干氣象채필석증간기상,

백두(白頭)로 이제 바라보며 괴로이 고개를 숙이네.

白頭吟望苦低垂백두음망고저수.

위의 「추흥팔수(秋興八首)」는 두보의 연작 칠언율시의 대표작으로, 대력 원년인 766년 가을 두보 나이 55세 때의 작품이다.

제1수의 내용을 풀어보자.

옥같이 맑은 이슬에 단풍 든 숲의 나뭇잎이 시들어 떨어지고, 기주의 무산과 무협의 가을 기운도 쓸쓸하다. 장강의 거센 물결은 하늘도 삼킬 듯이 치솟아 오르고, 변방(백제성 부근)의 바람과 구름은 땅까지 깔려 근방을 음침하고 스산하게 만든다. 성도를 떠나 이번에 무더기 국화가 작년에도 피고 올 가을에는 운안에서 국화 핀 것을 보고 또 기주에서 보니, 두 번 본 거나 다름없다. 그리고 국화가 두 번이나 피는 동안 눈물은 여전히 흐르고 있다. 또 강에는 외로운 배를 한결같이 매어 두었으니, 고향에 돌아가고자 하는 마음이 맺혀 풀리지 않았다. 사방에

서는 겨울 옷 준비에 바느질을 재촉하는데, 백제성 높은 곳에서는 저물녘 다듬이 소리가 다급하게 들려온다. 기주에 있는 백제성은 서릉협 입구에 위치해 있다. 서릉협은 장강 삼협의 하나이다. 이 밖에도 장강 삼협으로는 구당협과 무협 등이 있다. 두보는 가을을 맞아 떠도는 생활을 가슴 아파하였다. 제1수의 전반부는 기주 지방의 쓸쓸한 가을 경치와 후반부는 수구초심(首丘初心)을 통해 나그네의 쓸쓸함을 드러낸 것이다. 따라서 제1수는 가을 감흥의 발단을 드러낸 것이다.

제2수의 내용이다.

외로운 기주성에 해가 질 무렵, 나는 늘 북두칠성을 기준으로 하여 장안 하늘을 바라본다. 원숭이 울음소리 세 번만 들으면 이곳 어부들의 노래에 나오는 대로 눈물이 흐르고, 지금 황제의 명령을 받들어 장건은 뗏목을 타고 하늘로 갔으나, 두보 자신은 사명을 받들지 못해 하늘은 고사하고 검교공부원외랑에 있으면서 관리로서의 제구실을 다하지 못했다. 저 장안의 벽화가 그려져 있는 상서성의 향로 곧 궁궐에서의 숙직은 지금 내가 베개에 엎어져 자는 것 곧 막부의 일을 그만두고 초당으로 돌아온 것과는 아주 거리가 멀고, 저 기주성의 성루의 흰 담 근처에서는 서글픈 피리 소리가 들려오는 듯 해가 진 후의 쓸쓸한 모습이다. 조금 전까지 정원 돌 위의 등나무 넝쿨 위를 비추던 달이 벌써 저 강가 모래사장 앞에 피어 있는 갈대꽃에 비치고 있다. 역시 쓸쓸한 저녁 풍경이다. 지난 날 장안 궁중에서 좌습유와 촉 땅 성도에서 검교공부원외랑 직을 다하지 못한 아쉬움에 잠기면서, 기주성에 해가 진 저녁 경치를 읊었다.

제3수는 옛날 동무들을 그리워하고 있다.

천호쯤 되는 성곽에 아침 햇살이 고요한데, 강가 누각은 매일 산 중턱을 마주한다. 강 위에는 밤을 샌 어부들이 배를 띄워 오락가락하고, 가을이 깊었는데도 제비들은 제 맘대로 이리저리 날고 있다. 옛날 한(漢)나라 원제(元帝) 때 문인 광형(匡衡)마냥 나도 황제에게 상소를 올렸다가 도리어 공명이 깎였다. 이는 두보가 숙종에게 방관을 구하는 변호의 상소를 올렸다가 오히려 형을 받고 결국은 좌천된 일을 비유한 것이다. 그리고 한나라 성제(成帝) 때 학자인 유향(劉向)마냥 후대에 경전을 전하려 했으나 그런 소원도 어긋났다. 두보도 한나라 유향이 아들 유흠에게 경전을 전수한 것처럼 하고 싶었으나 그것도 뜻대로 되지 않았다는 것이다. 또한 옛날 동문수학했던 소년들은 지금은 대개 귀하게 되어 장안 근처에서 부귀영화를 누리고 있다고 하였다. 제3수는 기주의 아침 정경을 말하면서, 숙종 조정에서 방관을 위해 상소문을 올렸던 일과 동문들의 부귀영화를 회상하면서 뜻대로 되지 않은 삶을 아쉬워한 연(聯)이다. 대체로 제1수에서 3수까지는 기주에서 장안에 대한 일을 떠올린 내용들이다.

제4수는 장안의 일을 떠올리면서 여러 차례 난리를 겪은 것을 탄식한 내용이다.

들은 바에 의하면, 장안은 바둑 내기와 같아 뺏고 뺏기는 곳이기도 하다. 백 년도 안 되는 세상일에 슬픔을 이기지 못하겠다. 예전 황후의 저택들은 지금은 모두 새로 주인이 바뀌고 문무고관들도 옛날과는 완전히 다르다. 곧장 북쪽(회흘) 국경의 산에는 종과 북소리가 사방으로 진동하고, 서쪽(토번)을 정벌하는 군대 편에 위급을 알리는 문서가 치달려 간다. 지금은 물고기나 용도 조용히 잠기는 계절인 가을이라 강이 차가운데, 나는 항상 고향인 장안에 대하여 생각하는 바가 많다. 장안의 떠올리면서 자중지란(自中之亂)하는 조정의 모습과 뒤바뀐 세상사를 한탄하고 있다. 곧 내우외환(內憂外患)의 당나라 조정을 걱정하는 우국지정(憂國之情)의 두보의 심정을 드러내었다.

제5수도 장안 시절에 대한 회상이다.

봉래궁(대명궁)의 궁문은 장안 남쪽의 종남산을 마주 대하고 있고, 이슬 받는 쟁반인 승로반의 구리 기둥은 하늘 높이 솟아 있다. 서쪽을 바라보면 멀리 서왕모가 살았다는 곤륜산의 연못인 요지에서 서왕모가 내려오는 것이 보이고, 동쪽을 보면 상서로운 징조인 자주빛 기운이 중원에서 관중으로 통하는 관문인 함곡관에 가득 차 있다. 이런 궁궐 안에서 구름이 움직이는 것 같은 꿩의 꼬리털로 장식한 큰 부채가 궁선(궁궐에서 의장용으로 쓰던 가림용 부채)을 열리게 하고, 햇빛이 곤룡포에 비칠 때 황제의 용안(龍顔)을 대할 수 있다. 그러나 나는 지금 푸른 강물에 누워 올해도 저물어 가는 것에 놀라니, 지난날 좌습유 벼슬을 하면서 몇 번이나 조회에 참석하는 점호를 응하기 위하여 청쇄문(궁궐문)으로 드나들었는가? 숙종의 조정에서 용안을 뵙던 지난날을 통해 세월만 보내면서 늙어가는 자신의 모습에서 처연함을 느끼고 있다.

제6수이다. 장안 곡강 연못을 그리워하는 내용이다.

여기 내(두보)가 있는 구당협 입구와 저 장안 곡강 근처와의 사이는 만 리나 되게 멀지만 가을이 되어 바람과 안개로 이어져 있다. 일찍이 황제의 근엄한 분위기는 홍경궁 서남쪽에 있는 화악루로부터 협성을 지나 부용원까지 통해 있으니, 그 부용원 변두리를 방황하는 나의 수심 속으로 스며들어 온다. 거기에는 구슬로 장식한 발이나 자수한 기둥으로 꾸민 건물들이 그 가운데 뜰에서 노는 황색의 백조들을 둘러싸 있고, 비단으로 만든 닻줄과 상아로 꾸민 돛대를 단 멋있는 배들은, 연못 속에 있는 흰 갈매기들을 놀라게 하여 날게 하였다. 그러나 옛날을 생각하며 고개 돌려 바라보니, 그 아름답던 춤추고 노래하던 곳도 지금은 놀랄 만큼 몰락해 있겠지? 그러나 저 진(秦)나라 지방인 장안은 역대로 여러 왕조의 수도였다. 역시 장안 시절에 대한 그리움과 당시 황제들의 사치에 대한 탄식을 읊었다. 기주 지방과 장안과의 거리는 만 리나 떨어져 있지만, 바람과 안개로 이어져 있어 멀게만 느껴지지 않는다. 그 시절의 화려했던 일들이 방황하는 나를 지탱해 주는 힘이 되어주지만, 한 편으로는 그런 태평성대가 다시 오기 어려움을 두보는 마음 아파하였다.

제7수는 장안의 곤명지를 생각한 연이다.

장안의 곤명지는 한(漢)나라 때 대공사로 만들어진 연못으로, 한 무제(당 현종 비유)가 수군의 배에 매달았던 깃발들이 지금도 눈에 선하다. 그러나 지금은 그 연못가에 있는 직녀의 석상이 베 짜는 실타래를 손에 들고 헛되이 밤 달빛 아래 서 있으며, 연못 속에 있는 돌로 만든 고래의 비늘과 껍데기도 가을바람에 움직이는 것 같다. 수면에 뜬 줄풀의 열매는 검은 구름처럼 잠기고, 이슬이 찬 연꽃 송이에서는 붉은 꽃잎 떨어진다. 여기 기주인 변방 땅에서 장안 쪽을 바라보니 외가닥 새가 날아다니는 험한 길, 나는 여기 물가 촌락에서 외로이 있는 한 늙은 어부 같은 신세이다. 두보는 여전히 장안을 그리워하면서 외롭게 늙어가는 나그네의 모습이다.

제8수는 장안의 명승지를 생각하는 연이다.

장안 서남쪽에 있는 곤오와 어숙을 지나가는 길은 꾸불꾸불하고, 그 길을 따라가면 종남산의 한 봉우리인 자각봉의 북쪽 반쪽이 미피호(장안 서남쪽에 있었던 연못)에 그림자를 던지는 곳에 이른다. 곧 산의 그림자가 연못에 잠긴다. 앵무새가 쪼다 남은 낱알 향도와 봉황새가 벽오동 가지에서 살며 늙어가기도 한다. 이는 향기 나는 벼 낱알인 향도를 먹는 앵무새와 벽오동에 사는 봉황이 있는 그런 아름다운 명승지라는 뜻이다. 가인(佳人)들은 비취새 깃을 주워 머리를 장식하였으며 봄 선물을 주고, 신선 같은 친구와 짝이 되어 배를 함께 타고 놀다가 저물녘에는 배를 바꿔 타고 또 다시 놀이를 시작하기도 하였다. '가인(佳人)이 봄 선물을 주고' '신선의 배가 저녁에 옮겨 간다'는 말은, 노니는 이가 많아 귀가를 잊었다는 말이다. 그 당시에 나의 아름다운 문필은 하늘의 기상을 움직일 수 있을 정도로 훌륭했는데, 현재는 백발로 시나 읊조리면서 장안을 바라보며 흰머리가 내려뜨려지는 것을 괴로워한다. 제8수에서도 장안의 명승지를 떠올려보면서 옛날 아름다운 사람들과 노닐었던 자취로 거슬러 올라갔다가 지금의 현실로 돌아와 노쇠함을 탄식하고 있다.[45]

깊어 가는 가을날에 두보는 고향을 생각하기도 하고, 출세한 동학들을 상상해 보기도 하며, 당나라 현 정세에 대해 불안해하기도 하였다. 그리고 자신이 좌습유 벼슬자리에 있을 때, 당나라 조정에 나가 조회했던 화려한 날도 추억하였다. 그런데 그런 장안을 지금은 갈 수 없다. 그래서 신세를 한탄하기도 하면서 현재의 늙음으로 괴로워하였다. 55세의 두보가 쓸쓸한 가을날을 맞아 가슴 속에서 솟구쳐 오르는 가을의 감흥을 술술 써 내려 간 듯하다. 이「추흥팔수(秋興八首)」는 두보의 시 중에서도 백미(白眉)로 쳐서 후대인들이 차운한 시가 많다. 1연~3연은 기주에서 장안에 대한 내용이고, 4연~8연은 장안에 대한 추억에서 기주의 경물로 되돌아오는 내용이다.[46] 8연이 대체로 독립된 내용으로 되어 있지만 두보는 추흥(秋興, 가을의 흥취)으로 뭉뚱그려 묶었다.

기주의 서각은 두보가 장기적으로 머물 곳이 못되었다. 그래서 두

---

45) 김준연, 「두보의 시」, 『두보의 삶과 문학』, 서울대학교 출판문화원, 2012, 210쪽 참조.
46) 강민호 외 7인, 『두보전집』 제9권 두보기주시기시역해 2, 서울대학교 출판문화원, 2019, 295~340쪽 참조.

보는 마땅히 안주할 곳을 정하지 못해, 766년 겨울 무렵에 쓴 시 「불이서각이수(不離西閣二首: 서각을 떠나지 못하다 2수)」에서 "모르겠다 서각의 뜻을(不知西閣意부지서각의), 떠나라는 것인지 꼭 머물라는 것인지(肯別定留人긍별정유인)."라고, 현실적 고뇌를 드러내었다.

결국 767년 봄에 서각(西閣)에서 적갑산(赤甲山) 기슭으로 옮겼고 3월에는 양서(瀼西)의 초당으로 옮겼다. 가을 무렵에는 공전(公田)의 관리를 맡아 동둔(東屯)으로 옮겼다. 이처럼 두보가 거처를 자꾸 옮김은 아직도 안정된 거처를 정하지 못했다는 것이다. 양서에서는 과수원도 매입하였다.

원園: 과수원

한여름에 많은 물 흘러가고,	仲夏流多水중하류다수,
맑은 새벽에 작은 과수원을 향하네.	淸晨向小園청신향소원.
푸른 시내는 거룻배 혼들며 넓게 흐르고,	碧溪搖艇闊벽계요정활,
붉은 과일은 가지도 찬란하게 많이도 열렸네.	朱果爛枝繁주과란지번.
처음에는 강산의 조용함 때문에 사들였는데,	始爲江山靜시위강산정,
마침내 시정의 시끄러움도 막게 되었네.	終防市井喧종방시정훤.
밭 채소가 초가집을 에두르니,	畦蔬繞茅屋휴소요모옥,
스스로 풍족하며 소반의 밥 좋아하네.	自足媚盤飧자족미반손.

위의 시는 767년 여름 기주의 양서에서 지은 작품으로 원은 과수원을 이른다. 이 과수원에는 띠집이 있어 두보가 일찍 와서 휴식을 취하는 곳이기도 하다. 두보가 한여름 새벽녘에 작은 배를 타고 과수원에 도착하여 붉은 과일이 주렁주렁 열린 것을 보고 기뻐하는 마음을 담았다. 처음에는 조용한 곳이 필요해서 과수원을 구매하였는데 결과적

으로는 시정의 시끄러움도 막아주고 있다. 과수원 밭에 채소까지 잘 자라니 밥상 위에 반찬까지 풍성하게 되었다고 기뻐하는 마음을 드러내었다. 따라서 두보는 이 작품에서 세속의 시끄러움을 싫어하고 고요한 경치를 추구하는 심정을 담았다.

이 무렵의 생활은 기주의 도독(都督) 백무림(柏茂林)의 도움을 받았다. 양서의 초당도 백무림이 마련해 준 것이며 공전(公田)의 관리를 맡아 동둔(東屯)으로 옮긴 것도 백무림의 도움이다. 「원인송과(園人送瓜: 원정이 외를 보내다)」라는 시에서 "새로 나온 것(외)을 전사(백무림 휘하의 장병)에게 먼저 먹이고(食新先戰士식신선전사), 적은 양도 함께하여 시냇가 노인(두보 자신)에게도 제공하네(共少及溪老공소급계노)."라고 한 데서도 백무림이 얼마나 두보를 챙겼는지 알 수 있게 한다. 연군지정(戀君之情)도 빠지지 않는다. 「괴엽냉도(槐葉冷淘: 홰나무 잎 냉국수)」에서 "금빛 요뇨마(사신)를 따라서(願隨金騕褭원수금요뇨), 달려가 황궁에 놓고 싶어라(走置錦屠蘇주치금도소)."라고 하여, 홰나무 잎을 찧어 즙을 내고 밀가루와 반죽하여 국수로 만든 것이 괴엽냉도(槐葉冷淘)이다. 궁궐로 돌아가는 사자를 따라 가서, 이 푸르고 고운 냉국수를 황제께 드리고 싶다는 것이다. 변함없는 충절이다.

두보는 기주에 머물면서 고향과 동생들에 대한 그리움을 노래하기도 하였다. 그뿐만 아니라 자기가 유년기에 살았던 낙양으로 벼슬살이하러 가는 사람에게 편지를 주면서 고향집에 전해줄 것을 부탁하기도 하였다.

767년 9월 두보 56세 때 기주에서 중양절에 지은 시가 있다.

등고登高
바람은 빠르고 하늘은 높아 원숭이 울음소리 슬프며,

風急天高猿嘯哀풍급천고원소애,

물가는 맑고 모래는 희며 새는 날아서 빙빙 도네.

渚淸沙白鳥飛迴저청사백조비회.

끝없이 펼쳐진 숲에선 나뭇잎 우수수 지고, 無邊落木蕭蕭下무변낙목소소하,

다함이 없이 흐르는 장강은 출렁출렁 세차게 흐르네.

不盡長江滾滾來부진장강곤곤래.

만 리 밖 서글픈 가을에 항상 나그네 되어, 萬里悲秋常作客만리비추상작객,

한평생 많은 병에 홀로 누대에 오른다네. 百年多病獨登臺백년다병독등대.

온갖 고난으로 서리 같은 귀밑머리가 많아 심히 한스럽고,

艱難苦恨繁霜鬢간난고한번상빈,

늙고 초췌해져 근래 들어 탁주잔마저 멈추었다네.

潦倒新停濁酒杯요도신정탁주배.

오늘은 9월 9일 중양절, 높은 대에 오르니, 바람은 세차고 하늘은 높은데 원숭이 울음소리 처량하게 들린다. 내려다보니 장강 유역 백사장은 깨끗하면서 모래도 희고 새들이 빙빙 돌며 날고 있다. 여기저기 끝이 없는 숲에서 낙엽은 우수수 떨어지고, 끝없이 흘러가는 장강의 물은 콸콸 세차게 흘러간다. 고향 만 리 떠나 있어 쓸쓸한 가을에 늘 나그네 신세가 되어 일생 동안 많은 병 지니며 살고 있고, 오늘 홀로 이 높은 곳에 올라왔다. 온갖 어려움 속에서 백발이 많음을 몹시 한스러워하는데, 늙고 쇠한 이 몸은 근래 들어 탁주잔마저 멈추어야 한다.

객지 타향에서 홀로 등고한 쓸쓸함이 배어 있다. 중양절은 중국 고유의 풍속으로, 가족이나 친구들과 근처의 산 위로 올라가서 머리에는 산수유 가지를 꽂고 국화주를 마시며 하루 동안의 액을 피하는

풍습이다. 그런데 두보는 병든 몸을 이끌고 혼자 등고하였다. 전반부의 장강의 넓은 풍경과 거침없이 흐르는 장강을 통해 웅혼한 기상을 드러내면서도 이제는 늙고 병든 몸으로 인해 술마저 마실 수 없음에 슬픔을 자아내었다. 웅혼하면서도 비장미가 있다. 그로 인해 두보의 칠언 율시 중 뛰어난 작품으로 평가 받고 있는 작품이기도 하다.

두보는 가을에 양서에서 동둔으로 이주하였다. 이주한 동둔에 살면서 그곳 주민들의 생활상을 시로 남기기도 하였다. 「동둔북엄(東屯北崦: 동둔 북쪽 산언덕)」에서 "도적 때문에 뜬구름 같은 삶이 괴롭고(盜賊浮生困도적부생곤), 가렴주구로 인하여 이역의 백성이 가난하네(誅求異俗貧주구이속빈)."라고 하여, 거듭 되는 반란과 가혹하게 재물을 거두어들이는 관리들 때문에 이곳 백성들의 삶이 어렵다고 하였다. 잠시 백제성에 둘러보고 오기도 하였다. 「잠왕백제부환동둔(暫往白帝復還東屯: 잠시 백제성에 갔다가 다시 동둔으로 돌아오다)」에서 "다시 (동둔의)논으로 돌아간 것은(復作歸田去부작귀전거), 벼를 수확하는 일 아직 남았기 때문이네(猶殘穫稻功유잔확도공). 타작마당을 다지며 구멍 속 개미를 가련히 여기고(築場憐穴蟻축장련혈의), 이삭줍기는 마을 아이들에게 허락하네(拾穗許村童습수허촌동)."라고 하여, 백제성에 간 것은 잠시 동안의 휴식이었고 다시 동둔으로 돌아간 것은 나머지 벼 수확을 다하기 위한 행위였다. 또한 타작마당을 다지면서 구멍 속 개미에 대해서 안타까워하고, 이삭 줍는 마을 아이들에게는 넉넉함을 보였다. 기주에서의 두보 시의 한 특징은 일상생활에 대한 시가 많다는 것이다. 개인적인 일상사가 시적 소재로 활용되기 시작했다는 의미일 것이다. 두보는 가을 수확을 다 마치고 다시 양서로 돌아갔다.

계추강촌季秋江村: 늦가을 강촌

키 큰 나무가 서 있는 마을은 예스럽고,	喬木村墟古교목촌허고,
성근 울타리에 야생 덩굴이 매달려 있네.	疏籬野蔓懸소리야만현.
장식 없는 거문고로 한가한 날 보내고,	素琴將暇日소금장가일,
흰머리로 서리 내린 하늘 바라보네.	白首望霜天백수망상천.
접시에 노란 밀감이 담겨 있고,	登俎黃甘重등조황감중,
평상을 받치고 있는 금석은 둥글다네.	支牀錦石圓지상금석원.
멀리 돌아다니니 비록 적막하나,	遠遊雖寂寞원유수적막,
이런 산천을 만나기 어렵다네.	難見此山川난견차산천.

수확을 마친 두보는 늦가을 잠시 생활의 만족감을 드러내었다. 「소원(小園: 작은 과수원)」에서는 "풍속을 물어 겨울 채비를 하고(問俗營寒事문속영한사), 장차 시를 가지고 만물의 화려한 시절을 기다리노라(將詩待物華장시대물화)."라고 하여, 기주 양서의 지역민들에게 물어서 단귤과 황감, 그리고 복숭아나무와 오얏나무 과수원의 겨울 채비를 하고 시심(詩心) 가득한 설렘으로 봄날을 기다린다고 하였다.

56세의 두보는 오랜 지병인 당뇨병으로 한쪽 귀가 멀었다. "눈은 또 언제 어두워질까(眼復幾時暗안부기시암)? 귀는 지난달부터 먹었네(耳從前月聾이종전월롱)."라고 하여, 귀가 먼 것에 대한 분노의 마음을 드러내었다. 그래서 눈은 언제 또 멀 것인가로 자조하고 있는 것이다. 그 자조의 말에는 귀가 멀어 원숭이 울음소리와 참새의 지저귀는 소리를 듣지 못해 눈물도 없고 시름도 없다는 것이다. 이처럼 두보는 자신의 늙음을 한탄하였다. 767년 가을의 마지막 날에 두보는 「대력이년구월삼십일(大曆二年九月三十日: 대력 2년 9월 30일)」에서 "나그네살이는 끝날 때 없지만(爲客無時了위객무시료), 가을 슬퍼하는 일은 저녁이면 끝나네(悲秋向

夕終_{비추향석종})."라고 하여, 사람을 슬픈 감정에 잠기게 하는 767년 가을은 끝나가지만, 난으로 인해 고향으로 돌아가지 못하는 나그네 신세는 아직 끝나지 않는다고 하였다. 떠돌이 삶을 사는 두보의 한스러움을 느낄 수 있다.

766년 늦가을에 기주 도독으로 부임했던 백무림이 도독직을 그만 두었다. 그래서 767년 두보의 외숙부인 최경옹이 기주 자사를 대리하고 있었다. 그때 기주에 있는 제갈량의 사당을 또 찾았던 모양이다.

상경옹청수무후묘유상결락시최경권기주_{上卿翁請修武侯廟遺像缺落時崔卿權夔州}:
최경옹께 무후묘의 소상이 파손된 것을 보수해주길 청하는 글을 올리다. 이 때에 최경께서 기주 자사를 대리하셨다
크게 어진 분(최씨)이 다스리셔서 즉시 좋은 소문 많으니,

　　　　　　　　　　　　　　　　　　　大賢爲政卽多聞_{대현위정즉다문},

자사의 진짜 부절은 나눌 필요도 없습니다.　刺史眞符不必分_{자사진부불필분}.
서쪽 교외에 아직 제갈 사당이 있는데,　　　尙有西郊諸葛廟_{상유서교제갈묘},
와룡이 머리도 없이 강가를 대하고 있습니다. 臥龍無首對江濆_{와룡무수대강분}.

두보의 외숙부의 이름은 알 수가 없다. 성씨 다음에 붙은 경(卿)과 옹(翁)은 외숙부를 존칭하는 말이다. 기주 자사의 임시직을 맡은 최씨 성의 외숙부는 고을을 잘 다스려서 훌륭한 소문이 자자했으며, 그 대리직도 훌륭하게 수행하고 있다고 하였다. 옛날 관리는 부절을 받았는데 그 부절의 절반은 경사에 두고, 나머지 절반은 관리자에게 주었다. 두보는 옛날 임명식을 염두에 두고 그 같은 옛일을 인용하여 최씨 외숙부가 대리로 그 지역을 잘 다스림을 나타내었다. 그러면서 기주의 제갈량 사당의 모습을 소개하기를 기주 서쪽 교외에 사당이

있다. 그런데 그 곳에 제갈량의 소상(塑像)이 있는데 부서져 두상(頭上)은 없고 몸통만 남아 있다. 그러면서 외숙부 최경에게 제갈량의 소상을 보수할 것을 청하였다. 760년에 성도(成都)에서 본 제갈량의 사당과는 차이가 많이 난다.

동지 무렵에 쓴 시도 감상해 보자.

동지冬至

해마다 동짓날 나그네 신세 못 면한 채,　　　年年至日長爲客연년지일장위객,
심란하여 곤궁한 시름 사람에게 착 달라붙어 있네.

　　　　　　　　　　　　　　　　　　忽忽窮愁泥殺人홀홀궁수이살인.

강물에 비친 모습 나 홀로 늙었고,　　　　江上形容吾獨老강상형용오독로,
하늘 가(기주) 사람들 풍속이라 자기들끼리 친하네.

　　　　　　　　　　　　　　　　　　天邊風俗自相親천변풍속자상친.

눈 내린 후 지팡이 짚고 붉은 골짜기 내려다보는데,

　　　　　　　　　　　　　　　　　　杖藜雪後臨丹壑장려설후임단학,

아침이 되면 옥패를 울리며 자신전에서 흩어지겠지.

　　　　　　　　　　　　　　　　　　鳴玉朝來散紫宸명옥조래산자신.

이 때에 마음이 꺾여 한 치도 남지 않고,　　心折此時無一寸심절차시무일촌,
길을 잃어버렸으니 어디가 삼진(장안) 땅인가? 路迷何處望三秦노미하처망삼진.

두보가 화주(華州)의 사공참군에서 물러난(758) 뒤 성도(成都) 일대의 객지를 떠돌다 기주로 와서 767년 아홉 번째 맞이하는 동지이다. 동지는 24절기 중의 하나로 밤이 가장 긴 날이다. 9년이 지났지만 아직도 떠돌이 신세이다. 그래서 그런지 마음이 갑자기 심란해져 시름만 가득하다. 굴원이 상강 가로 추방되어 자나 깨나 조국에 대한

충성심으로 인해 안색은 초췌하고 행색은 메마르고 메말랐는데 지금 강물에 비친 내 모습이 딱 그 짝이다. 외딴 곳 이곳 기주 지방의 사람들은 자기들끼리만 친하여 두보 자신과는 친하게 지내지도 못하고 있다. 울적한 마음을 풀기 위해 눈 내린 후 명아주 지팡이 짚고 붉은 골짜기 내려다보는데 갑자기 옛일이 생각난다. 동짓날 아침이면 신하들이 옥패를 울리면 모두 자신전에 모였다가 황제를 뵙고 각자 흩어진 일들이 주마등처럼 지나간다. 지금 마음은 계속해서 당나라 궁궐 자신전을 그리워하지만, 이제는 갈 수 없는 곳이 되어 마음은 꺾이고 길을 잃어버렸다. 그래서 장안으로 돌아가기도 어렵게 되었다. 두보는 동짓날 새삼 나그네의 시름을 느끼고 있다. 「만청(晚晴: 저물녘에 개다)」에서 두보는 "한창 때 젊은이들 나무라지 않는다네(未怪及時少年子미괴급시소년자), 눈 치켜뜨고 황금대에서 결의함이(揚眉結義黃金臺양미결의황금대). 빠르구나 내 인생이여, 하도 떠돌아서(泊乎吾生何飄零율호오생하표령), 떠돌다가 쇠약하니 식은 재 같구나(支離委絶同死灰지리위절동사회)."라고 하여, 혈기왕성한 젊은이들이 날뛰는 모양새가 전에는 꼴 보기 싫었지만, 지금은 부럽고 오히려 초라하게 늙은 버린 내 모습이 식은 재 같아 서러울 뿐이라는 것이다. 눈이 내리다가 그친 늦겨울 저물 무렵 감상에 젖은 두보의 모습이다. 「부음(復陰: 다시 흐리다)」에서도 음산한 날씨를 보면서 "그대 보지 못했는가? 기자국(기주로 주나라 때 기자국이었음)의 두릉옹(두보 자신)(君不見夔子之國杜陵翁군불견기자지국두릉옹), 치아는 절반이나 빠지고 왼쪽 귀가 먹은 것을(牙齒半落左耳聾아치반락좌이롱)."이라고 하여, 초라하게 늙고 있는 자신에 대한 한탄을 하고 있다. 56세 겨울 기주에서의 두보 모습이다.

768년(58세) 설날 아침에 쓴 시가 있다.

원일시종무元日示宗武: 설날에 종무에게 보여주다

너(종무)는 내 손이 떨린다고 울지만,	汝啼吾手戰여제오수전,
나(두보)는 네 키가 자란 것에 웃는다.	吾笑汝身長오소여신장.
곳곳에서 정월(새해)을 맞이하는데,	處處逢正月처처봉정월,
아득히 먼 곳(기주)에서 체류하네.	迢迢滯遠方초초체원방.
떠돌아도 백엽주는 마셔야 하고,	飄零還柏酒표령환백주,
늙고 병든 몸에 다만 명아주 평상뿐이네.	衰病只藜床쇠병지여상.
어린 아이(종무)에게 글이나 가르치지만,	訓喩青衿子훈유청금자,
흰머리 낭관이라는 이름이 부끄럽네.	名慚白首郎명참백수랑.
시를 짓다 오히려 붓을 내려놓고는,	賦詩猶落筆부시유낙필,
장수를 기원하며 다시 잔을 들어 축주하네.	獻壽更稱觴헌수갱칭상.
강동에 있는 아우를 보지 못해,	不見江東弟불견강동제,
큰 소리로 노래하며 몇 줄기 눈물을 흘리네.	高歌淚數行고가루수행.

둘째 아들 종무에게 보여준 시로 768년 설날의 모습이다. 둘째 아들 종무가 내 손 떠는 것(수전증)을 보고 우는데, 나는 네 키가 큰 것을 보고 웃는다. 웃는 이유는 아들의 효심 때문일 것이다. 도처에서 사람들이 새해를 맞이하고 있지만, 나는 먼 타향 기주에서 묶여 있는 신세이다. 비록 떠도는 신세지만 설날 제사와 축수로 쓰는 술인 백엽주도 마셔야 하는데, 늙고 병든 몸은 명아주 평상에 기대어 지내고 있다. 설날 제사를 지내고 마시는 백엽주는 액땜용으로 마시는 술이다. 백엽주는 측백나무 잎으로 담근 술이다. 설날에는 백엽주 말고도 산초로 담근 초주(椒酒)도 액땜용으로 마셨다. 13세의 아들 종무에게 글을 가르치고 있지만 늙은 나이에 검교공부원외랑인 낭관직을 지내 이름에 걸맞지 않아 부끄러울 따름이다. 시를 짓다 붓을 내려놓고 장수

를 기원하며 술 한 잔을 더했더니, 강동에서 소식이 끊긴 셋째 동생 두풍(杜豊)이 보고 싶어서 큰 소리로 노래 부르며 눈물만 흘린다.

새해를 맞이한 두보의 시름이다. 자기 건강은 날로 악화되고 있지만 둘째 아들 종무는 키만 크게 자란 것이 아니라, 효심까지 갖춘 인성이 있는 젊은이로 거듭나고 있다. 그래서 그나마 위안이 된다. 설날 차례를 지내고 액땜용으로 마시는 백엽주도 마셔야 하지만 병든 몸은 초라한 평상에 의지해야만 한다. 그러면서 고작 하는 일이 푸른 옷깃의 아들에게 글이나 가르칠 뿐이라 헛된 허명에 부끄러울 뿐이다. 그래서 한 잔 술을 더 하니 강동에서 소식이 끊긴 아우의 소식이 궁금하여 높이 노래하니 눈물만 날 따름이다. 왼쪽 귀도 안 들리고 치아는 절반 정도 빠지고 수전증까지 온 두보 노년의 모습에, 혈육의 정까지 더해 쓸쓸함이 묻어난다.

다시 종무에게 준 시 「우시종무(又示宗武: 또 종무에게 보여주다)」에서 "응당 경술로 배를 가득 채워야 하지(應須飽經術응수포경술), 이미 문장은 사랑하는 듯하구나(已似愛文章이사애문장)."라고 하여, 문장은 이미 좋아하게 되었으니 앞으로 경서(經書)를 많이 읽어야 한다고 당부하였다. 또한 멀리 떨어져 있는 아우들에 대한 그리움도 노래하였다. 「원회사제영관등(遠懷舍弟潁觀等: 멀리서 두영과 두관 등의 아우를 생각하다)」에서 "양적(하남성으로 두영이 살고 있는 곳)은 그저 있는 곳만 알고(陽翟空知處양적공지처), 형남(호북성 강릉으로 두관이 살고 있는 곳)에서 최근의 편지를 받았네(荊南近得書형남근득서)."라고 하여, 두 동생에 대한 안부로 궁금함과 그리움을 노래하였다. 사제(舍弟)는 아우를 가리키는 말이며, 남에게 소개할 때 사용하는 겸칭이다. 이 말 뜻은 동생을 높이기 위한 것이 아니고, 자기 아우를 귀히 여김을 표현한 것이다. 두보에겐 4명의 동생이 있었다. 두영(杜穎)·두관(杜觀)·두풍(杜豊)·두점(杜占) 등이다.

호북성 형주 곧 강릉에 살고 있고 있다는 아우 두관으로부터 소식
이 왔다.

속득관서영취당양거지정월중순정출삼협續得觀書迎就當陽居止正月中旬定出三峽：
관의 편지를 연이어 받았는데 당양(강릉 속읍) 거처로 맞아들이겠다고 하여
정월 중순에 삼협을 나가기로 결정하다

네(두관)가 형주(강릉)에 도착하고부터,	自汝到荊府자여도형부,
편지를 보내와 자주 나를 부르는구나.	書來數喚吾서래삭환오.
산초(설날 마시는 술)를 기리면서 읊조리기를 더하고,	
	頌椒添諷詠송초첨풍영,
불을 금하는(한식날) 날에 즐거울 것을 점치겠지	
	禁火卜歡娛금화복환오.
배는 남에게 의지해야 움직이고,	舟楫因人動주즙인인동,
몸은 지팡이 짚어야 거동하네.	形骸用杖扶형해용장부.
하늘은 기자(구당협) 협곡에서 돌고,	天旋夔子峽천선기자협,
봄은 악양 호수(동정호)에 가깝다.	春近岳陽湖춘근악양호.
떠나는 날 남쪽으로 기쁨을 밀어 가고,	發日排南喜발일배남희,
슬픈 마음으로 북쪽으로 탄식을 흩을 것이다.	傷神散北吁상신산북우.
날아 울면서 또다시 나란히 날고,	飛鳴還接翅비명환접시,
행렬을 이뤄 가까이서 갈대 물고 가리라.	行序密銜蘆항서밀함로.
시속이 각박하나 강산은 아름답고,	俗薄江山好속박강산호,
시절은 위태로운데 초목은 다시 소생하네.	時危草木蘇시위초목소.
풍당(두보 비유)은 비록 늙어서 현달하였지만,	馮唐雖晚達풍당수만달,
마침내 황도(장안)에 있을 것을 바라노라.	終覬在皇都종기재황도.

제목에서 알려준 것처럼, 아우 두관이 형님 두보를 당양 곧 호북성 강릉으로 올 것을 청하였고, 두보가 정월에 그 요구를 받아들였다는 내용이다. 그래서 설날 산초주와 백엽주를 마시면서 출발 계획을 세우고 한식날 쯤 함께 만날 수 있음을 예상하였다. 그러면서 두보는 떠나는 날의 즐거움을 노래하면서 기주에 머물면서 어려웠던 일을 생각하면서 탄식도 한다고 하였다. 할미새와 기러기를 비유하여 앞으로 형제가 함께 할 것을 예견하면서 마지막에는 장안으로 돌아가고픈 바람을 드러내었다.

이처럼 두보는 768년(57세) 정월, 당양(강릉 속읍)에 살고 있는 동생 두관의 편지를 받고, 자신이 소유하고 있던 과수원 40무를 남경 형에게 넘기고 기주를 떠났다. 「장별무협증남경형양서과원사십무(將別巫峽贈南卿兄瀼西果園四十畝: 장차 무협을 떠나려 하면서 남경 형에게 양서의 과수원 40무를 주다)」에서 "배를 갖추어 장차 무협을 나서려 하면서(具舟將出峽구주장출협), 밭을 돌면서 호미질 생각하네(巡圃念攜鋤순포염휴서)."라고 하여, 쉽게 발길이 떨어지지 않음을 표현하였다.

평소 아끼던 과수원을 남경 형에게 넘겨주고 1월에 기주를 떠나 무산현에 도착하여 분주 자사 당씨가 베풀어주는 작별연회에도 참석하고, 강동으로 나아가는 도중 협주에서 전중시어사(殿中侍御史) 장사(長史, 장사는 자사刺史 아래 관직명)가 베풀어주는 연회에도 참석하였다. 이렇듯 여러 사람이 베풀어주는 전별연을 뒤로 하고 나룻배로 삼협(三峽)을 내려가 강릉(江陵) 쪽으로 향했다.

안사의 난이 평정되니, 이번에는 토번의 침략이 2차에 걸쳐 있었다. 767년 9월의 1차 침략은 격퇴하였으나, 768년 8월 2차 침략은 당나라가 고전(苦戰)을 면치 못하였다. 그래서 두보는 나라에 대한 우국(憂國)의 심정과 고향에 가지 못하는 외로운 신세로 인해서 눈물을 흘리는

것이다. 병든 몸과 돌아갈 고향도 갈 수 없는 처지에다 나라마저 위태
롭게 되자 저절로 서글퍼지는 것이다.

강남 시절의 시와 두보의 말년

768년 정월에 기주를 떠나 3월에 강릉(지금의 호북성 형주시)에 도착하였다. 호북성 강릉으로 향하면서 지은 작품을 감상해 보자.

행차고성점범강작불규비졸봉정강릉막부제공行次古城店泛江作不揆鄙拙奉呈江陵幕府諸公：고성점(고성 역참, 의창 남안으로 지금의 호북성 양양시 한수 중간의 남안에 위치함)에 도착하여 배 위에서 졸렬함을 헤아리지 못하고 강릉 막부의 제공諸公께 드리며

늙은 나이에 항상 길에서 헤매는 신세이니,	老年常道路노년상도로,
해가 긴 봄날에 또다시 산천을 떠도네.	遲日復山川지일부산천.
초가집이 꽃이 핀 속에 있고,	白屋花開裏백옥화개리,
외로운 성은 보리 밭 가에 있네.	孤城麥秀邊고성맥수변.
건너편 강은 본래부터 넓다 보니,	濟江元自闊제강원자활,
흐르는 물에 배 끄는 수고를 하지 않아도 되네.	下水不勞牽하수불로견.

바람에 나는 나비는 부지런히 앉으려고 하고,　風蝶勤依槳풍접근의장,

봄갈매기는 게으른 듯이 여유롭게 배를 피하네.　春鷗懶避船춘구라피선.

왕문(위백옥)의 덕업은 높고,　王門高德業왕문고덕업,

막부에는 어진이들이 수두룩하네.　幕府盛材賢막부성재현

나그네 행색에 병도 많아,　行色兼多病행색겸다병,

아득한 마음이 널리 사랑하는 사람들 앞에 있네.　蒼茫泛愛前창망범애전.

768년(57세) 봄 작품이다. 장강에 배를 띄우고 강릉 막부의 벼슬아치들에게 인사차 드리는 시이다. 아마도 두보 자신을 후하게 대접해 줄 것을 기대하고 지은 시 같다. 늙은 나이에 떠도는 나그네라, 해가 긴 봄날에도 산천을 떠도는 신세이다. 띠로 지붕을 엮은 초가집은 꽃이 만발한 가운데 있고, 외로운 성은 보리 이삭이 피어나는 밭 부근에 있다. 장강을 건너가면 그 강폭이 넓음을 새삼 알게 되고, 아래로 흐르는 물에 배 끄는 수고로움을 하지 않아도 된다. 바람에 나는 나비는 힘써 노 위에 부지런히 앉으려 하고, 갈매기는 게으른 듯이 여유롭게 배를 피하고 있다. 위백옥의 문하에는 덕행이 높은 인사가 많고 강릉 막부에는 어진 인재가 무수히 많이 있다. "왕문(王門)"은 강릉의 절도사인 양성군왕 위백옥의 문하(門下)이다. 위백옥은 덕이 높을 뿐만 아니라 그 막부에는 어진이들도 많다고 하였다. 위백옥이 강릉절도사로 있을 때 양성군왕(陽城郡王)에 봉해졌다. 신세를 져야 할 강릉절도사에 대한 찬양이다. 마지막으로 두보는 자신의 초라한 행색을 언급하면서 그래도 내 앞에는 널리 사랑하는 제공들이 있어 다행이라는 말이다. 두보의 마음이 불안하다는 뜻이다. 다시 말하자면, 강릉지역 막부의 여러 공들이 있어 나의 무능함을 규휼해 줄 것이라 다행이라는 말이다. 그러면서 마음은 편하지 않다고 하였다. 자신의 궁핍

함을 비유적으로 표현한 시이다. 제목에서 보여준 것처럼, 졸렬함에도 강릉 막부의 높은 벼슬아치들에게 이 시를 드리겠다고 한 것은, 두보 자신이 강릉 막부를 방문하면 후하게 대접해 달라는 의미이다. 두보는 3월에 강릉에 도착하였고, 가을쯤에 공안으로 옮기고 늦겨울에 악주(악양)에 도착하게 된다.

강릉에 도착한 후, 생활이 어려워 비가 내리는 중에도 사촌 동생 두위를 찾아갔다.

승우입행군육제댁乘雨入行軍六弟宅： 비를 무릅쓰고 동생(두위) 집을 찾아가다

새벽 나팔소리는 하늘에서 어지럽고,	曙角凌雲亂서각릉운란,
봄 성은 비가 연일 주룩주룩 내리고 있네.	春城帶雨長춘성대우장.
수화(연꽃)는 연못 여기저기에 가냘프게 피어 있고,	
	水花分塹弱수화분참약,
둥지 짓는 제비는 진흙 구하느라 바쁘네.	巢燕得泥忙소연득니망.
아우님은 씩씩한 군대 훌륭한 보좌관이지만,	令弟雄軍佐영제웅군좌,
무릇 재주 없는 나는 변변찮은 낭관(하급관리)이었네.	
	凡才污省郎범재오성랑.
부평초처럼 떠도니 눈물을 참을 수 있으랴!	萍漂忍流涕평표인류체,
늙은 몸 이끌고 동생 집 가까이에 다다르네.	衰颯近中堂쇠삽근중당.

새벽 기상나팔 소리에 마음은 심란한데 봄비까지 주룩주룩 내린다. 연꽃은 연못 여기저기 가냘프게 피어 있고 제비는 둥지를 만드느라고 쉴 새 없이 진흙을 물어 나른다. 강릉 지방 행군사마 곧 군정을 맡아보는 관리로 있는 사촌 동생 두위(杜位)를 찾아가면서 두보 자신은 사촌 동생보다도 못하다고 자탄하고 있다. 아마도 아쉬운 부탁을 하러 가

는 모양새이다.

귀안歸雁: 돌아오는 기러기

이르는 것을 들으니 올봄 기러기는,	聞道今春雁문도금춘안,
남쪽에서 돌아옴을 광주로부터이다.	南歸自廣州남귀자광주.
꽃을 보고서 중국 남해를 하직하였으니,	見花辭漲海견화사창해,
작년 겨울에 눈을 피해 나부산에 왔더구나.	避雪到羅浮피설도나부.

이 기러기 떼 움직임도 전쟁의 기운과 관계있거늘,

是物關兵氣시물관병기,

어느 때나 나그네 시름 면할 수 있으리?	何時免客愁하시면객수.
해마다 서리와 이슬을 사이를 두고 다니므로,	年年霜露隔연년상로격,

기러기 떼는 동정호의 가을하늘을 지나가지 않는구나.

不過五湖秋불과오호추.

위의 시는 768년 봄에 강릉에서 지은 시이다. 기러기가 광주에서 겨울을 나는 일이 드물다는 사실에 착안하여, 시절이 수상함을 노래한 것이다. 평상시 기러기 떼는 가을쯤에 호북성 동정호를 넘어 북쪽으로 가야 하는데, 아직 돌아가지 않고 있다. 기러기가 중국 남쪽 광주까지 내려가서 아직 돌아오지 않은 일은, 시절이 어지러우니 미물도 혼란스러울 정도로 어지러운 정국이라는 뜻이다.

둘째 동생 두관의 편지를 받고 강릉에 왔지만 생각했던 것보다 상황이 안 좋았다. 동생의 도움은 고사하고, 신세 질 수 있는 사람 중의 한 사람으로 여겼던 비서감(秘書監)을 지냈으며 지금은 강릉에 귀양와서 살고 있던 정심(鄭審)은 오히려 두보가 도와주어야 할 처지이고, 기대했던 태자빈객(太子賓客)인 이지방(李之芳)은 병사(病死)한 후였다.

기주 시절보다 더 안 좋은 상태에 놓였다.

다음 시도 57세인 768년 강릉에 머물고 있을 때 지은 시이다.

강변성월이수江邊星月二首: 강가의 별과 달 2수 중 제2수

강 위의 달은 바람에 일렁이는 뱃줄을 떠나고, 江月辭風纜강월사풍람,

강 위의 별은 안개 낀 배를 떠나고 있네. 江星別霧船강성별무선.

닭이 우니 새벽빛이 돌아오는데, 雞鳴還曙色계명환서색,

해오라기는 맑게 갠 냇가에서 목욕하네. 鷺浴自晴川노욕자청천.

반짝이는 별은 도대체 누가 하늘에 뿌려놓은 걸까?

歷歷竟誰種역력경수종,

멀리 있는 달은 어느 곳에 가서 둥글게 되었는가?

悠悠何處圓유유하처원.

나그네(두보)의 시름은 유달리 그치지 않는데, 客愁殊未已객수수미이,

다른 날 저녁에야 비로소 별과 달은 서로 빛나겠지.

他夕始相鮮타석시상선.

위의 시도 768년 강릉에서 소나기가 내린 후 가을밤을 노래한 시이다. 비가 갠 후 새벽녘에 강변에서 본 경치를 묘사한 것이다. 생략된 제1수는 비온 후의 별과 달을 그린 내용이다. 제2수는 새벽이 되어 날이 새려고 할 때의 별과 달을 그렸다. 두보는 제2수에서 끊임없이 일어나는 자신의 근심을 이야기 하고자 하였다. 저 반짝이는 별은 누가 하늘에 뿌려놓았으며 달은 어디서 둥글어져 나올까? 저리 아름다운 별과 달은 지더라도 내일 다시 뜨듯이, 두보 자신의 시름도 유달리 끝이 없다고 하였다.

결국 두보는 강릉을 떠나 늦가을에 호북성 공안(公安)에 이르렀다.

이후 두보의 여정은 강릉 떠나 공안, 그리고 동정호 근처인 악주(악양)와 상강(湘江)을 끼고 담주(장사)와 형주(衡州) 다니다가 난을 피해 외숙부가 거주하는 침주로 가다가 뇌양(雷陽)에서 홍수를 만나, 다시 장사로 돌아와야 했다. 이처럼 두보의 말년은 담주(장사)와 악주(악양)을 상강의 뱃길로 오가다가 마침내 배 위에서 일생을 마쳤다. 먼저 공안에 이르러 지은 시를 감상해 보자.

모귀暮歸: 저물어 돌아가다

서리는 흰 학에 깃들이고 있는 푸른 오동을 누렇게 하니,

霜黃碧梧白鶴棲상황벽오백학서,

성 위에서 딱따기 치는 소리 까마귀 울음과 겹쳐 들리네.

城上擊柝復烏啼성상격탁부오제.

나그네(두보)가 성문 들어설 때 달빛은 환하게 비추는데,

客子入門月皎皎객자입문월교교,

뉘 집의 다듬이질 소리에 바람은 서늘하기만 하네.

誰家搗練風凄凄수가도련풍처처.

남쪽으로 계수(호남성 빈현 하천)를 건너자니 배가 없고,

南渡桂水闕舟楫남도계수궐주즙,

북으로 진천에 돌아가려도 전쟁의 북소리 자주 들리네.

北歸秦川多鼓鼙북귀진천다고비.

나이는 반백년이 넘었지만 일은 뜻대로 풀리지 않아,

年過半百不稱意연과반백불칭의,

내일도 청려장 짚고서 흘러가는 구름을 쳐다보겠지.

明日看雲還杖藜명일간운환장려.

위의 시는 768년(57세) 늦가을에 두보가 강릉을 거쳐 공안(지금의 호북성 공안현)에 당도하여 느낌을 노래한 시이다. 서리 내리는 밤에 백학은 오동나무에 깃들고, 두보는 순찰도는 순라꾼(야경꾼)의 딱따기 소리를 들으며 공안에 도착한 것이다. 공안에 도착했지만 정해진 거처는 없다. 달빛은 환하게 성문을 비추고 바람은 서늘하고, 어디에선가 다듬이 소리가 들려온다. 이제는 배도 없어 남쪽으로도 갈 수 없고 북쪽 감숙성 청수현을 흐르는 진천(秦川)이 있는 곳으로 돌아가려고 해도 아직 전쟁 중이라 돌아갈 수 없는 상황이다. 이때 토번(티베트)의 침입이 있었다. 늦가을 갈 곳 없는 나그네의 암담한 심정이다.

산관山館: 공안현의 산 속에 있는 여관에 머물며(「移居公安山館」으로 된 판본도 있음)

남방이라 낮에도 안개가 짙지만,	南國晝多霧남국주다무,
북풍 불어 날씨도 몹시 차갑네.	北風天正寒북풍천정한.
길은 위태로워 나무 끝을 가는 듯하고,	路危行木杪노위행목초,
몸은 멀리서 와서 구름 끝에서 자네.	身迥宿雲端신형숙운단.
산귀신은 바람 불어 등불을 끄고,	山鬼吹燈滅산귀취등멸
주방에서 일하는 사람은 밤이 다하도록 말을 하네.	
	廚人語夜闌주인어야란.
닭이 울자 앞의 여관을 물어서 가는데,	雞鳴問前館계명문전관,
세상 어지러운데 어찌 편안함을 구하겠는가?	世亂敢求安세란감구안.

위의 시는 768년 늦가을에서 초겨울로 계절이 바뀔 때 강릉에서 공안으로 가서 거처를 정하지 못해 산 속의 여관에 하룻밤 묵으면서 지은 작품이다. 공안(公安)은 당대에는 강릉부에 속하였고 강릉에서

남쪽으로 90리(36Km) 되는 곳에 있었다. 남쪽 지역은 낮에도 안개가 자욱하고, 북쪽에서 부는 바람이 세차게 불어 쌀쌀하기도 하다. 높고 험한 산길을 나무 가지 따라서 가고, 멀고 높아 구름 끝에 자기 몸을 맡기도 하였다. 주방에서 일하는 사람들은 산 속 귀신이 등불을 불어 껐다는 등의 말을 밤이 이슥하도록 농담 삼아 하고, 닭이 울자 다음 숙소까지 길을 물어 가는데, 세상이 어지러워 혼자서만 편안히 있을 수 있겠는가?로 반문하고 있다.

공안현회고公安縣懷古: 공안현을 회고하다

넓은 들에는 여몽(오나라 장수)의 진영이 있고,	野曠呂蒙營야광여몽영,
깊은 강가에는 유비의 성(공안성)이 있네.	江深劉備城강심유비성.
추운 하늘(겨울)엔 해를 재촉하여 짧고,	寒天催日短한천최일단,
바람의 물결은 구름과 함께 평안하네.	風浪與雲平풍랑여운평.
유비는 군신 간에 마음이 맞아 화합이 잘되고,	灑落君臣契쇄락군신계,
여몽은 전쟁에서의 명성 높이 드날렸지.	飛騰戰伐名비등전벌명.
앞 포구에 배 매어 놓고 기댔는데,	維舟倚前浦유주의전포,
길게 휘파람 불며 한 차례 회고의 정 머금어 보네.	
	長嘯一含情장소일함정.

위의 시는 768년 두보가 57세의 늦가을에 호북성 공안현에서 지었다. 공안의 역사적 사실에 근거하여 여몽과 유비의 사적을 들어 회고의 정을 노래한 시이다. 이런 난국에 예전의 영웅이었던 유비와 여몽 같은 인재가 필요하다는 의미일 것이다. 늦가을과 초겨울 사이에 지은 시도 살펴보자.

구객久客: 오랜 나그네

나그네로 다녀서 사귀는 태도를 아는데,	羈旅知交態기려지교태,
오랫동안 머물러야 세속의 정을 볼 수 있네.	淹留見俗情엄유견속정.
늙은 얼굴로 그렇지 않아도 스스로를 비웃는데,	衰顔聊自哂쇠안료자신,
낮은 관리들이 상대를 가장 무시하네.	小吏最相輕소리최상경.
고향을 떠난 왕찬처럼 애통해하고,	去國哀王粲거국애왕찬,
시대에 상심한 가의처럼 통곡하게 되네.	傷時哭賈生상시곡가생.
여우와 이리에 대해 어찌 말할 것이 있겠는가?	狐狸何足道호리하족도,
승냥이와 범 같은 도적떼가 참으로 많도다.	豺虎正縱橫시호정종횡.

위의 시는 768년 늦가을에서 초겨울로 계절이 바뀌는 시기 공안에서 지은 시이다. 나그네가 되어 타향을 다니고 있으면 세상 사람들의 사람됨과 사귀는 태도를 알 수 있게 되어, 오래 체류하고 있으면 세상의 인정을 볼 수 있다. 두보 자신이 늙어 쇠약한 얼굴을 보고 자조해 보지만, 특히 하급 관리들은 늙고 초라한 두보 자신을 가장 업신여기는 것에 마음이 상한다. 장안을 떠난 왕찬은 비애를 경험하고, 시대 상황을 한탄한 가의는 통곡했음을, 두보 자신의 마음에 비추어 노래하였다. 두보가 여우와 같은 하급 관리에게서 모욕을 받는 것은 하잘것 없는 일이지만, 토번과 같은 이리나 범과 같은 흉악한 외적들이 날뛰는 세상은 참을 수가 없다고 하였다. 두보의 충절이 드러나고 있다.

공안현에 계속 머물지 못한 두보는 세모(歲暮, 세밀)에 악주(岳州, 지금의 호남성 악양시)에 이르렀다. 공안에서 동정호가 있는 악주(악양)로 떠나면서 지은 시를 보자.

효발공안[曉發公安] : 새벽에 공안(호북성 형주시 공안현)을 떠나며(「효발공안 수월게식차현(曉發公安數月憩息此縣)」으로 된 주석서도 있음)

북성(공안)에서 두드리는 딱따기를 다시 그치고자 하는데,

北城擊柝復欲罷북성격탁부욕파,

동방의 계명성(샛별)은 또 지체하지 않고 떠오르네.

東方明星亦不遲동방명성역부지.

이웃집 닭이 들에서 우는 것이 어제와 같으나, 鄰雞野哭如昨日인계야곡여작일,

만물의 모습은 언제까지 지속되겠는가? 物色生態能幾時물색생태능기시.

배는 아득하게 이곳으로부터 떠나니, 舟楫眇然自此去주즙묘연자차거,

강호로 멀리 가는 것에 기약이 없네. 江湖遠適無前期강호원적무전기.

이 문을 돌아보건대 이미 묵은 자취가 되었으니,

此門轉眄已陳跡차문전면이진적,

약과 음식만이 나를 도와 가는데 좇는다. 藥餌扶吾隨所之약이부오수소지.

위의 시는 두보가 768년 3월에 강릉(지금의 호북성 형주시荊州市)에 도착하여 가을에 공안으로 옮기고, 늦겨울에 악주(악양)로 떠나기 전 지은 시이다. 시간적 배경은 768년 겨울 새벽에 공안을 떠날 때이다. 공안에서 약 두 달 동안 지냈다. 첫새벽에 길을 나섰다. 호북성 공안에서 들려오는 야경꾼의 딱따기 소리도 사라져 가고, 동방에서 반짝이는 샛별은 일찍이 모습을 드러낸다. 이웃집 닭들이 들판에서 울 때의 울음소리는 어제와 변함이 없지만, 만물도 사람도 언제까지나 같은 모습을 유지하기는 어렵다. 배를 타고 저 멀리까지 갈 생각이지만 앞으로 어떻게 될 것인지 알 수가 없다. 문을 나가 돌아보면 공안은 이미 과거가 되어, 약과 음식만이 나에게 도움이 되어 그 기운을 빌리면서 나아가기를 맡길 뿐이다. 약 기운에 의지해서 나아간다는 말이

다. 두보의 의지가 많이 상실되었다.

768년 연말에 쓴 시도 감상해 보자.

세안행歲晏行: 세밑 노래

한 해가 저물고 북풍 몰아치는데,	歲云暮矣多北風세운모의다북풍,
소상강 동정호엔 흰 눈이 오네.	瀟湘洞庭白雪中소상동정백설중.
어부들 날씨 얼어붙어 그물질 못하고,	漁父天寒網罟凍어부천한망고동,
막요족은 기러기 잡느라 뽕나무 활 요란하네.	莫徭射雁鳴桑弓막요석안명상궁.
작년엔 쌀값 비싸 군량이 모자랐는데,	去年米貴闕軍食거년미귀궐군사,
올해는 쌀값 싸서 농사꾼이 크게 피해를 입었네.	今年米賤大傷農금년미천대상농.
높은 말 탄 고관들 술과 고기에 싫증내지만,	高馬達官厭酒肉고마달관염주육,
저들(가난한 계층)은 베틀의 북과 굴대가 띠집에 비었네.	

此輩杼柚茅茨空차배저유모자공.

초인들은 조류(鳥類)보다 어물(魚物)을 중히 여기니,

楚人重魚不重鳥초인중어부중조,

막요들아 쓸데없이 남행하는 기러기 쏘지 마라. 汝休枉殺南飛鴻여휴왕살남비홍.

하물며 소문엔 곳곳에서 아들 딸까지 팔아, 況聞處處鬻男女황문처처육남녀,

불쌍히 여김을 끊고 사랑함을 참아 세금을 바치네.

割慈忍愛還租庸할자인애환조용.

옛날엔 사사로이 동전 주조하면 잡아갔지만, 往日用錢捉私鑄왕일용전착사주,

지금은 납과 철, 청동에 섞어 만들면 허가한다네.

今許鉛錫和靑銅금허연석화청동.

흙으로 주형을 만들면 가장 쉽게 얻겠지만, 刻泥爲之最易得각니위지최이득,

좋고(양화) 나쁜(악화) 동전 오래도록 혼용할 수는 없으리.

好惡不合長相蒙호악불합장상몽.

만국(萬國)의 성 위에서 화각(나팔)을 부니,　　萬國城頭吹畫角만국성두취화각,

이 노래가 슬프며 원망스러우니 어느 때에 마치려는가?

此曲哀怨何時終차곡애원하시종.

768년(57세) 1월에 기주를 출발하여 강릉(지금의 호북성 형주시荊州市)으로 왔고 강릉에서 가을까지 머물다가 늦가을쯤에 다시 공안으로 이주하였다. 공안에서 마땅히 거처할 곳이 없어 다시 악주(악양)로 향하게 되었고, 이때부터 두보는 거주하는 곳이 일정하지 않고, 배 안의 생활이 시작되었다.

이 「세안행(歲晏行)」은 공안을 떠나 악주에 떠돌 때 쓴 시이다. 768년 세밀에 악주에 머물면서 악주 사람들의 어려운 삶의 모습을 그렸다. 위 시의 내용처럼 두보는 한 해가 저물어 가는 이때 호남성 영릉현에서 동정호로 흘러드는 소상강과 중국 최대 호수인 호남성의 동정호에 흰 눈이 내리고 있다. 아마도 배 위에서 보는 풍경일 것이다. 어부들은 날씨가 추워 고기잡이 그물을 치지도 못하고, 막요 곧 호남성 장사(長沙) 근처에 사는 이민족인 이들은 활로 기러기 잡느라 정신이 없다. 작년에는 쌀값이 비싸 군량미도 모자랐는데 올해는 쌀값이 싸서 농민들이 손해를 보고 있다. 어려운 현실인데도 고관들은 사치스러운 생활을 하고 농민이나 막요 등 가난한 계층들은 베 짜는 도구까지 빼앗겨 경제적으로 어려운 생활을 하고 있다. 그러면서 호남성과 호북성 일대에 사는 초나라 땅(호남성과 호북성 일대로 춘추전국시대 초나라가 있던 곳) 사람들은 조류(鳥類)고기보다 물고기를 중히 여기니, 막요 민족들에게 함부로 화살을 기러기에게 쏘지 말라고 한 것이다. 남쪽으로 날아가는 새를 쓸데없이 죽이지 말라는 두보의 당부이다. 그러면서 초땅 사람들은 아들딸을 돈 받고 팔아, 사랑하는 마음을 끊고 참아

가며 세금을 바친다고 하였다. 그리고 예전에는 허가 없이 동전을 만들면 잡혀갔지만, 지금은 납이나 주석을 청동에 섞는 것을 허가하고 있다고 하였다. 이렇게 만들어진 동전이 정상적인 돈과 마구 섞여 사용되고 있어 일반 백성들은 속고 있다고 하였다. 이는 가짜 동전을 만들어 불법으로 유통되는 현실을 비판한 것이다. 그러면서 마지막으로 온 나라의 성 위에서 군인들의 화각 소리 들리는데, 슬프게 원망하는 이 곡조는 '어느 때에 그치겠는가?'라고 탄식하였다. 여전히 정국이 혼란 중에 놓여 있음을 들어, 한스러워하고 있는 두보이다.

박악양성하泊岳陽城下: 악양성 아래에 배를 대고

아득한 강국(동정호)은 천리를 넘을 듯하고,	江國踰千里강국유천리,
아득한 산성(악양성)은 백 층에 가까울 듯하네.	山城近百層산성근백층.
언덕에 부는 바람은 저녁 물결에 뒤집어지고,	岸風翻夕浪안풍번석랑,
배에 내리는 눈은 찬 등불에도 뿌리네.	舟雪灑寒燈주설쇄한등.
떠돌고 있으니 재주를 펼쳐보기 어렵지만,	留滯才難盡유체재난진,
힘들고 위태로운 때의 기운이 더욱 많아지네.	艱危氣益增간위기익증
남쪽으로 내려가고자 함에 예단하기 어렵지만,	圖南未可料도남미가료,
저 곤붕(鯤鵬) 같은 거대한 변화가 있을 듯싶네.	變化有鯤鵬변화유곤붕.

위의 시는 768년 겨울에 두보가 악주(악양)에 막 도착했을 때 배 안에서 지은 작품이다. 전반부는 저녁에 배를 댈 무렵의 경치를 묘사한 것이고, 후반부는 곤경에 처해 있어도 씩씩한 뜻을 노래한 것이다. 남쪽으로 내려가기만 하면, 큰 물고기인 곤(鯤)이 큰 새인 붕(鵬)으로 화하는 것과 같이 변화가 있을지 모른다고 하였기 때문이다. 기대감이 비춰지고 있다.

장강을 따라 천 리를 넘게 내려 왔지만 산 위의 악양성은 겨우 백충 정도밖에 안 되어 보인다. 물가에서 부는 바람은 저녁 파도를 일으키고 배 위에 내리는 눈이 추워 보이는 등불에 흩날린다. 역경에 놓여 있어도 재주가 없어지는 일이 없으니, 다가오는 어려움에도 기력이 더욱 더 솟는다. 남쪽으로 갈 계획이 어떻게 될지는 모르지만, 장자(莊子)가 말한 것처럼 바뀌게 될 곤붕(鯤鵬)이 있다. 이는 곤이 붕새로 형체를 바꿔 남쪽으로 날아간다는 말이다. 곤(鯤)은 아주 큰 물고기이고, 붕(鵬)은 큰 새를 이르는 말이다. 이는 아주 큰 변화를 나타낼 때 사용되는 말이다. 이번 남쪽 여정에 큰 기대감을 걸고 있는 두보이다.

이 무렵의 시는 개인적인 사사로운 뜻으로 신병에 대한 이야기와 떠돌이 나그네의 슬픔 등이 주류를 이루었는데, 이 시에서는 무엇인가를 이루어 보려는 적극적인 뜻을 내보였다. 광활한 동정호의 모습을 보고 마음속의 뜻도 커져 간 것 같다.

악양에 도착한 두보는 예전부터 말로만 듣던 악양루에 올랐다. 768년 겨울 두보 57세 때 지은 「등악양루(登岳陽樓)」는 동정 호수의 웅대함과 수구초심(首丘初心)의 외로운 신세를 잘 표현한 시로 평가받는 시이다.

등악양루登岳陽樓: 악양루에 오르다

옛날에 동정호의 (절경을) 말로만 듣다가,	昔聞洞庭水석문동정수,
오늘에야 악양루에 오르는구나.	今上岳陽樓금상악양루.
오나라와 초나라가 동남으로 갈라졌고,	吳楚東南坼오초동남탁,
하늘과 땅이 밤낮으로 떠 있네.	乾坤日夜浮건곤일야부.
친한 벗이 한 자 글월도 없으니,	親朋無一字친붕무일자,
늙고 병든 몸에 외로운 배 한 척이로다.	老病有孤舟노병유고주.

전쟁은 관산 북쪽에서 아직도 일고 있으니,   戎馬關山北융마관산북,

난간에 기대어서 눈물과 콧물을 흘리노라.   憑軒涕泗流빙헌체사류.

나(두보)는 예전부터 동정호에 대해서 많은 이야기를 들어왔는데, 이제야 비로소 동정호 가에 있는 악양루에 올라 본다. 여기서 내려다보니 천하가 탁 트였는데, 이곳의 동쪽은 옛날 오나라 땅이고, 남쪽은 초나라 땅이었다. 그리고 하도 넓어서 하늘과 땅이 밤낮으로 이 동정호 안에 다 떠 있는 것 같다. 지금 나에게 친척이나 친구로부터는 편지 한 장 없고, 늙고 병든 이 몸에 외로운 배 한 척이 있을 뿐이다. 지금 고향 쪽을 바라보니 북쪽의 요새마다 전쟁이 일어나고 있으니, 나는 이 악양루 난간에 기대어 눈물과 콧물이 범벅이 되어 줄줄 흘릴 따름이다. 여전히 우국지정(憂國之情)과 향수(鄕愁)가 묻어나는 시이다.

배배사군등악양루陪裴使君登岳陽樓: 배 사군(배은)을 모시고 악양루에 오르다

광활한 동정호에 운무 뒤덮혔더니,   湖闊兼雲霧호활겸운무,

누각이 외로이 해질 무렵 개인 풍경 속에 있습니다.

                                    樓孤屬晩晴루고촉만청.

절 예우하심이 서유자보다 더하신데,   禮加徐孺子례가서유자,

배사군(배은)의 시는 선성의 사조(謝眺)에 가깝습니다.

                                    詩接謝宣城시접사선성.

눈 쌓인 언덕에 무더기 매화가 피어 있고,   雪岸叢梅發설안총매발,

봄 진흙 속에서 온갖 풀이 돋아나고 있네요.   春泥百草生춘니백초생.

어부의 물음을 구태여 기피할 것이 없지마는?   敢違漁父問감위어부문,

이제부터 다시 남쪽으로 가렵니다.   從此更南征종차갱남정.

위의 시는 769년(58세) 봄에 두보가 악주(악양)에 머물고 있을 때 지은 시이다. 배 사군은 이 무렵에 악주 자사를 지낸 배은이다. 두보는 배사군을 선성 땅에 태수로 근무했던 문인 사조(謝朓)에 비유하여 칭송하면서 경치를 묘사하는 한편 봄이 되면 남쪽으로 내려가고 싶다는 자신의 희망을 적었다. 마지막 부분에는 굴원의 이야기를 인용하였다. 전국시대 초나라 굴원이 상강 가로 추방을 당했을 때 그곳 어보(漁父)가 물음을 던졌는데, 두보가 이제 남쪽으로 가게 되면 어부가 또 물음을 던질 것이라는 말이다.

　　충신 굴원이 상강 가에 추방당해 이리저리 거닐고 있을 때, 어보가 다가와 '왜 추방이 되었느냐?' 묻는다. 이에 굴원이 온 세상이 흐린데 나만 깨끗하고, 온 세상 사람이 다 술에 취한 상태인데 나만 홀로 깨어 있어 추방당했다고 답한다. 이에 어보는 한술 더 떠서, 더 흐리고 더 취하면 될 것인데 왜 혼자만 깨끗하고 잘난 척 하다가 추방을 당했느냐?고 반문한다. 굴원은 목욕한 사람은 먼지와 티끌이 묻은 모자와 옷을 쓰거나 입지 않는다고 하면서 깨끗한 사람은 더러운 것을 받아들일 수 없다고 한다. 만약 더러운 것을 받아들인다면 차라리 상강의 물에 빠져 물고기 밥이 되는 처지가 되는 것이 더 낫다고도 하였다. 굴원의 이 같은 대답에 어보는 깨끗하면 깨끗한 대로 흐리면 흐린 대로 살라고 충고하고 떠나간다. 적당히 세류에 영합하면서 살라는 말이다. 하지만 두보도 어보가 어리석은 질문을 던지면, 자신 또한 굴원 같은 깨끗한 삶을 살겠다는 의지를 보인 시이다.

　　이후 58세의 두보는 769년 1월 악주(악양)에서 담주(지금의 호남성 장사)로 향하였다. 담주(장사) 남쪽의 형산으로 향하려고 장강에서 동정호로 들어갈 때 지은 시가 있다.

과남악입동정호過南嶽入洞庭湖: 남악을 지나 동정호로 들어가며

넓은 물결이 갑자기 길을 다투더니,　　　　洪波忽爭道홍파홀쟁도,

언덕이 바뀌어 강호가 달라졌네.　　　　　岸轉異江湖안전이강호.

악저(형주의 지명)엔 구름 낀 나무가 나누어져 있고,

　　　　　　　　　　　　　　　鄂渚分雲樹악저분운수,

형산(오악의 하나)은 내가 탄 배를 끌어당기네. 衡山引舳艫형산인축로.

푸른 싹은 젖은 곳을 뚫어 나 있는 줄풀과 부들이고,

　　　　　　　　　　　　　　　翠牙穿裛蔣취아천읍장,

파란 마디는 추위에 나 있는 부들이네.　碧節吐寒蒲벽절토한포.

소갈병을 가진 이 몸은 어디로 갈 것인가? 病渴身何去병갈신하거,

봄 기운이 나니 힘이 또 없어지네.　　　　春生力更無춘생력경무.

이곳의 아이들은 눈비 속에서도 밭을 갈고, 壤童犁雨雪양동리우설,

고기 잡는 집들은 진흙 사이에 지어져 있네. 漁屋架泥塗어옥가니도.

기울어진 배의 돛은 바람을 가득 안고 있고, 欹側風帆滿의측풍범만,

희미한 나루터는 외로이 있네.　　　　　微明水驛孤미명수역고.

멀리 적벽(赤壁)을 돌아,　　　　　　　悠悠回赤壁유유회적벽,

드넓은 창오(호남성 영원현 들판)로 돌아가네. 浩浩略蒼梧호호약창오.

아황과 여영의 남은 한을 머물게 하였고,　帝子留遺恨제자유유한,

조조는 장대한 계획을 펴지 못하고 패했다네. 曹公屈壯圖조공굴장도.

성조(당나라 대종)께서 다스리는 것이 빛나시나, 聖朝光御極성조광어극,

토번이 근심과 어려움을 떨치지 못하게 하네. 殘孼駐艱虞잔얼주간우.

재주 좋은 이들도 살기 위해 좇아다니며,　才淑隨廝養재숙수시양,

이름난 어진 이들도 풀무질하는 곳에 숨었네. 名賢隱鍛鑪명현은단로.

소평(진秦나라 제후)은 본래 한나라 땅에 들어가 있고,

　　　　　　　　　　　　　　　邵平元入漢소평원입한,

장한(진▪나라 관리)은 마침내 오나라로 돌아가네.

張翰後歸吳장한후귀오.

울던 눈물 흔적 잦음을 이상하게 여기지 말게,　莫怪啼痕數막괴제흔삭,

아슬하게 높은 돛대는 밤 까마귀를 좇네.　　危檣逐夜烏위장축야오.

　큰 물결이 갑자기 길을 다투는 모습을 보여 합류하고 이윽고 물가의 광경이 바뀌었다. 북쪽은 악저(형주에 있는 지명)와 안개가 낀 수목에 의해 가려 있고, 남쪽은 형산(오악의 하나인 남악)을 향해 배가 이끌려 간다. 줄풀의 뾰족한 녹색 새싹이 물 밑에서 물 밖으로 뚫고 나오고, 부들의 푸른 마디는 추위 속에서 나온다. 당뇨병을 앓는 몸으로 어디로 딱히 갈 데도 없고, 봄이 왔다고 해도 몸의 힘이 더욱 쇠약해지는 것을 슬퍼한다. 이곳의 젊은이들은 비와 눈을 맞으며 밭을 갈고, 어부들의 오두막집은 질퍽거리는 길가에 세워져 있다. 기울어 있는 대로 돛은 바람에 부풀어 배가 빨리 가고 있고, 그런 이유로 돌아보면 물가의 역참이 희미하게 저 쪽에 외따로 보인다. 멀리 떨어져 있는 적벽(赤壁)을 통과하는 장강을 따라 끝없이 넓은 호수를 건너 창오로 간다. 순 임금의 비인 아황과 여영이 창오에서 죽은 순 임금을 사모해서 아직도 슬퍼하고, 조조의 장대한 계략은 적벽의 전쟁에서 망해 버렸다. 당나라 대종이 즉위해서 빛나는 치세가 되었지만 남은 잔당(토번)들은 여전히 고민거리이다. 재주가 뛰어난 선량한 인사들이 허드렛일이나 해야 하고, 우수한 현인들은 대장간에서 몸을 감추고 있어야 한다. 두보 자신이 진(秦)나라 소평처럼 장안에서 참외를 재배할 수 없고, 남북조 시대 진(晉)나라의 장한처럼 가을바람에 향수를 자아내어 고향에 돌아갈 수도 없다. 눈물 자국이 몇 번이나 보이는 것을 이상히 여기지 말라, 밤중에 배는 두보처럼 의지할 데 없는 까마귀를

좇아가면서 나아가고 있다.

위의 시에 나오는 소평은 중국 진(秦)나라의 제후이다. 진나라가 몰락하자 벼슬에서 물러나 안분지족의 삶을 택했다. 소평은 진(秦)나라가 망하자 장안성 동쪽에 살면서 참외를 심어 생업으로 삼았다. 그 맛이 좋아 소평과(召平瓜)라 칭했다. 두보는 이 소평의 이야기를 용사한 것이다. 그리고 장한은 중국 남북조 시대 진(晉)나라 관리였다. 진나라 제왕 경에게 벼슬하여 동조연(東曹掾)으로 있었는데, 하루는 가을바람이 일자 고향의 음식인 순채국과 농어회가 생각이 나서, 벼슬을 그만두고 고향인 오나라 땅으로 돌아갔다는 이야기이다. 역시 이 고사를 인용한 것이다. 그런데 두보는 이제 소평처럼 안분지족의 삶도 어렵고 그렇다고 장한처럼 고향으로 돌아갈 수도 없는 처지라는 말이다.

두보는 다시 동정호(洞庭湖)를 지나 청초호(靑草湖)로 갔다. 청초호는 운몽택(雲夢澤)이라고도 하는데 북쪽으로는 동정호와 이어져 있다. 여름에 물이 불어나면 동정호와 합쳐져 하나가 되기도 한다.

숙청초호宿靑草湖: 청초호에서 묵으며

동정호는 여전히 눈앞에 있는데,	洞庭猶在目동정유재목,
이어져 청초호로 이름하였네.	靑草續爲名청초속위명.
자는 배는 농사짓는 땅에 붙어 있고,	宿獎依農事숙장의농사,
물시계는 물을 헤아려 알려 주네.	郵籤報水程우첨보수정.
차가운 얼음 조각은 다투어 밀려오고,	寒冰爭倚薄한빙쟁의박,
구름 속의 달은 희미해졌다 밝아졌다 하네.	雲月遞微明운월체미명.
호수의 기러기들이 쌍쌍으로 날아오르는데,	湖雁雙雙起호안쌍쌍기.
사람(두보)이 오자 일부러 북쪽을 향하여 날아가네.	
	人來故北征인래고북정.

위의 시는 769년 이른 봄에 형주(衡州, 지금의 호남성 형양시衡陽市)로 나가려고 할 때 운몽택(청초호) 부근에서 지은 시이다. 밤에 청초호에 배를 대고 배에서 묵을 때, 보게 된 달 아래의 정경을 묘사한 시이다. 동정호가 아직도 눈에 보이는데, 이 호수는 동정호의 동남쪽으로 이어지고 있음에도 청초라는 다른 이름을 가지고 있다. 합쳐지기도 하고, 물이 줄어들면 호수가 말라서 파란 풀이 보인다고 해서 청초호라 칭했다고 한다. 도적으로부터 자신을 보호하기 위해 논가에 가까운 곳에 배를 정박시키고 있을 때, 물시계는 물을 헤아려 시간을 알려 준다. 물 위에서 차가운 얼음이 다투어 배에 밀려오고, 하늘에서는 달이 구름 때문에 어두워졌다가 밝아졌다가 되풀이 한다. 달밤 호수의 기러기들은 무리 지어 날아오르는데, 북쪽에서 남쪽으로 온 나를 보고 일부러 내 고향이 있는 북쪽으로 향해서 날아가는 것 같다. 이는 두보가 북녘의 고향을 간절하게 생각하고 있음을 표현한 것이다.

다음 시는 봄 무렵, 담주(장사)에서 형주로 떠나면서 지은 시이다. 769년 58세 때이다.

발담주發潭州: 담주(장사)를 떠나며

지난 밤 장사(長沙)에서 술에 취하였더니,	夜醉長沙酒야취장사주,
오늘 새벽엔 배가 봄 상수(상강)까지 왔다네.	曉行湘水春효행상수춘.
강 언덕의 꽃잎은 손님 배웅하듯 나부끼고,	岸花飛送客안화비송객,
돛대 위 제비는 사람 만류하듯 지저귀네.	檣燕語留人장연어유인.
가의(賈誼)의 재능은 항상 있는 게 아니고,	賈傅才未有가부재미유,
저공(褚公)의 서예는 천고에 으뜸이네.	褚公書絶倫저공서절륜.
이름이 높은 사람들의 앞뒤의 일을,	名高前後事명고전후사,
회상해보니 한편으로 마음이 슬퍼지네.	回首一傷神회수일상신.

담주는 지금의 호남성 장사시이다. 당시 두보가 이곳에 잠시 머물렀다. 밤에 담주(장사)에서 술을 잔뜩 먹었는데 새벽에 보니 배가 동정호수의 상류인 상강(湘江, 지금의 광서성 홍안현에서 동정호로 흘러드는 강)까지 와 있다. 강 언덕에는 봄꽃들이 활짝 피어 나그네를 배웅하는 것 같고 돛대 위의 제비는 떠나는 사람을 붙잡는 듯 지저귀고 있다. 한(漢)나라 문제(文帝) 때 인물 가의(賈誼)는 시대상황에 대한 상소를 올렸다가 황제의 노여움을 사서 그 당시 문제의 아들이면서 장사왕의 태부가 되어 이곳 장사로 좌천되었다. 서예에 능했던 당나라 저공(褚公)은 저수량(褚遂良)이다. 저수량(褚遂良)은 당나라 고종 때 무소의(武昭儀)를 황후로 간택할 것을 간하다가 담주(장사) 도독으로 좌천된 인물이다. 담주로 좌천된 가의(賈誼)나 저수량(褚遂良) 모두 이름난 신하였는데, 좌천되었기에 지금 돌이켜 보면 마음을 아프게 한다. 두보는 가의와 저수량의 불우한 생애를 회상하고 그들과 같은 재능을 지니지 못한 자기 운명을 슬퍼하고 있는 것이다.

두보가 배를 타고 담주(장사)로 갈 때, 청초호를 지나서 상강(湘江)으로 진입하여 물을 거슬러 담주(장사)로 향했던 것이다.

사남석망祠南夕望: 사당 남쪽을 저녁에 바라보다

뱃줄로 강의 물빛 속에 배를 이끌어 가는 것이니,

百丈牽江色백장견강색,

외로운 배는 석양 아래에 떠 있네.   孤舟汎日斜고주범일사.

감흥이 일어 평소와 달리 지팡이 짚고 신 신었는데,

興來猶杖屨흥래유장구,

눈길 멎은 것이 또 구름과 백사장이네.   目斷更雲沙목단경운사.

산신은 봄 대나무 사이에 어지럽거늘,   山鬼迷春竹산귀미춘죽,

상부인은 저문 꽃에 기대어 있네.　　　　　　湘娥倚暮花상아의모화.

호남(동정호 이남)의 맑은 뚝 떨어진 땅에서,　湖南淸絶地호남청절지,

오랜 세월에 한 번 길게 슬퍼하노라.　　　　萬古一長嗟만고일장차.

　두보는 769년 여름 형주에서 배를 타고 담주(장사)로 왔다. 그때 상음현(湘陰縣) 경계에 들어 상부인(湘夫人) 사당에 알현하고, 다음 날 저물 무렵에 사당 남쪽에 이르러 상강 여신(상부인)과 굴원을 상상하면서 이 시를 지었던 것이다. 석양녘에 배를 타고 사당 남쪽을 보았다. 평소와 다르게 감흥이 나서 신발도 신고 지팡이도 짚으며 먼 곳을 바라보니 구름과 모래밭 눈에 들어왔다. 산신(山神)은 대나무 밭에 어지럽고, 상부인은 저문 꽃밭에 기대어 있다. 산신 곧 '산귀(山鬼)'는 굴원의 『초사(楚辭)』 「산귀(山鬼)」 작품에 나오는 '사랑과 혼인의 신'이다. 그 혼인의 신(神)인 산신(山神)이 대나무 밭에서 헤매고 있는데 반해, 순 임금의 두 부인인 아황(娥皇)과 여영(女英) 곧 상부인은 저문 꽃밭에 기대고 있다. 순 임금과 다하지 못한 사랑의 아쉬움과 그리움을 표현한 것이다. 그리고 굴원은 상강 가에 추방되어 유배살이 하였다. 유배살이 하던 굴원은 조국 초(楚)나라가 망함을 차마 볼 수 없어 멱라수에 몸을 던졌다. 상부인은 창오산(蒼梧山, 구의산)에서 순임금이 돌아가시자 상강 가에서 생을 마감하였고, 굴원은 충절로 상강인 멱라수에 몸을 던졌다. 모두 절조와 지조를 지킨 인물들이다. 그래서 두보도 굴원처럼 뚝 떨어진 상강 가에 있기에 장탄식을 한 것이다. 동병상련(同病相憐)의 처지에서 나오는 탄식일 것이다.

　두보는 담주에서 형주(지금의 호남성 형양시)로 갔다가 다시 초여름에 담주로 돌아왔다. 담주에 돌아온 후 가을에 쓴 시이다.

강각와병주필기정최노양시어江閣臥病走筆寄呈崔盧兩侍御: 강가 누각에서 병든 몸으로 누워 주필로 써서 최·노 두 시어사에게 부쳐 드리다

나그네의 부엌에 먹을 것이 없어,　　　　　客子庖廚薄객자포주박,

강 누각에 누웠더니 베개며 돗자리가 시원하기도 합니다.

　　　　　　　　　　　　　　　　江樓枕席淸강루침석청.

쇠락한 나이에 병으로 그저 여위어가도,　　衰年病秖瘦쇠년병지수,

긴 여름에 두 분 다정하셨음을 생각해 봅니다. 長夏想爲情장하상위정.

부드러운 조호반(雕胡飯, 남방의 맛있는 쌀로 만든 밥)이 생각나고,

　　　　　　　　　　　　　　　　滑憶雕胡飯활억조호반,

향기로운 순채국 내음 맡는 듯합니다.　　香聞錦帶羹향문금대갱.

숟가락에서 미끄러져 떨어지는 밥 먹고 또 배 따습할 요량이니,

　　　　　　　　　　　　　　　　溜匙兼煖腹유시겸난복,

누가 내게 술병을 보내주시려는지요?　　誰欲致杯罌수욕치배앵.

　위의 시는 769년 초가을에 담주에서 벗들에게 부친 시이다. 당시 두보는 병으로 몸져누워 있었는데 먹을 것이 부족하였다. 병든 몸으로 누워서 하얀 쌀밥과 남쪽 지방의 별미인 순채국이 생각난다고 한 것이다. 어려움 속에서도 유머와 풍취를 잃지 않는 두보이다. 최 시어사는 최환를 가리키고, 노 시어사는 두보의 집안 인척(姻戚, 혼인으로 맺어진 친척)이다.
　그 노씨 집안의 항렬이 14번째인 아우를 생각하면서 지은 시가 있다.

주중야설유회노십사시어제舟中夜雪有懷盧十四侍御弟: 배를 타고 밤에 눈이 오는데 노십사 시어 동생을 생각하다

북녘 바람이 계수(상강)에 부니,　　　　朔風吹桂水삭풍취계수,

많은 눈이 밤에 어지러이 오는구나.　　　　　　大雪夜紛紛대설야분분.

어두운 것이 남쪽 누각에 비춘 달에 지나가는데,

　　　　　　　　　　　　　　　　　　　　　暗度南樓月암도남루월,

추위에 북녘 물가의 구름이 깊네.　　　　　　寒深北渚雲한심북저운.

촛불이 비스듬하니 처음으로 보는 것이 가깝고, 燭斜初近見촉사초근견,

배가 무거우니 마침내 듣지 못할 것이네.　　　舟重竟無聞주중경무문.

산음 길을 알지 못하기 때문에,　　　　　　　不識山陰道불식산음도,

닭의 소리 듣고 또 그대를 생각한다네.　　　　聽鶴更憶君청학경억군.

위의 시는 769년 겨울 담주(장사)에서 지은 시이다. 겨울바람이 계수 곧 상강(湘江)에서 불어오니 많은 눈이 밤에 어지러이 내린다. 남쪽 누각에는 달빛이 비치고 추운 날씨에 북녘 물가에는 구름이 자욱하다. 촛불을 기울여 처음으로 눈[설(雪)]이 눈[안(眼)]에 보이고, 배에 눈이 쌓여도 눈 오는 소리는 들리지 않는다. 옛날 진(晉)나라 왕자유(왕휘지)가 많은 눈이 내리자 멀리 섬계(소흥)에 사는 친구 대규가 생각나서 배를 타고 그를 만나러 갔다가 흥이 다해 만나지 않고 돌아왔다는 고사도 인용되었다. 두보도 왕자유처럼 동생 노 시어사를 만나러 가고 싶지만 가는 길도 모르고 이미 날이 밝아, 오로지 그대를 계속 생각하고 그리워한다고 한 것이다. 두보의 할머니께서 노씨이다. 노 시어사가 할머니의 집안사람이기에 두보가 동생이라고 칭하였다. 상강(湘江)을 계수(桂水)라고 한 것은, 상강이 광서(廣西)의 계림에서 흘러내리기 때문에 상강을 계수라고 한 것이다. 겨울철 눈이 많이 내리는 밤에 눈 쌓인 배 안에서 노 시어사를 생각하며 지은 시이다. 아마도 궁핍한 생활이기에 더 생각났을 것이다.

　이로부터 1년 수개월간 두보 일가는 동정호와 그 주변 상강 지역을

떠돌아다니며 궁핍한 생활을 이어 갔다. 악주(악양)와 담주(장사), 그리고 형주(지금의 호남성 형양시) 등 호남을 유랑하던 두보는 770년(대력 5년) 늦봄 당나라 궁중 음악가였던 이구년을 담주 곧 장사에서 만났다. 그리고 그날의 감회를 시로 남겼다.

강남봉이구년江南逢李龜年: 강남 땅에서 이구년을 만나다

기왕의 댁 안에서 늘 보더니,	岐王宅裏尋常見기왕택리심상견,
최구의 집 앞에서 몇 번이나 들었던가?	崔九堂前幾度聞최구당전기도문.
참으로 이 강남의 풍경이 좋으니,	正是江南好風景정시강남호풍경,
꽃 지는 시절에 또 너를 만나보는구나.	落花時節又逢君낙화시절우봉군.

두보 자신의 생애에서는 마지막 봄인 꽃 지는 시절이다. 그리고 왕년에 날렸던 이원(梨園) 제자(弟子) 이구년(현종 시절 때의 악공)을 강남땅 호남성 장사에서 만나던 것이다. 강남은 장강(長江) 이남 지역을 이르는 말로 지금의 장강 남쪽 상강 일대를 지칭한다. 젊은 시절 이구년은 현종의 아우인 기왕(이범)의 집 안에서 보았고, 당대의 권세가였던 최구(전중감 최척)의 집 앞에서 소리도 들었다. 그런데 인생의 말년이면서 꽃 지는 시절에 이구년을 강남땅에서 만났는데, 그 모습이 초라해 보인 것이다. 또한 그 이구년의 초라한 모습에 두보 자신의 모습까지 투영시켰다. 둘 다 꽃 지는 시절에 만났기에, 영락한 두 사람의 신세를 반영하고 있기 때문이다. 이처럼 두보는 명창 이구년과 타향에서 재회한 감회에서 나그네의 고단함을 표현하였다. 두보는 이백(李白)에 비해 절구 시는 후대인들로부터 호평을 받지 못하고 있다. 하지만 이「강남봉이구년」시는 함축과 여운이 있어 최고의 걸작품으로 호평받고 있는 작품 중의 하나이다.

담주에서 한식날 지은 시도 있다.

소한식주중작小寒食舟中作 : (770년) 한식 다음 날 배안에서 짓다

좋은 날(소한식) 억지로 술 마시니 음식도 차가운데,

佳辰強飯食猶寒가신강반사유한,

은자의 관을 쓰고 쓸쓸히 안석(案席)에 기대고 있네.

隱几蕭條帶鶡冠은궤소조대할관.

봄물 위의 배는 하늘 위에 앉는 듯하고,　　春水船如天上坐춘수선여천상좌,

늙은이의 눈에는 꽃이 안개 속에 보이는 듯하네.

老年花似霧中看노년화사무중간.

곱디고운 나비는 한가히 배의 휘장을 지나고,　娟娟戲蝶過閒幔연연희접과한만,

사뿐사뿐 가벼이 나는 갈매기는 빠른 여울에 내려앉네.

片片輕鷗下急湍편편경구하급단.

구름 희고 산은 푸르러 만여 리 거리지만,　　雲白山青萬餘里운백산청만여리,

곧바로 북쪽이 장안인 양 시름하며 보네.　　　愁看直北是長安수간직북시장안.

　위의 시는 두보 59세인 770년 장사(담주) 소한식(小寒食)날 선상(船上)에서 지은 시이다. 소한식이라 찬음식을 억지로 먹음을, 강(強) 자(字)로 표현하였다. 그리고 은자들이 쓰는 할관(鶡冠)을 쓰고 몸을 궤상에 기대니 쓸쓸한 마음이 든다고 하였다. 봄에는 눈이 녹아 물이 불어 마치 배는 하늘 위에 떠 있는 기분이고, 나이가 들어 눈은 어두워 아름다운 꽃을 보아도 안개 속에 보는 듯 희뿌연하다. 고운 나비는 휘장 앞을 한가로이 날고, 가벼이 나는 갈매기는 급한 물살에도 사뿐히 내려앉는다. 그리고 고향 산천이 눈에 아른거리나, 구름과 산이 갈려 볼 수가 없다. 그러면서 문득 떠오른 장안 생각에 다시 시름에

잠긴다.

소한식은 한식 다음 날 아니면 전 날이다. 중국 남쪽 풍습에 한식 전후 3일간은 불을 사용하여 음식을 만드는 것을 금지하여 찬 음식을 먹는 관습이 있었다. 한식(寒食)은 『형초세시기(荊楚歲時記)』에 "동지로부터 105일째 되는 날인데, 이때는 바람이 거세고 비가 와서 한식이라고 한다."라고 하였다. 이 한식은 양력으로 4월 5일과 6일 전후가 된다.

한식(寒食)에는 전하는 고사(故事)도 있다. 불에 타 죽은 진(晉)나라 개자추(介子推)의 혼령을 위로하기 위해 불을 피우지 않고 찬 음식을 먹은 데서 유래하였다는 이야기이다. 진(晉) 문공(文公)이 공자 시절인 중이(重耳) 때로, 그는 19년 동안 망명생활을 하였다. 그 망명생활 동안 경제적으로 어려움을 겪고 굶주림을 당할 때, 개자추(介子推)가 자신의 넓적다리 살을 잘라 허기를 면하게 해주었다. 이후 진나라 문공은 공자 시절 19년 동안 망명생활을 할 때 고생했던 이들을 불러 논공행상(論功行賞)을 하였다. 하지만 개자추(介子推)에게는 어떠한 혜택도 돌아가지 않았다. 아마도 그 존재 자체를 잊고 있었던 것이다. 이에 개자추는 어머님을 모시고 산서성(山西省) 면산(綿山)으로 숨어 들었다. 이후 진 문공은 개자추를 생각해 내고는 그를 궁궐로 불렀으나, 그는 부름에 응하지 않았다. 그래서 진 문공은 산에 불을 놓으면 산 밖으로 나올 것이라고 생각하여, 산에 불을 놓았다. 그러나 개자추는 끝내 산 밖으로 나오지 않고, 어머니와 함께 버드나무 아래에서 불 탄 주검으로 발견되었다. 이렇게 죽은 개자추를 추모하기 위해서 이 날만은 찬 음식을 먹게 한 데서 한식(寒食)이 유래되었다고 보는 한 가지 설이다.

도난逃難: 난리를 피해 달아나다

오십대 나이의 백발 노인(두보),	五十白頭翁오십백두옹,
남북으로 세상 난리 피해 다녔네.	南北逃世難남북도세난.
거친 삼베로 여윈 몸 두르고 있으니,	疏布纏枯骨소포전고골,
두루 다님에 심히 괴롭고 따뜻하지 않네.	奔走苦不暖분주고불난.
이미 노쇠한 몸에 병까지 찾아들고,	已衰病方入이쇠병방입,
온 세상은 도탄에 빠져 있네.	四海一塗炭사해일도탄.
천지간 만 리 안쪽에는,	乾坤萬里內건곤만리내,
몸뚱이 하나 둘 곳조차 없네.	莫見容身畔막견용신반.
처자 또한 나를 따라 고생하였고,	妻孥復隨我처노부수아,
지난 일 돌아보며 함께 슬퍼했네.	回首共悲歎회수공비탄.
예전에 살던 곳이 잡초로 우거져 폐허되었고,	故國莽丘墟고국망구허,
이웃도 뿔뿔이 흩어졌네.	隣里各分散인리각분산.
이제 돌아갈 길조차 잊어버리고,	歸路從此迷귀로종차미,
상강 언덕에서 한없이 눈물짓네.	涕盡湘江岸체진상강안.

위의 시는 59세 때 상강(湘江) 가에서 지은 시이다. 이 무렵 4월에
담주(장사)에서 장개(臧玠)의 난이 일어났다. 그래서 두보는 침주(郴州,
지금의 호남성)에 거주하는 외숙인 최위(崔偉)에게 도움을 청하고자 하
였으나, 가는 도중 형주(지금의 호남성 형양시)를 지나다가 뇌양(耒陽)에
서 큰물에 막혀 뜻을 이루지 못하였다. 대홍수에 길이 막혀 며칠 동안
굶주리고 있다는 두보 일가의 안타까운 소식을 전해 들은 뇌양의 현
령이 음식을 보내와서 아사의 위급한 상태는 벗어날 수 있었다.

두보가 촉 땅으로 들어온 시기가 48세 때이다. 그때부터 난리로
인해 온 세상을 떠돌아다녔다. 변변치 않은 옷과 음식으로 살아왔기

에 추위에 힘겹고 몸은 병까지 들고 세상은 도탄에 빠졌다. 그러니 이 세상에는 이 몸뚱이 하나 의지할 곳이 없다. 또한 처자식도 나와 마찬가지로 모두 고생하였다. 고향은 이미 황폐화 되었고 이웃들도 뿔뿔이 흩어져 이제는 돌아갈 고향도 없어, 두보는 상강 언덕에서 눈물만 흘리고 있다. 「도난(逃難)」은 안녹산의 난 이후 촉 땅으로 들어온 후부터 59세 지금까지의 두보의 곤궁한 처지를 읊은 시이다. 결국 두보는 침주로 가지 못하고 다시 담주(장사)로 돌아왔다.

770년 여름에 형주(호남성 형양시)에서 돌아오는 길에 동정호를 지나며 「과동정호(過洞庭湖)」를 남겼다. "호수의 빛이 하늘과 더불어 아득하여(湖光與天遠호광여천원), 곧장 신선의 뗏목을 띄우고 싶구나(直欲泛仙槎직욕범선사)."라고 하여, 동정호의 광활한 모습과 마치 신선이 되어 하늘로 올라가듯이 북쪽 고향으로 돌아가고픈 심정을 노래하였다.

모추장귀진류별호남막부친우暮秋將歸秦留別湖南幕府親友: 저무는 가을에 장차 진(장안)으로 돌아가고자 하여 호남의 막부 친구들과 이별하다
강물이 넓디넓은 창오(호남성 영원현)의 들이요,

水闊蒼梧野수활창오야,

백제(가을의 신)가 관장하는 가을 하늘 높기도 하여라.

天高白帝秋천고백제추.

(완적이) 길이 궁해지니 어찌 곡을 면하겠는가? 途窮那免哭도궁나면곡,
몸이 늙어 근심도 이기지 못하겠네. 身老不禁愁신노불금수.
호남은 절도사 있는 큰 마을이라 재사들이 모였고,

大府才能會대부재능회,

여러 공들은 모두 덕업이 훌륭한 선비이네. 諸公德業優제공덕업우.
북쪽으로 돌아가고자 눈비 무릅써야 하는데, 北歸衝雨雪북귀충우설,

누가 해진 담비갖옷 입은 이를 불쌍히 여겨 주리오?

誰憫敝貂裘수민폐초구.

위의 시는 770년 가을에 장사를 떠나 장안으로 돌아가고자 할 무렵에 지은 시이다. 제목의 "호남막부(湖南幕府)"는 호남의 지방 관부를 가리킨다. 어려운 처지에 놓여 있어도 도와줄 이 없는 비애를 노래하면서 벗들에게 도움을 청하는 뜻을 담았다.

장사송이십일함長沙送李十一銜: 장사(담주)에서 이함을 전송하다

그대(이함)와 함께 강주 서쪽으로 피난했는데, 與子避地西康州여자피지서강주,

열두 해 만에 동정호에서 그댈 만났네. 洞庭相逢十二秋동정상봉십이추.

멀리서 일찍이 상방에서 하사받은 신발이 부끄럽고,

遠愧尙方曾賜履원괴상방증사이,

이곳이 내 고향이 아니므로 누각에 오르는 것도 귀찮다네.

竟非吾土倦登樓경비오토권등루.

오래된 부레풀과 옻칠 같은 우정 응당 견주기 어려운데,

久存膠漆應難並구존교칠응난병,

한 번 진흙탕에 빠진 일 수습이 늦어 버렸네. 一辱泥塗遂晚收일욕니도수만수.

'이두제명'이라는 호칭으로 불리는 것도 참으로 부끄러운데,

李杜齊名眞忝竊이두제명진첨절,

북쪽의 구름과 추운 국화가 이별하는 시름을 더하는구나.

朔雲寒菊倍離憂삭운한국배이우.

위의 시는 대력(大曆) 5년(770) 늦가을에, 장사(담주)에서 이함을 전송하며 지은 시이다. 12년 전에 이함과 함께 서강주(동곡, 지금의 감숙

성 롱남시 성현)로 피난 갔는데, 지금 동정호에서 다시 만난 것이다. 이전에 상방(尙方)에서 제작된 신발을 황제로부터 하사받았지만, 장안에서 멀리 떨어져 있어 이제는 조정에 나아갈 수 없는 것이 부끄럽다. 이 곳은 아름답지만 결국 내 고향이 아니기 때문에 높은 누각에서 타향 땅을 바라보는 것에도 싫증이 난다. 언제까지나 변하지 않는 이함(李銜)의 두터운 우정은 다른 사람에 견줄 것이 없지만, 한 번 진흙탕에 버려진 것과 같은 천한 지위에 주워져서 조신(朝臣)에 임명된 일이 너무 늦어 유감스럽다. 이러한 내가 후한(後漢)의 명사인 이응과 두밀과 같이 이군(이함)과 아울러 '이두'라고 불리는 것이 참으로 부끄럽고 고마운 일이다. 그런데 그대와 이별한 후에 북쪽에서 솟아오르는 구름이나 추워 보이게 피는 국화를 보면 이별의 슬픔이 더 깊어질 것이다.

위의 시(詩) 중 "멀리서 일찍이 상방에서 하사받은 신발이 부끄럽고(遠愧尙方曾賜履원괴상방증사이)"라고 한 것은, 두보의 지금 심정을 말한 것이다. 두보가 숙종의 조정에서 좌습유 벼슬을 하였는데, 그때 재상 방관의 석방을 건의했다가 숙종으로부터 미움을 받았다. 그 후 화주의 사공참군으로 좌천되었다가 곧 이어 벼슬을 그만두고 감숙성 진주로 떠났다. 두보는 진주에 정착하지 못하고 동곡으로 갔다가 다시 사천성 성도로 가게 되었고, 그곳에서 엄무의 추천으로 검교공부원외랑이 되어 관복을 하사받았다. 그런데 그 직책은 조회(朝會)에 참여할 수 없는 직책이었다. 또한 이 직책도 오래 가지 못했다. 사직하였기 때문이다. 그래서 두보는 이러한 자신의 지난날이 부끄럽다는 것이다.

"교칠(膠漆)"은 부레풀과 옻나무의 칠처럼 불가분의 관계에 있다는 의미로, 교분이 두터운 우정을 가리킨다. 『후한서(後漢書)』 권81 「뇌의열전(雷義列傳)」에 나온다. 뇌의가 무재과(茂才科)에 급제하여 그 자격을 진중에게 양보하였으나 자사(刺史)가 들어주지 않았다. 이에 거짓으로 미친 체하여 벼슬을 받지 않으니, 고을 사람들이 그들을 두고 "아교와 옻칠이 굳다고 하나 뇌의와 진중만은 못하다."라고 하였다 한다. 결국 조정에서는 두 사람 모두에게 벼슬을 내렸다.

"이두(李杜)"는 한(漢)나라 때의 이응과 두밀을 이르는 말이다. 한나라 영제(靈帝) 건녕 2년에 환관들로부터 화를 당해 이응은 옥사하고 두밀은 자결하였다. 이후 "이두제명(李杜齊名)"은 이응과 두밀처럼 훌륭한 사람이 소인배에게 배척받아 불우한 생애로 마감한 인물들을 비유해서 쓰는 표현이다.

당(唐)나라는 내란을 겪으며 성자필쇠(盛者必衰)의 길 곧 '성하면 반드시 멸한다'는 길을 걷고 있었고, 두보라는 개인도 짧았던 안정기를 지나 고통스러운 말년을 보내고 있었다.

두보의 임종가를 보자.

풍질주중복침서회삼십육운봉정호남친우風疾舟中伏枕書懷三十六韻奉呈湖南親友: 중풍이 들어 배안에 베개를 베고 누워 회포를 써서 호남 벗들에게 드리는 36운

황제 헌원씨는 음악(율려) 만듦을 그치고, 軒轅休製律헌원휴제율,
순임금 유우(有虞)씨도 거문고 연주를 그치네. 虞舜罷彈琴우순파탄금.
더욱이 떠드는 대롱(악기)을 어긋나게 하며, 尚錯雄鳴管상착웅명관,
오히려 반만 죽은 오동나무의 마음(두보 마음)을 상하게 하네.

猶傷半死心유상반사심.

성현의 명성도 아득한 옛일, 聖賢名古邈성현명고막,
떠도는 나그네에게 병은 해마다 닥치네. 羈旅病年侵기려병년침.
작은 배를 매어 항상 진택(큰 호수)에 의지하고,

호수가 넓고 평평하여 일찍 삼성을 보네.

마치 마융이 객지에서 피리소리 듣는 듯하고,
왕찬이 타향에서 누각에 기대어 옷깃에 눈물 훔친 듯하네.

고향을 생각하며 추위에 바라보니 슬프기만 하고,

많은 구름에는 세월의 애처로운 기운이 서려 있네.

물 고을엔 큰 조개의 기운이 묻혀 있거늘,
단풍나무 언덕에는 푸른 봉우리가 중첩되어 있네.

답답한 겨울의 더운 병 기운이 있고,
어둑어둑한 비(보슬비)는 오래도록 내리네.
북은 바야흐로 제사할 귀신을 맞이하고,
화살촉은 솔개 같은 새를 떨어뜨리네.

흥이 다하니 겨우 답답한 마음 가시긴 해도.
시름이 덮쳐오면 갑자기 견딜 수가 없네.
한평생을 서로 오르락내리락 하는 가운데,
시절(時節) 사물들은 스스로 을씨년스럽기만 하다네.

술잔 속 활 그림자 의심스러워하며,
고깔(머리에 쓴 관) 위의 비녀는 꽂지도 못하고 있다네.

舟泊常依震주박상의진,
湖平早見參호평조견삼.
如聞馬融笛여문마융적,
若倚仲宣襟야의중선금.
故國悲寒望고국비한망,
羣雲慘歲陰군운참세음.
水鄉霾白蜃수향매백신,
楓岸疊青岑풍안첩청잠.
鬱鬱冬炎瘴울울동염장,
濛濛雨滯淫몽몽우체음.
鼓迎非祭鬼고영비제귀,
彈落似鴞禽탄낙사효금.
興盡纔無悶흥진재무민,
愁來遽不禁수내거불금.
生涯相汨沒생애상골몰,
時物自蕭森시물자소삼.
疑惑樽中弩의혹준중노,
淹留冠上簪엄유관상잠.

옷깃을 당겨 위(魏)나라 임금 놀라게 한 간언도 했고,

牽裾驚魏帝견거경위제,

양웅처럼 유흠의 아들 일로 잡혀 던져지기도 했다네.

投閣爲劉歆투각위류흠.

미친 사람처럼 떠돌아 끝내는 어디로 가리요,　狂走終奚適광주종해적,

하찮은 나를 공경함을 부끄럽게 감사드리네.　微才謝所欽미재사소흠.

나는 명아주국에 싸라기 섞지 않은 밥도 족한 형편이고,

吾安藜不糝오안여부삼,

그대들은 옥보다 귀한 보배들이오.　　　　　　汝貴玉爲琛여귀옥위침.

검은 책상은 겹겹이 얽어 있고,　　　　　　　烏几重重縛오궤중중박,

메추리처럼 꿰맨 옷은 솔기마다 숭숭하다네.　鶉衣寸寸針순의촌촌침.

애처롭고 쓰라림은 강남을 그린 유신(庾信)과 같고,

哀傷同庾信애상동유신,

글짓기는 진림(陳琳)과 다르네.　　　　　　　述作異陳琳술작이진림.

열 번의 더위에 민산의 칡옷을 입고,　　　　　十暑岷山葛십서민산갈,

세 번 서리에 초나라 사람의 집 방앗소리를 듣네.

三霜楚戶砧삼상초호침.

외람되게도 비단 장막에 앉아 모시는 낭관이 되어,

叨陪錦帳坐도배금장좌,

오랫동안 늙은 나이로 시를 뜻대로 읊조리기도 했다네.

久放白頭吟구방백두음.

순박한 시절로 돌아감을 만나기야 어렵다지만,　反樸時難遇반박시난우,

초심을 잊으니 땅에 빠짐이 쉽도다.　　　　　忘機陸易沉망기육이침.

응당 두어 술 밥도 과분하니,　　　　　　　　應過數粒食응과수립식,

하늘과 땅과 그대와 내가 아는 금을 능히 가까이 하네.

得近四知金득근사지금.

봄풀은 푸르러 고향에 가고자 하는 한은 더하고,

春草封歸恨춘초봉귀한,

도원의 꽃을 홀로 찾음을 자주 하네.

源花費獨尋원화비독심.

쑥이 바람에 구르듯 근심이 심해지고,

轉蓬憂悄悄전봉우초초,

약을 써도 병은 여전히 심하기만 하다네.

行藥病涔涔행약병잠잠.

어려서 죽은 이를 묻음은 반악의 일을 좇아 하고,

瘞夭追潘岳예요추반악,

위태로운 몸 부지함은 등림(鄧林, 지팡이)을 얻네.

持危覓鄧林지위멱등림.

때를 잃어 도로 걸음을 배우니,

蹉跎翻學步차타번학보,

감격함은 나를 알아주는 진정한 벗이 있다네.

感激在知音감격재지음.

도로 소진과 장의처럼 혀를 빌려서,

却假蘇張舌각가소장설,

주나라와 송나라로 칼자루 만들 듯이 높이 자랑하네.

高誇周宋鐔고과주송심.

흐르는 물을 들임에 크고 넓음을 미혹해 하니, 納流迷浩汗납류미호한,

큰 뿌리의 높은 산을 얻은 듯하네.

峻趾得嶔崟준지득흠음.

성부는 맑은 아침 햇빛에 열려 있으니,

城府開淸旭성부개청욱,

소나무와 대나무 사이에 푸른 물가에 일어나 있네.

松筠起碧潯송균기벽심.

낮을 활짝 펴서 다투어 아름답게 웃고,

披顔爭倩倩피안쟁천천,

제멋대로 노는 발은 다투어 빨리 가는 듯하네.

逸足競駸駸일족경침침.

맑은 거울에 나의 우직함을 담아 두고 있으니, 朗鑒存愚直낭감존우직,

큰 하늘이 진실로 조임(내리 비침)하여 계시네. 皇天實照臨황천실조임.

공손술 같은 자가 험함을 믿고서 날뛰고,　　公孫仍恃險공손잉시험,

후경과 같은 장개는 아직 사로잡지 못하고 있다네.

　　　　　　　　　　　　　　　　　　侯景未生擒후경미생금.

서신은 중원(낙양)이 멀고 머니,　　　　書信中原闊서신중원활,

전쟁은 황제 계신 장안에 심원하기만 하네.　干戈北斗深간과북두심.

사람 두렵게 함은 천리의 우물에 하고,　　畏人千里井외인천리정,

풍속 물음은 구주의 잠을 보네.　　　　　問俗九州箴문속구주잠.

전쟁에서 흘리는 피는 예전과 같고,　　　戰血流依舊전혈류의구,

군사들의 함성 소리는 지금까지 움직이네.　軍聲動至今군성동지금.

갈홍처럼 시신이 변하여 신선이 되지 못해도,　葛洪尸定解갈홍시정해,

허정처럼 식구를 도맡기에는 힘이 부친다네.　許靖力難任허정력난임.

이제는 남처럼 가사는커녕 단사의 비결도,　家事丹砂訣가사단사결,

이루지 못하게 되니 눈물이 비 오 듯한다네.　無成涕作霖무성체작림.

　위의 시는 혈압, 당뇨와 풍병으로 인해, 배에 엎드려 쓴 두보의 임종
가(臨終歌)이다. 두보가 가을과 겨울 사이 상강 가를 떠돌아다녔다.
그래서 위의 시 창작 시기는 770년 10월 이후 겨울, 담주(장사)와 악주
(악양) 사이에서 지은 시로 짐작된다.

　전설상의 황제 헌원(軒轅)씨가 대나무 통으로 12율을 만들고, 성씨
가 유우(有虞)씨인 순(舜)임금은 오동나무로 거문고를 만들어 연주하
여 천하를 다스렸다. 그런데 지금은 난세라 그런 음악이 다 필요 없는
세상이 되었다. 그래서 황제 헌원씨가 대나무 통으로 소리냈던 봉황
새 수컷의 6계와 암컷의 6계로 만든 12율도 다 어그러질 판이고, 반은
죽고 반은 살아있는 최상의 오동나무로 만든 거문고 같은 것이 지금

반은 죽고 반은 살아 있는 느낌의 두보 마음 같아 서글프다는 것이다. 전설에 의하면 용문(龍門)의 오동나무는 가지가 없고 뿌리는 반만 살아 있는데 이것으로 최상의 거문고를 만들 수 있다고 한다. 여기서 반만 죽은 마음은 두보 자신의 마음을 가리킨다.

따라서 성현의 명성은 이미 옛날의 일일 뿐 아득하기만 하고 풍속이 조화롭지 못해 나그네로 떠돌아다니는 두보 자신은 병만 더 심해졌다. 두보는 작은 배를 강기슭에 매어놓고, 주변의 넓은 호수와 초저녁 서쪽에 뜨는 삼성을 보고 있다. 마치 후한 때 인물 마융이 타관에서 나그네의 피리 소리를 듣고 허전한 마음을 달래기 위해 「장적부(長笛賦)」를 지었고, 삼국시대 중선(仲宣) 왕찬(王粲)이 고향이 생각이 나서 누각에 올라 「등루부(登樓賦)」를 지은 것처럼, 두보도 나그네 신세로 피리 소리를 들으니 눈물이 난다. 세밑 추위에 고향 생각 절로 나고 흘러가는 뭉게구름에 서글픈 생각까지 든다. 바다 가운데 큰 조개의 기운이 누대에까지 오르고 있다. 이 강남 땅은 겨울인데도 무더운 병 기운이 있어 답답하고 지루하게 비까지 내려 어두운 분위기이다. 초나라 풍속은 무당에게 제사 지내는 것을 좋아하여, 북은 바야흐로 제사할 귀신을 맞이하고, 화살촉은 솔개 같은 새를 떨어뜨린다.

흥이 다하니 겨우 답답한 심리는 가시긴 해도 시름이 몰려 와 갑자기 견딜 수가 없다. 한평생을 서로 오르락내리락 하고, 시절의 풍경은 스스로 을씨년스러워졌다. 술잔 기운데 활을 의심하니 고깔 위의 비녀는 꼽지도 못하고 지낸다. 이는 두보가 오랜 병으로 의관도 갖추지 못하고 있다는 말이다. 병이 들어 귀향하지 못하고 여전히 타향에 머무르고 있는 처지를 진(晉)나라 낙광(樂廣)의 고사를 통해 드러내었다. 낙광이 손님과 더불어 술을 마시는데, 술잔에 뱀 그림자가 비쳤다. 그 술잔의 술을 마시고는 시름시름 앓자, 그것은 뱀이 아니고 술잔에 비친 활 그림자라고 일러 주자 병이 나았다는 고사(故事)이다. 고향을 그리워하는 두보의 향수병과 함께 신병(身病)으로 고생함을 드러내었다.

또 삼국시대 위(魏)나라 신하 신비(辛毗)가 위(魏)나라 문제(文帝)인 조비(曹丕)에게 간(諫)한 고사를 인용하여, 예전에 두보가 재상 방관(房琯)을 위해 숙종에게 간(諫)한 일을 회상하였다. 견거지쟁(牽裾之諍)의 고사성어가 있다. 이는 군주의 옷소매를 당기며 직간(直諫)한다는 의미이다. 위나라 황제가 된 조비는 하남 지역을 튼튼히 하려고 기주(冀州) 병사들의 집 10만 호를 하남(河南)으로 강제로 이주시킬 계획을 발표하였다. 당시 메뚜기 피해로 많은 백성들이 굶주리고 있던 처지라 대다수 신하들은 병사들 이주 계획을 반대하였다. 하지만 조비가 이런 의견을 불허하자 다른 신하들은 조비의 눈치를 보며 더 이상 간언하지 않았다. 하지만 신비는 옷소매를 부여잡고 끈질기게 간언하였다. 흉년으로 식량도 부족하고 시기도 좋지 않아 인심을 잃게 될 것이라고 하여, 자신의 직간을 받아들이게 하였다. 두보도 삼국시대 위나라 신비의 고사를 통해 자신이 행했던 방관에 대한 직간도 정당했음을 설파하고 있는 것이다. 두보가 숙종의 조정에서 좌습유를 할 때 재상 방관의 석방을 위한 상소를 올렸다가 숙종의 미움을 사게 되었고 결국은 벼슬길에서 쫓겨나는 신세가 되었기 때문이다. 그러면서 다음 구절에서 한(漢)나라 성제(成帝) 때 인물 양웅의 일을 인용하였다. 양웅이 유흠의 난 때 그의 아들 일로 인해 연좌되어 벌을 받게 될 것을 두려워한 일이 있는데, 여기서는 두보 자신이 재상 방관의 일로 삼사의 문초를 받은 일과 연관을 지은 것이다. 지금은 떠돌이 신세라 어디로 갈 곳도 없는데 하찮은 나를 공경해 주니 부끄럽다고도 하였다. 나는 명아주국에 잡곡밥을 먹는 처지지만 그대들은 귀해서 구슬 같은 보배들이 아닌가? 다 망가진 책상머리에 기대선 내 모습은 누더기를 걸친 모습이라 하여, 나는 가난해도 편안하지만, 여러 공들은 부귀영화를 누린다고 하였다.

남북조 시대의 북주(北周) 양(梁)나라 유신(庾信, 513~581)은 「애강남부(哀江南賦)」를 지어 고향을 그리워하듯이, 두보 자신도 향수로 평생을 살았고, 조조(曹操)에게 항복을 권하는 글을 지은 진림(陳琳)처럼, 그런 격문(檄文)은 못 짓는다고 겸손해 하였다. 감숙성 진주를 떠나 촉땅으로 들어가 산 지 10년이 되었고, 기주를 떠나 강남에서 3년을 살았다. 그 동안 외람되게도 검교공부원외랑이 되어 막부 생활도 하였으며, 지금은 오랫동안 백두음을 읊는다고 하였다. 순박함에 돌아갈 시절 만남이 어렵다. 이는 시대의 풍속이 나쁘다는 말이다. 그래서 기심(機心)을 버리고 세상을 잊고 살겠다는 말이다. '두어 날 밥도 당당히 과분하니, 네 사람이 아는 금을 어찌 능히 가까이 할 것인가?'로 하였다. 두보의 청렴한 성품을 드러내었다. 여기서도 고사를 인용하였는데, 후한(後漢) 때 왕밀(王密)과 양진(楊震)의 이야기이다. 왕밀이 양진에게 뇌물로 황금을 주니까 양진이, "하늘이 알고 땅이 알고, 자네가 알고, 내가 아는데 어찌 받겠느냐?"고 했다. 두보는 이 고사를 통해 주변 사람들로부터 깨끗한 도움을 받았다는 것이다.

두보의 신세 한탄으로, 하다못해 봄풀은 해마다 푸른데 두보 자신은 마냥 나그네 신세라는 것이다. 그래서 도화원 고사의 주인공인 어부가 홀로 무릉도원을 찾은 것처럼, 두보 자신도 홀로 무릉도원을 찾아 난을 피하게 되었다고 한 것이다. 바람에 날리는 쑥 신세로 약을 밥 먹듯이 먹어도 병의 차도는 없다고도 하였다. 어린 아들의 죽음을 반악(潘岳)에 비유하였다. 진(晉)나라 때 반악은 어린 아들이 죽자 낙수가에 묻었고, 그 슬픔이 너무 커서 눈이 멀었던 인물이다. 지금 두보의 처지가 비슷하다는 것이다. 때를 잃어 다시 걸음걸이를 배우니 그래도 진정한 벗(호남의 친구들)을 아는 것에 감격한다고 하였다. 『장자』에 나오는 이야기이다. 옛날 수릉(壽陵)의 젊은이가 조나라 서울인 한단(邯鄲)에서 도시풍의 걸음을 배우다가 옛날 걷던 걸음걸이를 잃어버려 결국 기어서 고향으로 돌아왔다는 고사이다. 이것은 두보가 스스로 아파서 평소에 지니고 있던 생각을 잃은 것을 표현한 것이다. 또한 자기를 진정으로 알아주는 호남의 벗들이 있어 두보는 감격한다고도 하였다. 그러면서도 전국시대 소진(蘇秦)과 장의(張儀)처럼 변론을 통해서 장개의 난을 맞아 조정에서 역할을 했어야 함을 역설하였다. 그리고 『장자(莊子)』에 나오는 임금의 칼을 말함으로써 주나라와 송나라의 칼자루를 자처하였다. 황제의 칼은 주나라와 송나라 칼자루로 만들기 때문이다. 이는 두보가 강남 땅 벗들 사이를 다니면서 자랑하기를 황제를 위한 일들을 했다고 자랑하고 다닌다는 말이다.

흐르는 물을 들임은 크고 넓어 가로막는 절벽이 없는 것처럼, 강남 땅 벗들을 얻어 돌아가 의지함은 높은 산을 얻어 의지하는 것과 같다는 말이다. 여러 벗들의 막부는 맑고 밝은 데에 열려 있고 두보 자신은 소나무와 대나무가 있는 푸른 물 사이에 간다는 말이다. 얼굴을 활짝 펴고 웃으며 제멋대로 거리낌 없는 발걸음은 다투어 빨리 가는 듯하다. 맑은 거울에 나의 우직함을 담아두고 있으니 큰 하늘이 진실로 비쳐주고 있다.

지금 촉 땅에는 공손술과 후경 같은 장개가 반란을 일으키고 있고 고향 낙양과 장안의 소식은 아득하기만 하다고 하였다. 그러면서 천리의 도로에 사람을 두렵게 하여야 한다고 하였다. 옛날 어떤 사람이 길을 가다가 말이 먹다 남은 풀을 우물 안에 쏟아 붓고, 다시 이 우물의 물을 마시다가 풀잎이 목구멍에 걸려 죽었다는 고사가 있다. 이 이야기를 교훈으로 삼아, 천리 안에 있는 우물에 음식물을 쏟거나 어떤 오물도 버리지 말라는 뜻이다. 두보가 이 이야기를 빌려 천리의 도로에 사람을 두려워하여야 한다고 한 것이다. 또한 토번의 침략과 장개의 반란에 예전 다름없이 군인들은 피를 흘리고 있다고 하였다. 전란이 아직 끝나지 않았다는 말이다.

도교를 신봉하던 갈홍(葛洪)은 죽어 시체가 신선으로 화(化)했지만 두보 자신은 그런 가망도 없고 촉 땅에 살던 허정(許靖)은 난리가 날 때마다 가족은 온건히 건사하였는데, 두보 자신은 그렇지 못하기 때문에 눈물이 난다고 한 것이다. 다시 말하자면 갈홍처럼 신선도 못되고 허정처럼 가족도 건사하지 못해 땅이 꺼지는 한숨과 함께 눈물이 비 오듯 한다고 하였다.

위의 시는 두보의 구술(口述)로 진술된 것이다. 둘째 아들 종무가 받아 적은 임종가(臨終歌)이다. 한숨과 눈물로 점철된 일생이라 할 것

중국 사천성 성도(成都) 완화계(浣花溪)의 초당(草堂)에 있는 두보 동상이다.

이다.

770년 겨울 두보는 담주(장사)에서 악주(악양)으로 가는 도중 배 안에서 59세의 일생을 끝마쳤다. 가족은 그의 관을 향리로 운반할 비용이 없어 오랫동안 악주에 두었는데, 그 후 40여 년이 지난 뒤 두보의 손자 두사업(杜嗣業)이 낙양(洛陽) 언사현(偃師縣, 지금의 하남성 언사시)으로 운반하여 수양산(首陽山) 기슭에 있는 선조 두예(杜預)의 묘 근처인 할아버지 두심언의 묘 옆에 이장(移葬)하였다. 시성(詩聖)은 그렇게 잠들었다.

마무리하면서

두보(杜甫)가 과거시험에 낙방하고 만유(漫遊)의 길에 남긴 시에는 20대의 패기와 남을 배려하는 마음이 담긴 시들이 많았다. 태산을 바라보면서 저 태산 같은 호연지기(浩然之氣)를 기를 것을 다짐하기도 하였으며 만유의 길에 만난 도사나 현인들에 대한 겸손과 배려, 그리고 옛 선조와의 인연이 있는 분들에게도 배려하는 마음 씀씀이가 그의 시에 표현되었다. 뿐만 아니라 사찰에 가면 사찰이 좋아 보이고, 도가(道家)에 들면 도사(道士)들의 삶이 부러운 아직은 세상사에 찌들지 않은 20대 삶의 모습을 보인 두보였다.

아버지는 같지만 어머니가 다른 아래 동생 두영에게도 자상한 면모를 보였다. 임읍에서 주부 벼슬을 하는 동생 두영이 황하가 범람하여 어려움을 겪는다는 편지를 받고 그를 위로하는 시를 지어 보내기도 하였기 때문이다. 또한 그 편지에 두보는 수재민을 돕고 싶은 자신의 마음을 담아 홍수를 막는 큰 자라를 잡아 이 위기를 극복할 수 있도록 돕고 싶다고도 하였다. 두보의 형제애와 애민 정신을 읽을 수 있는 부분이기도 하다. 25세 과거 시험에 실패한 두보는 2차 만유를 끝내고 30세에 양씨를 부인으로 맞아들였다.

33세 때에는 당나라 궁중에서 쫓겨난 이백을 낙양에서 만나 지금의 하남성 개봉시와 상구시를 유람하였으며, 그때 이백에게 시를 지어주기도 하였다. 그 시에 보면 세상 사람들이 교묘한 잔꾀로 사람들을 속이고 또한 사치하는 귀인들의 삶의 태도도 마음에 들지 않아 이백과 함께 세속적인 삶을 벗어나 한적한 산속에 은거하고 싶은 마음도 드러내었다.

두보는 이백과 함께 하면서 남을 속이는 세상인심과 바른 성정(性情)에 맞지 않는 생활을 영위하는 고관들의 삶에 환멸을 느꼈던 것이다. 가을이 되어도 여전히 떠도는 두보 자신과 이백의 신세를 한탄하는 시를 짓기도 하였다. 한편으로는 이백을 형제처럼 사랑해서 술 취한 가을날 함께 이불을 덮고 잔다고까지 하였다. 두보는 이백과 헤어진 후에도 줄곧 이백을 그리워하였으며, 그를 그리워하는 시를 남기기도 하였다. 두보는 시에서 '이백의 시는 자유분방하며 이 세상 사람들과는 다르다.'고 하였다. 이백의 시를 생각하는 두보의 마음을 짐작할 수 있는 대목이다. 상대의 특별한 능력까지 인정하고 따르는 30대 초반의 두보 모습이다.

33세의 두보는 이백뿐만 아니라, 고적과 함께 유람하였으며, 다음 해인 745년 가을 무렵에는 산동성 노군 석문에서 이백과 헤어졌다. 이후 안녹산의 난으로 인해 피난살이 하던 두보는 고적으로부터의 도움을 받았다. 두보는 이백의 시를 인정하면서도 한편으로는 호기롭게 큰 소리만 치는 이백의 호기를 풍자하였다. 「증이백(贈李白)」에서 '아직도 떠도는 신세인데' 매일 술만 마시고 시만 읊조리는 이백의 모습이 30대의 두보 눈에는 '통쾌하게 마시고 헛되이 날을 보내면서 잘 난 체하고 함부로 날뛰는 모습'으로 그려졌다. 그러면서도 두보는, 이백을 형제처럼 여긴다고 하면서 술에 취하여 잠이 들면 함께 이불을 덮고 잔다고 하였다. 이백에 대한 애정이 묻어난다.

두보는 이백과 헤어진 후에도 이백을 그리워하는 시를 지었다. 34세 겨울 두보는 장안에 있으면서 오(吳)·월(越) 지역을 떠돌고 있을 이백을 그리워하는 시를 지었을 뿐만 아니라 35세 봄에도 이백을 그리워하는 시를 남겼다. 「춘일억이백(春日憶李白)」에서 "이백의 시는 천하무적"이라고 하였다. 또 강동으로 은거하러 떠나는 공소보를 전송하면서 준 시에 '강동 지역에서 이백을 보거든 나 두보가 안부를 전한다'라고 하여, 여전히 그리워하였다. 이처럼 30대 중반의 두보는 헤어진 이백을 잊지 못하고 그리워하는 마음을 시로 표현하였다.

36세 때 현종이 실시한 과거시험에 또 낙방한 두보는 은거를 생각하기도 하였지만, 두보 자신의 안부를 물어온 위제에게 몇 번의 구관시를 보내 출사(出仕)의 의지를 보였다. 하지만 출사의 길은 열리지 않았고 장안에서 10여 년을 떠돌이 생활을 하여, 생활이 몹시 어려웠다. 두보가 40세에 「삼대예부(三大禮賦)」를 헌상하자, 현종이 집현원(集賢院)에서 기다리라고 하여 두보는 애타게 벼슬이 내려지기만을 기다렸는데, 기쁜 소식을 전해지지 않았다. 그렇게 40세도 허무하게 지나갔다.

40대로 접어든 두보는 시선이 외부로 확장되었다. 당나라 조정은 거듭된 외세와의 싸움에서 패하자, 마구잡이로 농민들을 징집하였다. 아직 출사하지 못한 두보는 장안 근처 함양교 부근에서 징집당하는 장정들의 모습을 목격하였다. 출정하는 사람들은 활과 화살을 차고 아비와 어미, 처자식들과 생이별하였다. 이런 모습에서 당시 현종의 무모한 국경 확장 정책을 비판하면서 권력자의 무한한 책임감을 물었다.

부조리한 현실에 관심을 가지게 시작한 40대의 두보는 여전히 「삼대예부(三大禮賦)」를 현종께 바친 것으로 인해, 집현원에서 실시하는 특별 시험을 보았다. 하지만 그 결과는 1년이 넘어도 소식이 없었다. 그래서 집현원에 근무하는 최국보와 우휴열에게 시를 지어 올리기도 하였다. 40대 초반 두보의 답답한 심리와 출사에 대한 목마름을 알 수 있게 하는 내용들이다.

「삼대예부(三大禮賦)」를 현종에게 헌상하였으나 별다른 소식이 없자, 시를 통해 사귐에 도리를 가볍게 여기는 시대의 경박한 풍조를 비판하기도 하고, 자신의 우울한 심정을 호기롭게 표현하기도 하였다. 그리고 752년 12월에는 당시 경조윤이었던 선우중통께 올리는 시에서 자신의 어려운 처지를 당시 실권자인 양귀비의 6촌 오빠인 양국충에게 알려 천거해 주기를 바랐다는 뜻을 보였다. 재상이었던 이임보가 죽자, 양국충이 752년 11월에 새로운 재상이 되었기 때문이다.

재상이 된 양국충에게 천거를 기대했지만, 양국충의 행위와 양귀비의 자매인 한국부인·곽국부인·진국부인 등의 행적을 보니 사치스럽고 방종하였다. 그래서 두보는 753년 3월에 그들의 행위를 풍자하는 시 「여인행」을 지어 그들의 행태를 비난하였다. 가을이 되어도 두보의 신변에는 변화가 없었다. 그래서 그런지 중양절에 「구일곡강(九日曲江)」을 지어 벌써 인생의 반이 지나갔음을 깨닫고 기쁨보다는 슬픔을 노래하였다.

754년 43세의 두보는 해가 바뀌어도 여전히 자신의 신변에 변화가 없음에 실망스러워 하였다. 그래서 광문관 정건 박사에게도 시를 올려 서로의 처지를 확인하였다. 능력 있는 정건 박사가 제대로 된 대우도 못 받고 있는 것과 능력 있는 두보 자신이 출사하지 못하는 것이 비슷한 처지라고 서로 위로하면서 둘이 만나 술잔이나 주고받자고 권하기도 하였다. 이때는 여전히 참열선서(參列選序) 곧 관직 후보자로 벼슬자리에 발령 나기를 기다리는 시기였다. 그러나 당나라 조정으로 부터 소식은 없었다. 그런 심정을 「미피서남대(渼陂西南臺)」에서 피력 하였다.

한편으로는 권세가들에게 올리는 구관시도 많이 지은 해이다. 당시 실력자인 가서한을 비롯해서, 고적·전징·심동미·장기 등 연줄이 닿 을 만한 곳이면 안부를 묻는다는 이유로 구관시를 지어 올렸던 것이 다. 두보의 간절함과 조급한 심리를 짐작할 수 있는 행동이다.

두보가 44세가 된 755년 봄에도 여전히 구관시를 지어 고관들에게 올렸다. 재상인 위견소(韋見素)에게 지난 4년 동안 벼슬자리 대기자 명단에만 올라 있는 자신의 처지를 생각해서 공자의 제자 자하처럼 문학에 재능이 있는 자신을 추천해 줄 것을 눈물로 호소하였다. 능력 이 있는데도 그 능력을 알아보지 못하는 정치적 지도자는 결국 나라 를 존망의 위기로 몰아넣을 수 있다. 인재를 알아보는 백락이 없는 당나라 조정이다. 가을에는 두보가 가족들을 봉선으로 이주시키고 그곳 현령으로 있는 양씨가 베푼 잔치에 참석하여 함께 중양절을 보 내기도 하였다.

희망 고문이 계속되던 두보에게도 755년 처음으로 하서위 곧 하서 지방의 현위(縣尉)에 제수되었다. 그러나 두보는 출사하지 않았다. 그 래서 다시 우위솔부주조인 동궁 무기고 관리자에 제수되었다. 벼슬자 리를 제수받은 두보는 기쁜 소식을 전하기 위해 가족들이 있는 봉선 으로 달려갔다. 가는 길에 현종과 양귀비가 사랑놀음을 하고 있는 섬서성 여산(驪山)의 화청궁도 지나게 되었다. 그곳 여산(驪山)은 지배 층들의 향락의 장소였지만, 민초들이 사는 한길 가는 굶주림에 허덕이는 곳이었다. 또한 가족들이 있는 봉선에 도착해보니, 어린 자식 하나가 굶어 죽은 상태였다. 가장(家長)의 역할을 다하지 못한 자신과 어려운 정국을 만든 지배층의 무능함이 슬픔과 분노의 마음을 솟구치게 하였다. 무능한 지배층의 정치로 결국 755년 11월 9일에 어양(漁陽) 땅에서 안녹산이 군사를 일으켰다. 이 안녹산의 난을 역사적 의미로 보면, 우리나라 장길산이나 임꺽정, 홍경래 같은 난이다. 민초들이 더 이상 살 수가 없어 봉기(蜂起)한 면이 있기 때문이다.

두보는 756년 5월 봉선에 있는 가족을 백수로 피난시키고 6월 장안의 관문인 동관이 함락되었다는 소식을 접하자, 다시 가족을 부주 강촌으로 피난시켰다. 이후 756년 6월에 현종은 촉 땅으로 몽진하고 그의 아들 태자 이형이 영무에서 숙종으로 즉위하였다. 두보는 숙종이 있는 영무로 가다가 안녹산 군대에 붙잡혀 장안에 구금되었다. 구금되어 있던 756년 지은 시들 중 주옥같은 작품들이 있다. 「월야(月夜)」·「애왕손(哀王孫)」·「춘망(春望)」·「애강두(哀江頭)」 등이 그들이다. 756년 겨울에 남긴 작으로 「비진도(悲陳陶)」도 있다. 두보는 이 작품을 통해 재상 방관이 안녹산 군대에 대패한 사실을 남기면서 인심이 아직도 당나라 조정에 있음을 드러내었다. 집배층에 대한 풍자 의식을 가졌던 두보도, 당나라 조정에 대해서는 변함없는 충절(忠節)을 보였다.

757년 46세의 두보가 장안에 억류되어 있으면서 설날을 맞이하였다. 설날이 되자 시집 간 누이동생이 생각이 났다. 그래서 시를 지어 위씨에게 시집 간 동생에 대한 안부를 물어 혈육의 정을 그리워하면서도 나라에 대한 걱정까지 하였다. 또한 산동성 비성현 서쪽 평음으로 난리를 피했던 동생 두영이 안부 편지를 보내오자, 동생이 살아있음을 기뻐하는 시도 지었다. 뿐만 아니라 부주 강촌에 두고 온 아들을 그리워하는 시도 남겼다. 그리고 한식날에는 아내를 그리워하는 시를 지어, 아내를 사랑하는 마음을 드러내었다. 이처럼 두보는 전란 중에도 형제와 가족들에 대한 그리움을 시로 남겼다. 이런 점으로 미루어 보면 두보는 다정다감한 인성을 지녔던 인물이었다.

두보는 757년 4월 초여름에 억류되어 있던 장안을 탈출하여 숙종의 행재소가 있는 봉상으로 달려갔다. 이때 두보는 「자경찬지봉상희달행재소삼수(自京竄至鳳翔喜達行在所三首)」를 지어, 탈출의 어려움과 기쁨을 표현하기도 하였다. 이후 숙종은 적진이었던 장안을 어렵게 탈출하여 이곳 행재소까지 온 두보의 뜻을 가상히 여겨, 5월에 두보에게 좌습유의 벼슬을 내렸다. 그런데 두보가 패군의 재상 방관을 변호하다가 숙종의 노여움을 사 추방과 다름없는 휴가령을 받아 가족들이 있는 부주 강촌으로 떠나게 되었다. 이때 가지(賈至)와 엄무(嚴武)에게 전별로 시를 남겼다. 특히 엄무는 방관과 함께 두보와 정치적 노선을 함께하는 인물이다. 훗날 사천성 성도 완화계 초당에 머물 때 성도윤으로 부임한 엄무로부터 경제적 도움을 받는 계기가 되었다.

두보는 가족들이 있는 부주 강촌으로 돌아가는 길에서 많은 걸작시를 남겼다. 「구성궁(九成宮)」・「옥화궁(玉華宮)」・「행차소릉(行次昭陵)」・「강촌삼수(羌村三首)」・「북정(北征)」 등이 그것이다. 「북정(北征)」은 조선시대 송강 정철이 그 여정의 구성을 모방하여 「관동별곡」의 여정을 구성하였다.[47] 구성을 모방하였지만, 표절은 아니다. 새로운 의미가 부여되었기에 환골탈태(換骨奪胎)가 되었다고 평할 수 있다.

숙종은 757년 10월에 장안으로 돌아왔다. 두보는 아직 부주 강촌에 머물면서 숙종의 환궁 소식을 전해 들었다. 또한 757년 12월 상황(上皇) 현종(玄宗)도 장안으로 복귀하였고, 두보도 이 무렵 장안으로 돌아

---

47) 李丙疇, 『杜甫 시와 삶』, 민음사, 1993, 370쪽 참조.

왔다. 그리고 757년 12월부터 다음 해인 건원(乾元) 1년인 758년 5월까지 두보는 장안의 조정에 있었다. 하지만 두보는 간관(諫官)인 좌습유(左拾遺)의 직책에 있었지만 그의 간언은 거의 받아드려지지 않았다.

두보는 조정에서 간관(諫官)인 좌습유 직책을 잘 수행하기 위해서 밤잠도 제대로 이루지 못할 정도였다. 그러나 두보 스스로 좌습유 직책을 잘 수행하지 못한다고 자책하기도 하였다. 그 자책하는 모습을 시 「제성중벽(題省中壁)」으로 남기기도 하였다. 장안이 수복되어 좌습유 직책을 수행하던 두보는 무슨 고민이 있었는지 758년(47세) 봄 「곡강이수(曲江二首)」를 지어 복잡한 심정을 토로하였다. 그 「곡강이수」에서 '헛된 명리에도 얽매이지 말고, 서로서로 칭찬하면서 어울려 보자'고 하였다. 하지만 두보의 그런 소망은 이루어지지 않았다. 758년 6월에 화주(華州)의 사공참군(司功參軍)으로 좌천되었기 때문이다. 759년(48세) 화주에 있을 때 「세병마행(洗兵馬行)」을 지어 하루빨리 평화로운 세상이 오기를 바라기도 하였다.

오히려 화주의 사공참군으로 좌천된 후 정신적 여유가 생겼는지 아우에 대한 걱정도 하였고, 옛친구의 집을 20년 만에 방문하기도 하였다. 그런데 옛친구는 이미 죽었고, 그 친구의 아들이 옛정을 그리워하면서 아버지 친구인 두보 자신을 환대해 주자, 기뻐하면서도 한편으로는 슬퍼 연거푸 열 잔의 술을 포개 마시기도 하였다. 그 시가 「증위팔처사(贈衛八處士)」이다. 제목에 보이는 '위팔처사'는 두보의 친구가 아니고 친구의 아들이다. 일부 번역서에는 두보의 친구로 번역된 경우가 있다.

잠시 낙양에 머물고 있던 두보는 사사명의 낙양 공격으로 더 머물지 못하고 서둘러 화주로 돌아와야 했다. 화주로 돌아오는 길에 민초들의 어려운 삶을 목격하게 되었다. 그때 하남성 신안현 부근에서 본 상황을 '삼리삼별(三吏三別)', 곧 「신안리(新安吏)」·「동관리(潼關吏)」·「석호리(石壕吏)」의 삼리(三吏)와 「신혼별(新婚別)」·「수로별(垂老別)」·「무가별(無家別)」 등 삼별(三別)의 시로 표현하였다. 이들 시는 두보가 궁중에서 좌습유 벼슬을 할 때 볼 수 없었던 참여시들이다. 이전 벼슬하기 전까지는 개인적인 문제가 시(詩)에서 우선시되었다. 그러나 화주의 사공참군으로 좌천된 후 민초들의 피폐한 삶을 직접 본 후 두보의 시선은 민중들의 삶 속으로 들어가기 시작하였다. 그런 결과물이 삼리삼별(三吏三別)의 시인 것이다.

화주로 돌아온 두보는 심각한 여름 가뭄을 근심하고 태종 연간에 어진 정치를 펼친 현신들을 그리워하면서 태평성대가 오기를 바랐다. 계절이 가을(759년)로 접어들자 두보는 벼슬자리에 물러날 것을 생각하였다. 하지만 벼슬자리에 물러나는 것도 "남의 결정에 따라야 한다(由人유인)."라고 「입추후제(立秋後題)」에 폭로하였다.

당나라 조정으로부터 경제적 지원도 없고 또 화주 지역의 대기근(大饑饉)으로 인해 현실적 삶이 어려웠다. 그래서 식량이 풍족할 것이라고 여겨 감숙성 진주(秦州)행을 택했던 것이다. 그러나 막상 도착한 진주(秦州)는 풍년이 든 것도 아니고 황폐화된 변방지역일 뿐이었다. 이런 황폐화된 곳에서도 야랑으로 귀양가는 이백의 소식을 듣게 되고, 그로 인해 세 번의 꿈을 꾸게 되었으며, 그 꿈의 내용을 바탕으로 「몽이백이수(夢李白二首)」를 남겼다. 이 시에서 이백과의 친분도를 나타낼 뿐만 아니라 이백의 안전을 걱정하기도 하였다. 한편으로는 「진주잡시이십수(秦州雜詩二十首)」를 통해 무릉도원을 연상하면서 조카 두좌가 사는 동가곡(동곡)을 그리워하였다.

감숙성 진주에서 약 4개월가량 머물렀던 두보는 먹을 것을 찾아 한편으로는 희망을 안고 759년(48세) 11월에 동곡현으로 떠났다. 하지만 동곡현도 기근으로 생활하기가 더 팍팍하였다. 그래서 12월 1일에 사천성 성도(成都)로 행했다. 이처럼 두보는 1년에 4번이나 거처를 옮겨야 했다. 759년 봄에 장안에서 화주로, 가을에는 화주에서 감숙성 진주(천수현天水縣)로, 겨울에는 진주에서 동곡(감숙성 성현成縣)으로, 또 동곡에서 사천성 성도(成都)로 이주하였던 것이다. 두보의 고달픈 인생 여정이다.

사천성 성도에 도착한 두보는 완화계 초당사라는 절에 머물렀다. 당시 사천성 팽현 자사였던 고적은 시를 보내 안부를 물어왔다. 이에 두보는 화답시를 보냈다. 화답시에 '고적 당신이 녹봉으로 받은 쌀을 보내주었고 이웃들은 채소를 보내주어 절밥은 먹지 않는다'고 하였다. 그러면서 스님의 설법은 들었다고도 하였다. 고적은 744년 이백이 당나라 조정에서 추방된 후 낙양에서 이백과 두보 등을 만나 양·송 일대를 유람했던 인물이다. 그러니 두보와는 예전에 인연이 있었던 인물이다. 한 동안 초당사에 지냈던 두보는 두제를 비롯하여 여러 사람들의 도움으로 760년(49세) 봄에 거처 초당(草堂)을 완화계에 마련하였다.

성도 초당을 마련할 때 도움을 준 이들에 대한 시도 남겼다. 집을 짓는데 돈을 제공한 왕씨, 그리고 거처 주변에 심을 복숭아나무·면죽·오리나무·소나무 등 나무뿐만 아니라 자기 그릇까지 주변의 관리들로부터 도움을 받았다. 이후 두보는 성도에 있는 제갈 무후사를 방문하였다. 또한 두보가 초당을 짓고 성도에 머문다고 하니, 지우(知友)와 빈객(賓客) 등이 방문하였다.

여름이 되자 후원자의 도움도 끊기고 가족들은 굶주림을 면하기 어려웠다. 그런 사정인 데도 두보는 「강촌(江村)」을 지어 강촌 마을의 한가로움을 표현하였다. 이는 타고난 성정(性情)을 따르면서 절로 즐거움을 느끼고자 한 것이다. 정말로 현실이 즐겁고 한가로운 것은 아니었다. 욕심이 없으면 갈매기들과 노닐 수 있는데 욕심을 지니면 갈매가 달아난다는 망기(忘機)고사를 통해 지금까지 지니고 있었던 세속적 욕망을 접으니, 자연히 지금의 어려운 삶에도 만족을 느낄 수 있다고 한 것이다. 이것이 성도 시절 두보의 마음가짐이다.

가을에는 아직도 진압되지 않은 반군들 때문에 슬퍼하면서도 뿔뿔이 흩어진 형제들에 대한 그리움을 나타낸 시를 짓기도 하였다. 그리고 친분이 있었던 고적에게 경제적 도움을 청하였다. 또한 사천성 팽주 자사로 있던 고적이 약 100리가량 떨어진 촉주 자사로 근무지를 옮겨가도 두보는 촉주까지 가서 고적을 만나기도 하였다. 어쨌든 760년 49세의 가을에도 두보는 경제적으로 어려움을 겪고 있었다.

50세인 761년에는 「춘야희우(春夜喜雨)」를 통해 지난해 보였던 생활고에 대한 표현은 시에서 노래하지 않고, 자연 만물에 대한 예찬을 시도하였다. 안녹산 난 때 보여준 사회에 대한 비판적 시각과 당나라 조정에 대한 충성스런 다짐은 없고 일상생활에서 오는 소소한 아름다움을 보여준 시들이 창작되었다. 이는 이전보다는 마음의 안정을 찾았다는 의미일 것이다. 이런 마음의 안정감이 자연에 대한 예찬으로 이어진 것이다. 그리고 이웃들에게도 편안함을 느끼고, 난리 통에 가족들과 함께 지냄을 다행으로 느끼면서 나름 안분지족(安分知足)을 느꼈다.

겨울이 다가오자 두보는 가족들의 식량이 걱정되어 사천성 봉계의 현령인 왕잠에게 도움을 청하였다. 유배길에서 해배된 이백에 대한 소식도 궁금하여, 「불견(不見)」을 지어 그를 그리워하기도 하였다. 「불견(不見)」은 두보가 이백을 그리워하는 마지막 작품이기도 하다. 두보는 이백을 그리워하는 시를 10여 편 남겼다면, 이백은 두보에 관한 시를 4편 정도 남겼을 뿐이다. 한편으로는 쓸쓸한 겨울날 시름을 달래기 위해 술 한 잔을 마시고 싶은데 그 한 잔 술값이 없어 마시지 못함을 한탄하는 시를 남기기도 하였다. 이런 쓸쓸한 겨울에 두보를 찾아오는 손님이 있었다. 원외랑 범막과 시어사 오욱이었다. 그런데 두보가 외출한 사이에 다녀가서 직접 만나지는 못했다. 그리고 왕륜이 술통을 가지고 고적까지 대동하여 두보의 초당을 방문하였다. 옛 인연이 있었던 고적이 성도윤 대리가 되어 처음으로 두보의 초당을 방문하였던 것이다.

761년(50세) 12월 엄무가 촉지방으로 부임해 왔다. 엄무는 두보가 좌습유로 있을 때 재상 방관의 추천으로 관직이 급사중(給事中)에 승직된 인물이다. 그러므로 두보나 엄무 모두 방관파였다. 방관파였던 엄무가 촉 땅 성도로 부임해 와서 762년 봄 두보의 초당을 방문하였다. 초당을 방문한 엄무에게 두보는 시를 지어 올리면서 자신을 천거해 줄 것을 은근히 드러내었다. 이후 엄무는 두보의 초당을 다시 방문하였으며, 두보는 엄무의 관청을 방문하기도 하였다.

762년 4월 숙종이 붕어하자 엄무는 6월에 당나라 조정의 부름을 받고 장안으로 떠나야 했다. 이때 두보는 엄무를 전송하기 위해 300리 떨어진 면주까지 함께 하였다. 그런데 이때 엄무가 떠난 사천성 성도에서 서천병마사 서지도가 난을 일으켰던 것이다. 그래서 두보는 성도 완화계로 돌아가지 못하고 면주에 주저앉게 되었다.

762년 서지도의 난으로 성도로 돌아가지 못한 두보는 면주와 재주 그리고 낭주에서 약 2년의 세월을 보냈다. 이때 남긴 시는 주로 일상사와 자신의 심정을 묘사한 시들이었다. 능력은 되는데 현실에 쓰이지 못함을 잡목 사이에 우뚝 솟은 큰 야자수 나무에 비유하기도 하고, 지금의 어려운 상황을 걱정하면서 예전 개원 현종 시절의 태평성대를 그리워하기도 하였다. 뿐만 아니라 난리로 떨어져 사는 가족을 그리워하는 시도 남겼다.

한편으로 당나라 관군들이 반란군을 진압한 경우와 진압 후 승전의 소식을 듣고 기뻐하는 시도 남겼다. 안사의 난이 평정된 후에도 두보는 성도 완화계 초당으로 돌아가지 못했다. 그래서 성도로 떠나는 지인에게 초당이 어떻게 되었는지 한 번 둘러 볼 것을 당부하였다. 그리고 4명의 동생 중 함께 성도로 피난 온 막내 동생 점(占)을 성도 완화계 초당으로 보내 초당을 돌보도록 하였다. 이처럼 두보는 초당에 대한 애착을 보였다.

763년 가을부터 764년(53세) 봄까지 두보는 재주와 낭주를 오갔다. 그러면서 낭주에서 만난 황실의 종친인 이엽을 전송하는 「송이경엽(送李卿曄)」 시에서 당나라 조정에 대한 그리움을 표현하였다. 이때 두보는 남쪽 땅인 오 땅으로 남하할 생각이었다. 그런데 764년 3월 엄무가 다시 촉지방으로 부임한다는 소식과 엄무로부터 편지를 여러 번 받고 계획을 수정하였다. 계획을 바꾼 두보는 촉지방으로 돌아가는 심정이 즐겁지만은 않았다. 여정이 산수자연을 완상하면서 가야 하는데, 피난살이 10년이라 몸과 마음이 모두 지쳐 있기 때문이었다. 또한 향수(鄕愁)도 한 몫 하였다.

두보는 성도로 돌아가는 길에, 763년 4월에 운명(殞命)한 방관의 묘지를 찾았다. 현종이 몽진할 때 재상이 된 방관은 현종의 권력 분산 정책을 숙종께 고했던 인물이다. 이로 인해 숙종의 눈 밖에 났고 또한 안녹산의 반군과의 싸움에서도 대배하여, 결국 방관은 좌천을 거듭하다가, 763년 특진형부상서에 임명되어 부임하던 중 8월 낭주에 위치한 어느 절간에서 타계(他界)했던 것이다. 두보도 좌습유 시절 방관을 위한 상소를 올렸다가 숙종으로부터 배척당했던 과거가 있다. 어쨌든

엄무는 재상 방관이 추천하여 승진했던 인물이다. 이렇듯 방관·두보·
엄무 세 사람은 정치적으로 관계를 맺고 있었던 것이다. 엄무가 다시
촉 지방 책임자로 부임할 때, 두보는 엄무 곁으로 가면서 방관의 묘소
를 참배한 것이다. 참배하면서 「별방태위묘(別房太尉墓)」시를 남겼는
데, 방관의 무덤가의 적막감만 감돈다고 적었다. 인생무상이다. 또한
촉지방 성도로 돌아가면서 엄무에게는 시를 보냈다. 그 시에는 엄무
가 다시 촉 지방으로 부임해서 풍속이 순화될 것이라고 기대감을 드
러내었다.

764년 늦봄 성도 완화계 초당으로 돌아온 두보는 초당의 모습이
예전과 크게 달라지지 않았다고 하였다. 그러면서도 고향에 대한 그
리움을 호소하였다. 한편으로는 초당 주변의 사물들에 대한 소감을
노래하기도 하였다. 소나무·대나무·복숭아나무 등 초당을 만들 때
관리들이나 지인들로부터 협찬받아 심은 나무에 나름의 가치를 부여
하였다. 그리고 허물어지는 정자나 강가에 버려진 배를 통해서는 세
월의 무상감을 드러내었다.

그리고 초당에 돌아온 두보는 난세를 구할 제갈량 같은 인재가 필
요함을 역설하면서도 여전히 고향에 대한 그리움을 감추지 않았다.
북쪽으로 날아가는 기러기만 보아도 고향 생각이 났던 것이다. 피난
살이 10년 동안 고향에 대한 그리움은 한결같았다.

764년 3월 검남절도사로 촉지방에 다시 부임한 엄무는 6월에 자신
의 막부로 두보를 초청하였다. 초청을 받은 두보는 환영식 자리에서
의장대의 사열을 보았다. 그 모습을 그린 시 「양기(揚旗)」에서 당시
엄무 막부의 기상을 깃발의 역동성으로 표현하였다. 이후 엄무는 53
세의 두보를 천거하여 6월에 절도참모·검교공부원외랑을 삼았다.

그러나 엄무의 막부 생활은 즐겁지 않았다. 가을에 지은 시에 '막부

생활을 하는 두보 자신을 완화계 꽃들이 본다면 비웃을 것'이라고 하였기 때문이다. 그가 지은 시에는 당시 사정을 알게 해 주는 구절이 있다. 「견민봉정엄공이십운(遣悶奉呈嚴公二十韻)」과 「막상의행(莫相疑行)」 등의 시에 의하면, 두보 자신의 늙고 병든 처지로 힘들어하는 모습과 더불어 막부 동료들과의 뜻도 맞지 않았다. 특히 앞에서는 친한 척하다가도 자신이 없는 자리에서 험담하는 그런 세태에 환멸을 느꼈던 것이다.

765년(54세) 1월 초 검교공부원외랑을 사직하고 초당으로 돌아온 두보는, 약초를 이웃 사람들이 캐 가게 하였고, 책을 아이들이 볼 수 있도록 하였다. 사물이 제 자리에 있을 때 빛이 나는 것처럼, 그 쓰임새에 쓰일 수 있도록 한 것이다. 또한 초당 주변을 정리하면서 자신이 엄무의 참모직을 그만 둔 뜻에는 천성적으로 어디에 얽매이지 못하는 천성이 있음을 밝혔다.

초당에 돌아온 두보는 속절없이 지나가는 봄날, 고향에 대한 그리움은 더 했다. 안녹산의 난이 일어난 지 10년이 지났지만, 여전히 고향에 돌아가지 못하고 있기 때문이다. 특히 피난살이 10년 동안 동생들에게 9번의 편지를 보내지만 답장을 받지 못한 상태였다. 그래서 두보는 금강 가에 나와 통곡으로 그리움의 마음을 삭혔다. 765년에 지은 「적소행(赤霄行)」에 '공작'과 '소', '제비'와 '사다새'의 대비를 통해 군자와 소인의 삶과 목표가 다름을 보였다. 그러면서도 엄무의 막부에서 두보 자신을 험담했던 젊은이를 탓하지 않을 것이라고 하였다. 오히려 제나라 포견의 이야기를 통해 두보 자신을 성찰하고 조심하지 못했음을 자책하였다.

765년 4월 갑자기 성도윤이면서 검남절도사 엄무가 타계하였다. 그리고 재상 원재(元載)와 친분 있던 30여 세의 곽영예(郭英乂)가 성도윤과 검남절도사에 부임하였다. 이에 두보는 서로 뜻이 맞지 않는다고 생각하여, 성도 완화계 초당을 떠나게 되었다. 평상시 곽영예는 주색을 밝히고 사치를 행하면서 교만한 행동을 일삼았던 인물이기 때문이다. 또한 표리(表裏)가 부동(不同)한 인물이었다. 그래서 두보는 765년 5월 성도 완화계 초당을 떠나 남쪽으로 행했다. 남쪽으로 내려오다가 4월에 타계한 엄무의 운구 행렬을 7월 초가을 충주에서 본 것이다. 엄무와 방관 그리고 두보는 정치적 노선이 같았다. 그런 엄무가 타계하였으니, 두보의 상심은 컸을 것이다. 두보가 지난 날 방관을 두둔하는 상소로 인해 숙종으로부터 미움을 받고 부주 강촌으로 휴가령을 받아 당나라 궁중을 떠날 때도, 가지와 엄무 앞으로 「유별가엄이각노양원보궐득운자(留別賈嚴二閣老兩院補闕得雲字: 가지·엄무 두 분 각로와 두 관서의 보궐을 떠나가며 운자로 '운'자를 얻다)」라는 시를 남겼을 정도로 엄무와의 친분도를 드러내었다. 당시 엄무는 방관이 추천하여 급사중(給事中) 벼슬할 때였다. 이처럼 방관·두보·엄무 세 사람은 정치적으로 연결되어 있었다. 그런데 지금 사천성 성도윤과 검남절도사를 행하던 엄무가 갑자기 타계한 것이다. 인연이 있고 신세도 졌던 엄무의 운구가 고향으로 가고 있는 것을 본 두보는, 융주(지금의 사천성 의빈시)와 유주(지금의 중경시), 그리고 충주(지금의 중경시 충현)를 거쳐 가을 무렵에 운안(雲安, 지금의 중경시 운양현雲陽縣)에 도착하였다. 766년 봄까지 운안에서 지냈던 두보는 봄에 운안을 떠나 지금의 중경시 봉절현 기주(夔州)에 도착하였다.

기주 시절의 두보는 433수라는 많은 시를 남겼다. 두보가 남긴 시가 약 1470수이니, 기주에서 창작한 시가 전체의 삼분의 일 정도의 양이다. 이는 상당히 많은 수의 시를 기주에서 남긴 것이다. 기주에서 두보는 766년 늦봄부터 768년 초봄까지 머물렀다. 두보가 기주를 떠난 것은 768년 정월 강릉(江陵, 지금의 호북성 형주시荆州市)에 살던 동생 두관(杜觀)이 당양현(當陽縣)에 거처를 마련해 놓았다는 연락을 보냈던 것이다. 아마도 두보가 떠돌이 생활을 하다 보니, 혈육에 대한 그리움과 향수로 인해 강릉 쪽으로 선뜻 발길을 옮겼던 것이다.

기주에 머문 기간은 1년 9개월쯤 된다. 처음 기주에 도착했을 때는 산 중턱인 서각(西閣)에 머물렀고, 늦가을쯤에 백무림이 기주 도독으로 부임하여 경제적 도움을 주었다. 그래서 767년 적갑(赤甲)으로 거처를 옮기고 얼마 후 백무림이 마련해준 양서(瀼西) 초당으로 옮겼다. 다시 공전(公田)의 관리를 맡아 동둔(東屯)으로 옮겼다. 기주에는 백제성이 있다. 두보는 그 백제성에 관심을 보였을 뿐만 아니라 무후사와 염여퇴 등 역사와 풍속, 자연 풍광에도 관심을 보였다.

766년 기주에서 남긴 시들에는 옛일을 회상하는 내용의 시들과 가을날의 쓸쓸함을 노래한 시들이 있다. 그리고 백제성에 관한 시도 남겼다. 두보가 백제성을 두고 노래한 정서는 우국뿐만 아니라 애민정신과 세상에 대한 탄식, 그리고 고향에 대한 그리움 등이었다. 두보는 기주 지방 풍속을 시로 담기도 하였다. 「염여퇴(灩澦堆)」에서 소를 희생으로 삼는 기우제 풍습을 소개하였고, 「화(火)」에서는 가뭄 해갈을 위해 산에 불을 놓는 행위를 비난하기도 하였다. 「부신행(負薪行)」에서는 오랜 전쟁으로 인해 기주의 처녀들이 반백이 되도록 결혼을 못하고 땔감 나무를 팔아 생계를 이어가는 모습을 그리기도 하였다. 그리고 「최능해(最能行)」에서는 기주의 남자들이 뱃일만 몰두하고 공부하지 않음을 들어 학문할 것을 권장하였다.

두보의 일상을 알게 하는 시들도 있었다. 「신행원수수통(信行遠修水筒)」과 「최종문수계책(催宗文樹雞柵)」 등이 그것이다. 기주는 우물을 팔 수 없는 척박한 땅이라 멀리 산으로부터 물을 끌어와야 했다. 그런데 물을 끌어 오는 대롱관이 막혀 물을 원활하게 끌어올 수가 없었다. 그러자 하인 중 성품이 깨끗한 신행이 무더운 날씨 속에 40리 길을 오가면서 대롱관을 보수하였다. 그 결과 두보는 시원한 물에 외를 차갑게 하여 먹을 수 있게 되었다. 두보는 그 보답으로 아끼는 떡을 신행에게 주었다. 당뇨병을 앓고 있는 두보에게는 단맛이 나는 외나 떡은 모두 맞지 않는 음식들이었다. 그리고 계란을 먹기 위해, 닭 50여 마리를 집안에서 길렀다. 당뇨병을 앓고 있는 노쇠한 두보의 일상이 그려진 시들도 기주 지역의 시이다. 「종와거병서(種萵苣竝序)」에서는 서각에 머물 때는 상추를 심었는데 싹이 나지 않고 잡초만 무성하다고 하여, 사물을 통해 사악한 것이 바른 것을 억누르는 경우가 많다고도 하였다.

766년 화양 현위 위 소부에게 준 시가 「이화양유소부(貽華陽柳少府)」이다. 이 시에서는 문이재도론(文以載道論)과 관련 있는 소기(小技)의 내용이 나온다. "문장은 하나의 작은 솜씨라서(文章一小技문장일소기), 도(道)에 있어서 높은 것이 되지 못한다(於道未爲尊어도미위존)."가 그것이다. '소기(小技)'는 곧 '문장은 작은 솜씨'라는 말이다. 이를 잘못 이해하면 여기(餘技) 쯤으로 인식하여 부정적으로 해석할 수 있다. 하지만 문장이나 시는 도덕에 비해 작은 솜씨이기는 하지만 등한시 할 대상은 아니다. 참된 문장은 도를 싣는다는 문이재도론(文以載道論)처럼, 문장이나 시는 도를 싣는 것이기에 얼마든지 높은 도덕을 실을 수 있다. 다만, 세상을 다스려나가는 경륜지도(經綸之道)에 견줄 때 작은 솜씨이고 작은 학문이라는 것이다.

766년(55세) 기주에 머물던 두보는 자신의 일생을 회고하는 「장유(壯遊)」를 지었다. 시의 내용에는 7살에 「봉황」 시를 읊었고, 9살에는 손으로 붓글씨를 크게 쓸 정도였다. 14~15살 무렵부터 문인들의 세계에 나아가 놀았으며, 문인들이 두보의 글을 보고 반고와 양웅 같다고 칭찬하였다.

두보는 성품이 호탕하여 술 마시기 즐겨하며 악을 미워하여 굳센 마음 품고 살았다. 이후 오월 지역을 여행하고 돌아와 고향에서 초시를 보고 1등에 뽑혔다. 기세는 굴원과 가의의 문학적 성취도 깔보고, 눈은 조식과 유정도 얕볼 정도였다. 그러나 낙양에서 본 진사시(進士試)는 상관의 뜻에 거슬러 낙방하였다. 세상 사 부조리를 경험한 두보이다.

이후 다시 유람을 떠나 산동성 연주 지방에 연주사마로 계시는 아버지 두한(杜閑)도 찾아뵈었다. 이후 산동성 하북 지역인 제조(齊趙) 지방을 8~9년 돌아다니다가 장안으로 들어갔다. 장안에 와서는 문호와 어진이들과 교유하였으며, 「삼대예부」(「삼예부」)를 올려 현종으로부터 칭찬을 받았지만, 곧장 벼슬자리에까지 나아가지는 못했다.

현종의 사치와 고관들의 안일로 안녹산의 난이 일어나 결국 현종 황제는 사천성 촉 땅으로 피난을 하였고, 혼란 중에 태자가 일어나 숙종 황제로 등극하였다. 이런 변고 중에 상황제 현종과 새로 등극한 숙종은 만 리라는 거리로 떨어져 있어도 서로 안위를 걱정할 정도였다. 두보는 「장유(壯遊)」에서 상황 현종과 아들 숙종이 서로 안부를 걱정하는 사이라고 하였지만 실제는 상황 현종은 권력의 분산 정치를 시도하였고, 숙종은 장안으로 환궁한 후 아버지 현종을 궁궐 한 곳에 유폐시켰다. 따라서 「장유(壯遊)」의 이런 표현은 두보의 투철한 국가관을 엿볼 수 있게 한다.

766년 가을 기주 서각에서 지은 「추흥팔수(秋興八首)」는 가을날 가슴 속에서 솟구치는 가을날 감정을 써 내려간 시이다. 쓸쓸한 기주 서각의 가을날 모습과 장안에 대한 그리움을 담았다.

767년(56세) 봄에 서각에서 적갑산 기슭으로 이주하였고 3월에는 양서(瀼西) 초당으로 옮겼다. 두보는 양서에 살 때 과수원을 매입하기도 하였다. 과수원으로 인해 세속의 시끄러움에서도 벗어나고 생계에도 보탬이 된다고 하였다. 이 무렵 두보는 기주의 도독 백무림의 도움을 받았다. 양서의 초당을 백무림이 마련해 주었기 때문이다. 이후 가을에는 역시 백무림의 도움으로 공전(公田)의 관리가 되어 동둔(東屯)으로 거처를 옮겼다.

767년 9월 중양절에 두보는 「등고(登高)」를 지어 타향에서 병들고 늙어감을 탄식하였다. 또한 동둔 지역 주민들의 생활상을 그린 시들도 남겼다. 두보의 기주시의 한 특징은, 일상생활에 대한 시를 많이 남겼다는 것이다. 이는 개인적인 일상사가 시적 소재로 활용되었다는 사실이다. 뿐만 아니라 시의 내용도 산문화되었다. 두보의 이와 같은 일상사와 산문화는 이후 송나라 때의 한시(漢詩)에 많은 영향을 미쳤다. 한편으로는 시국에 대한 걱정과 충절의 내용의 시도 빠지지 않았다. 그리고 「추일기부영회봉기정감심이빈객지방일백운(秋日夔府詠懷奉寄鄭監審李賓客之芳一百韻: 가을 날 기주에서 감회를 읊어 비서소감 정심과 태자빈객 이지방에게 부치는 100운)」 시를 지어, 최초의 100운 시를 남기기도 하였다.

56세의 두보는 오랜 당뇨병으로 인해 왼쪽 귀가 멀기 시작하였고, 치아는 반이나 빠졌다. 귀가 멀면 원숭이 울음소리도 못 듣고 참새의 지저귀는 소리도 못 들어 눈물도 없고 시름도 없을 것이라고 자조하면서도 고향에 대한 그리움은 놓지 않았다. 768년 57세가 되는 설날에 쓴 시에는 아버지 두보가 수전증이 있다고 우는 아들의 모습에 두보는 오히려 나보다 키가 큰 둘째 아들 종무의 효심을 보고 웃음으로 그 상황을 넘겼다. 늘 그리워하던 동생들 중 둘째 두관이 자신이 살고 있는 호북성 강릉으로 오라고 소식을 보내왔다. 그래서 어느 정도 경제적 어려움을 면하고 있던 기주에서 혈육의 정을 이기지 못하고 기주를 떠나던 것이다. 두보는 자신이 소유하고 있던 과수원 40무를 남경 형에게 넘기고 기주를 떠나 강릉(지금의 호북성 형주시荊州市)으로 향했다.

768년(57세) 3월 두보는 강릉에 도착했지만, 생활하기가 어려웠다. 동생의 도움은 고사하고 도움을 줄 것이라고 믿었던 비서감을 지냈던 정심(鄭審)은 오히려 두보가 도와줘야 할 처지였다. 그리고 큰 기대를 했던 태자빈객 이지방(李之芳)은 병사(病死)한 후였다. 정심과 이지방은 기주에 머물 때, 두보가 최초의 백운시인 「추일기부영회봉기정감심이빈객지방일백운(秋日夔府詠懷奉寄鄭監審李賓客之芳一百韻: 가을 날 기주에서 감회를 읊어 비서소감 정심과 태자빈객 이지방에게 부치는 100운)」을 지어, 올렸던 인물들이다. 그런데 한 사람은 병으로 이미 이 세상을 떠났고, 또 다른 한 사람은 두보 자신보다 더 어려운 처지에 놓여 있었다. 그래서 두보는 비가 내리는 중에도 아쉬운 소리를 하기 위해 군정을 맡아 보고 있는 사촌 동생 두위(杜位)를 찾아갔던 것이다.

가을까지 강릉 땅에서 어렵게 버티던 두보는 늦가을 호북성 강릉부 공안으로 거처를 옮겼다. 그런데 공안으로 옮겨도 별반 달라지는 것은 없었다. 오히려 하급 관리들의 무시와 냉대에 자존심은 무너졌다. 하지만 범 같고 이리 같은 반란 세력 같은 외적의 악조건보다는 견딜 만하다고 하였다. 결국 공안에 거처를 마련하지 못한 두보는 늦겨울 호남성 악주(악양)로 또 거처를 옮겨야 했다. 동정호가 있는 악주에 도착한 두보는 그 동안 보였던 나그네의 신세 한탄보다 무엇인가 큰 뜻을 이루어 보려는 모습을 「박악양성하(泊岳陽城下)」에서 보였다. 이는 동정호의 웅장한 모습을 대하자 두보의 마음 속 뜻도 커졌던 것이다. 또한 말로만 듣던 동정호에 와서 그 광대함을 보고 악양루에 올라 「등악양루(登岳陽樓)」를 지어 동정호의 광활함을 표현하였다. 궁핍한 생활 속에서도 광활한 동정호를 보자 천지의 호탕함을 노래할 수 있었던 것이다.

악주에서도 마땅한 거처를 마련하지 못한 두보는 769년(58세) 정월에 악주(악양)를 떠나 상강(湘江)을 따라 담주(潭州, 호남성 장사시)로 갔다. 당시 담주에 도착해서 지은 시 「과남악입동정호(過南嶽入洞庭湖)」에는 그 지방인들의 삶의 모습을 그린 부분이 있다. '젊은이들 비와 눈을 맞으며 밭을 갈고, 어부들의 오두막은 질퍽거리는 길가에 있다. 그리고 기울어 있는 대로 돛은 바람에 부풀어 배가 빨리 간다.' 눈에 보이는 모습을 그대로 옮겨 놓았다. 이어서 어디로 날아가는지 방향을 알 수 없는 까마귀처럼, 두보 자신의 배도 방향성을 잃은 채 나아가고 있다고 하였다. 방향성을 잃은 두보의 모습이다.

두보는 담주(장사)에서도 거처를 마련하지 못하고 769년 봄에 형주(衡州, 지금의 호남성 형양시衡陽市)로 향했다. 향한 것이 아니고 떠내려갔다. 「발담주(發潭州)」에 보면, '지난 밤 담주(장사)에서 술에 취했다가, 오늘 새벽에 보니 배가 봄 상수까지 왔다.'라고 했기 때문이다. 어디로 가야 할지 방향성을 잃고 떠도는 두보의 일행이다. 호구지책(糊口之策)을 마련하기 위해 봄에 담주에서 형주로 갔던 두보는 초여름에 다시 담주로 돌아왔다. 가을 무렵 두보는 병환이 깊어져 몸져누웠고 식량도 떨어졌다. 그래서 시어사 최환과 인척(姻戚) 관계에 있는 노 시어사에게 가을이 되니 하얀 쌀밥과 순채국이 생각난다고 생활을 어려움을 전하기도 하였다.

두보는 769년 이후 동정호 주변 지역인 악주(악양)와 담주(장사), 그리고 형주(지금의 호남성 형양시) 등을 떠돌았다. 770년 봄에는 궁중

음악가였던 이구년을 장사(담주)에서 만났고, 그 감회를 「강남봉이구년(江南逢李龜年)」으로 남겨 인생무상(人生無常)을 느끼게 하였다. 770년 4월 장사(담주)에서 장개의 난이 일어나자, 두보는 난을 피해 상강(湘江)을 거슬러 외가 쪽 숙부 최위가 있는 침주(郴州)로 향했다. 가는 도중에 뇌양(耒陽)에서 홍수를 만나 더 나아가지 못하고 방전역(方田驛)에 머물고 있었다. '며칠 동안 제대로 된 음식을 먹지 못하고 있다'는 뇌양의 현령이, 이 소식을 접하고 술과 음식을 보내주기도 하였다. 결국 두보는 큰 물로 인해 침주로 가지 못하고 다시 장사(담주)로 되돌아와야 했다.

이후 770년 여름에는 형주(호남성 형양시) 지역을 떠돌다 돌아오는 길에 「과동정호(過洞庭湖)」를 지어, 신선이 되어 하늘로 올라가듯이 북쪽 고향으로 돌아가고픈 심정을 남겼다. 770년 늦가을에는 장사에서 이함을 전송하였다. 이함은 12년 전에 난을 피해 갔을 때, 감숙성 서강주에서 만났던 인물이다. 그 이함을 지금 12년 만에 동정호에서 만났고, 장사에서 이별한 것이다. 이후 두보는 겨울 담주(장사)와 악주(악양) 사이를 오갔다. 이때 두보는 병이 깊었다. 그래서 병든 몸을 배에 기댄 채 구술하여, 둘째 아들 종무에게 받아 적게 하였다. 그것이 「임종가(臨終歌)」이다. 두보는 이 「임종가(臨終歌)」를 끝으로 담주(장사)와 악주(악양)를 오가는 배 위에서 그토록 그리워하던 고향을 가보지 못한 채 59세의 일기로 생을 마감하였다.

강남 곧 상강(湘江)을 따라 떠돌던 악주(악양)·담주(장사)·형주 등지에서 남긴 시는 눈물의 시이다. 늙고 병든 데다 사는 형편도 육지의 집이 아니라 배 위였다. 그리고 도움을 받을 친척도 친구도 거의 없는 상황이었기에 더욱 경제적으로 어려웠다. 현실이 어려울 때 두보는 늘 장안 당나라 궁중에서 벼슬하던 시절, 즐겁고 화려했던 때를 기억해 냈다. 늙고 병든 강남 시절도 예전 좋았던 시절에 대한 회상과 신세진 사람들에게 바치는 시가 많았다. 그렇게 추억을 노래하였으며 오늘의 슬픔과 자신의 신세에 대한 한탄을 노래하기에 여념(餘念) 없었다. 두보는 이런 창작 활동을 통해 삶의 어려움에서 오는 고통을 이겨내려고 하였다. 시를 짓는 순간만은 두보 자신이 살아 있음을 확연히 느끼고 삶의 의욕까지 지닐 수 있었기 때문이다. 우리의 시성(詩聖)도 어려울 때는 아름다운 시절을 그리워하였다. 또한 시성(詩聖)은 우리 이웃에서 흔히 볼 수 있는 이웃집 아저씨처럼 나라를 걱정하고 고향을 그리워하며, 형제자매들에 대한 보고픔 등으로 잠 못 이루기도 하였다. 이웃집 아저씨처럼 다감다정한 두보도 부패한 현실 앞에서는 그들의 시각으로 고통받는 민중의 모습을 적나라하게 표현했던 당대 지성인의 모습을 보였다. 그래서 어려운 현실에 좌절하기보다는 어떤 돌파구를 찾아 여기저기를 다녔으며, 가슴에는 우국과 향수, 그리고 앞날에 대한 기대감 등을 품고 살아갔던 것이다.

공자(孔子)가 부정한 현실이기에 현실을 떠날 수 없었다고 한 것처럼, 두보 역시 부정한 현실을 등지지 않고 그 현실 속에서 새로움과 돌파구를 찾고자 했던 당대 지성인이었다. 유람을 통해 호연지기(浩然之氣)를 기르고 문장을 통해 우국지정(憂國之情)을 노래하였으며, 자신의 노력에 정당한 평가가 이루어지지 않았을 때도 좌절하지 않고 그 상황을 벗어나고자 꾸준히 실력자나 권세가들에게 구관시를 보낸 것도 두보의 한 특징이라면 특징이면서 포기하지 않은 지성인다운 유자(儒者)의 모습을 보였다. 부정한 현실을 외면할 수 없기 때문이다. 이와 같은 태도는 유가에서 면면히 이어져 온 선비정신이면서 유자의 자연관인 것이다. 공자의 선비정신이 유자들에게 면면히 이어져 온 것처럼, 두보 역시 사람들을 떠나 은거하거나 도피하지 않았다. 사람들 사이에 살면서도 그들의 삶이나 자신의 삶을 노래하고 때로는 나라의 현실을 걱정하기도 하였다. 이런 사람 사는 모습이 또한 유자들이 지녔던 자연관이기도 한 것이다. 아름다운 산수 풍광만이 자연은 아니다. 우주질서 내에 있는 것은 모두가 자연이기 때문이다. 그러기에 사람 사는 현실만큼 절실한 자연도 없다. 충절과 향수, 그리고 우애와 가족애 등이 어우러진 두보의 시와 일상생활에서 오는 슬픔과 노쇠함에서 오는 눈물 등도 절실한 자연관에서 나온 노래인 것이다. 참여시 계통의 시는 국가적 혼란기에 주로 창작되었으며, 비교적 생활의 안정기에는 일상사에 대한 개인적인 관심사를 시적 소재로 삼았다. 이런 시들도 유자의 자연관이라 할 것이다. 우리의 삶만큼 절실한 자연도 없기 때문이다.

시작품은 작가의 사상과 시대적 배경, 그리고 주어진 상황에 많은 영향을 받는다. 두보의 시도 다분히 시대상이 충실히 반영된 시라 할 것이다. 개인의 관심사와 슬픔, 그리고 전란이라는 시대상들이 모두 두보의 시에 반영되어 있기 때문이다. 이런 시대상이 반영된 두보의 전기 작품은 고시(古詩)의 자유로운 형식이 많고, 회고적 심경을 묘사한 후기시는 율시(律詩) 형식이 많다. 두보는 잘 짜여진 구성 속에 세련된 시어로 인생의 중요한 사건을 시로 형상화하였기에, 타고난 시재(詩才)보다는 풍부한 독서와 각고의 노력으로 시를 지었다. 그래서 형식을 중시하는 당나라 때부터 유행한 근체시에 능통했으며 율시 창작에도 뛰어난 면모를 보였다. 또한 내용적인 면에서는 충절과 우국, 전란으로 어려운 삶을 사는 민중들에 대한 무한한 애정 어린 시선과 부패한 사회상에 대한 분노, 그리고 만년에 드러나는 삶의 고통과 우수·비애 등이 두보시의 특징인 것이다.

한 번 태어난 인생은 누구나 마감이 있기 마련이다. 우리의 시성(詩

聖) 두보는 단지 사람들 곁에만 머물고 간 것이 아니라, 주옥같은 작품을 남기고 우리의 곁을 떠나갔다. 그가 남긴 시에서 오늘의 우리는 무엇을 읽어 내야 할까? 그의 행적을 더듬어 보고 두보가 살았던 당시나 지금의 지성인은 어떤 삶을 살아야 하는지를 한 번쯤 되새겨 보면 좋을 것이다. 그러면 부패한 사회는 탄생하지 않을 것이다. 이래도 좋고 저래도 좋은 물에 물 탄 듯 술에 술 탄 듯한 향원(鄕原)이 되지 말고, 진정한 지성인이 되어야 할 것이다. '향원'은 『논어(論語)』「양화(陽貨)」편에 나오는 말로, "시골뜨기 착한 사람은 덕(德)을 해치는 자이다(鄕原, 德之賊也)". 이는 세상물정도 모르고 덮어 놓고 착한 듯 행세하여 세류(世流)에 영합하고 아첨하는 자는 그가 속한 사회의 덕을 어지럽히고 해치는 자라는 말이다. 세상이 잘 돌아가면 칭찬할 줄도 알고, 세상이 어지러우면 바른 소리도 해야 한다는 말이다. 이것이 두보가 전하는 진정한 지성인의 모습이다.

두보(杜甫) 연보(年譜)

712년 출생, 현종 즉위해인 선천(先天) 1년 장안에서 태어났음. 하남성 공현 필가산(지금의 공의시) 탄생요에서 1월 1일 태어났다고 하는데, 이곳은 두보의 선조들이 살았던 곳임. 두보는 조부가 벼슬살이하면서 거주했던 장안에서 태어났고, 낙양에서 성장하였음

714년 두보 3살 때 어머님의 타계로, 낙양에 살던 고모에게 맡겨져 양육됨.

718년 7세 때 시「봉황」을 읊었음

720년 9세 때 굵은 글씨를 쓰고 지은 글이 주머니에 가득할 정도였음.

730년 19세 때 진(晉)땅 유람하여 위지진(韋之晉)과 구석(寇錫) 등과 사귐

731~735년, 20세부터 24세까지 두보가 오월(吳越, 오늘날 강소성과 절강성 지역) 지역 유람하였음

735년 24세, 향거(鄕擧) 응시

736년 25세, 낙양에서 진사(進士) 시험에 낙방함.「유용문봉선사(遊龍門奉先寺)」,「제장씨은거 이수(題張氏隱居 二首)」창작, 산동성 연주사마로 계시는 아버지 두한(杜閑)을 찾아뵘

736~740년 제조(齊趙, 지금의 산동성 지역) 지역 유람

736년 25세「망악(望嶽)」창작

741년 30세 두보 양(楊)씨와 결혼

744년 33세의 두보가 44세의 이백을 봄에 낙양에서 처음으로 만남. 고적

(高適)과 함께 양송(梁宋, 지금의 하남성과 산서성 지역) 지역을 유람
하였음

745년 34세 산동성 성도인 제남(濟南)지역 유람, 가을에 노군(魯郡, 지금의
산동성 연주시)에서 이백과 헤어짐. 34세 두보는 만유를 끝내고 장
안으로 들어감

746년 35세 두보는 만유를 끝내고 장안으로 들어감. 장안에서 왕유와 잠삼
등과 교류

747년 36세 두 번째 과거시험 응시했지만, 낙방

748년 37세 장안에 거주함. 38세까지 장안 머물러 있음

750년 39세 때 장남 종문이 태어남, 겨울에 「삼대예부(三大禮賦)」 현종께
올림

752년 41세 때 가을 고적·장삼·저광희 등과 장안의 자은사(慈恩寺) 탑에
오름

752년 11월 재상 이임보 병사(病死)

753년 42세 때 봄 「여인행」 창작, 가을에 둘째 아들 종무가 태어남

754년 43세 때 가족을 낙양에서 장안으로 데려옴. 가을장마로 인해 쌀값이
폭등하여 가족을 봉선현(지금의 섬서성 포현)으로 이끌고 가서 사돈
이 되는 현령 양씨에게 의탁함

755년 44세 가을에 가족이 있는 봉선현으로 가는 길에 「자경부봉선현영회
오백자(自京赴奉先縣詠懷五百字)」 창작함. 10월에 장안으로 돌아와
서 하서위(河西尉, 하서 지방의 현위)에 임명되지만 부임하지 않음.
다시 우위솔부주조참군(右衛率府冑曹參軍) 곧 금위군(禁衛軍)에 임
명됨. 11월에 가족들에게 기쁜 소식을 전하러 가니 어린 자식 하나가
아사(餓死)하였음. 11월 9일 안녹산의 난이 일어남

756년 2월 봉선현에서 장안으로 돌아온 후 우위솔부주조참군에 취임함.

5월에 봉선현으로 갔다가, 다시 식솔들을 백수현 현령인 외삼촌에게 의탁함. 6월에 난의 상황이 위급해지자 다시 식솔을 이끌고 장안에서 더 멀리 떨어진 부주(지금의 섬서성 부현)의 강촌으로 피신시킴.

756년 6월 12일, 당 현종 촉땅으로 몽진

756년 6월 17일, 안녹산 군대 장안 점령

756년 7월 12일, 황태자 이형 숙종으로 추대됨. 두보가 숙종이 영무(지금의 영하회족자치구 영무시)에서 즉위했다는 소식을 듣고, 숙종의 행재소로 가던 도중 안녹산의 군대에 체포되어 장안으로 압송됨

756년 45세, 장안 억류 시 「월야(月夜)」, 「애왕손(哀王孫)」 등 창작

757년 46세, 장안 억류 시 「춘망(春望)」, 「애강두(哀江頭)」 등 창작

757년 2월, 숙종 팽원에서 봉상으로 행재소를 옮김

757년 4월, 두보는 장안을 탈출해서 봉상(지금의 섬서성 부풍현)으로 급히 달려가 숙종 알현

757년 5월, 두보는 봉상에서 숙종으로부터 좌습유(左拾遺) 벼슬을 받음

757년 6월, 패군 재상 방관을 위한 변호 상소로 감옥형

757년 6월, 신임 재상 장호(張鎬)의 도움으로 복직

757년 윤8월, 숙종으로부터 휴가령을 명받고 처자식이 있는 부주의 강촌로 떠남

757년 10월, 숙종 장안으로 환궁하였고, 두보는 부주에 머물면서 숙종의 환궁 소식을 들음

757년 11월, 두보가 솔가하여 장안으로 돌아왔음, 촉 땅에 몽진 갔던 현종도 12월에 환궁하였음

757년 12월부터 758년 5월까지 두보는 장안 조정에서 좌습유로 근무하였음

758년 47세, 수복된 장안에서 좌습유 벼슬 수행함. 장안에서는 「곡강 2수」를 지었고, 화주(지금의 섬서성 화현)의 사공참군으로 좌천되었을

때는「수마행(瘦馬行)」,「조추고열퇴안상잉(早秋苦熱堆案相仍)」등을 지었음

758년 6월, 화주의 사공참군으로 좌천됨

759년 48세, 낙양에서 화주로 돌아와는 길에 쓴 시 '삼리삼별(三吏三別)'이 있음.「신안리(新安吏)」·「동관리(潼關吏)」·「석호리(石壕吏)」의 삼리(三吏)와「신혼별(新婚別)」·「수로별(垂老別)」·「무가별(無家別)」등 삼별(三別)이 있음

759년 7월에 화주의 사공참군을 사직함

759년 7월, 감숙성 진주(지금의 감숙성 천수시)로 향함. 10월에 동곡현(지금의 감숙성 성현)으로 감. 12월 1일에 사천성 성도로 향해서 12월 말쯤 성도에 도착함. 이때 고적이 성도의 이웃 고장인 팽주 자사로 근무 중이었음

760년 49세, 성도 완화계 초당 정착. 가을에 팽주로 가서 고적을 만남.「강촌」창작

761년 50세 때「백우집행(百憂集行)」창작

761년 겨울 성도윤을 대리하게 된 고적, 완화계 초당으로 두보 방문. 이후 겨울 말에 엄무가 성도윤 겸 검남절도사가 되어 초당으로 두보를 방문함

762년 4월 상황제 현종 붕어(崩御), 12일 후 숙종 붕어

762년 7월 엄무 두 황제의 장례식을 관장할 황문시랑에 임명되어 장안으로 떠남. 이때 두보는 엄무를 전송하러 면주까지 갔다가 서지도의 난으로 성도 완화계 초당으로 돌아가지 못함.

762년 7월 성도에서 서지도의 난이 일어나고, 8월에 평정됨

762년 여름부터 764년 봄까지 면주와 재주·낭주에 머묾

762년 11월, 안휘성 마안산시에서 이백(李白)이 62세로 병사(病死)하였음

763년 봄 안사의 난 평정

763년 10월, 토번의 침략으로 대종 섬현으로 몽진했다가 12월에 장안으로 돌아옴

764년 3월, 엄무가 다시 촉지방 성도윤 겸 검남절도사로 부임함, 엄무가 편지로 두보가 성도로 돌아오기를 권하여, 3월에 두보도 가족을 데리고 성도 초당으로 돌아옴

764년 6월, 엄무는 두보를 천거해서 절도사 참모(節度司 參謀) 겸 검교공부원외랑(檢校工部員外郞)임명함

765년 1월, 두보는 검교공부원외랑과 참모직을 사직하고 완화계 초당으로 돌아옴

765년 4월, 성도윤 겸 검남절도사 엄무가 갑자기 운명함

765년 5월, 54세의 두보가 성도 완화계 초당을 떠남

765~766년, 두보는 54세부터 55세까지 사천성 성도(成都)를 떠나 가주(嘉州, 지금의 사천성 낙산시)·융주(戎州, 지금의 사천성 의빈시)·유주(渝州, 지금의 중경시)·충주(忠州, 지금의 중경시 충현)·운안(雲安, 지금의 중경시 운양현雲陽縣) 등에 머물렀음

766년 초여름 운안을 떠나 기주(夔州, 지금의 중경시 봉절현)로 향함

766년 55세 무렵 기주(夔州, 지금의 중경시 봉절현)에서 지은 시 중에서 자신의 일생을 회고한 「장유(壯遊)」가 있음

766년 4월부터 768년 1월까지 기주에 머물렀음. 약 2년 동안 기주에서 남긴 시가 433수 정도 됨. 두보가 남긴 전체 시가 1470여 수 정도 되니, 이때 남긴 시가 전체의 약 1/3 정도 되는 작품임

766년 55세 기주에서 「추흥팔수(秋興八首)」 창작. 이때 기주 도독이었던 백무림(柏茂林)으로부터 도움을 받음

767년 겨울, 둘째 동생 두관으로부터 강릉으로 오라는 편지를 받음

768년 1월, 기주 떠남

768년 3월, 강릉(지금의 호북성 형주시荊州市) 도착

768년 늦가을, 호북성 공안(公安)으로 옮김

768년 늦겨울, 호남성 악주(지금의 악양시)로 옮김

768년 57세의 두보가 악양루에 올라「등악양루(登岳陽樓)」지음

769년 1월 악주(호남성 악양)에서 담주(호남성 장사)로 향하였음

769년 봄, 담주(장사)에서 형주(衡州, 지금의 호남성 형양시衡陽市)으로 향함

769년 초여름, 형주(형양)에서 담주(장사)로 향함

770년 59세, 담주에서 궁중 악사 이구년을 우연히 만나고「강남봉이구년
(江南逢李龜年)」창작했음. 4월에 담주에서 장개(臧玠)의 난이 일어
남. 침주(호남성)에 있는 외삼촌 최위(崔偉)에게 의지할 생각으로
형주를 지나다가 뇌양현에서 대홍수를 만남. 며칠의 굶주림에 뇌양
의 현령이 음식을 보내와 굶주림을 면함. 다시 담주로 돌아감

770년 가을과 겨울 담주(장사)에서 악주(악양)로 가는 배 위에서 59세로
영면(永眠)함

참고문헌

『杜詩諺解』 초간본.

『分類杜詩諺解』 중간본.

杜甫 著, 仇兆鰲 注, 『杜詩詳註』 제1~5권, 中華書局出版.

鈴木處雄 註解, 『杜甫全詩集』 제1~4권, 誠進社, 1978.

司馬遷, 『史記』, 「天官書」.

한가람역사문화연구소 사기 연구실, 『신주 사마천 사기 15: 율서 역서 천관
　　　　서』, 한가람역사문화연구소, 2021.

김영배·김성주 역주, 『역주 분류두공부시언해』 권17, 세종대왕기념사업회,
　　　　2015.

김영배·김성주 역주, 『역주 분류두공부시언해』 권3 상·하, 세종대왕기념사
　　　　업회, 2017.

김성주 역주, 『역주 분류두공부시언해』 권4, 세종대왕기념사업회, 2017.

김성주 역주, 『역주 분류두공부시언해』 권2 상·하, 세종대왕기념사업회,
　　　　2021.

김성주 역주, 『역주 분류두공부시언해』 권23 상·하, 세종대왕기념사업회,
　　　　2020.

임홍빈 역주, 『역주 분류두공부시언해』 권6 하, 세종대왕기념사업회, 2022.

임홍빈 역주, 『역주 분류두공부시언해』 권11, 세종대왕기념사업회, 2012.

임홍빈 역주, 『역주 분류두공부시언해』 권12(초간본), 세종대왕기념사업
　　회, 2021.

임홍빈 역주, 『역주 분류두공부시언해』 권14, 세종대왕기념사업회, 2014.

강민호 외 8인, 『두보전집』 제1권 두보초기시역해 1, 서울대학교 출판문화
　　원, 2020.

강민호 외 11인, 『두보전집』 제2권 두보초기시역해 2, 서울대학교 출판문화
　　원, 2023.

김만원 외 5인, 『두보전집』 제3권 두보위관시기시역해, 서울대학교 출판문
　　화원, 2018.

김만원 외 6인, 『두보전집』 제4권 두보진주동곡시기역해, 서울대학교 출판
　　문화원, 2018.

김만원 외 6인, 『두보전집』 제5권 두보성도시기시역해, 서울대학교 출판문
　　화원, 2019.

김만원 외 6인, 『두보전집』 제6권 두보재주낭주시기시역해, 서울대학교 출
　　판문화원, 2010.

김만원 외 7인, 『두보전집』 제7권 두보2차성도기역해, 서울대학교 출판
　　문화원, 2016.

강민호 외 7인, 『두보전집』 제8권 두보기주시기시역해 1, 서울대학교 출판
　　문화원, 2017.

강민호 외 7인, 『두보전집』 제9권 두보기주시기시역해 2, 서울대학교 출판
　　문화원, 2019.

강민호 외 7인, 『두보전집』 제10권 두보기주시기시역해 3, 서울대학교 출판
　　문화원, 2021.

강민호 외 7인, 『두보전집』 제11권 두보기주시기시역해 4, 서울대학교 출판
　　문화원, 2024.

김준연, 「두보의 시」, 『두보의 삶과 문학』, 서울대학교 출판문화원, 2012.

심덕잠 편저, 조동영 역주, 『고시원』一, 세창출판사, 2022.

윤인현, 『오래된 미래』, 경진출판, 2021.

윤인현, 『이백 시에 나타난 자서전』, 경진출판, 2023.

李丙疇, 『杜甫 시와 삶』, 民音社, 1993.

정범진·이성호 옮김, 『두보 시 300수』, 문자향, 2007.

지은이 윤인현

서강대학교 국어국문학과에서 문학박사 학위를 받았다. 연세대 선비학당과 전통문화연구회에서 經書 공부를 하였으며, 西溟 鄭堯一 선생으로부터 四書를 師事하였다. 가톨릭대와 서강대, 그리고 인하대, 웅지 세무대에서 강의를 하였으며, 한국한문학회 총무이사와 감사도 역임하였다. 지금은 인천 아카데미 〈등대〉 칼럼 집필위원과 다산 정약용 문화교육원 자문위원으로 활동하고 있으며, 인하대학교 교수로 재직 중이다.

〈저서〉

『한국한시비평론』(아세아문화사, 2001), 『한국 고전비평과 고전시가의 산책』(역락, 2004), 『한국한시와 한시비평에 관한 연구』(아세아문화사, 2007), 『한국한시 비평론과 한시 작가·작품론』(다운샘, 2011), 『한문학 연구』(지성人, 2015), 『한문학의 이해와 연구』(경진출판, 2021), 『오래된 미래』(경진출판, 2021), 『이백 시에 나타난 자서전』(경진출판, 2023) 외 다수

〈논문〉

「용사와 점화의 차이」(1998), 「이규보의 굴원불의사론에 나타난 역사의식의 문제점」(2006), 「남명의 출처와 문학을 통해 본 선비정신」(2008), 「한국 시가론에서의 시경시 이론의 영향」(2009), 「다산의 한시에 나타난 선비정신과 자연관」(2011), 「『논어』에서의 시경시」(2014), 「고려·조선 유자의 만시 연구」(2014), 「이규보 설(說)에서의 작가의식」(2015), 「한시를 통해 본 허난설헌의 지향의식」(2017), 「중국과 한국의 굴원론」(2019), 「4차 산업혁명시대에 필요한 인간상」(2021), 「문과 시를 통해 본 불우헌의 선비정신과 자연관」(2022), 「율곡의 문학론과 문무책·문책으로 본 선조대의 문화」(2023) 외 다수

한시로 살펴본 두보(杜甫)의 생애

© 윤인현, 2025

1판 1쇄 인쇄__2025년 02월 20일
1판 1쇄 발행__2025년 02월 25일

지은이__윤인현
펴낸이__양정섭

펴낸곳__경진출판

　　　등록__제2010-000004호
　　　이메일__mykyungjin@daum.net
　　　스마트스토어__https://smartstore.naver.com/kyungjinpub
　　　사업장주소__서울특별시 금천구 시흥대로 57길 17(시흥동, 영광빌딩), 203호
　　　전화__070-7550-7776　팩스__02-806-7282

값 29,000원
ISBN 979-11-93985-49-6 93820